护航亚丁湾
沉思录

柏 子/靳 航◎著

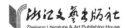

图书在版编目（CIP）数据

护航亚丁湾沉思录／柏子，靳航著. —北京：华艺出版社、浙江文艺出版社，2013. 9

ISBN 978-7-80252-381-4

Ⅰ . ①护… Ⅱ. ①柏… ②靳… Ⅲ . ①纪实文学—中国—当代 Ⅳ . ①I25

中国版本图书馆 CIP 数据核字（2013）第 229037 号

护航亚丁湾沉思录

总 策 划：	郑　剑
策 划 人：	韦学良　李建伟
出 版 人：	石永奇
统　　筹：	刘　泰
著　　者：	柏 子　靳 航
责任编辑：	鲍立衔　邓东山
出版发行：	华艺出版社　浙江文艺出版社
装帧设计：	王　烨
社　　址：	北京市海淀区北四环中路 229 号海泰大厦 10 层
电　　话：	010-82885151
邮　　编：	100083
电子信箱：	huayip@ vip. sina. com
网　　站：	www. huayicbs. com
印　　刷：	北京天正元印务有限公司
开　　本：	1/16
字　　数：	360 千字
印　　张：	32. 25
版　　次：	2013 年 9 月第 1 版
印　　次：	2013 年 9 月第 1 次印刷
书　　号：	ISBN 978-7-80252-381-4
定　　价：	58. 00 元

靳航简历

靳航，现任海军某登陆舰部队部队长。

1981年考入海军大连舰艇学院观通雷声系学习。毕业后常年在海军舰艇部队任职，先后在海军六型舰艇担任过部门长、副舰长、舰长；在大队机关、基地机关、舰队机关以及海军机关担任过参谋以及机关领导职务。

多次参加总部、海军及战区的重大演习、训练及战备任务，航迹遍布北起黄渤海南至南海南沙海域。多次参加海军的重大远洋航行及访问任务。1997年参加海军环太平洋远航，访问美洲4国5港；2002年参加海军首次环球航行，访问亚洲、非洲、欧洲、美洲等10国10港；2010年参加海军第六批护航编队，在亚丁湾索马里海域持续护航192天。航经太平洋、印度洋、大西洋，以及红海、黑海、地中海、加勒比海、亚丁湾、波斯湾、苏伊士运河、巴拿马运河等主要国际通航海域。累计航程20余万海里，具有丰富的海上活动经验。

所在单位3次被总部评定为"军事训练一级单位"、"全军装备管理先进单位"；被海军评为"从严治军先进单位"、"基层建设先进单位"。荣立过一次集体二等功、5次个人三等功。

工作期间先后3次进入海军指挥学院培训，还参加过国防大学、陆军指挥学院、空军指挥学院等院校的短期轮训。先后发表军事学术文章36篇，2次被海军评为"军事训练优等指挥军官"。

柏子简历

柏子，原名柏华英，杭州电视台综合频道国际部编导，浙江省第一位采、编、播、摄合一女电视人，主任编辑。中国戏剧文学学会理事，浙江省作家协会、电视艺术家协会会员，杭州市影视家协会理事，入选杭州市首批青年文艺人才库计划。曾任共青团杭州市委宣传部干事，杭州市广播电视局团工委副书记。游学美国期间，任美国《创业》杂志特约撰稿人。创作涉及小说、散文、报告文学、话剧、电视剧编剧及电视纪录片，发表作品300多万字。著有长篇小说《美国，我不说爱你》，诗集《天上人间看杭州》，电视剧编剧《父亲的战争》、《中国式爱人》、《赶牲灵》等。创作的话剧《夏夜无风》获2007年度中国戏剧文学奖金奖，导演创作的纪录片《追寻郁达夫》、《西湖情韵》等多部作品获全国及省、市级奖项，作品入选浙江省文化精品工程、浙江现实主义文学精品工程。

目　录

护航亚丁湾

马汉说，海权的历史，从其广义来说，涉及了促使一个民族依靠海洋或利用海洋强大起来的所有事情。

大明帝国创造了璀璨文明，从西太平洋到印度洋的航路上，通过郑和七下西洋，至今保存着15世纪全球最伟大航海家留下的文明遗迹。

马汉说，海权的历史，从其广义来说，涉及了促使一个民族依靠海洋或利用海洋强大起来的所有事情。

大明帝国创造了璀璨文明，从西太平洋到印度洋的航路上，通过郑和七下西洋，至今保存着 15 世纪全球最伟大航海家留下的文明遗迹。

600 多年前，中国人的船队，通过海洋，不仅带给世界先进科技、繁荣贸易、友好和谐，还向世界传递了和平的国家意志。

中国人的船队，在印度洋上消逝 600 多年后，今天再次出现时，中国作为一个负责任的大国，在践行大国使命的历程中，和平崛起依然是不变的国家意志。

我们欣喜，中国海军护航编队的展翅雄姿，在亚丁湾上，和世界各国海军并驾齐驱，维护国际区域安全和国家利益，人民海军 60 年发展壮大的历程，清晰可见；我们忧患，世界范围内，海上权益斗争愈演愈烈。中国，有 1.8 万多公里大陆海岸线，有 500 平方米以上的岛屿 6500 多个，岛屿岸线 1.4 万公里，我们的守护力量，是那么有限和薄弱。放眼中国海洋国土，除了渤海，黄海、东海和南海，始终处于风口浪尖之中。

马汉又说，但是，海权的历史主要是一部军事史。

中国海军的强大，举世瞩目，但是和一个大国所要承担的责任义务相比，其实还有距离。

中国经济的繁荣，世界称道，但是国人的海洋意识，与和平崛起中国家民族该具有的海洋观念相比，实在非常淡薄。

中国海军护航亚丁湾，将海洋和民族未来的话题再次提到国人面前。欣喜之余，依然忧患。

从某种意义上来说，这是一部关于欣喜和忧患之间的纪录。

一、两个人的同学会

对海洋的迷恋，起源于很多年前的一次湛江之行。

那时，我同事的父亲是南海舰队的首长，我便有幸走进了传说中的军港。

十里军港，艘艘战舰，点点灯火，就像天上灿烂的星河，深邃而浪漫。那天晚上，在湛江军港的沿江大道上，我的同事告诉我，中国有300多万平方公里的管辖海域，近1.8万多公里的海岸线。但是，我们的海军没有足够的大型舰船，没有航母那样的远洋作战舰艇。

军港特有的魅力，那幅无法描绘的让我动容的美丽画卷，从此深深镌刻在我的心里，我开始向往大海。

那时我根本没有理解同事说的两个数字和两个"没有"的真正含义，对大海的迷恋，仅仅出于和所有女人一样的浪漫主义情怀。直到有一天，在媒体上看到了海洋争端的报道，浮现在脑海里的，不再仅仅是宁静和谐浪漫的军港，还有那两个数字和两个"没有"。

因为大海，我的内心开始负重。大海，就像中国的一个门户，把辉煌的中华文明从这里传给西方，却又被西方的坚船利炮一脚踢开，长驱直入，践踏百年。

再次翻开教科书，关于海疆和海岸线这两个数字一直就在课本里头，但是却被我忽略了。我想长久以来忽略这两个数字存在的不仅仅是我，还有我们整个民族。

这个曾经因为富庶，通过大海把中华文明惠及地球远方的古老国家，这个曾经因为羸弱，丢失了大海，承受着整个国家太多屈辱的坚强民族，或许是出于自我保护的潜意识，在很长的时间里，选择性地把海洋遗忘了。

这是我特别关注海洋的一个由来。而真正促成写这部书的，还是缘于一次两个人的同学会。

我是军迷，可以不看《新闻联播》，但是一定会看央视七套每天的《军事报道》。自从 2008 年底中国海军派出首批舰艇编队去亚丁湾护航，军事报道时常播出的海军护航编队的新闻，成为我特别关注的焦点。

2010 年秋天，《军事报道》播出一条采访第六批亚丁湾护航编队 998 舰指挥官介绍舰载气垫登陆艇的新闻，我立刻被这条新闻的三个亮点吸引住了。其一，998 昆仑山舰是目前中国海军排水量最大的两栖船坞登陆舰；其二，指挥官介绍的 726 中型气垫登陆艇，是中国海军自主创新研制的第一艘中型气垫登陆艇，据称和美军 LCAC 水平相当；其三，这个穿着深蓝色作训服接受采访的海军军官，身形健壮，嗓音洪亮，站在军舰甲板上，宛如一座山，最让我惊讶的，是电视屏幕上打出的一串字幕：第六批护航编队 998 舰指挥官靳航。

我一下就从斜躺着的沙发上跳了起来。这个名字，这个似曾相识的男人，难道就是我的小学同学和班长吗？看着屏幕上侃侃而谈的海军军官，无论如何都无法把他和小学时代那个一脸文静的瘦高个班长联系在一起。

直到这条新闻结束，我都没有想明白，这个军官到底是不是我的小学同学。

我立刻打开电脑，在网上搜索到这条新闻，并且把画面定格在这个海军军官的脸上。

时间纵然可以改变每个人的容颜体貌，却永远无法改变一个人内在的神韵。凝视着这个戴着军帽，表情严肃的军人的脸，这一刻，我确信，这个海军军官就是我的小学同学，班长靳航。

记忆的闸门，在那一瞬间被打开。

整个小学时代，跟班长唯一一次单独说话的场景呈现在眼前。羊坝头巷86号的深宅大院，长长的过道，长满青苔的泥地。干净的白衬衣，女孩子般长长的眉毛，靠在灰泥墙边，背着书包，离我一米距离。说什么记不清了，只记得是班主任老师委托班干部找同学谈心，班长靳航找到了我。

小学毕业后，我没有跟着全班同学升学去开元中学，转学去了杭州第十一中学。从那以后，再也没有见过班长。

30多年过去了，小学班长已经成长为威武的中国海军军官。作为一名新中国的海军，他的成长过程，正好和中国海军从黄水走向蓝海的历程同步。

我的内心瞬间涌动起写作的冲动。关于中国的制海权，关于中国的蓝色文明，关于世界文明的秩序和重置，一直有一种表达的欲望，只是没有找到叙述的方式。

这一夜，我失眠了。

关于那一片蔚蓝色的海洋，从电视屏幕上见到小学同学、班长、中国海军军官靳航的那一刻起，我知道我已经找到了一个恰如其分的切入点。

又是一年转眼而过，春节来临。

意外接到小学女同学的电话，说要开同学会，问我去不去。

我立刻想到了班长靳航。998舰圆满完成护航和出访任务，早在一年多前已经回到湛江军港。我迫不及待地问同学，班长是不是会来参加。同学说，班长是个军人，说是没有特殊任务，一定赶回杭州参加同学会。

内心顿时释然。我没看错，电视新闻上的海军军官正是我的小学同学。

羊坝头巷86号早已经不存在了，取而代之的是西湖大道高架桥。再次开着吉普车上高架的时候，看见桥下路边仅存的一截青砖黛瓦，那一天仿佛又看见了我早已逝去的童年时光。

小学同学30多年后的再次相见如期来临。在觥筹交错中，除了热烈、感慨、抚今追昔外，最有意义的收获，是我提出海岸线自驾游的动议，得到大部分同学的积极响应。

我们这些童年时代的小伙伴，决定利用"五一"假期，沿着海岸线的几个重要港口，做一次自驾游。

我不知道同学们是不是理解这次自驾游的真正意义，但是看得出来，班长一定知道我这个动议的目的。当我提出这个动议的时候，班长竟然激动地给了我一个同学式的亲密拥抱。在同学们的起哄声中，班长轻声说了一句话，别老写电视剧，给我们海军写点什么吧。

班长的话，重新唤起了我对海洋萌动的心绪。

接下来的日子，我停下手里写了一半的电视剧剧本，把中国和海洋有关的历史重新读了一遍。当我读到甲午海战，中国海军开着烧着劣质

煤的战舰和日本人决战黄海的惨烈场面，读到管带邓世昌将受到重创的"致远"舰冲向"吉野"号时大喊：我辈从军为国，早置生死于度外，今日之事，不过就是一死，我辈虽死，而海军声威不至坠落，这就是报国呀！读到甲午战败后，72 岁的李鸿章，带着被极端日本民族主义分子刺伤脸部的重创，和日本首相伊藤博文签订《马关条约》，等等等等，禁不住泪流滚滚。

"五一"转眼就要来临了，我自然而然成了这次自驾游的组织者。等到具体落实参加人数的时候，没想到，当初信誓旦旦表示要参加自驾游的同学们，竟然一个个都食言了，并且每个人都有十分充足的理由。

我的内心极度疼痛。

泱泱大国，滚滚红尘，真的又有多少人会去关心海洋呢？历史上几度海禁，在我们民族的意识里，和大海之间早就已经筑起了一道无形的屏障。

我给在远方的班长打电话，告诉他自驾游不成了，同学们都很忙，加上和海岸线自驾游相比，他们可能更愿意抽出时间去欧洲游、非洲游。

班长在电话那头沉默了一阵，说，那么你还参加吗？

我笑了，我说，好吧，那就把这次自驾游，开成我们两个人的同学会吧。

"五一"前一天，班长到了杭州，我不知道，那时候他已经调离了湛江。

驾驶着我的军绿色吉普，迎着初升的阳光，我和班长两个人的同学会就这样成行了。

二、从 A 点 B 点到 A 线 B 线

我是路盲，和开车相比，更喜欢坐车。原本以为这次自驾游，和班长这么个彪悍男人同行，完全可以一路轻松地只管坐车看风景。事实是，这一趟海岸线走下来，我成了班长的全程专职司机，以至于回到杭州后，我的腰椎痛了很久都没有恢复。

在杭州，出发前我把车钥匙扔给班长，班长接过钥匙，又把它扔回给了我。我接住从半空中落下的钥匙，半天没有缓过神来。看班长那意思，莫非是把我当成他的司机了？我看看手里的钥匙，再看看班长，刚要说点什么，班长就从口袋里掏出一个小本本，在我眼前晃悠了一下。这看上去像是一本军队的驾照。班长把小本本重新放进口袋，很自然地上了副驾驶座。

班长说，对我这样开了一辈子军舰的老船长来说，开你这小吉普车简直就像是在玩玩具。

他说这话的当口，已经在副驾驶座上安稳地落座。我不满地瞥了他一眼，没好气地说，你说得那么轻巧，那你来开车啊！

班长一脸诡笑，说，我其实很愿意全程给你当司机，可是，制度不允许，军队驾照不能开地方的车，所以这一路车马劳顿，只好全仰仗你了。

听到这话，我心都凉了半截，再看一眼班长，他的脸上没有一丝歉疚，反而流露出几分幸灾乐祸的意思。

没办法，只有一声长叹，乖乖坐到驾驶座上。

我说，要是同学都像你这样，多一个真还不如少一个的好。

班长笑了，笑得很爽朗很得意。

我的驾驶水平极其糟糕，也没有任何方向感，总是在关键的岔道口，往错误的方向直奔。班长却极其有耐心，不气不恼，一路上绝没有对我的驾驶水平有半句微词，这有点出乎我的意料。几乎每一个坐过我车的人，不论大人小孩，都对我的车技有所抱怨。不过后来我想明白了，一个大男人坐车，让我一个女人开车，局势都这样了，还有啥可抱怨的？

车在高速上飞奔，我的思绪也在快速飞转。我在等待班长开口，给我讲一些关于亚丁湾的故事。青山绿水，在窗外不断掠过，班长似乎很享受自然风光，一路只管欣赏风景。

我终于忍不住了，说，亚丁湾的海风，好吗？

班长其实明白我的意思，却故意装作不懂，斜着脑袋看我，说，不会吧？你是想给亚丁湾的海风一个问候？

我说，行了，别卖关子了，给我讲讲亚丁湾护航的故事吧。

班长笑了，说，看在你态度诚恳，且又有实际行动表现出诚恳的态度，满足一下你的好奇心了。

我说，这就对了，像个班长的样子。

班长看着前方的目光变得深邃，说，要想了解亚丁湾护航，第一个要搞清楚的就是 A 点和 B 点。

我当然不懂什么是 A 点和 B 点，以前也从来没听说过这个词儿。

班长看我一脸茫然的表情，说，不管是莎士比亚的《哈姆雷特》，还是老舍先生的《茶馆》，再好的戏，它都得有一个演戏的舞台。

这个 A 点 B 点，就是我们中国海军护航官兵扬威亚丁湾，展现文明之师威武之师的一个大舞台。这个，你懂吗？

我说，班长，你也太小看人了，你的比喻都已经生动准确形象到无可复加的程度了，有谁还敢不懂吗？

班长笑着从口袋里掏出烟盒。

我叫起来，我说班长，我们可是有约在先的，在我的车上绝对不能抽烟，你可不能言而无信。

班长愣了一下，把烟盒放进口袋里，已经夹在手里的烟，放到鼻子底下。班长闻着烟丝的香味，慢悠悠地说，谁说我说话不算数，不抽烟，闻闻那烟味儿还不行吗？

我说，班长，不抽烟能死人啊？

班长非常享受地闻着鼻子底下的烟卷，说，以前我也不抽烟，从军校毕业后，出海夜航多了，在茫茫夜色中航行，最犯忌的就是犯困，为了给自己提神，集中精力，慢慢就开始抽烟了。

听到班长的这番话，我内心忽然涌动起复杂的情绪。我打开班长那一边的车窗。

班长把鼻子底下的烟重新放回烟盒，并且关上了车窗。

班长说，谢谢你允许我破了乘车须知。

班长告诉我，A 点和 B 点，是在亚丁湾海域东西两端确定的被护商船会合点，东端是 A 点，西端是 B 点，也就是两个不同方向商船的结集点和解散点，这两个点构成了护航舰艇的航行轨迹。

在海盗频繁出现的季节，A 点到 B 点的距离是 608 海里。到了七、八、九月份的西南季风期，亚丁湾东部海域风急浪大，海盗小艇难以在

这一海域活动，A 点位置就会做相应调整，这时 AB 间的航程距离就缩短为 433 海里。

班长所在的中国海军第六批护航编队舰艇在亚丁湾的 192 个日日夜夜中，不断往返于 A 点和 B 点之间，安全护送各国商船 615 艘，创造了到目前为止中国海军护航商船数量最多，护航时间最长的奇迹，续写着确保被护商船百分之百安全的记录。

在开往上海的高速公路休息站里，班长从包里拿出一张世界地图，摊到凳子上。

班长随手从兜里掏出一支笔，在地图上指点画圈。班长说，看见没有，A 点就在这个地方，位于亚丁湾东部，索科特拉岛的北侧，商船航行至这一区域，既可以向东北航行，进入阿曼湾，过霍尔木兹海峡抵达波斯湾，也可向东北航行经阿拉伯海抵达巴基斯坦、印度等国家，而向东南航行则可穿越印度洋抵达澳大利亚。同时，由各个方向向西航行准备穿越亚丁湾的商船也都在这里会合。因此，中国海军将这一重要地区作为西行和东行商船的会合点和解护点。

班长的表情和举止，让我想到小学时看过的电影《南征北战》中，最后进入大决战前指挥官们决策的画面。

班长说话的嗓音越来越响，引得休息室不少人往我们这边行注目礼。

我觉得有点别扭，说，打仗啊，搞得跟真的似的，发号施令，用得着这么费劲儿说话吗？

班长听见我的话，愣了一下，抬头看四周，也看见了人们关注的目光。

班长冲我尴尬地笑笑，压低嗓音，说，忘了，这是跟一个码字儿绣

花的在一起，人家是一身的秀气，我一个当兵的出身，嗓子眼吼粗了，细不回来了。

我被他因为刻意控制而变得怪怪的声音逗乐了，禁不住笑了起来。

班长把地图收拾好重新放进包里，说，索科特拉岛是一座非常神奇的岛屿，这个岛上生活着大约一万多说阿拉伯语的阿拉伯人与黑人的混血后代。岛的沿岸没有良港，一到西南季风季节，船只就很难靠岸。岛上的山区仅有少量耕地，而沿海居民大都从事渔业和采珠业。

由于这个岛坐落在阿拉伯海与亚丁湾的交接处，处于亚丁湾东南端，是印度洋通向红海和东非的海上交通要道，构成连接亚非欧三大洲的海上生命线，战略位置极为重要，加上岛上生产珍贵药材，自古以来它一直是不同历史时代的列强所垂涎的地方。

我听着班长的介绍，惊讶于他对这个岛的熟悉程度。

班长说着说着，声音又渐渐接近于慷慨激昂。

索科特拉岛就是因为具有得天独厚的自然条件，数百年以来，宝岛屡屡遭到侵略。长期以来，外国占领者一直把这个岛作为海军基地，只顾利用它的战略地位，根本忽略对岛屿的开发。这样，这座宝岛一直处于沉睡之中，至今仍是一座未被开发的荒岛，被人们称为"印度洋上的处女岛"。

这个岛上，保留了远古时代的生态物种，所以它的景色非常的奇异。

我说班长，你上去过这个岛吗？

班长没有回答我的问题，却反问我说，这个岛上的很多物种，至今已经有两千万年的历史，你信吗？

信还是不信？

　　班长又说了，下次再去亚丁湾，我一定得从那些生物上，好好找找人变成人之前的影子，没准我们的眼睛、鼻子，就是从那些鲜艳的果子和粗大的植物进化过来的。

　　我说，进化论早就已经下了定义，人是从猴子来的，你就别费心再翻案了。

　　班长略加沉思，说，不对，人应该是海洋动物，应该是由海豚之类的海洋哺乳动物变过来的。好吧，对于人类的起源我们暂时不争论，那我就再给你说说 B 点吧。B 点，在临近曼德海峡分道通航带东端，各国商船由红海进入亚丁湾向东航行时，必定经过 B 点。因此，很多次我们在 B 点集合商船准备东行护航时，不少商船见中国海军护航船队正准备起航，于是就临时申请加入。

　　曼德海峡是指红海出入亚丁湾的海峡，知道它的全称吗？

　　我说班长，故意给我出考试题吧？

　　班长说，曼德海峡的全称是，巴布·厄耳·曼德海峡。班长在手心里写下英文 Babelmandeb。

　　班长把手伸到我面前，说，阿拉伯语中 bab 是"门"的意思，而 mande 是"流泪"的意思。

　　为什么到了这个地方要流泪呢？因为这里风大浪高，航道狭窄礁多，航船经常在这里倾覆，所以只要提起曼德海峡，航海者都不免心惊肉跳。红海附近的渔民，每逢出海捕鱼采珠，送行的亲人都不免伤心落泪，担心家人途经曼德海峡时葬身鱼腹，有去无回。而每当客船航行到这里，旅客也都不免提心吊胆。所以，后来人们就把这个从古到今夺去无数人生命的险恶海峡称之为"曼德海峡"，也叫"泪之门"。

　　曼德海峡位于亚洲阿拉伯半岛西南端和非洲大陆之间，连接红海和

亚丁湾、印度洋。苏伊士运河通航后，曼德海峡成为从大西洋穿过地中海、苏伊士运河、红海通往印度洋的海上交通必经之地，战略地位十分重要。

听了班长的介绍，我不免对航海要承担的风险担心起来。

我问班长，那中国海军的军舰也要过曼德海峡吗？

班长说，当然要过，不仅要过，而且中国海军确定的这个护航起点，比其它各国海军的护航起点更靠近曼德海峡，是亚丁湾最靠西部的一个起点，使参加我护航编队的商船一进入亚丁湾，就能在第一时间处于我海军舰艇的护卫之下。

班长的一席话，让我心底里的崇敬之情油然而生。

我问班长，那些需要护航的商船，怎么才能处于中国海军护航编队的保护中呢？

原来，中国海军在亚丁湾的 A、B 会合点位置，以及每个月的护航计划，会通过"水星网"向世界各国商船公布，中国船舶还可以查看中国交通部官方网站获取护航信息。凡是愿意加入中国海军护航编队的世界各国商船，都可以通过适当的程序申请加入。许多过往亚丁湾的商船特意调整航行时间，力求能够赶上中国海军的护航计划，中国海军护航编队已经成为世界航运界的"知名品牌"了。

跟班长的这次海岸线自驾游，是我人生第一次近距离接触中国海军，第一次那么真切地感受到一个当代中国海军的情怀和梦想，感受到一个海军军官肩负的使命和抱负。

驾驶着小小吉普，从东海到南海，从大连湾、渤海湾，到胶东半岛，沿着那些发生过改变中国历史进程的海岸线，来往穿梭。

我们在一个个港口驻足停留，大海波涛依旧，拍打着我们对历史的

记忆和感受。

走近海岸线，仿佛翻开了一部写满屈辱却又极度悲壮的中国历史。那些消失的和不曾消失的战争遗迹，那些有名的和无名的为国捐躯的将士，那些无数令中国自豪和悲叹的强大与沉沦，让我们的内心五味陈杂。

我和班长的这次海岸线自驾游即将接近尾声的时候，出现了变故。

那天，我和班长在海边一个农家借宿。

五月的夜晚，繁星高挂，海风阵阵。空气中漂浮着浓烈的鱼腥味儿，远处的海上，航标灯上红色的光，为夜航的人们指引着方向。

我和班长都没有说话，班长掏出打火机，点燃烟卷，然后仰头，轻轻吐出一圈烟雾。

班长的手机响了。

我听见班长说，明白，就这么定，两句话，六个字，就把电话挂了。

班长站起来，走到院子的篱笆前，眺望远方的海。

我也朝班长身边走去。

班长没开口说话，就先冲我笑。

我说班长，最怕看见你笑，你一笑我心里头就发毛，感觉要被人暗算似的。

班长见我站在他身边，就把手里的烟在篱笆上掐灭了。班长说，我的笑真有那么可怕吗？

我说，你自己照镜子看看就知道了。

班长又笑，伸手摸摸自己的脸颊，说，按照计划，还有两个目的地没去，你是要一个人继续朝前走，还是等我下次有假期，再发动几个同

学一起去走？

听到班长的话，我心里一阵发紧。

班长不知道，我有出行恐惧症，只要是离开杭州，哪怕是去上海，内心都会极度焦虑。虽然我曾经是记者，也是天南海北的跑，但实际上，活了大半辈子，我从来没有独自一个人出门远行过。最糟糕的情形，也就是独自上飞机，但落地之后一定保证有人接机。

听见班长的话，我的脑袋嗡的一声响，我说，你一笑就没好事情，到底什么意思，我智商低，说明白点。

班长说，我得回部队，刚才来电话，有任务了，明天必须赶回去。

我说，你这不是害我吗？我一个人能把这车开回杭州去吗？我在过了大半辈子的杭州城里开车，都经常找不到路，你这不是把我往火坑里推吗？

班长看我着急的样子，不但没有劝慰我，反而哈哈大笑起来。笑够了，班长说，急什么啊，怎么开过来的就怎么开回去呗。

我气得差点跳起来给他一拳头。我几乎是叫喊起来，你说得轻巧，我不认路，没有方向感，我怎么开回去啊！

班长笑得更开心了，说，车上不是有 GPS，放那里摆样子装派啊，你跟着它走回去不就得了。

我懵了，想到我要独自开车回到杭州，脑子一片空白。

班长走到我身边，看见我如此失态，说，真的假的，不就开车回去，能把你吓成这样？

我说不出话，极度焦虑让我两腿发软。

从海上飘来几声沉闷的汽笛鸣叫声。

班长说，别紧张，逗你的，真让你一个人回去，你放心我还不放

心呢。

班长话音刚落，我飞起一脚，踢在他的腿上。

班长痛得嗷嗷大叫，说，没看出来，你这个女人的腿劲儿还真不小啊。

我笑了，说你那腿皮厚着呢，再怎么使劲儿也伤不到骨头。我说班长，再给我说说亚丁湾的事儿吧。

班长抬头看看天，说不早了，明天还得赶路，去休息吧。

我说，好吧，那就留着明天的路上再听你说。

我进房间之前，班长叫住了我。

班长递给我一个厚厚的笔记本，说有时间的话，看看吧。

回到房间，我就打开笔记本。

笔记本的扉页上写着：亚丁湾护航纪事。

我如获至宝，迫不及待地阅读起来。

第二天醒来的时候，整个渔村已经被各种嘈杂的声音充斥着，时间已经快接近中午。

我走到窗前，打开窗帘，楼外院子里没有班长。

我赶紧穿好衣服，走进院子。一个穿海军军装的年轻军官冲着我敬礼。

年轻的海军军官铿锵有力地说，首长命令我送你，请指示！

班长真的走了，回部队了，临走，他派了人来把我送回杭州。

这次，我终于可以坐在副驾驶座上了，年轻的海军军官开着车。

车在高速公路上飞驰，我的思绪却停留在昨夜读到的亚丁湾护航的故事之中，那些美丽的异国风光，平静的大海和剑拔弩张的对峙，中国海军威武的军舰，狼群般出没的海盗船，就像一幕幕电影，在我眼前交

替出现。

我拿起手机，拨打班长的电话。手机打通却没有人接。一直到傍晚，我接到了班长的电话。

班长还没开口，我就迫不及待地说了我的想法。我说，班长，我想把你的亚丁湾护航纪事写成一本书，让更多的人了解中国海军，了解亚丁湾护航的意义。

容不得班长答话，我只管自己滔滔不绝地说着心中的想法。

我说，班长，你告诉过我亚丁湾的 A 点 B 点，现在就让我借用一下这个概念，把你在亚丁湾护航纪事中的故事作为 A 线，把我们沿着海岸线的行走作为 B 线，在一个二维的坐标系中去解读亚丁湾护航，你同意吗？

手机传来班长响亮的声音：很好，同意，尽快执行！

天亮的时候，终于回到家了。

年轻的海军军官跳下车，给我开门。我执意要留他一起吃饭，年轻的海军军官说，不用客气，我回家去吃饭。

我大为惊讶，难不成眼前这个年轻的海军军官也是杭州人？

年轻的海军军官告诉我，他生在杭州，长在杭州，爷爷奶奶都在杭州，所以，他要回家去吃饭。

我听傻了，脑子有点转不过弯来。他临走前，对我行了一个标准的军礼。他说，作为一名海军，谢谢你对亚丁湾和中国海军的关注。

年轻的海军军官走了，看着他渐渐远去的背影，我忽然想起还不知道他的名字，我赶紧跑了几步追上他。

我说，你叫什么名字。

他笑了，说，你问我爸就知道了。

我不解，傻傻地问，你爸是谁？

年轻的海军军官说，我爸是你的小学同学，叫靳航。

我愣了，看着面前的帅小伙子，不知道该说什么。

年轻的海军军官说，今天开始我休假，我爸让我送你回来。

我大为惊讶，说，真没想到，你爸是海军，你也是海军。

年轻的海军军官笑了，说，我爷爷曾经是空军，我姥姥曾经是陆军。

这次，我惊讶地说不出话来。

我的小学同学、班长，原来是军人之家，一家三代都是军人。

班长的亚丁湾护航纪事，不是日记，时间只是一个概念，一个时段，重要的是在事件记录中，同时记录了班长，一个当代中国海军军官的成长经历和思想。

班长在指挥紧张护航行动之余，写下的护航纪事录，描绘了亚丁湾反海盗斗争的真实场景，不仅让我们如临其境，同时，在亚丁湾各国海军护航的背景下，为我们展现了一个风云际会的国际政治大舞台。

欣喜和忧患，促使我用最快的速度，把班长的亚丁湾护航纪事和海岸线自驾游纪录整理出来。

将中国海军亚丁湾护航，放在中国历史的大背景下，去审视，去阅读，去体悟，中国海军护航编队的远航，在当下的纬线和历史的经线构成的坐标系中，它的意义已经超越了海军从近海走向远海能力提升的展现，在全球权益角逐越来越趋向于制海权的今天，它更是中国和平崛起进程中展现出的一幅和平文明的画卷。

事实上，这是一次关于大海的对话，一个中国普通百姓和中国海军

军官的对话；这是一次关于大海的交锋，一个作家和军人之间的思想交锋。

　　无数个长夜，班长的亚丁湾纪事，让我的思绪在历史和今天不断穿越。

第一章 出海远航

国家的政治制度和文化特征，建构了一个民族的航海史。

航海史，基本上是一个民族政治经济和文化的重要断代史。

一

上海。

吴淞口。

高楼俯视下的黄浦江。

商船色彩斑斓。

还有灰白色的军舰。

我说，班长，这个航道你熟悉吗？

班长说，吴淞口的长江航道，闭着眼睛都能把军舰开过去。

想想也是，班长从军几十年走的都是海路，对国内的港口海上通道，绝对的烂熟于心。

吴淞口，明、清都是海防与江防要塞，东距长江口30余公里，北与崇明岛、东与长兴等岛隔水对峙，扼长江主航道翼侧，是上海、南京的通海门户。

据我所知，明洪武十九年（1386）设吴淞江守御千户所。嘉靖年间设总兵。清顺治初改吴淞营，置战船驻守。此后，在河口两岸先后筑有东、西炮台，南石塘南、北炮台和狮子林炮台，置各种口径火炮30余门。到中华民国元年（1912），称为吴淞要塞。

吴淞口历史上曾多次发生过抗击入侵的激战。

明嘉靖三十二年（1553），倭寇侵掠吴淞，参将俞大猷率军在吴淞口激战破敌。第一次鸦片战争，清道光二十二年（1842），英国侵略军侵犯广州受挫，转而向北侵犯吴淞，江南提督陈化成率领守将，凭借吴淞有利地形抗击英军。1932年和1938年，日本帝国主义入侵上海，又是在吴淞口附近登陆，遭到守军和当地民众的抗击。

如今仍然是重要海防江防基地的吴淞口，见证了历史上海疆激烈的御敌战斗。

我俯瞰着高楼下的吴淞口，刚刚打开话匣子，班长的手机响了。

班长的电话，是他军校的同学打来的。我还没正式展开话题，班长就撇下我，和军校的老同学去见面了。

我面朝长江，听着阵阵江涛，翻开了班长的护航纪事。

A 线　到亚丁湾去

时隔8年，我又来到了印度洋。

编队刚到马六甲海峡喇叭口和印度洋连接的海域，就像进入了宇宙黑洞，乌云密布，浊浪滔天。

好一个印度洋，这是要给编队来一个下马威啊。

4米高的巨浪，一浪高过一浪，向着军舰汹涌而来。浪峰就像从侧面袭来的鳄鱼群团，露着钢牙铁齿，排水量近两万吨的998舰，在恶浪翻滚的印度洋上，也免不了像树叶般随着汹涌的波涛剧烈摇晃。

上了军舰，我最喜欢待的部位就是驾驶台。这里，透过瞭望窗，最

能体会到极目远眺的豪情，也是最能及时捕捉海上任何一个细微情况的观察点。

这是一种凶猛的横浪。

998舰剧烈地横向摇摆。

巨浪不断从舷侧冲上甲板。

印度洋，这个随着太平洋时代的日渐式微，正在日益崛起的新经济核心区域，果然是风云际会，沧浪滔天，给当下的印度洋局势做了一个形象的注脚。

很难想象，马六甲海峡连接南中国海37公里的窄口，和连接印度洋370公里宽喇叭口尾端，有着如此强烈的反差。如果说它的尾端是性情暴戾的疯子，那么它狭小的前端，就如一个温婉的女人，

几天前，编队启程，前往亚丁湾。

湛江军港渐渐远去。

硇洲岛的灯塔逐渐消失。

欢送的鼓乐，似乎还在耳际回响，编队已经进入马六甲海峡。

马六甲海峡的天空是明亮的。云霞就像灿烂的锦缎，两岸山峦起伏，海岸线绵延不绝，最让人动容的，是夜色中隐约折射出岸边城市的灯光。

每一次过马六甲，我的眼前总是像放电影似的充满了幻像。

马六甲，这个繁花似锦的海上王国，以明朝为核心，马六甲王国为平台，构筑起了一个自由贸易的天堂。最为重要的，这个海上香格里拉，是由中国明朝一手打造的。

每一次过马六甲，我总是能看到明朝那支强大的舰队在郑和的统领下，浩浩荡荡七次向着遥远的印度洋起航，一路宣慰侨民，播撒皇

恩，整肃海盗，航迹所及，处处留下和平的浪花。

每一次过马六甲，我总是在想，中国海军何时才能真正走向远海，续写断梦600年的新篇章。

去亚丁湾执行护航任务，是中国海军第一次真正意义上的走向远海，长距离长时间执行作战任务。中国海军真正走向远海，鸣响了起航的汽笛。

在马六甲这个让人不得不缠绵悱恻的名字面前，我和班长的情绪产生了共振。

我忍不住给班长去了一个电话。

我从电话里，听见男人们高亢的说话声。

我说，班长，因为看到马六甲，忍不住有话要说。

马六甲，一个难以忘怀的名字。

马六甲，那一片海，不仅仅是一个重要的政治经济军事地缘带，也是中国历史曾经恢宏和衰落的海洋时代的活化石，更是当下马六甲困局的现场直播。

班长说，看来对马六甲，你是有满腹心事了。

我说，是的，我有很多话想说，关于马六甲。

班长说，留着，当面听你说。

班长挂了电话。

我继续回到班长文字中的护航世界。

对于常年在海上航行的军人来说，茫茫大海，夜色中微弱的灯光，意味着故土，意味着亲人的守候，意味着老婆孩子热炕头，最温暖

祥和的日子。

眼前，印度洋上，那幅总是能让如我般铁血男儿满怀柔情的画面消失了。

编队正面临着连绵不绝巨浪的考验。

印度洋滚滚而来的大浪，正好和编队预定航线形成了一个夹角，给航行增加了难度。

此情此景，牵动着各级指挥员的心。

编队指挥所立刻召开会议，对按照计划航行进入亚丁湾之后，全体护航官兵能否有饱满的精力和良好的状态投入到护航中去进行了商议。

998昆仑山舰，是第六批护航编队的旗舰。我是998舰的指挥官，对998的航行安全负有责任。

如果编队按照原定计划，沿着马尔代夫八度海峡继续前行，意味着在前往亚丁湾的航线上，编队将一路迎战滔天巨浪。如此半个月行程，将会消耗全体护航官兵大量体力，同时也会给军舰带来巨大损耗。

船体的每一次左右巨幅摇摆，都像一根细细的针，扎在我心口上生生地痛。

我非常清楚，在这种海况下行进，无论是对护航官兵还是对998舰，都是一种巨大的考验。

很多年以前，一个大学刚毕业搞军舰设计的年轻工程师，随船出海做船体实验。船随着海浪剧烈摇晃，小伙子晕船，吃的东西吐完了吐清水，清水吐完吐胆水，胆水吐完吐血水。船在大海中央，前路茫茫，年轻的工程师实在忍受不了晕船的煎熬，趁着大家伙不注意，刺啦一下跳了海。海浪瞬间就吞没了一个年轻的生命。

晕船，真的是生不如死。

当然，军舰上的官兵，即使晕船带来的生理反应和那个宁愿跳海都不愿再在船上活着的工程师一样难受，凭着平日里练就的意志，最终都能战胜前庭器官作祟带来的痛苦，但是却无法避免体能的巨大消耗。

为了既能确保编队按照时间节点到达目的地，又能最大限度降低编队的综合消耗，指挥所立刻召集气象、作战、航海、舰艇装备等部门的领导，针对未来一周整个印度洋上的气象进行会商，对风向、风速和浪向进行仔细分析。我和编队航海业务长张超一起，向指挥所提出调整计划，改变航向，降低纬度，由五度海峡通过印度洋的建议。经过综合分析后，指挥所果断决定采纳我的提议，做出调整航向，降低纬度航行通过印度洋的决策。

几分钟之后，编队总指挥魏学义少将下达了调整航向的命令。

编队将从原计划的马尔代夫八度海峡，改从马尔代夫五度海峡进入非洲东海岸，沿着肯尼亚、索马里沿岸一路北上，经过索科特拉岛西侧进入亚丁湾，以确保护航行官兵保持旺盛的精力，按时和第五批护航编队在 B 点会合。

刹那间，"昆仑山"舰、"兰州"舰上，所有岗位都进入到了调整航向的紧张状态之中。

我和作训科吴晓强副科长、航海业务长樊戬一起迅速来到海图室，根据指挥所意图，把后续航行计划，用最快速度全部进行了调整，并在海图上标注完毕。

带着指挥所命令和 998 舰调整好的方案，我进入驾驶室，乔智强舰长正在驾驶室值班。

我亮开嗓门，下达指挥所命令：调整航向到 250，航速××节。

乔舰长立刻向我立正敬礼：明白！航向 250，航速××节！

乔舰长随后转身对操作兵下口令：左舵十，航向 250，两机进四，航速稳定后报告！

转舵，一切都在有条不紊地进行。

我的视线一直盯着罗经盘。

情况正在发生改变，处于横浪上的 998 舰，随着指针向 250 航向靠近，左右摇摆的幅度逐渐减弱。当指针走到 250 航向时，船体的横摇消失了。

我的心里顿时释然，抬头看向驾驶室外，海浪从横浪变成了顶浪，向着舰体，扑面而来。

顶浪面前，998 舰显现出了她与生俱来的威势。

高昂的舰艏，就像一把锋利的长剑，剑锋所指，再骄狂的巨浪都被点化成毫无攻击力的清澈水花。998 舰，终于以开山劈海之势，向着亚丁湾挺进。

迎风斗浪（靳 航 摄）

我给班长的房间去了一个电话，没人接。

很晚了，班长还没有回酒店。

我挂了电话。

窗外的黄浦江，五彩灯光投射出了一个精彩的夜世界。

我的思绪忽然从护航纪事中跳跃出来，看到了中国近代史上另一次海军环球远航。我仿佛看见了一百年前，中国海军史上第一次出远海航行的一艘军舰——"海圻"号，正缓缓从吴淞口驶来。

B 线　远航的国民记忆

1911 年 4 月 21 日，海军巡洋舰队统领程璧光率领属下的"海圻"号军舰，就是从吴淞口出发，启程去英国参加英王乔治五世的加冕典礼。

中国近代海军划时代意义的第一次环球航行，出海启程。

"海圻"号的这一次远海航行，在清朝 260 多年外交史上，无论是规模还是规格，都是绝无仅有的特例，载入了中国海军远洋航行的历史史册。

"海圻"号在海军的服役，也是甲午战争后，清朝意欲实施重振海军国策的一个佐证。

甲午一战清军大败，朝野上下为之震动。一些当朝的有识之士，力陈重建海军，经过几次海防筹议后，大清国终于走上艰难困苦的重建海军之路，到 1910 年海军部终于成立，重建海军有了实质性进展。

购买军舰，就是重建海军的第一要务。

清政府陆续从英国、德国等国家买回了一批军舰，主力舰是"海"字开头，大小不一的五艘巡洋舰。在这"五海军舰"中，从英国订造的"海圻"号巡洋舰，被誉为"穿甲快船"，成为当时中国海军的"镇海之宝"。

"海圻"号服役舰队后，清政府接到了英国将于1911年6月22日举行乔治五世继承王位加冕庆典，同时举办国际海上阅兵式的邀请。经过廷议，决定海军部派巡洋舰队统领程璧光率领"海圻"号，随同庆贺专使亲王载振前往祝贺，并参加海上阅兵式，同时顺访美国。

"海圻"号军舰在程璧光坐镇下，出黄浦江，由长江口一路南下，经过南中国海，通过马六甲海峡，横跨印度洋，经亚丁湾入红海，通过苏伊士运河，辗转经过地中海，绕道大西洋，航程10470海里。

在一个更为宽泛的时间框架去看，"海圻"号赴远海环球航行，前接郑和下西洋近500年，后距中国人民解放军海军首次环球航行近100年。

不知道是历史的巧合，还是造化弄人，忍辱负重的中国海军，第一次去远海航行，时逢1911年。

四月的黄浦江上，乍暖还寒。那正是中国处在一个改朝换代的历史时刻，程璧光不知道，军舰上的官兵也不知道，未来几个月，中国国内将会发生什么。

但是，这次环球远航发生的每一件事情，深刻影响着舰上每一个官兵的命运，深刻影响了中国近代海军未来的发展和方向。

在新加坡海域，统领程璧光把全舰官兵召集到甲板上，下达了一条对当时来说要掉脑袋的军令：剪掉长辫子。他发表训令说，长发污衣藏

垢，既不卫生，又有碍动作，尤以误害海军军人为甚，故实无保留之价值。

如果说程璧光下令剪掉的仅仅是中国男人头顶拖了几千年的一把长发，不如说剪掉的是中国海军义无反顾跟上世界海军发展步伐的拖累和羁绊。

1911年6月20日，"海圻"号驶抵英国朴次茅斯军港。

第一次甩掉了长发羁绊的中国海军，意气风发，斗志昂扬，在候阅期间举行的万国海军田径运动会上，从来没有听闻过田径一词的水兵们，组成了一个数十人的参赛队加入比赛。最终虽然没有获得奖牌，但是他们在赛场上英勇无畏、为荣誉而战的突出表现，却给各国海军留下深刻印象，获得了大会主席的表扬。

"海圻"号在英国期间，受到了很高礼遇。

6月24日，乔治五世国王偕玛丽王后在第一大臣丘吉尔的陪同下检阅各国舰队，载振和程璧光受邀和英王同乘第一艘校阅舰观舰。之后，回港途中，乔治五世国王和王后，又接见了中国海军统领程璧光，颁赠"加冕银牌"一枚。

观舰式结束后，"海圻"号也趁机回到位于纽卡斯尔的阿姆斯特朗造船厂维修。一个月后，维修一新的"海圻"号，驶离朴茨茅斯军港，经过两周连续航行，于8月10日抵达纽约港。

此次"海圻"号访美，从某种角度说是对美国海军访华的一次回访。1908年10月，美国"大白舰队"战列舰第三、第四分队访华，清政府在厦门港附近临时搭建迎宾区，中国海军主力战舰云集厦门，隆重欢迎美舰队来访。此后，美国海军多次向清政府发出访美邀请。

中国军舰首次访美，进行了一系列外交活动，在全美上下引起强烈

反响。

程璧光一行前往拜谒格兰特墓，已故前美国总统格兰特之子、纽约区陆军最高司令官小格兰特将军，特意委派夫人陪同"海圻"号官兵前往总统陵墓。美国铁路公司总干事以游览尼亚加拉大瀑布为借口，将中国客人拉到伯利恒钢厂参观。程璧光参观纽约海军造船厂时，船厂厂长伊泽将军送给程璧光一只名贵的波斯猫。

"海圻"号出访英国前，拉美国家掀起了一股排华恶浪。"海圻"号靠港纽约期间，排华事件越演越烈。为了保护海外华侨，经廷议，朝廷一边派遣伍廷芳大臣出访墨西哥、秘鲁、古巴谈判，同时电令程璧光率舰前往墨西哥等拉美国家，展示清朝国威，宣慰侨胞。

这是中国海军历史上，海军军舰第一次为海外华人进行的"护航"。

1911 后 8 月中旬，"海圻"号驶抵古巴首都哈瓦那，受到古巴华侨的热烈欢迎。侨胞们甚至守在港口，一旦遇上中国海军官兵离舰登岸，就盛情相邀请去家中小座。

舰队的到访，很快改变了古巴政府对华侨的态度，古巴总统接见程璧光时特意表示："古巴军民决不会歧视华侨。"

"海圻"号在古巴停泊 10 天后，原计划继续访问墨西哥，但因墨西哥政府已就排华事件正式向清政府赔礼道歉，签订协议，偿付受害侨民生命财产损失，"海圻"号于是取消了访问。

5 个月后，"海圻"号圆满完成出访任务，从哈瓦那解缆起航。正当"海圻"号途经英国巴罗港时，武昌起义的隆隆炮声传到了海上，辛亥革命爆发。

茫茫大海上，程璧光再次下令全舰官兵在舰上集合，拥护清政府的

站左舷，拥护共和的站右舷。一阵骚动之后，队形很快就成形了，所有官兵都站到了右舷，连同舰上纽约造船厂厂长伊泽将军送的波斯猫，也站到了右舷。

没有任何动员，任何劝说，海军官兵向往共和的心，如此一致地凝聚在一起。

此时的国内，辛亥革命如火如荼。

清廷调集重兵，南下镇压革命。时任海军提督的萨镇冰，亲自率领"海容"号管带喜昌、帮带吉升，"海筹"号管带黄钟瑛，"海琛"号管带荣续，将三艘主力舰驻泊汉口附近的刘家庙，其余"通济"、"飞鹰"、"建安"各舰和"江"、"楚"各炮艇、鱼雷艇等布防于武汉到九江之间。

革命党人当时虽然已经武力夺得武昌，推举黎元洪为大都督，但是清军和革命党人依然处于兵力对峙、胜负未决的状态。这个时候，海军的立场对谁胜谁败，将起到决定性作用。

武昌起义爆发后，海军成为革命党人和清军争夺的重要军事力量。被革命党人推举为湖北都督的黎元洪，和萨镇冰有着师生之谊。在这个历史关键时刻，黎元洪给萨镇冰写了一封信，信中写到：谁无肝胆，谁无热诚，谁非黄帝子孙，岂肯甘做清朝奴隶，而残害同胞耶?！信中发人深省的呼唤，加上亲眼见到满街赤手空拳的百姓，冒死加入了和清政府对抗的斗争，萨镇冰最终选择了反正。

作为一个军人，阵前倒戈的行为是可耻和武德残缺的，但是，在顺乎民意，顺应时代的大目标前，这种倒戈却体现了作为将领具有的恢宏气魄和追求民主进步的强大内心驱动。

对于萨镇冰来说，辛亥年的临阵倒戈，是他人生的一次重新投

胎，也是第一次凤凰涅槃。在他以后的海军生涯中，历史不可避免地总是把这个军龄和中国近代海军同龄的将领，放到中国社会每一次新旧交替的烈火中炙烤、锤炼、粉碎，又重新塑造。

萨镇冰随后召集三舰军事主官进行谈话，劝他们顺从民意，解甲归田，领了盘缠，立刻离开军舰回乡。

这三艘军舰军事主官，除了黄钟瑛，都是满族人。萨镇冰一番推心置腹的话，让他们真切感受到大清气运已尽，便听从了萨镇冰的劝告，放弃对革命党的镇压，离开军舰。

史料没有记载当时萨镇冰内心真实的倾向，但是从他劝告海军军官在大革命的关键时刻，放弃镇压，解甲归田的行动，昭示了他支持革命党的进步立场。

萨镇冰安排好海军官兵的退路后，称病引退，去上海治疗。临下军舰之前，全权委托"海筹"号管带黄钟瑛办理好三舰的后续事务。

萨镇冰离开了旗舰。

三艘军舰降下了大清龙旗，中华民国的铁血十八星旗在大清海军的军舰上升起。

1912年1月1日，新年第一道曙光擦亮英格兰海面的时候，"海圻"号上的黄色青龙旗也在凛烈的海风中降下。又5个月，程璧光和"海圻"号回到了上海吴淞口，民国海军首次环球航行，宣慰海外侨胞，顺利完成出访任务，圆满落下帷幕。

门口传来敲门声。

是班长回来了。

我打开门，班长径直走进我房间。

班长似乎喝酒了。

我倒了一杯茶给他。

班长开口第一句话，让我十分意外。

班长说，当年一起从杭州去海校上大学的同学，15个，一共15个，现在还留在海军的，你猜，有几个？

我说，这怎么猜？

班长没说话，右手竖起一个食指。

我说，一个？

班长还是没说话，看着竖起的右手食指。

我说，真的吗？只有一个还在海军，这个人就是你？

班长点头。

班长说，你说，这是我的幸还是不幸？

我无言。

我知道班长说的幸还是不幸，绝对不是普通意义上的问题视角。

班长放下手指，随手端起茶杯喝了一口水。

班长说，早点休息，明天开始就有你累的了。

我送班长离开房间。

长长的走廊上，投射下他高大然而却有些孤单的背影。

我没有丝毫睡意，继续阅读着班长的护航纪事。

我总觉得，一个人渴望已久的东西，有一天真的出现在面前时，内心的第一反应总是不觉得是真的。

绝对没有想到，我会有幸执行第六批亚丁湾护航任务，并且担任

998 舰的指挥官。直到正式接到命令,都不太相信这是真的。回想起来,1985 年从大连舰艇学院毕业后,中国海军多次划时代意义的航行,几乎都让我赶上了。1997 年随编队出访南美四国五港,这是人民海军第一次环太平洋航行、第一次访问美国本土;2002 年中国海军首次环球远航,圆了中国人的百年梦想;加上这次第六批亚丁湾护航,那么我将是中国海军从黄水走向深蓝重大远航任务的亲历者和见证者。

不敢相信,幸运之神会如此眷顾我。

和我同辈的老海军,大都经历了怀揣着梦想踏上军舰,又怀揣着梦想离开部队的命运。当年大连舰艇学院同班的"108 将",只有 15 位同学目前还留在海军。我的母校从 1979 年恢复高考到 1983 年期间考入的杭州籍学员,现如今还在海军服役的,也只剩下了我一个。

毛泽东同志早在 1953 年就亲笔题词,写下了"我们一定要建立强大的海军"。当年,毛泽东在写完第一幅字后,自己觉得不满意,又挥毫写下了第二幅。如今,毛泽东的这幅手迹,就挂在中国海军博物馆的墙上。50 年过去了,而我那些已经转业的同学们直到离开海军,从来都没有驾驶过 998 舰这样真正的远洋战舰,出海的航程也没有超出过近海海域。

多少年来,每一个中国海军心中几乎都装着同一个梦想,驾驶着真正的远洋战舰,从近海走向大洋。一名从来没有走向过大洋的水兵,不能算是真正意义上的海军。为了这一天,我和我的同学们在各自的岗位上奋斗、付出;为了这一天,我们等了许多年,从一个莘莘学子,等到人到中年。

和我那些早已经转业的同学相比,我是幸运的。远航,是一个国家综合实力的体现,在中国海军终于有能力走向蓝海的今天,我亲自指挥

着998"昆仑山"舰，满怀着中国海军的豪情和同学们战友们的嘱托，在印度洋上航行。

想起来，我和998舰之间，就像恋爱中的男女，经历了第一次见面，进一步深入了解，最终走到一起朝夕相处的三个阶段。

对我这样的老海军来说，对998这样大型舰艇的向往，就像一个无法排解的相思梦。这次护航，宣布我为998舰指挥官的时候，大为惊喜，想，真好，终于如愿以偿了。

第一次登上998舰，是在2008年1月3日。

这一天，明朗的早晨，湛江军港彩旗飞舞，军乐声声，战士们整齐列队，迎接新伙伴998舰入列。

在998舰首任舰长吴公保陪同下，海军吴胜利司令员检阅了998舰仪仗队。吴胜利司令员在998舰入列仪式上说，998舰的入列标志着海军两栖作战兵力投送能力的全面提升，这必将为海军遂行多样化任务，应对多种安全威胁带来积极的作用。

那时我在海军司令部军务部任职副部长，作为海军机关代表参加了998舰的入列仪式，在现场热烈而庄严的气氛中，第一次看见998舰魁梧的身形，内心被震撼了。当时就想，身为海军，此生有幸能率领998舰出海远航执行任务的话，这一辈子的海上军旅生涯也就没什么遗憾的了。

10个月之后，以新入列的998"昆仑山"号为旗舰，海军舰艇编队开始环南中国海远航训练。编队航经距祖国大陆2000多公里的我国疆域最南端的曾母暗沙岛，海军官兵在"昆仑山"舰隆重举行主权纪念碑投放仪式，向世界庄严宣示我南中国海洋国土的神圣主权。这是自1983年、1994年以来，中国海军在曾母暗沙的第三次主权宣示。

我从北京海军机关重新回到舰队。

那时的 998 舰，已经入驻某舰艇训练中心。

全新的 998 舰，对全舰官兵，都是一道全新的课题。从 998 舰入驻训练中心之后，舰员们都铆足了劲儿，投入到各项基础训练之中。那些可爱的战士们，在最短的时间内，全面掌握了舰艇组织部署、舰艇航行、舰艇损害管制、舰艇武备使用等舰艇基础科目。

这期间，我常常上舰，和舰员们一起摸打滚爬，尽可能去熟悉了解 998 舰的一切。

舰艇其实和爱人一样，有她自己的脾气性格。和 998 舰相处久了，对她身上的优点和毛病了如指掌。

很长一段时间内，998 舰都是我窗前的一道风景。

清晨起床的号声响起，推开窗，看见 998 舰和舰上战士们熟悉的身影，内心会觉格外瓷实，就像是你心爱的姑娘，每一分钟都在你眼前那种感觉。如果有一天 998 舰出海训练，而我恰恰又没有上舰，推开窗的刹那，心里就会觉得空荡荡的。

998 舰去亚丁湾护航，是谁都能想到的事情。什么时候去，谁带着舰走，这个却是未知数。

日子就在紧张的训练中一天又一天过去了。

2010 年 4 月的一天，和往常一样，吃过早饭，领导交接班，之后就是办公会议。这之前没有任何预兆，支队领导忽然在会上宣布，由我和许卫雄总工程师全权负责，带领 998 舰赴上海完成舰载气垫艇新装备试验任务。将要进行的这两项装备试验，就是为 998 舰去亚丁湾执行护航任务配备的新装备。

这两项试验意义重大。998 舰执行的是第六批护航任务，在前五批护航实践的基础上，上级机关经过反复研究，998 舰作为大型两栖战舰，根据参加护航携载兵力的配置，最终决定，发挥 998 舰携载量大，携载种类多的特点，以舰、机、艇一体的立体化模式出海护航。这两项试验成功与否，决定了全新护航模式能否实现。

我和许卫雄总工程师肩负着重任赶赴上海。

5 月的舟山海域，风和日丽，碧波荡漾。平静的海面上，两艇试验在异常紧张有序地进行。

我和许总工程师在 998 舰作战指挥室，指挥两艇试验。

监视器中，出现坞舱画面。无线耳机里传来气垫艇艇长刘伟的声音："气垫艇检查准备完毕。请示启动燃机！"气垫艇出舱的时候，燃机排烟口温度高达 400 多摄氏度，坞舱排烟通风装置和喷淋降温装置必须提前开启，否则强烈的燃机排温将对坞舱内的工作人员和设备造成伤害。可以说，整个操作过程只要有一点点差错，后果不堪设想。于是我立即下达口令"开启坞舱通风，打开 4 号艇位喷淋。"同时指示刘艇长"可以启动燃机。"

不一会儿，坞舱传来了燃机低沉的轰鸣。"燃机运行正常，请示自行出舱。"刘艇长请示道。就在气垫艇燃机试运行的同时，我已指示坞舱班的人员打开了艉门和艉跳板。

一切准备就绪。

我通过和现场的对讲系统，下达了气垫艇出舱的命令。

此时，坞舱内警灯闪烁，出舱指示灯也亮起了绿色。原先低沉轰鸣的燃机也拔高了调门。监视器上可以看见，整个坞舱顿时水雾弥漫，原先像一头狮子静静躺卧着的气垫艇站起了它魁梧的身子，仿佛是找准了猎物，准备出击。巨大的水雾托着气垫艇，缓缓向打开的舱门移动。

气垫艇顺利出仓。

气垫艇掉转艇艏高速飞奔，巨大的轰鸣夹带着冲天的水雾，很快就消失在海天深处。

我紧盯着态势显示屏，关注着气垫艇的航行状态。同时，指挥气垫艇按照预定计划，一个一个项目进行着试验。

数小时候后，海上试验内容结束，监视器再次出现气垫艇的画面。

接下来要做的试验项目是气垫艇自航进入母舰坞舱。就是母舰保持稳定的航向、稳定的航速航行，气垫艇对准母舰航行进入坞舱。这个项目难度系数非常大，因为海区的风向、风速、流向、流速随时会影响母舰和气垫艇的态势。加上母舰坞舱的宽度仅仅比气垫艇的最大宽度多了30公分。在这种情况下要让气垫艇安全顺利进入坞舱，难度可想而知，况且这对于气垫艇和母舰都是第一次。

为了完成好这个项目的试验，在此之前，我和许卫雄总工、乔智强舰长、刘伟艇长等有关人员多次在一起分析研究，详细制定指挥操纵方案，并进行多次模拟指挥操纵演练。为了判断和优化我们的方案，我还查阅了大量的国外网站资料，分析研究了美国海军 LCAC 气垫艇的指挥操纵方法以及他们的成功经验和失败教训。可以说，在此之前，我们做好了充分的"纸上谈兵"的准备工作。现在到了检验我们方案可行性的时候了。

"母舰航向 180，航速 5 节。你艇保持和母舰同向同速，保持距离，比对航向航速！"我向刘艇长下达指令。"明白！比对航向航速。"

"母舰航向 180，航速 5 节稳定，风向 170，风速 8 米每秒，控制速度，准备进舱！"我的指令一连串地下达。"明白！准备进舱！"刘艇长操纵气垫艇缓缓向母舰接近。

"距离500米，位置偏右40米。"我不断将监测数据向刘艇长通报。

"距离400米，位置偏右40米。注意修正风压角！""明白！"

"距离300米，位置正好。注意保持位置！""明白！"

现场鸦雀无声，只听见口令在不断传送。所有参试人员的眼光都紧盯着监视屏。

气垫艇缓缓地向母舰坞舱口接近。

"艇艏已进导栏。"刘艇长报告。"全垫升，正矩！保持姿态，进舱！"

"启动通风、喷淋！"

"艇已到4号艇位"，

"半垫升，零矩。挂牵引索，准备牵引！"，"牵引机准备同步牵引！"

一个个口令变成舰员、艇员的一个个行动，母舰各部位的舰员和艇员一起密切协同，一个个动作在紧张地进行着。

气垫艇的庞大身躯正在一点一点向坞舱内移动。

"气垫艇已到达1号艇位！"

气垫艇按照预定方案，安全顺利进入母舰。

刹那间，指挥室里响起了一阵热烈的掌声。

这个凝聚着我国科研人员心血，经过多年自主研制开发的第一艘大型气垫艇，终于通过了实战实验。

接下来高速快艇的试验，就显得毫无悬念。

沉浮作业开始，998舰的艉跳板打开，随着海水阀的开启，坞舱水位逐渐上升。不一会儿，坞舱进水高度，达到快艇出舱条件。

我在指挥室下达快艇出舱的指令。

坞舱内，两艘高速快艇很快驶离，奔向无垠的大海。

两艇试验结束时，998 舰上传来阵阵欢呼声。我表面上沉着冷静，内心却也是波澜起伏，抑制不住成功的喜悦。从军 30 年后的今天，我亲自指挥中国海军最大的两栖登陆舰，进行航速最快气垫艇和高速艇的海上试验，让我切身感受到海军装备建设的飞速发展，更让我感到自豪的是这些装备都是我们中国人自己设计制造的。我深深感受到，只有国家强大了，经济发展了，海军才能真正发展壮大起来。

试验结束，我走出指挥室，第一时间走向总设计师，和他们一一握手，由衷表达深深的谢意。

的确，中国海军正是因为有了全国人民的支持，有了国家经济的强大后盾，才有了海军实现从黄水走向蓝海梦想的可能。

5 月 20 日，就在两艇试验接近结束时，接到舰队转海军上级机关指示，命令 998 舰尽速赶赴青岛搭载护航所用四架直升机。由于时间紧迫，第二天一早，998 舰就从上海出发，22 日中午抵达青岛，立刻进行紧急装载物资器材，24 小时内离开青岛港。出港后，998 舰在海上行进，舰载直升机同时由机场起飞。

998 舰航行到指定海域，一时间，海上出现非常壮观的一幕。海天霞光之中，998 舰全速航行，直升机在天空低飞之后，一架又一架，稳稳降落在 998 舰载机平台上。

998 舰圆满完成各项试验任务后，搭载着护航的所有设备顺利抵达湛江，等待启航亚丁湾。

至此，舰、机、艇一体出海护航所需要的技术装备条件，都已经齐全到位。

998 舰，是一艘入列不久的新舰艇，很多高难度、高风险的训练科目，舰员们都还没有实际操作过。为了提升998舰护航能力，加装了很多新设备，这些设备的使用管理，对于998舰的舰员来说，统统都是全新的课题。另外，998舰在战术使用层面上的很多问题也还在研究探讨之中，没有落实到训练中去。998舰离形成战斗力，完成使命任务所要求的能力水平还有相当的差距。

两艇试验成功和舰载直升机到位后，998舰正式进入了综合立体投送相关的高端训练科目中。

998舰在上海试验期间，各级首长十分关注试验情况和进展。

海军首长、舰队首长多次亲临现场指挥、指导和协调各项工作。

从那一刻开始，我的生命就像被注入了强心剂，在无穷无尽的忙碌中，迎来了出发的日子。

6月30日，在湛江军港举行了隆重的启航仪式。南海舰队参谋长魏学义少将担纲第六批亚丁湾护航编队总指挥，我任998旗舰指挥官，在全国人民关切的目光中，踏上了去亚丁湾的航程。

启航离开湛江港奔赴亚丁湾（李彦林　摄）

第二天，烟雨朦胧。

我和班长很早就来到了吴淞港。

站在江边，默默看着东流的江水。

纵然一切世间事物都可以改变，但是水却以亘古不变的姿态，向东到永远。

班长看看我，说，想什么呢？

我说，你的字里行间，我就看到了两个字，自豪。的确，班长是幸运的。比同时代的许多中国海军、比起中国历史上的海军都要幸运。

班长说，你一直在想那个幸与不幸的话题？

我点头，但是默然。

班长提及的幸与不幸的话题，一直在我脑海萦绕。此刻，不由想起中国海军历史上最为不幸的一名海军军官。

B线 远航的国民记忆

统率"海圻"号环球航行荣耀归来的7年以后，程璧光死了。

1918年2月26日晚上八点左右，在广州海珠公园渡口，程璧光遭到枪击，被刺客暗杀身亡。

正是广州，这个当年他宁愿冒犯孙中山，也不愿掉转军舰炮口对准开炮的城市，成了他生命最后的终点站。

关于他的死，有一种说法，程璧光是被孙中山亲信朱执信暗杀的。

孙中山系的军政府缘何要杀了这个一直支持他们的海军统帅？

程璧光和孙中山是同乡，广东香山人，早在1895年就彼此相识。

程璧光出生在一个商人家庭，排行老三。10岁时，在美洲经商的父亲亡故于檀香山后，程璧光生计无着，为寻求出路，在福建水师

"靖远"号当管带的姐夫陆云山举荐下，1875 年进入福州船政后学堂学习驾驶。程璧光天资聪颖，加上勤奋，从后学堂毕业后，任福建水师"超武"号、"元凯"号炮船管带。福建水师覆灭后，任船政学堂教习，后再任广东水师"广甲"号帮带、"广丙"号管带。

1894 年，时逢清廷第二次校阅水师，作为广东水师粤舰领队的程璧光，率领"广甲"号、"广乙"号和"广丙"号三舰北上天津会操。

这次北上，把程璧光的命运和中国历史上最为惨烈的海战联系在了一起。

天津会操结束之际，朝鲜国内局势动荡，作为军人的程璧光，敏锐觉察到战争一触即发，就上书直隶总督兼北洋大臣李鸿章，请求暂不返粤，留在北洋备战。请战获得李鸿章的准允，三艘"广"字号舰随即编入北洋舰队参战。

6 月，日本以朝鲜东学党起义为借口，悍然发动侵华战争，丰岛海战爆发，揭开了中日甲午战争的序幕。

黄海海战，是中国海军陷于不利战局的转折之战。但是在这场海战中，日舰"西京丸"号被炮弹击中，被迫逃离战场。给予日本军舰致命一击的，正是程璧光麾下"广丙"号发射的炮弹。在惨烈的海战中，程璧光腹部中弹，身受重伤。

黄海大战后，日军又进攻威海卫，北洋舰队腹背受敌，陷于绝境，铸成中国最终的败局。提督丁汝昌和各总兵拒绝投降自杀战场后，残余清军商议，决定向日军投降，海军副提督英国人马格禄，伙同美国顾问浩威，起草投降书，以丁汝昌的名义乞降。这一次，程璧光被派乘炮舰去向日本舰队司令长官伊东佑亨递交降书。

因为这一事件，战后程璧光饱受各界病诟，被革职回乡。

那时候，程璧光的弟弟程奎光，已经加入了杨衢云、孙中山领导的兴中会。

或许，正是甲午海战的惨败，让程璧光对清政府心灰意冷，开始寻找中国社会黑暗中的光明力量。在这种情况下，经过弟弟程奎光的介绍，程璧光也加入了兴中会。

1895 年 10 月，兴中会首次发动广州起义。由于走漏风声，起义失败，弟弟被捕后，遇害牺牲。程璧光在混乱中逃到了南洋。一年后，李鸿章去欧洲，途中经过槟榔屿，程璧光得知这个消息，主动去拜见曾经主管过海军的老上司。

程璧光虽然因为向日军递交投降书遭到革职，但是很多事情早已时过境迁，加上甲午一战，北洋海军全军覆没，海军将领和人才大都在黄海一战中捐躯，清廷也意识到中国不能没有海军人才和将领。正是在这种情况下，借着这次会面，李鸿章承诺替程璧光向朝廷说情免罪，邀请程璧光回国，加入到重建海军的工作中来。程璧光不久即回到国内，回归到大清海军的行列中。

程璧光率领"海圻"号环球远航，正是回归海军后，以巡洋舰队统领的身份出访海外的。

程璧光和后来任大总统的黎元洪也是老战友，他在"广甲"舰上当帮带的时候，黎元洪只是舰上的三管轮，也就是他的下属。

1916 年，袁世凯死后，黎元洪当了大总统，程璧光被任命为海军总长。1917 年 7 月，张勋复辟后，程璧光在上海宣布海军独立，反对复辟，以中华民国海军总长的身份，率领第一舰队的船只，脱离北洋军阀控制下的中央政府，离开上海南下粤海，支持孙中山倡导的护法运动。由此，揭开了护法运动的序幕。

程璧光以中华民国海军总长和第一舰队司令林葆怿的名义，在上海发表海军护法宣言：我海军将士既以铁血构造共和，既以铁血保护之。在广东各界欢迎海军大会上，程璧光在公众面前表露心声：今日来粤，联合西南各省，巩固真正共和中华民国，倘达不到目的，决以一身殉之亦所不惜。

护法运动是中国历史上重要的旧资产阶级民主运动。程璧光怀着一腔热血，全身心投入到护法之中。

护法期间，程璧光几次被提议任广东督军，都被程璧光婉拒。程璧光说：此番率海军南下，是为护法救亡而来，事情如果涉及到个人权位，就不是我所乐意听的。

当时的政治局面错综复杂，桂系、孙中山的军政府和海军，三方面虽然都宣称护法，但本质上，除了海军，谁的心里都有一本自己的账。桂系表面上支持护法，本质上是想割据两广。孙中山谋划了"以西南六省发难，而西北、东北复有响应之约，扬子江流域本多民党军队"这样的策略，来颠覆北洋政府。只有以程璧光为首的海军护法，就像宣言中所称，是一种纯粹的军事讨逆行动。

在瞬息万变的时局中，程璧光却一直持守着发表护法宣言最初的信条。

桂系百般压制军政府的护法行动，孙中山为了寻求突破，设计以海军炮轰督军署为信号，发动广东陆海联军，驱逐桂系都督莫荣新的抵制策略。这一计划，遭到了程璧光的坚决反对。

但是，孙中山执一己之见，在1月3日，密令军舰炮击观音山都督府。程璧光得知后，命令军舰开回广州，还把两个舰长撤了职。这引起了孙中山的不满。

当孙中山要求程璧光统率的海军，向广州城内的督军府开炮时，程璧光对孙中山说：我是来护法的，不是来参与你和桂系之间纠葛的，作为广东人，应该维护广州市民的安全，怎么能炮轰广州城呢？

不仅如此，为了防备孙中山直接指挥舰长开火，程璧光下令，各舰戒严，不准任何船只靠近。正如程璧光所料，不久，孙中山的侄孙孙振兴企图接近军舰。几次警告不成，军舰开炮，孙振兴受伤身亡。

这一事件，使得程璧光和孙中山之间产生了无法愈合的间隙。而谋求建立西南联合会议不成后，提出改组军政府的主张，让孙中山阵营的许多人将程璧光彻底看成对立阵线，"若不去程，势将危及护法前途和孙中山的安全"。

就这样，程璧光在瞬息万变的复杂政治局势中，始终秉持最初的护法宣言，维护共和。然而他所做的每一步努力，客观上却一步步加剧了和孙中山之间的隔阂。最终如他自己所言，为护法献出了生命。

程璧光的遇刺身亡，导致了护法运动的失败，这个结局，是谁都没有预料到的。

这只是关于程璧光之死的一种说法。他究竟是被谁指使暗杀而死的，有待于历史学家的考察。

但是，程璧光阻止孙中山炮轰莫荣新督军府，却是历史事实。

如果不是史书记载，很难相信，这是一个旧式海军统领，对伟大的革命先行者说的一番话。且不论程璧光一生的是非功过，在那个城头变幻大王旗的时代，程璧光这一席话，远远超越了孙中山在这一事件上的思想高度和先进性。

中国海军，每每在中国社会发生历史巨变的关键时刻，就像趋光的飞蛾，总是能正确地选择更趋于光明、趋于先进的道路。

支持辛亥革命，支持护法运动，到新中国成立前国民党海军将领弃暗投明，如果说中国社会是一艘战舰，那么中国海军就像铁甲舰的主机，总是在最需要马力的时候，给社会进步添上推进的动力。

民国海军总长程璧光最后的归宿，是他个人的悲剧，海军的悲剧，也是一个国家的悲剧。

出港的船只拉响了汽笛。

我说，班长，从民国到当下，中国海军的幸与不幸，真的就像一部大部头的史卷，负重、沧桑而又缱绻。

班长想了一下，说，作为当代中国海军，我自认为是幸运的。

我说，幸与不幸，其实就是对所处时代的另一种定义。

班长感慨地说，是的，时代对了，海军的幸，何尝不是一个民族的幸，国家的幸。

二

本来以为这次和班长的自驾游，就算不一定能有多少收获，但至少会快乐，可事实上却不尽然。行程才刚开始，内心就很负重。最主要的是我发现，我和班长之间，或许是我们社会角色不同，或许是我不了解班长的内心，有太多的顾虑，在海军这个问题上难以进行彻底的透亮的交谈。

　　比如，作为中国海军的荣誉感，我一直想问班长这个问题，但直到现在，都没有敢触碰这个话题。我想从班长的纪事中或许能找到答案。

A线　到亚丁湾去

　　印度洋的风浪丝毫没有减弱的意思，转舵后的编队，进入了马尔代夫五度海峡。

　　到了五度海峡，舰艇必须转向，998 沿着 285 度航向行进。在到达非洲东海岸后，再转向 000 度，驶向索科特拉岛西北 40 到 50 海里水域，抵达 1300N/05500E 转向点，然后西行进入亚丁湾。

　　这是编队进入印度洋的第四天。

　　浪峰之下，不断有成群的飞鱼跃出海面。

　　印度洋的横浪对我来说并不陌生，早在 2002 年就已经见识过了。我在第一时间提出调整航向，降低纬度航行的提议，也是得益于印度洋是我曾经走过的一条熟道。

　　生活真的很奇妙，你永远不知道在前头等着的是什么。假如不是当初我执意要去武官班学习，就不可能有机会参加中国海军划时代的首次环球航行。

　　一直以来，海军都是国家对外友好交往的一个载体。为了更好发挥海军在国际交往中的作用，海军决定选拔一批海军军官担当驻外海军军种武官。

　　2000 年 11 月，海军司令部、政治部派出一个专项考核组奔赴各个舰队，对 10 名海军驻外武官进行预选。

这次挑选驻外武官的条件要求非常具体，必须符合有基层指挥员任职经历，大学本科以上，英语能力达到一定水平，年龄在 40 岁以下几个硬指标。对从事的专业也有要求，主要在水面舰艇部队、航空兵、潜艇部队中挑选。舰艇部队的必须当过舰艇长，航空兵部队的必须是飞行员，最好是大队以上的指挥员。

我当时已经是全训合格舰长，加上英语口语不错，阅读能力也不差，经过几轮口试面试，成为这 10 个武官预选对象之一。

那一年，我在登陆舰部队任大队长，年龄正当，意气风发，工作顺风顺水。

当时基地领导不同意让我走。基地司令员托人给我带话，大队长当得好好的，折腾个啥，以后让我施展手脚的机会还很多。我心中非常明白首长对我的信任，但是我觉得，一个基层海军军官，如果要提升军事素质和综合能力，多岗位锻炼，必须适时地学习充电，不断提高自身的综合能力素质。经过再三考虑，我决定还是去武官班学习。基地首长最后还是尊重我的个人意见，同意我进院校培训。

在南京海军指挥学院武官班的一年学习很快就结束了。毕业后，我又从"水面"来到了"水下"，被安排到了潜艇部队任职。

通过武官班学习，我的国际关系、军事理论、作战指挥等综合能力素质得到了提高，更大的意想不到的收获是，因为有武官班学习的经历，给我带来了有幸参加环球航行的机会。

2002 年，恰逢郑和下西洋 600 周年。

中央军委决定在这个特殊的年份，派海军舰艇编队完成中国海军首次环球航行。为此，要在全海军挑选 10 名实习队员。其中 2 个名额指定从武官班毕业生中挑选，其他 8 名来自航空兵、驱逐舰和舰队机关。

这 10 名实习队员，都是具有丰富基层工作经验的，担负过各级指挥员的，来自于海军航空兵部队、潜艇部队和军以上机关的具有代表性的指挥人员。我有幸成为其中的一员。

得知自己被上级机关挑中参加环球航行时的兴奋劲儿，至今记忆犹新。

我知道，这次远航，不仅是一个学习、锻炼的机会，最主要的，环球航行是中国海军历史上的一个重大事件，是中国海军的航迹从黄水向蓝海延伸的又一个具有历史意义的台阶。参加此次远航，意味着我将成为这个历史事件的亲历者和见证人。

我兴奋得睡不着觉。兴奋之余是冷静，开始为环球航行任务做各方面的准备。

我利用业余时间跑书店，钻资料室，如饥似渴地收集着我所有感兴趣的资料。环球航行将要经过的大洋、海、海湾、海峡、运河的地理、气象、水文资料，所到国家有关的背景资料，政治、军事、经济、人文、地理等方面的情况都是我收集的重点。

2002 年 5 月 15 号上午 9 点，青岛港，"青岛"号导弹驱逐舰和"太仓"号综合补给舰，在一声汽笛长鸣后，中国海军首次环球航行编队启程出海了。

全体远航官兵站立甲板上，向祖国和人民庄严敬礼。

我和 506 名海军官兵一起，带着全国人民的热切期盼出海了。

中国海军舰队的旗帜，在大洋深处消失了 600 年之后，将再次在蓝色的大洋上迎风飞舞。

自从 1519 年麦哲伦开始了人类历史上首次环球航行后，五大洋这片未被开垦处女地，从此不断出现勇敢者的风帆。

1907 年 12 月 16 日，美国切萨皮克湾汉普顿锚地，16 艘庞大威武的白色战列舰排成纵列，开始了前所未有的环球航行。英国、法国、意大利等国的海军也经常组建舰艇编队，进行海上环球航行。1996 年 7 月 13 日，意大利海军派出"彭尼"号导弹驱逐舰和"狙击手"号导弹护卫舰，组成一支环球航行编队，横跨 5 大洲，穿越 3 大洋，先后访问了巴基斯坦、美国、俄罗斯和中国等 24 个国家 32 个港口，航程约 4.3 万海里，历时 260 余天。

环球航行对于世界上任何一支海军来说，都是一件大事，对一支海军舰艇编队来说，将经历多方面的锻炼。除了具有政治、军事、外交等方面的积极影响外，环球航行被各国公认为检验海军实力的试金石。

我们这次环球远航训练的航迹涵盖了 5 大洲 3 大洋，途经 15 个海和海湾，14 个主要海峡和世界两大著名运河，创下了出访时间最长，航程最远，涉足的海域最复杂，经历的航道、港口最多的记录，检验和提高了我海军舰艇编队全球指挥能力、全球航行支援保障能力，摸索出了一套适合于中国海军舰艇编队远洋航行的组织部署、教育训练的工作方法，开阔了全体官兵的视野，为将来海军舰艇编队遂行远海作战任务进行了有益的探索。

只有能组织海上编队进行环球航行的海军，才能被称之为一支成熟的海军。

我和班长来到吴淞口炮台遗址。

石头上每一点斑斑驳驳，都是历史真实的印迹。

我不由地想，麦哲伦环球航行，比郑和下西洋晚了将近 100 年，中国海军的首次环球航行，比世界最先进的美国海军

晚了也将近100年。

我很想就这话题和班长交流，但是终究没有能够找到合适的机会。

我和班长沿着长长的江堤，各怀心思往前走着。

滔滔江水，江上的行船，汽笛声声，就像一幅画，宁静写意。

班长说，吴淞港出去就是长江口，长江口连接着东海，沿着东海往南是台湾海峡，对面就是台湾岛。他说，你知道那里有一个叫琅峤的地方吗？

B线　远航的国民记忆

琅峤，是的，正是台湾岛最南端的琅峤，在中华民族生息繁衍的版图上，那个叫琅峤的地方，对中国海军来说，有着极其不平常的历史记忆。

中国近代海军历史上，第一次真正意义上的军事行动，是在琅峤展开的台湾保卫战。

在沈葆桢的运筹帷幄下，这是一场有把握全赢的海战。

中国近代海军，这支从来没有赢得过胜利荣耀的队伍，从那一仗本来可以打赢的海战开始，就注定了唯有苦难，没有辉煌的命运。

假如那一场保卫台湾的海战打响，那么，中日甲午海战是不是会如期爆发，中国是不是会沦为半封建半殖民地国家，近代工业资本主义是不是能在中国古老的大地上蓬勃发展，或许都会有另一种可能，整个中国百年近代史就可能改写。

当然，历史是没有假设的。

克劳塞维茨说过，在人类活动中，再没有像战争这样经常而又普遍地同偶然性接触的活动了。而且，随偶然性而来的机遇，以及随机遇而来的幸运，在战争中都占有重要的地位。

西乡从道中将得到日本政府率海军入侵台湾岛的命令，鉴于多年菊花和刀的精神滋养，早就做好了战死的准备。这伙驾着军舰的亡命徒，带着从台湾岛为突破口，妄图亡我中华民族的侵略野心，登上了琅峤。

那时候，琅峤上到处是中国海军的军舰，敌我兵力相当悬殊，战争的正义和非正义泾渭分明，就是在这种情况下，沈葆桢呕心沥血排布的军事部署，因为缺乏朝廷的一声命令，本该狼烟四起的琅峤上，却没有开战。中国海军历史上第一次保卫国土军事行动中，本该大捷的那一笔，和中国海军擦肩而过。不仅如此，西乡从道本来以为自己必死无疑，事实是他没死，也没有遭遇激战，相反，日本政府还轻易拿到了巨额真金白银。这个结果，对于日本人来说，是一次绝对的偶然。正如克劳塞维茨所言，随这次偶然性而来的机遇，面对的就不仅仅是日本，而是整个西方列强。

1874 年 4 月，日本政府成立侵台机构"台湾都督府"，任命大藏大臣大隈重信为"台湾番地事务局长官"，海军中将西乡从道为"台湾番地事务都督"。

一个国家建立另一个国家属地的管理机构，侵略野心不言自明。随后，西乡从道率 3600 名长崎日军，雇佣英国和美国的船只，准备开赴台湾。因为遭到美国大使平安抗议雇佣美国船只，日本政府被迫下令延迟进兵台湾。西乡从道一意孤行，扬言"延迟出兵将会有损士气，如

果政府强行阻止，愿退还天皇的全权委任书，以贼徒之姿直捣生番的巢穴，绝对不会累及国家"，随即命令部队进犯台湾。

5月7日，日军在台湾南部琅峤登陆，遭到当地民众的顽强抗击。一个月后，日军占领牡丹社，并在龟山建立"都督府"。

消息传到北京，清政府任命沈葆桢为钦差大臣，总理台湾等处海防，并授权直接指挥福建省镇道以下各官，江苏、广东沿海各口岸舰艇准其调遣。沈葆桢率福建布政使潘霨、船政洋监督日意格、帮办斯恭塞格等，乘坐"安澜"、"伏波"、"飞云"等舰，从马尾前往台湾。

沈葆桢踌躇满志，调集船政所辖12艘舰艇全数出动，"扬武"、"飞云"、"靖远"等6艘军舰常驻澎湖，"福星"号驻台北，"万年青"驻厦门，"济安"驻福州，"永保"、"琛航"和"大雅"运输船输送军队和军火，又调集南洋的"测海"在闽沪之间传递消息，调动装备有洋枪洋炮的淮军6500人，由提督唐定奎统帅驻扎凤山。

一切准备就绪。在中国的领海上，中国海军占有绝对优势，这是一场完全胜券在握的海战。

沈葆桢以卓越的军事才干，做好了周密部署，不仅如此，就在大战开战的前夕，他还在为清政府筹划台湾的未来。6月14日，文煜、沈葆桢会奏筹备台湾防务大概情况，为了防范日本，提出联外交、储利器、储人才，通消息等措施，主张借洋款以造枪炮铁甲舰，修电线等一系列有利于台湾海防的设想。

沈葆桢是中国最早提出建造铁甲舰的有识之士之一。

6月22日，福建布政使潘霨、台湾道夏献纶前往琅峤，和西乡从道会谈三次，无果而返。7月24日，李鸿章和总理衙门也分别和日本公使柳原前光在天津、北京谈判撤兵，同样没有结果。

9 月 14 日，日本内务卿大久保利通以全权大臣的身份，在总理衙门会晤奕䜣、文祥等大臣，先后谈判 8 次。1874 年 10 月 31 日，大久保利通和恭亲王奕签订了《中日北京专条》，也称《台湾事件专约》。专条中称，日本此次出兵"原为保民义举起见，中国不指以为不是"。强迫中国政府以"抚恤"和"修道建房费"为名，赔偿日本恤银 50 万两。

《北京专条》给沈葆桢带来了怎样的感受，无人知晓。但是，有一点是非常明确的，正如一个西方人说的，这种和解注定了中国的命运，它向世界宣告，这是一个富有的帝国，它准备给钱，但不准备打仗。

《北京专条》的签订，不仅给日本人，也给西方列强的扩张野心注入了一剂强心剂。他们全看明白了，这个泱泱大国龙的民族，体貌强大，却疲软衰弱，骨质稀疏。

20 年后，日本人卷土重来，一起来的还有西方各国列强。

以 1894 年 7 月 25 日丰岛海战爆发为开端，到 1895 年 4 月 17 日《马关条约》签定，持续 10 个月的甲午战争，以中国的失败而告终。中国清朝政府迫于日本军国主义的压力，签订了丧权辱国的不平等条约《马关条约》，给中华民族带来了空前的民族危机，中国社会在半封建半殖民地的泥淖中越陷越深。

但是，日本人忘记了，克劳塞维茨还说过一句话：一个幅员辽阔的国家是不可征服的。

很多时候，历史的作用是用来励志的。励志可以正面鼓励，也可以反面鞭策。

这是班长说的话。

我说，班长，这话任何一个人说我都觉得够理，但是你说这话，让我觉得不爽。

班长说，依你之见，我该怎么说？

我说，你应该像一个愤青，面对这样的历史，你应该极端悲愤、极端惆怅、极端悔恨。

班长笑了一下，说，别忘了，我是一个海军军官，是要指挥打仗的。理性，是智慧的基石，智慧是理性的光芒。

我说，班长，你那是阿 Q 精神，自我安慰而已。

离开上海，前往宁波的路上，我们一直沉默不语。

班长或许是为了轻松一下气氛，掉转了话题。

班长说，你是作家，应该对历史比我了解，你说，在1403 年到 1874 年，这中间，中国和日本，又是怎样的情形？都发生了什么？

三

桃花渡，宁波。

桃花渡通江汇海，处于姚江、甬江和奉化江的三江口。

到达三江口，一场瓢泼大雨把我和班长逼进酒楼。

涛声雨声之中，登高极目所望，那时桃花渡，长沟流月去无声，杏花疏影里，舟楫往来天明。

可惜，那只是我意念中的桃花渡。

回身，酒楼里飘散着浓郁的白酒气息，一阵阵扑鼻而来。窗外，唯有不远处，通过一座座金碧辉煌的高楼，一个个掷地有声的国际品牌，展现了嘈杂的市井生态，生动淋漓。

那些人工雕琢的亲水平台，那些毫无历史感的水泥台柱之下，淹没的，是大明时期中国伟大航海家郑和出海下东洋启航时铁锚的痕迹。然而，桃花渡和关于出海，过往的一切了无踪迹。

曾经的桃花渡，那些去往大海大洋威武的船队，扯满了风帆，就是从这个被江水荡涤一切痕迹的渡口，通向远方。

为了回避眼前的不堪，我刻意让自己的注意力回到亚丁湾去，继续阅读班长的护航纪事。

A 线　到亚丁湾去

近 15 天的航行，一路茫茫大洋，除了天际一线，什么都看不见。

7 月 13 日，998 舰进入亚丁湾。

编队航行到临近曼德海峡分道通航带东端，洋面上的船多了起来。行进中的商船，给旷古辽远的印度洋带来了生机。

最先看见 998 舰进入印度洋的是新加坡 207 号军舰"坚韧"号。207 号和 998 舰一样，也是船坞两栖登陆舰。998 舰上高扬的八一军旗，在暗灰色的印度洋上，格外鲜艳醒目，很快吸引了新加坡军舰的目光。207 号舰长看见 998 进入亚丁湾海域，立刻通过甚高频，向 998 舰转达 207 舰最高指挥员的问候，并且询问第六批中国海军护航编队最高

指挥官的名字。接到来自新加坡海军的友好问候，第六批护航编队指挥官魏学义少将，通过甚高频，向对方的问候表示感谢。207 舰新加坡海军最高指挥官 191 战队战队长陈开章上校向魏学义少将发出了方便时会面的邀请。

当地时间上午 9 点左右，编队到达 B 点以东 70 海里海域。远远就看见我们自己的军舰，887 舰"微山湖"号已经等候在那里。

我站在驾驶台上，指挥舰艇向 887 舰靠近。

我对乔舰长下达了保持顶风顶浪慢速航行，准备发布直升机起降部署的指令。同时通过甚高频告诉 887 舰，准备 998 舰载直升机着降 887 舰。

998 舰航速稳定后，直升机出库，甲板机务人员做起飞前的最后准备。

这次直升机着降不同寻常，是海军直 8 直升机首次在 887 这样的综合补给舰上降落。为此，独六团副团长赵巍仑亲自担任机长，试飞第一架次。试飞相当成功，直升机在 887 舰顺利着降后，迅速返回 998 舰。

那时候的亚丁湾上空，雄鹰翱翔，蝴蝶般翩然起舞。直升机不停地在 998 舰和 887 舰之间起降，忙碌地转运物资和人员。2 小时内，飞行 24 架次，转运物资 9.5 吨。

忙碌过后，所有直升机重新回到 998 机库。170 舰、998 舰和 887 舰，亚丁湾上"三舰客"齐头并进，继续向 B 点航行。

14 日早上 8 点，三舰顺利到达 B 点。168"广州"号导弹驱逐舰和 568"巢湖"号导弹护卫舰已经在 B 点等候。

茫茫印度洋上，看见自己的军舰，格外激动。第五批护航编队旗舰

桅杆上，打出了两组旗号：热烈欢迎！你们辛苦了！

998 舰的桅杆上，也打出了相同的两组问候旗号。

没过多久，两组编队已经互相靠近。

998 舰迅速放下小艇，开始进入紧张而又忙碌的整体交接工作。

魏学义少将带领指挥所人员，乘小艇，登上 168 舰进行交接班。

此时的亚丁湾，申请加入第 219 批护航的各国商船，也陆续抵达 B 点，按照指定时间提前两小时，停船漂泊。

第 219 批被护商船共有 12 艘，排成三路纵队，中国海军给各商船指定位置，明确航行队形。

第五批护航编队指挥舰上，指挥组人员通过甚高频，对三路领头船发出指令：A1，以 088 航向，12 节航速开始航行，B1、C1，向 A1 看齐，保持规定的 8 链间隔，命令三组领头商船，组织各自队列中的其他商船跟进。

护卫的三艘中国军舰，168 舰在商船队右侧，998 舰和 170 舰成单纵队，在商船队左侧，即将伴随商船一起航行。

当地时间 14 点，168 舰通过十六频道发出指令：第 219 批中国海军护航船队，正式起航！

12 艘中外商船，在 168 舰、998 舰和 170 舰的护卫下，以 088 航向，12 节航速，向东 A 点行驶，由此也正式开始了第五、六批编队的联合护航。

两批次联合护航完成后，第五批护航编队转向驶离亚丁湾护航区域，开始进行友好访问。我所在的旗舰 998 舰，率领第六批护航编队正式开始独立执行第六批护航任务。

7 月 14 日这天，第五、第六批中国海军护航编队在亚丁湾进行护

航交接，现场景象蔚为壮观，中国海军五大新型舰艇，"昆仑山"舰、"兰州"舰、"广州"舰、"巢湖"舰、"微山湖"舰代表着人民海军新型作战舰艇的五个型号，此时齐聚亚丁湾，成为各国媒体关注的焦点话题。

我们在舰上，通过网络和电台，了解一些国外媒体的报道和评论。

998舰作为中国海军护航编队的旗舰赴亚丁湾护航之前，护航编队舰艇都是由驱护舰和远洋补给舰组成。为什么998舰在亚丁湾现身，会引起国际社会这么大的反响？

998舰为商船编队护航（李彦林　摄）

大型两栖作战舰艇参加护航，比其它战斗舰艇护航更具优势。一是大型两栖战舰续航力大、自给力强、抗风浪能力强；二是大型两栖战舰携载能力强、携载的装备数量、类型多；三是大型两栖战舰参加护航实现了舰、机、艇一体化护航，是对传统护航模式的一种拓展，是对护航能力的一种提升。最为重要的是，998新型两栖战舰的横空出世，表明

中国海军的装备高度现代化，是中国海军战略投送能力建设的标志，开启了中国海军的"蓝水"时代。

　　我看得入神，传来班长的说话声。

　　班长说，大隐隐于市，你修炼得不错。

　　我这才抬头，看见饭菜已经上桌。

　　我放下班长的笔记本，拿起筷子。

　　我说，班长，你知道吗？郑和七下西洋之前，其实还有一次出海，正是这次出海，揭开了七下西洋的序幕。

　　班长说，是的，郑和下东洋。

　　我和班长的视线同时投向窗外。

　　600多年前的那一次出海，就是在这里，在这个江水无语的桃花渡，郑和率领着他的船队，下了东洋。

B线　远航的国民记忆

　　1404年郑和下东洋，这一次出海，揭开了中国大明王朝远洋的序幕，是郑和七下西洋的前奏，是迎来海上贸易繁荣的序曲，更是中国向世界传递和平友谊的开山之作。站在古桃花渡旧址往远处望去，滔滔江水，这个曾经见证远帆大洋的古渡口，再也寻找不到往昔的豪情与壮丽，一江奔涌的沧浪，荡涤了远古的惆怅与情怀，唯有那长长的水泥堤坝，诉说着当下的喧嚣和亢进。想象中，那时的明州船厂，制造出的大小帆船，依江而立，江风雾霭，让现实在历史的恢宏场景中隐退。

　　1404年的一天，日本海岸线上，一支船队在海天一线中渐渐隐

现，守在海岸线上的日本人，对这支仿佛从天而降浩浩荡荡的船队大为震惊。

这支船队，在日本海岸登陆。船队上的人身着中国明朝服装，统率船队的首领就是郑和。

1374 年，明朝颁布《大明律》。正是从这一年开始的六年间，日本室町幕府大将军足利义满，一直向明朝派遣使节，以"日本征夷将军源义满"的名义向明朝朝贡，要求同明朝开展贸易，明王朝因为足利义满当时的来路不正，拒绝了他的请求。足利义满锲而不舍，到了 1401 年，又以"日本国准三后源道义"为名，派遣商人和僧人来到明朝，自称源道义向明建文帝称臣纳贡。足利义满的不懈努力终于有了起色，第二年建文帝复诏，接受了足利义满源道义的纳贡。

到了 1403 年，整个东南亚，琉球和暹罗各国使节都来到中国朝贡，建立宗藩和册封的关系。

从元朝末年起，到明初的永乐年间，倭寇犯境日益猖獗，直接威胁到各国贡船来华的安全，这种情形下，永乐皇帝朱棣选派亲信郑和出使日本，以制止倭寇袭扰。

郑和和他的船队到达日本后，向室町幕府足利义满宣旨，"使其自行剿寇，治以本国之法"。足利义满受到明朝封赏，和明朝正式建立了外交关系，双方签订《勘合贸易条约》，日本以属国的名义对明朝进行朝贡贸易。明朝赐足利义满"日本国王"金印一枚，足利义满回书自称"日本国王，臣源道义"。

源道义终于如愿以偿，获得了明皇帝的册封，明朝的藩属国又多了一个日本国。

对于永乐帝最为关心的倭寇问题，源道义更是积极解决，出师追捕

倭寇，抓到了一个主要的首领，放在蒸笼里蒸杀，还把其他的俘虏献给明朝。从此，倭寇海盗渐渐收敛绝迹，到了永乐十五年，大体上"海洋平静"，中日双方使臣友好往来不断。

郑和下东洋确立了宁波作为明代中日贸易关系唯一的勘合通商港口的地位，并把明代中日勘合贸易关系持续了近一个半世纪。郑和的这次"下东洋"，扫除了海上倭寇，使得日后七下西洋的壮举能够顺利展开。

正是这个不懈历时数年，请求成为中国藩属国的日本，470多年后，在1874年的一天，率领陆军，乘着军舰，奔中国的台湾岛琅峤来了。

从1404年到1874年之间，中国和日本国内，到底各自都发生了什么，以至于出现了颠覆性的两国局势？

中国近代海军，几乎从来没有体会过胜利的喜悦，历史记录册上，记载的也几乎都是不堪回首杜鹃啼血般的败局。

就是这样一支在民族沦亡的苦难中匍匐前行的中国近代海军，却为我们昭示了一个真理：在中国，战争，最后决定胜负的，不是军力，而是掌控国家意志的个人权力。在一个软弱政府的统治下，再强大的军队，都不可能打胜仗。中国近代海军的悲剧历史，无不证明了这一点。

沈葆桢，这样一个不负大清使命的钦差大臣，以一个中国军人强烈的荣誉心，决心在保卫江河海域的决战中，一展军人雄风，誓死保卫国土，却被清政府的一纸《北京专条》，彻底击碎了理想和梦想。从此中国近代海军开始了失败痛苦的艰难历程。

我说，班长，这样不战而败的结局，摆在沈葆桢面前，不知道他是不是会呼喊苍天作证，泪洒江河。

当我读到这段历史的时候，我是实实在在流泪了。

一个人的个人抱负无法实现，都会痛不欲生，担负着民族大义使命的军人，胜券在握，却无法行使军人职责，为民族效力，相反还要向敌人奉送黄金白银，才把入侵者送走，那种痛楚，足以惊天地泣鬼神。

班长仰天长叹一口气，没有接我的话题。

我和班长在静默中埋头吃饭。

我终于忍不住，开口打破了沉寂。

我说，班长，读你的护航纪事，现场感非常强，让我阅读的时候仿佛身临其境。但是，很遗憾的是，我的话没说完，班长接过我的话题，说，我知道你的遗憾在哪里。

我说，真的吗？

班长说，你就是想说，作为一名海军指挥官，在亚丁湾这样的环境中，我应该比任何人都有更为强烈的感受或者感慨，是吗？

我只能对班长莞尔一笑，我知道，如果就这个话题再深入下去，又将出现不欢的场景。我已经预感到，这一次自驾游，早晚我和班长之间会陷入剑拔弩张的局面。

四

班长说，关注，有两种，一种是你太弱，成为鱼肉的对象；另一种，你强大，成为防备的对象。不管哪一种情形，中

国海军，始终是国际社会关注的重点之一。这点，在班长的护航纪事中也有记载。

A 线　到亚丁湾去

早在 1997 年，中国海军首个舰艇编队出访美洲四国五港，就已经引起了国际媒体间许多话题。

应美国、墨西哥、秘鲁、智利海军的邀请，中国人民解放军海军舰艇编队，正式前往上述国家进行友好访问。

和 998 一样，"南仓"号也是一艘最新出厂的军舰。那时我在 953 舰"南仓"舰任副舰长。

2 月 20 日，由海军"哈尔滨"号、"珠海"号导弹驱逐舰和"南仓"号远洋综合补给舰组成的编队，从湛江军港启程。编队总航程 2 万余海里，环太平洋洲际远航。800 名海军官兵，带着中国人民的深情厚谊，先后访问了美国的夏威夷和圣迭戈、墨西哥的阿卡普尔科、秘鲁的卡亚俄、智利的瓦尔帕莱索 5 个港口。

出访编队每到一处，都向当地传递了中国人民和中国海军的友好情谊。从中国海军的发展来看，那一次出访美洲四国五港，是中国海军从黄水走向蓝海的历史性大跨越，是揭开中华民族航海事业新篇章的序幕，也是今天中国海军走向印度洋的一次演练。

中国，一个正处在经济崛起和发展中的国家，国际媒体对中国的关注，从另一个侧面表现了中国的国际地位不断提升，影响力的不断增加。

茫茫印度洋上，三纵队商船在编队的护卫下，有序地向着 A 点

行进。

从空中往下看，编队的三艘军舰，就像护犊子的母鸡，为商船筑起了一道流动的保护墙，让海盗无法靠近。

自从各国商船通过中国交通部网站，申请加入中国海军护航编队的保护的那一刻起，中国海军就是那些商船的依靠。这些入列的商船，就像没有任何自我还击能力的幼崽，在中国海军军舰的羽翼护卫下，在海盗出没、高度危险的亚丁湾海域，平安顺利地通过索马里海域。

7月15日，第219批商船在编队的护卫下，顺利到达 A 点。

解护之后，12 艘被护商船纷纷通过甚高频16 频道，向中国海军表达敬意和感谢。他们在甚高频中说，有了中国海军的护航，避免了索马里海盗登船事件的发生，避免了亚丁湾海域上的流血冲突，中国海军是和平的使者，友谊的使者。

　　　　班长已经整理好行装，催促我继续赶路。我在心里对班长关于"两种关注"的观点，深表赞同。但是，当我试着调换视角，去看中国海军的历史时，却发现，班长的这个观点，我不敢苟同。两种关注，处在同一种被动的姿态。但是，放眼中国海军发展的历史，从古代到近代，再到现代中国海军，历史上，有那么一个时期，世界和海洋，处在中国海军的关注下。

B 线　远航的国民记忆

太仓，刘家港。

郑和下东洋，和日本签订《勘合贸易条约》回到国内的第二

年，刘家港开启了历时 28 年郑和下西洋大航海时代的序幕。

1405 年至 1433 年，一支庞大的中国木制舰队，7 次浩浩荡荡通过南中国海，前往印度洋，航迹最远到非洲东海岸的红海，甚至澳大利亚和美洲。

就是这支当时在数量规模、吨位体积上都是世界上最庞大的，在装备上是世界一流的，在航海技术、组织指挥和人员编制上都是世界领先的郑和船队，给当时的南洋和印度洋、非洲沿岸 30 多个国家，带去了中国人民的友谊和先进文明。

历史的文脉绵延不绝。2003 年 5 月 28 日，东爪哇首府泗水的郑和清真寺，举行落成典礼并对外开放。这个世界上第一个以"郑和"名字命名的清真寺里，陈列着复制的郑和宝船和郑和下西洋的巨幅画像。而郑和船队经过的南洋，以三宝名字命名的三宝井、三宝庙，600 多年来一直香火旺盛。

28 年的辉煌后，中国远洋船队在大洋上消失了。

世界上最发达最先进最文明的国家，却套在一架最古老、最专制、最封建的国家机器下，注定了这样一个悲剧的结局。郑和船队在大洋上的销声匿迹是必然的。

郑和下西洋，是中国航海史的辉煌，也是中国国力的辉煌写照。

然而，所有这些，唯一能证明的，是中国人，中国这个民族，是一个具有强大创造力、丰富想象力、宽厚包容心的伟大民族。

假设，郑和下西洋船队时代，摆脱了封建帝王体制，植根于一个民主主义的土壤，那么这个龙的民族，将会在大地海洋上，舞动起怎样的祥龙瑞云的劲风。

当然，历史没有假设，时代的发展总是有它自身固有的规律。但

是，郑和船队的消失，中国航船在西洋航线上急速退隐，使得中国开拓的海上优势很快如同消失的帆影般消失殆尽，中国的海洋文化衰落了。

然而，无论朝代如何更替，中国人汉唐康乾情结越深厚，四大发明恋物症候群越庞大，文化的辐射力却越趋衰弱，这看起来似乎是一个悖论。

不可否认，国家制度是这个国家民族文化的骨骼。骨骼越强壮，文化的辐射力越强劲。

班长没有就我的话题接茬。

那一刻，我无法判断出班长的内心活动。

我说，其实，环球航行也罢，走向蓝海也罢，从非军事角度来看，就是一种文化传播行为，甚至是文化殖民的一种途径。

班长说，这个话题，太深奥了吧？

我说，好吧，换一个话题，继续你的护航行。

A 线　到亚丁湾去

回想起亲历的三次中国海军划时代意义的远航：1997 年的美洲四国五港友好访问，2002 年的环球航行，今天的亚丁湾护航，我从一个年轻的舰长，已经进入不惑之年。这几十年来，中国海军日益强大，为世人所瞩目。

远航，其实是一种综合能力的体现。这三次远航，虽然航行的海域不同，航行的时间不同，航行的范围也不同，但中国海军远航的能力一

次比一次强大。

记得第一次远航的"南仓"号，那时船上用的是美国的 GPS 导航系统。2002 年环球航行时，我们的导航系统，已经用上了中国人自己研发的北斗定位系统。今天，中国海军在亚丁湾护航，使用的装备已经是中国人自行设计研制的天体导航系统，让我切身感受到了中国航海科技的日新月异。

远航也是对舰艇性能最真实的测试。从中国人自己设计建造的第一代驱逐舰，到第二代驱逐舰，到最新型的第三代驱逐舰，舰艇性能不断提高，中国舰艇制造水平和能力，也达到国际先进水平。

中国海军自身实力的提升发展，使得肩负的使命任务不断拓展。从单纯的友好访问，到远海训练，联合军演，发展到履行大国使命，维护世界和平，中国海军所担负的使命任务越来越多样化。

从我经历的中国海军远航历程来看，中国海军本身已经发生了很大的变化，事实证明，尽管中国海军的远航能力不断提升，尽管中国海军肩负的使命任务更加宽泛，但是，中国海军作为传播友谊的使者，维护世界和平，履行大国职责，传递中国文化，这个使命和宗旨，无论中国海军的蓝色航迹，向着如何辽阔的海洋延伸，都是唯一不变的永恒。

我深度赞同班长的观点。中国的海洋文化经历几度辉煌几度沧桑，和谐和平，却始终是中国海洋文化不变的色彩。

我和班长来到了山东日照港。

这个港口，在过去的历史中并没有留下太多的印记，只是因为在 2009 年，一个名叫翟墨的山东汉子，完成了单人无动力帆船环球航行的壮举，使得日照港为世人所关注。

　　班长眺望着远方，似乎在寻找那艘无动力帆船的不落的风帆。

　　我说，一个男人，该有怎样的胆魄，才能独自扬起木帆船的风帆，开启环球航行的生命航程？

　　班长沉思片刻，说，我想，应该是使命感吧。

B线　远航的国民记忆

　　翟墨，这个独自驾驶无动力帆船环球远航的中国人，在他从中国山东日照港出发的时候，还是一个默默无闻的普通人。当他驾驶着自己的小木船，重新返回中国故乡的时候，他已经是载入世界航海史的第一位当代中国人。

　　在世界当代航海史上，终于有了一个中国人的名字。

　　而翟墨环球航行中的种种奇遇，再次证明了远航是展示民族文化的一种方式，也是对文化辐射力的一种考量。

　　在一个土族居住地，语言不通的土族少女，爱上了这个来自古老国家中国的远航男人，竟然要跟着翟墨一起，去远渡重洋，环球航行。

　　翟墨因为船舵失灵，无法操控，听天由命地随着海浪飘到美国驻外海军军事基地，按照惯例，等待他的是监狱。翟墨登上陆地的时候，被美国海军的枪对着脑袋，离开他已经千疮百孔的小木船。但是，当他离开这个美军军事基地的时候，美国海军不仅给翟墨修好了损坏的船舵，为他提供了物资给养，那些美国海军官兵们还争相和翟墨合影留念。

　　2011年8月，翟墨又将踏上新的航程，"翟墨领航——2011中国环

球航海行动"正式起航。这次无动力帆船以编队形式开展的环球航海行动，将途经五大洲，三大洋，航经 27 个国家和地区的 33 个站点。

时隔 2 年，又一个中国人的名字被载入世界航海记录。

2012 年 11 月 18 日，郭川驾驶"青岛"号帆船从青岛出发，跨过太平洋、大西洋、印度洋，绕过合恩角和好望角，两次穿越赤道，历经重重考验后于 2013 年 4 月 5 日成功返回青岛。航行总距离超过 21600 海里，用时 137 天 20 小时，全程不间断、不停靠、无补给、无机械动力支持。

2013 年 5 月 1 日，国际帆联世界帆船速度纪录委员会（WSSRC）宣布，中国职业航海家郭川上月刚刚完成的环球航行，创造了新的 40 英尺级别单人不间断环球航行世界纪录；同时，郭川本人成为首位完成单人不间断环球航行的中国人。

从媒体宣传上得知，48 岁的郭川，大约 3 年前开始酝酿和筹备自己的单人不间断环球航行。在法国接受了系统的训练，经过精心的筹划和准备后，开始了此次极限航行。在将近 138 天的环球之旅中，他先后经受了北太平洋的热带风暴、炎热炙晒的赤道无风带、湿冷颠簸的南大洋、狂风大作的西印度洋等恶劣天气和地理条件的考验；与此同时，郭川还需要一个人面对和解决包括发电机失灵、帆破损、雷达故障等在内的众多设备问题。凭借出色的航海技术以及良好的心理素质，成功度过了一个又一个危急时刻，在与茫茫大海搏斗数月后完成了此次壮举。

在郭川的创纪录环球航行成功后，世界和平与体育组织（Peace and Sport）主席若埃尔·布祖（Joel Bouzou）在发出的贺信中说，作为世界和平与体育组织第一位来自中国的"和平冠军"，郭川的环球壮举向世界传递着和平的讯息，也为社会的更好发展做出了贡献。

这两个普通中国汉子，两个人，两条帆船，却向世界传递了一个民族文化的热度。

中国海军出海远航了，在辽阔的海洋上。

翟墨启航了，带领来自全球华人的一支船队。

这一次，代表着古老大河文明的中国人，终于开启了走向蓝海的航迹。

从海军到中国当代航海家，我和班长就中国走向远海的文化意义，做了深度交流。

明朝一度成为世界先进文明的旗舰。郑和下西洋的成建制舰队，把后来地理大发现必须的航海科技传给西方，却终究没能把中华文化的精髓，聚变为人类海洋文明的核心。

一个在封建专制统治下的民族，即使具有最先进的生产技术，最灿烂的创造力，但是却终究不能产生强大的文化辐射力。

第二章

16频道的紧急呼叫

16世纪以来，世界历史的主脉基本上是一部惊心动魄的海权史。

16世纪以来，中国历史的主脉，就是一部凝固的海防史。

1495年以来，随着教皇子午线的分割，世界文明正式开启了海权争霸的历史。

1511年以来，随着马六甲王国的丢失，中国走向抛弃海上权益的黑暗深渊。

一

南京，龙江港。

龙江港边上有当年明太祖朱元璋开设的龙江宝船厂遗址。郑和最后一次下西洋，就是从龙江港起航。

班长说，因为工作关系，他曾经4次到过南京，其中有2次还在南京指挥学院学习了整整一年，却是第一次来龙江港。

我说，学习那么紧张，来这里看一看的时间都没有？

班长说，龙江港是郑和时代的一个符号，记载的是那一段风华绝代的海上岁月。但是，岁月流转，一切都已经改变，龙江港的容颜已然苍老。

我看看班长，一脸肃然。

班长说，你说，你是愿意选择在想象中永远拥有雍容华贵的梦中情人，还是愿意选择和年华不再的她去相见恨晚？

我笑了，答案不言自明。

龙江港淡出历史很久之后，近年终于又以一个大型主题公园的形式，重新进入人们的视线。

班长说，身处这个公园，有什么独特的感受？

我说，中国眼下许多历史古迹，就像统一换装一样，用拙劣的现代物质掩盖岁月的痕迹，这是对子孙后代多么有愧的一件事情。

班长说，你说得有点极端。

我喜欢甚至盼望有点极端的对话方式。

但是，显然，班长不是这路风格的对手。

我调换了话题。

我说，班长，你纪事中和海盗面对面的部分很精彩。

班长说，下文？

我说，阅读是有方向的，所以，想在这里把这个章节读完。

班长说，同意，继续。

A线　和海盗面对面

亚丁湾的那些日子，与其说是护航，不如说是第六批护航编队官兵，用责任为世界各国的商船，撑起了一双保护的羽翼。对于生长在和平环境下的军人来说，又多了一个角度诠释战争。

在维护世界和平的国际局势和中国寻求和平崛起的国内局势下，战争始终只是一种每一秒钟都处在战斗临界的模拟状态。这样的体验，对于像中国海军这样长期在近海体验军事训练的部队来说，多少有些感受失真。只有在亚丁湾，从998编队越过索科特拉岛进入亚丁湾起，这一切，却变得异乎寻常的真实，全体官兵始终保持高度精神戒备，身心真正处于战斗临界的状态之中。

护航，就是要给在印度洋穿梭的商船创造一个安全畅通的海洋。然而，在亚丁湾海域，海军和海盗的对峙较量，每时每刻都有可能上演。不久前发生的一幕，是那么惊心动魄，让人难忘。

当地时间 8 月 1 日，是个特别的日子。这一天，是中国人民解放军建军节。998 舰全体官兵，在宽阔的甲板上庄严升国旗，举行了庆祝我们军人节日的仪式。

这一天的亚丁湾中部海域，海面刮着 4 到 5 级的西南风，比起前几天的大风显然是要和缓了许多，海面不算平静，涌动着大约 2 米多高的波浪，在亚丁湾的西南季风期，能有这样的海况，对于航行的舰船来说，已经算是很幸运的了。

998 舰在规定海区伴随护航的同时，新加坡海军的"坚韧"号照例在"国际航运推荐安全走廊"的 Q17、R17 区进行警戒巡逻。

无论哪国军舰，雷达值更是发现海盗的第一重要手段。

这天，"坚韧"号舰上的雷达值更舰员照例不敢懈怠，双眼紧盯雷达荧光屏，搜索着海面的每一个目标，无线电值更舰员竖起耳朵倾听着每一个来自空中的电波信号，同时，舰上的作战值班军官也紧盯着电脑显示器，生怕漏掉"水星网"上传来的每一个救援信息。21 时 18 分，"坚韧"号的甚高频 16 频道突然响起，巴拿马籍商船"苏伊士"号船长，颤抖的声音报告"'苏伊士'号商船位于北纬 13 度 30 分，东经 50 度 29 分，航向 263 度，航速 11.6 节，距离商船 4 海里处有小艇向商船接近。

4 海里，这对于防范海盗袭击来说，已经是处于严重危险的距离。

"坚韧"号航海军官立即在海图上标注了当前"苏伊士"轮的位置。21 时 20 分，舰长一边建议"苏伊士"轮立即采取"商船防海盗应急措施"，一边指挥"坚韧"号向"苏伊士"号高速接近。21 时 41 分，"坚韧"号在"水星网"上向各国海军通报"苏伊士商船最新位置，1335N，05025E，航向 261，航速 11 节。"水星网"快速反馈回来的信息表明，此刻的亚丁湾，距离救援目标最近的只有"坚韧"号。

"水星网"是反海盗情报信息的主要来源，作战部门人员轮流全时值班（新　航　摄）

就在"坚韧"号舰全速接近救援目标，距离33海里的时候，"苏伊士"轮已经被海盗船咬住了。

3艘海盗小艇围着"苏伊士"轮来回打转，企图寻找机会登船。"苏伊士"轮一边全速航行，一边左右机动躲避着小艇，同时全船打开了高压水枪，向两舷喷射，并发射了信号弹，以阻止海盗登船。海盗在"苏伊士"轮的反击下，海盗船悻悻然离开。21时55分，16频道响起"苏伊士"轮的报告："小艇现在离开了，从雷达上消失。船舶暂时安全，保持最高航速继续航行。"

虽然接到海盗撤离的报告，但是"坚韧"号还是坚持继续赶往出事海域。北约508编队的荷兰海军护卫舰"七省"号，也从85海里外的巡逻区赶往出事海域。此时的亚丁湾，"苏伊士"轮成为各国护航海军关注的焦点，各国海军都在关注军舰和出事海域之间的位置。欧盟465编队的意大利护卫舰"利伯齐奥"号距离出事海域115海里，德国

海军护卫舰"石勒苏益格·荷尔斯泰因"号正护卫着商船"KARINA DANICA"向西航行,日本海上自卫队的驱逐舰"夕雾"号正在西行护送7艘商船。中国海军998护航编队已经护卫着10艘商船通过了这一海域,距离出事海域150海里。

接到"苏伊士"轮发出的紧急呼叫后,北约508编队、欧盟465编队紧急调整了兵力部署,命令海上巡逻的舰艇加强对"国际航运推荐走廊"的管控。

黑夜来临了。虽然海盗的第一次登船没有成功,但是对于船上的船员来说,夜幕的黑色为白天的惊恐陡然增添了更深的恐惧。黑夜,让海上的一切都变得隐晦和深不可测。在漫漫长夜的煎熬中,船员们终于等到了黎明的来临。

当天际第一抹光线擦亮海面时,"苏伊士"号值班船员忽然发现,昨晚袭击他们的小艇并未远离,一直尾随着他们,并正在准备发起再一次袭击。还没有等"苏伊士"轮发出紧急呼叫,8月2日7时15分,3艘小艇高速向"苏伊士"轮冲过来,并向船上开枪。船长在慌乱中再次操起甚高频电话,紧急求救。

16频道传来的紧急呼叫,再次震惊整个亚丁湾。"坚韧"号收到求救信号后,立刻指挥直升机紧急起飞。此时,"坚韧"号距离"苏伊士"轮25海里,直升机要飞行15分钟后才能到达"苏伊士"轮上空。

15分钟,对于长途跋涉的海上航行来说,几乎没有意义,但是,当面临海盗侵袭的时候,每一秒钟都意味着生死抉择。

仅仅5分钟时间,当"坚韧"号的直升机在海面上空全速飞行的时候,7时20分,海盗朝"苏伊士"轮开枪,在火力掩护下,迅速攀爬,登上了"苏伊士"轮。7时25分,"苏伊士"轮船长还在拿着甚高频电话报告遭遇海盗袭击的情况时，海盗的枪口已对准了船长的脑袋。"苏伊士"轮通过 16 频道和护航海军的通信被强制中断。刹那间，"坚韧"号驾驶室的甚高频 16 频道里一片寂静，舰员们顿时感受到了死亡的来临。7 时 49 分，甚高频 16 频道再次响起，这一次，不是"苏伊士"轮的紧急呼叫，里面传来的是带着浓重口音的英语："任何舰船和飞机不准靠近'苏伊士'轮，否则将杀死人质！"

"坚韧"号的直升机赶到了，荷兰海军"七省"号派出的直升机随后也赶到了。在疯狂的海盗挟持了"苏伊士"轮的情况下，为了确保人质的安全，他们停止了救援行动。

直升机唯一能做的，就是在"苏伊士"轮周围盘旋监视海盗的动向。几分钟后，英国海上贸易组织经船东证实，"苏伊士"轮上有 24 名船员被劫为人质，船员来自埃及、印度、保加利亚和巴基斯坦。

我们至今无法得知"苏伊士"轮最后的情况，但是"苏伊士"轮被海盗劫持，这个结局让海上各国海军内心无比沉重，我们 998 编队也不例外。

编队指挥组组织各部门召开会议，强调一定要高度戒备，确保中国海军护航的商船百分之百安全。

通过这次海盗劫船时间可以看出，随着亚丁湾海域西南季风的减弱，海盗活动区域有向东移动的趋势，亚丁湾中部海域将再次成为高危海域。

亚丁湾海域护航有两种模式，一种是对国际航运推荐走廊实施警戒，实行分区警戒的护航模式，对此，美国、欧盟和北约海军在此海域投入了大量警戒兵力。另一种就是中国海军护航编队实施的伴随护航模式。

护航亚丁湾沉思录

事实证明，发生商船被劫持事件基本是在警戒护航区域，分区警戒护航模式对海盗的威慑作用有限，对过往商船的护卫效果欠佳，这种模式能否对巡逻区域实施有效监控，还需进一步探讨。而中国海军护航编队自2008年12月对商船实施护航以来，截止998护航编队执行护航行动，已经安全护送商船2000余艘，没有发生一起商船被袭事件。中国海军护航编队在亚丁湾上可谓是"名声在外"，很多国际航运公司的船舶在过往亚丁湾时，都主动要求加入中国海军护航编队，以至于我们护航的船队规模不断扩大，最庞大的一次护航，被护商船达到了31艘。

对商船来说，有中国海军为他们保驾护航，就有了安全和依靠。而对中国海军来说，正是作为一名军人的高度使命感和责任感，使中国海军在国际事务中发挥与大国形象相匹配的作用，在海盗肆虐的亚丁湾，创造了百分之百的安全记录。

在亚丁湾的日日夜夜，每时每刻都面临海盗袭击的考验。我们护航官兵与日月星辰同呼吸，与沧海巨浪共命运，对中国海军参加亚丁湾护航意义的理解和认识，随着护航航程的不断累加，也从最初一种概念上的理解，深切地转化为心灵与共的领会。

我说，班长，据我所知，当初对于中国海军是不是有必要去亚丁湾护航，是有不同想法和声音的。

班长说，是的，中国那么大个国家，人口那么多，有不同想法是正常的。

班长在纪事中专门谈到了这个问题。

索马里海盗在亚丁湾的日益猖獗，亚丁湾海域被国际海事局列为最为危险的海域。为保证国际航运、海上贸易和人员安全，2008 年 6 月联合国安理会通过第 1816 号决议，授权外国军队经索马里政府同意后进入索马里领海打击海盗及海上武装抢劫活动，授权有效期为 6 个月。此后，安理会又先后通过了第 1838 号、第 1846 号和第 1851 号决议，呼吁关心海上活动安全的国家积极参与打击索马里海盗的行动。其中，联合国安理会 2008 年 12 月 16 日一致通过的第 1851 号决议决定，从即日起授权有关国家和国际组织在 12 个月内可以在索马里境内"采取一切必要的适当措施，制止海盗行为和海上武装抢劫行为"。索马里过渡联邦政府也呼吁各国进入其领海打击海盗。决议一出，欧盟、美国、俄罗斯、印度等随即派出舰只在亚丁湾加强巡逻。

一时间，印度洋成了各国海军舰队的汇总地。美盟的 151 特混编队、北约海军 508 编队、欧盟海军 465 编队、俄罗斯、澳大利亚、韩国、印度等国海军舰艇以及日本海上自卫队舰艇，都相继出现在亚丁湾。

中国海军要不要派遣部队介入亚丁湾反海盗行动，起初在海军内部和社会上的认识看法并不一致。

中国海军要不要去亚丁湾护航，主要分歧集中体现在四个方面：第一，中国海军赴亚丁湾护航，是不是存在法理上的依据；第二，亚丁湾远在印度洋，从战略空间选择上来看，眼前的马六甲和南海同样有海盗出没，把护航目标选定在亚丁湾，那就是舍近求远，有些得不偿失；第三，护航是一项远洋行动，经济上的投入相当大，如果把这些经费放在提高改善海军装备上，带来的实际利益比去亚丁湾护航更加直接有效；第四，中国人民海军建军以来，还没有过长期到远海执行任务的经验，能不能在军事素质上挑起远海护航的任务，有些心中没底。

　　中国海军是不是应该加入亚丁湾护航的意见分歧，表面上看，是对具体问题的担忧，实际上透过这些问题，反映的是对中国海军在我国国家军事战略中的地位作用、海权对于国家民族复兴的重要性、国际局势已经从陆权争夺向海权争夺激变的认识缺失和不足造成的隐忧。

　　时任国家主席胡锦涛和党中央、国务院、中央军委，从我国国家利益和经济安全出发，根据联合国安理会有关决议作出了中国海军赴亚丁湾护航的重大决策。最终，中国海军远航亚丁湾护航行动成为举国同心、水到渠成的事实。

　　中国外交部对外宣布，中国作为安理会常任理事国，对维护国际和平与安全承担着义不容辞的责任。中国政府派遣海军舰艇赴亚丁湾和索马里海域实施护航，是对国际社会打击索马里海盗活动的有力支持，体现了中国在国际事务中发挥的建设性作用。中国海军护航编队的主要任务是保护航经亚丁湾、索马里海域的中国船舶、人员安全，保护世界粮食计划署等国际组织运送人道主义物资船舶的安全，中国舰艇将严格按照联合国安理会的决议和相关国际法顺利完成护航任务。

　　2008 年 12 月 26 日，这个将被历史铭记的日子，中国海军首批赴亚丁湾护航编队，从海南三亚军港启程，998 护航编队已经是中国海军执行亚丁湾护航任务的第六批编队。在亚丁湾，在各国商船和船东心目中，充满了对中国海军的赞许和依靠，作为一名中国海军，随着亚丁湾的惊涛骇浪，看着从我们护卫的羽翼下安全来往的商船，内心荡漾着作为中国海军的自豪。是的，我们是中国海军，在亚丁湾上代表国家履行国际义务的中国海军。

　　班长在纪事中，对中国海军亚丁湾护航的必要性、重要性

和及时性，用一组严谨的数据，做了回答。

我惊叹于班长对问题思考的缜密性。

从维护国家经济利益的角度看，中国海军赴亚丁湾护航，为维护国际局势下的国家经济利益提供保障，具有非常重大的现实意义。

马汉在《海权论》中说，商业影响需要通过在各地部署海军来得以存在。

改革开放以来，中国经济释放出强大的生命力，令世界瞩目。21世纪的中国，国家经济运转对外依存度大大提高。仅国内依赖对外贸易直接提供的就业岗位超过一亿人，而世界几大国际海洋通道上，进出的中国货轮占了绝对比重，仅马六甲海峡60%以上的商船都和中国有关。中国的经济模式已经发生了从内向型农耕经济结构，向外向型经济结构的历史巨变。

美国休斯顿大学贝克学院曾经做过一个研究报告，报告称，中国对石油的需求在2010年将增加到每天540万—700万桶，相当于同期亚洲石油总需求的18%—24%和全球的5%—7%。并且预计中国的原油产量在2010年大概能维持每天310万桶的水平，这就意味着中国需要每天进口多达200万—350万桶原油，中国石油进口依存度将从1995年的6.6%，增加到2010年的30%和2020年的50%以上。除了对外能源依赖程度的不断增加，中国对外贸易的发展形势也同样显示了对外依存度不断增加，国家商务部的统计显示，2000年以来，我们贸易占GDP的比重继续迅速增长，从2000年贸易占GDP49.2%比重，增加到2003年的66.3%。而海上运输由于成本较低的优势，成为中国对外出口商品的重要运输通道。

然而，印度洋上的海盗正在成为破坏世界经济发展的重要武装力量，索马里海盗活动已经严重威胁我商船和人员安全，严重损害了我国的经济发展和海洋权益。国际海事局公布的资料表明，自从有记录以来，2010年海盗劫持的人质比以往每年都多，年内共有1181名海员被抓，8名海员被杀害，53艘船只被劫。被劫船只和人质是历来最多的，这些数字的持续增长非常令人担忧，最近4年海盗袭击船只事件每年都在增多。2010年国际海事局共收到445起船被袭报告，比2009年增加10%。公海上的海盗活动占全球突发事件的比重大幅增加，远远超过发生在各国领海水域的武装抢劫。索马里周边的公海上，携带大量武器的海盗强势攻占远洋渔船或商船，并将其作为基地袭击其他船只。

2009年，索马里周边海域的被劫船只占全球所有被劫船只的92%，有49艘船被劫，1016名船员被劫为人质。截至2010年12月31日，仍有28艘船和638名人质被扣押，海盗以此索要赎金。

亚丁湾是中国连接欧洲和非洲海上航线的咽喉要道，也是中国从非洲进口石油的咽喉要地。按照国际惯例，当一个国家的石油进口超过8000万吨，经济运行将受到国际市场行情的严重影响；石油进口量超过1亿吨，国家就必须采取外交、经济，甚至军事手段以保证自身获得稳定的石油供应。目前，我国已经成为世界第二大石油进口国，到2020年前后，将成为世界第一大石油进口国，其中80%左右的石油运输都将走亚丁湾和马六甲海峡通道。不仅如此，中国大陆在亚丁湾过往的商船一年有1260艘，加上港台地区船只，我国每年大约有2000艘左右货轮经过这个亚丁湾海域。

中国海军亚丁湾护航，是国家经济发展的必然需求，也是维护国家利益的必要手段。海外运输安全直接影响着中国的经济形势。在国家经济对外依赖程度日益加深的情形下，经济安全对海上运输通道的安全诉求日益迫切，中国经济海上生命线建立在海上运输通道的有效控制能力之上，这将成为中国海军责无旁贷的使命，建立强大的海上控制能力，是中国经济发展的迫切需要。中国海军派遣编队赴亚丁湾护航，在维护海上国际安全秩序的同时，为中国经济的发展提供了有效的安全保障。

可喜的是，在索马里海岸船只遭袭次数居高不下的同时，亚丁湾海域却比 2009 年减少了一半多，从 2009 年的 117 次下降到 2010 年的 53 次。自 2008 年全世界海军力量开始在这一海域展开巡逻，遏制海盗活动的同时，商船也采取了 OCIMF 发行的《防海盗手册》第 3 版中介绍的自我保护措施，显示出遏制商船被劫的显著效果。在亚丁湾，满载着货物的过往船只 60% 以上和中国有关，保护商船就是保护国家经济建设发展的大好局面和成果，我们全体护航官兵，在亚丁湾用生命和海盗对峙洒下的血与泪，为国家经济筑起了一道坚不可摧的海上长城。

龙江港边的公园，矗立着郑和手握航海图的塑像，与之相对应的，是一只巨大的宝船。

在我看来，这些人工雕琢的东西，在日光照耀下却显得毫无生机。

唯一有历史感的，倒是那条龙江河。虽然河道狭窄几乎干涸，正是那近乎断流的水道，却真实记录了昔日龙江港的宏伟壮阔。

班长说，美国人曾经说过，中国日益壮大的海上利益，都

是美国军队在保驾护航。你能体会我作为一名中国海军听到这话内心的感受吗？

我说，这个世界真的很奇怪，中国海军近岸防御的战略，导致海军不涉远海，一度成为国际社会的话柄。现在，中国海军奔赴亚丁湾，去解放美国人在印度洋上保驾护航的军力，却还是要被国际社会说三道四。看起来，中国海军成为话题，和中国海军走得有多远，没有必然的联系。

班长说，是的，中国对当下世界格局的影响力，才是中国海军成为国际社会话题的关键。

我说，班长，公元1511年时，中国其实就拥有一个强大的海上战略缓冲区。这个缓冲区的存在，不仅给东南亚带来经济利益，也给中国的疆域安全筑起了一道海上长城。但是，随着1511年马六甲王国的消亡，中国的战略缓冲区也随之消失。

B 线　丢失的战略缓冲区

1406年农历九月十八日，龙江河边的龙江驿，乐府欢歌，一场规模盛大的国宴正在这里举行。满刺加国王拜里迷苏刺率妻子及陪臣540余人，随郑和下西洋归来的船队来中国访问。在农历七月廿五、七月廿八、八月初一、九月初一、九月十五日明成祖宴请或赏赐使团后，使团即将离开南京启程回国时，明成祖又一次召见，并且在龙江驿设盛大国宴，为使团钱行。如此高规格的待遇，在明朝接待其他国家来访的国王中是绝无仅有的。

这场欢歌盛宴的背后，写下了一段明朝和满刺加王国（后文皆称为"马六甲王国")的锦绣年华。马六甲凭借天然的地缘优势，成就了中国成为那时世界贸易中心国的地位；马六甲也在以后的时光，借助中国业已在东南亚形成的朝贡网络体系，成为东南亚、印度洋和欧洲的贸易中转枢纽，从而创造了马六甲古代历史上最为辉煌的繁荣时期。这一段同属于明朝和马六甲的蜜月期，表现了马六甲和明朝的唇齿关系以及马六甲对于明朝的战略意义。但是1511年的明朝皇帝没有看出来，后来的朝代几经更替，座上龙椅的皇帝们也没有能看出来。

1402年，在北京登上皇位的朱棣，一坐上皇帝宝座，就派遣使臣分赴四方，宣告朝廷换代。朱棣派遣宦官尹庆前往马六甲，行前御笔写下碑文，盛赞马六甲国王和他的国家："王好义善思朝宗，愿比内郡伊华风"，开了永乐朝御笔题赐的先例。得了明朝皇帝手谕的拜里迷苏剌国王大喜，随即遣使团来明朝纳贡称臣。

那时的马六甲王国立国不久，面临的地缘政治正是蛮敌压境，四面楚歌之际。拜里迷苏剌使出长袖善舞的政治手腕，柔软地争取生存空间。为了和左边的暹罗王国搞好关系，以每年缴纳黄金给暹罗国的方式换取暂时和平，又和南面印度尼西亚群岛上的王国结亲联盟，同时又认下明帝国为宗主国，致力于和明朝建立政治意义大于实质管辖意义的宗藩关系。

3年之后，拜里迷苏剌率领庞大的使团来到中国接受明王朝的召见。1411年，拜里迷苏剌第二次来明朝访问。1414年，郑和第四次下西洋返程时，拜里迷苏剌再次率团随郑和舰船访问明王朝。

由于明朝已经在海外具有很强的的影响力和控制力，琉球、日本、暹罗各国使节，也陆续到易主之后的明朝朝贡，与明朝建立宗藩与册封关系。

那时的东南亚海面秩序稳定，商贸活跃，海上中国的繁华盛极一时。

但是，海上盛景的出现，并不表明明成祖真正明了马六甲之于明朝的战略意义，也不表明明朝已经具有国家海洋战略的思考。

朱棣和马六甲以及日本、暹罗等国交好这一番良苦用心，其中一个重要目的，无非是要让自己这个用权术上位的皇帝，找个机会给自己正名，进一步巩固已经在握的皇权。

皇权，一直是而且始终是中国任何一个朝代皇帝最根本的命脉。从社会学的范畴来看，所谓龙脉，就是皇权的延续，而这条龙脉的主干，就是皇权。在中国，皇权在握始终是凌驾于国家利益民族利益之上的根本利益。中国历史上，没有出现过哪一朝皇帝，当皇权和国家民族利益发生冲突时，把皇权退居于国家民族千秋大计之后的。

对于从"海上中国"到后来"海上亡国"的中国历史来说，马六甲似乎是揭开这个历史迷局的重要扣眼。

明王朝与马六甲15世纪形成战略同盟关系后，背靠明朝的马六甲，在受到邻国欺辱时，就会找明朝替他们出头斡旋。

1431年农历二月，马六甲国王派出使节随郑和船队到北京，向明廷申诉，暹罗国图谋入侵马六甲。第二年郑和下西洋时，亲往暹罗，力劝暹罗不要攻打马六甲，在暹罗和马六甲之间斡旋调停，扑灭了烧到马六甲家门口的战火。马六甲尝到了作为明朝藩属国带来的好处。

另一方面，马六甲作为明朝属国，也为明朝带来了实际利益。

郑和船队规模庞大，需要在航程中途设立一个固定的物资转运站作为船队的补给基地。马六甲凭借所处的地理位置以及和明朝的良好关系，成为郑和船队最好的中转基地。在郑和七次下西洋的经历中，有六

次都在马六甲中转。

马六甲王国在明王朝的支持下成为区域经济强国，而明王朝则通过在马六甲设立航海中转站，建立了以马六甲为中心的朝贡体系，进而控制太平洋到印度洋的航线，成为那个时代亚洲的海洋大国。

马六甲对明朝有着重要的战略意义是不言而喻的，控制马六甲海峡意味着明朝将拥有长久的海疆安宁，而马六甲航运中转站的建立，也意味着明代中国建立了以东南亚为基地的战略缓冲区，那时的南中国海真正成为中国的内海。

放宽历史的视域，500多年前，从龙江港出发，到马六甲海峡，到印度洋，再到大西洋，由朝贡体系编织成世界贸易中心的"海上中国"，同时也编织了一张中国海权图。

然而，1511年，葡萄牙人占领马六甲的隆隆枪炮声，并没有唤醒"陆上中国"对于"海上中国"的隐忧，这一声声发人警醒的枪炮声，却被明皇宫威严深幽的高墙屏蔽了。对于只有海防意识，没有海权意识的皇帝来说，无论如何不会把马六甲的沦陷和明朝未来的命运联系在一起，更不可能把马六甲的沦陷和整个民族的未来命运联系在一起。

由此，300多年后，"海上中国"上演了"海上亡国"的历史悲剧。

从1511年马六甲王国的沦亡，到1894年中国加速走向半殖民地的深渊，海权战略作用机制的延后性，被历史充分地加以证明：当一个国家的战略，抑制海权张扬陆权，那么国家离陆权的丧失也为期不远。这是马六甲灭亡给世人的警语。

马六甲，这个"海上中国"在海外的第一个船队给养基地，这个在朝贡体系下建立的世界贸易中心，在中国海权发展的历史上就像一道分水岭，既是"海上中国"历史的滥觞，也是"海上中国"历史的

终结。

明朝廷得知马六甲被葡萄牙人侵占一事是在 1520 年，距马六甲落入葡萄牙人之手已经过去 9 年。9 年中，葡萄牙人对中国已经完成从概念和想象，发展到深入中国东南沿海的历史性跨越。

同年，葡萄牙第一个外交使团到达北京，这个使团从海上一路兴风作浪，抢掠沿海的中国船只，引起民愤，被逐出北京。

此时，马六甲王子宾塘王公的使者穆罕默德来到北京，向礼部送来马六甲的求援信，请求明朝出兵，帮助马六甲夺回国土。

明廷这才得知马六甲已经落入葡萄牙人之手。打仗需要军队和经济的支撑，明武宗此时已经国库空虚，加上没有了舰队，根本没有实力海上出征。这位荒诞的君主，在卧病三月后驾崩。当时一批大臣经过热议，最终定下对马六甲沦陷求援做出回应的基调：不许佛郎机入贡，葡萄牙出使中国的皮雷斯一行于同年春夏被押往广州，并作为归还马六甲疆土的人质被投入监牢。面对马六甲朝廷的屡次求援，明朝廷声明要求葡萄牙归还马六甲，否则扣押使团直到归还马六甲为止。这种以扣押使节的方式来应对葡萄牙人的武装占领，无疑是一种政治无能，也是缺乏海权意识的有力佐证。

在当时朝廷看来，毕竟明王朝与东南亚国家的朝贡关系只是彼此的一纸政治承诺书，没有使命必须派军队救援马六甲。何况明朝已无郑和，没有强大舰队做后盾的外交斡旋与交涉，根本震慑不了葡萄牙人，也挽救不了马六甲灭亡的命运。

明朝廷对马六甲求救的出手援助，也就止于此。

朝廷做出这样的决策，和明朝的基本国防战略有着密切联系。自朱元璋建立明朝之后，十多数年的战乱，大地满目苍夷，民生羸弱无力，国家需要休养生息，积蓄精气，明朝廷采取了睦邻自固的国家战略，并且以《皇明祖训》的形式，成为宫廷训诫，固定并且一直在明朝传承。明代的国防战略在防御性国家战略的大框架下，延伸出防御性为主的海防战略，海防的重点是东南沿海的倭寇。

在明朝海防战略的大框架下来看，马六甲的灭亡虽然和明朝有关系，但是粘结度不高。

如果明朝在马六甲沦陷的时候，意识到马六甲和中国是筋骨相连的关系，丢失了马六甲，就是丢失了明朝殿堂外露天庭院的门户，就是丢失了抵御外贼入侵的一道栅栏，就是丢失了南中国海的海权，明朝皇帝是不是会拿出保卫家园的力量和勇气，去和马六甲一起，共同抗击葡萄牙人的入侵？如果明朝真的替马六甲捍卫了国家主权，那么今天的南海疆域是不是会呈现出一片和谐祥和的繁荣气象？

1895 年，中国陷入国家主权沦亡的民族悲剧。如果说甲午海战是直接的原因，那么，这颗沦亡的种子，早在马六甲沦陷时就已经被埋下。

我想，明朝在处置马六甲问题上的措施，常常被现在的我们所诟病。但是，用历史的眼光去看，要求一个农民出生的皇帝，认识到海上国门对于守卫疆域的重要意义，认识到满剌加的今日，就是大明王朝的明日这样的历史眼界是不现实的。

班长说，是的，马六甲灭亡的重要意义，在于对当下中国海权现状的观照。

我完全同意班长的观点，历史是一盏灯，照亮前人留下的脚印，是为了给后人指明方向。

在中国历史上，真正形成海上军事力量是在明朝。

明朝建国之初的海防战略，针对的主要对象是倭寇，海防战略随着形势的变化，到了嘉靖年间逐渐完善，形成了御海洋，固海岸，守河港，战原野，严守城的海防战略。海军要不要走向远海的不同声音，海军是固守近海还是该走向远海的争论，不是开始于现在的亚丁湾护航，而是从明朝开始就已经争论不休。御海洋是御远海还是御近海？有人提出御远海，但是因为水军距内地太远，物资供给有困难，御远海受到反对，御近海的主张受到多数人赞同。

和明朝不同的是，在御近海还是御远海的决策上，在中国海军是不是要远赴亚丁湾护航的争论后，国家做出了中国以负责任大国的形象，派遣人民海军赴亚丁湾海域护航的英明决策。

一个国家是不是具有海权意识，就看这个国家的海军走多远，海军舰队的航迹，就是丈量海权意识的尺度。

换个角度看海军，走向远海的海军，一定是具有海权意识的军队，而一支近海海军，一定是只有海防意识的海军。

历史告诉我们，海权意识和海防意识是两个完全不同层面的概念。海防意识是海权意识的组成部分，海权意识是海防意识的高级形态，从海防意识到海权意识的跨越，是实现海洋观念现代化的重要转折。一支只有海防意识的海军，是无法真正承担起维护国家利益使命职能的，一支具有现代海权意识的海军，才能遂行国家利益拓展到哪里，海军的职能就出现在哪里这样的历史使命。

然而，中国海军"御远海"的路，继郑和舰队消失于印度洋之后，走了600年的艰难历程。

中国是海洋大国，也是古代海军——水军的发源地之一。水军伴随着朝代变迁经历的艰难历程，写就了一部中国海防史，也是中国海洋观念的发展史。先秦时期，中国已经有了海防的萌芽，秦汉时期，海防伴随着帝王拓疆得到加强。隋唐两宋迎来古代海防发展的一个高峰。北宋面临外族频繁在边疆活动的局面，被迫建立起稳定的海上防御体系。元末明初，建立了具有真正现代意义上的海防。中国海防发展史上，水军贯穿春秋战国、秦汉三国魏晋南北朝，到隋唐五代宋元明，直到清朝北洋海军的建立，水军完成了从古代水军向近代海军的蜕变。除了元朝，打击盗贼和倭寇是中国各个历史时期水军的主要功能。由于元朝奉行对外扩张的国策，对日本、安南、占城和爪哇发动战争，水军的功能第一次发生了变化，从防倭寇和盗贼，拓展到海外出征，这也是水军在中国历史上唯一一段进行海外扩张的历史瞬间。清朝后期的两次鸦片战争，以及日本侵略台湾和中法战争，促使清朝转变海防战略，进行近代海防建设。中日甲午海战后，中国已经沦为半殖民地半封建社会，海防门户洞开，处于有海无防的状态。民国时期，在清朝海军遗留基础上组建的国民党海军昙花一现，在抗战和日本人的战斗中，悉数折损。抗战胜利后，在美国、英国援助下，国民政府重建海军，海军不幸又成为内战的工具。

解放战争的胜利，人民解放军解放了沿海地区和周围岛屿，蒋介石退守台湾，美国等西方帝国主义国家的在华驻军被迫撤退，中国海疆主权才基本得到恢复。

新中国成立后，党的第一代领导人毛泽东在谈到过去中国百年来的历史教训时指出，"过去帝国主义侵略中国大都是从海上来的"，"我们一定要建设一支海军，这支海军要能保卫我们的海防，有效地抵御帝国

主义的可能的侵略"。在这一方针指导下，中国海军的建设，体现了以反对帝国主义和霸权主义来自海上的侵略为核心的"近岸防御"思想，传承了中国历史上的海防意识。

新中国成立以来很长一个时期，海防意识仍然是指导海军建设的核心。

从先秦以来，2000多年的水军历史写就的中国式海防意识，直到以邓小平为核心的中国共产党第二代领导集体，制定了以海军质量建设为核心，以提高海军现代化综合作战能力为主要任务，以突出国家领海主权和国家利益为原则的近海防御战略方针，才实现了向海权意识的转化。"近海防御"的战略，深化了第一代领导集体制定的"近岸防御"的战略，"近海"的概念，也从一种空间距离，深化为战略范畴上的概念，从过去的距离我国海岸12海里以内的海域，拓展到包括《联合国海洋法公约》划归我国管辖的全部海域和分布在这些海域中的我国固有领土，以及我国国家安全和利益发展密切相关的海域。

新世纪国际局势纷繁复杂，印度洋风云变幻，以胡锦涛为总书记的党中央领导集体，提出锻造一支与履行历史使命相适应的强大的人民海军的宏伟目标，以发展远海合作和应对非传统安全威胁的能力为方向，以捍卫国家领海和海洋权益为主要任务，增大战略纵深的近海防御战略思想。胡锦涛指出，"我国是一个海洋大国"，要"努力锻造一支与履行新世纪新阶段我军历史使命要求相适应的强大的人民海军"，进一步推进和深化邓小平的"近海防御"战略。

在十八届中共中央政治局2013年1月28日下午就坚定不移走和平发展道路进行第三次集体学习会议上，中共中央总书记习近平在主持学习时强调，走和平发展道路，是我们党根据时代发展潮流和我国根本利益作出的战略抉择。我们要不断让广大人民群众享受到和平发展带来的利益，不断夯实走和平发展道路的物质基础和社会基础。

习近平强调，我们要坚持走和平发展道路，但决不能放弃我们的正当权益，决不能牺牲国家核心利益。任何外国不要指望我们会拿自己的核心利益做交易，不要指望我们会吞下损害我国主权、安全、发展利益的苦果。中国走和平发展道路，其他国家也都要走和平发展道路，只有各国都走和平发展道路，各国才能共同发展，国与国才能和平相处。

我忽然意识到，除了那些已经被总结出来的划时代的意义之外，中国海军去亚丁湾护航，还是中国摆脱几千年海防意识的桎梏，向海权意识超越的一个全新起点。

我说，班长，同意我的观点吗？

班长说，从中国海军的角度来看，完成这种海防意识到海权意识的交替，花了 600 年的时间。

我说，是的，历史从来都是负重的，时间的堆积本身就是负重的另外一种注释。

二

六朝古都的南京，大明朱元璋遗弃的都城。

因为郑和，在 60 载岁月生涯中有 30 年在南京度过，这个

城市从此和航海有了纠葛。

我说，班长，郑和七下西洋，在南京首航，又在南京留下最后的绝唱。

班长说，是的，郑和第七次下西洋，就是从南京龙江港出发，最后因为疾病和劳累，客死印度古里。

龙江港，这个郑和最后一次远航扬帆的地方，同时也是中国舰队在大洋深处遁形之前的最后一次远航。

好在 600 年后，飘扬着中国海军旗帜的舰船再次出现在亚丁湾。

在遥远的亚丁湾，中国海军和海盗的对峙，虽然不是遍地狼烟，但是每一幕都是那么惊心动魄。这是我从班长纪事中读到的真实的亚丁湾护航记录。

A 线　和海盗面对面

亚丁湾辽阔无际的海面上，风和日丽，傍晚的夕阳，一扫白天的炎热。当凉风徐徐吹过之际，一些年轻的海军战士会在换岗轮休时，坐在甲板边上，吹吹口哨哼一些小曲。

假如没有海盗，这是一幅美丽的人间图画。但是，海盗让宁静的大海变成了随时随地都可能发生战斗的角斗场。

9 月 2 日，当地时间 16 点，中国海军护航编队护卫着第 239 批护航船队，从亚丁湾西部海域出发了。这是中国海军护航编队创造的一个奇迹，这一刻，航行在亚丁湾西部海域的所有商船都加入了中国海军的护航编队。

由于中国海军护航编队事先通过各种渠道公布护航编队在亚丁湾海域的护航行程安排，方便各国商船计算各自船期，以便用最少的等待时间通过亚丁湾；加上中国海军护航编队，组织严密，护航行动安全可靠，在世界各国船东公司中有着极好的口碑，各国商船愿意参加中国海军护航编队。中国海军的第 239 批预先申请的护航船舶就已达 21 艘了。当护航编队在 B 点海域集合商船时，仍有 5 艘船舶迫切要求加入。编队指挥员及指挥所经过慎重研究，在充分评估被护商船数量增加以后，对被护商船带来的可能的安全风险、护航军舰有效管控海域范围、应对突发事件的能力等因素后，决定接受临时申请商船的请求，同意其加入中国海军护航编队。同时，编队立即调整了兵力部署。

针对商船在 B 点海域集结时，大多数商船处于停车漂泊状态，商船分布的海域面积较大的特点，998 舰派出其坞舱携载的气垫艇，进行海区巡逻警戒。上午 10 时，998 舰尾门徐徐开启，伴随着燃气轮机的轰鸣，尾门处气雾缭绕，气垫艇像一头挣脱锁链的藏獒奔腾而出，直奔巡逻警戒区。气垫艇具有航速快，航程远，通信导航设备齐全的特点，最适合在商船集结海域和时段担负巡逻警戒任务。这是在亚丁湾上护航的各国海军中独一无二的。运用气垫艇担负护航期间的海区巡逻警戒任务，是中国海军对于拓展护航模式，运用多种装备、多种方法实施护航的有益探索。

为了使整个编队在航行过程中能够应对和处置各种突发事件，编队指挥所还精心编排了护航队形，使护航军舰能够对被护商船首尾兼顾，左右照应，对位置处于边缘的商船，加派了特战队员随船护卫，确保商船安全万无一失。

气垫艇伴随护航（李彦林 摄）　　　　　气垫艇巡逻（新 航 摄）

15 时，在办完所有临时申请商船的护航手续后，编队开始组队，准备出发了。此时，在护航编队附近航行的德国商船"Beluga Constitution"的俄罗斯籍船长在甚高频 16 频道中急切地呼叫中国海军护航编队，询问能否收留它加入中国海军护航编队。此时，编队指挥所考虑到，目前编队船舶数量已经不少了，于是建议其走国际推荐航运走廊。不料俄罗斯籍船长坚持说："你们编队船舶数量太多，不能收留我们，我们能理解。但是能否让我们跟着你们的编队航行，就是跟着中国海军军舰航行，我们也有安全感！"船长对中国海军充满着信任，面对这种情况，编队指挥所再也无法拒绝了，于是立即又重新调整了编队队形，给德国商船"Beluga Constitution"腾出了一个位置。此时，998 舰的雷达搜索了一下周围海域，在雷达视距范围内，除了护航编队的船舶外，再无其他商船了，也就是说，此时亚丁湾西部的船舶全都加入了中国海军的东行护航编队。

16 时，编队启航了，浩浩荡荡，整齐列队，共有商船 27 艘。

这一天，一切平安，全舰上下心情舒畅。

越是平静，其实我们内心越是紧张。因为和海盗的较量，每时每刻都有可能来临。

那一天，8月28日11时45分，27艘被护商船集合完毕，排成三列纵队，在998舰、170舰的护卫下浩浩荡荡从亚丁湾西部海域B点出发开始东行。

170舰在护航（新　航　摄）

亚丁湾海区天气晴朗，海面吹着和缓的东南风，是一个适合航行的好天气。然而，就在半个多小时前，11时04分，16频道甚高频响起了紧急呼叫声，途径亚丁湾航行的商船"Carribian Carrier 1"轮报告，在1331N，04959E遭到了小艇攻击！

呼救信号一发出，美国海军驱逐舰"温斯顿·丘吉尔"号听到了，丹麦海军支援舰"埃斯贝恩·斯内雷"号听到了，我们998"昆仑山"舰也听到了。

16频道传来的紧急呼叫声，距离我们编队所在海域很远，美盟联合151编队的舰艇比我们更靠近求救船只，我们不可能在第一时间做出救援行动，但是，16频道甚高频传来的那一声声紧急呼叫揪起了每一个护航官兵的心。998舰上值班人员经过一阵忙碌，标绘并确认求救船

只方位后，陷入了寂静。所有人都没有说话，只是在自己的岗位上，保持着待命状态，凝神屏气，等待着进一步的消息。

我们很难预测，今日的亚丁湾，是不是还会上演海盗劫持商船的悲剧。

"Carribian Carrier 1"轮发出紧急呼叫时，亚丁湾东部海域，美盟联合151编队的美国海军"温斯顿·丘吉尔"号驱逐舰（DDG81）照例在国际推荐航运走廊的巡逻区巡逻。在相邻巡逻区巡逻的则是北约508编队的指挥舰丹麦海军支援舰"埃斯贝恩·斯内雷"号（L17）。

巡逻舰艇在值班守听频道——16频道，接听到商船传出的呼救信号后，"温斯顿·丘吉尔"号立即将情报在"水星网"上向各国海军舰艇通报。"埃斯贝恩·斯内雷"号迅速作出反应，确定出事船只方位，全速向28海里外的出事海域驶去，并且立即准备直升机起飞。此时，"温斯顿·丘吉尔"号距离商船49海里。

时间在紧张的气氛中一分一秒地过去，正当"埃斯贝恩·斯内雷"号在应对眼前的情况时，甚高频16频道再一次响起，这次是在同一海区航行的商船"Heogh Oslo"轮报告其遭到同一艘小艇的攻击。看来海盗小艇已经像急红了眼的疯狗一样，疯狂地向过往的商船攻击。情况越来越紧急。于是"埃斯贝恩·斯内雷"号决定直升机"Brumbass"立即升空。5分钟后，"Brumbass"抵达商船"Heogh Oslo"轮上空，发现商船正以17.5节的航速向75度航向航行，想高速摆脱小艇。可是小艇一直在商船左后方3海里处，以24节航速不断接近商船。"Brumbass"立即降低高度，飞临小艇上空盘旋。丹麦海军直升机的出现，着实对海盗震惊不小，海盗小艇只得停止对商船的追击，小艇上9名海盗慌作一团，纷纷将手中武器抛入海中，企图销毁证据。此时，直升机逼迫小艇停船检查，赶到海区的"埃斯贝恩·斯内雷"号迅速放下舰载小艇，对海盗小艇进行了登临检查，发现并没收了海盗小艇上的弹药、移动电话、GPS、匕首等作案工具。

在"埃斯贝恩·斯内雷"号处理这艘海盗小艇时，中国海军护航编队已经集合好被护的 27 艘商船，在平静的海面上航行着。尽管刚才海盗小艇追击商船的海域离我们的航行海域还有一定的距离，可是护航编队官兵心里非常清楚，良好的海况正是海盗活动的良好时机，平静的海面之后隐藏着不可预测的危机。998 舰的当更舰员个个瞪大眼睛在各自的战位上值更。

998 舰驾驶室值更舰员严守岗位（新 航 摄）

果然，15 时 20 分，右舷瞭望更胡兴达突然在高倍望远镜中发现有两个快速移动的白点，他调整了一下望远镜的焦距，仔细一看，"不好！是快艇。""报告舰指！右舷 30 度，距离 4 海里，发现 2 艘高速小艇向我编队接近！"当更的谭文辉教练舰长操起望远镜确认了一下目标情况后发出了"反海盗部署"。"直升机准备起飞！998 舰高速前出！"编队指挥员立即下达命令。此时，右舷瞭望更胡兴达又高声报告"右舷 150 度，距离 5

海里，发现2艘高速小艇向我接近！"多个方向同时发现多个目标，情况一时间变得极为复杂了。"直升机立即起飞，驱离我舰右舷150度的目标！""998舰高速前出，拦截右舷30度小艇，坚决阻止其蹿入我护航编队！"编队指挥员镇定地分配着任务。998舰机器轰鸣，以23节的航速向小艇冲去；直升机呼啸着从998舰飞行甲板起飞，直扑右后方小艇。此时，170舰早已准备完毕的直升机也请示起飞。

辽阔的天空，飞翔着2架战机，苍茫大海，2艘舰艇出击，向数艘海盗小艇展开了立体驱离行动。

直升机很快飞临小艇上空，小艇看见直升机在追击，不但没有减速掉头的意思，反而一直以20节的高速继续向护航编队前方穿插。998舰紧追不舍，始终挡住小艇向编队穿插的进路。170舰稳住阵位，紧紧看护着被护商船。直升机不断降低高度，从空中压制住小艇。小艇为了摆脱998舰的追击，稍稍改变了一点航向，可是危险的态势并没有多大变化。"直升机进行警告性射击！"指挥员果断下达了命令。"轰！轰！"直升机上特战队员打出的两枚震爆弹在小艇附近爆炸。在直升机和特战队员的强力震慑下，小艇转向仓皇远离编队而去。998舰驾驶室里的官兵轻轻地舒了一口气。

17时，亚丁湾上的太阳开始西斜，黄昏的宁静再一次降临。编队指挥所照例进行交班，对刚才处理突发事件的情况进行分析研究。

正在此时，担负作战系统值班的作战部门工程师孙继龙在光电跟踪仪上清晰地发现又有一艘高速小艇向编队接近，立即向编指作了报告，"反海盗警报"再一次响起。这次由于是单艘小艇，发现时小艇已经距离编队横距只有2海里了。998舰照例准备高速前出，可是还没等速度加上来，小艇已经穿过998舰舰首位置了。情况再一次变得十分危急。"特战队员立即进行阻拦射击！""哒哒哒！"特战队员的12.7机枪开火了，一串水柱在小艇周围海面腾起。小艇上的海盗听到枪响，立即本能地卧倒在小艇里面躲避子弹，但是丧心病狂的海盗并没有让小艇减速。此时小艇已经距离护航编队领头的商船不到1海里了。"直升机立即起飞！"得到命令，早已在甲板待命的直升机迅速升空，不一会儿就飞临小艇上空。

从天空俯瞰下去，橘红色的海盗小艇上有4名海盗，手里拿着武器，还是死死咬住劫持目标不松口。直升机不断降低高度，向小艇紧逼，特战队员抓住时机，毫不犹豫地向海盗小艇发射震爆弹。海盗们看见直升机开火了，感到情况不妙，赶忙把手中武器扔进海里，销毁证据，然后掉转方向，远离编队绝尘而去。海盗的这些图谋劫持商船的行径，已经被直升机搭载的空中取证人员摄录下来。

998再次成功击退了海盗的袭击。

特战队员向靠近的可疑小艇实施阻拦射击（李彦林　摄）

我说，班长，亚丁湾护航对于锻炼部队作战能力来说，作用好像并不是那么直接。

班长说，亚丁湾护航行动，对于还不习惯于出远海的中国海军来说，既是对中国海军远洋能力的考验，也提供了海军在远洋的实战环境下锻炼的机会，对海军今后的自身建设和发展，积累了宝贵的经验，这个是最为直接的意义。

我和班长到达舟山的六横岛，这个曾经叫双屿岛的地方。

很难想象，就是这个平静的岛屿，在中国的历史上，曾经是一个世界各路海盗纵横四海的重要窝点。葡萄牙商人、海上倭寇和中国海盗，在双屿建立了一个无政府管辖的贸易中心。

岛上明显属于地中海风格的建筑，让那段葡萄牙人在双屿岛兴风作浪的历史，增加了一些可以触摸到的温度。

葡萄牙人在闯入中国内海之前，已经占领了明朝属国马六甲，中国海上战略缓冲区即将易主。

B 线　丢失的战略缓冲区

葡萄牙人在进行海上探险后，开辟了东方新航路，终于来到他们向往已久的中国，并且在中国的海上形成一个海外贸易的势力范围，把他们的商业贸易做得风声水起，到东方去考察的梦想实现后，露出了霸占东方的真实野心。

和明朝得知马六甲沦陷后的淡然反应不同，葡萄牙人深知马六甲对于葡萄牙世界海洋战略的作用和意义，对马六甲表现出万分热切的心情。

1511 年 7 月 1 日，葡属印度果阿总督阿尔布克尔克率领一支由 18 艘舰船、1200 名葡萄牙士兵及 200 多名马尔巴拉援兵组成的舰队到达马六甲，并向马六甲提出了释放战俘、赔偿以及割让一块土地来修建要塞的要求。当时的马六甲是一个 10 万人的城市，由 3 万马来人和爪哇人守卫着，双方兵力悬殊，因此当地苏丹拒绝了葡萄牙人的要求。7 月 24 日，葡萄牙人发动了第一次攻击，由于没掌握潮水的关系，葡舰船无法进入河道，只好等待潮水的涨起。而马六甲苏丹组织了强大的抵抗，迫使阿尔布克尔克下令撤退。8 月 10 日，阿尔布克尔克又组织进行了第二次攻击，成功占领了大桥，接下来他们又占领面向马六甲河、依山建立的马六甲王国清真寺。苏丹及其王子派出 20 头大象企图阻止葡萄牙人的攻势。黑夜降临后，葡萄牙人终于占领了大桥两侧的制高点。8 月 24 日，马六甲苏丹见大势已去，黯然丢下富甲一方的马六甲城。

占领马六甲，是葡萄牙人向东方挺进的第一座桥头堡。早在 1509 年，葡萄牙人曾经到达过马六甲，受到了当地人的猛烈袭击，他们撤退了。但这场战争，让葡人认识到要占领马六甲，控制马六甲海峡入海口，必须从军事上先占领马六甲河上的大桥，这是马六甲城的咽喉之地。

1511 年，阿尔布克尔克占领马六甲后，在那里逗留了一年，用来巩固这一控制印度洋的东部要隘。两年后，他又率军远征亚丁，围攻港口，但是却未能攻克。

可以这么说，阿尔布克尔克用军事力量扩张海权，他是世界上第一个充分认识到，对于海权来说，建立海外基地网络和商业航行具有舰队

作战能力同等重要。他在海上冒险航行的最初，就已经着迷于控制进入印度洋的各个关口。

葡萄牙的崛起，从开辟通往东方的新航路到建立葡萄牙商业殖民体系，就是一部海权争夺史。

公元1420年，葡萄牙王子亨利主持了西非绿色国家探险之旅和向东方考察的两部宏伟海上计划。葡萄牙的海上发现之旅，随即成为海上霸权之旅。1420年，葡萄牙发现并且占有马德拉群岛后，又占领了亚速尔群岛，之后穿越博哈尔角（今加那利群岛正南方），到达布朗角（在今毛里塔尼亚努瓦迪布湾），在阿尔金岛建立堡垒，作为葡萄牙探险贸易中转站。1444年，葡萄牙带回235名奴隶，进行标价拍卖，这是欧洲可耻的400年奴隶贸易的开端。之后，特里斯堂到达布朗角塞内加尔河口附近，葡萄牙终于实现了到达绿色国家的探险。

亨利王子实现到达西非绿色国家的计划后，1460年病逝。在他开创的海上探险时代结束时，葡萄牙已经成为欧洲航海中心，并且把从直布罗陀到几内亚约3500公里长的西非海岸线纳入了葡萄牙的版图。在通往到东方考察计划的1508年之前，凭借强大的海上舰队，到达今天的加纳沿海，建立圣乔治要塞。达·伽马又征服坦桑尼亚王国，和印度坎纳诺尔土王结盟，和科钦签订贸易协定进而独占科钦对外贸易，之后又在印度西海岸设立第一支永久性舰队。为了加强对印度西海岸的控制，葡萄牙国王在印度设立总督。

第一任印度总督把柯钦建设成了葡萄牙在印度的贸易中心，又攻占霍尔木兹，建立要塞，占领波斯湾出口，在第乌海战中，击败埃及和印度联合舰队，赶走土耳其势力。掌握了印度洋制海权后，葡萄牙成为印度洋霸主。

第二任印度总督阿尔布克尔克登上了历史舞台，把葡萄牙考察东方的计划排上了时间表。阿尔布克尔克制定了控制 3500 英里印度洋洋面出入口，彻底垄断海上香料贸易的战略。实现他的这个海上战略，必须占领三个海上要道：攻占马六甲海峡，以控制东部入口；占领亚丁，以控制红海入口；第三是攻占霍尔木兹，控制波斯湾入口。而这宏伟计划实施的第一步，就是建立对印度海岸主要港口的控制权。阿尔布克尔克果断出击当时的商业中心果阿。在屠杀 6000 多穆斯林后，阿尔布克尔克占领了果阿。强大的军事武力和威慑，让周围小邦国不得不向葡萄牙臣服归顺，果阿成为构筑葡萄牙东方殖民活动的中心。之后，阿尔布克尔克又在卡利卡特等港口城市修建一系列要塞，通往印度各地海岸主要航道悉数处在葡萄牙控制之下。

至此，那个被搁置的到东方去考察的计划，终于到了时机成熟的时候。1509 年在攻占马六甲失败后，阿尔布克尔克于 1511 年，再次攻打马六甲，在攻下马六甲大桥的有利攻势后大胜。

葡萄牙打下马六甲，意味着夺得向往已久的进军中国的先机。

马六甲城沦陷了，立国 110 年的东南亚王国灭亡了。

马六甲海峡是南中国海出海口的门户。谁控制了马六甲，谁就控制了印度洋。

如此，到了 16 世纪中期，葡萄牙海外帝国发展到了鼎盛时期。在非洲东海岸和印度西部海岸拥有大量贸易据点，控制了锡兰、霍尔木兹、马六甲、香料群岛和澳门，在日本和巴西都建立了据点。一个跨越半个地球的国家商贸航线被葡萄牙所控制，垄断了世界上香料、食糖、黑奴贸易，建立起世界性商业帝国。世界格局发生了转变，伊比利亚半

岛的小国随即替代了意大利，成为欧洲的权力中心。葡萄牙成功实施了他的海权战略，控制了印度洋和大西洋上的重要海上通道，控制了当时世界的商业贸易，葡萄牙这个伊比利亚半岛小国家，一跃成为海上帝国。

当葡萄牙人已经用军舰在世界海洋要道上建立海上基地，控制海上航行，用行动书写什么是海权的同一时代，中国明朝皇帝对海洋的理念，还是停留在海防的层面上，海权意识还在沉睡，等待着假以时日，在以后海上亡国的痛苦经历来进行唤醒和启蒙。

马六甲在16世纪大航海时代兴起前，成为东亚不折不扣的海洋城市。每年吸引好几百艘船只顺着季风前来贸易，中国人、印度人、阿拉伯人、欧洲人挤满了港口。中国的樟脑、丝绸以及陶瓷，印度的织品，菲律宾的蔗糖，摩鹿加群岛的檀香、丁香、豆蔻等香料，苏门答腊的金子以及胡椒，婆罗州的樟脑，东帝汶的檀香，以及马来西亚西部所盛产的锡，统统汇集到马六甲，再转运到世界各地，马六甲俨然是当时商品的全球集散中心。

当马六甲一跃成为东南亚商业贸易中心之时，明朝廷采取了严厉的海禁政策，不仅停止政府庞大船队出海的计划，而且严厉制裁私自到东南亚等地的中国贸易商人。当明帝国自动放弃海洋，放弃马六甲海峡的控制权，马六甲王国逐渐摆脱明帝国影响之时，西方殖民势力已经来到家门口，中国真正退出马六甲海峡的时代即将来临。

1512年，征服马六甲的葡人收买了5位中国船主，开始策划赴中国的计划。1517年，葡人正式达到中国东南沿海，1557年左右以欺诈、贿赂的方式占住澳门。

从15世纪末，葡萄牙开始航海大冒险时代，达伽马绕道好望角到达印度发现新航路开始，印度洋一直是欧洲和美国等国家争夺的战略要地。世界大国地缘战略的争夺中，参与角逐的大国在这场争夺战中不断演绎权力交替，直到今天争夺还在继续。

16世纪，印度洋曾经成为葡萄牙的"内湖"。英国崛起后，葡萄牙被逐出印度洋，英国又控制了印度洋沿岸国家，马来西亚、新加坡、缅甸、印度、阿富汗、波斯、伊拉克和海湾国家，以及也门、阿曼和索马里，都有成为英国殖民地的历史，印度洋又成了英国的"内湖"。19世纪末，马汉提出了海权论，美国总统罗斯福接受了马汉的思想，改变国策，扩大海军，成了世界海洋强国，成为控制印度洋的新掌门人。

印度洋及其沿海区域的海洋战略通道，成为大国争夺的焦点和国际冲突的导火索，红海、波斯湾、南亚和东南亚以及南部非洲，成为巨大的矛盾焦点。

不仅如此，美国还在20世纪80年代中期，公开提出要在全世界控制16个海上咽喉通道。它们是：马六甲海峡、望加锡海峡、巽他海峡、朝鲜海峡、加勒比海、苏伊士运河、曼德海峡、霍尔木兹海峡、直布罗陀海峡、斯卡格拉克海峡、卡特加特海峡、格陵兰—冰岛—联合王国海峡、巴拿马运河、佛罗里达海峡、阿拉斯加海湾和大西洋上非洲以南海域到北美洲的航道。

这16个海峡或海上通道，都是海上交通的咽喉要道，具有十分重要的政治、经济和军事意义，控制了它们，就是控制了全球。

不难看出，东南亚对传统中国有着重要的战略意义，况且明帝国三分之二的属国都在这里。在明朝建立的朝贡贸易中，矿产、木材、香料、黄金、珠宝和大米，都在这些属国中出产。而通过向东南亚出口或

转口，中国的制瓷业、纺织业、制茶业和造船业等也获得很高的利润回报。更重要的是，明朝的海上行动，建立了明朝优势主导下的东南亚体系，从而为国门建立了一个巨大的战略缓冲区。

但是，明朝后来的历史走向告诉我们，这种战略缓冲区与海上大国的确立，是经济发展带来的必然结果，根本不是国家意志的体现。经济的强大可以造就海上大国，但是经济的强大并不能哺育海洋意识。甚至，当马六甲这个战略缓冲区业已形成事实的时候，明朝也没有能看到马六甲对于中国疆域安全的历史意义。

郑和七下西洋，表明中国人最早在遥远的印度洋上有了远航的实践，这种代表国家的海上远行，更多的只是皇权思想的宣扬；而宗藩属国的建立，也是从经济领域体现皇权的一个重要支柱。当明朝的经济繁荣和郑和下西洋的海洋实践交叠在一起，似乎构成明朝辉煌的海洋帝国的美丽图景，展现了强大的海权政治。而事实上，在这个光圈下，闪耀的并不是一个国家海权战略的光芒。农耕民族出生的皇帝，大河文明孕育的智慧，即使国家已经具备了建立海洋强国的军事和经济两大基础，但是由于先天缺乏海洋意识，缺乏自由贸易的商业精神，最终不可能将这种不自觉的海上权益，转化为自觉的海洋战略。这就是为什么在几个倭寇蠡贼搅乱海上秩序时，明朝出台了全世界至今还是唯一的国家政策——海禁政策的原因。

美国学者斯塔夫里阿诺斯，曾经就明代中国远航发出的天问：明朝的这些远航，为何是为某些未知的但肯定是非商业方面的原因而进行的；为何是由宫廷太监而不是合股公司组织和领导；为何返航时带回的是供帝国朝廷观赏的斑马、鸵鸟和长颈鹿，而不是投入国内市场、可生产商业利润的货物；为何接到中国皇帝的命令便会完全地、无可挽回地停止。

没有海权意识的国家，即使不自觉地拥有制海权，依然会丢失那一片海；实际上拥有了制海权，却不知道制海权的重要，丢失的不仅是那一片海，还有国土。这是一个民族的悲剧。

丢失了马六甲的中国，使明朝最南端的海上大门洞开，从此无法阻挡西方殖民者的东来。台湾学者张存武曾说过，葡人之东来才是中国数千年来未有之变局。

从此，印度洋上再无郑和。没有郑和船队的明朝，从此也就没了海军，没有海军的国家，岂能拥有海权？

中国海军从近海走向远海，赴亚丁湾护航，这个历程是艰难的。海军的复兴需要一个国家综合国体的支撑，其中不仅需要强大的经济支撑，还须有这个国家民族的文明背景、经济模式等的支撑。

表述文明类型的教科书，把中国定义为"陆上中国"，却对从上古时期一直到明朝的海上文化视而不见，对绵延18000多公里的海岸线视而不见，对以中国为中心世界体系的两个重要枢纽——恰克图为核心的"内陆欧亚"北方贸易体系和以琉球为核心的联系西洋、东洋和南洋的海洋贸易体系视而不见，对古代"陆上中国"同时还是一个"海上中国"视而不见。这种对海洋的集体盲视，恰恰反映了中国总体上以农耕和游牧民族为核心建构国家政治的民族历史。一个以农业文明为主导，农村经济为命脉的国家，是无法真正建立起强大的海军的。

　　龙江港沉寂了。

　　起始于南京，结束于南京的郑和下西洋，这样的历史壮举，成为中国人长久的民族记忆。

113

我说，班长，郑和下西洋的远航壮举，是具体的，可感的，人们念念不忘一点不足为奇。但是，马六甲作为中国南部海疆的战略缓冲区丢失后，这么重大的历史事件，却为什么难以听见痛悔的声音？

班长说，亚丁湾护航，难道不是痛悔之后的觉醒？

三

如果条件允许，我很想去马六甲，去看看那片丢失的战略缓冲区。

但是现在，我和班长只能在舟山的双屿岛，那个曾经被葡萄牙人搅和得天昏地暗的海盗天堂，或者说走私贸易集市，去遥想亚丁湾。

A线　和海盗面对面

在亚丁湾，海盗就像是吸血的蚊子，随时随地都可能出现，随时随地都可能咬上商船。

2010年8月，这是亚丁湾中部海域。

998舰正在执行第223批东行护航任务，护卫着9艘商船编队航行。夕阳的余晖映照着整个编队，海面平静。这在常人眼里可算得上是一幅美丽的画面，可是正在担负护航任务的998舰当更舰员们，个个都瞪大着眼睛，因为他们清楚地知道，越是临近黄昏，海区气象条件越是良好，海盗袭击商船的可能性也就越大。舰员们有的眼睛紧紧盯着雷达荧光屏，有的手持望远镜搜索着海面的每一个目标，有的竖起耳朵倾听着无线电台里发出的每一个信号。当地时间 17 时 10 分，甚高频 16 频道里突然传出"Chinese warship! Chinese warship!'Baltic Galaxy'calling over!"巴拿马籍商船"Baltic Galaxy"在紧急呼叫我护航军舰。经过与该商船的通话了解到，该商船在距离我护航编队左前方 15 海里处发现有高速小艇对其追击，商船在向英国海上贸易组织报告后，得知在其周围距离最近的军舰有中国海军 998 舰和韩国海军"姜邯赞"号。于是商船选择向中国海军求救。

情况紧急，编队指挥员立即作出决定，直升机立即应急出动。5 分钟后，"Hunter68"（998 舰舰载直升机之一的呼号，意思为"猎人"）带着特战队员和查证人员，呼啸着飞向事发海域。

商船"Baltic Galaxy"是俄罗斯船东注册的巴拿马籍散货船，与其同行的还有克罗地亚商船"Verige"、巴拿马商船"Westen Pride"和马绍尔群岛商船"Fesco Yenisey"。这 4 艘商船原先都是参加俄罗斯军舰护航编队的，航经该海域时与护航军舰失去了联系，因此遇到紧急情况只好向就近的军舰求救了。

"Hunter68"飞临 4 艘商船所在的海域，围绕商船周围小艇可能活动的海域巡查着，或许是小艇发现了军舰和飞机的临近，得手的可能性不大，转头高速驶离，据商船"Westen Pride"最后报告，可疑小艇已向航向 009°方向逃跑。"Hunter68"在确认了商船周围海域再无威胁目标，商船航行安全后，飞临我护航编队上空进行了例行性巡逻飞行后着舰。

此时，韩国海军"姜邯赞"号的护航船队与998舰护航编队擦肩而过，两个编队相距只有3海里。他们目睹了998编队所做的一切。

编队当时航行海域位于亚丁湾中部，此海域海盗活动频繁。8月初的"苏伊士"轮、"叙利亚之星"号商船被劫，都是在这一海域。因此，编队官兵更加提高警惕，加强戒备，随时准备应对突发事件。

直升机巡逻归来着舰（新 航 摄）

在"Baltic Galaxy"等商船向998舰表示感谢之后，编队继续东行护航。此时太阳已经落到了海平面下去了，天空慢慢暗了下来，繁星开始闪现，今晚会是一个晴朗的夜空。

998舰的驾驶室里一片寂静，当更舰员们无暇欣赏这美丽的夜色，神情高度的专注观察海面。20时10分，甚高频16频道再一次响起，这次是巴拿马籍商船"Macho"在呼叫。"Macho"报告，有2艘小艇从其后方6海里的地方以18节的航速向其接近，同时在其前方2海里的地方还有1艘小艇以21节的航速在航行，请求救援！"水星网"第一时间转发了商船的求救信息。

危急情况再次出现，998编队指挥员立即在海图上标绘了事发地点，发现出事海域已经远离编队航行海域达78海里之遥了。在甚高频

16 频道中同时收到求救信号的还有美国海军"考夫曼"号、法国海军"格拉斯"号和韩国海军"姜邯赞"号。此时，"考夫曼"、"姜邯赞"距离事发海域距离 20 海里，"格拉斯"距离 30 海里。盟军军舰听到呼叫也都立即行动起来。"考夫曼"一边让"Macho"轮全速前进，一边自己也全速赶往事发海域；"姜邯赞"也许正在为傍晚处置"Baltic Galaxy"轮报告情况时未能迅速作出反应而反思呢，这一次"姜邯赞"立即作出了反应，其舰载直升机"Glory"5 分钟后升空，20 分钟飞临"Macho"上空，并按商船的指示方向进行了巡逻飞行。在多国海军联合行动的震慑下，可疑小艇全部高速远离，商船继续航行。

亚丁湾的夜色是美丽的，可是亚丁湾的黑夜对每一个过往的商船船员来说是那么的漫长，也许惊魂未定的船员又要度过一个无眠之夜了。但愿通过我们的努力，能够还给亚丁湾一个和平安全的环境，让过往亚丁湾的船员们有时间抬头看看这亚丁湾夜空中美丽的繁星。

但是，索马里海盗劫持商船的行径，不会因为人们美好的心愿而改变。

9 月 8 日，中国海军护航编队 998 舰单独护卫着第 241 批护航商船正在亚丁湾向东航行。

进入秋天的亚丁湾，丝毫没有秋天的气息，天气依然是那么闷热，气压非常低，使得低空中飘着一层薄薄的霾尘，海面上视距不好，能见度大约只有 3 海里。海面吹着微风，海面轻浪轻涌。

8 时，正是舰员交接更的时间。每个战位的交更舰员在向接更舰员交代着仪器设备的运行状况以及值更中的注意事项。舰员们都清楚，当前这样的海况，由于能见度不良，为保证航行安全，商船间隔拉大，整个护航队形范围变大了，对于护航军舰来说既不利于观察瞭望，又不利

于舰艇机动，而相对平静的海面却最有利于海盗行动了。

早晨 8 时 02 分，甚高频 16 频道里传出了呼叫军舰的声音，通过微弱的信号，仔细听辨，原来是商船"Santa Victoriar"向美盟 151 特混编队的土耳其海军护卫舰"戈克细亚达"号报告，在 1326N，04939E 发现可疑小艇。过了 6 分钟，"Santa Victoriar"又报告，可疑小艇正在向航行在它附近的商船"Olib G"追击。这个消息被欧盟 465 特混编队的德国海军护卫舰"石腊苏益格·荷尔斯泰因"收到了。"戈克细亚达"开始行动了，它一边向报告的事发海域高速行驶，一边做直升机起飞准备。8 时 26 分，"戈克细亚达"的直升机"Dolphin"起飞了，此时距离事发海域还有 21 海里。正在此时，甚高频 16 频道再次响起，里面传来了急促的呼救声，是安提瓜籍商船"麦哲伦之星"的波兰籍船长用带着卷舌的英语在报告，商船正被 2 艘海盗小艇攻击，情况紧急。"戈克细亚达"接报后，发现情况紧急，于是命令"Dolphin"立即掉头飞往 20 海里之外的"麦哲伦之星"。

"麦哲伦之星"船长在不断地报告情况，8 时 32 分，"海盗小艇已经接近到商船 0.8 海里处了，可以看见小艇上有 6 人，还有武器和登船的梯子！"8 点 36 分，"海盗正准备用梯子向商船攀爬！""麦哲伦之星"在报告的同时，也采取了积极的抵抗措施，船长命令船员打开高压水龙枪，向正在登船的海盗冲击，阻止海盗登船。一名海盗抵挡不住强大水流的冲击，失手掉入海中。海盗一次又一次地寻找着机会登船。8 时 55 分，"Dolphin"抵达"麦哲伦之星"时，发现有 4 名海盗已经登船了，一艘小艇上的 3 名海盗正准备登船。另一艘小艇上的一名海盗在营救落水的海盗。

由于已经发现海盗登船，"Dolphin"无法判明商船上海盗是否已经劫持船员。"Dolphin"只得在商船周围盘旋，监视。"麦哲伦之星"上共有11名船员，在船长的带领下，积极抵抗海盗登船，当海盗强行登上商船时，立即关闭了动力装置，并集体躲避到安全舱室里去了。所谓"安全舱室"，是商船为防海盗登船后武力劫持船员作为人质，而设立的一个隐蔽舱室。该舱室在商船上的位置一般不易被海盗发现，并经过舱室加固，即便是被发现，海盗短时间内也难以进入舱室。在舱室内存放有干粮、淡水以及应急通信器材。这个舱室通常在舵机舱、主机舱或者一些隐蔽、坚固的隔离舱。船员们进入安全舱室后，一面和海盗周旋，拖延时间，一面和UKMTO保持着联系，以便获得军舰的救援。

与此同时，UKMTO在不断呼叫的还有先前被海盗追击的"Olib G"商船。在"Santa Victoriar"报告情况后，德国海军"石腊苏益格·荷尔斯泰因"就一直在往这个海域机动。"戈克细亚达"的直升机"Dolphin"在飞向"麦哲伦之星"的同时，它却高速驶向了"Olib G"。海盗的多方向，同时对多艘商船展开袭击，让盟军在同一海域的兵力捉襟见肘，一时拉不开栓了。"Olib G"就没那么幸运了，UKMTO几次试图与其通信，都未能达成。起先是呼叫没有回应，然后是呼叫接通后又被挂断，情况不妙。"Dolphin"由于一时无法对"麦哲伦之星"实施解救行动，因此掉头飞向"Olib G"，当其飞抵商船上空时，发现海盗已经登船了。"Dolphin"只得再次盘旋观察、监视。不久发现商船甲板上有2名海盗出现，其中一人肩上还扛着火箭筒。后来商船与外界的一切通信联络中断了，估计"Olib G"已经被海盗控制了。

德国军舰和土耳其军舰正在处理"麦哲伦之星"和"Olib G"的同时，美国海军驱逐舰"奥斯汀"号在甚高频16频道收到了商船"Mol Celebretion"的呼叫，称在1229N，04804E被海盗小艇追击。这个位置

离刚才 2 艘商船的事发海域也不远。欧盟 465 特混编队指挥官命令德国护卫舰"石腊苏益格·荷尔斯泰因"直升机"Clyde"立即起飞，应对"Mol Celebretion"报告的情况。商船向盟军报告的同时，自己也采取了反海盗措施，加速航行。由于"Mol Celebretion"是一艘高速集装箱船，最高航速可以达到 25 节，航行速度高以及高速航行时船首掀起的大浪使得小艇无法接近。当"Clyde"抵达时，商船已经摆脱了小艇的追击，海面上只剩一艘海盗遗弃的小艇，而海盗也不知去向了。或许是企图登船时，被商船激起的大浪掀入海中？不得而知。

"麦哲伦之星"船员与海盗一直在对峙之中。海盗虽然手中有武器，可是面对坚固的安全舱室的铁壁、铁门却束手无策。没有船员的协助，海盗们面对复杂的仪器设备，无法将商船开走。船员们躲在安全舱室里，一直与外界保持着联系。为了使船长手里的卫星电话能有更长的通话时间，UKMTO 和船长约定定时通信。

时间在对峙中一分一秒地过去。美盟 151 特混编队、欧盟 465 特混编队、北约 508 特混编队此时在迅速调集兵力，准备对尚存一线希望的"麦哲伦之星"实施武力解救人质行动。欧盟 465 特混编队派遣美军船坞登陆舰"杜比克"号赶来了，北约 508 特混编队的美海军护卫舰"考夫曼"也与土耳其护卫舰"戈克细亚达"会合了，美盟 151 特混编队的美海军巡洋舰"普林斯顿"也出现在现场，一场营救行动正在酝酿之中。

在得到"多国海上力量指挥中心"的同意之后，营救行动在黎明前的夜幕掩护之下开始了。"杜比克"号上的美军特战队员乘坐舰载小艇，在夜幕掩护之下，悄无声息地登上了"麦哲伦之星"。"戈克细亚达"悄悄接近商船，担负警戒任务。"考夫曼"占领有利位置进行取证。"普林斯顿"则在商船左侧进行掩护。登船的特战队员迅速找到了商船的安全舱室，并对安全舱室进行警戒，在确认商船船员安全的情况下，先遣特战队员召唤"杜比克"上的后续突击特战队员。凌晨，天刚放亮，"杜比克"上的3艘舰载快艇携带着数十名特战队员，飞速向"麦哲伦之星"靠近。还没等海盗弄明白是怎么回事，快艇上的特战队员顺着舷侧的攀爬绳，一个接着一个登上了商船，从商船前甲板的各个方向，向海盗控制的舱室突击。此时商船的前甲板上空，担负火力掩护的直升机也将枪口对准了海盗。劫船的海盗一看这个架势已无心抵抗了，只得乖乖缴械投降。解救行动迅速果断，美军特战队员俘获了全部登船的9名海盗。

从整个营救行动的组织、协调和实施的过程可以看出，在亚丁湾上，尽管有多国海军在担负海区巡逻警戒和反海盗行动，但是其中美国海军参与的兵力最多。从此次营救行动可以看出，在现场的4艘军舰，有3艘是美军的。尽管多国海军指挥官轮流担任行动的阶段性指挥官，但是真正的幕后指挥还是由美军负责的，决策、组织指挥、协同等都由美军主导，其他国家海军只是配角。土耳其海军"戈克细亚达"是本月初接替韩国海军"姜邯赞"担负美盟151特混编队指挥舰的，而在此次营救行动中绝非土耳其海军指挥官能够协调指挥3艘不同编队的美舰来完成这样的任务的，据猜测，真正的指挥者或许是"普林斯顿"巡洋舰。美军事后公布消息称：美国海军成功解救了"麦哲伦之星"。在多国海军力量中，美军的行动能力和协调能力是最强的。事发当日，"普林斯顿"准备离开巡逻海域进行海上补给，但是劫船事件发生后，"普林斯顿"没有离开海域，而且分别隶属于不同编队的"杜比克"和"考夫曼"两艘美舰也赶到了事发海区，并且整个参加营

救的特战队员，全部来自美国海军。

当前，亚丁湾海盗袭击商船出现了很多新的特点，一是海盗选择劫船目标明确。通常选择那些航速低，机动能力受限，干舷比较低，单独航行且防范措施薄弱的商船进行攻击。二是袭船方法更加诡异狷獗。海盗小艇有时对商船进行试探性攻击，确认有机可乘时发动袭击；有时采用多方向，针对多艘商船同时攻击的"狼群战术"，使得多国海军舰艇难以同时应对。三是海盗袭船暴力化程度加强。海盗袭击商船时，边开枪边登船，在劫持"叙利亚之星"时就开枪打伤一名船员。四是海盗劫船速度加快。"苏伊士"轮从遭到海盗袭击到海盗登船仅用时十几分钟；"Olib G"从报告遭袭到海盗控制商船也不超过半小时。针对海盗袭船特点，我们可以看出当前多国海军采用的区域联合巡逻的护航模式的弊端：一是每艘军舰负责60海里长20海里宽的巡逻海域，使军舰自身无法实时掌握海区情况，即使商船报告情况，军舰也无法第一时间赶到现场处置，更无法应对海盗在同一海区对多艘商船的同时袭击。二是多国海军协调机制不够健全，兵力运用不够合理。海域巡逻舰艇虽然是统一指挥，但是具体行动基本上是各自为战，缺乏统一的可靠的信息共享渠道和应急机制；多国海军在亚丁湾的舰艇有50余艘之多，可是每天在海区巡逻的舰艇只有几艘，兵力运用效率非常低。三是安全防范效果差，过往商船仍然存在较大风险。从总体上来看，多国海军的反海盗行动，对打击和震慑海盗的犯罪行为还是起到积极的作用的，只是如果能够克服当前存在的弊端，那将会给海盗行为以更沉重的打击，为过往亚丁湾的商船提供更多的安全保障。

安全，不论对商船还是对一个国家来说，都是至关重要的。中国海军远赴亚丁湾护航，在给亚丁湾海域商船提供安全保障的同时，也是当前印度洋地缘政治背景下，维护中国国家安全的需要。

从制海权角度看，印度洋是世界地缘政治的海区中心。印度洋是世界级的海上交通战略通道相对密集的海区，西连曼德海峡、北衔霍尔木兹海峡，东接马六甲海峡，南面有莫桑比克海峡、南非好望角，都是国际大宗能源、矿产物资以及粮食运输的必由之路。维护印度洋及其周边海域的稳定和安全，对于维护中国国家利益的安全有着及其重要的作用。

　　我对班长说，时下比较前沿的现代地缘政治观点认为，国家的失败，不再表现为国家财富的丧失，而表现为国家生产这些财富的生产力及支撑这种生产力的海外资源供应线路，特别是控制这些线路的军事力量的丧失。

　　班长说，中国是发展中国家，经济发展任重道远，中国经济未来发展前景，对国际社会的和平稳定格局有着深远影响。只有为中国经济确立安全保障，才能为国际社会的和平稳定增添几分保障。中国作为和平崛起中的大国，在印度洋这个地缘政治和资源政治复合区，以军事力量保证国家安全，是我们中国海军的使命责任。

　　舟山。

　　海边是热闹的。大排档排成一条街，人们吹着海风，喝着啤酒，说笑声在海边此起彼伏。

　　不远处的海面上，亮着星星点点的灯火。

　　人们或许早已忘记，1840年，这里曾经是中国水军和英国舰队海上决战的战场。

B 线　丢失的战略缓冲区

鸦片战争已经过去 170 多年，但是海战留下的历史回声，总是在蓝天青山间萦绕。

在《一个长寿人，布劳顿勋爵回忆录》中，有一段关于 1839 年 10 月 1 日，英国内阁会议作出发动对华战争决定的纪录：因为第一次内阁会议，我们就决定对于以法国做后盾的叙利亚和埃及的主人作战，同时我们又决定对三分之一的人类的主人作战。

这里三分之一的人类的主人，就是指的中国。

1839 年 10 月 18 日，巴麦尊给义律的一封信中写道：陛下政府现在的想法是：立刻封锁广州与白河或北京诸河，封锁广州与白河之间认为适当的若干处所；占领舟山群岛中的一个岛，或厦门镇，或任何其他岛屿，凡是能够用作远征军的供应中心与行动基地，并且将来也可以作为不列颠商务之安全根据地的就行；陛下政府是有意于要永久占有这样地方的。

从这封信中可以看出，海上入侵中国是英国发动第一次鸦片战争的具体战术，占领中国的岛屿作为英国海外基地并且建成商业贸易中心，是英国的战略目标，永久占领中国作为海外殖民地网络的一部分，是英国政府对于中国实施的海洋战略。

是什么给了英国人底气，从遥远的英吉利海峡，跨越重洋，抱着必胜无疑的信心侵略中国？

第一次鸦片战争，是中国水师和海防与强大的英国舰队的第一次遭遇战，也是海防意识和海权意识的一次正面交锋。

当世界已经进入资本主义，海权已经成为决定重新划分世界区域的新准则，中国对于海洋的观念，无论是水军还是海防设施，依然停留在古代海防阶段。第一次鸦片战争，仿佛是一个冷兵器时代的军队和一支蒸汽机时代军队的对决，这一仗还没有开打，已经决出了胜负。

15世纪后的世界历史，基本上就是一部海权史。19世纪初的英国，拥有强大海权和海军的英国，成为了海上世界新霸主。

海权，是的，海权，英国人必胜中国的信心，来自于他们拥有的强大的海权。

谁拥有了海权，谁就拥有了世界。

第一次鸦片战争，就是对海权的最好注脚。

鸦片战争爆发前夜，全球海洋地缘战略态势已经呈现出群雄纷争的世界格局。英国已经从长期对法国的战争中转过身来，经过30年的调养补血，综合国力和海陆军实力都得到加强，继续稳坐世界第一海军强国的交椅。更为主要的，英国海军充分掌握了世界主要海域的制海权，在英国本土去往东方的航道上，在好望角、加尔各答、新加坡和印度等，搭建了他们的海军基地网络。尤其是印度沦为英国殖民地后，印度作为英国的一个战略跳板，向印度洋纵深和东、北、西三面沿海扩散，英国侵略中国的海上航线就变得不再遥远和深不可测。在西方和远东地区的电讯系统还没有联通，英国作战兵力严重不足，交通运输、通信联络、后勤补给等存在很多障碍的情况下，印度成为英国侵略中国的一个重要基地，解决了这些受制难题。他们从锡兰、加尔各答等防地调来步兵、炮兵、工程兵等，英属印度政府还垫支了巨额军费。

1840年2月20日，英国政府通过巴麦尊，向中国发出了鸦片战争的照会："大英女王陛下钦命外务大臣巴麦尊，敬此照会中国皇帝钦命

宰相：现因对于中国官宪所施于英国旅居中国臣民的损害和所加于英国国主的亵渎，要向皇帝要求赔补和昭雪，英国女王陛下业已调派海陆军队前往中国海岸。"照会中提出，为了让北京政府能够深刻领悟英国政府对这个事件的重视，立刻予以满意解决的迫切需要，已经派出远征军，一旦到达中国海岸，将立刻封锁中国的主要海口，并且要扣押中国船只，还要占领中国的一块陆地，直到英国政府满意为止。

第一次鸦片战争的全部战区，都在沿海沿江地区，中国水师和英国海军的海上决战，是决定这场战争最后结局的重要因素。

整个鸦片战争期间，中国水师始终没有组织一场真正意义上的海上决战。除关天培和林则徐在广州、定海等沿海海域，指挥打响了四次零星的小规模海战，一次较大规模的编队海战定海之战外，还陆续在广州、定海等沿海进行了海上破袭战，在粤、闽、浙、苏四省沿海主要防地发生了几次岛岸防御战。

第一次鸦片战争失败，从军事上来看教训极为深刻。首先，中国尚没有一支足以和英国舰队相匹敌的舰队，沿海岛岸完全暴露在英军舰队的直接攻击之下。英国舰队可以自由驰骋沿海海域，任意攻击港口要塞，岛岸的守军也处于被动挨打的局面。第二，武器装备落后于英军，加上火炮配置不合理，使得本来就落后的武器装备，更加难以充分发挥效能。第三是抗登陆技术落后，缺乏统一的正确指挥、有效的配合协同和强有力的预备队的适时投入，一旦被英军抢滩登陆成功，突破前沿，就立刻陷入腹背受敌的不利局势。

中国水军暴露出来的这些致命弱点，不仅仅是军事上的不足，究其根源，在于意识。

一个没有海权意识的国家，就不可能拥有一支强大的海军，没有一支强大的海军，就不可能拥有制海权。

第一次鸦片战争再次证明，海权对于一个国家的重要意义，一支强大的海军对于维护国家安全领土完整的重要意义。

鸦片战争过去了，但是带给人的思考却一直在延续。

海洋观念的现代化，必须要实现海防意识到海权意识的提升，万里海疆，还有游弋在国际海域的海洋利益。旧有的海防意识，难以撑起维护国家海上权益的天空，只有实现海洋观念的现代化，国家海防战略才能现代化，中国海军的军队建设才能适应时代所需，适应新使命新职能所需。

海防意识，相对于当下中国，领海、毗连区、专属经济区、大陆架以及国家利益所及海域来说，是局促而乏力的。

从海防意识到海权意识，在中国600年来才迈出跨越的第一步。实现海防意识向海权意识的转变和提升，才能为造就一支符合时代所需的中国海军，只要在意识形态中建构起海权意识的高楼大厦，才能加大力度和投入建设一支能担负起新时期大国使命维护国家利益的中国海军。中国的国家建设每一个历史时期都有国家级重点工程，大三线建设，南水北调工程，西部大开发等等。事关国家民族安危的海军建设，要像这些国家工程一样，成为当下一个重要的国家项目，真正舍得在海军建设上投入资金和人才，只有放到这样的高度，才能和海军的重要性相匹配。

改革开放，经济发展，中国走有中国特色的社会主义道路，在海权建设上，中国也将走一条由中华文化所决定的具有中国特色的海权之路。李约瑟先生说过，中国人是伟大的航海技术发明者，而非伟大的航海民族。这句话，有很多种解读，其中一个层面，恰恰解释了中华民族

的民族特质：中华民族从来就不是海外侵略扩张的民族，即使在拥有绝对先进航海技术的时代也不例外。从历史来看，即使明代中国拥有强大的海上权益，但是由于中华文化的特质，决定了中国从古至今不搞海上扩张，不称霸，不侵略。中国的海权是有限海权，是对中国核心利益在海上权益的维护。事实上，中国的海权发展，在维护国家利益的同时，也维护了地区性利益，维护了国际和平。中国的海权建设，也是中国和平崛起的一个重要组成部分。

1494 年，从历史的长河来看，还算是一个太平的年份。但是，就是在这一年，亚洲、欧洲发生的两件大事，影响了整个人类历史的发展方向。这一年，哥伦布第二次远航美洲，发现了牙买加岛，也就是这一年，葡萄牙和西班牙在教皇的调停下，把世界的海洋一分为二，划入他们各自国家的版图。7 年后，葡萄牙人跨海而来，攻占马六甲王国，作为进入东方的一个基地，20 多年后，成功将触角伸入早就垂涎的中国南部，最终侵占澳门。在葡萄牙的版图上，那条以"教皇子午线"为东西的海域图，将整个世界分别揽入葡萄牙和西班牙的囊中。

也是在这一年，小岛国日本的足利义澄继任幕府将军，细川政元开始操纵国柄。就是这个细川政元，在 1523 年为了和大内氏向中国争取朝贡，在宁波引发血案，促使明朝政府痛下决心，在全国实行海禁，这是中国历史从"海上中国"向"闭关锁国"转型的直接导火索之一。500 多年后，揭开"李约瑟之谜"的奥秘，在中国 19 世纪走向衰败的悲哀历程中，日本人在中国明朝播下了这恶果的种子，又在以后的侵略历史中，将这朵恶之花浇灌发育，导致了中华民族那一段悲怆的民族历史。无论如何，都不能把发端于明朝日本同室同宗争贡的大事，看做是一件偶然事件，这是日本国家海洋战略的最初试水，正是由于凭借具有历史视野大格局的海洋战略，在中国写下"李约瑟之谜"的同时，日本迅速崛起，成为今日的世界大国。也是1494年，中国的明朝弘治皇帝，这个在历史上被人民褒扬的皇帝，开创了"弘治中兴"美好时光的皇帝，这一年下圣旨在河南新乡重建有天下第一庙之誉的比干庙，也是这一年，中国永登县红城大佛寺竣工，第二年弘治皇帝敕命为"感恩寺"。

同一个1494年，中国的这一年和欧洲国家以及日本的这一年，交给历史的，却是完全不同的答卷。

历史告诉我们，经济的发展必然要求主权国家主张海权，但是经济的强大，不是必然就能带来强大的海权。这中间就像隔了一条河流，两岸能遥相呼应，如果没有船的承载，总是不能来往自由。那么，在中国，明朝经济实力如此领先的时代，在架起海权和贸易之间的船，去了哪里？

　　和班长一路向海，出发没多久，就已经达成一种默契。

　　关于阅读交流和对话。

　　我在出发前已经把班长的护航纪事打印出来，厚厚的一本。

　　因为班长的护航纪事，推动我循迹历史，感受历史的记录，都在电脑上存盘着。

　　我们彼此交换阅读对方的文本。

四

空气中弥漫着浓烈的海腥味。

我不太喜欢这种味道。

我说，班长，大海的味道其实不咋的。

班长瞪我一眼，说，对渔民来说，这个味道带来的是踏实和希望；对海军家属来说，这个就是男人的味道。

我理解班长的话，一个灵魂和大海融为一体的海军军人，才是一个真正的职业海军军官。

我说，班长，亚丁湾护航中，和海盗较量最惊心动魄的，还记得是哪次吗？

班长说，当然记得，就是解救"泰安口"号那一次。

A 线　和海盗面对面

在亚丁湾的海上生活是单调的，日复一日重复在 A 点和 B 点之间的来回护航，日程排得非常紧凑，往往一到达解护点，几个小时后又得对下一批被护商船进行组队。由于工作节奏快，因而显得时光过得很快。三个月的护航任务，很快就要结束。

2010 年 11 月 18 日，第七批海军护航编队已经抵达亚丁湾，准备接替第六批护航编队。当天，第六批、第七批海军护航编队在亚丁湾会合后开始了第一次联合护航。

亚丁湾近日由于受冷空气的影响，照例刮着 4 到 5 级东北风，2 米多的海浪抨击着商船的船首，激起一阵阵白色的浪花。

两天之后，正在执行第 267 批护航任务的海军第六批护航编队的 998、170 舰和第七批护航编队的 529、886 舰航行在亚丁湾 2 号巡逻区东侧。530 舰则单独护送着 19 日遭袭击后脱险的"乐从"轮向阿曼塞拉莱港行驶。然而，危机却在风平浪静中悄然而至。

当地时间 11 时 40 分，护航编队接到消息：中国籍特种运输船"泰安口"轮于北纬 20°30′、东经 60°51′遭 1 艘海盗船袭击，4 名海盗已登船，商船船员情况不明！

情况危急！护航编队立即启动反劫持应急预案。由于执行东行护航任务的军舰距离事发海域达 655 海里，而护送"乐从"轮的 530 舰相对较近，约 355 海里。编队立即做出决定：对"乐从"轮的护送由伴随护航改为输送特战队员随船护卫，命 530 舰全速赶往事发海域，同时命令 998 舰、529 舰也全速前出援救。编队及时调整了护航计划，由 170 舰和 886 舰继续完成后续护航任务。

11 时 44 分，编队与"泰安口"轮所属公司取得联系，确认船上共有 21 名中国船员。据船东公司报告，他们已与海盗进行过通话，由于海盗始终拒绝公司与"泰安口"轮船员通话，初步判断海盗并未将任何船员劫持为人质。在 3 艘军舰向事发海域高速挺进的同时，编队指挥所针对可能发生的情况及时进行了研究部署，命令各舰做好援救的一切准备。

998 舰一面高速前进，一边在编指的组织下筹划作战行动计划。指挥所和部队都进入了临战状态。

解救"泰安口"轮行动中编队指挥员魏学义少将和编队参谋长陈琳大校及
作战部门人员研究解救方案（新 航 摄）

指挥所不断收集情报信息，与交通部应急救援中心的热线电话一直不断，了解"泰安口"的船员信息、装载货物以及舱室结构等情况。详细作战计划在不断细化和调整。

海军蓝盾指挥所不时地向编队下达各种指示。

全舰上下气氛凝重，但一切准备工作有序开展。编队党委及时下达了"战时政治动员令"，编队官兵士气高昂信心百倍。特战分队的突击组、营救组、舱室搜索组、火力支援组等，每个小组的参战人员根据编指下达的作战计划，对照"泰安口"轮图纸在认真细致地研究每一个作战细节；航空分队的飞行指挥员、飞行员、地勤保障人员在认真规划飞行航线、飞行高度、计算飞行油量；998舰指挥小组和舰副长、部门长在研究舰艇机动方案、火力运用方案和特战队员投送方案。

编指将作战行动方案转达给 530 舰。一切准备在紧张有序地进行着。

22 时 35 分，在中断音讯近 11 个小时后，编队与船员取得了联系。船员报告说，所有人员已在海盗登船后按照船舶防海盗应急预案的部署及时进入安全舱室，暂无生命危险。但由于长时间滞留在闷热缺氧的安全舱内，部分船员出现急躁情绪。编队鼓励船员继续坚持，耐心等待军舰救援。

夜幕中的 998 舰劈波斩浪，高速前进。对每一名官兵来说，这是一个不眠之夜，官兵们心里明白，眼下的分分秒秒对于中国船员生死攸关，对于争取主动赢得胜利更是分秒必争。或许是第一次参加实战的紧张，或许是能够亲临战场一显身手的兴奋，这一夜，官兵们个个严阵以待，毫无睡意。机舱的排烟管发出有节奏的轰鸣，巨大的推进器搅动海水，像是大海发出的和声。998 舰在夜幕中急速穿行。

第二天凌晨 2 时 57 分，连续高速航行 15 个小时的 530 舰行至距"泰安口"轮 20 海里处，舰载直升机起飞前出。

4 时 08 分，530"徐州"舰抵达"泰安口"轮附近，使用光电红外、激光夜视仪等多种手段对商船及周边海域进行侦查搜索。

8 时 29 分，编队指挥所接到蓝盾指挥所的命令，为了争取时间，指示 530 舰立即展开援救行动！担负封控掩护任务的舰载直升机呼啸而起，2 艘小艇搭载 8 名特战队员向"泰安口"轮高速驶去。

530 舰抵近"泰安口"，直升机起飞进行侦察和火力掩护；特战队员分乘两艘舰载小艇，迅速从"泰安口"尾部遮蔽处隐蔽接近。

从第一时间抵达出事海域的 530 舰传回来的被海盗劫持的
"泰安口"轮现场图像（新 航 摄）

攀爬、登船、火力掩护，后续队员登船。一组特战队员登船后，向主甲板装载的石油钻井平台搜索前进，另一组特战队员由船尾，进入内部通道寻找被困船员。直升机在空中盘旋，监视"泰安口"舱面的一举一动，实施火力掩护。530 舰狙击手战位上的特战队员，眼睛一直紧紧瞄准可能出现海盗火力点的舱门。

特战队员从船艉登上商船，随后交叉掩护前进，特战队员一步一步向前搜索，钻井平台没有发现海盗，首楼底层没有发现海盗，驾驶台也没有发现海盗。

9 时 26 分，特战队员向编指报告，舱面和驾驶室安全，与船员沟通良好，正在向安全舱室搜索前进。

9时40分，特战队员顺利抵达安全舱室。5分钟后，在特战队员协助下第一名船员走出了舱室。振奋人心的消息很快传来：21名船员全部安全获救！

随后，舰载小艇输送医疗人员登上商船，为2名受弹片擦伤的船员进行了止血、清创和包扎治疗。调查取证人员登上商船取证，在商船上发现弹痕、弹片、弹壳及海盗遗留的衣服、斧头等物品。

由于"泰安口"轮上的通信设备、保安报警系统遭破坏，530舰立即派出装备检修人员，对商船主动力系统、各类辅助机械及航海、通信装置进行了检修，迅速恢复了航行性能。

当编队官兵准备撤离商船时，劫后余生的船员们自发在甲板列队，向海军护航编队致敬，船员们展开了一面鲜艳的五星红旗，拉着特战队员照相，要为这难忘的时刻留下珍贵的纪念。五星红旗高高飘扬，与八一军旗交相辉映，这一刻，每一名护航官兵不仅沉浸在胜利的喜悦中，更感到肩上的责任和使命的光荣。

是的，中国海军任重道远。护航只是中国海军走向深蓝的第一步，但是目前海军的现代化水平与打赢信息化条件下局部战争的要求还有差距，军事能力与履行历史使命的要求还不相适应。亚丁湾护航，是维护国家利益的必然要求。但是，中国的国家利益还面临着各种威胁，在这种局势下，我深深感到，中国海军其实还有很长的路要走。

三个月护航和海盗的较量，基本摸清了海盗劫持商船的行动规律，一般情况下，凌晨和傍晚为遭遇海盗袭击的高危时段，3级以下海况较好的天气也是海盗出没的时机。那些航速小于16节，干舷高度在8米以下的商船最容易成为袭击对象。

为有效防御海盗袭击，各国商船都采取了很多反海盗措施。从参加

过我们海军护航编队的各国商船可以看出，反海盗措施主要有：一是加强值班，增加瞭望人数。第227批护航编队曾经护航过的一艘挪威籍滚装船，航行期间，在全船容易攀爬的地方加派了6名瞭望人员，加强戒备。二是加装监控摄像头，观察船尾等观察死角。三是加装了多种阻拦攀爬的设施。有的商船在两舷边上拴上空油桶，遇海盗企图登船时，放下空油桶，油桶随海浪上下颠簸，阻止海盗登船；也有商船在两舷安装高压水枪，可喷射两舷容易攀爬的区域；还有商船在两舷装上了铁丝网或者是电网。凡此种种，方法五花八门。即便是措施到位，也不敢掉以轻心，船员们仍然是高度戒备。有的商船结伴而行，走国际航运推荐走廊，有的商船在亚丁湾的两头集结点等待各国海军舰艇的护送。就是这样，商船有时还是避免不了被海盗小艇不断地袭扰。

8月15日夜晚，欧盟465编队的法国海军"德格拉斯"号驱逐舰和北约508编队的荷兰军舰"七省"号，在各自的巡逻区游弋。23时，航经该区域的商船"Ras Laffan"轮突然向盟军舰艇求救，称发现一艘快艇正在高速向其接近。"七省"号首先听到了求救信号，于是在确定了商船的位置后，立即向距离该商船更近的"德格拉斯"号通报了情况。"德格拉斯"接到通报后立即行动，高速驶往商船所在的区域，经过一番仔细搜索，并未发现商船报告的高速小艇，在确认商船安全后，返回了自己的巡逻区。

8月21日5时，亚丁湾上还处于黎明前的黑暗中，法国海军"德格拉斯"号和往常一样，按照盟军巡逻计划，在亚丁湾的海盗高危海区巡逻。突然，一艘途径商船向其报告，在1221N，04649E发现一艘高速小艇，小艇航向260度，航速23节，向其接近。"德格拉斯"号接到商船如此详尽的报告，没有丝毫犹豫，立即向商船报告的位置急速驶去。6时11分，"德格拉斯"号抵达事发海域，进行了详细的海面搜索，没有发现商船所报告的小艇。此时太阳已经升出海平面，天已放亮。"德格拉斯"号为了慎重起见，再一次对事发海域周围进行搜索，还是没有发现可疑目标。

类似的情况，日本海上自卫队军舰、新加坡海军军舰和荷兰海军等多国海军军舰都遇到过。通常情况是发生在夜间，过往商船夜间主要靠导航雷达观察商船周围海域的情况，测定周围目标的运动要素，如目标航向、目标航速等。当商船发现可疑目标时，都会向在附近海域巡逻的军舰求救。军舰一般在接获求救信号后，视距商船的距离，直接前往协助或派直升机前往协助。有时各国海军舰艇飞机抵达现场后，并没有发现商船报告的"可疑小艇"，经反复搜寻也未能发现。这究竟是怎么一回事呢？小艇难道插翅逃跑了？各国海军的舰艇百思不得其解。这个秘密在一个偶然的机会，让中国海军舰艇给破解了。

8月22日凌晨1时，中国海军护航编队正护送着7艘商船向西航行，本次护航由于170舰靠港补给，就由998舰单舰执行。当时编队航行至亚丁湾西部海域，很快就要接近曼德海峡的解护点。海面风平浪静，但是由于亚丁湾西部的持续霾尘天气，海上能见度不高，对于护航编队的观察瞭望造成了一定的困难。此时，位于护航编队前部的商船"Jag Prerana"轮突然报告，右舷发现小艇。998舰在接到报告后，寂静的驾驶室里气氛顿时紧张起来了，因为当更的指挥员心里清楚，这个海域两边离岸较近，通行的商船密度较大，加上当前海面平静，是海盗袭击商船的最佳时机。于是指挥员立即命令所有观察部位对商船所指的方向加强观察瞭望。不一会儿，雷达战位报告已经捕捉到了目标，"方位305，距离5海里。""目力观察战位是否发现目标？"指挥员急切地询

问。"目力观察战位没有发现目标!"指挥员心中存有疑问了,"距离5海里,目力观察应该可以发现目标了啊,是不是由于能见度下降影响了目力观察?"争取时间就是掌握主动权,但是只有判明情况才能采取行动啊,于是指挥员命令光电夜视战位进一步搜索目标。不一会儿,光电夜视战位上报了情况,"方位308,海面发现一大群海豚跃出水面,向我编队接近!有好几百条呢!"啊,原来是海豚,虚惊了一场。在亚丁湾西部海域,有大量的海豚活动,这些海豚都是群居生活,在海里游动时,一些海豚边游边跃出水面,有的还在水面上翻滚几下再跳入水中,此起彼伏,在夜间目视无法看清的情况下,跃出水面的海豚,会在舰艇雷达上形成一个稳定的回波,这个回波就像一艘定向定速航行的小目标,很容易被误判成航行的小艇。商船一般不配备有远距离的夜视器材,发现目标主要靠雷达,这就是商船雷达有时误以为是小艇的原因了。

但是,从这些事件中可以看出,亚丁湾海域的海盗活动猖獗,已经给过往商船的船员心理上造成了极大的伤害,他们在亚丁湾海域航行可谓是提心吊胆,草木皆兵了。海盗犯罪行为一日不根除,亚丁湾海域一日不得安宁。但愿我们的护航行动能够早日还亚丁湾一片宁静,早日扫除船员心中的那一片阴影。

在亚丁湾护航中,中国海军勇于探索、大胆创新,不断提高远洋行动能力,开创了海军历史上的多个"第一":第一次组织舰艇、舰载机和特种部队多兵种跨洋执行任务,有效维护了国家战略利益,充分展现了我海军完成多样化军事任务的决心和能力;第一次全程不靠港远海长时间执行任务,刷新了人民海军舰艇编队连续航行时间和航行里程、舰载直升机飞行架次和飞行时间的纪录;实际检验了海军部队军事斗争准备成果，全面摔打锻炼了任务部队的军政素质；第一次持续高强度在远离岸基的陌生海域组织后勤、装备保障，积累了远海综合保障经验。

中国海军护航行动，对维护我国负责任大国的形象，履行维护世界和平和促进共同发展的历史使命，具有举足轻重的作用。通过海军的护航行动，人们不仅可以看到海军走向远洋、走向深蓝的凌云壮志，更可以看到海军担当新的历史使命、推进多样化军事能力建设的历史跨越。

索马里海盗的行径，事实上是海盗对世界各国在印度洋国家利益的挑衅，也是对世界各国海权发起的挑战。

中国海军赴亚索海域护航，不仅是维护自己国家商船的安全，还要作为负责任的世界大国履行国际性义务，维护国际海上交通秩序，为中国的和平崛起保驾护航。中国海军的护航对象不仅有自己的商船，还有运送联合国世界粮食计划署的运粮船，及他国遭受海盗袭击需要我海军提供护卫的商船。中国作为联合国五大常任理事国之一，有责任有义务执行联合国的决议，而且新世纪新阶段军队"三个提供一个发挥"的历史使命，也要求我们为维护世界和平与促进共同发展发挥重要作用。我作为一名在亚丁湾护航的中国海军军官，履行职责，责无旁贷。

风和日丽的亚丁湾，其实每一分钟都是箭在弦上。

班长说，是的，这绝对不是文字的渲染，事实就是这样。

我说，每一次甚高频电话的呼叫信号响起，就是拉响的和海盗斗争的战斗警报。

班长说，你很有悟性。

我笑而不答。

　　我想，事实上，在马六甲王国消亡的时候，16频道的紧急呼叫就已经在中国拉响。只是，那时候的中国，皇帝没有听到，大臣们也没有听到。更没有人意识到，随着马六甲王国的消失，中国正在丢失一个重要的战略缓冲区。

B线　丢失的战略缓冲区

　　让我们回到最初的命题，为什么长久以来，"海上中国"和"陆上中国"并存的泱泱大国，始终被描述为农业文明和大河文明古国？

　　包围着陆地的海洋，创造了古代中国灿烂的农业文明和海洋文明，但是，却没有孕育出一位渔民出身的国君，中国的皇权始终在农耕民族和游牧民族中间交替。谁控制了皇权，谁就控制了文化。"海上大国"的衰退，从另一个侧面证明了中国文明的属性。

　　当亚丁湾上16频道的紧急呼叫声和1511年葡萄牙人攻占马六甲的枪炮声混在一起，遥远的亚丁湾上的护航，就和中国的海洋安全紧紧相连在一起，重新阐释国家的文明属性，显现出了前所未有的紧迫性。

　　长久以来，自耕农经济体系，决定了中国只重视农业文明，并且在这个基础上，建立了强大的道德体系。事实上，中国是一个农业文明和海洋文明并存的国家，历朝历代对海洋文明的忽略，形成了一个负性循环，在农业文明的国家意识背景下，商业经济无法破土生长，走向现代就有如套着枷锁脚链，对海洋文明的漠视，加速祖先时期业已辉煌的海洋文明的萎缩，在世界走向现代化的进程中，无法进入优先序列，最终导致了19世纪的国家沦落衰退。

假如，1511 年马六甲响起葡萄牙人攻城的枪炮声，唤起的是明王朝对巩固"海上中国"海权的意识，那么 19 世纪的"李约瑟之谜"，或许将不复在人类历史上出现。

"李约瑟之谜"涉及的领域是多方面的。"李约瑟之谜"，也是对中国和西方海权状况的另类解读。

从海权的角度来看，明代郑和时代一直往前，中国就是一个海洋大国，上古时代北京就是一片海。其次，在地理大发现之前，遥远的欧洲和亚洲就像两颗不同星际的星球，互不可及，互不可知，正如西方人所说，看到海，那就是世界的尽头，因而不存在海上防卫一说，也不可能产生海权。在和平的天下，中华民族的智慧伴随着辛勤的汗水，创造了那个时代最先进的文明，也是历史的必然。

海军，这个随着资本主义发展而迅速崛起的军种，天生和商业有着血肉关系。海外贸易的拓展催生了海军，弱肉强食的丛林法则，主宰着海上利益的争夺与瓜分，海军的建立又保护和促进了资本主义的发展，海权的概念在商业、海军和流血战争的催生下，成为主宰海上的最高权力。就在欧洲各国纷纷通过海上霸权，凭借强大的工业进步和海军鲸吞世界资源的同时，中国却实行了海禁，一心向内，主动放弃海上权益，导致海权的丧失。

一个丧失海权的国家，就不可能拥有国家主权。一个主权都沦丧的国家，何以能科技昌明，经济繁荣发达？

但是，海上贸易的繁荣，国力的强盛，也并不代表海权的强大。当中国已经成为"历史向世界历史"转化前夜的领头羊，明朝政府统领的这个富裕国家，既缺乏通过向外发展保持经济增长的内在推动力，也根本无法对商业贸易丛林法则的本质建立起一种世界观，更没有在全球

视野下推进明朝海军建设的意愿，对海洋的认识，只能是海防而没有海权。在这种情形下，又被金融币制所困扰，采取了用物产换取白银的解决方式，结果是明朝主动放弃了中国业已形成的贸易中心地位，无形中将中国推进另外一个完全由西方金融体系控制的经济体，导致以中国为核心的经济体系向以西方为中心的经济体系的转移。美元成为世界货币的开端，就是以中国为核心的经济体系崩溃的一个标志。

中国传统儒家文化的核心，从来鄙视商业，把商人列为"五蠹"，就是害虫之列。明朝朝贡体系，不是以追求利润为目的商业行为，而是一种睦邻四方的政治手段，使得1511年之前的海洋，成为以中国为中心的世界经济贸易体系，是政治的结果而非经济规律使然。一方面，中国以朝贡体系建立起来的经济网络，获得了海上权益，东南亚周边各国不得不臣服；另一方面，明朝政府用购买力外交，实现了周边国家的长久和平与安宁，这充分体现了中华民族的海洋文化和海洋实践，是以儒文化为核心的和平主义的东方式的海洋精神，与西方的以掠夺和冒险为主体的海洋精神有着本质的区别。

无论如何，和平主义是人类共同追求的文明境界。但是如果对和平主义东方式的海洋精神的解读，仅仅只是为中华传统文化中始终如一流淌着的和平精髓沾沾自喜，那是一种狭隘的历史主义。和平主义包含了和平主义的文化基础以及维护和平的有效方式。

中华民族和平精神的千秋万代，同样需要一种维护和平的有力手段。当世界处在战争与和平不确定的文明阶段，和平需要有保护和平的力量，才能达到维护和平的目的。正如克劳塞维茨所说，你想拥有和平吗？那么就准备战争吧！

1511年马六甲沦陷前7年，全世界的海洋已经被葡萄牙和西班牙两个新兴的资本主义大国瓜分。在《托德西利亚斯条约》中，以佛得角群岛以西2200古海里处的"教皇子午线"为界，将世界的海洋分为两大部分，界东属葡萄牙，界西归西班牙所有。而此时，中国正在实行严厉的海禁政策。明王朝以一纸诏书，将中华文明的海上实践强行阻断，产生的后果是长期领先于世界的中国，在19世纪后走向了衰败，而长期战乱的欧洲，却在中国走向衰败的同时，成为世界的强者。由此，在世界经济学领域出现了"李约瑟之谜"的命题。"李约瑟之谜"提出了两个问题：为什么中国科技水平和经济发展在历史上一直遥遥领先于其他文明？为什么中国科技和经济现在不再领先于世界水平？"李约瑟之谜"，是世界经济学之谜，然而透过这个谜的背后，我们依然可以看到，海洋对世界经济的影响力，海权对一个国家国力的控制力，时至今日依然用大陆国家来描述中国，这种对中国古代海洋文化的集体失忆，不能不说是农业文明对海洋文明的过渡覆盖。

海军的复兴及至强大，需要先行的是文明的修复。在中国走向海权的历史进程中，海权战略的选择对于中国来说，不仅仅是国防战略，而且是重构中国历史上两种文明同生共存文化疆域的选择，是对国家前途民族未来的选择。

索马里海盗的行径，事实上是海盗对世界各国在印度洋国家利益的挑衅，也是对世界各国海权发起的挑战。

地大物博赐予了中国丰富的资源，但地理地貌的丰富多样性的最大好处并不在于此，而是在于造就了这个国家文明的多样性——大陆文明和海洋文明。

　　然而，文明的形态并不是一成不变的，海权时代的到来，改写了世界文明的版图：谁拥有海权，谁就拥有历史主动权。

　　1511 年，葡萄牙对马六甲海峡的占领，明朝在马六甲海峡失去了海权，是导致后来清王朝丧失陆权的滥觞，也是造成中国至今海权困局的历史根源。

　　中国海军赴索马里护航，是中国国家利益出现在哪里，海军就出现在哪里的新任务新使命，也是中国海权建设的一个新篇章。

　　海权战略选择对于中国来说，不仅仅是国防战略，而且是重构中国历史上两种文明同生共存文化疆域的选择，是对国家前途民族未来的选择。

第三章 海盗命运，谁主沉浮

世界海军史，是一部西方海盗史。

西方海盗史，是一部海权争霸史。

中国海军史，是一部民族苦难史。

中国海盗史，是一部武装财团流亡

灭绝史。

一

普陀。六横岛。

普陀山影影绰绰。

普陀山的闻名于世，不在于山，而在于山上的寺庙。

普陀山的香火真的很旺。

那些本来说要加入海岸线自驾游的同学中，有不少都会在新年的头几天，专门驱车赶到普陀山进香。年年如此，从不间断。可见心中的诚意。

眼前的六横岛一片宁静。

几只小船，朝霞满天。

很难想象，这里就是中国历史上曾经最有名的海盗天堂。

我说，班长，过去船家出海，都会进香祈福。你们呢？

班长说，你说什么昏话，中国海军背后有13亿人民为我们祈福，天下有比这更旺的香火吗？

我笑了，我说，班长，你不知道，就像剧组新戏开机，多数也会到一个庙里头去进香磕头求平安的。

班长看着无波无澜的海面，说，那些海盗，就像你说的，也是出海返港都要上香，他们的结局，平安了吗？

班长的语气中多了一些凝重。

我说，班长，关于海盗，你怎么看？

班长说，你说的是亚丁湾的海盗，还是中国的海盗？

我说我的意思是说世界海盗和中国海盗。

班长说，我的护航纪事里面，写了一些，你可以看看。

我和班长在一个渔民家的小院里，一张竹椅，一杯清茶，开始了一场关于海盗的对话。在曾经辉煌之极的海盗天堂，班长笔下遥远的亚丁湾海盗以及世界海盗的历史，成为我们对话的话题。

A 线　头顶光环的海盗们

到亚丁湾已经半个多月。

从 A 点到 B 点，第六批护航编队开辟了属于中国海军深蓝的航迹。

998 舰上无论是早就习惯于航海的老兵还是第一次出海的新兵，在经历了未知的兴奋、想象后，很快适应了亚丁湾的海上航行。

从 A 点到 B 点，再从 B 点到 A 点，他们将在这样的循环往复中，度过三个月的时光。

这里的海无边无际，时间的概念在这种辽远旷古的感觉中，也变得无边无际起来。

护航官兵们在这种表面舒坦松懈的环境中，以高度警醒和敏锐，保护着过往商船。

7 月 18 日早晨 7 时，998 编队护送第 220 批护航船队的 14 艘中外船舶安全抵达了亚丁湾西部的解护点 B 点，和被护商船告别后，立即进入组织下一批东行的护航编队准备工作。离开中国海军护航的羽翼后，各商船向各自目的港驶去。商船队中的"集美贵"轮、"大祥"

轮、"Helen"轮、"A Duckling"轮等船舶，发来感谢电，再次感谢中国海军998编队对他们在索马里海域的保护和陪伴。

8时，刚刚从编队解散的"贵华"轮，在甚高频16频道紧急呼叫998舰，报告发现5艘高速小艇在其周围活动，其中2艘高速向其接近，最近距离已达1.3海里了。情况紧急，此时编队指挥所里的气氛立即紧张起来，我根据编指的意图，立即令"贵华"轮报告所在位置，并令其保持高度戒备，随时应对突发情况，同时指挥998舰立即加速驶向"贵华"轮所在海区。编指也立即作出反应，命令在我舰前方的170舰舰载直升机紧急起飞，飞往事发海区查证情况。全舰上下此时立即提高了反海盗部署等级，观察部位加强戒备，特战队员立即就位，备好了武器，取证组人员也带上了摄录像器材来到各自的岗位。

5分钟后，170舰舰载直升机升空，呼啸着飞向了事发海区。半个小时后998舰也抵达了该海区，发现仍然有2艘小艇在国际推荐航行走廊围绕航行的商船游弋。998舰在直升机的协同配合下，对可疑快艇进行了一一查证，发现每一艘快艇上有6到8人，没有发现携带武器，也没发现携带渔网，其围绕商船的行动可疑，但是未发现对商船有任何攻击行动，没有足够的证据证明是海盗船。虽然这些船形迹可疑，但没有找到武器和登船工具，就只能把他们以疑似海盗船来对待。

海盗险情一波未平一波又起。998舰巡视周围海域，发现一艘外形类似老式油轮的船舶，以4.5节的低速来回游弋，形迹相当可疑。编指立刻在甚高频16频道对其询问，通过询问发现其船名、船舶种类、出发港、目的港、MMSI（海上移动通信业务标识）号等信息均与AIS（船舶自动识别系统）显示有出入，这就更增加了这首船舶的可疑性。

面对这种复杂情况该如何处置，考验着我们护航编队处理事务的决策水平。我们在严格遵守《联合国海洋法公约》的前提下护航。

在亚丁湾与海盗共舞的日子里，海盗袭击商船的紧急呼叫声响起时，998 舰总是在最短时间采取最有效的阻击方式，在我护航舰队强大的震慑威力下，海盗小艇只能扔掉武器，销毁罪证，放弃登船行动，逃之夭夭。

我们面对的索马里海盗，由于长年在海上劫船，已经形成了一整套成熟的作战方式，是一支有经验的海上武装力量。他们劫持商船采用的手段高度军事化，狼群战术是他们惯常使用的手法。

在护航中，由于海盗船、偷渡船和渔船，仅仅从外观上很难准确分辨。海盗船常常用普通渔船作为掩护，伺机靠近商船，一旦接近到一定距离，伪装成渔船的海盗船上，迅速放下小船快艇，狼群般向目标聚集。如果商船反击不力，海盗登船成功，那么商船就会有可能被海盗劫持。因此，即使是对于那些单个的渔船，也绝对不能掉以轻心。

8 月 17 日 20 时，编队正在航行，当更瞭望更报告，"A1 商船右舷30 度，距离 3 海里处，发现有小艇快速接近。" 998 舰当更指挥员立即采取措施，发射信号弹，向小艇发出警告，可是小艇仍然紧咬编队内A1 位置的商船。编队指挥所决定对小艇抵近查证，998 舰全速前出抵近小艇，小艇上的可疑人员发现军舰向他们高速接近后，以 20 节的速度逃跑，同时向海中扔下一些物品。

998 舰瞭望更警惕地观察海面（新　航　摄）

　　根据判断，这艘具备海盗行动特征的小艇，很可能就是伺机劫持商船的海盗船。如果我们不登临检查，很难确认他们的真实身份。但是即使登临检查，疑似海盗采取把劫持商船用的作案工具扔进海中的话，这会对认定他们的海盗行动增加困难。更进一步讲，即使认定疑似海盗有劫持商船的目的，有劫持使用的工具，他们在军舰的阻止下终止了犯罪行为，销毁了犯罪证据，最多是"劫持未遂"，护航舰艇也依然难以对海盗船采取更进一步的行动。加上我们所取得的证据是否能在国际法庭上对其定罪，还是一个未知数，一旦证据不足，定罪不成立，那中国海军将必须面临对疑似海盗造成的所有后果负责。

　　在这种情形下，面对疑似海盗，我们的处置就显得如履薄冰。中国海军舰艇编队亚丁湾护航行动是依据国际法，在联合国决议框架下的护航行动，一举一动必须有法律依据。在不放过一个海盗和不冤枉一个好人之间，作着艰难的抉择。眼下我们唯一能做的，就是绝对不放松对这些单打独斗的小艇的警惕。根据我们的经验，一般只要船上没有打渔用具，也不进行海上捕捞作业，最大可能就是海盗侦察船了。

这些船总是在护航商船附近游弋，寻找突破口，一旦发现有可乘之机，立刻通过无线对讲系统，呼叫逗留在不远处的母船。那时候，母船上就会放下多只快艇，狼一般追击围攻袭击目标。

998护航编队在行进。如画的夕阳下，不时有海豚跃出海面。我想，如果没有海盗，亚丁湾应该是一个美丽而又宁静的海湾。

    我对亚丁湾海盗很好奇。

    我问班长，见过海盗吗？

    班长说，这一路很少与海盗近距离正面交锋。我们的护航行动，核心是保护商船的安全。因此，我们对任何可能威胁商船安全的目标实施驱离、隔离、监视等行动，迫使其和被护商船保持安全距离，避免对商船构成可能的威胁。

    我说，班长，那就是说护航不是以打击海盗为主，护航的首要任务是保护商船的安全，是这样吗？

    班长说，是的。

    我说，班长，你知道吗？1840年，中国第一次鸦片战争硝烟四起的同时，索马里的穆沙群岛和奥巴特岛，也被英国人侵占。两个地理跨度如此之大的国度，国家主权同时遭受侵犯。中国和索马里，一个在亚洲，一个在非洲，但是在英国人跨洋过海的强大的武力攻击下，同时陷入了被殖民国家的悲惨境遇。

班长说，索马里的情形，让我和护航战士真切感受到，一个处于无政府状态的国家，必然经济崩溃，民不聊生。索马里人民的悲惨境遇说明，没有一个强有力的政府，没有和平环境的国家，人民必将流离失所，生不如死。

我说，班长，索马里那么贫穷，那里的海盗一定也是穷困潦倒吧？

班长说，才不是，他们几乎和贵族阶层相差无几。

英国著名的现代战略大师李德·哈特，对游击战做了精辟论述。他说："游击战是这样一种战争，即真正从事于战斗的人很少，但必须有赖多数人的支援。虽然就其本身而言，它是一种最富有个别性的行动方式，但若欲作有效的行动和达到目的，则又必须有群众的集体同情和支援。所以只有在配合民族抵挡的号召、独立的要求和社会经济的不满心理时，这种作战才会有最高度的效力，因为这样可以使它变成一种意义广大的革命。"

从某种角度来说，索马里海盗劫持商船的行径，是一场旷日持久的游击战。这场游击战是许多索马里人重新切割世界财富的强烈欲望和对索马里社会经济的强烈不满促成的。

自从1991年索马里内战爆发后，制造这些海上恐怖行为的，主要有四大海盗团伙："邦特兰卫队"，是索马里海域最早从事有组织海盗活动的团伙；"国家海岸志愿护卫者"，规模较小，主要劫掠沿岸航行的小型船只；"梅尔卡"，以火力较强的小型渔船为主要作案工具，特点是作案方式比较灵活；势力最大的海盗团伙叫"索马里水兵"，活动范围远至距海岸线200海里处。这些各有所长的海盗团伙，在2009年

12 月，当选为《时代周刊》当年度风云人物。在印度洋国际航运通道上专门制造劫持商船索要巨额赎金的索马里海盗们，或许是从欧洲国家中海盗成为海军的历史，寻找到了充足的历史依据，最终找到了他们的身份定位。今天，国际社会云集几十艘军舰，重拳打击索马里海盗时，这些索马里海盗们却否认自己的海盗身份，他们认定自己是海军。

就像索马里海盗自我认定一样，海盗队伍编制健全，管理严格，越来越军事化。

在海盗组织内部，设立了"舰队大帅"、"少帅"和"财政官"等职位，对海盗们实行严格管理，对外自称"索马里海军陆战队"。他们在平时，经常进行军事行动能力的训练，成为一支训练有素的犯罪团伙。

海盗出击时往往配备卫星电话、全球定位系统等先进通讯器材，拥有自动武器、火箭筒等。在劫持商船时，战术奸诈，运用得当。

海盗最常用的战术，就是利用一艘较大型的渔船或是被劫持的商船作为"母船"，出动多艘快艇对油轮下手。由于满载原油，油轮在海中的干舷较低，为海盗登船创造了条件。

在亚丁湾，英国国际海上贸易组织对那些过往亚丁湾的具有上述特征的船舶定性为"高危船舶"，并通过"水星网"向在亚丁湾护航的各国海军进行通报，以其引起护航军舰的特别关注。

索马里海盗众多门派中，威胁最大的正是对外号称"索马里海军陆战队"的"索马里水兵"海盗组织。他们在海盗头目阿巴迪·埃弗亚的带领下，不仅在 2006 年杀害过船员、2008 年劫持了我国渔船"天裕 8 号"，还劫持了载有主战坦克等大批军火的乌克兰货船和沙特阿拉伯的"天狼星号"巨型油轮，这些劫船行动更让这个海盗组织名声震

惊世界。

海盗已不再使用绳索、大刀和长矛等传统手段，快艇、AK47 突击步枪和火箭筒，以及现代化的全球定位系统、卫星通信等高科技手段，在劫持活动中都得到了充分的应用，使攻击范围从索马里沿岸扩展到数百公里之外的公海，使劫持活动变得更加得心应手。索马里海盗心狠手辣，碰到国际海军舰艇就把被劫持的人员放到甲板上，如采取强硬手段就杀死被劫持人员，对于这样船员被控制，船舶被劫持的局面，各国海军舰艇的营救行动往往又陷入两难的境地。打击海盗还是保护人质生命安全？最终为了保护被劫持人员的生命安全，各国海军舰艇往往只能让步，放弃营救行动。由于被劫持船只的船东往往采取纵容、妥协的方式处理船只的劫持，这一心理也被海盗掌握，久而久之，海盗得寸进尺，气焰更加嚣张。

索马里海盗们在海上用暴力获得了生活物质基础，改变了他们的贫困命运，他们的行为得到了许多难民和居民的支持。这使得海盗活动有了一定的群众基础。由于得到了这么多的支持，海盗活动变得更为频繁凶残。生活的贫困使越来越多的人为了谋求生路，干上了这个犯罪行道。一些海盗组织甚至得到了与临时政府有密切关系的军阀的支持，使得他们能成为"乱世枭雄"，终使索马里 2880 公里的海岸线沦为海盗们劫财的天堂。海盗深知民众与地方官员支持的重要性，因而，他们还拨出一部分赎金给当地的穷困渔民，或者向地方官行贿。为了让自己的海盗行为显得不那么卑劣，他们甚至设立了"新闻发言人"，对外宣称："因为索马里政府无力维护海洋权益，外国船舶悍然侵犯我们的领海主权、抢掠索马里的渔业资源，向他们要钱不过是给我们的补偿。我们是索马里的海上保卫力量！"

索马里海盗虽然遭到国际社会的强烈谴责，但是，索马里海盗们不仅成为当地姑娘们争相高攀的豪门一族，成为索马里社会的新贵阶层，甚至成为政府要员的坐上宾。他们和头顶光环的贵族们相差无几。这个依靠联合国粮食署救助度日的国度，大部分索马里人民饥饿困苦，疾病缠身。然而海盗却是一个例外，是富有阶层，享有很高的社会声望。

在索马里，对于饥肠辘辘的人来说，当海盗是唯一获取财富并且通往社会高地的台阶。海盗，也是孩子们追求的人生目标，将来长大要当海盗，是许多男孩子心中的梦想。在索马里，商业消费最好的对象就是海盗，他们从不和商家讨价还价，他们对豪车、私宅和高档奢侈品购买力旺盛，出手阔绰。

索马里海盗的情形，让我不由想到中国的海盗。历史上，中国的海盗们也曾写下了属于他们自己的历史，但是，从某种角度来说，中国海盗是世界海盗史上命运最为悲惨的一族。

我说，班长，在我看来，如果说索马里是海盗的天堂，那么中国则是海盗的地狱。

海面上有零星的渔船。

我说，这里，就是我们现在所处的这片海，是明代中国海盗发迹的地方，也是那个海盗王直的天下。

班长很少说话，不知道是关于海盗问题使得他心绪复

杂，还是他性格本来就寡言，毕竟我们30年没有见面，彼此并不了解太多。

班长说，嗯，对的，不过那个海盗头头王直最后的归宿却是在杭州。

B 线　从良无路的海盗们

是的，杭州。

1560年腊月25日，距离春节还有五天，王直坐着轿子来到设于官巷口的法场。连执行砍头的刽子手都从来没有见过，一个死刑犯可以坐着轿子上法场。这个绝无仅有的例子，有两种可能，一是如果不用轿子，恐怕无法将死刑犯弄到法场，可见里头有蒙骗的可能；再一个，就是连行刑的人都觉得，这是一个不能怠慢了的死刑犯。总之，王直就是坐着轿子，在死到临头还毫无觉察的情形下，被直接送上了法场。

双屿岛，是王直登上中国海盗历史舞台的发迹之地。这个被日本历史学家藤田丰八称之为"16世纪的上海"的岛屿，曾经的繁华和富裕，得力于许栋和王直的强强联合。当许栋已经以双屿岛为巢穴纵横天下时，王直带了千把号人投奔许栋，很快就成为许栋麾下的核心人物。王直来到双屿岛，是选择了一个合适的时间和合适的地方，为他日后成就一方霸业，抓住了最关键的历史机遇。那时王直带着一干小海盗，在双屿岛大搞海上走私贸易时，虽然练就一身本事，但羽翼尚未完全丰满，而许栋作为双屿岛的海盗大佬，却引起了朝廷的关注。一日，朝廷终于出重拳，一举清剿了许栋的海上势力。侥幸躲过死劫的海盗们，群龙无首，王直在这个时候，扛起了双屿岛海盗的领头大旗。朝廷在扫清许栋势力的同时，也给新晋海盗头目王直造就了甩开手脚施展本领的历史舞台。

正是朱纨，这个政治上极其幼稚，但是又对朝廷很是忠心的官员，不遗余力将许栋海盗组织一举摧毁。朱纨摧毁了双屿岛，把这个繁华的贸易中心扫荡成一片死海后，还将96名主要团伙头目集体砍了头。朱纨这一来，等于断了那些私通海盗的官僚富豪的利益，这些人势力强大，可以左右朝廷决策。朱纨在官僚豪绅势力的口诛笔伐下，被朝廷革职。一个衷心履行职责、效忠朝廷反而被革职的人，内心的冤屈和痛苦可想而知。朱纨无论如何都难以解开这个心结，最终自杀。

许栋死了，朱纨也死了，更是为王直的崛起铺平了道路。

王直从双屿岛绝杀中突围，到了日本，在日本长崎的五岛列岛建立了基地，又在平户岛上定居。

王直所以后来可以迅速强大到自封为王的地步，关键在于和官府扯不清道不明的关系，王直的天下，成也官府，败也官府。

因为和官府联手，剿杀海上其他海商集团，给了王直不断壮大休养生息的时空；也因为官府，王直的海商集团成为威胁朝廷皇权的政治集团，不杀不足以稳定天下。

王直以协助朝廷消灭其他海上力量为手段，一方面效忠朝廷，同时也为自己扫除了海上竞争对手。当其他小股海盗都被消灭后，王直注定是朝廷要加以剿灭的对象，这或许是王直没有看到的事物本质。当王直被诱骗去省城杭州，与其说是上当受骗，不如说是他本身对局势的误判，让他丢了性命。

王直在被送上法场前，他本来就已经很了得的人生更加辉煌。朝廷捉拿他的人头费涨价到"万金"，外加皇家封号的高价。这一来，王直

反而在民间"威望大著，人共奔走之。或馈时鲜，或馈酒米，或献子女"，不但没人为了领人头费去告发，反而许多店容留王直，为他打点护送，可见老百姓喜欢王直的程度。

但是，这不能就是说王直是个好人的依据。但凡只要是盗，总是不合乎主流规则，问题不是出在王直，而是出在规则。当皇权和民生对立的情形下，是视顺应民生为主流规则，还是持强化皇权为主流规则，决定了王直是海盗还是海商，也决定了王直的生死。王直的人头所以落地，可见他是违反了强化皇权的主流规则，不杀不足以平定天下，不杀不足以维护秩序。

不过，王直的死，虽然事实证明，正如他所说，苦了两浙百姓，但还是有价值的。在他死后 7 年，嘉靖皇帝驾崩，明穆宗登基，改年号"隆庆"。福建巡抚都御史涂泽民上书，请开海禁，东西二洋准许贸易，新皇帝马上准奏。至此，200 年的严厉海禁政策开禁，迎来了"隆庆开关"。从此，海上情形自然有了大改观，犯海自生的倭寇到了隆庆年间又基本自灭，明朝经济也显现出了蓬勃旺盛的生命力。这样一派海上盛景的出现，与王直的死对海上局势的变化带给朝廷的反思，不能不说没有关系。

随着王直的人头落地，东海上的海洋王国也走向终结。

如果不是历史记载，很难想象，这个浙江沿海的小渔港，是怎样辉煌的一个海盗天堂。葡萄牙海盗、欧洲海盗、日本海盗还有中国本土海盗，云集双屿岛，把双屿岛这个港湾，几乎变成了一个海上联合国。

在中国，海盗的命运都不得善终。双屿岛海盗和中国其他朝代海盗的命运如出一辙，在朝廷"以夷制盗"政策下，曾经的世界贸易中心，变成一片血色滩涂。

我忍不住一声叹息。

班长说，看来，在中国海盗的历史上，王直是一个不能不提的名字。

我说，是的。即使是从王直建立的海盗王国，在中国海盗史上占有的地位来看，双屿岛和他曾经的岛主王直都该在海盗历史上留名，更为重要的是，王直这个海盗头头，虽然占海为王，但他的心里却实实在在想皈依朝廷，成为国家的海盗。这个现象，在中国海盗史上不是个例，具有极强的代表性。

王直的海上势力发展到有资格和朝廷对话的时候，就开始了向体制内转型的步骤。

王直到死都抱着从个体海盗转制成为国家海盗的美好心愿，恰恰是他内心向体制内皈依的强烈愿望，让他轻信了朝廷的承诺，最后血洒官巷口。

王直一直努力向体制内转型的原因，可能来源于他自身发迹经历带来的启发。朱纨杀了许栋，许栋身后留下的海上产业，自然成为王直发达的垫脚，或许王直从中悟到一个真理，依靠政府的力量办事，才是成功的王道。

王直接过许栋的遗志在东海创出一片天空后，马上和官府正规军联手，攻击海上别的武装商团，他的功绩是载入历史史册的。他在狱中的《自明疏》中，细数了为朝廷维护海上秩序立下的汗马功劳。1550年（嘉靖廿九年），王直在西兴坝上，活捉了海盗卢七的主要成员，杀了1000余人，生擒海盗7人，解送到定海卫掌印指挥李寿那里。人心换

人心，王直讨好官府出击海上盗贼，终究也是让官府看清楚了他想和官府站队的立场，但凡遇到海上强敌，就委托王直出马，清剿海盗。王直借机把主要海上竞争对手陈四一伙绞杀，因为这个陈四背后的海盗团伙经常劫掠王直的海船。这样一来，王直的海上劲敌悉数被绞杀，他在东海的主要岛屿上获得了绝对的制海权，王直的海上武装商团终于成大气候。

王直巴结官府的最终目的，不过还是想把生意做大。他以为凭着为朝廷立下的汗马功劳，就可以在官府说上几句话，于是，借机向朝廷提出开放海禁的要求。那时的朝廷有碍于王直强大的海上武装势力，对他走私贸易也就睁一眼闭一眼，但是凭王直帮朝廷杀几个海贼，就想要把走私贸易合法化，突破明朝立国之初就建立的祖训海禁国策，王直就显得有些妄自尊大。

王直眼看要想说服朝廷开海禁可能性不大，就回过头来，把他的"五峰旗号"打造成了海上劲旅，其他小海盗基本被王直剿灭或者收编。面对王直已成大气候的武装海上力量，官府一时也奈何不了。

再发展下去，王直的武装力量庞大到了让远在京城的朝廷都惶惶不安的时候，王直的大限也就快到了。

1553 年（嘉靖三十二年），俞大猷"驱舟师数千"，围攻王直东海基地，王直不得不再度逃亡日本。

这一次，王直把朝廷的面目看清楚了，想跟朝廷站队基本无望，干脆就在日本自称为王，建立真正的海上王国。

王直铁了心称王后，威望日增，在百姓和官兵中都具有强大的号召力，只要他一声招呼，海上立刻一呼百应。

流亡日本的王直，不久就率领他的武装队伍，杀回到东海基地，巨舰蔽海而来，浙东西、江南北，滨海数千里，同时告警。

于是就有了巨额赏金捉拿王直的历史一幕。

胡宗宪接任浙江巡按监察御史的时候，王直已经在东海上自封为王两年，手下有数十万人手，控制着三十六岛，势力遍及日本和东南亚。这股强大的倭寇势力，已经到了不得不除以防后患的地步。

胡宗宪深知，一支有武装装备的队伍，加上控制了主要岛屿，朝廷硬剿一定不成，于是就设计把王直从日本引诱回国。

盗贼大都令人切齿，但是他们身上也不乏重义气的一面。王直就是重了义气，老乡义气，离开日本回到浙江。这一回来，真正的叶落归根，走上了不归路。其实，作为老乡的胡宗宪，把王直引诱回国，本意也不是要杀了王直，他是真心想让王直投诚。但是介于他和王直老乡的关系，为了撇清共谋造反的嫌疑，他最后不得不食言，把王直交了出去砍头以自保。

归根结底，王直的死，不是死在胡宗宪诱骗投诚，而是死在他一直渴望转制，渴望被朝廷接纳的欲望。

王直被杀后，胡宗宪依然没能摆脱朝廷政治派系斗争的牵累，走上了和朱纨相同的自杀之路。

王直一厢情愿的做着海盗转制的美梦，非但转制没有成功，还丢了性命。王直的力量，是中国历史上第一支可能孕育成海军的海上武装商团力量，但尚在形成军队化雏形的过程中，就被彻底剿杀了。王直和业已形成的中国海上权益，走上了小径分叉的悲剧命运。

王直和他的海盗们不得善终也就罢了，朝廷还和外夷联手，不择手段剿杀中国海盗。

从某种意义上来说，澳门是被明朝丢弃的孩子。明朝为了利用葡萄

牙的枪炮剿灭明朝海域的海盗，和葡萄牙这个真正的海盗做交易，出借澳门，换取葡萄牙军队平息明朝海域上猖獗的海盗。而这些中国海盗，恰好也是葡萄牙海上贸易的强劲对手，葡萄牙本来就想消灭他们，以独霸海上春秋，明朝政府给了葡萄牙人一个合法的杀戮机会。

在明朝皇帝眼里，自己家里的海盗，比外来的海盗可怕几千倍。明朝和葡萄牙都想绞杀中国的海盗，虽然他们绞杀的动机不同。

当一个政府视谋求自立富足的子民为敌时，也就离政权的灭亡为期不远了。

正是基于皇权的立场，面对本来可以因势利导，成为壮大国家实力的民间海上力量，在明朝皇帝看来，不杀就像侧卧床榻边的狮子般恐怖，不杀不足以安心。

于是，一边朝廷出台禁海诏谕，一边派出官军和葡萄牙军队，共同绞杀海上盗贼。

澳门的心酸历史，是明朝和葡萄牙为了绞杀海盗做的一桩交易，澳门的百年殖民史，就是这段历史最活生生的注解。

明帝国"以夷制盗"的政策，客观上帮助了明朝的主要敌人，同时也消灭了对明朝民间商业贸易带来好处的海盗。

葡萄牙人和明朝政府最后成为联手痛击中国海盗的联盟关系，也经历了一波三折。

最初，葡萄牙人第一次来到中国做贸易，也是遭到了明朝的反击。从海上一路杀到马六甲从而进到中国的葡萄牙人，视野开阔，思维敏捷，他们很快就意识到，单靠武力在中国海岸获得商业利益，是一件非常不现实的事情，于是他们采取了一种间接战略的做法，和当时在中国东南沿海势力强壮的海盗许栋兄弟联盟，凭借许家兄弟的网络，渗透到宁波双屿岛，这个已经被海盗发展成繁华海上贸易中心的区域，迈出了挺进中国海疆的第一步。

间接战略，是战争的一种谋略。

葡萄牙人在中国谋取财富，一手靠谋略，一手靠武力。

葡萄牙人的第一步，是和中国海盗合作，获得庇护和帮助，从而在中国海上贸易插上一足；而中国的海盗，也需要葡萄牙人遍布全球的贸易网络，发达海上走私事业，这种合作，可谓双赢。

假如葡萄牙人进入中国的野心仅限于此，那么这种双赢合作模式，恐怕还会维持得更为长久。1524 年到 1527 年三年之间，葡萄牙人已经在双屿港建造了上千余座房屋，还设立了市政厅、教堂、医院和慈善堂，俨然是一座葡萄牙城。双屿岛已经发展成为一个葡萄牙和明朝之间的贸易中转站。

明朝海盗的海上贸易，使得民间藏富，这让明朝皇帝内心惶恐不安。财富可以立国，但是财富大量流散在民间，有朝一日会成为威胁明朝皇权的强大力量。

双屿岛成为明朝廷的隐患，消灭双屿岛的计划也摆上了皇帝的议事日程。

1547 年（嘉靖廿六年），朝廷派遣闽浙巡抚朱纨率军捣毁了双屿港。正是这一行动，造成了日后朱纨和其后接他班清剿海盗的官员的自杀，更为主要的，是打破了葡萄牙人和中国海盗之间双赢的平衡。这让葡萄牙人意识到，在中国，没有政府庇护的贸易，最终要成为被政府清除的障碍。只有寻求和朝廷的合作，否则葡萄牙人就像中国海盗一样，早晚要被清障。

失去了赖以生存的中国海盗基地的葡萄牙人，并不甘心就此被逐出

东南沿海，他们始终在寻找突破口。当葡萄牙人终于看清楚，对于明朝皇权来说，国人的反叛比洋人的入侵更为不能容忍时，他们也就找到了突破困境的途径。葡萄牙人抛弃了曾经带给他们利益好处的中国海盗，转而投靠明朝廷，通过帮助明朝清剿海盗的不俗业绩，取得了明朝的信任，继而实现了在中国海域长期居住的目的。

　　如果说，索马里独一无二的地理位置，索马里那样为数不多的破碎国家，索马里过度贫困的国情，创造了海盗天堂，那么，又是什么，左右了中国海盗的集体命运？

　　索马里和中国在同一时期成为同一个英国的殖民地后，全球进入殖民统治时期。索马里人民的不幸，在于被英国和意大利分割统治百年之后，索马里政府始终处于政权交替的武力政变和冲突中，而外来势力的强势介入，使得索马里几百年来国家主权有名无实，国家政府成为外国势力的傀儡。

　　今天的索马里政治局势，也是国际大国角力落下的后遗症。

　　这个话题，我和班长都觉得很是沉重。

　　班长为了缓和气氛，说，你是不是也要去普陀山，双手合十敬上一柱香。

　　我说，我还是在这个空气中都弥漫着鱼腥味的地方，再多读一些你的亚丁湾故事比较好。

　　班长说，那好，你继续读，整理出需要交流的话题，我们再来讨论。

　　我没有推脱，直接埋头于班长的护航纪事中。

二

A 线　头顶光环的海盗们

晚餐过后，不当更的官兵，用各种形式进行体育锻炼。有的在飞行甲板上跑步（飞行甲板没有值班飞机待机时可以允许舰员进行体能训练），有的在坞舱里打羽毛球、打篮球，有的在车辆库打乒乓球和利用各种器械进行锻炼。长时间的远航，对舰员的体能消耗很大，保持强健的体魄就是保持战斗力。

很快，夕阳西下，亚丁湾就被浓浓的夜色笼罩了。

或许是在海航航行时间已经很长的缘故，躺在小小的床上，我怎么都睡不着。正在犹豫要不要干脆起床，值更官报告电话铃声响起。

值更官报告说，右舷发现 2 艘外军军舰护卫的护航船队，侦察雷达报告，据判定可能是日本海上自卫队舰艇。

998 编队和其最近距离 7 海里擦肩而过。从 AIS 可以看到，他们护航商船队中有一艘中国商船，于是我们利用这个机会通过商船了解了一些日本海上自卫队舰艇组织护航的情况。说起日本海上自卫队舰艇，还有一段故事呢。起初，日本舰艇组织商船编队，怎么招呼，商船队形总是走得歪七扭八，不成形状。护航的军舰也不知道把自己摆在什么位置上才能对商船队实施有效护卫。日本舰艇发现每次中国海军组织的商船队，无论商船数量多少，其队形总是整整齐齐，纵队、横队看齐，间隔保持良好，军舰配置合理。日本舰艇感到纳闷，这些未经训练的各国商船怎么在中国海军的调教下，一夜之间行动就像训练有素的军舰一样了呢。中国海军是怎么做到的？有一次，日本军舰实在憋不住了，直接来问，哈哈，这可是军事机密，无可奉告！

8月30日凌晨，998舰、170舰护送第237批护航船队的21艘商船向东航行着。这是海军第六批护航编队护航以来单批护送船舶数量最多的一次。

在2天的航行时间里，护航编队经历了两批5艘海盗小艇的袭扰，编队护航舰艇及时发现了目标，两舰出动5架次直升机驱离小艇、护送特战队员随船护卫，有效地保护了被护商船的航行安全，被护商船主动配合编队军舰行动。

经历了这个过程，1时，按计划护航编队抵达了亚丁湾东部的A点解护点了。因为考虑到凌晨是海盗袭扰的高危时段，加上海上气象较好，也有利于海盗出没，998舰决定向东延伸护航50海里。

早晨时分，护送任务结束了，998舰向被护商船发出了约定的解护信号："各商船注意，你们现在可以加速航行了，祝你们一路顺利！"编队内的商船都明白了，是告别的时候了。可是编队各商船没有一个立即加速驶离的，却一直伴随998舰航行，久久不愿离开。过了一会儿，编队内的"海捷"、"大威"、"康诚"、"普兰海"、"振华24"、"永兴"、"洞庭湖"、"台塑6"、"台塑19"、"Cape Tallin"、"Stena Progress"等商船，纷纷向998舰发来信号："感谢中国海军为我们护航！祝你们一路顺利！"。

"台塑6"、"台塑19"发来信号："感谢祖国海军为我们护航，你们辛苦啦！预祝护航官兵中秋节快乐！"是啊，中秋节，一个全世界华人共同期盼的节日，一个象征着团圆的节日。我想"台塑航运"的船员们的祝福，不仅是对节日的祝福，更是对中华民族大团圆的期盼。

"Stena Progress"也发来信号："我们对中国海军给与我们的特别关照，表示衷心感谢！"在本批护航编队里，"Stena Progress"是艘最特殊的船舶。8月28日，护航编队在亚丁湾西部海域集结点B点集结时，天一亮，各商船就纷纷来到集结海域。临近中午，编队准备整队启航。可是一清点船舶，发现多出一艘船舶，经核查原来是"Stena Progress"。于是998舰立即和"Stena Progress"联系了解情况。据悉"Stena Progress"觉得近日亚丁湾海域气象变好，海上单独航行风险较大，为了能够加入中国海军护航编队，已经在此等候一天了，因此恳请中国海军护航编队能同意对其进行护航。得知这个情况，编队指挥所立即给"Stena Progress"补办了临时申请参加护航的手续，同意其加入护航编队。

到解护的时候，商船上的船员挥动五星红旗打出横幅向
护航官兵表示感谢和致敬（新 航 摄）

12 时，第 237 批护航编队准时出发了，加上 "Stena Progress" 一共是 21 艘船舶，编着整齐的队形，向亚丁湾东部驶去。

每一次护送商船离开亚丁湾，被护商船在和我们分别的时刻，总是会发来各种由衷表达谢意的话语。我总是会站在指挥台前，目送这些船只在大海深处的地平线上慢慢消失。我觉得那些商船在印度洋上，就像一只只绵弱的小羊，软弱，无助，只有护航的军舰是他们唯一能寻求到的依靠和帮助。

索马里海域虽然聚集了世界各国的军舰，共同打击海盗，但是海盗劫船的事件仍然频发，我们护航编队每一天每一分钟，神经都因为海盗而高度绷紧。如今的索马里，海盗营生已经成为一种颇为成熟的 "产业"。据东非 "海员救助组织" 估计，索马里海域的海盗比 2000 年初规模扩大超过 10 倍，而为海盗提供情报、后勤服务的人则难以计数。索马里海盗成分复杂，来源广泛。其中既有本国贫苦的农民和走投无路的当地居民，也有好战成性的部族武装分子及军阀的残部，还有来自周边国家地区的 "外来务工" 人员。据统计，自 2007 年索马里沿海共有 37 起海盗劫持事件，而 2008 年将近 125 起，这造成 45 艘船只被劫持。劫持事件都是发生在重要的世界海运枢纽——苏伊士运河，那里承担着世界海运 10% 的负荷量。每艘船的赎金平均为 180 万美元，平均会扣留 60 天。

海盗活动除了拿出搏命的勇气外，投入非常少，只需小船和枪支、通信等装备，但是一旦成功，回报却是巨大的。一般被劫船只的船东宁愿支付高额赎金，也要保护船员的生命安全。海盗每劫持一艘船平均可获 100 万—200 万美元，一艘被劫持的 "斯特拉·玛丽斯"，索要赎金达 300 万美元。有关方面透露，2008 年赎金总额可能在 1800 万—3000

万美元之间，全球每年因此造成的损失高达 250 亿美元。巨额的赎金使海盗活动变得更加猖狂，一次劫持成功就可一夜暴富，买名车、建别墅、娶妻纳妾。远离贫穷生活的巨大诱惑，激励着更多的人铤而走险，加入海盗队伍。海盗活动还可进行走私、贩毒、武器交易和偷渡等赚钱活动，使海盗活动的利益得到最大化。

面对频发的劫船事件，国际海事组织告诫各船运公司，凡是途经亚丁湾的商船必须采取必要的安全措施。现在，途经亚丁湾的商船都会采取一些防范海盗袭击的措施，除了在商船上设置安全舱室，以备在海盗登船后供全体船员在其中躲避外，商船采取的其他防海盗措施是五花八门。有的在主甲板用消防水喉开启喷水装置；有的在舷侧构设铁丝网、高压电网和舷侧涂抹沥青、黄油等防止攀登的障碍设施；有一艘中国商船在驾驶室两舷配备了"浏阳花炮"，一旦海盗企图登船，他们点燃花炮吓退海盗。商船在亚丁湾航行时船员们都加强戒备，开启雷达及热感监控系统实施 24 小时警卫。有些外籍商船还请了职业保安公司的武装警卫随船护卫，然而这却是船东非到不得已，最不愿采用的手段。主要考虑：一是保安公司武装警卫属于职业保安，索价自然不菲；其次，船籍国一般都规定商船不准配备武装人员；其三，许多港口不准商船携带武器进港，请职业保安麻烦重重。

索马里的内乱不平定，国家不能恢复正常秩序，海盗劫船就不可能得到彻底遏制。

被索马里和也门环抱的亚丁湾位于印度洋与红海之间，是从印度洋通过红海和苏伊士运河进入地中海及大西洋的海上咽喉，战略地位十分重要。每年通过苏伊士运河的船只约有 1.8 万艘，其中大多数都要经过亚丁湾，而这条重要国际航道也为索马里海盗提供了大量下手

的目标。索马里沿海的海盗活动已经对国际航运、海上贸易和海上安全构成严重威胁，每年从索马里附近海域经过的各国船只将近 5 万艘，除了无法下手的各国军舰外，多数都是大大小小的货轮。

联合国 2008 年 10 月 7 日一致通过了第 1838 号决议。这是安理会自当年 6 月以来通过的第二份有关打击索马里海盗行为的决议，呼吁关心海上活动安全的国家根据《联合国海洋法公约》，通过采取部署海军舰只和军用飞机以及与索马里过渡联邦政府合作等行动，积极参与打击索马里沿岸公海的海盗行为。决议说，应索马里过渡政府的请求，安理会决定从即日起授权有关国家和国际组织，在 12 个月内可以在索马里境内"采取一切必要的适当措施，制止海盗行为和海上武装抢劫行为"。决议呼吁有能力的国家和国际组织通过部署海军舰只和军用飞机等手段积极参与打击索马里海盗；鼓励相关国家和国际组织建立合作机制，作为打击海盗行为的共同联络点；呼吁建立打击索马里海盗区域中心，以便协调信息情报，加强区域国家调查、起诉海盗罪行能力建设。

但是打击海盗的国际合作中，不同国家都有着各自的心态。1816 号决议在起草时，法国曾想将决议适用于打击所有海盗猖獗的海域，但是遭到印度尼西亚、越南等国的反对。印尼方面担心此举有可能成为外国干涉他国内政的先例。目前在亚丁湾护航的除中国海军舰队编队外，还有美国海军、英国皇家海军、法国海军、俄罗斯海军、丹麦皇家海军、德国海军、西班牙海军及空军、希腊海军、意大利海军、荷兰皇家海军、土耳其海军、印度海军、马来西亚海军、伊朗海军、新加坡海军、泰国海军、韩国海军、日本海上自卫队等。这些国家的舰艇除中国、俄罗斯、日本、印度、伊朗、马来西亚进行独立护航外，其余的均加入到美国为首的美盟 151 编队、北约 508 编队和欧盟 465 编队之中，组成多国舰艇编队进行反海盗行动。其中，欧盟组织的反海盗行动代号为"亚特兰大"行动。

　　班长说，在索马里，政府虽然对打击海盗也时有支持态度，但是一个不能有效行使职能的政府，不可能有能力解决海盗泛滥的问题。基本上，打击海盗，依靠的还是国际社会和外来力量。

　　由班长的护航纪事，我又想到了中国的海盗。解决中国海盗问题，当时也是借助了外来力量。

　　我对班长说，眼下中超篮球比赛，都会高薪聘用外来球员加入。我想，这个思路也许就是历史上打击海盗沿用的思路得来的启发也说不定。

　　班长笑了，说，你可真敢想，怎么不着边际你就怎么想。

　　我说，班长，难道我说的一点没有道理吗？打击中国海盗，如果当时不是借助了外国势力，可能中国的海盗还不会绝迹得那么干净，至少还有一个苟延残喘的时机。事实上，正是和外国势力的联手，才将中国海盗赶尽杀绝，而那些洋海盗趁机进入了中国国门。

B线　从良无路的海盗们

历史的传承性，在朝廷对待中国海盗的方式上，就像 DNA 无法抗拒的复制性，得到了真实的体现。

明朝"以夷制盗"的手法，到了清朝再次被启用。

1804 年，大清政府和葡萄牙组成联军，清庭掏出 8 万两白银，葡萄牙人出动 6 艘战舰和 730 人力，围剿海盗。清朝政府还答应，事成之后把澳门借给葡萄牙人暂用。

虽然葡萄牙人在明朝已经用缴纳房租的形式实际占据了澳门，但是他们不想继续做房客，一直在努力走一条从房客变成为房东的路径。这次清剿行动一旦成功，身份改变的梦想就会成为现实这大大刺激了葡萄牙人的斗志。这支从伊比利亚半岛海上血战到东方的葡萄牙海军，不费多少气力就把澳门附近的海盗赶走清剿了。

红旗帮，曾经是南海海域最大的海盗集团，首领郑一，在 1807 年已经拥有五六百艘吨位在 150 吨左右的战船。这一年郑一在一场台风中丧生，郑一的妻子石氏就垂帘听政，由她和郑一收养的干儿子张保仔出任新统帅。这期间，郑一嫂和张保仔挣脱养母养子关系的束缚，结成夫妻，红旗帮在母子夫妻的经营下，更加红火。1809 年 9 月，张保仔抢劫了英国东印度公司商船，还要求英国方面出钱赎回被抓的洋人。

英国借着这个事件，联手葡萄牙，同时也请清军出场，在赤腊角大战红旗帮。

回望中国海上历史，中国海域的不太平，从来都是和外来力量牵扯不清。

最初的倭寇，是来自东南海域的日本人。明朝郑和下东洋，有一项国家任务，就是要日本政府管好他们的海盗，以维护中国沿海的秩序。也是日本，因为内部派系和中国朝廷争贡，在中国宁波双屿岛引发血战，促使本来就不想再继续远航的明朝从此断了出海的念想，不仅如此，还提高了"海禁"政策的严厉等级。

及至葡萄牙船队来到中国，葡萄牙海盗踩着中国海盗的肩膀，一脚跳进中国海域后，联手清朝政府，反手剿杀中国海盗。

第一次日本人挑起的宁波双屿岛海上事件，促成了中国海禁政策严厉升级，加剧了中国主动退出"海上中国"的历史进程；第二次葡萄牙人在中国海域和中国海盗争抢贸易和地盘掀起的血雨腥风，促使清政府亲手彻底剿灭有可能发展成体制内海军的海上有生力量，严厉的"海禁"政策，同时剿杀了海上商业贸易，也就彻底扼杀了中国行使海权主张的可能性。

同人不同命。

同是海盗，假如王直、郑一嫂是在葡萄牙、在英国当海盗，他们的命运又会怎样？

又假如中国的皇帝和亨利王子、伊丽莎白女王一样重商，那么中国的命运又会怎样？

当外来海盗成为打击中国本土海盗的生力军，这个国家已经走向了丧失主权的第一步，注定了日后海上亡国的宿命。

中国海盗的命运，竟然也是一个国家走向小径分叉的命运。

　　海盗从良，为什么欧洲国家的海盗心想事成了，而中国的海盗却到死都从良无路？

　　就在我纠结于这个问题的时候，班长从我们借住的渔家小屋出来，手上端了两大碗菜。

　　我赶紧收拾桌上的电脑和资料。

　　一碗清蒸鱼，一碗红烧肉，让我顿时食欲大振。

　　我说，班长，要是我能喝酒，今天一定得好好喝一壶。

　　班长说，你就算了，女人喝什么酒。

我说，我的意思，不是真的想喝酒，而是说，我找到了一个很有意思的话题，如果有酒助兴，那么脑力震荡可能会更加到位。

班长说，好，那就开一个戒。

班长又去屋里拿了两个杯子，三瓶啤酒。

我早就忍不住先吃了一块红烧肉，真的好吃。

班长看我狼吞虎咽的样子，说，味道怎么样？

我点头。

班长说，本厨师做的。

我瞪大了眼睛。

我说，你做的？可能吗？

班长说，这算什么？我还会做蛋糕、饼干和蛋挞呢。

我说，班长，难不成你当年是炊事班出身的？

班长说，废话，本人堂堂海军舰艇学院毕业的军官。

我说，那？怎么？

班长说，不就做些厨房里的事情，有这么奇怪吗？

我在心里说，当然奇怪了，我一个女人都做不好厨房里的那些事情，何况你一个大老爷们儿。

班长说，我在做菜的那会儿，又有什么牵动了你的神经？

我说，我终于明白了，中国海盗从良无路的根本原因。

班长说，说来听听。

我说，制度，从良之路只有一个不二法门，那就是制度。这，也是你的护航纪事带给我的启迪。

三

A线　头顶光环的海盗们

12时，第172批实际31艘船舶组队起航西行。这是中国海军第六批护航编队护送的最庞大的商船编队。商船组成三路纵队，每队10来艘商船，浩浩荡荡连绵数海里，3艘军舰、5艘布有特战队员随船护卫的商船高度戒备，并不时提醒各商船提高警惕，加强对海面的观察瞭望，遇有可疑情况立即向军舰报告。真是怕什么就来什么，编队刚刚起航2小时，前面的领队商船就紧急报告，前方发现一群帆船和小艇，规模比较大。编指立即拉响"战斗警报"、"直升机转一等"，此时还在午休时间，大家迅速起床按部署就位。我忙奔至驾驶室右舷，只见黑压压一片，足有20几艘高速小艇，正向编队高速接近。指挥员命令特战队员立即发射爆震弹予以警告，"砰、砰"两声震天响，爆震弹在小艇前方炸响，2艘小艇乖乖停下。此时位于船队左侧商船上护卫的特战队员报告，发现有数艘快艇接进编队，而且速度很快，接近船队殿后的商船，明显在寻找可下手的目标，位于殿后一艘商船上的特战队员随即也发射了爆震弹，小艇发现商船上也有武装，未敢冒然行动。这时我直升机起飞升空，直接奔靠近编队最近的快艇而去，临空后随即发射爆震弹警示驱赶。在强大的军事压力下，小艇群看无机可乘，只得远离编队驶去。直升机前出，对编队周围的海域进行巡逻、监视。一小时后，小艇

175

已远去，直升机返回着舰。

又是一个繁星点点的夜晚。

998 舰上的"水兵讲堂"再次开讲。这一次的主题，是关于海盗的历史。

这些年轻的海军战士们，从普通水兵到特战队员，对海盗历史上发生过的重大事件如数家珍，多少有点出乎我的意料之外。

今天主讲的年轻战士，我叫不出他的名字。他语气沉稳，吐字清晰地说，事实上，索马里海盗并非是印度洋海盗的祖师爷，今天索马里海盗全民投身海盗事业，掠夺各国财富，也不是索马里海盗的首创。早在 15 世纪大西洋通往东方新航路被发现时，印度洋已经成为海盗的天堂。和索马里海盗不同，那时候横行大西洋、印度洋的海盗，除了个体队外，最主要的力量是国家队海盗，就像开车就得有驾照一样，海盗们拿着政府发放的证书，民船摇身一变，成为私掠船，就有了合法在海上劫财劫船的资格。

显然，这个战士在讲课前，已经做了全面了解和准备。他以非常简洁的开头，形象生动的比喻，直接切入私掠船的话题。

私掠船，就是在战争时期，由政府授权批准私人武装民船对敌国舰船进行拦截、袭击和掠夺的船只。私掠船和海盗最为明显的差别，海盗是个人行为，没有国家授权，私掠船是获得政府委托或授权的合法的海盗行为。我把这种国家核发牌照的海盗，叫做"国家队海盗"。英国曾经是世界上最大的国家队海盗集团。

当西班牙人在大西洋上源源不断往本国运输从南美各地抢掠的财富，英国还处在早期原始资本积累阶段。伊丽莎白女王从西班牙的发迹轨迹上，发现了海洋这个世界上最大的宝库。当时的英国国家实力不足以开发海上事业，伊丽莎白把希望的目光投向了海盗。海盗，是到海上掠夺财富最好的主力军。

1572 年，著名的海盗德雷克船长从女王手中接过了颁发的劫掠西班牙船只的许可证，海盗成了国家队海盗后，德雷克船长出发了。他带领两艘海盗船，向着有"世界金银库"之称的德·迪奥斯港挺进。如同无数探险家一样，德雷克船长横穿美洲大陆，在南美丛林登陆，抢劫了一个运送黄金的骡子队，又袭击了几艘西班牙大型帆船。德雷克船长满载着从海上抢劫的财富，回到英国，受到了英雄般厚遇。从此，英国私掠船以国家队海盗的身份，开始了和西班牙在海上的争霸战。

在伊丽莎白女王的许可支持下，海盗很快就在英国成为一项全民投资致富的行业，就像今天的人们买股票，全英国有钱人，都把资金投在海盗的劫掠事业上，从中获取巨额利润。

16 世纪六七十年代，海盗巨头霍金斯、德雷克、雷利、夫洛比塞等组建起海盗企业股份公司，女王毫不犹豫地成为海盗公司最大的股东之一。伊丽莎白为这些海盗企业提供资金、船只，然后和海盗坐地分赃。女王不但拨船参加夫洛比塞的海盗远征，为了使抢劫的财宝运入英国，还密谕在德雷克可能登陆地区的地方官，加强戒备，并协助他将财宝隐藏起来。在伊丽莎白的带动和丰厚利润的驱使下，许多大臣也纷纷投资于海盗致富事业。

其实，私掠船并不是伊丽莎白的发明。早在 1243 年，英国国王亨利三世就授予 3 条私人船只向法国人开战的资格。英国使用许可证作为国家工具来加强海军，在不增加财政预算的前提下，凭空多出一支能攻击敌国商船的海上力量。在相当长时间里，海盗是国家海军力量的一种

补充。只要海盗们不损害本国利益，政府不仅不会追究责任，反而要给予大大的奖励。

普利茅斯的大船主霍金斯从事黑奴贸易并多次到西印度群岛进行抢劫活动，英国女王却授予他贵族爵号并任命他为海军大将。海盗德雷克率船队袭击智利、秘鲁沿岸港口，劫得巨量的西班牙的金银，致使西班牙向英国提出抗议。女王对此置之不理，干脆到港口视察德雷克海盗船，参加宴会，并授予德雷克骑士爵号。此外，英国政府大力推行殖民扩张政策，到处征服，建立商站，特别是集中力量打击当时最大的殖民国家、号称"日不落"国的西班牙。1588 年，英国海军在德雷克指挥下打败了西班牙的"无敌舰队"，使西班牙失去了多年来的海上优势。后来，英国又击败号称"海上马车夫"的荷兰，终于成为海上霸主。英国革命开始后，仍然以《航海条例》、高关税政策等保护主义措施，继续维持着重商主义的传统方针。

海盗让英国的国库充盈起来，也让别的欧洲国家看了眼红，于是纷纷效仿。

法国从 1550 年代开始，也组织了大批武装民船从欧洲出发至加勒比海地区洗劫西班牙船舶。1681 年，路易十四的海军大臣柯尔贝尔制定了对敌国舰船开展"海上劫掠战"的政策，法国政府利用私掠船在海上攻击和劫掠英国、荷兰等国商船，所获战利品由国家和私人船主共同分享。法国政府向私人发放私掠船许可证，授权部分效忠国家的私人船只在海上攻击和劫掠敌国主要是英国和荷兰的舰船，所得战利品由政府和私人船主分享，政府留取其中的 10% 到 20%，私掠船主得剩余部分的 30%，其余部分归私掠船员所有。17 世界末到 19 世纪初，法国最著名的 3 位私掠船船长让·巴尔、勒内·迪盖·特鲁安、罗贝尔·叙尔库夫，纵横四海，在法英海上争霸中起了不容或缺的作用。

尽管私掠船在各自国家获得了国家许可证，但是私掠船船员一旦被敌国捕获，就会以海盗罪处死。巨大的财富诱惑，让这些私掠船上的国家队海盗们早将生死置之度外。海盗、奴隶主、私营武装船和海上巡逻队，风云激荡的海上世界，私掠船的出现，又增加了一股争霸海洋的海盗力量。

1856年3月克里米亚战争结束后，各国签署《巴黎海战宣言》，法国、英国、荷兰和除西班牙外的其他欧洲国家都宣布私掠船活动为非法行为，但是美国、西班牙、墨西哥和委内瑞拉拒绝签署，直到1907年，在第二次海牙和平会议上签署的《海牙公约》规定，武装商船必须视同军舰进行管理后，私掠船才最终从世界大洋上消失。

这个战士不简单，从他对海盗制度以及私掠船的讲述中，我更多的听到了他们这一代年轻海军的思考。

也许是因为这个战士的讲述，打开了战友记忆的闸门，一个战士起身说道，这些海盗历史，并没有因为时间的流逝而变为神话，不久前有一则报道说，科学家在巴拿马海底发现17世纪英国著名海盗亨利·摩根船长的6门加农炮和在巴拿马查格里斯河入海口附近的五艘沉船。

他说，这些海底沉船和加农炮，是地理大发现时代的见证。

听着他的讲话，我在心中说，不仅仅是见证，还是欧洲国家海盗国家化真实历史的活化石。

为了不干扰战士们的讲课，我一直站在门外。他说，关于摩根船长的故事，要从1660年讲起。

这一年，亨利·摩根船长凭借过人的胆识和能力出任私掠船船长，受雇于英国政府，攻击和骚扰西班牙的舰队和殖民地，同时负责新

179

大陆的船运工作。1671年，为了削弱西班牙人对加勒比地区的控制，摩根船长决定突袭巴拿马城，突袭的首要任务就是要占领位于查格里斯河入海口附近的卡斯蒂洛—德桑—劳伦佐要塞。摩根船长和他的加勒比海盗顺利控制了要塞并摧毁了巴拿马城的防御工事，但是他也失去了旗舰和其余4艘海盗船。英国海盗入城后，发现西班牙人竟然将所有宝藏都转移到了海上。摩根船长勃然大怒，并对巴拿马城实施大洗劫。1671年，摩根船长的旗舰"决斗"号从查格里斯河驶往维乔，就是现在的巴拿马城途中，触礁沉没。另有3艘海盗船同样撞向同一暗礁或者彼此相撞，最后悉数沉入海底。惨剧发生后，这位意志坚决的威尔士私掠船船长重整队伍，继续朝着维乔的方向进发。摩根船长的一生，成功地将私掠船船长和政要这两个截然不同的身份集于一身。在中南美洲抢劫西班牙殖民地和在加勒比海攻击西班牙舰队之后，他于1674年被英国查理国王授予爵位，后出任牙买加副总督。他在牙买加拥有一片巨大的糖料种植园，并在那里度过愉快的晚年。

摩根船长的加农炮和压舱石已经连为一体。这些加农炮和沉船，展现了一个真实的海盗船长的生命痕迹。

水兵讲堂关于海盗的认识，搅动我的心绪。私掠船在海盗历史中，曾经写下了辉煌的一页，在世界财富的重新分配中，它们起了不容忽视的重要的作用。

在世界范围内，海盗有两种建制：国家队和个人队。就像欧洲开辟新航路的海盗们，从来不认为自己是海盗一样，索马里的海盗也不认为自己是海盗，他们认为自己是海军，是国家的军队。

在国际推荐航道附近航行的日本舰艇护航编队渐渐消失在夜幕中。看着他们的军舰在夜色中远去，我的思维却开始无边无际起来。想想这个世界真是奇妙，几百年前的大海盗，在世界海洋上劫掠抢夺，成为超级大国后，现在成为打海盗的力量之一。更有意思的是，欧盟和美军的海军，查一下他们的血缘关系，基本上都是海盗出生，和海盗有着千丝万缕扯不清的关系。

海盗和海军，一字之差，身份和意义却大不相同。海盗，是国际社会坚决打击的阶层，海盗罪，被国际法定为第一罪。但是，从西方海军发展史来看，海军的前身就是海盗。当这些海盗为国家服务，履行国家使命，沿着大西洋向着东方挺进，占领一个又一个国家建立殖民地，海盗就成为了海军。

由欧洲私掠船制度，我想到了中国明、清两朝的禁海令。

从某种角度来说，身为中国海盗，是何其不幸。蛰伏在海上的海盗们，从来就没有等来一个好的制度，打开为海盗从良的制度之门。相反，推出的是一道又一道禁海迁界令，不仅封死了海盗从良之路，还把曾经繁盛的海上中国彻底丢弃，终至中华民族这个庞然大物在陆地上匍匐几百年。

我和班长决定去福建漳州平和县腹地国强乡。那里的霄岭村，有座规格很高的黄氏祠堂。这个祠堂的主人，叫黄梧。

就是这个黄梧，他发明的"平海五策"，使得中国万里海疆成为无人区，上亿人在迁界令中丧生。

B线　从良无路的海盗们

如同中国沿海从来没有禁绝过海盗一样，海禁政策从明朝开始，一

直都是皇帝作为打击海盗、加强海防的一项重要措施。而迁界令，则是清朝的一大发明。

当世界进入殖民开拓，欧洲各国在重商主义推动下，竞相保护本国海上利益，用军舰护航，划分海洋权力，称霸海上的历史阶段，中国海商武装集团郑成功的大将黄梧向清朝投降后，发明了沿海迁界，用以清剿海盗，保卫大清国土安宁的策略。朝廷当即采纳，并用武力配合强行贯彻实施。沿海迁界一举逆转了"海上中国"的文明传承，使得世界上海疆最长的国家，成为一个彻头彻尾的内陆国家，海洋文化从此式微。

站在这座被顺治、康熙两朝皇帝赐封行赏的壮丽祠堂前，我的心绪极其复杂纠结。

葡萄牙率先引领的地理大发现，确切地说，是世界财富新发现，这个财富的聚集地，就是东方。1433 年，当葡萄牙恩里克王子任命吉尔·艾阿尼斯为"巴卡尔"号船长，让他沿着非洲海岸前行的时候，中国明朝舰队的首领郑和在印度病亡，明朝廷正在为从此中国的舰队是不是还要继续在海上远航争吵不休。

地理大发现，伴随而来的是人类社会的第一次全球化进程。它打破了国家之间的割裂状态，海洋不再是陆地的尽头，而是连接世界的重要组成，成为葡萄牙、西班牙和后来欧洲各国重要的殖民地开拓期。在这个时期，海洋上不断爆发争夺海权保护贸易的战争，促成了全球国家势能的重新分配和调整，形成了以殖民为特征的新的世界格局。

所谓全球化，从某种角度而言，就是高势能向低势能的一种覆盖。而就是在第一次全球化浪潮中，本来经济已经发展到全球高势能地位的中国，却开始实施严厉的海禁政策，并且这一禁，就是几百年。中华文明的特质，决定了中国不会出席以掠夺殖民为主题的第一次全球化进程，但是，海禁政策的严厉实施，却调转了中国的高势能地位，不仅没有守住上祖创造的业已辉煌的海上权益，反而沦为被以海盗劫掠作为国家致富政策的海盗国家覆盖殖民的低势能国度。中国历史再次在海上，走向了小径分叉的命运。

明朝和清朝的海禁，试图关上门来阻止倭寇，巩固海防是共同的原因，但是两朝海禁又有不同之处。

明初朱元璋实行海禁，是以祖训的形式确立下来，成为既定国策，为后世皇帝所遵行，并且长期延续下来。

朱元璋所重建的是封建自然经济，商品经济十分低下。对于一个实行自然经济的国家来说，完全没有进行海外贸易的需求。这是明代实行海禁政策的最基本的经济原因。第一，海疆不靖。被朱元璋击溃的败将余部、海盗、蒙元残余加上倭寇，是东南海商对明王朝构成威胁的主要势力。第二，在文化根源上，朱元璋的小农意识，决定了他狭隘而不务远略。恩格斯说过，航海事业毕竟在根本上与封建制度格格不入。

嘉靖年间海禁比之前更为严厉，直接原因就是嘉靖二年发生的"争贡之役"。两批日本贡使到宁波，互争真伪，发生冲突，大掠宁波，嘉靖皇帝震怒之下，听从内阁首辅夏言的建议，罢除市舶司，其中广州市舶司虽未罢除，但也停止朝贡贸易，直到嘉靖八年林富上书后才恢复。

朱元璋关于海禁圣谕中归纳海禁的主要内容是四个方面，一是禁私自出海，二是禁私自出海捕鱼，三是禁私通海外诸国，四是禁擅自出海与外国互市。这四条海禁内容，禁的基本上都是关乎民生的手段，其结果可想而知，本来海禁是用来防倭寇的，可越是海禁，百姓失去生

计，流亡海上，和真正的倭寇合流，海上越不太平。从长远历史来看，海禁更是中国把自己排斥在一个资本主义形成和飞速发展的历史桥段之外，使得整个国家不能跟上世界历史的步伐前行，蜷缩在日渐式微的封建国家的范式之中聊以自慰。这大概也是我们日后总结历史时，总是把中国的落后总账算在西方殖民者笔下的一个最冠冕堂皇的依据。

事实上，明朝海禁政策和朝贡贸易是一朵双生花。海禁的主要对象是民间私人贸易，官方贸易依然以朝贡贸易的方式合法存在。但是朝贡体制这种不以利润为目的贸易方式，在当时明朝国库日渐虚空情形下受到诟病，以至烧毁了郑和出洋下海的所有资料，以解除郑和遗患。朝贡贸易是海禁政策的附属部分，海禁越严厉，私人贸易被限制，朝贡就越红火，朝贡越红火，反过来又促进了海禁更加严厉，这里头实在充满了太多的玄机。

王直武装海上集团的壮大，也是赶上了历史机遇：一是赶上了明武宗这个荒唐皇帝，海防废弛，给了海盗自由发展的空间；二是实行了抽分制，使得海禁出现政策漏洞，客观上刺激了地下私人贸易的发展。

正德年间经过廷议，市舶司抽分一律按照 20% 征收实物税，这条政策实际意义并不在税收本身，而是私人海外贸易搭上了抽分的顺风船后迅速扩展。事实上，随团来华的贡使中，大部分是海商，是生意人。而国内的海上私人贸易是禁而不绝，既然对外国海商实行抽分，市舶司对中国内部的海商，也就网开一面。与其无法禁绝，任其私下交易，不如内外海商一视同仁，还可以多征收 20% 的税收。王直的武装海商集团正是在这样的形势下，迅速发展壮大。

清朝皇帝虽然是马背一族，和明朝汉族皇帝治理海洋的政体却惊人的相似。抵御海上倭寇侵扰，遏制民间海上自由贸易，以此加强海防靖卫，几乎就是明朝海禁政策的延续和翻版。清朝海禁和明朝最大不同，是出台了沿海迁界令。这一为了隔绝海上反清复明势力和陆地联系为核心的迁界令，在长达 20 多年间以最血腥的方式，让中国从世界上海岸线最长的国家之一，变成为一个完完全全的内陆国家。

沿海迁界令，是对中国海洋文化的一次大清洗，对沿海百姓的一次大屠杀。

有文献记载，"勒期仅三日，远者未及知，近者知而未信。逾二日，逐骑即至，一时跄踉，富人尽弃其赀，贫人夫荷釜，妻襁儿，携斗米，挟束稿，望门依栖。起江浙，抵闽粤，数千里沃壤捐作蓬蒿，土著尽流移。"迁界的时候，沿海居民死了超过一半，剩下 50% 不到的人，就算能够到内地，离饿死也不远了。

而沿海迁界牵连的范围"上自辽东，下至广东，皆迁徙，筑短墙，立界碑，拨兵戍守，出界者死，百姓失业流离死亡者以亿万计"。

康熙四年，李率泰在遗疏中说："臣先在粤，民尚有资生，近因迁移渐死，十不存八九。"李率泰本身是清廷的官吏奴才，他当然没有任何将情况故意夸张的动机。所谓遗疏，也就是人之将死前写下的遗言，但凡还能再多活几年，恐怕都不敢斗胆写下这些真话。

沿海迁界，扼杀的不仅仅是沿海民族以海为生的渴望，而是扼杀了一个民族的海洋意识，更是扼杀了一个国家海权主张的权利。

如果说 1511 年明朝丢失马六甲，是中国未来丢失海洋主权的开端的话，那么 1661 年，则是彻底摧毁"海上中国"的一个重要年份，也是中国 200 年后丢失国家主权的重要断代。

1661 年，清顺治十八年，黄梧给大清国出了"平海五策"，鳌拜等

重臣以新登基的康熙皇帝的名义，以平贼五策为核心内容，颁布了迁界令。随同沿海迁界禁海令同时执行的，就是杀了已经被软禁数年的郑芝龙。黄梧的"平海五策"中写道：第一，郑氏在金厦两岛弹丸之区，得以延至今日而抗拒者，实在是由于沿海人民走险，将粮饷油铁桅船之物供应。为今之计是将沿海省份山东、浙江、福建、广东四省将沿海三十华里的居民全部迁徙入内地，不允许人民居住在沿海地区，并设立边界布置防守，如此郑成功则不攻自灭也；第二，将所有船只全部烧毁，寸板不许下海，凡溪河树立椿栅，货物不许越界，时刻了望，违者死无赦，如此半年，郑氏的海师船只，无可修葺自然朽烂。此所谓不用战而坐看其死也；黄梧的"平海五策"中，还包括要朝廷杀了早已经被软禁在京城的郑芝龙，以绝后患，不仅如此，还要挖了郑芝龙祖先的坟墓。

黄梧是一个怎样的人，历史自有评判。但是，从他发明"平海五策"的第一、二策的背面，可以看到作为曾经郑成功手下的一员大将，他对海上战略有着深刻的实践经验和理解。

物质供给和伴随的海上护航，是维护海上武装商团利益的两只重拳，也是维护海权的两大物质基础。郑氏父子正是在南中国海域上，用血的代价，营造了这两根坚实的支柱，才有了控制西太平洋地区商业利益的海上权益。在黄梧的这种海上战略思维面前，如果朝廷能够抬起头来，将目光面向整个国家民族利益，在英、荷为首西方各国为争夺海上利益不断血战海洋的浪潮中，反省中国该有什么样的海洋战略的话，那么黄梧绝对是中华民族的功臣。然而，"平海五策"以及沿海迁界，针对的只是中国最有可能建立一支向现代海军过渡的国家军队，这个馊主意的执行，不但灭绝了"海上中国"的历史脉络，更是殃及无辜，生灵涂炭，抽取了国计民生的骨髓精血，导致了国家日后的积贫积弱。

用历史的眼光来看，用道德的标准评判黄梧，实实在在是用错了秤杆，对于刨人祖坟这样于中国传统伦理所不齿的行径都能上书朝廷的人，根本就不配谈道德，而连如此卑劣的策略都能为朝廷接纳为良策加以执行，这样的朝廷也终将为历史所不齿。

黄梧在给朝廷出的"平海五策"中，为什么会提出迁海的绝招？

明崇祯十七年，也就是 1644 年，黄梧在平和县衙当差役。两年后，随着大清国的建立，郑成功和他的父亲郑芝龙因为不同政见，分道扬镳，郑芝龙投降清朝，而郑成功坚守厦门等地反清复明。或许黄梧对刚刚立国的大清局势尚把握不准，还是对郑成功心有向往。吃着官饭的黄梧，杀了知县，投奔郑成功。黄梧被派驻揭阳期间，和清平南王一战，丢失了揭阳。这一战，或许让黄梧看清了局势，大清统一中国势在必行，黄梧就带着堂弟等归顺清朝，同时还将它驻守的海澄作为见面礼献给清廷。

黄梧由此获得清顺治帝赐封的"海澄公"，开府漳州；顺治十四年，还追封黄梧祖上，赐金在他家乡霄岭营造宗祠。顺治十七年，黄梧晋太子太保。康熙六年，康熙表彰黄梧，授一等公，准袭 12 次，并赐予金匾。

同样是降清，黄梧和郑芝龙的命运却大相径庭。

1628 年，对于海盗头目郑芝龙来说，是个不寻常的年份。这一年，郑芝龙接受招安，从海盗转制为官军。社会身份转换带给他的巨大好处，就是毫不手软地清理了海上竞争势力，使得郑芝龙的武装商团势力得以迅速壮大，甚至危及了荷兰人在南中国海的海上利益。

郑芝龙的武装海上商团，控制了几乎整个西太平洋地区的贸易，真

正富可敌国。到了 1646 年，弘光皇帝在北京菜市口被杀后，郑芝龙家族的海商集团就拥立明唐王朱聿键为皇帝，改年号为"隆武"。此时，距离多尔衮率领清军进入北京，福临在北京即皇帝位，已经过去整整两年。大清国出于各种原因，向郑芝龙频抛橄榄枝，郑芝龙最终没有经受住老乡的诱惑，不惜和儿子郑成功反目，选择了去京城投降清廷。这一去，郑芝龙再也没能回到他的海上王国。

黄梧和郑芝龙同是大清降将，一个是高官厚禄，一个却命赴黄泉。黄梧的所谓善终，原因不言自明。郑芝龙的结局，还是在于他仗剑行商，不仅拥有一个强大的武装商团，并且控制了东南沿海的海上贸易通道，成为威胁到清廷政权的一股强大海上军事势力，最为关键的是，这股海上军事力量，和明朝有着千丝万缕的联系。

无论如何，黄梧或许是清朝的功臣，但在历史的视域中，却是一个民族的罪人。

黄梧之所以能在大清国生前高官厚禄死后光耀祖宗，有着深刻的文化背景。

作为国家文明形态的最高代表，就是国家体制。中国的封建皇权，完全是以农耕经济为核心，以大河文化为养分孕育的文明之花。在明代中国，已经出现了以中国为核心的海上贸易网络，形成了强大的海上商业利益，民间海上力量也已经达到了海军军队的配置。这种情形下，国家的态度将面临两种选择，而任何一种选择，都将把国家带向两种截然对立的发展方向，造就未来国家的两种形态。一种，顺势而为，将海盗纳入国家体制加以改造，成为国家海军力量的补充；另一种，将商业和民间海上力量，视为皇权体制的洪水猛兽。不幸的是，明清两朝政府采取了第二种立场。

国家意志是一个民族意识形态的最高表达，海权是国家意志的显性外化。海权意识的形成和发展，首先受制于国家意志，而国家意志根本上又受制于这个民族的文明形态。

中国社会农业生产自给自足的小农经济，使整个国家的经济结构不可能孕育出海权意识，即使已经有的海上作战实践，但是并不表达海权意识。而文明的残缺，忘却了"陆上中国"原本还是一个"海上中国"，就不可能有健全的海权意识，没有海权意识，就不可能有强大的海军，没有海军，海权就只是一个概念。

霄岭村青山绿水，一派世外桃源的景象。

黄梧宗祠有些破败斑驳的墙体，以及三殿式的宏大建筑，让人感到压抑。

我对班长说，心真的很痛。

班长随手点烟，说，为了那些销声匿迹的海盗？还是为了中国错失一个历史机遇？

我笑笑，说，班长，你懂的。

班长说，虽然黄梧宗祠还在，但是中国人民解放军海军的护航舰队，不是已经远航印度洋，护航亚丁湾了吗？

我说，不管等待了多少个世纪，中国海军才又开犁远航，毕竟这是令人欣慰的。

班长说，万事万物都是变化的，就像护航，海盗行动不断出新花招，我们的应对措施也在不断调整变化。

班长把电脑递给我，说，你看看这段。

四

A 线　头顶光环的海盗们

8 月 17 日，我们护航编队已经航行至亚丁湾中部海区。护航编队中的一艘外籍货轮报告，因为机械故障，不能继续航行。该外籍商船只能出列了。此时 998 舰、170 舰护卫着商船队。由于被护商船数量较多，不可能分出一首军舰停在原地看护故障的外籍商船了。998、170必须护卫着其他商船继续前行。

可是，故障商船由于失去了动力，加上亚丁湾中部海区是海盗袭击商船的高危海区，故障商船一旦失去了海军舰艇的护卫，其被海盗劫持的可能性大大增加。

处于这两难的境地，编队指挥小组紧急商议，决定利用"水星网"资源，请多国海军协助。

于是，商船故障情况、商船位置等信息被发布在"水星网"上。我护航编队指挥所在网上咨询，哪个国家的海军舰艇距离事发海域最近，并且能够提供帮助。

不一会儿，新加坡海军"坚韧"号回复了信息，称该舰正好担负事发海域的巡逻警戒任务，并且距离事发海域不远，可以提供帮助。于是，中国海军护航编队指挥所将故障商船的相关信息通报了"坚韧"号，并请它帮助看护故障商船，待其故障排除后，建议商船沿着国际海上贸易组织推荐安全航道继续航行。新加坡海军"坚韧"号一直看护着故障商船，直至其修复恢复航行，并继续随行直至将其送出"坚韧"号的巡逻责任区。

这是一次成功的多国海军相互间协作的成功范例。中国海军护航编队这种对每一艘参护商船认真负责的态度，得到了广大船东公司的认可，"中国海军亚丁湾护航编队"也逐渐成为船员心目中"安全、可靠"的品牌。

打击海盗最大的难处，在于很难区分海盗和渔民。2009 年，世界主要国家派遣了舰船到亚丁湾打击海盗，这一措施在一定程度上遏制了海盗活动，但在索马里临近海域，海盗袭击数量增加了 4 倍多，对也门渔民正常出海打渔造成很大影响。同时，多国海军舰船也是一种威胁，因为多国海军舰艇经常将渔船和渔民误认为海盗，进行搜查、扣留或驱离。是啊，海盗经常与渔民混杂一起，都驾驶帆船拖带快艇，都悬挂也门国旗，往往放下枪撒网就是渔民，拿起枪袭击就是海盗，区分渔民与海盗已是世界级难题。各国海军舰艇一般从其行动特征和携带工具来初步判断，就看其在快艇上是否携带梯子、挂钩、武器等海盗活动设备。有时远距离目视是无法发现的，必须登临检查才知，对有可疑行踪的渔船的影响是肯定有的。目前我们对不接近编队的小艇往往不予理会，但也有不少可能确是渔船却经常闯入编队，有的是追赶鱼群进入，有的是为了抄近路横插而入，像这种情况军舰必须作为可疑目标处置，否则万一是海盗船并发生袭击登船就后悔莫及。所以渔民要提高收入，就要注意与海盗划清界线，有可能的话还要主动举报，当然这有点难为他们，因为渔民相对于海盗毕竟是弱势群体，也正因为此，海盗藏于民，呈现出越打越多的趋势。这也提醒国际社会，打击海盗同样需要

人民战争思想来指导，充分发动渔民起来反击海盗，至少索马里政府及其职能部门应该发挥其应有的作用，积极配合国际社会遏制海盗犯罪行为。

当前，亚丁湾海盗袭击商船出现了很多新的特点：一是海盗选择劫船目标明确。通常选择那些航速低，机动能力受限，干舷比较低，单独航行且防范措施薄弱的商船进行攻击。二是袭船方法更加诡异狡狎。海盗小艇有时对商船进行试探性攻击，确认有机可乘时发动袭击；有时采用多方向，针对多艘商船同时攻击的"狼群战术"，使得多国海军舰艇难以同时应对。三是海盗袭船暴力化程度加强。海盗袭击商船时，边开枪边登船。四是海盗劫船速度加快。从遭到海盗袭击到海盗登船仅用时十几分钟；有的从报告遭袭到海盗控制商船也不超过半小时。针对当前海盗袭船特点和近期护航行动面临的严峻形势，编队指挥所及时召开了会议，分析当前海盗活动特点，查找我们编队目前护航行动中的难点问题，研究制定应对措施。

会议开了2个多小时，通过研究分析，我们感到目前主要的困难：一是获取情报信息难。海盗活动远程信息主要依赖于"水星网"获取，编队获取海盗信息，主要依托舰载导航雷达和目视观察瞭望获取，发现距离近，有时还有观察死角，遗漏目标。二是辨别判断可疑船舶难。远距离依靠目视根本无法准确判断是否是企图对商船实施攻击的海盗小艇。三是遇有紧急情况处置难。由于每次护卫商船数量不少，编队队形庞大，两侧护航军舰只能阻拦可疑小艇进入编队。但是一旦小艇穿入编队，军舰将失去机动优势，难以与其周旋。直升机是有效对付小艇的装备，但是直升机无法长时间在飞行甲板待机。据飞行团专家介绍，我们的直升机怕日晒、怕雨淋、怕颠簸摇摆，夜间还不能起降。所以在很多时段是无法使用的。四是有效的震慑难。对可疑小艇驱离，一般使用信号弹、爆震弹，不到万不得已一般不开枪射击。可是在亚丁湾时间一久，信号弹、爆震弹对驱离小艇作用不明显了，非得实施阻拦射击，小艇才转头驶离。五是全体人员长时间值更，体能消耗大，难以全时保持高度戒备。舰员中的观察警戒值更部位工作强度大，体力消耗大，客观上影响了戒备程度。

指挥所以务实态度，检讨式的方法，在总结前阶段行动得失的基础上，针对护航编队的薄弱环节，制定了应对措施。

滑降训练（靳 航 摄）

指挥所研究决定的这些对策措施，很快在后续的护航行动中得以落实。中国海军护航编队就是这样在不断发现问题过程中，在不断地改进和提高中，保证着被护商船的安全。

当前，多国海军在亚丁湾的护航行动，采用的是区域联合巡逻的护航模式进行的。这种模式存在着很多弊端。一是担负区域巡逻的每艘军舰负责60海里长20海里宽的巡逻海域，这样一个海域，即便是美国海军这样信息化装备非常发达的军舰也无法实时掌握海区情况。即使商船报告小艇袭击情况，军舰也无法第一时间赶到现场处置，更无法应对海盗在同一海区对多艘商船的同时袭击。二是多国海军协调机制不够健全，兵力运用不够合理。海域巡逻舰艇虽然是统一指挥，但是具体行动基本上是各自为战，缺乏统一的可靠的信息共享渠道和应急机制；多国海军在亚丁湾的舰艇有三十余艘之多，可是每天在海区巡逻的舰艇只有几艘，兵力运用效率非常低。三是安全防范有漏洞。多国海军每天在亚丁湾安排一个海区巡逻的轮流表。在这个表中只明确：几月几日至几月几日，哪个区域由哪艘舰艇巡逻，交接时刻是什么。问题就出在这个交接时刻！例如，某一艘舰艇本轮巡逻负责17区，而下一轮负责1区。该舰艇为了准时赶赴1区接班，必须提前离开17区，否则无法按时开始巡逻。而恰恰这个时候，17区兵力空虚，负责17区巡逻的舰艇还没到。因此，过往商船在"推荐安全走廊"航行仍然存在较大风险。据统计，今年以来，在亚丁湾海域被劫持的商船，大多数都是在国际航运推荐走廊上被劫持的，而该区域正是多国海军重点巡逻的海域，多艘商船甚至是在盟军的眼皮底下被海盗劫持了。当然客观地讲，当前亚丁湾海盗袭船事件和劫持成功的商船数量，还是比多国海军没有开展大规模反海盗行动之前下降了许多。从总体上来看，多国海军的反海盗行动，对打击和震慑海盗的犯罪行为还是起到积极的作用的，只是如果能够克服当前这种护航模式存在的弊端，那将会给海盗行为以更沉重的打击，为过往亚丁湾的商船提供更多的安全保障。

黄梧宗祠依然在小山坳中矗立。

那粗壮的龙凤双柱两侧，皇帝御笔苍劲有力，虽然色泽已经暗淡，却还是难掩皇家气派。

当我和班长在这座宗祠外的石阶上坐着，仰望山坳间的蓝天时，在地球的那一端，西班牙的 Catoria，维京海盗节正在举行。那里的人们，将自己打扮成海盗的模样，在热情洋溢的海滩上，用自己的方式追思维京海盗以及海盗所代表的那个时代。

我说，班长，如果，我说如果，明朝的王直和郑芝龙没有被朝廷诱杀，而是被明清两朝皇帝征为国家海军，那么……

我的话还没说完，班长仰望着蓝天，说，一切如果都是没有意义的，还是把眼光放在当下、放在未来吧。

B线　从良无路的海盗们

记不清谁说过一句话，国家对待海盗的态度，暗含了这个国家的品质和前途。这话无比深刻。时代发展到今天，当战争的形态已经发展到信息战、太空战，我把这话再衍生一下，国家对待海军的态度，暗含了这个国家的品质和前途。

当中国历史进入将海疆变成坟场，彻底绞杀海上武装商团势力的时期，早在1652年，英国和荷兰为了争夺海上经济利益，发生了一场血战，正是这场英荷战争，把世界海军从帆船时代推进了蒸汽机时代，现代海军在血腥的海上争夺和殖民地开拓中，逐渐走向成熟。而现代英荷

等世界海上霸主国家海军的主要构成，就是在海洋上叱咤风云的海盗。

英国女王伊丽莎白慷慨地授予海盗商人豪金斯和德雷克船长贵族爵位以及海军大将等封号，海盗队伍成为了国家机器的重要组成部分。

但是，郑芝龙的海上武装商团，在经年海上风云中磨砺搏杀、自我生长壮大起来的海上力量，随着大清国迁界禁海令和郑芝龙的被诱杀，彻底被埋葬，并且埋下了中国丧失海权的历史贻患。

殖民开拓伴随而来的，是重商主义思潮。重商主义政策的一个基本特点，就是用国家的力量如舰队来保护本国商人，使其在对外贸易中获利，以求富国之道。《英格兰政策小叙》的作者在1436年就为政府策划了方针，就是"珍视贸易，保有舰队，我们将是海峡的征服者"。

当伊丽莎白一世继承王位登基时，英国也是一个经济状况捉襟见肘的国家，但是伊丽莎白这个女人的眼界，却比大清国男人的政治眼界宏阔得多，她不仅看到了海洋是取之不尽的宝库，还清醒地认识到，在国家没有力量建立强大的军队去别国掠夺财富的时候，海盗是一支无可替代的主力军。于是，在私掠船政策鼓励下，海盗们在世界公海上越战越勇，大肆掠夺，为国家致富夺得了第一桶金。毫无疑问，在世界海军向现代海军发展的历程中，海军的发展充满了掠夺的血腥味。虽然经历了几个世纪的时间，但是世界海洋的浪潮，仍然无法将西方海军血统中海盗的血腥味洗白洗净。伊丽莎白绝对没有大清国男权力量中的言而无信，伊丽莎白兑现承诺，海盗们只需把掠夺来的财富和国家共享，各得其所，海盗不仅不会在为国家财富积累殚精竭虑后被杀，还获得了荣誉地位，并且真正从个体海盗转制到国家军队，成为国家的海军。

中国历史上明代出现了王直和郑芝龙两大武装商团，虽然发迹的年代不同，但是却遭到了相同的命运：诱杀。王直想从个人海盗转制为国

家队，朝廷就利用王直的这种心态诱捕并且砍了他的头，王直到死都没有转制成功。郑芝龙比王直幸运一些，有过一次成功的转制经历，并且他的这次向明朝转制，给他的武装商团和明朝都带来了好处。在中国南海海域，郑芝龙和明朝军队与一直在中国抢夺西太平洋贸易权的葡萄牙人大战一场，中国获得全胜。但是这次海盗和朝廷的合作，还没有给人思考的时间，江山换代，皇帝被杀，郑芝龙也失去继续维持朝廷官军身份的机会，卷入到朝代更替的斗争中。在做先朝皇朝的忠实官军，还是投靠新国君重振旗鼓中徘徊不定。或许是因为郑芝龙向明朝官军转制后带来的好处，让他始终未能释怀，增加了他抛弃忠心，再次向新国君投靠转正的欲望，促使他接受了清朝的招安，但是这一次没能给他带来辉煌，却反而丢了性命。

王直和郑芝龙死亡的意义，是明、清两朝皇帝扼杀了海上中国的民间核心力量，也亲手剿灭了中国维护海上权益的民间生力军，更是扼杀了中国业已拥有的海权。

在小径分叉的海上航道，中国海盗从良的路被堵死，海盗被国家拒之门外，并且坚决剿杀的同时，中国的国家命运再次和海上权益错身而过。

1857年6月，美国传教士丁韪良，目睹了发生在宁波的血腥海战。

宁波盐门海域，数艘平底帆船停泊在宁静的海面上。船上的旗子，表明这是大清国水师舰船。

一艘葡萄牙轻型巡洋舰驶进了盐门。

没有任何征兆，一切都来得那么突然。

葡萄牙巡洋舰突然开炮，那些中国的平底帆船顷刻间被击沉海底。

日后，这个京师大学堂（北京大学前身）负责人，在他的回忆录中写道：这种情形自从北欧海盗侵扰欧洲沿海地区以来，西方人从未见识过。一个民族在没有得到条约认可的情况下，便以如此不顾后果的暴力行为来进行贸易，以及清朝当局如此腐败无能和任人宰割等等，都是闻所未闻。

海权是对海上自由贸易保护而派生的，但在很长的时期内，如明、清，为保持农业社会的稳定，采取禁制海上贸易的措施，所谓"片板不得入海"，在这种情形下，从事海上贸易被视作非法经营，王直、郑芝龙等东南海商——军事集团不仅被称作"海贼"，海权实践属于个人行为而非国家行为，相反还时时处处受到强大的国家力量的压制，而西方海权实践往往是国家行为。

有盗其实不怕，如何治盗，却维系着国家的命运。西方将海盗纳入国家体制，成为海军，中国将海盗赶尽杀绝，还要借助英国、葡萄牙人的力量来剿杀海盗，以至于19世纪的中国出现了引起全球关注的"李约瑟之谜"。

海上商业贸易，是催生海权意识的基础，这就解释了海权意识具有两个不可剥离的要素：海上商业利益的维护以及建设强大的海军军队。仅仅具有这两个要素，还是不能完成海权意识的确立。中国古代汉、唐、元，都有水师跨海作战，但是这并不表明国家具有了海权意识。

国家文明的形态，才是决定海权意识生长或者消亡的根本。

索马里海盗，既不是世界海盗史的滥觞，也不会是人类最后的海盗。

不同的人类历史时期，海盗也会出现与之相适应的形态。从古代地中海个体海盗的出没，到 16 世纪欧洲私掠船的盛行，海盗出现了体制转轨，成为国家队海盗。大规模殖民战争中，海盗成为西方国家海军的有生力量，渗透在国家机器之中，成为霸权主义的代言人。

当海盗成为国家的海军，当渔民成为国家的海盗，小径分叉的海上花园，成为世界历史航道的扳道口。

从海洋文明，到凭借强大的海军获得海权，国家机器是中间的催化剂，而中国却走上了灭绝海洋实践的路子。

海盗的不同归宿，如同小径分叉的海上花园，决定了国家民族未来不同的命运。从此，马可波罗笔下黄金遍地的中国，成为了西方国家芝麻开门的黄金宝库。

海军，是海权的物化表现，没有一支强大的海军军队，就不可能有强大的海权。

而文明的残缺，忘却了"陆上中国"原来是一个"海上中国"，就不可能有健全的海权意识，没有海权意识，就不可能有强大的海军，没有海军，海权就是一个概念。

因此，在意识形态领域，对文明类型的修复，是国家陆权向海权突破的重要一步。

第四章 港口背后的大棋局

世界地缘政治，优势权力的幽灵无所不在。

中国地缘政治，在优势权力笼罩之下的地理外交政治。

一

青岛港。

栈桥。

城市是美丽的。

欧式建筑、碧海蓝天、层林尽染。

一座城市的建筑，透露了这个城市的历史和气质。

1898 年，德国强迫清政府签订《胶澳租借条约》后，试图把青岛这个不到两万人口的东方小渔村，打造成海外殖民地的样板城市。他们按照 19 世纪末欧洲最先进的城市规划理念，进行实地勘察设计形成规划。这正是青岛历史上首次城市规划，为日后青岛的城市格局奠定了雏形。

青岛城市的美丽，无疑流淌着殖民历史的痕迹。

栈桥上，海风习习。

班长说，你看，这个栈桥是有年头的，

有时候，触摸那些有时间感的物体，其实就是触摸历史。

我说，是的，这也是海岸线自驾游的意义所在。

栈桥是青岛城市的地标，这个码头几度更名，从最初的李鸿章桥、海军桥，到前海栈桥、大码头等，本身就是一部翻开的中国近代历史。

班长说，在当今世界格局中，港口，尤其是那些扼守通道

202

具有重要战略地位的港口，都是世界地缘政治格局上不可或缺的一枚棋子。

比如塞拉莱港。

比如亚丁湾。

A 线　不平静的港湾

8月10日上午，离开湛江港的第40天，998"昆仑山"舰驶入阿曼苏丹国塞拉莱港，开始为期5天的靠港休整。至此，我们第六批护航编队的三艘军舰正式进入轮流靠港休整期。

清晨的塞拉莱港弥漫着一层薄雾，来自印度洋上的涌浪，在抵达岸边时，依然没有减弱多少，把998舰硕大的舰体推得有点左右摇摆。

998舰的舰员身穿白色礼服，早早地在甲板上站泊列队。舰员们平日艰苦训练练就的本领，在风浪中充分显现了出来，他们就像钉在甲板上，纹丝不动地在剧烈摇摆的舰体上列队，眺望着码头上迎接的人群。

塞拉莱港21号泊位的码头上，有一百多位到码头迎接的人们，远远看去人数虽然不多，但是"欢迎祖国亲人"的横幅标语显得格外的醒目。中国驻阿曼大使馆大使潘伟芳及夫人带着大使馆赵长利商务参赞及夫人等一行，以及山东电力建设工程公司、中远西亚船务代理公司等中资企业的员工们到码头来迎接。

码头不远处，停靠着韩国海军"姜邯赞"号（舷号979）驱逐舰。日本、印度、马来西亚、印尼、泰国等国家的舰艇也先后靠港补给。

多国军舰的频繁靠泊和离港，让宁静的塞拉莱港平添了几分热闹，又使港口笼罩着一种氤氲的战争氛围。塞拉莱港，无疑是全球地缘

战略大棋盘中的重要一子。

上午10时，998舰准时系缆塞拉莱港21号泊位。编队指挥员魏学义将军健步走下舷梯，前来迎接的潘伟芳大使上前紧紧握住魏将军的手，激动地说，能在阿曼塞拉莱港迎接中国海军护航舰艇的到来，尤其是能迎接中国海军最新型、最大型战斗舰艇靠港，作为中国驻外使馆工作人员，我们感到无比荣幸和自豪。随后，潘大使在魏将军的陪同下，检阅了998舰仪仗队。在998舰会议室，潘大使向编队指挥所人员发表了热情洋溢的欢迎词，向编队介绍了阿曼的基本国情和塞拉莱市的社会情况，并送上了大使馆及中资机构的慰问信及慰问品。

阿曼苏丹国是位于阿拉伯半岛东南部的沿海国家，与也门、阿联酋、沙特相邻，是阿拉伯半岛最古老的国家之一。近年来，阿曼与我国的关系日益紧密，经济贸易和往来与日俱增。山东电力建设工程公司、中铁十八局、中国基建、振华重工等中资企业，承担着阿曼许多重大工程建设项目。2008年12月，中国海军担负亚丁湾护航任务以来，中阿双方积极磋商，达成协议，阿曼愿意开放塞拉莱港，提供给中国海军护航舰艇靠港补给。

塞拉莱市是阿曼第二大城市，也是阿曼重要的商业港口。港口靠泊条件良好，港口设施齐全。塞拉莱市民大多比较温和，对人友善，可以做到夜不闭户，路不拾遗，和谐相处。塞拉莱市地理环境优越，气候良好，每年的7月至9月是塞拉莱市的黄金季节，24℃—28℃的平均气温，在满地黄沙的阿拉伯半岛实属罕见，整个阿拉伯地区唯独塞拉莱市的这个季节，存在大片的绿树和青草地。因此，塞拉莱被誉为中东地区的"夏威夷"。

　　潘大使的介绍，让官兵们对阿曼有了一个基本的了解。

　　潘伟芳大使精通波斯语和英语，早年在中国驻伊朗大使馆工作7年，经历过两伊战争。潘大使向我们谈起了两伊战争的惊险经历。德黑兰，伊朗首都，在两伊战争中是伊拉克的重要攻击目标。战争期间，德黑兰的夜空中时常会传来凄厉的防空警报声，一晚上往往要被警报声惊醒几次。随后是飞机轰炸，爆炸声、火光此起彼伏。大使馆的工作人员只好在大楼底层躲避，不敢到地下室躲避，因为房子都是碎石块砌成的，一旦倒塌，会被掩埋。战争后期，飞机轰炸变成了导弹攻击，预警时间更短了，根本来不及躲避，只能生死听天由命，碰运气了。潘伟芳大使对残酷的战争场景，至今难以忘怀。对于经历过战争的人们来说，更懂得和平安宁的国际环境的重大意义，他们心中更加充满着对和平的渴望，更愿意通过他们的工作和努力为中东地区的和平与发展作出自己的贡献。在这一点上，虽然大使和我们海军的身份不同，但是彼此却有共同点，都是远离家乡故土，为了国家的利益，为了世界的和平安宁，在不同的工作岗位上履职尽责。潘大使到中国驻阿曼大使馆工作之前，还曾经在中国驻英国大使馆工作。

　　商务参赞赵长利的夫人，曾经在海军东海舰队工作过。赵长利夫人这次来塞拉莱港协调编队补给事宜，见到我们格外亲切，尤其是得知海政钟魁润处长也曾经在东海舰队工作过，更是激动地拉着老同事老战友合影留念。

　　赵长利参赞虽然不是军人，却经历过真正的战争。伊拉克战争期间他是驻伊拉克大使馆的工作人员，可以说，他们是一批不拿枪的战士，顶着漫天炮火在巴格达坚守岗位。伊拉克战争打响后，中国大使馆人员最后一个撤离巴格达战区。

简短而庄重的欢迎仪式结束后，9 时，开始补给蔬菜。由于码头没有吊车，编指发动所有人员搬运，人多力量强，领导带头、官兵齐上，排成长龙，流水作业，7 吨多物资，不到 2 小时也就搬运完毕。工作之余舰员们都下到码头散步，算是接接地气。

998 舰靠港的第二天，港口经理哈蒂姆特意拜访了 998 舰，998 舰领导热情接待了哈蒂姆经理。40 几岁的哈蒂姆经理身材有点发胖，留着典型的阿拉伯胡子，说话直爽，为人诚恳，他高兴地告诉我们，虽然今天开始是穆斯林的斋月，但是我们港口的各项工作是照常进行的，靠港补给休整不会受到任何影响，他说他接待过各国海军的军舰，中国海军热情、友善，非常尊重当地人和风俗。哈蒂姆表示，中国海军一旦有什么困难需要协助解决的，可以直接找他，他愿意提供一切力所能及的帮助。

我们到达塞拉莱港的第二天便是穆斯林的斋月。斋月是伊斯兰教历第九个月，根据阿拉伯文的发音，斋月又称"拉玛丹"。斋月开始和结束是以新月的出现为标志，全球穆斯林根据当地新月出现的时间先后进入斋月，因此，斋月的起讫日期每年都不一致。

由于斋月特定的性质，斋月期间，穆斯林追求的是平静祥和的生活，同时恪守着很多禁忌。编队官兵靠港休整遇到穆斯林斋月这个特定时期，为了充分尊重穆斯林的宗教文化习俗，编队领导教育官兵外出观光、购物时，不进入伊斯兰教清真寺，以免影响穆斯林的宗教活动；不在穆斯林聚集的公众场合抽烟、喝水、吃食物，以尊重穆斯林的斋月禁忌。

998 舰靠港后，官兵工作之余到码头去走一走，自然是少不了的。可是在海上颠簸一个多月的舰员，已经习惯了在风浪中航行时舰艇的摇摆了，现在来到平稳的陆地行走时，反而有点不适应了，走路依然是一条"曲线"，左右摇摆，舰员戏称为"晕码头"。

第二天，塞拉莱艳阳高照，气温适宜。998 舰部分舰员兴致勃勃地踏上领略阿拉伯世界的神秘之旅。

映入眼帘的是漫漫的黄土坡，沥青公路在两侧黄土坡中间蜿蜒穿行，道路宽阔，车辆稀少，没有都市的喧嚣。道路两旁稀稀落落地散布着几处典型的阿拉伯风格的村落。四方的两层土黄色小楼，棱角分明，每座小楼都带有浓郁的阿拉伯风格的拱形门窗。每个村子里无一例外地有一处清真寺，清真寺的球形拱顶和高耸的望月楼，在很远的地方就能看见。

道路两旁大小山坡奇形怪状，由于阿拉伯半岛气候炎热干燥，地表水分蒸发殆尽，烈日肆无忌惮地炙烤着山石，海风又像一个雕刻师把山石间的黄沙一点一点地抠去，留下的山石，有的象斑驳的蜂巢，有的象倒伏了的民居的残垣。道路上不时有几头阿拉伯单峰骆驼低着头在慢慢踱步，仿佛是低头沉思的老翁。

巴士接近城区，开始有了一点城市的景象。两旁有了一些商铺，清一色的平房。由于是阿拉伯的斋月，街面上依然是人烟稀少，一些商铺还没有开门。

我们在一幢高楼前停下了车，据说这是塞拉莱市最大的一家超市。斋月期间，超市只在上午 10 点开门营业到中午 1 点，下午 4 点后再营业。超市不远的地方是塞拉莱有名的香料市集（Incense Souq），这里的店铺大多数开着门，因为这个市场供应最多的商品是乳香。

我想起有资料记载，说中国的乳香就是郑和当年从阿曼引进中国的。

班长说，是的，郑和同时还引进了日历和阿拉伯马匹。

我说，如果没有记错的话，1421年，郑和第六次下西洋时，中国的船队第一次驶进阿曼港湾。已经50岁的郑和从规模庞大的舰船上下船，为这个沙漠古国带来了源自中国的丝绸、茶叶等礼物，还访问了当时的国家中心——阿曼佐法尔的南部地区。在初到阿曼之后的几年里，郑和还多次来到这个沙漠国家。

班长说，是的，由此可见，中国和阿曼苏丹国的友谊源远流长。

有资料记载，从阿曼来到中国的船只记录，可以上溯到公元304年的文献中，而中国与阿拉伯半岛的联系可以追溯到公元1世纪。

面积30.95万平方公里的阿曼，位于阿拉伯半岛东南部，东北与东南濒临阿曼湾和阿拉伯海，海岸线长达1700公里，公元前2000年，这里已广泛进行海上和陆路上的贸易活动，并成为阿拉伯半岛的造船中心。自古以来，到港口去、到船上去、到大海上去探索世界，已经成为这个国家的精神财富之一。在闻名于世的"海上丝绸之路"上，许多商人之所以对阿曼青睐有加，正是由于它的特产——乳香。

循着缭绕的香气，我们来到一家香料铺前。店主热情地起身相迎，并向我介绍香料的品种。乳香是这个市场所有商店的特色商品。我们看着身着阿拉伯白色长袍的店主向我们展示一袋袋白色半透明的颗粒，介绍着乳香的香薰方法，鼻子闻到的则是充满东方神秘气息的浓浓香味，脑子里联想着阿拉丁神灯和那神秘的飞毯，仿佛置身于一千零一夜的世界。阿拉伯，一个古老而神秘的民族！

超市的斜对面是塞拉莱市中心最大的清真寺。清真寺规模甚是宏大，洁白的外墙，绿色的球形拱顶在阳光下格外耀眼，两座高耸的望月楼直入云端。远远的邦克楼上传来了阿訇飘渺的宣礼声。头戴小白帽的穆斯林从四面八方云集而至，在这市中心最大的清真寺里做聚礼。给我们开车的司机默罕默德礼貌地对我们说："我要去做一下祷告，请等我一下好吗？就 10 分钟。"我们欣然答应。

我们的地陪导游是 28 岁的默罕默德。他大学毕业以后在一所中学的教务处工作，但是他不满足于安逸的现状，对阿拉伯文化之外的多元文化充满了向往。于是他辞去中学教务处的工作，干起了导游。他对能为中国海军服务，和中国军人打交道，了解中国文化，感到很兴奋。

默罕默德告诉我们，塞拉莱并不是只有满地黄沙，有一个叫达贝河谷（Wadi Darbat）的地方，是一个充满绿意的河谷，这里最大的吸引力就是它季节性的瀑布。

车行 45 分钟，我们开始进入盘山公路，这里两边的山坡上长满了绿草和灌木丛，这和原先看见的黄山坡截然不同。车子越过山岗进入谷底，一条潺潺小溪的两边，有郁郁葱葱的绿草地和小树林，这是一片大河曾经灌溉过的土地。河谷并没有什么特别的地方，甚至可以说这样的小河谷在中国的大多数地方都能找到，可是眼前的这片翠绿是出现在满地黄沙的阿拉伯半岛上，这就显得尤为珍贵。据了解，整个阿拉伯半岛，也只有在塞拉莱有这么一块季节性的绿地，难怪塞拉莱被称作"中东的夏威夷"了。

5 天的休整时间很快就过去了，编队官兵靠港休整期间，充分尊重当地的民俗习惯，无一人违反规定和纪律，受到当地民众的好评。

14 日上午，塞拉莱港口引水员依普拉辛等上了 998 舰，协助离泊，当舰艇驶离港口，依普拉辛即将离舰时，我走上前去对他道了声"修克兰！"（阿拉伯语：谢谢）

998 舰在汽笛声中又一次驶向印度洋。再见！塞拉莱！

　　遥远的塞拉莱港，中国历史的脉络，在 15 世纪的时候就已经延伸到印度洋的这个港湾。

　　我问班长，在远离祖国大陆，在郑和曾经泊船靠岸的港湾靠港，是一种什么样的感觉？

　　班长说，心绪复杂，没有比这四个字更能表达当时的心境了。

　　斜阳渔鼓。

　　傍晚的青岛港更加迷人。

　　青岛港，当年李鸿章建设北洋海军时，建立的起于鸭绿江，迄于胶州湾的北洋防线中，青岛就是其中一个非常重要的港湾。

　　过往和停泊的军舰、商船，在港口巨大的钢架吊臂下，形成了一幅繁忙的海港景象。

　　班长说，看见这些巨大的货轮了吗？他们从青岛港出去，往南走，就到了马六甲海峡，再往前走，就是印度洋了。

　　整条航线到达的第一个军港，就是樟宜军港。

　　2002 年环球航行时，班长到过樟宜军港，这次去亚丁湾

护航，又途经樟宜军港。

班长说，你知道吗？美国的 4 艘濒海战斗舰将入驻樟宜军港。

是的，樟宜军港，可以说就是新加坡为美国海军量身定制的军港。

班长告诉我，濒海战斗舰主要用于近海作战，特别是反舰、反潜和反水雷作战。它不适宜像航母那样长途奔袭远洋作战，需要有就近的驻泊保障港口。

B 线　囚徒的困境

当中国海军在从"近海"走向"远海"迈出第一步之际，美国海军已经在远海徜徉百年又返身折回到了近海。濒海舰在樟宜的部署，就是美国从远海王者归来这一战略转型的重要环节。毫无疑问，美国濒海舰在新加坡樟宜港的轮流进驻，对整个亚太地区的地缘政治，将会产生重大影响，整个战略格局也将发生变化。

从 2011 年美国宣布濒海舰入驻樟宜计划，到今天已经毫无悬念地成为既定事实，这一事件，只是在当下乱象丛生的世界格局中，囚徒困境的一个部分。

樟宜军港，美国全球军事战略在亚太地区的前哨阵地，这里的一举一动，都事关世界政治格局。

樟宜海军基地位于新加坡的东北角。面积不足 700 平方公里的新加坡，由于位于东南亚的马来半岛最南端，扼守着沟通大西洋和太平洋两

大洋的战略水道——马六甲海峡，是沟通印度洋和太平洋，亚洲和澳洲、非洲的要冲，战略地位得天独厚。一方面，它是中国航运安全的保障；另一方面，它又是美国实现全球战略的一枚重要棋子。此外，随着印度的崛起，它又成了印度维护在印度洋老大地位的第一道屏障。一直以来，这里都是美国在东南亚的驻军目标。

樟宜军港之所以备受世人关注的另一个原因，是它为美国航空母舰提供了停靠及后勤保障等支持。1992 年，美国海军从菲律宾苏比克湾撤走后，就把第七舰队后勤供应司令部迁到新加坡，此后的每年平均有100 多艘美军舰到樟宜军港停靠休整。2000 年 4 月美新签署协议，樟宜基地又为美军航母"量身定做"了一个大型深水码头，专供包括核动力航空母舰及核潜艇在内的美国军舰靠岸停泊，接受补给。2001 年 3月 23 日，美国海军第 7 舰队所属的"小鹰"号航母靠泊樟宜海军基地的航母码头。从此，这个原本是新加坡海军单独使用的小军港，成为美海军在东南亚开辟的第一处航母驻泊基地，是美军 1992 年撤离菲律宾苏比克海军基地后重返东南亚的第一块"战略基石"，也是美国海军在东南亚军事存在所必须的第二个"苏比克"。根据美军的规划，樟宜基地今后将成为美海军监控南海局势和进出印度洋的"桥头堡"，是美军目前新的全球战略的"前沿"。

根据新美签订的协议，樟宜海军基地内港由新加坡海军使用，外港可容纳美军航母等大型船只靠泊，并为美军第七舰队及其他过往船只提供后勤补给和维修服务。美军在樟宜建立基地，大大拓展了美海军第七舰队的控制范围。从这里出发，美海军舰队可以在 24 小时内穿过马六甲海峡，进入印度洋、阿拉伯海到达海湾地区；向东则可以直接进入南海海域。此外，美军还以樟宜基地向周边东南亚国家辐射，通过签署军事合作协议，获得了在这些国家的基地和港口停泊军舰、起降飞机的权利。一个以樟宜为中心的新的美军基地群正在东南亚形成，这无疑将对东南亚的战略形势带来深远的影响。

樟宜军港，美国海军"小鹰"号航母的停靠，高调宣布了美国战略重心东移，美国重返亚太战略第一个登陆港口，濒海舰的轮流靠港，吹响了美国亚太战略遏制海上中国的集结号。

美国濒海战斗舰永久进驻新加坡的根本目的，就是想控制马六甲海峡。

无论是否出于自愿，囚徒的困境，谁都无法置身其外。印尼、马来西亚等海峡周边国家出于自身利益的需要，一直抗拒美国海上军事力量染指马六甲，并对美国的"司马昭之心"深感担忧。囚徒困境的绝妙之处在于，有时候导致困境的主要因素，就是主权国家寻求困境突围的主要手段。新加坡在对待美国海军的问题上，表现尤为突出。印度尼西亚和马来西亚都明确表示反对美国派兵进驻马六甲海峡，沿岸三国唯独新加坡态度暧昧。

印尼和马来西亚等国对区外大国试图通过军事手段控制马六甲海峡航道非常敏感。显而易见，一旦美军进驻马六甲海峡沿岸国家，不仅相邻国家的主权会受到威胁，而且会妨碍其他国家船只的通航，更可能会招来恐怖分子的袭击。

美国在马六甲驻军计划，经过不懈的努力，找到了合作平台，因为有了新加坡的鼎力相助，美国的军事力量终于在马六甲强势显身。一个号称拥有"全球利益"的超级大国，和马六甲海峡的拥有国之一在地缘战略上的珠联璧合，为美国重返亚洲，完成在亚太地区的战略调整，奠定了战略格局上重要的第一步。

　　印度尼西亚、马来西亚和新加坡，这三个同处马六甲海峡沿岸的国家，在对待美国海军进驻马六甲的问题上，做出截然不同选择，也足以表现了囚徒困境中的挣扎。

　　印尼和马来西亚拒绝美军的靠近，是以守势应对囚徒困境。而新加坡打开国门，热情邀约美国海军进驻樟宜军港，作为美军东南亚的重要海外补给基地，也是囚徒困境突围的一项重要战略。

　　美国军事力量在马六甲的存在，首先确保了新加坡海空军的基地安全。虽然新加坡国防战略的重点是加强海空军力量，但因国土面积小，要在新加坡境内建立足够的大型海空军基地不现实，海空力量被迫分散在其他一些国家和地区进行训练。美军驻扎新加坡正好弥补了新加坡国防空间方面的先天不足，也解除了大型海空军基地在新加坡这样小的国家易受攻击的担心。在新加坡看来，在可预见的将来，这一地区没有可能有与美国相对抗的国家，并且政治安全成本远比冷战时期低，这就为新加坡优先发展海空军的计划提供了时空可能。同时，通过美军驻军，新加坡军队可以实地学习美军先进的军事技术和管理经验。其次，由于新加坡本身就是沿岸国家，存在国土安全方面的心理压力和隐忧，美军的进驻，直接改善了国家安全环境。第二次世界大战中，新加坡两天就被日军攻陷和1990年科威特被吞并的经历，是造成新加坡国土安全焦虑的主要原因，国防和安全在新加坡始终是一个沉重的话题。另外，在新加坡看来，美国主导的全球均势格局，更有利于东南亚的安全以及世界稳定。美军在新加坡驻防，保证了马六甲海峡的畅通，也为美军快速部署到海湾地区、印度洋、非洲和欧洲提供了方便，不仅可以保持地区大国关系的平衡，还可以为新加坡提供安全保证。新加坡为美国提供更为现代化的樟宜海军基地，也表明新加坡国防战略的深化，将会更多地参加美国海空军在亚太地区非战斗性的演习、训练、培训等活动，从而缩短新加坡建成高素质的现代化军队的进程。

在马六甲部署濒海战斗舰是美军加强亚太军事存在的一项措施，也是其海军全球部署、前沿部署中的一个环节。按照美军前沿部署的战区划分方式，亚洲、太平洋和印度洋地区是美军太平洋总部的管辖战区，也是目前美国海军基地分布相对集中、数量最多的一个区域。在这个区域里，美海军常驻的综合性基地就有 7 个，可以机动进驻的军事基地有 4 个，用于提供各种保障的专项保障基地有 17 个，主要分布在日本、韩国、东南亚和印度洋地区，并且形成东北亚、东南亚和印度洋三大基地群。

而美军的东南亚基地群，更是有 13 个专项保障基地，分别位于新加坡、菲律宾、马来西亚、泰国和印尼境内。其中新加坡境内就有森巴旺和樟宜两个军事基地。这也是目前美国海军在东南亚地区可以长期无偿使用的军事基地。

从樟宜军港放眼全球海洋，从索马里海盗到恐怖主义组织，从所谓的"阿拉伯之春"到"茉莉花革命"，从南海风云到美国的远海归来，从世界贸易失衡到国际金融体系溃败，动荡的世界局势，全球政治的囚徒困境，就像一副多米诺骨牌，中国更是深陷其中。在发达国家应对新兴国家崛起的牌局中，只要撬动一个点，世界格局便会倏然群动。

　　大海已经开始退潮。

　　我和班长坐在海滩上，遥望远方。

　　班长说，从美军在樟宜军港军事部署，到亚丁湾几个重要港口的军事力量部署，每一个港口都是世界地缘战略的一颗重

要棋子。

　　我说，是的，在这个大棋局中，中国陷入了囚徒困境。而这种境况的出现，除了世界格局变动的历史沿革外，还有一些是中国文化造成的影响。

作为当下全球经济的新兴国家，中国的囚徒困境更是面临多重捆绑。其中，一个国家综合国力的对外表达投射出来的自我认知上，中国也同样陷入了囚徒困境。

中国三十年巨变，举世瞩目，中国经济的发展对世界经济的贡献和影响，也是举世瞩目。这种变化，显示了中国强劲的经济活力和生命力。

但是，无论是主导世界的大国还是我们自己，在评价中国的进步与繁荣时，总是有意无意忘却了一个事实：在世界格局的大框架内谈中国的崛起。

这就带来了两个结果，一方面，中国威胁论在国际上尘嚣四起；另一方面，中国在崛起的自我表述中存在虚高表现。

从国际政治来看，任何一个大国的崛起，都会对别国带来不安全感，最主要的是可能导致世界格局稳定的改变，崛起中的国家就会成为国际社会的众矢之的。诚然，这是人类社会处于主权国家阶段无法摆脱的国家宿命，也是导致囚徒困境的潜在规则。这是他国立场，不容置疑，也无法改变。

另一方面，如何全面看待中国的崛起，还有一个确立评价单位的问题需要解决。一座喜马拉雅山增高百分之十，和一座小山丘增高百分之十，不但净值不同，而且相去甚远。在我看来，中国的经济增长，放在世界大格局下，无异于是小山丘的净增值。中国有一句老话，叫做瘦死的骆驼比马大，也是这个道理的反证。当我们在谈及国家发展国力壮大流露出的民族自豪中，也同样表现了民族文化心理的囚徒困境。过去我们很穷，穷怕了，一旦有了钱，富了，就要向全世界吆喝，家里有钱，恨不能把家里的人民币晒出来让人围观。这样做的唯一结果，就是招致羡慕嫉妒恨，甚至于遭受打劫绑架，给自己增加无穷的麻烦。一个美国人写了一本书，内容说的是中国人的 700 个世界第一，且不说这700 个世界第一是不是真的第一，就算是第一，第一和第一之间，还有一个含金量的问题。假如中国真有 700 个世界第一，但是，最为重要的，中国的人均收入，和世界第一相去甚远，和即使正在太阳西沉的欧洲富裕国家相比，也只不过刚刚跃出贫困红线罢了。虽然 2010 年中国取代德国成为世界最大出口国，中国的《财富》500 强企业数量超过日本，位居世界第二大经济体，但人均 GDP 却仍然排在全球第 121位，落后于厄瓜多尔和其他发展中国家，国民人均收入的排名，那就更没有什么可以圈点之处。已经有些怀疑论者，对中国公布的官方经济数据提出质疑，原因是中国公布的 GDP 增长率和能源需求不一致，特别是电力消耗出现萎缩。

虽然现实如此，但是不可否认，相对于中国的历史和现实，中国崛起了。但是，相对于世界历史和现实，中国真的崛起了吗？中国真的是大国的崛起吗？

事实上，富裕和崛起是两个截然不同的概念。国际社会把中国的富裕当成崛起的说辞，一方面确实是因为中国天翻地覆的变化，让世界耳目一新，但是，也不排除高调鼓吹中国崛起，正是为了遏制中国的进一步发展寻找的借口。影响世界稳定的囚徒困境，只剩下"均

势"作为主权国家手中唯一拐棍的情形下，对于崛起论的高调迎合，也是造成中国威胁论带来许多负面压力的自我因素。

中国人经历了"天地之中心"的大国文化自豪感，到甲午战争后百年屈辱史的文化自卑感后，在审视中国发展的富裕或者崛起问题上，是不是也表现出了扭曲的文化心理？中国在走向强国的征途上，不仅需要建构强国梦想，还需要建构健康健全的文化心理。

事实上，只要是主权国家，身处国际社会无政府自助政治体系，囚徒困境不仅缠绕中国，每一个主权国家都无法置身事外，包括美国。

2010年是中国周边外交议题集中迸发的一年。"天安"舰事件和延坪岛炮击事件让朝鲜半岛局势恶化，中国骑虎难下，在朝鲜和韩国之间左右为难，钓鱼岛和南海问题升级，中日关系以及中国与东盟的关系受到严重影响。和中国的窘境相反，美国则借助这些因素，巩固了美日同盟与美韩同盟，同时深化了与东盟的关系。

再看整个大东亚区域，各方都在强化力量，不管是军事力量还是其他力量，包括渔政力量、侦察力量等等。强化各自综合力量的背后，就是担心他国方面因为迅速崛起而在不可知的时间采取对本国的遏制行动，这种相互猜忌导致了矛盾的恶性繁殖，囚徒困境越陷越深。

诚然，造成区域内囚徒困境局势的原因是多方面的。美国的战略调整，即所谓的重返亚洲，是导致区域内囚徒困境越陷越深的直接原因。军事部署上，美国计划从目前的太平洋司令部内，分离增设一个以日本为据点的独立的"东北亚司令部"，针对朝鲜，遏制中国，牵制俄罗斯，把美国在日本与韩国的军事基地连成一体、互成犄角，形成对东北

亚的包围态势。

奥巴马执政以来，美国外交从布什时期的强硬、单边主义的姿态收缩，变成了软实力优先，外交比较活跃，经常占领道义制高点以及表达对盟友、朋友的所谓关心、声援甚至直接出手。在亚洲地区，美国充分利用一些国家对中国强大及崛起的不安，奥巴马在访问亚洲比如印度、印尼、韩国、日本这些国家时，都表达并一再重申对这些国家的义务，强调了它们与美国之间不可分割的友谊，同时也在各种场合提醒中国要做负责任的国家。美国的一系列调整，显示了强势回归的态势。

另一个因素则是日本的新动向。日本从美国占领军的驻地，发展为美国在亚太地区维持政治和军事存在的基地，华丽转身后的日本，成为美国最重要的全球盟国，同时也是美国力量在地缘政治中的延伸。不管日本领导人怎么交替，也不管日本内心事实上多么想挣脱美国的束缚，但和美国拧成一股绳，是始终不变的政策，拉虎皮做大旗，以此和中国抗衡。中日之间在钓鱼岛上的纷争，加剧了日本上下对中国崛起的疑惑，日本加强军备的努力大幅增加，而美国也及时表态，钓鱼岛问题适合《美日安保条约》。

日本海上自卫队在朝鲜半岛南部海域与美韩两国海军举行为期两天的联合训练，表明"亚太小北约"已经初步形成。这次美、日、韩三方联合军演，日方派宙斯盾舰"雾岛"、大型护卫舰"鞍马"等3艘舰只参加训练，美军派出"乔治·华盛顿"号航母、核潜艇等，韩国则派出韩国型驱逐舰和潜水艇、警备舰等参与军演。美日韩三国联合军演，对外表明意在加强三国在防止大规模杀伤性武器扩散，确保海上安全，及救灾等领域的合作，提高作战水平并强化三国之间的紧密合作关系。

过去几年，日韩两国分别与美军进行军演，但是美、日、韩三国各

自派出军舰一起举行军演，这是第一次。不难看出，美国分别加强同日或韩之间的合作，改为努力实现美、日、韩三国之间的军事合作，打造"亚洲小北约"，已经有了实质性进展。

东盟国家也有些新的调整，试图更加灵巧地在大国之间进行博弈，寻求左右逢源的有利态势。既不想得罪中国，同时又担心中国的崛起会对南海一带的主权施压，所以采取亲近美国的态势。

东北亚朝鲜半岛也存在不确定因素，六方会谈停滞，朝鲜本身又处于一个政治换代期，新领导人接班的格局确立不久，如何出牌存在诸多变数。

在当下国际政治的囚徒困境中，既缺乏有效的国际法律机制，又缺乏有效的对话沟通渠道，最要命的是这个世界国际政治的信用已经破产，那么在这种情况下，对于主权国家来说，是不是有办法寻找到一条正确的方式，以求囚徒困境的突破？

主权国家的存在，世界政治的自助体系，注定了这是一个谁都无法相信谁的地球世界。外交政策、外交斡旋，并不能超越主权国家历史时期的特性发挥作用，从而从根本上推动建立起国家信任。深深陷于囚徒困境之中的国际政治局势，从人类社会走向工业文明开始，伴随着地理大发现直到进入信息时代，囚徒困境似乎已经是一盘死棋。

但是，在主权国家仍将长期存在的历史时期，冲破囚徒困境的选择，还剩有唯一一条可以相信的线索——历史。

历史上，中国是一个世界帝国，尽管只是一个区域性的。正如马来西亚领导人在2011年香格里拉对话的开幕式上所说，中国明朝郑和为首的3500多个水兵的舰队，足可以夺取任何一个亚太地区国家，可是中国没有占领任何一个国家的一寸领土。但是，自从葡萄牙人沿着地理大发现的航线，来到马来西亚，80多个人一条船，就开始了马来西亚的殖民历史。至于说到日本，这个缺乏资源，国土狭小的岛国，自从明治维新壮大经济以来，从来就没有放弃过侵略别国领土，扩大国土范围，寻求生存开阔地带的尝试。日本侵略朝鲜，对中国的垂涎，从17世纪侵略台湾开始，到1931年入侵中国东北，及至整个太平洋战争，日本历史就是一部军国主义的侵略史。

当欧亚大陆处在世界政治战略的前沿阵地，那些从欧洲到亚太地区的国家，面对一个新崛起的中国，我们不得不承认，在世界政治优势权力的作用下，似乎除此以外的每一个主权国家都陷入了囚徒的困境。

如何选择世界政治态度，如何面对和认识中国的崛起，这是一种政治智慧。而只有历史，一个国家、民族的历史，是擦亮政治家们眼睛最为重要的擦镜布。

一个国家的历史，就是一面镜子，照耀出来的是这个国家的文化，而文化，又是凝结一个民族价值追求的核心。无论是中国的古代史还是现代史，中国历史，就是一部中国的儒家文化，厚德载物，润物无声，追求和谐的民族精神写就的民族文化史。

无论历史多么久远，都是有温度的，可感的，从中可以窥探出国家性格、脾气、癖好，正如一个人。

无论历史多么久远，都是有品性的，就像一个人，或者是海盗、或者是强盗，或者是儒士。

中国这个名字，表达的世界中心论含义，更多的是表现为文化上的优越感和自豪感。明代中国在东南亚的朝贡贸易体系，就是中国民族从来不倚强凌弱，更没有扩张野心的一个最好历史佐证。

诚然，历史也是动态的。同样是二战时期的战败国，德国在战后对

民族侵略历史的那种反思和痛悔，获得了世界的认同和原谅。这个曾经有过侵略历史的国家，在新的历史时期，放弃扩张，追随和平的光芒，在维护世界稳定中发挥主权国家的作用，这种和侵略扩张一刀两段的民族表白，同样也写入了新时期德国的历史。与此成为反照的日本，这个弹丸小国，从来没有对他们的侵略历史进行反思，更谈不上民族负罪，扩张和军国主义，始终在这个被海水包围的国家像血液般热乎乎地流淌着。

《克林顿在中国》一书中写道，自修昔底德论述伯罗奔尼撒战争以来，历史学家们都知道，伴随一个新的大国崛起而来的总是不确定性与焦虑，暴力冲突经常（虽然不总是）随之而来。作为世界上人口最多的国家，中国经济和军事实力的增长，将是新世纪初亚洲以及美国对外政策的中心问题，在解释为什么民主的雅典决定背弃条约，从而导致战争的时候，修昔底德指出，认为战争不可避免的这种观念的力量是很强大的。他写道："人们普遍认为，不管发生什么，和伯罗奔尼撒人的战争是一定会打起来的。"有关同中国的冲突不可避免的观念可能会产生自我实现的后果。这就是中国威胁论的理论来源。

从历史上看，中国的强大从来走的都是自我奋斗的路径，中国从来没有依靠掠夺和侵略别国资源赚取一个铜子。明朝中国成为世界上最强大的国家，是在一个自给自足封建体系下的自我壮大和发展，在后来清政府赔付给外国殖民势力的每一个银元，凝聚的都是中国人民在自己的耕地上面朝黄土背朝天流淌的辛勤汗水。改革开放后中国的逐渐富裕，同样也是靠中华民族的自我奋斗，在 960 万平方公里的国土疆域上，开创了中国历史的新里程。

地球文明的自转规律，任何一个新兴崛起的国家，都将给周边国家带来心理上的不安定，势必成为各国防范甚至敌意的主要目标，而打击遏制这个国家的崛起，就会成为这个时期世界政治的主要课题。这是人类社会在主权国家阶段，不可避免的宿命。中国正在经历这样一个时期。

　　班长说，正是因为中国处在重要的历史时期，海军走向远海的能力建设，就显得尤为重要。

　　班长说，以前我们对表达中国经济发展国力增长的一系列数字，基本上就是一个空洞的概念，到了亚丁湾，每天从海上过往的商船80%以上是和中国有关的，对中国经济实力和未来发展的信心，就有一种眼见为实的真切感。

　　我很好奇，亚丁湾靠港补给各国军舰之间，是不是会有剑拔弩张的时刻？

　　班长笑了，说，那怎么会？不过，面对全球海上权益这块大蛋糕展开的激烈竞争，从亚丁湾不大的港口内，飞机、军舰、军车山呼海啸般地出入，就能感受到战争无所不在的氛围。

二

A线　不平静的港湾

海上航行时间久了，看得出来，靠港停泊对船上的战士们来说，就像过节一样，让人期待。

9月13日，中国海军998舰靠泊吉布提港进行补给休整。这是998舰在亚丁湾护航的第二次轮休。当吉布提港透过朦胧的晨雾展现在眼前时，阵阵热浪也席卷而来，清晨35度的气温让甲板上期待靠港的水兵，早早地感觉到了吉布提的"热情"。舰艇缓缓驶近泊位，远远望去，中国驻吉布提张国庆大使及使馆工作人员已经带领中资企业的代表等候在码头，欢迎护航舰艇的到来。

吉布提港是个小港口，仅仅拥有几十个泊位的港口无论如何也无法和国内的上海港、大连港、广州港、青岛港相比。可是由于吉布提共和国扼守着红海的南咽喉，和厄立特里亚、埃塞俄比亚、索马里接壤，和也门共和国的亚丁港隔亚丁湾相望，优异的地理位置让吉布提港成为这一地区最重要的港口。吉布提港是东非一个重要的现代化良港，以港口为基础的海运服务，在吉布提国民经济中占重要地位。美国和西欧所需要的1/3的石油，西欧所需要的1/4的粮食，都要经过这里转口运输。凡是北上穿过苏伊士运河开往欧洲或由红海南下印度洋绕道好望角的船只，都要在吉布提港加水加油，因此吉布提港战略地位十分重要，被西方称为"石油通道上的哨兵"。

由于吉布提的战略地位重要，使得吉布提这个弹丸小国引起了各国的重视。法国尽管在1977年6月很不情愿地让吉布提宣布了独立，吉布提从此摆脱了法属殖民地的地位，但是法国从来也没有放弃对吉布提实质性的监管。法国海军印度洋舰队总部就设在吉布提市，在吉布提港设有法国海军的专用码头。

在998舰靠港的几天里，时不时可以看见法国空军的"阵风"战斗机在天空中呼啸，因为吉布提领空的防卫任务由法国空军"代劳"的。在吉布提，美军也不甘落后。美军在吉布提设有基地，驻扎着陆军、海军、空军。在吉布提市通往埃塞俄比亚并不宽敞的公路上，随时可以看见美军的装甲巡逻车和运输车丝毫不顾 80 公里/小时的限速标志而飞奔着。2008 年以来，联合国授权各国军队在亚丁湾索马里海域打击海盗犯罪行动以来，吉布提更是热闹非凡。日本在吉布提租借了机场，将驻扎日本九州的海上自卫队 P-3C 反潜巡逻机派驻吉布提了。韩国以及欧盟的英国、德国、荷兰、丹麦、瑞典等国家也在吉布提设立了临时协调机构，并将吉布提作为反海盗行动舰艇的补给基地。小小的吉布提港成了各国海军的展示平台。

奔驰在吉布提公路上的美军军车（靳　航　摄）

在 998 舰靠港补给休整的短短几天里，就有美国海军、德国海军、瑞典海军、希腊海军以及日本海上自卫队的 10 艘舰艇先后靠港补给休整。"奥斯汀"、"卡尔斯克鲁纳"、"石腊苏益格·荷尔斯泰因"、"科隆"、"春雨"、"卷波 "、"夕雾"、"濑户雾"等在亚丁湾上只闻其名，不见其踪影的舰艇，在吉布提都见上面了。

225

　　和各国海军装备精良的大吨位舰艇形成鲜明对比的，是仅有 380 人、8 艘快艇，总吨位不足 250 吨的吉布提海军，这就是吉布提海军的所有人员和装备。真的想象不出，这么一支迷你海军，如何能完成保护 372 公里海岸线和 200 海里海上经济专属区权益的国家重任。

　　1977 年 6 月 27 日，吉布提虽然宣告独立后，但法国仍不甘心将这个重要海上枢纽放手，法国和新独立的吉布提签订了一项军事协议，法国建立一支 3000 人左右的武装力量，驻扎在吉布提。如今法国在吉布提的常年驻军有 3800 人至 4500 人。这支驻军三军齐全，鼎盛时期大概有 2 个陆军战斗团和 1 个伞兵别动连；1 支增援印度洋舰队的海军部队、1 支突击队、1 个监听站；1 个歼击机队和 1 个直升机运输大队。法国驻军人数后来有所减少，但从来没有低于 3000 人。在相当长的时间内，法国驻军成为吉布提国家的"保护者"，不仅向吉布提军队提供军事援助和训练，还为当地创造"驻军经济"。

　　靠港期间，看见法国空军的"阵风"战斗机昼夜飞行训练和巡逻。靠近吉布提港口外环境最优越的地区是法国驻军军营及军官家属区。吉布提唯一的五星级酒店就建在军营不远处的海边。围绕军营建设的医院、商店、邮局、超市等生活设施，无一不是为军营配套而建设的，这与吉布提居民贫困的生活形成了鲜明的对比。

　　法国除在吉布提驻军外，还向吉布提派遣军事合作人员，帮助吉布提维护国家安全和培训军事人员，向吉布提军队提供后勤援助。

　　2008 年 12 月起，法军依托吉布提基地参与欧盟打击索马里海盗的"亚特兰大"行动，在整个行动期间，法国海军的舰艇持续部署在亚丁湾海域，驻吉布提基地的"大西洋 2"号海上巡逻机参与海上巡逻行动。吉布提军事基地还为"亚特兰大"行动参与国家的兵力提供机场

等后勤支援和医疗保障服务。

靠港期间，遇到 2 名瑞典海军联络官，就是当前驻法军基地专门为多国海上舰艇协调靠港补给等后勤保障事宜的。

对于吉布提这样战略地位重要的港口，美军绝不会等闲视之的。美国大兵是新世纪才来到吉布提的。美国人很重视在吉布提莱蒙尼尔军营的驻军行动，从租借谈判到基地建设，都很费心思。在 2001 年 3 月至 5 月间，美国开始就莱蒙尼尔军营租借问题与吉方进行谈判，并取得了使用权。吉布提政府允许美军利用这个军营进行扫雷、人道主义和反恐行动。

莱蒙尼尔军营在吉布提国际机场西南，原由法国海外军团使用，后来移交给吉布提。谈判成功以后，美军成为它的新主人。但随后发生"9·11"事件，美军集中精力进行反恐作战，没有马上利用莱蒙尼尔军营。2002 年，美军意识到反恐不仅要在战场上消灭武装人员，还要下工夫在恐怖主义兴起地区进行长期的驻扎、接触，既进行军事安全工作，也进行社会工作。于是美军以海军陆战队为主，成立了"非洲之角联合特遣部队"常驻吉布提等地。2002 年 11 月，美国"惠特尼山"号驱逐舰运送第一批特遣队员来到莱蒙尼尔军营。2003 年 5 月特遣队正式入驻。2006 年，美国与吉布提再次谈判，把基地面积扩大到原来的 6 倍左右。租期 5 年，如无意外自动延续。2008 年 10 月 1 日，莱蒙尼尔军营几经辗转划归美军非洲司令部。目前基地各军种齐全，包括负责基地警戒的陆战队、非洲之角联合特遣部队司令部、海军修复营、陆军团队、陆战队、CH-53 重型直升机分队、海军 P-3 巡逻机分队、空军 HC-130 和 C-17 运输机分队、空军 F-15、F-16 战斗机分队等等。目前美军在吉布提的军事活动已经赶超经营了一百多年的法国。

美军虽然在海外到处驻军，盛气凌人，但事实上这些常驻海外的美军犹如惊弓之鸟。自从美国海军"科尔"号驱逐舰在亚丁港靠港补给遭遇恐怖袭击后，美军加强了类似行动的警戒程度。在美军看来，针对美军的恐怖袭击随时随地可能发生，必须时刻防备。

2002年我海军舰艇编队环球航行期间，巧遇美军舰艇一同过苏伊士运河，那时的场景至今记忆犹新。美军舰艇如临大敌，不仅要求埃及军方在苏伊士运河两岸三步一岗，五步一哨严密警戒，而且在舰艇通过横跨亚非两大洲的"穆巴拉克"大桥时，桥上的车辆也要禁止通行。

998舰在吉布提港靠港，又遇到了2艘美军舰艇靠港补给。美军舰艇进港之前，驻莱蒙尼尔军营美军特战队员和担负警戒任务的陆军分队就开进了港口。他们在码头引桥口的各个方向，停上军用悍马车，拉上铁丝网，布满了荷枪实弹的士兵。在海面上有3艘高速巡逻艇在周围海域来回巡逻。码头附近还派潜水员下水仔细探摸，检查是否有爆炸物。就连协助美军舰艇靠泊的拖船上也派出了美国大兵看守。看来美军是对谁也信不过了。

日本以反海盗的名义，在吉布提向美军租借了一些设施供其海上自卫队的 P-3C 反潜巡逻机

忠诚卫士在吉布提靠港休整期间和美国海军军舰相邻泊位特战队员担任警戒任务
（新 航 摄）

使用。此前，日本大多执行联合国的维和任务，或者在支持反恐名义下在海外为美国军队提供后勤支援。作为二战的战败国，日本在法律上不能建立军队，也确立了和平宪法、专守防卫等原则，连军事力量都只能冠以"自卫队"之名，在这种情况下，日本"自卫队"赴海外执行任务，让世界敏感。索马里、亚丁湾的海盗猖獗，给日本提供了莫大机遇，日本派驻吉布提的军事力量尽管看似不多，但却突破了以往只进行被动防卫、后勤支援的局限，向采取主动攻势迈进了实质性一步。而吉布提的战略地理位置更让日本这一行为具有特殊意义。

在亚丁湾上，和日本海上自卫队的多次接触，更能说明日本参加亚丁湾护航的司马昭之心。日本 P-3C 反潜巡逻机几乎每天从吉布提机场起飞，沿国际推荐航运走廊巡逻。每次抵达中国海军护航编队上空都会飞越侦察，并与我编队通联。通联时，我编队通常都会礼貌地称其"日本海上自卫队41号飞机"，可每次日机飞行员都要特意强调"下次呼叫我时，可以直接叫我'日本海军41号飞机'"。

"海上自卫队"和"海军"一词之差，日本人为何那么计较？自2009年日本国会通过决议，同意派日本海上自卫队的补给舰到亚丁湾为多国海军提供后勤保障支援以来，日本以此为突破口，逐步突破"和平宪法"对日本自卫队海外行动的限制，先是补给舰逗留亚丁湾时间一再延长，随后日本海上自卫队直接派出驱逐舰在亚丁湾独立护航，再后来是将日本海上自卫队的反潜巡逻机进驻吉布提，可谓得寸进尺，已经逐步向海外驻军的方向迈进。其行为实际上已经突破了"自卫队"的自卫性质。因此，日本已经不愿意别人叫它"自卫队"了。在亚丁湾上执行反海盗任务的多国部队，有意无意地称其为"日本海军"，此举正中日本人下怀。他们更希望中国海军也能称其为"日本海

军"，这样久而久之"自卫队"就顺其自然地变成了"海军"，可谓用心良苦。

在 9 月 15 日，998 舰甲板举行的招待会上，我见到了日本巡逻机中队的木村中队长。这位木村中队长个子不高，留着军人特有的小平头，操着浓重日语口音的英语，很是健谈，或许是中国海军招待会的免费酒水让他有点兴奋，不过这位木村中队长言谈中始终流露出日本能到亚丁湾参与反海盗行动的那种"自豪感"。

美、法、日等国还通过带有军事色彩或战略考虑的经济援助、双边机制等，以求扩大在非洲之角的影响。

在获得莱蒙尼尔军营使用权后不久，美国带着特殊意义的经济援助来了。2002 年底，美国给吉布提 400 万美元的发展援助基金，还向吉布提电台投资 200 万美元改造设备。但前者规定，基金中的 3/4 必须用于改进吉布提国际机场的安全设施，这明显是为改进美军新军营基础设施的投资，而后者改进和升级广播设备，其实是为在吉布提建立"美国之音"发射站做准备。2008 年 12 月 11 日，美国又与吉布提签署了一份谅解备忘录，合作防止核及其他放射性材料的走私，从而把吉布提纳入了美国的防扩散机制内。

法国是吉布提的长期援助者，就在 2009 年 3 月 2 日，法国与吉布提签署了一项总额达 3910 万美元的贷款协议，用于建造和维护总长达 1.4 万公里的欧洲、中东和印度海底光导电缆项目中吉布提段的工程部分。

日本在 2009 年 2 月与吉布提签署无偿贷款协议，为吉布提市巴尔巴拉地区的两个民事协会无偿提供约 18 万美元的建设资金，具体用于当地职业培训中心和中学的兴建与扩建。

西方国家这些援助行为给吉布提带来了"经济收益",而西方国家也从其中得到了驻军等方面的各种好处。

地处非洲之角的吉布提离中国虽远,但与中国利益联系紧密。仅以能源安全考虑,据统计全球约30%的石油取道亚丁湾航线,而我国进口石油的3/4左右来自中东、非洲。吉布提所在的地方恰恰处于这个枢纽与咽喉之上。如果再加上航运和海外市场等因素,这里的稳定、畅通对中国极其重要。

法国在吉布提有4000多人的驻军,这里也是欧盟军队的沙漠训练基地,外国军队消费也在某种程度上支撑着这个国家的经济命脉。在吉布提有工作的人月薪约在3万吉布提法郎,约合1200元人民币,失业率高达30%以上。

吉布提自1979年与中国建交以来,两国签有经济技术合作协定,经贸关系和经济技术合作进展顺利。中国向吉布提提供了各种援助,为吉援建了人民宫、铜像纪念碑、体育场、门诊楼、住房和外交部办公楼等项目。自1981年开始,中国政府持续向吉布提派出医疗队,目前在吉布提工作的是山西省派出的中国医疗队。

从班长的护航纪事中可以看到,虽然目前中国在这一海域附近正在进行趋于常态化的海军舰艇护航行动,然而这与西方国家在当地设立基地所产生的军事影响仍不可同日而语。

我忍不住问班长,中国为什么不能像其他国家那样,在海外建立补给基地?

班长说,是不是在海外建立补给基地,表面上看是一个军

事设施的问题，但根源上，还是和一个国家的战略性质有关。

班长说的对，中国的防卫型海洋安全战略，更多的是把眼光放在自身的安全防卫，而不是遥远的深海。但是如果从维护国家的海洋利益需要出发，也不应排除在海外获得后勤补给支撑点的可能。

每次靠港，官兵们都只能轮流外出观光。

吉布提港口规模不算大，但是泊位停满了船舶，装卸作业繁忙，好像也看不出贫穷的样子。可仔细一看，靠港的船舶大多在卸货，因为吉布提从粮食到日用品大多靠进口。只有一两艘船在装货，装载的是骆驼和牛，这些牲畜是出口到也门和阿曼等阿拉伯地区的。也许这是除了盐出口之外的唯一大宗出口商品了。

在港口码头边上看到了许多令人费解的警示牌，警示牌上写着"禁止睡觉！"起先我觉得奇怪，为什么不让人睡觉，人不睡觉怎么能行。第二天清晨起来，我一看码头的情景，顿时明白了。码头防波堤上三三两两席地睡着不少码头的搬运工人，原来"禁止睡觉"的意思是"禁止在码头随地睡觉！"

临近港口附近的大片住宅区是富裕人家的住宅，街道狭窄，却还算整洁。街道的两侧，一幢幢阿拉伯式和西方式的楼房别墅，掩映在绿树和花丛中，其造型优美、布局合理、色调鲜明，甚是温馨。据说这里大多是法军基地的眷属和其他外籍人士居住的地方。不远处的超市也是法国人经营的。超市里商品种类比较齐全，但无一例外都是进口商品，连超市出售的蔬菜也是从埃塞俄比亚进口的，并且价格不菲。

再往市区走，很快可以到达市中心。市中心是"六·二七"广场，这是为了纪念 1977 年 6 月 27 日吉布提独立的日子而建立。市内的一些大街都是以世界名城命名的，如罗马大街、巴黎大街、莫斯科大街等，名字起得很大气，可事实上给人的感觉就像是到了一个小县城。全市没有一个红绿灯，仅仅在市中心十字路口的转盘处看见三名穿着绿色制服的交警，这几名警察也只是在上午交通高峰时才在马路上露一下面。据给我们开车的中资公司马师傅讲，全市的交警他全都认识，因为全市的交警也只有十余名。交警只是一个象征，并不实际指挥交通，行驶在路上的汽车全凭自觉遵守交通规则，才能保证通行。不过吉布提的司机都是遵守交通规则的模范，市区上午高峰时车辆不少，但是秩序井然。

全市几乎没有大型的商店，仅有一些沿街的小商铺。我们来到一条工艺品购物小街，那里有具有非洲特色的木雕制品和用吉布提特有的雪花石制成的各种工艺品。吉布提商贩的"讲价艺术"和中国的商贩有些相似。商贩们见来了那么多外国人，便上来主动招揽生意，而且漫天开价，一件开价 100 美元的工艺品，最后以 5 美元成交。吉布提商贩们没想到这次面对的是"砍价的祖师爷"中国人，也只能认栽了。

当地人对中国还是有所了解的，30 年来，中国持续派驻医疗队，为吉布提当地居民治病救人，赢得了当地百姓的广泛赞誉。当他们知道你是中国人时，会友好地用汉语"你好！"和你打招呼，有的人还会指着吉布提总统的画像告诉你"这是吉布提的胡锦涛"。但是在当地人眼里中国也是和吉布提一样的贫困国家，是吉布提的"穷亲戚"。"Chinese, no money！"在当地商贩思维里根深蒂固，他们眼里日本人、韩国人购物出手大方，从不讲价，会砍价的一定是中国人。

在街上闲逛，你时常会遇到一些当地少年伸手向你乞讨，即便是要

不到钱，他们也会示意你是否愿意将你手里喝剩的半瓶矿泉水给他，你要是愿意给他们，这些少年会很高兴地去一起分享这喝剩的半瓶水。在吉布提，居民用水极其困难，有钱人才买得起从法国进口的矿泉水喝，而大多数乡村居民的人畜饮水都是靠联合国粮农署的运水车定时送水。车在乡村的道路上行驶，到处可以看见摆放在路旁等待接水的水桶。在中午炙热的阳光下，乡村道路旁几近干涸的泥浆似的小水塘里，随时可以看见男人们和孩子们在里面洗澡。有的人干脆跳入海中，用海水洗澡。

吉布提有几处闻名遐迩的独特的自然景观和人文风情。东非大裂谷横穿吉布提中部，这里的裂谷不像肯尼亚、埃塞俄比亚境内的裂谷地带那样，有着裂谷湖泊，茂密的植被和满地的野生动物。在吉布提境内的裂谷两侧是陡峭的断崖，断崖顶部到谷底有数百米深，肉眼难见谷底，断崖两侧一片荒凉，寸草不长，让人真正体会到空山鸟飞绝的景象。由于吉布提位于东非大裂谷的末端，地壳运动剧烈，形成了很有特色的火山群。其中最著名的要数 1978 年 11 月喷发形成的离裂谷带十余公里的阿尔都科巴（Ardoukoba）火山群。众多的火山口及其喷发后冷却的黑色岩浆撒满了方圆百十公里的范围，大小山丘沟壑地表布满了这种黑色石块，仿佛是个巨大的露天煤矿。

走在这寸草不生，没有生命迹象的黑色地带，会有一种好像登上了月球和火星的感觉，难怪好莱坞将这里作为涉及月球、火星的科幻电影的外景拍摄地了。

从阿尔都科巴火山群继续向西北行驶 60 余公里，便是世界著名的阿萨尔湖了。走完沥青路就拐入沙石土路，七转八拐之后突然眼前一亮，群山环绕处出现一汪湖水，湖面如镜，反射出耀眼的强光，这不是沙漠中的绿洲，也不是海市蜃楼，这就是阿萨尔盐湖。湖水湛蓝湛蓝，透射出蓝宝石般的奇异光芒。湖边由白色的盐晶镶成，散发出钻石般的闪光。这时你会感觉仿佛误入瑶池仙境，不由地赞叹大自然的美妙和神奇。这里是非洲大陆最低点，低于海平面 155 米。阿萨尔湖水含盐高达每升 330 克，比死海含盐量还高，位居世界首位。湖水温度很高，谁也不敢下湖试泳，人泡在水里肯定会泡"熟"的。这里空气异常干燥、酷热，白天温度高达 40 多度，人身上的水分很快被蒸发掉，在此久留不仅口渴难耐，甚至会导致虚脱。

阿萨尔湖这么大的蒸发量，几乎全年无雨，却永无干枯之虞。地质学家找到了答案。原来在远古时代，该湖是塔珠腊海湾的一部分。后来火山喷出的岩浆把它与外海隔绝，但海水仍可通过地下裂隙渗入湖中，从而补充了被蒸发的海水量。这样年复一年，湖中的盐越积越多，达到 20 亿吨之巨。可惜这一取之不尽的盐库至今没有被开发利用，仅仅靠那些当地的贩盐工用手工开采。千百年来，他们赶着骆驼队，冒着酷热，踏着崎岖的山路，一步一步地从非洲的最低点爬上埃塞俄比亚高原，将盐运销到需要的地方。

踏上湖边由盐晶铺成的地毯时，脚下发出吱吱咯咯的声响，似乎它要破碎、开裂。其实，盐晶非常坚硬，汽车开上去也安然无恙。湖水中还有许许多多千姿百态的盐结晶体，有的像水晶，有的像珊瑚，有的像钟乳石，有的像菜花，千奇百怪，形态各异。盐晶花是采不败的，采了又会在海水不断的补充蒸发的过程中长出新的盐晶体。

从阿萨尔湖返回港口有 150 多公里的路程，沿途有幸目睹了吉布提的"羊上树"的奇观。我们国人把不可能做到的事，有时会比喻成"简直是羊上树"。可在吉布提，羊确实能上树！

　　吉布提是穆斯林国家，老百姓以畜牧业为生，主要食用牛羊肉和骆驼奶。车行一路，不断地可以看到山坡上成片的羊群，有时车还须停下来给穿越公路的羊群和骆驼让道。待羊群和骆驼过后，车才能继续行驶。由于吉布提境内多山，地表多为不同年代的火山岩，几乎没有什么可耕地和植被，只有石缝稀疏地生长着一些野草和一种名叫骆驼刺的树。羊群把地面可怜的野草啃光后，饿急了不得不奋力爬上骆驼刺吃树上的树叶。久而久之当地的羊都会在地面没草可吃的情况下爬上树，悠闲自得地站在树冠上挑嫩叶吃。这是一种热带针叶树，树冠呈伞型，顶部平缓，它能顽强地在山地石头缝隙中扎根生长。祖祖辈辈生活在荒山秃岭的山羊，本来就擅长攀岩登高，于是就出现了羊上树这一奇观。

　　在吉布提市市区的街道上也能看见羊群，可是生活在城市的羊群就没有生活在乡村的羊群那么幸运了，市区里没有骆驼刺可吃，城市里的羊群只能吃居民丢弃的纸板箱充饥。

　　吉布提市是世界上最炎热的首都。"吉布提"在阿法尔语中意思是"沸腾的锅"。关于吉布提名称的由来，说法很多。相传19世纪50年代，法国人登上这块土地，碰见一个老人正在用锅做饭，他们问道："这是什么地方？"由于语言不通，老人认为是问"这是什么东西？"于是答道："布提。"在当地的阿法尔语中，"布提"就是锅的意思。这几个欧洲人没听清，又问一遍，于是老人大声说："吉布提。"吉布提，即沸腾的锅，吉布提因此而得名，并由此引伸出"炽热的海滨"的含义。

　　靠港休整期间，无论是在塞拉莱还是吉布提，虽然我们编队执行任务的状态是休整，但是我却时时感受到一种压力，反而常常感到内心的焦虑。在这里所见的各国海军和他们的军舰，无时无刻不在提醒着我们，中国国家海上权益和安全的状况，无论是中国的海权建设，还是中国海军自身建设，都有很长的路要走，和欧美大国海军之间有着不容质疑的距离。

　　我说，班长，看来，亚丁湾的海港，不但是各国军舰的补给基地，还是各国海军比家底的一个平台。

　　班长说，谁说不是呢，而且，各个国家对港口补给基地的运用，心态和用意也各不相同。

　　我说，我能理解，比如，在吉布提，日本海上自卫队建立了固定的基地，说是为了给护航提供补给。

　　我和班长相视而笑。

　　这个世界，谁都不是傻瓜。

B 线　囚徒的困境

　　无论在哪个洋哪个海的港口，都像是地球的脉搏，每一次搏动总是牵动着世界和平稳定的神经。

　　国际政治局势，均势的力量无所不在，就像古罗马的角斗场，大洋上的港湾，尤其是处于重要地理军事位置的港湾，是全球政治上演地缘战略的决斗场。圣斗士们各怀绝技，或者剑拔弩张、或者隐忍晦涩、或者颐指气使，在世界海洋上出演着各种角色，唯一的目的就是在均势情景下，获得国家利益的最大化。

　　均势有助于维护由独立国家所组成的无政府体系，但是并不能保证所有的国家都生存下来。18 世纪末波兰被邻国瓜分，奥地利、普鲁士

和俄国都得到了属于自己的一大块波兰领土。1939年，斯大林和希特勒达成一个协议，波兰再次被瓜分，苏联获得了波罗的海沿岸的几个国家。此后，立陶宛、拉脱维亚和爱沙尼亚作为苏联的加盟共和国存在了半个世纪之久，一直到1991年。

更为严酷的现实是，当今世界的均势，是在一国主导下的均势。国际政治局势所以如此惶惶不可终日，是因为均势已经失去了意义和价值，成为一个主导国家的特权。对于任何一个除此之外的主权国家来说，均势已死。

2011年7月7日，日本首个自卫队海外活动基地开设仪式在东非国家吉布提举行。

日本将保持配置2架P-3C反潜巡逻机和驻军150人，其中包括100名负责监视海盗预警等任务的海上自卫队官兵和50名来自陆上自卫队特种部队的"中央快速反应连队"的官兵。另外还配有30名保安警备及后勤服务人员。与此同时，日本还将继续租用吉布提两个美军码头停靠常驻的2艘导弹驱逐舰。此前，为配合美军在伊拉克的行动，日本曾在伊拉克建设了短期陆上自卫队营地。不过吉布提的新基地则是按照10年以上长期使用标准建造。

因吉布提扼守着亚丁湾，又横锁苏伊士运河出口，并与波斯湾遥遥相对，所以如果能有军队在这里驻守，就等于掌握了控制世界海上石油运输命脉和东西方海运的主动权。这也是日本处心积虑要在吉布提建立军事基地的原因所在。

日本在吉布提建立的军事基地不仅确保了日本在中东、非洲进口石油天然气所依赖的这条海上通道的安全性，同时还能有效监视中国依靠这条海上"生命线"获取石油等战略资源的具体情报。中国目前进口的石油，3/4 左右来自于中东或非洲。无论是从中东还是非洲进口石油，海上运输线都必须经过好望角，船只也都要在吉布提这个枢纽港口中加油加水。日本军事基地建成后，中国途经此处的船只就会经常处于日本 P-3C 反潜巡逻机等监视之下。P-3C 反潜巡逻机常驻吉布提基地，除了担负反海盗任务外，其实还有一项重任，即关注也在亚丁湾索马里海域实施护航任务的中国海军舰队的护航情况。日本会充分利用 P-3C 巡航，对中国舰队的新型驱逐舰等航行轨迹、电磁情报等实施重点探测与分析，并与美军进行相关情报的交流。自本世纪初至今，日本借反恐、反海盗等名义，已基本上扫除了"和平宪法"对其军事力量专守本土防卫的限制性障碍，而从海外派兵到海外驻军，则又是一个重大突破。

第二次世界大战后，根据"和平宪法"规定，战败国武装只有自卫权，禁止其在海外部署军事基地。

2009 年，日本决定派遣军舰为日本商船护航，为此专门制定《海盗对策法》。日本借助打击海盗，改变了国家法律，让日本在海外驻军和建立基地，成功实现了军事战略的转变。

日本在吉布提建军事基地，表面上是打击海盗，实际上是为强化日本在该地区的影响力。随着向亚丁湾派遣军舰常态化，日本不仅扩大护航编队规模，还扩大护航对象，包括非日本籍船只，在武器使用方面也放宽了标准。

在亚丁湾任务执行航线上，日本护航舰队大致在也门索科特拉岛以北 100 海里到也门亚丁港西南 75 海里附近各设一个会合点，两点之间距离约 550 海里。由于 P-3C 巡逻机起到了空中预警的作用，日本舰队正尽量减少效率较低的"伴随护航"和"随船护航"方式，转而以闻

警出动和多国协同的集约化方式执行任务。日本第一次在海外建立长久基地，自卫队实现常驻，无疑是自卫队正逐渐挣脱"和平宪法"的束缚，是对日本"和平宪法"的重大突破。首先，新法将外国船只包括其中；其次"和平宪法"限制了自卫队先发制人的权力，但新法则允许自卫队在鸣枪示警后，对继续接近民间船舶的海盗船体进行射击；最后，新法还规定，只要首相批准，自卫队就可随时赴海外执行任务。根据日本与吉布提签署的《日吉地位协定》，今后打击海盗可以按《国内法》对应，这样向吉布提派遣军队或执行新任务，防卫省内部就可以决定，不需国会批准。

这次日本在吉布提建立的第一个海外军事基地，显示其背后试图实现军力与国际政治影响力双重扩张的"大西南"战略，即通过加强对东南亚国家的援助，建立合作关系，同时加紧密切与澳洲、印度的关系，实现从印度洋进入非洲大陆的战略。为此，早在 2009 年参与派遣军舰军机赴亚丁湾索马里海域打击海盗之初，日本就谋划要在吉布提设立海外军事基地，并以此作为更好地进入中东和非洲的一块"跳板"。

在美国的默许和支持下，日本加大对吉布提的亲善友好力度，其中包括提供无偿的经济及技术援助。仅 2009 年度，日本就向被联合国评定为世界上最贫困地区的吉布提提供了高达 252 亿 5600 万日元的无偿经济援助，还有 28.57 亿日元的技术援助，加强了日本与吉布提的合作关系，为日本顺利快速地在吉布提设立军事基地，实现海外驻军创造了条件。

日本无论以什么样的借口，从向海外派出海上自卫队，到在海外建立军事基地，每向前迈出一步，都能够清晰地看到，支撑日本政府一步步突破日本和平宪章背后权力均势的存在。

240

印度，作为一个力主要将印度洋建成为"印度之洋"的国家，在这场海上利益的角逐中，自然也有出色表现。

2011 年，印度政府准备拨款约 1000 亿卢比，扩建在卡纳塔克邦的卡瓦海军基地，将在 2017 年或者 2018 年期间完成工程。卡瓦海军基地一旦扩建完成，印度从俄罗斯购买的"维克拉马迪特亚"号航母、"鲉鱼"级攻击潜艇及其他战舰将驻扎于此。印度这一举措，是针对中国可能从巴基斯坦瓜达尔港为通道进出印度洋，以此实现对印度洋资源控制做出的反应。卡瓦是印度在其东海岸的第三个主要海军基地，另外两个分别位于孟买和维萨卡帕特南。

卡瓦海军基地的扩建，确证印度正在运用均势，积极实施推进印度洋大战略。

印度位于印度洋核心位置，三面环海，扼守着印度洋航线的枢纽，战略位置十分重要。印度海军奉行的海洋战略及谋求控制印度洋海上通道的政策，对区域安全及大国关系产生重大的影响。"控制印度洋"是印度孜孜以求的梦想。印度在军事上推行"地区性有限威慑"战略，把印度洋作为军事扩展的重点，海军战略则坚持"沿海防御——区域控制——远洋进攻"的发展思路，明确提出要建立强大的远洋舰队，实现从"区域性威慑与控制"向"远洋进攻"的跨越，形成对印度洋的实际控制。

印度海军推行的"印度洋控制战略"，将印度洋划分为"完全控制区"、"中等控制区"和"软控制区"三个战略区域。印度试图先控制印度洋北部水域，然后向远洋延伸，逐步限制并排斥大国在印度洋的军事存在，最终确立印度的海上大国地位，取得在印度洋的控制权。由于实力的局限，印度采取循序渐进、分阶段实现的办法，逐渐达到自己的

战略目标。

一是确立对印度洋沿岸国家海上优势。印度海军定期在阿拉伯海或孟加拉湾举行大规模的军事演习，还派出舰只遍访印度洋沿岸各国港口，以消除这些国家挑战其权威的任何企图和努力。

二是谋求控制进出印度洋各个咽喉要地。印度海军谋求控制从苏伊士运河到霍尔木兹海峡再到马六甲海峡等印度洋水域咽喉要道的能力。

三是阻止大国染指印度洋。印度极力主张所有外部势力退出印度洋，将印度洋真正变成"印度之洋"，甚至"印度湖"。印度对美国驻扎在印度洋的第五舰队颇为戒备，对美国占据扼守着从马六甲海峡横越印度洋到非洲的海上运输线的迪戈加西亚岛，更是表示强烈的反对。

四是发展远洋进攻能力。为提高海军远洋攻击能力，印度不惜投入巨资购买、建造新型军舰，促进武器装备升级换代，通过重点发展战略核潜艇和航空母舰建立可靠的海基核威慑能力，努力打造一支具备相当威慑力的现代"蓝水"海军。

五是通过打击索马里海盗，树立印度洋海上强国的形象。2008 年 11 月 18 日，印度派出"塔巴尔"护卫舰把一艘普通的泰国渔船误认为海盗船而将其击沉，世界舆论一片哗然。即使如此，印度仍不断地加强在亚丁湾的海军力量，主要还是为了展现海军实力，增强海上的威慑力。

印度充分运用均势的能量，拓展自身战略空间，营造适合自身发展与崛起的环境。出于地缘政治的考虑，近几年印度频繁与美国开展海上及陆地联合军事演习，借以密切相互关系，加强彼此合作，同时也反映出印度对美国等"区外大国"采取既遏制又利用的策略，试图在印度洋上制造最有利于印度的均势。

印度提出"远海歼敌"战略的同时，还积极谋求控制苏伊士运河、保克海峡、霍尔木兹海峡、马六甲海峡、巽他海峡等海上战略通道。在印度通往"印度之洋"国家战略目标的征途中，印度极力施展外交手腕，利用国际力量制衡中国的发展。

中国从维护能源通道安全，保障国家利益出发，加强与缅甸、巴基斯坦的合作，希望能直接进出印度洋的愿望，以及和缅甸、巴基斯坦之间的正常经济活动，都被神经高度戒备的印度加以曲解。中国海军远赴索马里打击海盗，履行大国责任，印度表现出强烈的不安，担心中国借护航索马里涉足印度洋。

均势无论是作为稳定的利剑，还是战争的动能，在当下国际政治情形中，变得难以发挥功能。在这种局势下，区域性国家间的关系，以及全球地缘战略都变得越来越复杂。如果说冷战时期的两极国际体系构筑了一张二维国际关系网，那么如今的国家关系，已经发展到三维甚至多维格局，权力均势、资源均势，改变着世界格局的方方面面。

韩国济州岛。2005年1月27日，韩国政府将济州岛指定为"世界和平之岛"。两年后，因为政府要在这个世界和平岛上兴建海军基地，和民众发生流血冲突事件。时任韩国总统的卢武铉作为国家元首就"四·三"流血事件向济州岛民公开致歉。他表示，没有武装力量的支持，就没有和平，就不能保证一个国家的存在。为了应对济州海域发生武力纠纷的可能性，有必要建设守卫济州岛的海军力量。和平需要军事力量做后盾，不加强国防建设就没有和平，而济州海军基地建设对于国家安全是非常必要的。

就在这个"世界和平之岛"上，济州海军基地在公民的反对声中，于2012年3月7日正式破土动工。

济州海军基地建设也是韩国寻求海上均势的一项国策，对于韩国具有重大的战略意义。济州岛南部海域是韩国最重要的海上通道，韩国海上贸易的99.7%通过济州岛南部海域。不论是从经济上，还是从军事上来看，济州海军基地都是战略要地。建成后的济州海军基地港口规模与日本横须贺基地港口规模相比，还是有相当的差距。但是，无论如何，在如今复杂的东北亚地区局势中，存在着韩国与日本的独岛问题、日本和俄国的北方四岛问题、中国和日本的钓鱼岛问题，这种局势下，济州海军基地的建设，对这一区域的地缘战略有着重要意义。

东北亚地区的海上纷争除了岛屿主权纠纷外，还有海洋边界的划定问题。目前，专属经济区（EEZ）设定问题、海洋边界划定问题等与岛屿主权问题纠结在一起，导致东北亚地区海上纷争近期有进一步向复杂化方向发展的趋势。

国际政治格局，在经历了多极体系、两极体系，进而发展到今天单极体系，均势也变得愈加不可信任。因为这种均势，是以一国主导的全球战略下，把国际社会分为战略对手和战略支轴国家来加以平衡的均势。那么这个均势的唯一结果，只有导向最有利于这个杠杆的国家利益。更为甚者，均势是一把双刃剑，可以促进和平，同时也可以导致战争。

当今世界，真正意义上的均势已经没有了栖身之地。如果均势是纯粹的，不是在一种优势权力限定条件下的均势，那么世界政治和平的局势，主权国家的权益，将会更有安全保障。

美国是均势最大的玩家，随着美国重返亚太战略的不断推进，整个大东亚、南亚和东北亚地区，都将是美国均势势力的试验场。从奥巴马2009年11月访问亚太至今，美国已基本完成亚太政策调整。此前，奥巴马总统带着理想入主白宫，在国内推行普世的医疗改革和税收新政，在国际上提出建立无核武器世界的构想，并为此获得当年的诺贝尔和平奖。上台头 10 个月，奥巴马政府给世界留下清新印象。但好景不长，以 2009 年 11 月奥巴马总统访问亚洲为标志，美国开始转向"均势"对外。这幅均势外交策略图，层次分明，依靠谁、拉拢谁和打压谁分得很清。在涉及国家关系的敏感问题上一改模糊政策，立场明确，态度鲜明。同时与传统盟国的关系进一步靠近，不遗余力拉近与越南、印度等国的关系。

"天安"舰事件本是韩国的事务，涉及朝鲜和韩国之间关系，但美国却成为这次事件中最大的赢家。韩国是最大的受害者；朝鲜为此背上黑锅；尽管事件本身并不涉及中国，但韩国因为中国的立场而受伤，明显疏远对华关系。而美国可谓是一石三鸟，既打击朝鲜，离间中韩，还拉近与日韩关系。

而在南中国海问题上，7 月，希拉里在东盟论坛上高调提出南中国海问题，强调航行自由和反对有关国家以武力进行威胁。在钓鱼岛问题上，9 月撞船事件后，美国政府公开指出，《美日安保条约》第五条适用于钓鱼岛。美国的表态无疑会起到推波助澜作用，把周边国家对中国的担忧扩大化，给中国的外交及国内稳定带来影响。

均势政策的推进，正在使亚太地区的地缘政治悄然发生变化。作为处于均势政策风口浪尖上的国家，中国和区域内国家的关系以及一些国家对中国的态度也在悄然发生着变化。

无论是作为均衡权力分布达到稳定局面的均势，还是作为一种平衡政策达到国际政治平稳的均势，除美国之外的主权国家，似乎都已经失去选择的自由空间。

从 19 世纪英国的海洋霸权，到当代美国的海洋霸权，如何制衡优势权力，至今仍是一道无解的难题。

班长赞同我的观点，说，在亚丁湾护航，这种优势权力的存在，在每一个细小的细节上都能真切感受到。

我说，真的吗？比如说？

班长说，比如说，美军舰艇一旦要过桥，桥面上就实行军事封锁，所有车辆不得行使。当然，从安全考虑的确是非常有效的措施，但是别的国家要是同样效仿的话，和当地协调起来就有相当的难度。

我说，看来亚丁湾护航，除了护航本身之外，也是了解世界海军的一个最佳时机。

班长说，是的，通过这次护航，我也真切感受到了中国海军在很多方面，和世界先进国家之间存在的差距。

三

A 线　不平静的港湾

中国海军护航编队由于没有海外补给基地，只能在吉布提、塞拉莱和亚丁港完成靠港补给。但是其他一些国家，如美国、法国等国家，在亚丁湾周边有租用的海军基地为后勤装备保障支撑，因此这些国家的舰艇、飞机在亚丁湾的活动更为便利。欧盟和一些加入欧盟、美盟编队护航的其他国家舰艇，也可以依托这些基地获得必要的后勤装备保障。

中国海军舰艇编队在亚丁湾护航，给予中国海军一次检验海军远洋作战能力的契机。在亚丁湾护航，远海后勤装备保障困难重重，中国海军也看到了远洋能力建设的差距。

马汉在谈到海上交通补给线时说："一条好的海上交通补给线需要好几处港口，这些港口必须分布合理、防御充实、补给丰足。"尽管现代海军舰艇装备迅猛发展，舰艇航行距离、抗风能力、自持力都有较大提高。但是，港口、基地对于远洋活动的舰艇的作用仍然不可小觑。如果条件许可，拥有必要的港口基地为远洋活动舰艇提供后勤、装备保障支撑实属必要。

亚丁湾护航显示，中国海军在关系国家利益密切的战略咽喉要道周边，也必须建立必要的岸基保障点，用以支撑远海活动的海上舰艇。

媒体有报道说，塞舌尔已经向中国政府提出邀请，希望中国海军去那里靠港补给。

塞舌尔外长亚当提出邀请中国海军护航编队在马埃岛进行补给和休整。2010 年，中国海军医院船"和平方舟"号在执行"和平使命－2010"任务时曾经停泊塞舌尔维多利亚港。在靠港的 5 天时间里，"和平方舟"依托其医院船的完善配套的医疗设备，为当地民众提供了良好的医疗服务，得到了当地民众的广泛赞扬。

塞舌尔之所以有这样的请求，源于蔓延至塞国海域的索马里海盗劫持活动，已经使塞舌尔有限的国力和军力无法应付。为抵御海盗的侵袭，维持塞舌尔周边海域的安全，近年来塞舌尔政府大力加强同海上航运大国的军事交流与合作，美国和印度等国家凭借其海上力量和地理位置优势，已将海军力量延伸到这个占据印度洋海上航线重要战略位置的

岛国上。

塞舌尔共和国毗邻非洲东海岸，位于印度洋西南部海域。它北邻非洲的亚丁湾海域，西靠近东非的肯尼亚和索马里，向南可直抵非洲的好望角，向东经印度洋可到达马六甲海峡。全国由115个大小岛屿组成，大致集中在4个岛群：马埃岛及周围的卫星岛、锡卢埃特岛、北岛普拉斯兰岛群、弗里吉特岛及其附近的礁屿。陆地总面积仅为455.39平方公里，人口约8万余人。

从地缘关系上看，塞舌尔是连接东非与亚洲、美洲、欧洲之间的海上纽带，也是中东输出石油至美洲大陆的必经之地。目前，两条重要的海上航线穿越塞舌尔所属海域，分别是苏伊士航线和好望角航线。苏伊士航线是从波斯湾经苏伊士运河进入地中海地区的最短航道，该航线主要通过塞舌尔北部的亚丁湾海域，是连接西欧与中东能源区的重要桥梁。而好望角航线主要经过塞舌尔西侧海域，是进出印度洋西南门户的海上要道，由于受到苏伊士运河对船舶吨位和数量上的限制，美洲国家，尤其是南美国家运送石油等战略物资的大型货轮，更多的是航行在绕道好望角的航线上。

另外，塞舌尔也拥有接纳大型船舶的良港。马埃岛是塞舌尔最大的岛屿，面积约140多平方公里，坐落于该岛北岸的维多利亚港是岛内唯一的港口，虽然规模不大，但气候条件很好，是天然的避风港。该岛东南部还建有国际机场，可以起降大型飞机。正是关键性的地理位置和条件适宜的港口，使塞舌尔成为国际海洋航运的枢纽。

塞舌尔陆上面积虽然不大，但岛屿却非常分散，其领海加上海上经济专属区，总面积达140万平方公里，多数海岛难以长期驻军，却成了海盗活动的临时藏匿点。目前，塞舌尔人民国防军由陆军和海岸警卫队组成，总兵力 800 人，其中陆军 500 人，海岸警卫队 300 人。比较之下，如此广阔的海域仅由 800 余人的塞军防守本身就显得捉襟见肘，加上塞舌尔军事基础薄弱，仅有的几艘军舰应对突发性劫持事件的反应能力明显不足。

近年来，在各国海军护航舰艇的打击下，索马里海盗在亚丁湾海域劫持商船的机会有所降低，但由于海盗团伙装备了具有抗击大风浪能力的海盗母船，又将目光盯上了塞舌尔附近海域的过往船只，包括塞舌尔海域的东非海域因此演变成海盗劫船的"重灾区"。海盗猖獗不仅影响了海洋航行自由、海上贸易或者国际航运的安全，也威胁到了塞舌尔的国家安全、领土完整和经济发展。因此，塞舌尔政府不得不向国际社会发出求援信号，邀请外国军事力量帮助遏制海盗活动。

塞舌尔的境遇如此窘迫不堪，美国和印度作为海上军事大国，一方面积极地伸出了援助之手，同时也借机将军事力量投向塞舌尔，印度洋上的战略格局因此也悄然发生着变化。2009 年 9 月，美军无人侦察机编队进驻塞舌尔。表面上看，美军部署无人机只是为了清剿海盗，但从媒体"解密"的信息显示，塞舌尔的美军还有更多战略目的。首先，反美的"基地"组织和极端势力在索马里国内活动频繁，而该国又不便于美军驻守。因此，美军只能借助远程监控力量来获取目标信息。目前，马埃岛内部署的美军无人侦察机可不间断飞行 18 小时，还能装配 12 枚"地狱火"导弹和精确制导炸弹，必要时可以对目标实施定点清除。美军马埃岛基地实际上是美国主导的全球反恐行动的前哨。

其次，面对中东及东北非混乱的局势，美国的中东石油资源输送线面临极大挑战。为了更好保护自己的能源利益，美国加紧了对东非国家

的军事渗透。美军不仅在塞舌尔进行部署，还在埃塞俄比亚和吉布提等国也先后建立了无人机基地。这张精心编织的反恐大网正好罩住了印度洋通往好望角的能源航道。

第三，塞舌尔所在的东非地区原本是英法殖民地，冷战结束后各国纷纷脱离西方国家独立。由于对殖民国家的愤恨，非洲成了美国战略部署上的空白点，却是新兴亚洲国家的资源和产品主要市场，为了钳制中国等发展中国家同非洲的经济合作，美国也加紧了军事上在这一地区的围堵。

除了美国，一直谋求印度洋主宰地位的印度在塞舌尔也动作频频。2009年，印度海军曾在塞舌尔部署过舰艇。2010年，印度国防部又与塞舌尔政府达成多项军事合作协议，并长期为塞舌尔军队提供装备支持和技术培训。印度加强与塞舌尔深度军事合作，也是出于自身的战略考虑。其一，印度已具备对孟加拉湾和阿拉伯海的巨大影响力，如果再获得塞舌尔的驻军权，在印度洋海域可以形成两点一线的地缘优势，为印度海军扩大印度洋海上空间谋得先机。其二，亚洲的其他发展中国家与印度存在着竞争关系，抢占塞舌尔这块桥头堡，无疑使印度在争夺非洲市场和资源的经济战中更胜一筹。最后，目前美国的迪戈加西亚海军基地仍然是印度称霸印度洋最大的军事力量障碍，未来要想实现"印度之洋"的美梦，印度必须有效地遏制美军，塞舌尔则是最好的着力点。

时任中国国务委员兼国防部长梁光烈在对塞舌尔进行正式友好访问期间，塞方邀请中国海军护航编队执行任务期间到塞进行补给和休整，我国国防部新闻发言人表示，中方会考虑在塞舌尔和其他国家的合适港口进行补给或休整。

中国海军亚丁湾护航编队在塞舌尔港口进行补给合理合法。中国舰

艇编队护航期间远离本土港口，执行远航任务期间在沿岸国港口就近补给是世界各国海军的通行做法。自 2008 年年底赴亚丁湾、索马里海域执行护航任务以来，中国海军护航编队已有在吉布提、阿曼、也门、沙特阿拉伯等国港口进行过补给的先例。

其次，中国坚持防御型军事战略，强调不在其他国家开设军事基地和驻守军事力量。我国外交部发言人日前就表示，中方没有在海外设军事基地的做法。这就避免了部分媒体及周边国家的猜忌炒作，为我国在国际外交舞台上赢得了主动权。第三，我国政府拒绝在塞建立军事基地，是基于对当地生态环境和人民生活的保护。塞舌尔自然环境良好，但资源有限，特别是像淡水、食品并不丰富，长期建立军事基地，必将以破坏当地环境和降低其人民生活水平为代价。

最后，中国作为一个负责任的大国，要为打击海盗活动和保持地区安全稳定贡献自己的力量。在近 3 年的护航行动中，中国海军护航编队已完成 300 批 3454 艘中外船舶的护航任务，其中外国商船 1507 艘，占被护船舶总数的 43.6%。今后护航舰队如果在塞舌尔进行补给，必将会有力震慑该国附近海域海盗的猖狂活动，为塞舌尔营造和平与稳定的安全环境。

在谈到中国海军远海航行能力和世界先进国家海军之间的差距中，我明显感觉到班长其实有很多想法并没有纪录下来。

我问班长，这是为什么？班长说，思考是需要沉淀的，有些表面上看似对的观点，其实也未必能获得有效的理论和实际的支撑。

海滩有烧烤的小贩。

我和班长坐在小木凳上，脚下的沙滩是如此柔软。

班长把一串烤好的章鱼递给我。

班长说，青岛港确实是一个有历史记忆的港口。

我说，中国叫得上名字的港口，哪一个没有沉重的历史？

班长说，青岛港曾经是美军在西太平洋的一个重要海军基地。

B线 囚徒的困境

看看地图，就知道青岛港对于中国、对于东亚、对于整个亚太地区，有着怎样重要的意义。

欧亚大国和欧亚民族主导世界事务达500年之久，欧亚大陆一直是美国最重要的地缘政治目标，青岛港曾经作为美国海军基地的历史，就是最好的见证。

1945年8月14日《中苏友好同盟条约》签订，苏联获得了与中国国民党政府共同使用旅顺海军基地的权力，大连被辟为自由港。

二战后，苏联在中国势力的增长及其在欧洲的政策加深了美国的忧虑，美国认为应该将其海军陆战队暂时留在中国。为此，美国需要在中国寻找新的海军基地，他们一眼就看中了青岛港。不仅因为青岛港的自然条件优越，是海军夏季训练极为理想的场所，最主要的是，青岛港的地理位置十分重要，能够从战略上制衡苏联在旅顺、大连的驻军。

1945年，日本天皇宣布无条件投降前五天，美国参谋长联席会议指

示中国战区美军司令魏德迈，由美国海军陆战队控制中国战场的关键港口和交通枢纽，迅速将国民党部队运送至中国的关键地区。同时，紧急派遣海军陆战队进入中国。

9月16日，9艘美国军舰在西特尔率领下开进青岛港，解除日本海军武装。10月11至12日，美国海军陆战队第六师的2个团及7个直属营共2.7万余人，在司令谢勃尔率领下，由关岛到达青岛登陆后，分别占据太平路、广西路、大学路、山东大学等处。之后，美国多方调遣军事力量，加强控制青岛这一重要的海军基地，前后有西太平洋舰队、海军陆战队、第三十八特种混合舰队等登陆并驻扎青岛。

1945年10月至1946年6月，美国军政要员也相继来到青岛，杜鲁门总统的私人代表洛克，总统代表、赔偿委员会鲍莱，太平洋舰队司令盖格尔，海军第七舰队司令巴贝尔、柯克，美国议员海军视察团团长雷菲尔，美军中国战区总司令魏德迈等先后来到青岛。一方面部署在青岛的美军，另一方面加强与国民党政府的合作。

美国通过战时租借法案，以"援华赠舰"名义向国民党赠送了一批坦克登陆艇等舰艇，并派遣海军顾问团协助国民党政府进行海军训练事宜，在青岛成立了"中央海军训练团"，美国实现了将海军陆战队留驻青岛的目的。

随着美军逐步入驻青岛，美国又通过与国民党政府签订《中美友好通商航海条约》等协议，一步步使美军在青岛的海军基地合法化。

1946年6月底，美海军第一太平洋舰队总部也逐步转移至青岛。一时间，美国军舰云集青岛，沧口机场等空军基地也被美军进驻，美国开始从海陆空全面建设青岛基地。

同年9月，美蒋签订《中美30年船坞秘密协定》，美国以价值410

万美元的军事物资和装备，"交换"上海与青岛两处船坞的使用权。11月4日，签订《中美友好通商航海条约》，规定美国船舶可以在中国"开放之一切口岸、地方及领水内"自由航行，在紧急时，包括军舰在内，可以开入中国任何不开放的"口岸、地方或领水"。

据1947年2月4日《前报》报导，根据这一秘密协定，一旦发生战争时，美国与中国将共同使用青岛海军基地。

作为美国在西太平洋的一个重要基地，美军最后撤出青岛港，也是美国的无奈之举。

1946年12月，沈崇事件后，中国国内反美情绪高涨。美国政府不得不制定6个月内撤出海军陆战队的紧急计划。1月至9月，上海、天津、塘沽等地的海军陆战队陆续撤离，但青岛驻军却丝毫未减，相反，时任美西太平洋海军总司令的柯克上将提出，驻青美军应从1900人增至4300人到4800人。

1947年4月，解放军山东兵团发动春季攻势，胶济铁路被从中切断，国民党势力只限于济南和青岛。青岛成为孤立之城后，美国驻军青岛的决心也日趋动摇。此种形势下，驻青岛美国西太平洋海军总司令白吉尔两次紧急致电海军作战部长登菲尔德，并对解放军进攻青岛时美军将如何行动提出4种方案：A. 援助国民党军队保卫城市及重要的城郊设施（飞机场及水上设施）；B. 美国单独承担保卫重要设施的责任；C. 必要时迅速撤退全体工作人员；D. 美国沿岸设施及非战斗队员立刻撤离，武装部队继续留在附近舰上。

最后参谋联席会议决定，废止A行动方案的执行，视形势需要执行C行动方案。

1948年9月24日，华东野战军攻占济南。驻青岛美军留还是撤的问题再次成为美国热点。10 月 19 日，美国决定执行撤军青岛计划。但美军还是不想彻底放弃青岛。11 月 4 日，美国西太平洋舰队司令白吉尔中将由青岛抵上海访问，召开记者会时声称，美国西太平洋舰队并无放弃青岛基地之意。

1948 年 9 月至 1949 年 1 月，中国人民解放战争进行了具有决定意义的三大战役。人民解放军的胜利已经成为不可逆转的事实，驻青岛的美军也深感危在旦夕，做好了撤退准备。

1949 年 4 月 21 日，中国人民解放军发动渡江战役，23 日解放南京。山东全境除青岛等几个孤立据点外均已解放，为配合南下部队，中国人民解放军自 5 月 3 日起开始进攻青岛外围据点。

驻青岛的美军再也沉不住气了。美国驻华大使司徒雷登致电国务院，建议"对西太平洋海军司令继续使用青岛基地立即予以重新考虑"。国务卿艾奇逊回电，"中国人民解放军一旦占领上海，美国海军陆战队立即撤离青岛；如果上海打不下来，就再等一阵。"5 月 19 日，青岛外围已经全部被解放军控制，白吉尔迅速将仍在岸上的全部美军机构设施转移到舰上，悄然驶出青岛港。至此，全部美舰已经撤离至青岛港外水域，只等上海的消息。

5 月 25 日，中国人民解放军解放了苏州河以南的上海市区，整个上海即将易主，白吉尔在最后时刻，终于下决心发出了最后撤离的命令。下午 4 时，全部美国海军撤出了经营达 4 年之久的青岛基地。

二战后，美国的军事存在几乎遍及全球，在世界各地建立的军事基地达 5000 多个，青岛港只是其中之一。

冷战结束后，由于国际形势的变化，美国军事战略的调整以及驻在国人民的反对，美军事基地的数量大大减少。目前美海外军事基地有

374 个，分布在 140 多个国家和地区，驻军 30 万人；本土基地 871 个，其中海军基地 242 个，空军基地 384 个。

美军建立军事基地考虑地理位置、自然条件、设施条件和政治条件几个方面。凸显了以本土基地为核心，以海外基地为前沿的特征。同时控制战略要点，扼守海上咽喉。目前美军已经扼守的海上咽喉包括阿拉斯加湾、朝鲜海峡、印尼望加锡海峡、巽他海峡、马六甲海峡、红海南端曼德海峡、北段苏伊士运河、波斯湾的霍尔木兹海峡、地中海和大西洋之间的直布罗陀海峡、古巴以北的佛罗里达海峡、从非洲南端到北美的航道，以及格陵兰——冰岛——英国航道。美国在全球的军事基地分为欧洲、中东和北非区，亚洲、太平洋和印度洋区以及南北美洲区。

如果美国不是迫于中国人民解放军的胜利而撤离青岛海军基地，那么在美国的全球军事部署，尤其海上军事基地的部署上，青岛港依然作为美军基地而存在，很难想象今天的中国又将处于怎样被动的地缘政治和战略？整个东北亚地缘战略形势又会是一个怎样的情形？

在台海问题上，台湾海峡的政治局势，直接影响到美国全球地缘战略的整体部署。

一旦中国大陆和台湾地区实现统一，中国就会成为面向太平洋的国家，台湾海峡就会成为中国的内海，中国等于控制了台湾海峡和巴士海峡等日本海上通道的重要据点。这是美国不愿意看到的，也是日本不愿意看到的。在台海问题上，阻止中国大陆和台湾的统一，切断中国控制西太平洋海域及其航线，对美国和日本来说，具有共同的利益。

迪戈加西亚岛，印度洋上又一个重要战略岛屿。

1965 年迪戈加西亚岛成为英属印度洋领地的一部分，作为远洋轮船

的燃料补给站。第二次世界大战期间，曾为英国空军基地和重要海军停泊港。1966 年英美签订协议后，成为美国在印度洋的重要海空军基地。

20 世纪 70 年代末和 80 年代，迪戈加西亚岛发展为海空军基地，激起那些希望印度洋地区为非军事化地区的该区沿海国家的强烈反对。在 1990 至 1991 年的波斯湾战争，以及 2001 年阿富汗和 2003 年伊拉克战争初始阶段期间，美军有许多次是从迪戈加西亚发动空中作战。

1990 年代末，来自查戈斯群岛包括迪戈加西亚的原住民要求重返家园，尽管 2000 年英国法庭裁决，1971 年迫使原住民离开该岛的禁令为非法，但是英美官员仍然反对原住民再回来定居的愿望。

1970 年，美国在迪戈加西亚岛扩建了通讯设施，使这个岛成为美国全球通讯的中继站之一。迪戈加西亚岛可停泊核潜艇和航空母舰，维修各型舰船，已完全具备了保障美国航母战斗群、两栖登陆编队和战略轰炸机等在印度洋活动的能力。

由于迪戈加西亚邻近印度，美军活动过去在美国和印度之间造成诸多摩擦，也一度引起印度各政党呼吁撤销美军在岛上的军事基地。近些年来，美国和印度的关系不但有显著改善，而且印度海军和美国海军之间共同在迪戈加西亚附近海域举行了多次军事演习。

美国空军已经在迪戈加西亚岛建立了一个卫星跟踪站和通讯设施，3650 米的跑道，供美空军轰炸机和空中加油机使用。两个环礁港停泊着美国海岸警卫队的 14 艘军舰。这里停泊的 5 艘货船，每艘都携带足以支持一个海洋空地作战队 30 天所需的美国海军陆战队用品。这个岛也是美国航空航天局航天飞机全世界 33 个紧急降落地点之一。

20 世纪 50 年代末期，美国海军部海洋勘测专家巴伯在例行勘测中踏上了迪戈加西亚岛。作为"战略岛链"理论的发明者，巴伯从地缘

政治学角度意识到，相对于战后新兴独立、民族意识勃兴的东南亚国家，在这些人迹罕至的岛屿上建立美国军事存在所需的代价，以及遭遇的反对要小得多。迪戈加西亚岛呈 V 字形结构，形成了天然良港，驻扎在这里的美国空军与海军，可以对东南亚、波斯湾的各个"潜在冲突热点区域"实现打击覆盖。这些岛屿基地平时只需最低限度的民用设施建设与维持，而会在战时发挥巨大作用。

英国迅速与美国达成协议，将该岛"无条件租借"，英国只保留名义上的主权。

从美国方面看，巴伯的计划带来了巨大的回报：1990 年 8 月 9 日，"沙漠盾牌"行动展开后，18 艘以迪戈加西亚岛为锚地的海军运输舰在 8 天内将 1.5 万名海军陆战队队员，连同 123 辆 M60 坦克与其他重装备运抵沙特阿拉伯。

美国热衷于某种领土扩张上的"极简主义"——较之占据人口稠密的别国领土——更热衷于建立看似孤立的基地。"9·11"事件后，美国在东欧、中东、中亚地区获取了 14 个新的基地。按照当时国防部长沃尔福威茨的话说，这些基地的"政治作用超过军事作用"，不能有效保卫所在国政府免受恐怖袭击，更不会用于人道主义援助，目的似乎只是在增强美国成为下一个新罗马的决心。

在世界重要港口的大棋局中，美国始终掌控着落子的优势权力。

班长说，随着美国经济的衰退，美国控制全球 16 个扼守咽喉的海上要道，面临着经费的巨大压力。

我有些不以为然，对中国来说，在这盘依然是优势权力无法制衡的棋局中，中国的日子也不见得好过到哪里去。钓鱼岛问题、南海岛礁问题以及黄岩岛问题，无疑不是这盘错综复杂大棋局中的一个棋子。

班长说，是的，突破囚徒的困境，对中国来说，比硬实力更为重要的，是智慧和政治胆略。

我说，班长，既然国际局势错综复杂，在亚丁湾中国海军靠港期间，和其他国家的海军是不是还会有互相交流的机会？

班长说，当然有，海军是国际上最开放的一个军种，各国海军虽然有各自国家的利益需要维护，但是在共同履行国际事务的基础上，也有合作和友谊。

四

A 线　不平静的港湾

无论是在塞拉莱还是吉布提，编队靠港轮休补给的同时，也是加强各国海军之间交流的极好机会。

8 月 10 日，998 舰刚刚停靠完毕塞拉莱港 21 号泊位，舰员一边忙于补给物资，一边进行舰艇清洁整理。此时，靠泊塞拉莱港 15 号泊位的韩国海军驱逐舰"姜邯赞"号（979）舰长派联络官过来表达了两国海军在靠港期间会面交流的意愿。

此前，中国海军第五批护航编队在亚丁湾护航期间，5 月 14 日正

在亚丁湾、索马里海域执行护航任务的中韩两国海军护航舰艇"广州"舰（168）和"姜邯赞"舰（979），在亚丁湾东部海域举行的联合演练，这是两国护航舰艇首次举行联合演练。

演练内容主要包括两国护航舰艇的沟通联络与会合、通信、直升机互降等。双方护航编队指挥员分阶段担任指挥员，交替指挥联合演练。演练结束后，第五批护航编队指挥员、南海舰队副参谋长张文旦表示，通过联合演练，可以借鉴了双方通信指挥、海空协同等方面的经验，有助于进一步加强两国海军护航舰艇的交流与合作，提高执行护航任务的能力。

这次靠港补给，"姜邯赞"号又和中国海军第六批护航编队指挥舰"昆仑山"舰（998）不期而遇，因此十分想开展一些双边的互动交流。经请示编队首长，授权由我出面和韩国海军进行交流活动。

和韩国海军"姜邯赞"号军官交流（李斌　摄）

下午，"姜邯赞"舰长朴社褪（Park Se Gil）会同大队参谋长带领舰上作战长、副作战长、训练军官、情报军官、特战队军官、飞行员及

1 名士官来到 998 舰参观交流。随后我带领编指外事联络官、作战军官、情报军官、装备管理军官、特战分队长、航空分队长、998 舰副舰长等军官参观了"姜邯赞"号。

交流期间双方相互参观介绍了装备，并就各自在亚丁湾的护航机制、护航模式以及部分情况的处置方法进行了深入的探讨。就反海盗情报交流、海区气象信息共享等方面表达了意愿。我方就韩国海军悉心照顾救治伤病的中国船员的行动表示了感谢。韩方也对我编队多次安全护送韩国"三湖"公司等大量韩国商船表达了谢意。

朴舰长在参观 998 舰时称赞 998 舰是一艘装备精良、性能优越的舰艇。尤其对 998 舰强大的装载能力，多功能的配载模式，完善的文化体育保障设施等留下了深刻的印象。

非洲北部的西南季风，把非洲撒哈拉沙漠上的尘土带到了亚丁湾上，使得在亚丁湾活动的各国舰艇裹上一层厚厚的沙尘，"姜邯赞"号也不例外。当我们看到其上层建筑、主桅杆上的厚厚尘土时，舰长笑笑说，这是亚丁湾各国舰艇的共同颜色。是的，舰艇在海上执行任务，淡水十分珍贵，加上中东地区即使是靠港补给，淡水价格也十分昂贵。只要是不影响舰艇性能的地方，不会为了好看而浪费淡水去冲洗的，这一点韩国人非常务实。

"姜邯赞"号属韩国海军李舜臣级（KDX-2）驱逐舰的第五艘，是韩国自行研制的新型军舰，采用隐形设计，是韩国海军的新型主力作战舰只。"姜邯赞"号舰对空、对海、反潜等武器配备齐全，是韩国海军一艘战斗能力强大的新型战舰。尤其是装备了"韩国海军战术数据链系统"和"link 11"数据链之后，使其自身的系统作战能力和与美国等西方国

家的联合作战能力得到极大的提升。

韩国海军"姜邯赞"号这次亚丁湾反海盗行动是隶属于美盟 151 编队（CTF151），现阶段是美盟 151 编队的指挥舰。韩国海军李凡林少将担任美盟 151 编队指挥官，指挥盟军舰艇在亚丁湾的护航行动。在"姜邯赞"上有韩国、新加坡、美国、加拿大、澳大利亚等国海军组成的 8 人指挥小组，负责行动的协调组织。

美盟 151 编队的反海盗行动由两部分组成，一是将盟军舰艇安排在国际航运推荐安全走廊进行分区巡逻警戒；二是由"姜邯赞"号负责亚丁湾东西向伴随护航。

"姜邯赞"号参加本次行动共携带 20 名特战队员，一架直升机，3 艘舰载小艇，共 306 名官兵，其中有 2 名女军官，3 名女士兵。

"姜邯赞"号伴随护航的商船一般 8-10 艘，视海区安全威胁程度适当增减。护航期间，遇有紧急情况，首选动用直升机前出驱离和查证。其携载的"大山猫"直升机性能良好，能携载 6 名人员，配备下视雷达、红外夜视仪、K-6 重型机枪，必要时还可以挂载导弹和鱼雷。舰上载有 3 艘小艇，用作驱离、查证和登临检查可疑小艇。舰载小艇航速 100 公里/小时，能在 2 米浪高以下使用。特战队员还配备了包括英国 AN50 型 12.7 毫米重型狙击枪、英国 AWP 型 7.62 毫米狙击步枪、韩国国产突出步枪、微冲、西格绍尔 P226 型手枪、TASOR 非致命电枪及单兵装具等适合特种作战的武器，随枪配件也较为精良。

"姜邯赞"号驱逐舰由韩国大宇造船厂设计建造，舷号 979。该舰满载排水量超过 4800 吨，舰长 150 米，舰宽 17 米，吃水 5 米，航速 29 节，续航力 4000 海里/18 节。人员编制 200 人。主要武备包括 1 门"奥托·布莱达"127 毫米 54 倍口径主炮、1 座"守门员"7 管 30 毫米炮近防系统、1 套 MK41 型垂直发射系统、1 套 MK48 型垂直发射系统、1 架 "超级大山猫" 舰载直升机等，同时还配备了 1 部 SPS-49（V）型对空搜索雷达、1 部 MW08 型对海搜索雷达、2 部 STIR-180 型火控雷达、DSQ-23 型舰壳声呐和拖曳阵声呐。是一艘集防空、反舰、反潜等功能与一身的多功能驱逐舰。"姜邯赞"号曾于 2009 年访问过上海和青岛，并参加了我海军成立 60 周年海上阅兵仪式。

时任 "姜邯赞" 号舰长的朴社稷（音）（Park Se Gil）个人经历也十分丰富。他早年从海军院校毕业就上舰艇任职，先后在韩国海军 3 型巡逻艇上担任过副艇长、艇长，后又到护卫舰任职，是与 "天安" 号同一型号的舰艇。他对于能够在韩国海军最新型的驱逐舰上任职感到自豪。朴舰长给人的印象干练、自信、谦逊。参观舰艇时可以看到舰艇内部整洁明亮，秩序井然，300 余人生活在这狭小的空间内，一点也没有感觉凌乱。驾驶室内物品摆放整齐，铜器光亮，指挥部位摆放着亚丁湾海域出没可疑小艇的识别照片，供值更人员观察识别使用。尽管舰体裹着亚丁湾带来的一层薄薄的沙尘，但是武备、器材保养得非常到位，显示出职业军人应有的素质。

中国和韩国隔海相邻，同是亚洲国家。两国海军能在亚丁湾相聚，彼此不是太陌生。韩国海军近年来发展迅猛，在东北亚地区起的作用也越来越大。此次与韩国海军军官的交流，第一印象是韩国海军军官职业素质非常高，近年来由于韩国海军频繁和美国等环太平洋国家海军进行联合军演，使得韩国海军军官与外军频繁接触，彼此之间的沟通、战术协同等都非常熟悉。此次美盟 151 编队的指挥所只有 6 名参谋人员，且来自不同国家海军，编组精干高效，他们能在一起工作，对编队实施指挥，显示了这些军官有着较强的个人能力和素质。反观我们现在

的指挥编组，人员众多，指挥流程复杂，指挥效率不高，真的应该好好改进。这种改进最核心的是人的素质。

双方的交流在热烈友好的气氛中进行。临别时，应舰长邀请，我们一同合影留念。不出 5 分钟，值班军官已经将装裱好的刚才合影留念的照片送到了我们每个人的手上，体现了他们的办事效率。在海军笛的哨音和更位长"忠诚"的口号声中，我们离开了"姜邯赞"号。

利用靠港补给，加强各国海军同行之间的专业层面上的相互交流，相互借鉴学习，取长补短，这不失为一个很好的方法。在以后的靠港期间，我们还和泰国海军、马来西亚海军、阿曼海军、吉布提海军等进行过交流。在这些彼此的交往中增进了相互了解和信任，展现了中国海军的良好形象。

泰国海军"锡米兰"号军官到访998舰（李彦林　摄）

护航途中，998 舰和新加坡海军"坚韧"号似乎有着不解之缘。

998 编队进入亚丁湾的第一天，遇到的外国海军军舰便是新加坡海军的两栖船坞登陆舰"坚韧"号 207 舰。

当时，"坚韧"号正在慢速顶风航行进行舰载直升机起降。当发现 998 编队后，其直升机向 998 编队方向飞来，为避免引起误会，"坚韧"号通过其高频 16 频道与 998 舰进行联络，表示这是例行的巡逻飞行，可能接近 998 编队，但是不会飞越编队上空，不要引起误会。随后，"坚韧"号上的最高指挥官，新加坡海军 191 战队战队长陈开章上校发来电文，表示欢迎中国海军 998 编队抵达亚丁湾，并询问我编队最高指挥官是谁，是否愿意在适当的时机会面共同商讨亚丁湾护航事宜。编队指挥所表达了谢意，并通报了编队指挥员的姓名、职务、军衔，并礼貌地表示，愿意在合适的时机会面。

这次在亚丁湾和新加坡海军的 207 舰和陈开章上校相遇，让我们彼此都想起了过去的一段往事。

2002 年 5 月，时任北海舰队司令员的丁一平将军率领中国海军首次环球航行访问编队，开始了中国海军历史上的首次环球航行，编队到达的第一站便是新加坡的樟宜港。到港的那一天，天空下着雨，编队早上 6 点多便已到达樟宜港外，天色朦胧之中，发现港内一艘军舰徐徐出港，驶近一看是美海军 FFG50 "TAYLOR" 号护卫舰，或许是给中国海军舰艇编队让泊位，或许是不愿意在樟宜港和中国海军碰面吧。8 时许，舰艇编队开始进港，没有想象中的隆重的欢迎场面，淅淅沥沥的小雨中码头有些冷清，欢迎的人群只有几十人，好在"欢迎中国海军环球航行编队访问新加坡"红色横幅还算醒目，与此形成鲜明对比的是进港的舰艇上演奏着嘹亮的军乐，穿着礼服的舰员在小雨中整齐地站泊列队，纹丝不动，宛如一座白色的长城。

　　码头举行了简短的欢迎仪式，参加欢迎仪式的是新加坡海军舰队副司令陈开河上校，他正是"坚韧"号上的最高指挥官，新加坡海军191战队战队长陈开章上校的哥哥。欢迎仪式结束后，在和陈开河上校的闲谈中了解到，由于樟宜港是各国海军的中途停泊港，往来的舰艇特别多，按照新加坡海军的惯例，任何国家的海军舰艇靠港都是不举行欢迎仪式的，加上2001年的"9·11"事件刚过半年多，反恐形势依然严峻，不便让更多的民众进入军港，所以只让少数的使馆人员来参加了欢迎仪式。陈开河上校的一番话后来得到了证实。在编队靠港的第二天，德国海军舰艇编队的218舰、209舰抵达了樟宜港，并且就靠泊在中国海军舰艇的相邻泊位。随后，泰国海军的两艘护卫舰也相继进港靠泊，一切都在静悄悄中进行着。新加坡国土面积狭小、资源匮乏、人口也不多，要想在地区事务中发挥作用就必须取得大国的支持和帮助，因此新加坡奉行的是大国制衡的外交政策，既注重和世界性大国和地区性大国搞好关系，又不偏不倚，不和哪个大国特别亲近。

　　在中国海军环球访问编队靠港的四天访问期间，中新两国海军进行了多方位、多层次的交流活动。新加坡海军安排编队官兵参观了新加坡海军樟宜基地、大士基地，还安排参观了新海军的船坞登陆舰、导弹护卫艇、炮艇等主战舰艇。我跟随参观了新海军的船坞登陆舰210舰。

　　210舰，舰名"努力"号，是新加坡海军"坚韧"级的第4艘，新海军共有该型舰4艘。该舰于2001年9月入列，满载排水量8500吨，长141米，宽21米，吃水5米，编制舰员65人，其中8名军官。该舰能携载350名陆战队员，可装载18辆坦克或者20辆装甲步兵战车，或是在坞舱携带4艘通用登陆艇。该舰舰尾布置有直升机起降平台，机库可携带2架直升机。该舰以12节的航速能航行10400海里。

当时 210 舰的舰长正是现任 191 战队战队长的陈开章。陈开章舰长陪同我们参观，从坞舱到驾驶室，到直升机指挥塔台，一一详细地介绍情况。带着眼镜、身材瘦弱的陈开章舰长汉语讲得不算标准，夹杂着潮梅汕口音和英语，但是还算讲得流利，与我们之间的交流没有一点障碍。他耐心地回答着参观人员的每一个提问。

这是我与新加坡海军的第一次接触。

2006 年的 5 月，新加坡海军船坞登陆舰"坚韧"号 207 舰应邀访问了湛江港。无独有偶，此次率领 207 舰访问湛江港的是已经升任新加坡海军舰队司令的陈开河少将。

在 207 舰甲板举行的答谢宴会上，我再次见到了陈开河少将，彼此在欢声笑语中，回忆 2002 年在新加坡访问时的往事。席间，又结识了"坚韧"号舰长陈彪，机电长李国盛等几位官兵。作为海军同行，彼此交流了不少航海的经历。陈彪舰长曾率领"坚韧"号参加了印度洋印尼海啸的救援工作。2004 年印度洋东部发生地震引发强烈的海啸，海啸波及印尼的苏门答腊岛和泰国的巴提亚沿岸，灾难发生后不久，新加坡海军立即派"坚韧"号携带救援物资第一时间赶赴受灾地区实施救援工作，陈彪舰长作为现场指挥官全程参与了救援工作，由于反应迅速，救援工作得力，陈彪舰长还获得了印尼总统颁发的特别荣誉勋章。

陈彪舰长是华裔，祖籍海南文昌。他对家乡有着深厚的感情，据他本人讲，他每逢中国农历春节都会携带全家返回海南文昌的老家过年。陈彪舰长干练、老道，为人坦诚。英语、汉语都很流利，还会一点马来语。

李国盛机电长也是华裔，他 7 岁时才随家人离开广州定居新加坡。

大学毕业后在新加坡某远洋公司的远洋轮上工作，当过"管轮"、"轮机长"。按照新加坡法律每个适龄青年必须服兵役的规定，李国盛应召加入了新加坡海军。由于其在远洋轮上的任职经历和其本人的意愿，他被留在了新加坡海军，并被提拔为军官，任"坚韧号"的机电长。他不善言辞，但为人豪爽，业务素质特别强。在参观"坚韧号"的当天，我便看见一身工装的他，亲自组织机电部门的士官，在对机械进行抢修。晚宴期间，我和他聊开了家常。他有妻子和两个孩子，家庭生活和谐美满。李国盛的业余爱好并不多，在家的时间多数用于陪伴妻子和孩子，或是打开电视看看自己喜爱的足球比赛。在谈到他为何放弃远洋轮的轮机长不当而加入海军时，他表示，在新加坡能成为海军军官是一件很荣耀的事，海军军官在新加坡社会很受人们尊敬，社会地位高，他非常渴望能成为一名海军军官，再加上海军军官工资收入也比较高，其他的福利待遇也好，对他还是很有吸引力的。言谈之间，他不时流露出作为一名海军军官的自豪感和自信心。

宴会结束时，我和他们互赠了礼物，并相约有机会下次一定再见面。岁月流逝，两国海军间的交往在不断加深，但是具体到个人，何时能再见面，不得而知。没想到的是，当中国海军护航编队刚进入亚丁湾的第一天，碰上的却是"坚韧"号，而且新加坡海军的指挥官陈开章上校第一时间向我护航编队指挥官魏学义少将发出了会面的邀请。我编队指挥所也真诚地表示在合适的时机一定会安排两国海军护航编队之间的交流。期待着中新两国海军在亚丁湾上为履行国际义务有更深入的交流与合作。

陈开章上校是新加坡海军191战队的战队长。此时，陈开章上校正率领新加坡海军的"坚韧号"船坞登陆舰参加联军151编队（CTF151）在亚丁湾上执行反海盗任务。

陈开章上校发出了会面的邀请。可是，由于我编队刚到亚丁湾，需要与中国海军第五批护航168编队进行任务交接和开展联合护航等事宜，一时无法安排会面事宜。随后，998编队进入独立护航阶段。"坚韧"号也按照151编队的计划安排到指定的巡逻海区执行任务去了。时间在各自的忙忙碌碌中匆匆过去。

一天，"坚韧"号得知998编队要从亚丁湾A点护送商船西向航行，期间会航经"坚韧"号巡逻海区附近。于是，陈开章上校再一次发出会面的邀请，言辞恳切："你们从A点启航，经推算明天上午可以航经我舰巡逻海区附近。届时，能否用我舰舰载直升机运送人员到998舰会面。期间你们可以继续航行，我们不会影响你们的护航行动。"编指经研究答复"坚韧"号，由于本次护航被护商船数量较多，护航任务重，处于安全上的考虑，此时不宜安排会面。在适当的时机，998编队会予以考虑的。陈开章上校的想法又一次落空了。

在"八一"建军节前的一天，陈开章上校来电向中国海军998编队祝贺"建军节"，同时再一次诚恳地表示了指挥官会面的意愿，并且告知998编队，他本人将于8月10日完成亚丁湾护航任务回国，后续护航任务的指挥权将移交191战队的副战队长接替。深切地希望在他回国之前，能在亚丁湾上和998编队指挥员进行会面交流。

编队指挥所认真研究，觉得8月5日适合安排会面，于是把这个意向通报了"坚韧"号。这对于陈开章上校来说当然是个好消息。两国海军的指挥组开始为这次亚丁湾上的难得的见面而忙碌着。

新加坡海军"坚韧"号立即传真过来了"坚韧"号飞行甲板尺度、

通信导航、直升机助降等相关参数，并表示"坚韧"号飞行控制塔台可以用汉语引导我直升机飞行员着舰。

998舰也向"坚韧"号通报了相关参数，并表示998舰飞行控制塔台可以用英语引导"坚韧"号的舰载"美洲豹"直升机着舰。

"双方互访人员名单"、"议程安排"……一项一项内容在双方的协商中得到确认，似乎这次会面已经水到渠成了。

北京时间的8月5日到了，亚丁湾由于时差的原因要比北京时间晚5个小时。没有批复，编队是不能擅自组织外事活动的。如何答复新加坡海军"会面能否按期进行"的询问，成了编队指挥所的难题，经再三研究，在批复未到之前，还得找一个冠冕堂皇的理由来拒绝会面啊。

北京时间8月5日的15点，批复终于传到了亚丁湾时，已经过了预定会面的时间。看来陈开章上校只能带着遗憾离开亚丁湾了。

当地时间9月19日上午，执行完第245批16艘商船护送任务的中国海军第六批护航编队"昆仑山"舰在亚丁湾东口海域与新加坡海军"坚韧"号船坞登陆舰终于进行了互访。8时，新加坡海军护航编队指挥官191战队副战队长李耘兴中校一行7人搭乘新加坡海军"美洲豹"舰载直升机着降"昆仑山"舰，拜访998编队指挥员并与中方编队指挥所人员会面交流。

由于李耘兴中校是191两栖战队的副战队长，编队中由我出面接待是最对等的。会谈中，双方互相介绍了各自编队的基本情况，回顾了两支编队的交流合作情况，并就反海盗经验、国际反海盗交流合作等进行了深入交流。双方在当前亚丁湾海盗活动规律、海盗活动热点区域、各种护航模式的优劣等许多方面有着共同的认识。双方一致认为，两国海军舰艇抵达亚丁湾海区以来，在海盗活动情况、护航兵力安排等方

新加坡海军 191 战队李耘兴率领新加坡海军军官到访 998 舰（李彦林　摄）

面，开展了持续、经常和及时的信息交流合作，有效促进了双方舰艇任务的完成。会谈结束后，我和乔智强舰长陪同李耘兴中校一行参观了"昆仑山"舰。"坚韧"号和"昆仑山"舰同属船坞登陆舰，两国海军同行在一起交流又多了许多共同的话题。随后我带领"昆仑山"舰 8名军官，搭乘"直-8"直升机着降"坚韧"号船坞登陆舰，对其进行了回访。这是我第二次登上"坚韧号"，舰上的军官大多数已经轮换。过去我熟识的舰长陈彪已经被调任新加坡海军驻马来西亚海军武官；机电长李国盛也调到 191 战队机关任职了。

　　登舰后，191 战队作战参谋黄顺康上尉就新加坡海军反海盗指挥体系、新加坡海军亚丁湾反海盗行动基本原则及情况处置方法、151 编队的构成、指挥关系、情报信息共享途径及 151 编队赋予"坚韧号"的反海盗基本任务、"坚韧号"在反海盗行动中的基本方法等情况向我们作了详细介绍。随后李耘兴中校陪同我们参观了"坚韧号"。

虽然我以前上过"坚韧"号，对该舰应该是比较熟悉，但是这次参观还是给我们留下了深刻的印象。新加坡海军为了使该型舰能够更适应执行反海盗任务，对舰艇作了部分装备的改装。拆除了原位于驾驶室两舷的"西北风"防空导弹，加装了"台风丛林王"25毫米火炮，并在火炮同一平台上加装了7.62毫米机枪。整套系统由位于作战中心的控制台位以炮瞄雷达和光学瞄准两种方式控制。另外在驾驶室两舷和舰尾直升机起降平台下方布置了4挺重机枪，使得全舰火力远近搭配，不留死角。机库搭载2架"美洲豹"直升机，装有重机枪，和下视雷达、夜视仪，具备昼夜起降能力。坞舱搭载了通用登陆快艇1艘、刚性充气快艇1艘和2艘"保护者"遥控无人快艇。新加坡海军为了加强该型舰的反海盗作战效能，不惜重金从以色列引进遥控无人快艇"保护者"。该型艇遥控操纵灵活、航速高、适航性好、信息获取能力强、火力配备适当，确实是一型能够担负海区监控、驱离查证可疑快艇的实用装备。这对我们同类型舰艇拓展搭载方式有着很大的启示。

临别时，李耘兴中校表示，今天是新加坡海军"坚韧"号在亚丁湾最后一天执行任务，明天就将在阿联酋的富查依拉靠港补给后回国。能与中国海军在亚丁湾上会面意义重大，这不仅是陈开章战队长的愿望，更是191战队全体参加亚丁湾反海盗任务官兵的愿望。相信通过两国海军之间真诚的交流，一定会不断增强两国海军之间的互信和更深层次的交流合作。我请李耘兴中校转达对陈开章上校的问候，并表示维护国际水域的安全，保持国际海上航运通道畅通是世界各国的共同愿望，为此我们应该共同努力，希望中国海军倡导的和谐海洋的理念能够成为世界各国海军的共识，期待着下次更进一步的合作。

直升机发动机的轰鸣，使人无法听清说话了。两国海军军官互致军礼告别。直-8直升机呼啸着从"坚韧"号飞行甲板腾空而起，飞向远方的"昆仑山"舰。

海滩披上金色晚霞的时候，我读完了班长的这段纪事。998舰和新加坡"坚韧"号的缘分，看起来有些奇缘的感觉。并且，从班长的文字中，能感受到两国海军之间的交流是真诚的。

班长说，是的，这种真诚的基础，因为我们虽然来自不同国家，但是我们的身份都是海军。

遗憾的是，事实上，身份认同并不是能带来认同感的本质原因，就像美国海军，在世界政治自助体系下，是唯一主导大棋局的战斗尖兵。

今天，美国全球力量的范围和无所不在的状况，是独一无二的。世界上任何一个主权国家的政治和军事行动，无一不是在这一现实条件下展开的。即使是一贯坚持和平共处五项原则的中国，也不能从这个现实中抽离。

B线 囚徒的困境

二战结束后，美军曾在西太平洋形成了以3个基地为主的基地体系：以日本横须贺海军基地为中心的东北亚基地群、以菲律宾苏比克海军基地为中心的东南亚基地群和以关岛为中心的密克罗尼西亚基地群。苏比克基地则因为其得天独厚的战略位置成为第七舰队最重要的前进基地。停泊在该基地的美军军舰能够对北到朝鲜半岛、南至大洋洲、西连

中东的广大海域内的危机和突发事件作出快速反应。美军当初之所以选择菲律宾的苏比克作为在亚太地区的核心海军基地，就是因为其处于太平洋的中心位置，能够使驻扎于此的美军舰只对北到朝鲜半岛，南至中东的广大海域内的危机和突发事件作出快速反应。通过苏比克海军基地可有效辐射的广大海域范围内，包含有美国海军宣布要控制的 16 个海上咽喉航道中的 8 个，即朝鲜海峡、马六甲海峡、望加锡海峡、苏伊士运河、曼德海峡、波斯湾、霍尔木兹海峡、阿拉斯加湾。长期以来，这 3 个基地群遥相呼应，为纵横西太平洋地区的美国海军舰只和兵力提供了依托，放弃其中任何一处都意味着西太平洋基地体系的失衡。但到 1991 年，美国海军使用菲律宾苏比克基地的期限到期。尽管在此之前美国方面为保留苏比克基地进行了不懈努力，但当菲律宾议会讨论是否继续让美军使用该基地时，菲律宾的主权意识占了上风，美国海军的苏比克之梦随之破灭。1992 年 11 月 24 日，苏比克海军基地被正式移交给了菲律宾。此后，美军面临着寻找新基地进行调整，以恢复西太平洋地区军事基地体系平衡的任务，补上在第一岛链上缺失的这一环。但是，美国在经过致细研究后得出结论：考虑到挑选海外重要军事基地的综合因素，包括地理位置、港口条件和政治因素，美国在西太平洋地区已无法找到"苏比克第二"，最理想的办法是将苏比克基地原先所拥有的设施和承担的功能分散到关岛和新加坡，同时加强东北亚基地的建设，使美军在西太平洋地区的基地体系达成新的平衡。因此，美国将目光瞄准了新加坡。美军从苏比克海军基地撤出后不久，即同新加坡政府签订协议，获得了使用新加坡樟宜基地军事设施的权利。樟宜也由此成为美海军自撤出苏比克湾以来在东南亚开辟的第一处航母驻泊基地。美军在进驻新加坡后还继续向外辐射，把建立新基地的目光瞄准了越南的

274

金兰湾和自己的领地关岛。美国在此前就先后同马来西亚、印尼、泰国、文莱以及澳大利亚达成协议，希望租用泰国乌塔保和梭桃邑、印尼莫罗泰岛和比亚克岛等军事基地，还分别在泰国湾、纳土纳群岛建立海上浮动军事基地和后勤补给维修基地，从而开始了美军军力悄悄南移、增强东南亚力量的步骤，美国在亚太地区的军事基地体系更趋完整。后来，菲律宾、越南、澳大利亚和一些中亚、东欧国家纷纷表示，欢迎美军前往当地驻扎，以便通过美军基地来实现经济和安全效益双丰收。对美国来说，通过驻军不仅可以将这些新基地作为平台，在未来战争中更快更直接地调动部队，增强美军的反应能力，而且可以结交新盟友，扩大影响势力范围。美军还以樟宜基地向周边东南亚国家辐射，通过签署军事合作协议，获得了在这些国家的基地和港口停泊军舰、起降飞机的权利。一个以樟宜为中心的新的美军基地群正在东南亚形成，这无疑将对东南亚的战略形势带来深远的影响。美国不仅控制着世界上所有的洋和海，而且还发展了可以海陆空协同作战控制海岸的十分自信的军事能力。这种能力使得美国能够以在政治上有意义的方式把它的力量投送到内陆。美国的军事部队牢固驻扎在欧亚大陆，还控制着波斯湾，这是一支唯一能够在全球有效发挥影响的军队。这就是当下国际社会最大的均势。

富裕起来的中国，需要和平的环境走向崛起，当中国的发展潜力被国际社会解读为强势崛起，中国已经无可回避地成为国际社会共同关注的主要目标。如何在这种复杂多变的局势下，让世界相信中国和平发展的信念，同时在各种国际争端中，维护国家利益，又不成为改变稳定局势的最大变量，中国

的地缘政治考量着国家的政治智慧和勇气。和平是中华民族始终如一致力的目标，经济崛起的最大益处之一，就是给予追求和平的中国寻求和平主张的话语权。但是，克劳塞维茨说过一句话："你想和平吗？那么就准备战争吧！"人类就像一头猛狮，始终在囚徒困境的牢笼之中左冲右突，并且这样的困境还将长期存在下去。

第五章 船之路

　　世界舰船工业发展到今天，海盗船的风帆早已经被航母的利剑所替代，但是海盗精神却一以贯之。

　　中国舰船工业在世界舰船工业的滚滚洪流中，亦步亦趋的姿态，恰恰也是当下中国海权状况的写照。

一

天津。大沽海口。

我和班长依然拒绝宾馆，选择在小渔村借宿。

海涛声声。

班长说，不远处，就是大沽口炮台。明天我们可以去那里。

我说，不想去。

班长说，为什么？

1901 年，根据《辛丑条约》，清政府被迫将大沽口炮台拆毁。现在能看到的是"威"字南炮台和"海"字老炮台遗址，其他炮台荡然无存。

班长说，大沽海口，是入京咽喉，津门之屏障。自古以来就是海防重镇，素有"南有虎门，北有大沽"之说。在中国近代史中，大沽口炮台更是成为中国重要的海防屏障。

是的。

虽然炮台可以被迫拆毁，但是历史是不容忘却的。从1840 年至 1900 年整整 60 年间，外国列强于 1858 年，1859 年，1860 年，1900 年先后四次，用坚船利炮，从大沽口入侵中国。马克思在 1859 年《新的对华战争》一文中，严厉谴责列强的"海盗式"入侵战争。

历史早就归于沉寂。

这一刻，万籁寂静，海上灯火阑珊。

那些不灭的渔火，就像人心中遥远的记忆，似有似无，却从来不曾消失。

我说，这里风的气息和城里的不一样。

班长说，海风是咸的。咸味太重就会发苦。比如船，在中国就是一种被咸味浸泡着的东西。

我似乎从班长的语言中感受到一丝苦涩。

班长说，998 船坞登陆舰是目前中国海军最大的两栖登陆舰，但是在亚丁湾世界各国的舰船里面，998 舰只是里面的普通一员。

A线　不落的风帆

9 月 8 日，伴随护航中普通的一天。编队行进至 3 号海域西部 20 海里处，将在 9 日的 1 时在 A 点解护。

887 舰已经安排护送土耳其"ACACIA"号前往亚丁港外 20 海里处。

解护后，集结的第 242 批护航编队已经有 13 艘商船申请加入，按照计划，将在 9 日 12 时出发，10 日到达 C 点，11 日的 3 时 30 分解护。

一切工作都在有序中进行。

然而，一份报告打破了宁静。9 时 30 分，"麦哲伦之星"号被海盗劫持。通过 OLIBG，10 时 11 分确认商船被劫持的消息。

这是在同一天里，接到的第三起商船被海盗劫持的报告。编队魏总

指挥员当即指示，亚丁湾海盗出没频繁，形势严峻，处于海盗劫船高危时期，2 号、3 号海域又是高危海区，一定要认真研究海盗的行动规律，寻找对策。

被海盗劫持的德国"麦哲伦之星"号，悬挂着安提瓜国旗，是一艘集装箱货船。船上共有 11 人，除 2 名俄罗斯水手外，还有乌克兰、波兰、保加利亚和菲律宾船员。

幸运的是，"麦哲伦之星"号在经历了被海盗劫持的黑暗的一天一夜后，被美盟 151 特混队成功解救。

这次解救行动，是由美国"普林斯顿"号巡洋舰，组织指挥美国海军"杜比克"号、"考夫曼"号以及土耳其海军"戈克细亚达"号，成功制服了已经登船的 9 名海盗，"麦哲伦之星"号商船上所有人员获救。

消息传来，我们为"麦哲伦之星"号的平安归来感到庆幸。

这是一个紧张过后宁静的黄昏。998 舰的飞行甲板比任何搭载直升机的水面舰艇都要宽敞。只要没有值班飞机在此待机时，这里便是舰员最好的活动场所。

不当更的舰员散落在飞行甲板上，有的在跑步锻炼，有的在吹笛子，还有的坐在甲板上看书。

我不值班时也会到飞行甲板上散步或是跑步。这天傍晚我来到飞行甲板，一些靠近我的舰员停下所有的活动，向我敬礼。998 舰的舰员我是比较熟悉的，多少个日日夜夜，我们一起出海训练，一起完成各项试验任务。这些年轻人平时活泼可爱，干起活来任劳任怨。他们有的是组

建 998 舰时从各舰抽调的军官和士官骨干，有的是新入伍不久的中学毕业生。

持续不断的护航行动，舰员们可谓是身心疲惫。我想缓和一下他们的紧张心情，调节一下气氛，也顺便对他们的知识储备摸个底。

我说，来来，考考你们，谁了解今天成功解救"麦哲伦之星"号的美军指挥舰"普林斯顿"号的情况。

信号班新兵王安安说，那次我们在吉布提靠港补给期间，和我们 998 舰进港的泊位紧挨在一起的是不是"普林斯顿"号啊？

枪炮兵刘治家说，不是！那是一艘"伯克"级驱逐舰，"普林斯顿"是巡洋舰。

舰员们顿时活跃起来，七嘴八舌说开了。

"在亚丁湾护航的'普林斯顿'号巡洋舰，是美国海军历史上的第三艘用'普林斯顿'来命名的舰艇。"准备在飞行甲板上跑步的乔智强舰长不知什么时候站在我们身后。

乔舰长可谓是个"舰艇迷"了，或许是职业的习惯，他对各国海军的各种舰艇特别感兴趣。平时，每期《舰船知识》等涉及舰艇的杂志等，他是必买必看。这次护航起航前，708 所的毛总设计师给他带来了一本《简氏舰船年鉴》，他更是爱不释手。

我说那好，就请乔舰长把"普林斯顿"军舰的前世今生给大家说说。

第一艘用"普林斯顿"命名的军舰是一艘炮舰。

在世界各国海军还是用明轮船舶作为军舰使用的 19 世纪中叶，英国的弗朗西斯·佩狄特·史密斯和瑞典的发明天才约翰·埃里克松，各自独立发明了船用螺旋桨。螺旋桨安装在船舶的水下部分，不易遭到对

方的炮火打击，避免了明轮天生的缺陷。

可是，这一新发明却被英国海军部怀疑。埃里克松在英国遭到拒绝后，在美国海军上校罗伯特·斯托克顿的说服下，转投到了美国。

我说，说得很好，谁能告诉我，这个美国海军上校的个人背景。

"这个我知道。"作战部门指控工程师王宝峰迫不及待地抢了话题。这个王宝峰，平时舰员们爱叫他"王博士"，不是戏称，王工程师的确是个博士毕业生。

他说，我知道，罗伯特·斯托克顿曾经在美国第十任总统泰勒任期内，被提名担任海军部长职位，但是他并没有接受提名出任海军部长。

我说，知道为什么吗？

王博士从容不迫地接着说，因为他有一个梦想，就是建一艘世界上最棒的军舰，用自己家乡的名字"普林斯顿"来命名的军舰。

斯托克顿觉得当部长不如当舰长，出生政治豪族的他，利用他的政治影响坚持梦想，在1842年终于说服海军按照埃里克松的规格建造了一艘螺旋桨军舰，这就是炮舰"普林斯顿"号。这是第一艘使用螺旋桨的海军军舰，也是第一艘将推进器安装在水线以下的军舰。

1843年10月12日，"普林斯顿"号离开费城前往纽约，在中途和英国蒸汽舰"大西部"号相遇，两舰展开了一场竞赛，"普林斯顿"号轻松获胜。英国皇家海军终于相信了螺旋桨推进器的好处，在"普林斯顿"号之后不久，安装了螺旋桨的炮舰"响尾蛇"号也下水了。

但是，"普林斯顿"号命运多舛。1844年2月28日，泰勒总统率领全体内阁成员以及华府要人约200人登上"普林斯顿"号，参加"普林斯顿"的试航，就在"普林斯顿"试验大炮时，炮塔发生了爆炸，一声巨响，甲板上乱成一团，硝烟散开之后，只见满地死伤，当场

炸死 7 人，炸伤 20 余人，更要命的是被炸身亡者中有当时的国务卿厄普舍和刚当了 10 天部长的第 15 任海军部长吉尔摩以及总统泰勒的老丈人。

这个话题，让战士们活跃了起来。

"我知道二战期间的'普林斯顿'是美国海军的航空母舰。"航空长张尚新接过话茬。来自广东的航空长张尚新，个头不高，眉清目秀，但是眉宇间透出自豪和自信。他经常说，在航母还没服役时，他是海军指挥飞机最多的航空长。的确，除了航母，998 舰携带的舰载机数量的确是最多的。或许和舰载机挨上了边，张尚新对航母的了解似乎比别人要多。

张尚新接着说。

1944 年 10 月 24 至 25 日，在第二次世界大战的太平洋战争中，美国海军与日本海军为争夺莱特岛，在莱特湾进行了大规模的海战。

美军统帅部在 1944 年 6、7 月攻占马里亚纳群岛之后计划夺取菲律宾群岛，这次战役经过深思熟虑决定从攻占莱特岛开始，因为这个岛能控制太平洋通往南中国海的各个出口。10 月 20 日，美军开始在莱特岛登陆，司令为麦克阿瑟上将。

日军统帅部查明美军在菲律宾的主要突击方向后，向莱特湾派去了 3 个舰艇编队，共有战列舰 9 艘，航空母舰 4 艘，巡洋舰 21 艘和驱逐舰 35 艘，菲律宾地区的岸基航空兵 400 架飞机以及母舰航空兵 116 架飞机，负责消灭莱特地区的美军航空兵。日本海军的任务是在莱特湾消灭美军的进攻兵力和阻止美军在莱特岛登陆。

美军统帅部识破了日军的意图，把金凯德海军中将指挥的第七舰队和哈尔西海军上将指挥的第三舰队展开在通往莱特岛的附近水域。两个

舰队共有战列舰 12 艘，航空母舰 25 艘，其中 6 艘轻航空母舰，18 艘护航航空母舰，共计有 1350 架飞机，巡洋舰 20 艘，驱逐舰 130 艘及护卫舰 11 艘。它们的任务是协同已在菲律宾附近展开的潜艇迎击和消灭驶向莱特岛的日本各编队。

莱特湾战役是世界战争史上规模最大的一次海战。美军由于在这次对日本海军的作战中取得了巨大胜利，全面掌握了制海权和制空权，对太平洋区域以及战争的进程产生了很大影响，日本海军的力量却遭到了毁灭性打击。1944 年 12 月 20 日，美军完全攻占了莱特岛，以后又利用莱特岛作为基地，进攻菲律宾群岛的其余岛屿。

在这场莱特湾战役中，美国海军"普林斯顿"号航空母舰对日军展开激烈战斗，突然一架日军飞机凌空而下，投下一枚 250 公斤炸弹，直接命中"普林斯顿"号轻型航空母舰的甲板。炸弹穿透飞行甲板、机库和强力甲板，在主甲板下方爆炸。

当时"普林斯顿"号正在进行舰载机的回收作业，机库内的 6 架 TBM 鱼雷机被燃起的大火相继点燃，舰上的消防系统也被损坏。"普林斯顿"号被击中 40 分钟后，舰长下令弃舰，但舰上的消防人员和进行营救的友舰依旧奋力灭火。两个多小时后，舰上的火势渐渐得到控制。不料当日下午，"普林斯顿"号后部的弹药库内的鱼雷发生大爆炸，整个舰尾被一扫而光，沉入海底。爆炸殃及紧靠着"普林斯顿"进行救护的轻巡洋舰"伯明翰"号，造成 229 人被炸死，400 多人受伤。"普林斯顿"号成为莱特湾海战中美军损失的第一艘作战舰，也是美军在二次大战中损失的最后一艘正规航空母舰。

张尚新说，从二战太平洋海战历史可以看出，大舰巨炮的时代已经过去，航母和舰载航空兵将在今后的海战中唱主角了。

"第三艘以'普林斯顿'命名的军舰是当代美国海军'提康德罗加'级巡洋舰。该舰是美国海军的主力战舰,排水量达9957吨,长172.8米,宽16.8米。装备有最先进的'宙斯盾'系统以及垂直发射的巡航导弹、防空导弹和反舰导弹,作战能力十分强大。"乔舰长开始发布权威究结果了。

但是在1991年"海湾战争"期间,美国海军的"特里波利"号两栖攻击舰和"普林斯顿"号导弹巡洋舰却误触了伊拉克海军布设的水雷而遭受重创,不得不黯然提前退出战场。

在1991年的海湾战争时,拥有多达250艘各型先进战舰的多国海上力量在开战之初,就将基本没有还手之力的伊拉克海军70余艘舰船悉数击沉和重创,造成这支在波斯湾地区曾经实力可观的中等国家海军在短暂时间内全军覆灭。随着战事发展,多国军队从海上对伊军发起的侧翼两栖攻势似乎已经毫无阻碍。然而,对于以美军为首的多国海上力量而言,厄运正悄悄来临。2月18日清晨,随着剧烈的爆炸声,正在实施海上机动的美国海军1.8万吨的"硫磺岛"级"特里波利"号大型两栖攻击舰被伊拉克军队布放的一枚触发水雷炸开了一个破口,造成多名美国水兵负伤。虽然爆炸令美国舰队变得小心翼翼,但是仅仅过了3小时,美国海军的另一艘"宙斯盾"导弹巡洋舰"普林斯顿"号又遭到水雷重创。由于碰到两枚在舰体龙骨下引爆的感应沉底水雷,巨大的爆炸甚至在瞬间将舰体抬离水面,一个推进器严重受损,"普林斯顿"号不得不被拖离战区。

如今,活跃在亚丁湾反海盗第一线的"普林斯顿"号,是美军151特混编队的成员,成功解救了被海盗劫持的"麦哲伦之星"号商船,又书写了"普林斯顿"号的最新传奇。

下雨，在亚丁湾是一件非常罕见的稀奇事情。就在998舰和美军舰艇前后靠泊吉布提后，忽然天昏地暗，空中竟然下起了大雨，海面上波涛汹涌。

此时，美军舰艇靠港了。

美军基地派出四辆悍马车在港岸上部署警戒，用伪装网搭建起简易哨位执勤，同时又在周围海面上派出四艘武装快艇来回巡逻警戒，舰艇外围设有警示阻拦浮标，军舰上的警戒也是戒备森严。美军靠港补给的防御警戒系统和阵势，让吉布提充满了紧张的战争气氛。

我们998舰的战士冒着大雨，像雕塑般坚守在警戒岗位上。通过望远镜，可以看见美国海军的四艘海上小艇丝毫不顾及海上的滔滔浊浪，在风浪的剧烈颠簸中坚持海上警戒。

美军舰艇靠港如临大敌，一方面充分显示了美军的战备意识十分强，另一方面，这种戒备森严的阵势，也是源于一场自杀式海上攻击，导致美军"科尔"号遭重创带来的教训。

2000年10月12日，巴林当地时间中午11点20分左右，美国海军大西洋舰队所属的"阿利·伯克"级导弹驱逐舰"科尔"号进入也门的亚丁港准备补充燃料，遭到一艘不明身份，满载炸药的小型橡皮艇的自杀式攻击。

"科尔号"隶属于"乔治·华盛顿"航空母舰编队，遇袭时正前往海湾地区参加美国领导的海上拦截行动，以协助执行联合国对伊拉克的制裁。"科尔"号6月奉命离开诺福克，9日穿过苏伊士海峡进入红海，12日上午抵达亚丁港。本来按照计划只在亚丁港停留4小时补充燃料，没想到刚一进港就遇袭被炸。

当时"科尔"号正处于"二级警戒状态",武装值勤的水兵甲板上站岗,自杀式橡皮小艇就在美国海军官兵的众目睽睽之下,全速撞上"科尔"号左舷中部的水线部位,将左舷炸开了一个长12米、宽4米的大洞。巨大的破口导致海水大量涌入舰内,军舰很快向左倾斜,舰面甲板也一度入水,导致动力系统无法正常工作。幸运的是,军舰的舰体结构和龙骨没有受到破坏。经过舰上官兵的奋力抢救,当天晚上终于控制住了海水向舱内的灌注,部分受损系统重新开始工作,军舰也恢复了平衡。

这次爆炸事件造成17名官兵死亡,另有37人受伤。由于也门的医疗设备和技术落后,同时也怕这些伤员再次成为恐怖分子袭击的对象,美国调来一架C-17运输机,将伤员和死者运到德国。那些遇袭身亡的美国海军经过德国中转后被送回美国。

这次爆炸事件,间接地表现了"阿利·伯克"级驱逐舰的生存能力。一艘小型橡皮艇最多只能携带200至250公斤炸药,但是却对20世纪90年代建造的最先进的驱逐舰造成如此大的损伤,突显了"阿利·伯克"级在抗沉性设计上存在的缺陷。

12月13日,根据与美国海军达成的协议,挪威远洋运输驳船"蓝马林"号将"科尔"号运回美国。随后,"科尔"号被运回位于帕斯卡古拉的英戈尔斯造船厂维修。修复工程历时14个月,耗资2.5亿美元。2001年9月14日,已经修补好舰体的"科尔"号在英戈尔斯造船厂重新下水,进行内部修理。2002年4月19日,修缮一新的"科尔"号导弹驱逐舰在数百人的欢呼声中离开英戈尔斯造船厂,前往诺福克海军基地并在那里重新加入大西洋舰队服役。

"科尔"号遭袭事件发生后,美国海军和联邦调查局的调查人员迅

速抵达亚丁湾，对袭击事件进行调查，美国方面认定这次袭击是由恐怖分子本·拉登的手下一手制造的。

据说，本·拉登曾经在一首诗中已经描述了"科尔"号的亚丁危险之旅："你们东方的兄弟已准备好了他们的装具，喀布尔已准备就绪，战斗的骆驼已准备出发。驱逐舰，甚至是最勇敢的人也害怕，它在港口和公海引起恐惧，它由傲慢、不逊和虚力笼罩着出海，在巨大的幻影之下，它慢慢地向其死亡而行，等待它的是一只小船，不时出没在波涛中。"

如今本·拉登早就被击毙，但是恐怖组织的阴影却无法消散。考虑到安全原因，中国海军护航编队也尽可能避免停靠亚丁港补给。"科尔"号遭袭事件发生后，美军军舰从此不再进亚丁港，同时调整了进港补给时的警戒等级，吉布提港戒备森严的警戒成为美军的一种常态化警戒等级。

其实，"科尔"号并不是美国海军第一艘被袭击的军舰。早在20年前海湾战争期间，伊拉克仅用二战时的老式水雷重创了美军两艘大型舰艇，其中一艘被炸的舰艇，恰恰是美英联合反水雷部队的旗舰。

当时，多国部队持续42天的"沙漠风暴"空中打击尚未结束，作为陆地战役的"沙漠军刀"又全面推进，强大的空中和地面攻击，几乎瘫痪了伊拉克军队的防御体系、指挥控制系统。但是，伊拉克军队对多国部队将发起大规模两栖攻击早有准备，海军利用布雷舰，夜间在科威特海湾布设了大约1100枚水雷。

1991年2月18日，距离海湾战争结束仅仅还有10天，美国海军"硫磺岛"级两栖攻击舰"特里波利"号，作为美英联合反水雷部队的旗舰，由美军"不透"号、"领袖"号、"复仇者"号和"熟练"号陪

同，在波斯湾北部海域执行扫雷任务。多国部队在这次海湾战争中，没有远洋扫雷舰抵达作战海域，临时指派作战舰艇"特里波利"号担任反水雷旗舰。

水雷具有易布难扫、隐蔽性强、破坏力大、威胁时间长等特点。而作为扫雷旗舰的"特里波利"号，并不是反水雷专业舰艇，也没有配置扫雷专业设备，只能依靠 MH-53 直升机拖曳扫雷具进行梳犁式扫雷。"特里波利"号自身的安全，就只有靠舰上人员利用望远镜进行目视搜索，如果发现可疑目标，就由水兵射击引爆。

"特里波利"号如履薄冰，即使万千小心，还是没能躲过伊军密集布设的水雷。"特里波利"号遇上断了雷索的锚雷，军舰顷刻间被炸开了一个巨大的洞。数小时后，约 16 千米之外，美国海军另一艘刚服役不久航母编队中最先进的宙斯盾巡洋舰"普林斯顿"号也被这种二战时期陈旧的锚雷引爆，位于其龙骨下的 2 枚普通的感应水雷，将舰舯部裂开，一个推进器严重受损，造成该舰不能继续执行任务，被拖回港口进行检修。

接连发生的水雷爆炸事件，迫使多国部队放弃了在科威特沿海实施登陆作战的计划。

除了遭恐怖组织袭击，美海军自家军舰相撞的乌龙事件也时有发生。

2009 年 3 月 20 日凌晨，搭载有 1000 名海军陆战队员和 200 名水兵的美国海军"新奥尔良"号两栖船坞运输舰，正缓缓驶过霍尔木兹海峡。谁也不知道，同一时间海面水下，"哈特福德"号核潜艇正在同向悄然潜航。1 时，惨剧骤然发生，"哈特福德"号潜艇由于撞击产生剧烈晃动，猝不及防的人们纷纷撞在坚硬的舱壁上，15 名官兵不同程度

受伤。

5 年之后，自家军舰相撞的事件再次发生。2012 年 10 月，美国国防部在当地时间 13 日晚上表示，一艘洛杉矶级攻击核潜艇与一艘宙斯盾巡洋舰在美国东部海域相撞。

10 月 13 日，正好是美国海军 237 年建军节。出事的潜艇是"蒙彼利埃"号。美国国防部指出，潜艇与"宙斯盾"巡洋舰"圣哈辛托"号，是在周六下午 3 时 30 分左右在东岸执行常规训练任务时相撞。同时指出，两艘军舰上的人员安全，没有人受伤，潜艇反应堆正常运转，没有泄漏幅射。"圣哈辛托"号的声纳导流罩撞毁，但也可依靠本身的动力继续航行。

这两艘舰艇的母港，都是位于东岸的弗吉尼亚州。

　　我能够想象，对于几个月都看不到陆地的护航官兵来说，靠港休整除了军舰补给，绝对是官兵调整放松身心的一个极好机会。

　　班长说，你说的没错，但是，对我们这些海军来说，还有一个最大的好处，就是可以近距离目睹那些传说中的舰船。

　　我能理解班长的话，这些形态各异的各国舰船，本身就像一部活的历史书，有着不同的传奇经历。

在吉布提港，和 998 舰紧挨着补给的另一艘美军"伯克"级驱逐舰，就是"沙利文兄弟"号。

美军舰艇近在迟尺（靳　航　摄）

当我还是大连潜艇学院的学生时，有一门课就专门介绍世界历史上有名的海战和舰船，那些如雷贯耳的军舰名字，每一艘的背后都有一段故事，高度浓缩了舰船背后承载的意义。

"沙利文兄弟"这是一个让人肃然起敬的名字。

在美国，一艘舰艇下水服役早已不是什么新鲜事，即便是航空母舰。但是，1995 年 8 月，在缅因州巴斯的巴斯钢铁厂新下水服役的一艘战舰，却引起了全美举国上下的强烈关注和反响，包括时任美国总统克林顿在内的数百名军政高级官员莅临现场，出席这艘战舰的服役典礼。这艘能够在美国总统和民众中间产生情感共鸣的军舰，这就是被编入美海军大西洋舰队的导弹驱逐舰，第二艘"沙利文兄弟"号宙斯盾导弹驱逐舰 DDG-68。

"沙利文兄弟"号战舰是以二战期间创下英雄业绩的沙利文一家五兄弟的名字命名的，沙利文五兄弟是早年定居在依阿华州第一代爱尔兰移民的儿子。

291

1941年12月7日，日本对珍珠港的突然袭击震撼了全美国人，包括沙利文一家五兄弟。他们五兄弟决心投入到和日本的战斗中，一起报名加入了海军。五兄弟中的乔治和弗朗克斯曾在20世纪30年代后期服过兵役，但他们仍然要求重新服役。最后，五兄弟同时入伍，并要求在同一艘舰上服役，这一请求获得美国海军批准。

1942年2月，沙利文五兄弟被派往刚刚编入现役的巡洋舰"朱诺"号，并随舰奔赴太平洋战区。"朱诺"号成了编队中唯一一艘有五兄弟一起上舰的舰艇。

在试航和初期舰员训练后，"朱诺"号在瓜达卡纳尔参加了后来历史上称为"不顾一切的冒险"的海战，从日本人手中夺回战争主动权。1942年11月12日夜间，"朱诺"号在一次激烈的水面作战中遭重创，舰身极度倾斜，只能勉强前进，舰员们勇敢地堵漏，修复创伤。第二天上午11时，一艘日本潜艇发现了"朱诺"号，向它发射了两枚鱼雷，"朱诺"号几乎顷刻间就葬身海底。

在军舰被击沉时，舰上的800名舰员中只有115人幸存下来。沙利文五兄弟中的4位不幸阵亡，只有乔治·沙利文依然活着。在以后的8天里，他同其他幸存者一道在海上无助地漂浮，等待救援。一周后，当救援舰只赶到时，只有14人仍活着，但已经没有了乔治·沙利文。

当罗斯福总统闻知"朱诺"号被击沉和沙利文五兄弟遇难的消息时，受到极大的震动。在给五兄弟父母的信中，他写道："作为最高指挥官，我希望你们知道，全国人民同你们一样悲哀……我们这些活着继续战斗的人，必须坚信，这样的牺牲是有价值的……他们面对死亡的勇敢和刚毅使我更加确信我们的人民不屈不挠的精神和决心。"

总统指示海军部长将下一艘即将服役的舰艇命名为"沙利文兄弟"

号，以此纪念一个普通美国家庭对国家的忠诚、守信和自我牺牲精神。正在加利福尼亚州梅耶岛建造中的一艘驱逐舰原已定名为"帕特南"，遵照总统的意愿，改名为"沙利文兄弟"号，并于1943年加入海军舰队。

"沙利文兄弟"号入役以后的两年，走遍整个太平洋，先后参加过特鲁克、菲律宾和冲绳等战役，每次均表现出色，战绩不凡。在以后22年的服役生涯中，舰上再无一名士兵阵亡。

今天，第一艘"沙利文兄弟"号仍在纽约州巴法罗的海军和现役人员公园中陈放，以纪念所有在驱逐舰上服过役的舰员们。

第二艘"沙利文兄弟"号由阿尔伯特·沙利文的孙女凯莉·沙利文·劳斯琳于1995年8月12日命名，它是目前美海军驱逐舰中最先进的"伯克"级导弹驱逐舰的第18艘，配备有"宙斯盾"综合武器系统，可以在同一时间内执行防空、发射"战斧"式巡航导弹、猎潜等任务。

"我们永远在一起"（WE STICK TOGETHER），这句五兄弟的名言，作为一种海军的精神，不仅融进了这艘军舰，而且成为一种军人的信念，在美国海军和美国人民的心中凝聚。

还有一艘不得不提的美军军舰"钟云"号。

7月4日，第六批护航编队途经新加坡樟宜港时，我看见美国海军阿里·伯克级ⅡA型导弹驱逐舰DDG93"钟云"号在港内靠泊。这是美国海军唯一一艘用华裔将军的名字"钟云"命名的舰艇。这次和"钟云"号的相遇，只能算是一种擦肩而过。

第一次知道"钟云"这个名字，也是在大连舰艇学院上学的时候。

戈顿·派伊亚·钟云，1910年7月10日出生于夏威夷檀香山，他

身上有 1/2 原住民血统、1/4 华人以及英国人的血统。钟云的祖父老威廉·钟云祖籍广东中山，18 世纪末跟随美国商船移民至夏威夷。

钟云曾就读安纳波利斯海军学院，这是美海军唯一一所培养初级军官的正规学院。150 多年来，这所学校为美海军培养了一大批各种专业的初级军官。尼米兹、哈尔西等海军名将都是从这里走出去的。在海军学院读书时的钟云，学习成绩优秀，毕业后曾经在"亚利桑那"号任过职。

1941 年，夏威夷时间 12 月 7 日清晨，日本未经宣战，偷袭美军基地珍珠港，美军伤亡惨重。当时，钟云所在的美军主力战舰"亚利桑那"号被击中沉没，舰上 1177 名将士殉难，阵亡官兵中包括海军上将基德和舰长海军上校范·瓦尔肯堡等人。钟云是为数不多的幸存者之一。

劫后余生的钟云，在 1944 年 5 月被任命为当时美国的主力驱逐舰之一"西格斯比"号（DD502）的舰长，从上尉一跃提升到中校，一直任职到 1945 年 10 月。

1945 年 4 月 14 日，在太平洋战场上，"西格斯比"号被编入一支航母编队参加攻占日本冲绳岛的战役，当时它的任务是巡弋保护航空母舰战斗群。航行途中，"西格斯比"号突然遭到"神风特攻队"的攻击，其中一架敌机在突破战舰防空火力网后直接撞向"西格斯比"号，舰上 23 名水兵当场死亡，左舷动力和驾驶室完全被毁，右舷也只剩下不到 5 节的航速，战舰随时可能沉入海底。此时，年仅 35 岁的钟云沉着冷静，一面命令高炮部队还击日本战机，一面指挥士兵抢修战舰。经过数小时激战，钟云总共指挥击落了 20 架日军战机，击退了"神风特攻队"的攻击，并驾驶几乎完全瘫痪的战舰安全返航。由于这

一仗的卓越战功，钟云随后获美国海军十字及银星勋章，并晋升为少将。

钟云虽然已经永远离开了美国海军，但是"钟云"号以舰艇命名的方式，表达了对钟云赫赫战功的追思和怀念。钟云是迄今为止在美国海军职位最高的一位华裔海军将领。

当998舰距离"钟云"号不远处缓缓驶过时，我的心中思绪万千，百感交集。不管是哪个国家，只要是海军，对钟云的一生都会充满敬意和羡慕。作为一名海军，他经历了珍珠港事件日军的飞机轰炸，劫后余生的钟云，又在太平洋战场上，用坚毅和勇敢，最重要的是用胜利抒写了属于一名海军军人的荣耀。

有意思的是，"钟云"号在南中国海的现身，还承担了一项特殊使命。2009年3月，美国海军海洋调查船"无暇号"无视我国对该海域的主权管辖权力，在我南海海域进行调查作业，并与我渔船发生冲突。事后美国海军立即作出反应，派出军舰前往南中国海游弋。而这次来到南中海的军舰，正是"钟云"号导弹驱逐舰。在这种突发事件的敏感时期，美军派一艘以华裔将军命名的军舰出马，除了彰显武力威慑目的外，其中的寓意给了国际社会很多想象的空间。

同样是护航军舰，可是在亚丁湾的遭遇也会各不相同。

对于索马里海盗来说，绝大多数时候，军舰就是截断他们财路的黑煞星，遇上了算是倒霉。但是海盗也有看走眼的时候，把军舰当成商船，这样的乌龙事件也会发生。

2010年3月28日，荷兰海军护卫舰"特罗姆普上将"号正在海上航行，索马里海盗看到这艘大舰，误以为是大货船。于是，一艘海盗母船及其两艘快艇迅速向军舰靠拢，准备对这笔大买卖下手。

海盗船只后来很快被发现，"特罗姆普上将"号护卫舰发射警戒弹示警，海盗母船及两艘快艇这才明白搞错了对象，不得不停船。荷兰海军士兵随后清理海盗嫌疑人，并将全部 12 名海盗嫌疑人赶回海盗母船，给予他们足够的食物和饮用水，监督他们返回索马里港。

和这些外国舰艇相遇亚丁湾，就像是翻开了一部世界现代史，让我们从舰艇的世界，看到战争的演变，民族的勇气，也让久处和平环境的我们中国海军，体验到了战争气氛。我们深深感受到，战争其实无所不在，也真切理解到作为军人，只有两种状态即"战争和准备战争"的深刻意义。

班长护航纪事中对各国舰船的记述，让我领略了不同国家的舰船文化。我不由地想，文化其实也是一个民族留下的行为痕迹。

我问班长，中国军舰有以普通战士的名字命名的吗？

班长说，中国现在有两艘远洋训练舰是以人名命名的，一艘以航海家郑和的名字命名的"郑和"号，还有一艘是以邓世昌的名字命名的"世昌"号。

我说，郑和代表的是中国历史上一个辉煌的时代，他官至四品，为内官监太监，邓世昌曾经担任北洋水师"扬威"舰、"致远"舰管带，在甲午战争中殉国后，被朝廷追授"从一品"官，他们都不能算是普通战士吧？

班长说，是军官还是普通战士，其实都不重要，重要的是，他们都是军人，是海军。

也许，班长说得对。

太阳下山。

海边起风了。

海风是苦涩的。

我想到了中国的船之路。

是的，中国舰船，从无到有，一路走来，就像这咸咸的海风，有些苦涩，有些黏稠。

舰船在中国的发展，从某种角度来说，是中国近代海军的发展之路，也是中国近代工业的发展之路。这条路，特别崎岖复杂，充满了痛苦和羞辱。

我说，班长，你知道吗？中国历史上政府第一次购买军舰，就在这里，在大沽口，曾经上演过一出活脱脱的闹剧，阿思本舰队的闹剧。

B 线　悲怆的船路

阿思本舰队的闹剧，虽然已经过去了一百多年，然而那种近代海军成长中的艰难苦涩的滋味，却一直延续到今天。

1863 年 9 月 12 号，阿思本舰队 8 艘战舰陆续到达中国上海，而后直驱天津。这是中国历史上，清政府花巨资购买的第一支舰队。

然而，清政府闻讯这支买来的舰队已经离京城咫尺之遥时，却大惊失色，坚决制止舰队继续北上。

阿思本舰队的到来，在中国舰船发展的历史上写下了最为荒诞的一页。

这支由 6 艘驱逐舰、1 艘炮艇、1 艘供应船组成，装备火炮 40 余门，配备 400 余兵员的舰队，被英国称为"英中联合海军舰队"。

从这支舰队的称谓不难可以看出，中国政府掏钱购买的舰队，主人却成了英国人。虽然此时的朝廷还不知道有李泰国和阿思本之间关于舰队私订合约的存在，仅就这一个称谓，就足以让朝廷感到深重的危机。

事实也的确如此。当英国接手替中国购买舰队时，在英国人看来这是一个天赐良机，这不仅仅是一场商业交易，英国人还可以通过驾驭一支舰队，控制中国海上通道，进而控制中国国家经济命脉，从而控制整个西太平洋海上利益。

当这支完全被英国操控的舰队奔赴中国海域之前，在经费和舰队军事权的问题上，已经出现了严重分歧。原来所定之 65 万两购舰总价，在成军前已两次增加，先加至 80 万，后再追加至 92 万，经费严重超支。另外，李泰国代表清政府与阿思本私自签订合同，内订海军由阿思本任司令，阿思本只接受由李泰国传递，直接来自中国皇帝的命令；舰上所有人员的任用赏罚，由阿思本全权决定；船上只用洋人；要求中国海关拨 1000 万两作海军四年之经费，交由李泰国调用。

朝廷得悉英国人的各项条文后，不啻是当头一棒。

到了 9 月底，李泰国及阿思本抵达北京，与总理衙门就合同条款等激辩 20 余日。最终二人在 10 月 18 日向总理衙门发出最后通牒，提出在 48 小时内接受条件，否则"就必须将这支部队解散"，以此胁迫清政府接受这个荒诞的购舰合同。清政府也意识到"中国费数百万之帑金，竟不得一毫之权柄"，"中国兵权不可假于外人"，拒绝了他们的无理要求，并照会英国，取消舰队。

中国人花钱、英国人统领指挥的阿思本舰队，这一旦成为事实，英国将不发一枪一弹，就夺取中国的制海权。这个事件的发生，并不是偶然的。中国早就是英国要鱼肉的目标，他们只不过在等待一个时机而已。

早在 1832 年，英国东印度公司派遣"罗尔·阿美士德"号借来华使团之名，对中国近海航道进行侦察测量。他们看到清朝装备最好的广东水师，战舰是旧式木帆船，最大的全长 30 多米，载炮 30 门，全是旧式土炮。考察广东海防重镇南澳时，他们看到 78 艘类似福建商船的战船，以及南澳总兵旗下有名无实的 5000 多名水兵，这个海防现状，瞬间勾起他们鲸吞中国的欲望，他们甚至很快把入侵中国的海军军力也计算了出来，这些由大小不同的一千艘船只组成的整个中国舰队，都抵御不了几艘英国战舰，表示"只需 1 艘主力舰、2 艘大巡洋舰、6 艘三等军舰、三十四艘武装轮船和 600 名陆战官兵，就会在很短的时间内把沿海中国海军的全部威信一扫而光，并把数千只土著商船置于我们的掌握之下"，就是在这样的背景下，英国人蓄意挑衅，拉开了鸦片战争的序幕。

鸦片战争使清朝政府第一次意识到，海洋上的严重危机不再是倭寇和海盗，而是日益向外扩展殖民地的西方资本主义强国。在签订《南京条约》前夕，道光皇帝也认为战争失败的重要原因在于双方海军装备相差悬殊，造成"其来不可拒，其去不可追"的被动挨打局面。他诏令沿海各省赶造或购买大号战船，并要多安装火炮。

1856 年，清政府开始酝酿装备洋船洋炮时，英法侵略者发动了第二次鸦片战争，使得清政府的购舰计划暂时搁浅。

在这场历时四年之久的战争中，英法侵略者凭借海军舰队的巨大优势，横行于中国的万里海疆，突破中国的海上藩篱，直导京城。皇帝被迫撤离，京城被攻占，圆明园横遭洗劫。

这种严酷事实和刻骨铭心的耻辱，迫使中国朝野再次关注海防问题。清政府开始了力图创建海军以御外侮的海防自强历程。

1861 年，第二次鸦片战争结束，清朝与列强签订《北京条约》之后，在各方建议下，清政府重新拾起购买洋船洋舰一事。1861 年 7 月 7 日，恭亲王奕䜣向咸丰皇帝奏报购船建议，咸丰皇帝颁谕同意"速购"，下圣谕命江苏巡抚薛焕、两广总督劳崇光、福州将军文清迅速筹款购船。然而不久咸丰皇帝驾崩，随即发生"祺祥政变"，购船一事再次被搁置。

此时，国内局势急转直下，太平军李秀成部连夺宁波、杭州，直逼上海。以议政王身份负责军机处的恭亲王奕䜣得到情报说，太平军进攻上海的目的，是想购买一批火炮船。为了镇压太平军，朝廷痛下决心向外国购买舰队，并且交由回英国休假的中国海关总税务司英国人李泰国具体操办。一切准备就绪，清政府从上到下都期待着一支崭新的舰队开到中国。

清政府购买这样一支舰队的用意是一石二鸟，第一，清政府要借助这样一支在当时来看非常先进的舰队用来剿灭为祸多年的太平天国运动，那时太平天国势力已经非常强大，接连攻克南方多个要地，上海一旦丢失，那么太平天国就有可能借助上海的商贸优势，向西方购买先进武器，清政府需要尽快购买一批洋船洋舰，以清除太平天国。第二，清政府意欲购买西方先进舰队改变海军实力，并借此对西方列强予以还击，达到保卫海防的目的。

李泰国时任中国海关总税务司，于 1862 年 6 月 16 日拜会了英国外

交大臣罗塞尔并递交了呈文，请英国政府批准他为大清帝国在英办理购买军舰并招募海军官兵，以便成立一支"英中联合海军舰队。"他说，"这支部队不会在任何方面妨碍女王陛下政府，反而会使它在没有进行直接援助时那些烦恼的情况下，享有一切好处。"

英国外交部也收到驻华公使普鲁斯的报告，建议英国政府支持李泰国的计划。罗塞尔在经过首相帕麦斯顿的同意后，又把李泰国的报告转到英国海军部征求意见，海军部不仅立即表示同意，还根据李泰国和外交部的要求，明确表示，同意让皇家海军官兵参加这支"欧洲海军部队"，但舰队的组建进展情况，要随时通报海军部。

具有深刻意味的是，李泰国为清政府选定的舰队司令，竟是两次鸦片战争的参加者，皇家海军上校谢立德·阿思本。

炮舰是入侵殖民的重武器，但是比用武力更为重要的入侵占领，就是统治他国的军队。

7月8日，英国外交部正式致函海军部，要求允许阿思本"担任中国政府军事职务"，并发给许可状。第二天，海军部就通知阿思本："兹奉海军部各位大臣的命令通知你，他们乐意对你发给许可状，让你暂时担任中国政府的军事职务。"同时被批准的还有皇家海军的几名少校军官。李泰国自作主张地把阿思本的年俸定为3000英镑，少校军官的年俸为700英镑。

8月30日，英国政府颁发一项不经过议会同意就能生效的特别法令，授权李泰国和阿思本为中国政府组建陆海军部队，并允许招募和雇佣大英帝国的臣民。9月，虽然清政府购买船炮的正式"委托书"尚未到达伦敦，但是李泰国却已从皇家海军买下了8艘退役舰只，又自作主张地为中国的海军设计好了军旗，招募皇家海军官兵600余人，组成了

舰队。同时，英国海军部立即向皇家海军军官发出训令，要求尊重李泰国为中国选定的海军旗帜。为表彰李泰国组建"英中联合海军舰队"有功，英国政府授予他大英帝国三等男爵勋章。

1863年4月4日，舰队起航驶向中国。英国《泰晤士报》发表社论：这支中国英裔舰队的首要任务，是建立帝国的权威——如果太平军有生命力，南京也许会成为新帝国的首都。但十年的经验证明，南京是一个"强盗"的大本营。因此，阿思本上校收复南京，对起义军会是一个沉重的打击，而对诚实的商人是很有利的。第二个任务，是重新打通大运河的航道并勘探内河，在主要通道上建立电报网，教中国人使用蒸汽和电。第三个任务，是镇压流窜在通商口岸的"强盗"。

或许，英国人热衷于组建"中英联合舰队"的真正用心，在《泰晤士报》这篇并不太长的报道中，已经显露无疑。阿思本舰队的首要任务镇压太平天国和第三个任务清剿海盗，只是为了第二个任务——打通大运河航道并勘探内河的辅助任务。换句话说，阿思本舰队的真正任务只有一个，那就是控制大运河航道。大运河是中国经济的命脉，是中国南粮北调的漕运通道，控制了大运河航道，就是控制了中国经济最主要的流通渠道。

两次鸦片战争，中国割地赔款，已经丧失了外海的制海权，一旦阿思本舰队如期如英国人所愿驶入中国，那么中国的内河、江湖入海口，也将被这支英国人总统领的舰队所控制。泱泱大国，不但丧失海上疆域，连陆上领土也终将难保。阿思本舰队的真正使命，就是通过舰队将控制中国的制海权，向控制中国内河流域渗透扩张。

在这支舰队到达上海港的前几个月，李泰国由伦敦回到北京，向总

理衙门递交了他以"中国政府全权代表"身份私自与阿思本签订的"合同"等文件，文件说在英国订造的 8 艘舰只共支出银子 107 万两，招募英国海军官兵 600 余人，议定以 4 年为期，并订有合同共 13 条，合同的主要内容有：

第一，中国建立外海水师，阿思本允做总统四年。除阿思本外，中国不得另延外国人做总统。中国所有外国样式船只，或内地雇外国人管理者，或中国调用官民所置各轮船，议定嗣后均归阿思本一律管辖调度；第二，阿思本只执行李泰国转交的中国皇帝命令。若由别人转谕，则未能遵行。如有阿思本不便照办之事，则李泰国未便转谕；第三，所有此项水师各船员弁、兵丁、水手均由阿思本选用，仍须李泰国应允，方可准行；第四，此项水师，俱是外国水师，应挂外国样式旗号……

按照这个合同，大清帝国花了 100 多万两银子买来的舰队，完全成了挂外国旗，听命于外国人的外国舰队。由此，阿思本不仅是这支中英联合舰队的司令，还成了中国海军的总司令。总理衙门原来希望的只是让英国人帮助购买船炮，聘请外国官兵来组建一支新式海军舰队，用现在的话说，只是希望英国代购一个舰队，然后聘请一个 CEO，仅此而已。然而，恭亲王奕䜣看到的李阿合同，完全改变了朝廷当初委托李泰国购买舰队的初衷，不禁大吃一惊，终于恍然大悟，"原来英国人想借此一举将中国兵权、利权全夺走"。

事实上，通过购买中英联合舰队上演的阿思本闹剧，不仅仅是把中国海军舰队的国别，变成了英国舰队，成为英国统治下的中国海军，更为重要的是，购买军舰编队是一项国家级的商业项目，这个代表中国国

家利益的意志，被英国政府毫无顾忌地强奸了。

由此可见，在世界范围内，清政府的虚弱无能，到了何等无以复加的地步。

从鸦片战争，到甲午海战，历史给了中国很多次机会，告诉中国海权对于一个国家民族命运的重要性。

当阿思本舰队把合同条款放到清政府面前时，清廷官员意识到了英国真正的目的，是要夺了中国的兵权、利权，但是他们始终没有意识到，阿思本舰队还有一个更为重要更为长久的目的，是要夺了中国的制海权。

大清朝廷意识到英国要夺了中国的兵权、利权，只是看到了事物的一个表层，而英国想通过阿思本舰队，夺取中国的制海权，控制中国的内河通道，以达到永久统治中国、统治南中国海出海口，统治中国内陆入海口，从而达到统治整个西太平洋地区这个英国最核心利益的目的。

清朝政府为了摆脱阿思本舰队的被动局面，最后以白白花了60多万两的银子而收场。

两次鸦片战争，清朝政府割地赔款，甚至付出了国家主权沦丧的惨痛代价，却始终没有能学会面向大海，从大海深处思考、寻找国家民族的未来。

阿思本舰队的事情到了这个份上，按理购买舰队一事应该就此罢休，但是，清朝政府因为急于用舰队来镇压太平军，总理衙门仍做了极大的克制和让步，与李泰国再三谈判，经过反复讨价还价，双方又另行议定了《火轮师船章程五条》，规定由中国人充任舰队的"汉总统"，阿思本降为"帮同总统"，作战时必须听从地方督抚大员的指挥

调遣。同时，双方还订了攻打太平军的分赃协定：攻占南京后，所得财物"以三分归朝廷充公，以三分半归阿思本赏外国兵弁，以三分半归中国兵弁作赏；如果阿思本率舰队独占南京，则"七分阿思本充赏"。

1863 年 5 月，李泰国从伦敦回到上海的第一件事，就是找李鸿章索要购船欠款，结果发生激烈争吵。李泰国没能从李鸿章那里要到一两银子，就跑到总理衙门去告状，向总理衙门又提出了"十三条"，同时全盘否认他亲自与奕䜣等议定的《火轮师船章程五条》。

10 月 15 日，阿思本向奕䜣提出了最后通牒，上演了一出"一字不可更易"的照会事件，扬言若不同意"十三条"各项规定，他就拒绝从事任何活动，如果不在四十八小时内收到他想得到的一种希望的答复，那么他就将这支舰队解散，阿思本希望以此来威胁清政府，令清政府作出让步。

清政府最后向英国发出解散舰队的照会。

阿思本舰队最终解散，舰船和舰员全部遣返英国，如果仅仅只是清政府愿意白白赔付 60 多万两银子，想把自己请来的菩萨送走，恐怕没有那么简单。阿思本舰队最后能如清政府所愿，撤出中国，根本的原因，还是迫于西方列强给予英国的压力。

阿思本舰队整个事件的来龙去脉在国际社会公布后，西方各国列强哗然，英国竟然想独霸中国，控制西太平洋海权，美国、法国等列强岂能容忍英国这种吃独食的做法，遂群起而诛之，迫使英国不得不最后拿了银子一走了事。

西方社会给英国施加的压力，给了清政府最后在谈判桌上有力的后援，并在新一轮谈判中，采取强硬姿态，清退舰队达成了最后协议。

1863 年 11 月 23 日，阿思本上校带领被遣散的舰队从上海驶回英

国。而阿思本上校的舰队为此也在西方的史书上留下了一个极不光彩的名称——吸血舰队。

关于阿思本舰队事件，赫德后来说道："李泰国的垮台，不仅毁了他自己，也使我受到挫折，致使中国的进步停滞了二十年之久。"

阿思本事件给李泰国和赫德个人带来的损失是毫无疑问的，但是我至今不能理解的是，这一事件"致使中国的进步停滞了二十年之久"，这句话的真正意义是什么。

船，是一面镜子，可以照出一个国家的方方面面。国家的实力、国家在国际政治中的地位、国家的地缘战略、国家安全现状和未来，那些事关民族千秋大业的不同方面。

阿思本舰队事件，既是中国近代海军诞生之初坎坷命运的记录，也是中国向近代社会发展的一个缩影。这个缩影，凝聚了西方列强对中国掳掠、侵蚀、霸占、欺压，凝聚了西方新兴资本主义势力对中国农耕社会封建体系的压迫。

中国地域广袤，在全球始终是一个大国。当欧洲工业革命蓬勃发展时，资本主义就像嗜血的蚂蟥，一旦嗅到中国这块肥沃的土地上财富的气息，就由不得中国选择，千方百计钻入中国的肌肤。19世纪中国闭关自守自给自足封建经济的大门，最终被列强用坚船利炮轰开。换一个角度看，中国当时的社会政治体制，严重滞后于世界潮流。就像滚滚而下的洪水，资本主义的大潮席卷世界各地，成为世界性的风潮，以中国的一国之躯，去抗衡全球大潮，结果只有两种，要么顺势而为，将一股溪流融入大潮，要么就是被大潮所吞没。

1863年，和英国签订购船协定，也就是"阿思本舰队事件"发生的那一年，在欧洲，英国伦敦的第一条地下铁建成运营；在美洲，美国纽约证券交易所正式定名。在当时的世界局势下，中国之所以会发生阿思本舰队这样的事件，正如鸦片战争的爆发一样，说到底，不仅仅是两个国家间的较量，而是两种制度的较量，是新兴的资本主义制度对落后的封建主义制度的挑战。

　　班长长叹一口气。

　　我说，班长，想到了什么？

　　班长没有说话。

　　我说，通过阿思本舰队的闹剧可以看到，一个国家，一个缺乏海权意识的政府，民族命运不可避免地危在旦夕。

　　班长说，所以啊，就像这次海军去亚丁湾护航，就是唤醒民众海权意识的一个重要契机。

　　我说，虽然中国海军终于走向了亚丁湾，但是，还不是充满了争论和非议？

　　班长说，有争议是好事，通过争议才能把海权意识的理念普及和深入。

　　我笑了，说，班长，你有一颗仁厚宽容的心。

　　班长说，难道不是吗？

　　我说，事实怎么样，就像同学会，说好了大家一起来海岸线自驾游，结果呢？也就我一个非海军人士加入了。

　　班长一时语塞。

　　我却不肯饶人。

　　我说，说实话，就算我跟你一起走一趟海岸线，也是有私

心的。

班长说，什么私心？

我想写书啊，把中国关于海权的屈辱历史，哪怕是一鳞片爪，写下来，借此释放积郁已久的心绪。

班长说，这也叫私心？我作为一名海军，还真希望有这种私心的人越多越好。

我说，真的，班长，我一直想不明白，为什么那么多人宁愿把时间花在麻将桌酒桌上，而不愿意稍稍关心一下自己国家海疆的局势？海疆安全其实关乎我们每个人的切身利益。

班长说，这恐怕和教育有关。

我说，教育缺失是一个方面，更可怕的是文化缺失，这个比较难办。

班长没说话。

我自己都觉得话题有些扯远了。

我说，班长，我讲一个"宝顺"轮的故事，你要不要听？

班长说，"宝顺"轮啊，还是我讲给你听吧。

我说那算了，都不讲了，不过我已经在对话实录上记下了。

在中国舰船发展史上，"宝顺"轮也是一艘可圈可点的轮船，是中国民间和地方政府共同出资购买的中国第一艘具有军事战斗能力的护航舰船。

1855 年盛夏的一天，北洋山东芝罘（今烟台）岛海面上，驶来一

艘船头船尾各架设一门锃亮的西洋大炮的大轮船。这艘一眼就能看出的西洋轮船，并不属于西洋人所有，而是大清浙江宁波政府和宁波商人集资从西洋购买为商船队的武装护航船，它的名字叫"宝顺"轮。

"宝顺"轮的横空出世，和粮食漕运有关。

江南自古就是鱼米之乡，隋炀帝开通大运河之后，南方的粮食通过内河运送到京城，使得漕运达到空前繁荣。但是，太平军举事，内河漕运完全阻断，也切断了从南方北调物资的运输通道。

漕运始于秦始皇，自隋炀帝开挖京杭大运河以后，更是历代皇帝运送皇粮的主要手段。清代漕运的作用显得更为重要。浙江漕粮一直以来都是通过京杭大运河运送到京城，1851年太平天国起事后，内河漕运被切断，改为海运。

宁波自古便有海运传统，航运业是宁波人主要的也是最擅长的经营行业之一。

道光年间，宁波港出现了繁荣势头，商业船帮总数不下六七十家，约有大小海船400艘。五口通商后，外国航运势力大举入侵中国，轮船排挤帆船，到了1850年，南北号商行只剩下20多户，木帆船100余艘。

正当宁波的船主们愁苦不已的时候，浙江漕运改为海运，新的商机来了。精明的商人们抓住机会，迅速修造船只，木帆船大量增加，呈现兴旺景象。1853年，浙东首次海运漕米入京。宁波300多艘沙船、卫船中的180艘被雇佣运送漕粮，如此兴旺的财运，让宁波船商们欣喜不已。

但是，诚如今天主要的国际海上通道一样，和商船结伴而来的是海盗。

运送漕粮的商船，不时发生被海盗劫持事件。这些海盗劫船后，便向船东索取巨额赎金，漕运越发达，海盗越猖獗，最后发展到了海盗派同党进宁波城，和被劫船东或家人就赎金讨价还价的地步，漕运商机眼看就要葬送在海盗手上。

屋漏偏遭连夜雨，那一时期，黄河溃决，北方饥荒，南方的粮食急需调运北边。

为了保证粮食北运和海上运输的安全，1854 年的冬季，宁波江东刚落成不久的北号会馆——庆安会馆中，船商们聚集一堂，慈溪人费纶锧、盛植琯和镇海人李也亭，提出了一个大胆的设想：集资购买洋轮、护送漕船、剿灭海盗。

护航，从来都是商业发展到一定阶段产生的需求，是维护海上商业利益驱动的结果。这些宁波商人，天生异禀，敢想敢为，为了维护商业利益，可以拿出第一个吃螃蟹的勇气来。要知道，对于当时整个中国来说，蒸汽动力船只是洋人的专利，而且正是这些替代了风帆的蒸汽动力船，用火炮轰开了中国国门，民生百姓对洋船是又恨又怕。

但是，这帮了不起的宁波商人，或许是因为经商纵横四海，让他们具有了国际眼光，总之，在这个商机即将受挫的历史时刻，他们把目光聚焦在蒸汽动力船上，抛开洋船加给国人心灵受辱的符号和创伤，将洋船的商业价值和政治隐喻区别对待，仅仅就是这种看待事物明智开放的姿态，在当时就已经很了不起。更何况，这些宁波商人做出这个大胆决定的那一刻，预示了中国商船的风帆已经徐徐降落，取而代之的是隆隆作响的轮船时代。随着世界最先进动力轮船的进入，改变了中国交通运输能力，促进了中国当时的社会生产力。

但是，从有想法到真的去购买，还有一个巨大的障碍，就是经费。

买一艘轮船的费用巨大，钱从哪里来？

宁波知府段光清想出了一个主意，官商各出一半钱，官府所垫的那一半资金，每年抽商船的部分收入陆续归还。

段光清的这个主意，不只是解决了购船所需的经费，更为重要的是，这一举措，开创了那个时代政府对民间商业经济支持的先河，扶持了民间经济，为当时漕运业的繁荣发展提供了最为实在的政策和经济扶持。段光清的贡献，绝不仅仅在于让购买轮船成为事实，而是开启了对于政府和民间来说，具有开创性的经济实践活动，不仅为当时的漕运业注入了商业生命力，也为中国民间经济的发展，注入了新的经济模式。

这是一条通往经济繁荣的政策之路。但是，这条路，只是薪火之光，当"宝顺轮"如期购买进入中国海域，随着商业获利，政府拿回了垫资，一切也就随之而结束。

制度决定一切。

虽然段光清们为了维护地方经济，已经开创了值得探索的经济模式，但是封建主义的土壤，是无法真正培育出资本主义自由贸易精神的。由于缺乏商业意识，这个政府和民间合作的成功案例，不可能引起人们关于资本的思考，也不可能唤起人们的商业精神，这个案例，只能成为一个孤立的事件而划过中国商业历史的天空。

经费落实了，宁波富商杨坊作为中间人，出面向在广东的英商购买轮船，定价七万银元，取名"宝顺"。

"宝顺"轮购入 14 年之后，1868 年 9 月 28 日，上海江南制造总局第一号火轮船竣工。这是中国自造的第一艘大型机器轮船，系木质明轮兵船。

"宝顺"轮是商船，但是它不是一般的商船。兵船，也就是后来的

军舰，可以载兵架炮，而"宝顺"轮这只商船，也被改装成一艘载兵架炮的武装护航船了，成了一艘不是兵船的兵船。宁波人在广东买下"宝顺"轮后，又招募了70多名广东和福建籍的水手。这些人被称为"得力水手"，甚至被称为"死士"。得力，一方面说他们深熟水性，更是说他们对剿捕海盗的作用；而"死士"，则是说他们作战是不要命地勇敢。实际上，这些水手已经不是一般意义上的水手了，而是水兵。在后来的海上战斗中，这些水手上岸追击消灭海盗，简直就是一支早期的海军陆战队。

1855年，广东海盗船30余只在福建、浙江海面上肆意抢掠，又窜到北洋，和其他海盗会合。运送漕粮的船只都被堵住了。农历六月，"宝顺"轮出洋，七月七日在复州洋轰击海盗船，击沉5艘，击毁10艘。十四日在山东黄县洋、蓬莱洋击沉4艘，俘获1艘，焚毁6艘，残余的海盗上岸逃窜，船勇奋力追击，杀死海盗40余人，俘房30余人。十八日在山东石岛洋击沉1艘，救出被劫江浙船只300余艘。短短11天工夫，"宝顺"轮就将北洋的海盗全部肃清，开回上海。二十九日，"宝顺"轮巡航宁波石浦洋，海盗船23艘在港内停泊，"宝顺"轮率领水勇船进港攻击，从清晨5点到下午3点，23艘海盗船无一幸存。残余海盗逃上岸去，船勇追击杀死300余人。九月十三日在岑港洋击沉盗船4艘，十四日在烈港洋击沉盗船8艘，十八日又在石浦洋击沉盗船2艘。十月十八日，又在烈港洋击沉盗船4艘。南洋海盗也全部肃清。在短短三四个月的时间里，"宝顺"轮击沉和俘获海盗船68艘，生擒及杀死溺死海盗2000余人，"宝顺"轮之名，声震四海。

看到了火轮船的巨大威力，上海商人第二年也购买了一艘，取名

"天平"轮，和宁波约好，一艘巡北洋，一艘巡浙海，海盗的踪迹在武装民船护卫下逐渐减少。

不久，洋船布满了北洋，英国、法国、美国这些帝国主义列强的军舰在中国领海横冲直撞，第二次鸦片战争爆发。咸丰八年，也就是1858年，英法联军攻陷大沽口，侵入天津。咸丰派大学士桂良、吏部尚书花沙纳赴天津议和，分别和俄、美、英、法签定了《天津条约》。

外国军舰陷中国于水深火热之中，这种局势下，1861年3月，曾国藩又再次强调购买外洋船炮乃是"今日救时之第一要务"。1862年，曾国藩购买轮船一艘，名"威林密"号；次年李鸿章也购置一艘"飞来福"号。

"宝顺轮"扬威海上，受到清廷赞扬，同时也推动了总理衙门大臣左宗棠办洋务运动的决心。1866年9月，左宗棠向外商也购买了一艘轮船，名"华福宝"。

1867年，清政府颁布了《华商买用洋商火轮夹板等项船只章程》，允许华商在章程范围内可以置办洋式船只，这已经比"宝顺"轮晚了十三年了。

事实上，清政府两次购船，都以失败而告终。第一次购买舰队计划流产，第二次购买的一批名留青史的舰船全部折戟甲午海战。

中国近代海军，就是在国家的屈辱历史和痛苦的民族记忆中，逐渐走向成熟。

在大沽海口，和班长讨论军舰的时候，我把班长惹恼了。

我说，以中国这样一个10多亿人的大国，以中国目前出

口总量排名世界第一的国力，中国海军的装备，尤其是军舰，如果我是一名中国海军，一点都找不到自豪的理由。

我说这话的时候，其实目光一直看着远处的海面，那里有几艘船。

许久没有听到班长说话。

不经意间回头，看见班长正拿眼睛瞪着我。

我的目光和班长的目光相遇的刹那，我看见他的眼神里充满了愤怒。

班长说，你说什么？

我那时也没洞察到班长的心理变化，真的又把说过的话重复了一遍。

班长说，我作为998舰，中国自己设计自己制造，目前最大排水量的"昆仑山"船坞两栖登陆舰的指挥官，我为我的军舰而自豪，为我是一名海军而自豪，为我是一名亚丁湾护航兵而自豪。

班长几个严肃的自豪一出口，我明白，他生气了。

可是，我不过说了一句内心的真话。难道这话真的那么刺痛了他？

接下来的很多天，我一直在寻找班长过度反应的原因。

在最后几天的行程里，我终于找到了答案。

一个人的内心，总有一块不容触碰的、属于他自己的神圣的领地。

正是我的一席话，冒犯了班长灵魂的高地。

由此，我想，班长的护航纪事中，对各国海军装备的记

录，恐怕也不是无意而为的。

二

A线　不落的风帆

几天前的 9 月 1 日，土耳其的"戈克细亚达"F494 号军舰接替"姜邯赞"号，成为 CTF151 编队旗舰。通过"水星网"申请加入我们第六批护航编队的商船，原定 21 艘，临出发前，又有 4 艘商船临时要求加入。

同时护送 25 艘商船，数量又有了新的突破。为了保证安全，编队指挥组决定将商船分成三列纵队，由"集美贵"号、"盐田海"号和"振华 9 号"商船分别担任领队，对"安宁"号、"光荣"号商船分别加派特战队员随船护航，并且将他们安置在 998 舰前方和 170 舰后方行进。

16 时，茫茫大海上，这支浩浩荡荡的商船队伍，在我军舰的护卫下，从 B 点出发，向着目的地行进。

在亚丁湾海域护航的各国军舰，无疑也是一次全球军舰大会展。从驱逐舰、护卫舰、巡洋舰到登陆舰、补给舰，甚至航母，一一尽收眼底。

舷号 DD101 的日本"村雨"号驱逐舰和舷号 DD153 的"夕雾"号驱逐舰，在亚丁湾现身，998 编队多次和这两艘军舰相遇。这些军舰除

了航母没有出席护航行动，其余基本在打击海盗行动中悉数现身。

日本海上自卫队"夕雾"号驶入阿曼塞拉莱港（新　航　摄）

　　亚丁湾既是全球反海盗的前沿阵地，也是世界各国海军军力的投影。

　　受到上次关于舰船讨论的启发，这一次，998舰又在官兵中间针对各国海军装备发展，举行专题讨论。

　　通知在布告栏贴出，小小的舰上阅览室里忙碌了起来。

　　专题讨论如期举行，这些年轻的官兵们的表现，又一次让我无比欣喜。

　　998舰柳国礼政委主持了这次讨论会。柳政委可谓是博览群书，他的阅读，不仅涉及本职工作，军事书籍也没少看，可谓是文武双全。

　　讨论会上他先引出了话题。

　　随着世界各国对索马里打击海盗力度投入的加大，世界各国军舰发展也出现了新的态势。世界各国继续推进本国的军舰装备发展计划，不

断加强本国的海军实力，似乎成为各国的共同需求。

美国在 2010 年制定的未来 30 年舰船发展计划，以满足未来海军的需求。与此同时，东南亚各国也积极从国外订购海军舰艇，以期望增强本国海军实力，在本地区的竞争中占有战略优势。

副舰长郭新武说，美国海军不断调整造舰计划，以满足美国海军未来的战略目标，说明美国始终将海洋作为它控制全球的一个主要平台，把海军作为控制全球的主要力量。

观通长刘柱，人称"小诸葛"，知识面广，脑子灵活，点子多。他翻开笔记本，发言道，美国要实现它的全球战略，美国海军需要在 2041 年之前再采购 221 艘舰艇，因此，美国海军计划在 2012 年至 2021 年保持平均每年 11 艘舰艇的采购速度。具体型号方面，美国海军将继续推进包括"福特"级航母、核潜艇、大型水面战舰、两栖舰等多种型号的采办工作。其中，美国海军计划在 2041 年之前完成 6 艘"福特"级航母的采购任务；潜艇方面，海军将在 2019 财年开始启动 12 艘新型弹道导弹核潜艇的采购工作；此外，美国海军还计划继续进行"弗吉尼亚"级攻击核潜艇的采购工作；大型水面作战舰艇方面，美国海军对去年制定的计划进行了一定调整，将大型水面舰艇的长期规模由 88 艘增加至 94 艘。在两栖战舰船方面，美国海军在未来 30 年将采购 33 艘两栖战舰，其中包括 11 艘 LHA 两栖攻击舰、11 艘 LPD 两栖船坞运输舰、11 艘 LSD 两栖登陆舰，逐步取代现役的"黄蜂"级两栖攻击舰、"惠德贝岛"级船坞登陆舰以及"哈珀斯·费里"级船坞登陆舰。

官兵们发言踊跃。

主机班四期士官吴科，一个平时语言不多，甚至有点腼腆的老兵。他除了轮机的本职专业是行家里手，业余时间还参加了成人高等教育自

学考试，不断给自己"充电"。此时他插话说，我们的周边国家也没闲着，东南亚各国也加快了各国海军装备的现代化进程，以期在南海资源争夺以及地区军事战略上占据有利位置。

在海军装备的采购计划中，潜艇成为了东南亚各国重点的采购项目。继越南2009年向俄罗斯订购6艘"基洛"级柴电潜艇之后，东南亚其他各国也开始纷纷制定本国的潜艇发展计划。泰国希望通过购买国外二手潜艇来组建本国的第一支潜艇部队。泰国海军采购目标主要包括德国、俄罗斯、韩国的常规动力潜艇；菲律宾在其"2020航行计划"也决定在未来10年内采购一艘潜艇，以维持东南亚地区军事力量的平衡。

"我们是两栖作战部队，我最关心周边国家两栖舰艇的发展情况。"张立山发言道。

他是登陆部门车库保障班的班长。山东汉子，一米八几的高个子，在篮球场上可是个焦点人物。

他带着山东腔接着发言。印度海军近年来最引人注目的一笔大单，要数2007年正式从美国海军手中接过排水量为17000吨的"特林顿"号两栖船坞运输舰。"特林顿"号在印度海军的服役，成为印度海军的第二大战舰，使印度海军的两栖作战能力发生质变，作战范围轻松延至太平洋和波斯湾，印度海军的两栖战力将发生质变。

"特林顿"号服役前，印度海军最大的两栖运输舰是3600吨级的"马加"级。该级舰仅能运送500名携轻武装的军人、15辆坦克和8辆运输车，还可搭载2架中型运输直升机，适合运送小型的特种作战部队，其续航距离为3300海里，时速为14节。"特林顿"号的能力却不可同日而语，它所运载的人员和装备翻番，续航距离7700海里，可以

搭载 6 架中型运输直升机，堪称一艘"直升机航母"了，都快赶上 998 舰的能力了。拥有这艘万吨级远洋运输舰，意味着印度海军的两栖战力可以轻松延伸至太平洋。

更为重要的是，"特林顿"号在印度服役，标志着以俄制装备为主的印度军队开始与美制武器接轨，从而为美印军队联手作战奠定了基础。这也是 2005 年美印之间确立战略伙伴关系后，印度从美国那里得到的第一单好处。美国以 4200 万美元的"特惠价"，出售即将退役的"特林顿"号两栖舰坞运输舰，并补贴近 1000 万美元为该舰升级换装，再赠送价值 800 万美元的维护与保养专用设备。

电工班的老兵廖先锋补充道，"特林顿"原是美国新泽西州首府的名字，而该舰加入印度海军后，改名为"贾拉什瓦"号，配备给印度的东部舰队。"特林顿"号的服役，使印度海军战力倍增，有了远程武器，再加上能把大量的部队从一个地方运送到另一个地方，意味着印度海军有能力影响未来的陆上战斗。

或许因为印度是我们的近邻，又是印度洋上的主要海军力量，官兵们持续热议"特林顿"号。该舰抵达印度后，以加尔瓦尔为母港，这个港口将启动二期军港建设，力争在 2015 至 2020 年之间将该港建成印度海军第一大海军基地。

购买"特林顿"号，只是印度加快发展海军力量，打造蓝水海军，确立地区及全球优势战略的一个步骤。据估计，从 2008 年至 2013 年，印度将在海军现代化领域投入约 400 亿美元，并且计划在 15 年内列装的海军舰艇均将在印度本土建造。这意味着印度国防工业的技术将得到提升，未来印度将能够建造更加先进的战舰。目前，印度各造船厂有处于不同建造阶段的在建舰艇和潜艇共计约 34 艘，第一艘国产航母

"蓝天卫士"号也在建造中。印度海军还已签署大量飞机、驱逐舰、油轮、教练机、导弹、无人机以及雷达采购合约。在未来15年内，通过这些采购项目，印度海军将跻身世界海军前三之列。印度海军计划引入萨博-2000多任务海上巡逻机。这款巡逻机配备有电子扫描阵列雷达与1枚RBS 15反舰导弹。它具备敌我识别能力，能够有效定位并识别海上活动。萨博-2000多任务海上巡逻机最大航程达2000海里，续航能力为9.5小时，巡航时速达350节，能够在10分钟之内攀升至20000英尺高空，在3个小时之内覆盖1000海里海域。这款飞机的引入，将大幅度提高印度海军的机载情报、监视和侦察能力，进而强化其海上监督能力。印度海军还计划引入3艘"克里瓦克Ⅲ"级（Krivak Ⅲ）导弹护卫舰。有关这3艘护卫舰的采购合约签订于2006年，首艘护卫舰计划于2011年内交付。新护卫舰都将配备8枚"布拉莫斯"超音速巡航导弹。其时速超过35节，配备有喷水推进器，舰艇机动性极为出色。"克里瓦克Ⅲ"级护卫舰能够有效打击高速运动目标。其速度、机动性和快速反应能力，使之能够在搜索和救援行动中大展拳脚，可提高印度海军展开快速海上行动的能力。印度海军还计划引入由美国波音公司研制的P-8I远程侦察与反潜飞机，还从俄罗斯采购了31架空中预警（AEW）直升机。除此之外，印度海军已与美国空军签署了价值10亿美元的MH-60R多任务直升机采购合约。在未来数十年内，印度海军将通过列装以上所提直升机与监督飞机，改善自身海上航空能力。一旦这些能力就位，印度海军就能够对巴基斯坦海上安全利益产生可靠威胁。

官兵们情不自禁为他精彩的发言鼓掌。

掌声还没有停息，来自广西的副观通长杨毅话锋一转，说到了越

南："在印度开始了美式装备的海军时代，越南已经和印度一样，成为俄制海军武器装备采购大国，越南海军订单总额已经可以和目前正在履行的印度海军订单相提并论。"

越南积极寻求俄罗斯海军的装备和技术。近年来最大合作的项目是购买6艘636.1型"基洛"级柴电潜艇。这份总价值大约20亿美元的合同是俄国防出口公司2009年底与越南海军签署的。全部6艘潜艇都将配备"俱乐部-S"反舰导弹系统。在潜艇供应合同签署3个月后，俄越双方开始谈判潜艇停靠基地和相关基础设施建设问题。专家估计，这项合同的金额可能与6艘潜艇的供应价格相当，甚至更高。越方希望俄方提供贷款，不仅用于潜艇停靠基地的建造，还能购买包括救援船、保障船在内的各型舰船，以及海军航空兵飞机。而且，潜艇部队和海军航空兵将会成为越军编成中的新编制。

越南海军在打造潜艇部队的同时，开始实现主力水面战舰以及各种类型、用途的快艇的现代化，主要项目同样与俄罗斯密切相关。其中，俄罗斯在继续履行向越南供应各种巡逻艇的项目。今年8月，俄方向越方交付了两艘由符拉迪沃斯托克东方造船厂建造的10412型"萤火虫"级轻护巡逻艇。俄方从2001年开始落实向越南供应"萤火虫"级巡逻艇的合作项目。2002年越南海军订购的两艘10412型巡逻艇在圣彼得堡金刚石造船厂下水，2003年1月交付，单价大约1500万美元。当时越方表示准备继续建造"萤火虫"级巡逻艇，双方讨论的建造数量为10—12艘。该项目的部分内容在2009年得到发展，当年夏天俄两家造船厂为越南海军开工建造4艘10412型"萤火虫"级巡逻艇，金刚石造船厂和东方造船厂各2艘，其中前者建造的2艘已于2011年交付。该型巡逻艇由金刚石中央海军设计局研制，航速较高，约为30节，艇

员 28 人，主要用于保护海上边界和沿海基础设施，打击海上走私犯罪。

俄罗斯和越南在快艇方面的第二大合作项目是"闪电"级导弹艇的供应和许可生产。20 世纪 90 年代，俄方共向越方供应了 4 艘配备"白蚁"导弹系统的 1241PE 型"闪电"级导弹艇。1993 年越南购买了配备"天王星"导弹系统的 1241.8 型"闪电"级快艇的生产技术，2003 年正式签署相关合同。俄方从 2005 年开始转让相关技术、标准和工艺文献，2006 年越方开始准备许可生产。根据计划，俄方负责建造首批两艘配备"天王星"导弹系统的 1241.8 型"闪电"级导弹艇，之后协助越方最多组装 10 艘。首艇和次艇先后在 2007 年、2008 年交付。2010 年胡志明市造船厂开工组装第一艘"闪电"导弹艇，开始履行合同中的许可生产义务，预计将会持续到 2016 年。

俄罗斯和越南还在海军装备模拟训练器方面进行广泛的合作。2002 年 1 月，喀琅施塔得造船厂向越南海军交付了全尺寸模拟训练器"礁湖-1241PE"，方便越南海军官兵演练指挥 4 艘 1241PE 导弹艇。之后双方在此方面继续合作，越方表示准备购买 1241PE 型和 1241.8 型巡逻艇、"猎豹"护卫舰的配套训练器。2006 年 9 月，俄国防出口公司与越南海军签署了改装"礁湖-1241PE"训练器、供应 1241PE 和 1241.8 型导弹艇新式训练器的合同，2007 年 12 月履约完毕。

在主力大型水面战舰方面，俄罗斯和越南最大合作项目是 11661 型"猎豹-3.9"级护卫舰的供应。2006 年双方签署了价值 3.5 亿美元的两艘"猎豹-3.9"级护卫舰采购合同。该舰由泽列诺多尔斯克设计局研制，由泽列诺多尔斯克造船厂建造，是以 2001 年俄海军里海区舰队装备的"鞑靼斯坦"号护卫舰为基础的改进型号。该型护卫舰在航行、机动性、动力、可控性和航程方面的性能非常先进，主要用于搜索、监

视和消灭水面、水下和空中目标，执行护航和巡逻任务，既能单独作战，也能加入编队协同作战。武器装备主要包括两套 4 联装"天王星-E"反舰导弹发射装置、1 门 76 毫米 AK-176M 型舰炮、2 门 AK-630M 型舰炮和 533 毫米鱼雷发射管。排水量 2100 吨，航速 28 节（52 公里/小时），续航力 20 天，可停靠卡-28 和卡-31 直升机。该舰具备隐身性能，后续护卫舰根据越方提出的要求，进行了一系列加工和改进，完善性能，使使用和维护更加方便。

越南是我们的近邻，抢占了我国在南沙群岛的不少岛礁。998 舰的部分官兵到过南沙，曾经和越南海军面对面过。对于这样的对手，越南海军的一举一动自然会引起官兵们的关注。

根据俄越 2006 年签署的首份合同，俄方还将于 2010 和 2011 年向越方供应两套 K-300P "堡垒-P" 机动式岸防导弹系统，使越南成为该武器的第一个进口国。这种系统能确保防护 600 多公里长的海岸线，阻止敌方登陆作战，是世界上最先进的岸防导弹之一，它配备的 K-310 "宝石" 通用超音速反舰导弹最大射程 300 公里。据悉，双方还在起草技术转让协议，由俄方帮助越方许可生产"宝石"反舰导弹，相关合同价值大约 3 亿美元。

目前，越南还在俄罗斯协助下建造两类海军舰艇，分别是 54 米长的巡逻舰和 71 米长的登陆舰。另外，越南还在俄专家协助下建成了首艘国产登陆舰，将于 2011 年下水，2012 年服役。

做这个精彩发言的是特战队中队长江涛中尉。

998 舰上一共有 40 名特战队员。以前，只知道他们个个是两栖精英，有不同寻常的军事素质和战斗能力，今天这个专题讨论，展现了平时难以被发现的军事理论功底。

官兵们的发言，虽说是对周边国家海军近年来发展的一些客观分析，但是言语间也透露出对我们的海军力量能否在将来可靠地维护我国海洋权益的隐忧，透露出对建设一支和我国大国地位相称的海军力量的期盼。

　　读到这里，发现班长的笔记本中多了两张插页。显然，这是班长从亚丁湾回国后，做的补充记录。

　　我想，班长虽然已经圆满完成了护航任务，但是对由护航引出的思考，却一直在继续。

　　我情不自禁往下阅读，这两张插页，记录的全部是关于日本自卫队的一系列数据。

第六批护航编队航经新加坡樟宜港时，港内停泊着日本海上自卫队的大型两栖登陆舰"日向"号。稍有军事常识的人都会知道，该舰具有边岛式上层建筑，通长飞行甲板的布局，就是一艘"准航母"。可是日本海上自卫队却称其是一艘驱逐舰。

日本近年来不断扩充自卫队军力，政治上不断谋求介入国际事务，企图让"自卫队"走向世界。

日本陆上自卫队 2011 年采购装备的费用总额为 4452 亿日元（约合356.37 亿元人民币），比 2010 年多花约 1000 亿日元。采购的装备主要包括新型野战宽带通讯装备 2 部、10 式坦克 13 辆、99 式自行榴弹炮 6门、CH-47JA 运输直升机 1 架、UH-60JA 多功能直升机 2 架、EC-225LP 特种运输直升机 1 架以及 AH-64D 武装直升机 1 架。此外还包括03 式中程防空导弹系统、11 式短程防空导弹系统、87 式反坦克导弹系

统以及中程多用途导弹系统各 1 套。

海上自卫队 2011 年采购的装备费用总额为 4816 亿日元（约合385.54 亿元人民币），同比增长约 900 亿日元。其中主要包括"苍龙"级潜艇 1 艘、"江之岛"级猎雷舰 1 艘、P-1 远程反潜巡逻机 3 架、MCH-101 重型扫雷直升机 2 架、SH-60K 巡逻直升机 3 架、97 式鱼雷发射系统 1 套，以及 ESSM 改进型"海麻雀"防空导弹系统 2 套。

航空自卫队 2011 年采购装备的费用为 4124 亿日元（约合 330.14亿元人民币），同比增长约 1100 亿日元。采购的装备主要包括修复因海啸而遭海水浸泡的空自小松基地 6 架 F-2B 战机、C-2 运输机 4 架、UH-60J 救援直升机 7 架、99 式空空导弹系统 1 套，以及 J/APG-2 雷达系统 1 套。

日本防卫省公布的自卫队 2011 年度装备采购清单显示，日本自卫队在 2011 年的军备采购费用总额为 14716 亿日元（约合 1178 亿元人民币）。但日自卫队看似高额的采购费用买到的军备品却只能以个位数为单位来计算，且没有一架新造战斗机。

另外，日防卫省技术研究本部 2011 年的装备采购费用为 978 亿日元，比 2010 年的费用多出约 100 亿日元。采购的装备主要包括 03 式改良型中程地对空导弹系统 1 套、XASM-3 新型空对舰导弹系统 1 套，以及"心神"四代机验证机 1 架。

日本防卫省公布的清单中同时罗列出了日本各大军工企业 2011 年的生产情况，其中三菱重工共获得 2888 亿日元的装备品订单，以绝对优势位居日本各大军工企业首位。此外还包括川崎重工、三菱电机、日本电气、富士通、东芝、石川岛播磨重工、小松制作所、日立制作所等等知名企业。而这些企业大多数都在中国设有分公司或驻海外机构，在

中国拥有一定规模的市场。

此外，日本拟于2012年开始建造两艘直升机航母，排水量为2.4万吨，长248米，每艘耗资约为10.4亿美元，可搭载9架直升机。无论在吨位还是在技术上，该型直升机航母都超过了英国和西班牙等国的现役航母，将成为日本海上自卫队最大的军舰，也将作为海上自卫队的旗舰。这标志着日本海上军力发展又向前迈了一大步。

日本防卫省2011年12月20日选定美国第5代战斗机F-35"闪电Ⅱ"为航空自卫队新型主力战斗机，计划从2016年起开始列装，总计46架，用于替换老旧的F-1、F-2和服役期满的F-4EJ战斗机。按照计划，美国将在2016财年之内（截止到2017年3月31日）向日本航空自卫队交付首批4架F-35"闪电Ⅱ"。之后20年内，日本防卫省准备再购买42架F-35。近年来，日本航空自卫队战斗机更新进程一再拖延。防卫省原来准备在2005—2009年中期防务计划框架内开始换装新型战机，计划采购7架新一代战斗机替换F-4。

日本航空自卫队曾经希望采购美国空军从2005年12月开始装备的第5代战斗机F-22"猛禽"。日方专家曾有机会实践评估F-22的战术技术性能。美军F-22战机编队定期转场至日本航空基地，每次停留数月之久，参加美日空中联合演习。日本航空自卫队专家认为，F-22作为防空类型的战斗机，非常切合日本"建设单纯防御性武装力量"的军事战略，因为"猛禽"就是为保证夺取制空权而研制的。但是，2009年4月美国政府宣布因国防支出大幅削减而停止生产F-22，供美国空军内部使用的订单数量也仅限于187架。

现在日本航空自卫队对防空用途的战斗机的需求明显减少，开始更多地需要能攻击地面和海面目标的多用途战斗机。可见日本航空自卫队

正在由"国土防空型"向"远海进攻型"转型，但是这一过程依然是艰难的。

美国国会 2007 年禁止对外出口 F-22，哪怕是盟国，因为飞机制造时采用的最新技术是高度机密，特别是隐身技术。日本曾经希望美国能"额外开恩"，向日本这个最重要的地区盟国供应 F-22，结果未能如愿以偿。美国建议日本选择另外一种第 5 代战斗机，即 F-35 多用途战斗机，尽管其量产日期一再推迟。因此，哪怕是在 2010—2014 年中期国防计划期间，日本航空自卫队战斗机库更新过程也无法顺利启动。

俄国的媒体报道说，日本航空自卫队直到 2011 年 9 月才正式宣布招标采购新型战斗机。美国 F-35、F/A-18E/F 和欧洲"台风"战斗机参与竞争。F-35 优势明显，它是由以洛克希德-马丁公司为首联合 9 个国家的企业共同研制的，使用一系列先进技术，包括隐身技术。更为重要的是，F-35 机载通信设备能接收"宙斯盾"驱逐舰和地面雷达搜集的信息，采用自动化操纵方式，在空战中具有非常明显的优势，能够轻易摧毁敌方防空设施，对敌地面和海面目标实施精确打击。目前日本海上自卫队已有 4 艘"宙斯盾"驱逐舰开始在日本海巡逻。尽管 F/A-18E/F 和"台风"战斗机已有丰富的实战使用经验，而且价格便宜，在日本组织许可生产也不会有大问题。但是从日本积极争取引进最新型的高速、高空、高机动的 F-22 来看，日本更重视的是新一代战斗机的战术技术性能，确保拥有较大的制空权优势。日本官员曾经明确表示，虽然选择 F-35 会面临一些问题和挑战，包括预算问题，但是日本仍然希望能够得到新一代最新型战斗机。

日本航空自卫队计划在 20 年内大量采购 F-35 战斗机，包括采购费和维修费在内，总计支出约为 1.6 万亿日元。日方希望 40% 的资金

能够用在日本三家航空装备生产商的分包合同上。其中三菱重工准备生产 F-35 飞机零件，三菱电机为 F-35 生产电子设备部件，石川岛播磨株式会社将组装发动机。关于日本公司参与 F-35 生产项目的份额问题，美日双方还要进行艰苦的谈判。另外，由于日方没有参与 F-35 研制项目，所以美国不会向日本转让部分技术。而且，为了从洛克希德-马丁公司得到某些新技术，日本个别零部件生产商还要支付转让费。

日本航空自卫队领导人担心，美国无法在日本航空自卫队现役老旧战斗机服役期满之前开始供应 F-35。一是因为美国在大幅削减国防支出后，可能会再度推迟生产 F-35；二是欧洲经济危机也可能影响 F-35 的投产日期，因为参与该项目的 4 个欧洲国家正在面临严峻的困难；另外，在 F-35 的飞行试验阶段，曾经发现设计问题。但是美国担保将会从 2016 财年末期开始对日供应 F-35，日本航空自卫队领导人表示，相信美国能够履行承诺。

日本航空自卫队领导人指出，如果美国不能从 2016 财年开始供应 F-35 战斗机，那么日本航空自卫队将会重新修改空中防御战略。实际上，无论 F-35 能否顺利供应，日本都将修改空防战略，而且这也是大量装备性能先进的新型战机后的实际需要。毕竟换装 F-35 之后，不仅能确保空战时的制空权，还能有效攻击地面和海上目标，而且可能会在 20-30 年的计划使用期内促使日本航空自卫队的使命发生大的改变。从日本航空自卫队领导人的言论中，不难看出其用意的。

同时，日本航空自卫队大力强化远程奔袭能力。日本航空自卫队现役作战飞机 360 多架，其中包括 200 余架 F-15 战斗机、13 架 E-2C "鹰眼" 预警机、4 架 E-767 预警机及数架 KC-767 空中加油机。虽然

作战飞机数量不多，但总体作战性能很强。

日本已决定购买 40 架新型战斗机。这项始于 2005 年的空军装备大采购，目前已进入最后的商业谈判阶段。日本到底是购买欧洲"台风"还是美国 F/A-18E/F 战机，目前看来已经不太重要，重要的是无论采用谁家的产品，都将使日本航空自卫队的作战实力再提高一步。值得一提的是，美国为拿下这笔交易，已于前不久向日方许诺，部分转让 F-35 战机生产技术，该建议对日本来讲无疑很具诱惑力。

尤其值得关注的是，2011 年 10 月日本航空自卫队与美国空军签订军机空中加油纪要，根据协议，驻日美军可获得日本航空自卫队的空中燃油补给。据日本共同社报道，随着"空中加油"纪要的签署，日本航空自卫队的 KC767 型空中加油机正式加入驻日美国空军的训练序列，目前日本航空自卫队已经与美军飞机展开适应性合作训练。还有一点值得引起重视，即当周边事态发生变化，威胁到日本安全时，日美之间可以相互支援军需物品和相关协助。

到那时，日本航空自卫队的作战范围将能涵盖整个东北亚、东南亚了。如此强大的作战能力和作战范围，日本航空自卫队究竟想干什么！

另外，日本欲建"准海军陆战队"，又推出了向美国购 4 辆水陆两用战车的新计划。从目前的自卫队法来看，日本无法组建第四支军事力量，但是防卫省已经积极准备预算，购买武装海军陆战队的装备，寻求以打擦边球的方式组建一支"准海军陆战队"。日本防卫省从 2011 年开始从各部队抽调了 2000 名自卫队员，组建成一支"离岛防卫部队"。2012 年 3 月起，其中一部分队员在美国本土接受美军训练，并与美军举行联合演练。9 月，这支部队又在美属关岛附近的天宁岛与美军一起实施了为期一个月的"夺岛"联合军事演习。就在"夺岛"联合军演

同时，日本防卫大臣森本敏在参议院答辩中明确表示，自卫队应该具备独自的守卫离岛的能力，表示出单独组建海军陆战队的意向。日本的"陆战队"、"夺岛"的指向是那么的鲜明！

根据现行的日本自卫队法，在现在的陆上自卫队和海上自卫队、航空自卫队基础上组建第四支军事力量的难度很大。一方面需要在国会修改通过《自卫队法》，另一方面需要动用巨大的防卫预算，而且还将受到亚洲国家的牵制。因此，防卫省的初步计划是，将目前这一支2000人的"离岛防卫部队"，训练成一支"准海军陆战队"，归属于陆上自卫队编制，而其主要的配备，参照美军海军陆战队的武器配置原则来实施。

日本方面有消息说，防卫省在2013年度的防卫预算中又编入了一项购买美国水陆两用战车的预算。防卫省计划在明年购买4辆AAV-7水陆两用战车，直接装备于"离岛防卫部队"。这种AAV-7水陆两用战车是目前美国海军陆战队的主力战车，可以一次性运送25名兵员登岛。

日本防务省最近几年高度重视两栖作战武器装备建设。目前，日本海上自卫队已拥有10多艘大中型两栖登陆舰艇，特别是4艘"大隅"级运输舰更是实力不凡。与此同时，为进一步提高两栖作战能力，日本已着手再建两艘1.35万吨级"日向"级，有"准航母"之称的直升机驱逐舰，目前日本海上自卫队已装备2艘。虽然建造它的初衷是从事反潜作战，但具备出色的军力投放能力。值得一提的是，日本还准备于明年开始动工建造22DDH级直升机驱逐舰，据报道，这是一款两栖攻击舰，看起来更像航母。它能搭载400名军人、50部战车以及14架直升机。据日本军方透露，22DDH是既能用于反潜艇，也能进行两栖作战

和提供后勤支援多功能的舰艇。

除登陆舰外，日本海上自卫队还有"苍龙"级潜艇、日本最新研制的 P-1 或美制 P-3C 反潜机，及"宙斯盾"级驱逐舰。"苍龙"级潜艇除了不带核武器，续航时间不及核潜艇外，其战斗能力并不比核潜艇逊色多少。P-1 反潜侦察机装备有日本自行研发的光电及红外深海探测器，反潜能力大大超过现役美制 P-3C。

随着一批具有远洋作战能力的大型水面舰艇和大型运输舰船服役，日本海上自卫队的作战能力，有望在 2015 年左右超出美国太平洋舰队。这样的一支海上作战力量，难道其目的仅仅是"自卫"吗？

班长和他的战士们，为我打开了一扇窗户，我从这扇窗户看到了海军官兵们的精神特质。的确，每个时代都有属于他们无可替代的气质，而我从他们充满激情的话语中，看到了他们的国际化视野，超大格局的信息储存，最为重要的，是我看到了他们具有的独立精神——思想的独立。

我那时并不知道，实际上班长的儿子也是一名年轻的海军军官。

由于我对班长无意间的冒犯，心有愧疚，为了让班长高兴，我同意班长的提议，去大沽口炮台。

事实上，我不愿意去大沽口炮台的原因，不是别的，而是我不想去面对那些历史的断层。在全国范围内，以经济建设的名义，把真实的历史遗址铲平以后，又以保护历史的名义复现人造历史景观，那些东西林林总总，充塞在城市中间。

而大沽口炮台遗址，是唯一一个在不平等条约中明确必须拆除的炮台。

当我和班长站在这个炮台遗址前，我想，列强要拆除的不是炮台本身，而是要拆除中国人守卫海疆和国土的意志和能力，是要拆除海上中国的历史和记忆。

班长说，大沽口炮台也有属于荣耀的记忆，中国人自己制造的第一艘军舰"万年清"号，就是驶进大沽口。

B 线　悲怆的船路

天津大沽口。

这是一个在中国舰船发展史上不得不提的一个港口。

大沽口，也是阿思本舰队到达中国最后停留的地方。

1869 年 10 月 25 日，在阿思本舰队遣散，英国将全部舰船悉数转手卖给印度、埃及和日本数年之后，中国人自己制造的第一艘军舰"万年清"号驶进大沽口。

当日的大沽口，虽然商船云集，但是驻泊在紫竹林津海关前的一艘崭新舰船，还是成为了人们关注的焦点。披着大海般蓝色外衣的舰船上，红底金龙三角牙旗高高飞扬，在万人瞩目下，中国人自己制造的蒸汽军舰缓缓从海上驶来。两个多月后的 1870 年 1 月 8 日，"万年清"号在完成北上各项活动，展示中国人自造舰船神威后，回到马尾。

开启中国人自造舰船滥觞的第一人，应该是左宗棠。而对海军和商业有鱼水关系深刻认识的，也是左宗棠。

在左宗棠主持的福建船政规划中，没有为舰队设置专项维护经费这

一项，舰船的维护、舰上人员薪酬都要舰船自行解决。这就意味着舰船必须参与海上航行的经济活动来为自己获得经费。

左宗棠的这个舰船规划，在中国历史上具有非常重要的意义。

从某种角度来说，左宗棠是自觉地将海军和商业活动紧密捆绑的第一人。这对于处于中国封建帝制官僚机构中的官宦来说，这种见解无疑是伟大的。

商业是资本主义的核心要素，海军就是海上商业贸易竞争催生的结果。左宗棠的船政规划中，舰船所需经费，必须舰船自行解决，以当时的情形，舰船进行商业航行，或者参与到航运贸易，或者参与商业护航，都是获取舰船养护和维护经费的一种渠道。

左宗棠关于"万年清"维护经费的来源方式，虽然在当时也许他自己都未曾意识到，这是一种全新的军费模式，充斥了商业贸易精神，如果这个规划真的得以实施，那么，海军的职能就直接和商业利益结合在了一起。

每当我看到这段历史，就仿佛看见在四周漆黑的海上闪亮着的渔火，那一点光亮，如此微弱而短暂，只存在了一瞬间就消失了。

但就是这个瞬间的光亮足以让人兴奋不已。中国真的不是没有人能理解舰船，理解海军，只是这种思想的光辉，在那个封建时代，就像是独行侠手中的利剑，闪耀的光亮，只在那剑锋起落之间。当时的中国制度和社会现实，注定了这个光点只能是一闪而过的亮光，不可能点燃群星，成为引领海军前行的光明。

左宗棠的这一设想，最终没能付诸实施，这是必然的。在封建社会体系中，运作资本主义的商业，既找不到商业运行的经济机制，也找不到能够操作这一规划的有识之士，即使是沈葆桢这样的有识之士，也没

有能领会到这个规划所代表的本质核心，其实是在舰船管理运行上，突破自给自足封建经济的模式，向自由贸易的资本主义经济迈进的一种尝试。

当"万年清"号从左宗棠移交到沈葆桢那里时，船政既没有专门的人为舰船招商，也没有去参与外国商船在海上的商业竞争，沈葆桢经过与各方周旋协商，最后从福建省财政收入"鸦片税"中提取经费。"万年清"最终还是落入到封建经济制度的窠臼中。

假设，沈葆桢能对左宗棠所以如此设计船政规划问一个为什么；假设，朝廷对左宗棠的舰船规划没有经费来源的设计也能够问一个为什么；假设，左宗棠关于舰船维护的设想能够实施，那么就意味着中国人自己制造的舰船进入了海上贸易的经济活动，一旦有了这个开端，既解决了舰船维护经费问题，同时中国舰船参与海上运输、海上贸易，使得中国舰船本身具有商业属性，那么资本主义的自由贸易，是不是也能顺着海上远航舰船的航迹，延伸到中国内海？那么中国社会在从半殖民地半封建社会一跃进入社会主义国家的过程中，是不是能创造出新历史的机遇，早日补上资本主义这一课，就增加了无比大的可能性。

我和班长的故乡杭州，有名的西湖，从来都是清风明月、才子佳人的代名词，但是，就是这个历代文人骚客集群的西湖，竟然是中国第一艘自己建造的蒸汽轮船的下水处和试验场。西湖，除了爱情神话传说，这个城市的历史，借助这条蒸汽轮船，在中国近代化历程中，有了时代进程的参与度，并且在中国舰船史上留下了浓墨重彩的一笔。

外国的蒸汽军舰，是在太平天国这个敏感时期，第一次在中国的海疆现身。蒸汽军舰的出现，立刻引起了闽浙总督左宗棠的高度关注。虽然其间阿思本舰队的闹剧已经在酝酿发酵之中，但是左宗棠比朝廷看得

更远，他已经想到了要自己建造蒸汽军舰，庶为海疆长久之计。

我理解左宗棠的"海疆长久之计"，一方面是国家内部的平安稳定之计，另一方面，也表达了抵御外国入侵之计。

左宗棠，当我看到他主政建造的第一艘蒸汽轮船在西湖下水这一历史记载，内心再次对这个朝廷官员充满敬意。这一时期，从慈禧太后开始牵扯满朝官员忙碌着向英国人购买舰队，一方面，是为了把太平天国阻击在陆地上，不让太平天国控制海路；另一方面，正如李鸿章所说，有了从国外买回来的军舰，就可以吓唬西方国家，起到震慑作用，一旦海战打起来，就可以利用舰船，以退为守。

泱泱大国，买个舰队回来，除了平定国内局势，就是为了画虎吓猫，可悲可叹。

国家对舰船重要意义的忽略，其实是对海疆主权的忽略，也是对国家安全紧迫性的忽略。甲午海战，败局不是在海战那一刻，而是当世界海军从无到有，世界舰船告别帆船走向蒸汽时代，而中国依然没有告别古代水师的时刻，或许更早的时候，就已经注定了败局。

如同"万年清"号的诞生一样，它的归宿同样在中国历史上留下了辉煌，留下了中国近代历史上和外国人打官司获胜的第一桩案例。

1887年1月19日，上海吴淞口，大雾笼罩着整个江面，停泊在外铜沙灯塔东南面锚地的"万年清"号，随着管带一声令下，解锚起航。浓雾深处，忽然传来隆隆的轮机声，"万年清"号赶紧鸣笛提醒。可是，一艘悬挂着米字旗的轮船已经拨开浓雾，出现在"万年清"号面前，虽然来船也已经采取躲避措施，由于来船速度较快，加上距离太近，船一头撞上了"万年清"号的右舷。仅仅15分钟，福建船政第一艘自己制造的船就被江水吞没。

撞沉"万年清"号的是英国大英轮船公司的"尼泊尔"号。

海难造成了 114 人死亡,引起全国各界关注。1887 年 2 月 2 日,"万年清"号案件开庭,中英双方律师进行了法庭辩论。一个多月后,大英按察使司衙门做出宣判,"尼泊尔"号承担赔偿损失的全部责任。这是近代中国第一桩胜诉的对外海事诉讼。

> 大沽口的舰船往来穿梭,一片繁忙。

> 我对班长说,没有船,何以建海军?中国近代海军的发展之路和舰船工业有着唇齿关联。

> 班长说,说到中国舰船制造,左宗棠和李鸿章是不能不提的两个重要人物。

> 我说,是的,甚至可以这么说,中国近代工业的产生和发展,催生于舰船工业。

1866 年,根据左宗棠建议,福州船政局成立,开始购进机器,聘用外国技师、工匠监造轮船。福建船政不仅建造兵船,同时培养造船和驾驶人才,为尔后建成北洋海军奠定了基础。

福建船政是当时中国的主要造船工业基地,从 1869 年到甲午战争爆发的 25 年间造船 34 艘,其中 11 艘拨给了北洋海军。福建船政开始只能造几百吨的小型木质炮船,后来能造 2000 吨级的钢甲快船,这是一个很大的进步。在北洋海军成军以前,以福建船政为代表的中国造船工业水平,并不比日本低,甚至还超过了日本。

为了加速海军人才的培养,福建船政所附设的船政学堂和天津水师学堂,为中国培养了一大批最早的优秀的海军人才。到甲午战争前

夕，这两所学堂的毕业生多数成为北洋海军的骨干和中坚。

事实上，"万年清"号并不是中国自己建造的第一艘蒸汽军舰，早在福建船政自造蒸汽舰船起航前，由江南制造总局制造的中国第一艘轮船"恬吉"号已经下水。"恬吉"号是中国自行建造的第一艘蒸汽化军舰，由江南制造总局设计建造，早于福建船政的"万年清"号，属于蒸汽明轮炮舰。

江南制造总局是洋务运动中成立的军事生产机构，在同治年间是全东亚最大的兵工厂，对于清朝的军事力量以及重工业生产都有提升作用，为晚清中国最重要的军工厂，是清政府洋务派开设的规模最大的近代军事企业。

1865 年由曾国藩规划，李鸿章在上海创办后，江南制造总局规模不断扩充，先后建有十几个分厂，雇用工兵 2800 人，能够制造枪炮、弹药、轮船、机器，还设有翻译馆、广方言馆等文化教育机构。

江南制造总局最初的建设，是向上海租借的美国公司旗记铁厂购买机械厂房和船坞而成立，同年，将原本苏州洋炮局和由容闳向美国买的机器设备抵达一起并入而成。

江南机器制造局除了开设当年投资约 25 万两的费用之外，早期主要经费来于淮军的军费。1867 年时，曾国藩获得许可从上海海关取得 10% 的关税作为制造局的经费，1869 年又提高到 20%，相当于每年有至少 40 万两以上的经费。在 1868 年生产出了中国第一艘自造的蒸汽军用轮船木制船身的"恬吉"号，后改为"惠吉"号。"惠吉"号的试航成功，改变了中国兵船只能依靠进口、不能自造的历史。

"恬吉"试水那天，曾国藩亲自登船，称赞"坚致灵便"，并为其命名为"恬吉"号，寓意"四海波恬，公务安吉"。此后，江南制造局

又建造了"海安"、"驭远"等多艘兵船，锅炉与主机都是自造，船上能装配 26 尊大炮、载容 500 名水兵。1875 年，中国第一艘铁甲军舰"金瓯"号，又在江南制造局诞生。

"金瓯"号建成后，日本侵略台湾，西北又有阿古柏叛乱，国内产生很大的军火需求，江南制造总局就将生产重点转向枪支弹药的生产，造船出现停顿。尽管李鸿章竭力提议制造成本更低的"蚊子船"，但不得不将造船业务搁置，只留下舰船维修功能。此后，江南制造总局沉默了整整 10 年，直到 1885 年，左宗棠出任两江总督期间制造了"保民"号巡洋舰，成为江南制造总局清末国造舰船最后的挽歌。中国近代军事工业史上的最大造船基地，在制造了"惠吉"、"操江"、"测海"、"威靖"、"海安"、"驭远"、"金瓯"、"保民"舰后，清末国造舰船的历史帷幕徐徐降落。

光绪三十一年（1905 年），江南制造局造船部门独立，称作江南船坞，辛亥革命后又改称江南造船所。之后，从 1905 年至 1911 年的 6 年间造船 136 艘。1918 年为美国人建造了 4 艘万吨轮，这是中国人有史以来造的最大的船，也是历史上中国从未签订过的最大的造船合同。之后国家山河破碎，战火不断，到全国解放前夕，船厂不过二十几家，且被破坏得满目疮痍，从业人员不到两万人。

回望世界舰船发展轨迹，1807 年 8 月 17 日，在美国纽约港，世界上第一艘轮船"克莱蒙特"号试航成功；1825 年，第一艘轮船从英国远航到印度；到了 1836 年前后，用在水下的螺旋桨推动的暗轮轮船出现了；1842 年，上海港驶来第一艘轮船"美杜荷"号；1845 年的上海港，明轮轮船已经被暗轮轮船所替代；1866 年 4 月，曾国藩筹建的中国第一个近代军工厂——安庆军械所制造设计制造的第一艘轮船——"黄鹄"号下水。这之后，江南制造总局和福建船政制造的明轮、暗轮国产舰船纷纷成功下水。与此同时，世界舰船工业进入了螺旋桨发动机时代，中国舰船工业也随着世界潮流不断发展。

中国舰船工业的发展，是一种被动的发展，如果不是列强从海上侵入中国，让清政府意识到舰船对于一个国家的重要意义，恐怕中国船舶工业的起步还会迟缓。

福建船政及而后的江南制造总局，不仅开创了中国舰船工业，同时也拉开了中国制造工业近代化的序幕。

从19世纪70年代，随着中国自造和从外国购进轮船的增加，中国古代水师逐步脱胎换骨，走向近代海军。

福建水师是中国近代第一支海军。

1866年（同治五年），左宗棠从香港买到一艘轮船，取名为"华福宝"，后又购置了"长胜"、"靖海"两艘兵轮。1869年（同治八年），福建船政建造的"万年清"和"湄云"号先后下水。此后又有外购"海东云"号和自造"福星"号先后下水。1870年9月20日，清廷发布上谕，任命李成谋为福建水师统领，这是中国近代海军有舰队官制的开始。1871年4月10日，清廷批准了《轮船出洋训练章程》、《轮船营规》，这标志着中国近代第一支海军的成立。之后，福建海军的舰船不断增加，到1874年同治十三年，福建海军已经实际拥有15艘舰船，总排水量约达1.5万吨。

曾国藩创立的江南水师是南洋海军的前身。南洋海军当时只有江南制造局建造的"测海"、"威靖"和福建船政建造的"靖远"三艘兵轮。在南洋大臣沈葆桢的请求下，南洋海军仅又增添了江南制造局建造

的"驭远"、福建船政建造的"靖远"、"登瀛洲"等。

1879年12月18日，沈葆桢在两江总督府内猝然离世，终究没能看到南洋海军的建成。1881年，清廷任命左宗棠为两江总督。左宗棠巡阅兵轮时，看到沿海一带海防薄弱，就向俄国订购了"南琛"、"南端"两艘快艇，北洋原来在英国订购的"龙俊"、"虎威"、"飞霆"、"策电"和福建船政建造的"澄庆"、"开济"也都调拨给了南洋。有了14艘兵轮，南洋海军初步建成。

福建海军和南洋海军初步建立的同时，广东海军购买了法国"镇海"舰和英国两艘火轮船，由于朝廷把主要精力集中在北洋海军建设上，广东海军的发展十分缓慢。在中国近代海军发展历史上，无论从哪个角度来看，北洋海军最具有历史意义和价值。

1874年（同治十三年），总理衙门上奏了包括提升海防战略地位和发展海军的筹办海防奏折。这次"海防筹议"开启了北洋海军筹建之路。

光绪元年（1875年），李鸿章通过总税务司赫德，在英国订购了"飞霆"、"策电"、"龙骧"、"虎威"四艘炮舰。四年之后，原筹议中的南洋海军在英国订购的四艘炮舰"镇东"、"镇西"、"镇南"、"镇北"也抵达天津海口，李鸿章亲自到大沽口验收舰船。1881年8月，由赫德在英国代为订购的"超勇"、"扬威"号启程归国。北洋海军从英国购进2艘快艇、6艘炮艇，加上先后从江南制造局和福建船政调入的"操江"、"镇海"、"湄云"、"威远"，共有13艘舰船，北洋海军初具规模。

随着南洋、北洋和福建海军军舰的逐步到位，李鸿章奏请朝廷，命丁汝昌统领北洋海军，同时改三角形龙旗为长方形，纵三尺，横四尺。

1888年10月7日，清政府批准《北洋海军章程》，北洋海军正式成军。这时的北洋舰队，拥有大小舰艇25艘，后续又有舰艇调进。到

1894 年甲午战争爆发前夕，北洋舰队的舰艇总数达到 42 艘，吨位 45000 余吨。

仅仅花了 9 年时间，一支亚洲第一、全球第六的中国海军舰队，完成了从筹建到成军的过程，形成了海上战斗力。这不难看出，清政府当时加强海军建设的决心和力度。

然而，成军仅仅 6 年，这支实力不薄的中国舰队，在甲午海战中遭遇全军覆没。北洋海军的最后归宿，留给了中外历史学家很多疑问和思考，也留给了后人许多值得探索的命题。

同一时期，中国北洋海军和日本海军，走了两条截然不同的发展路径。

中国北洋海军成军后，发展进入了停滞，从此不再添置一艘军舰，更新一门火炮。这一阶段的日本海军，实力不及北洋海军，特别是"定远"、"镇远"两艘 7000 吨级的铁甲舰，让日本海军望尘莫及，畏之"甚于虎豹"。但是，日本明治政府却锐意扩建海军，天皇睦仁甚至节省宫中费用，拨内帑以为造舰经费。日本海军更是以"定远"、"镇远"两舰为主要攻击目标，专门设计制造了"桥立"、"松岛"、"严岛"三艘号称"三景舰"4000 吨级的战舰。这样，在甲午战前的 6 年间，日本平均每年增添新舰两艘，装备质量远远超过了北洋舰队。当时，清廷也有少数官员以日本"增修武备，必为我患"，力陈继续加强海军力量，但未被朝廷采纳。直到甲午战争爆发的前两个月，李鸿章看到日本"岁添巨舰"的现实，发出"窃虑后难为继"的慨叹时，中国的海上败局已经注定。

朝廷一度重视的海军建设，在北洋舰队成军后出现停滞，和日本明治政府同期大力扩张海军建设形成的强烈反差，归根结缔，是大陆国家

和海洋国家在对海权的理解和追逐上，表现出不同的民族属性。

中国长期闭关自守、封建集权的政治体系，形成了一套自足的价值体系，这个体系和全球时代体系严重脱节，世界海上力量进入铁甲舰时代，中国还停留在古老的木帆船岁月。中国经历了两次鸦片战争，虽然已经重视海军建设，但是海军和海洋的理念，依然局囿在自足的价值体系中。日本在 1888 年看到中国海上军事实力后，立刻投身于海军军力扩张，目的只有一个，就是控制海权。而清政府知道海军舰队、知道海军，但是却始终没有能从海权的高度来理解海军和海洋。

北洋海军的失败，也是洋务运动的失败，洋务运动失败的原因，是政治体制改革触及到统治阶级的根本利益，改革的力量过于薄弱，缺乏社会支持体系，无法撼动根深蒂固的封建统治体系。

北洋海军的失败，最核心的在于中国社会的政治体制和社会生产力的不相适宜。正如马克思所说，海军本质上和封建主义是格格不入的。在封建主义的体制下，北洋海军的生存，就像是一颗从西方拔过来的树，重新在中国的黄土地上埋下。假如二次种植，遇到了适合的土壤和营养，北洋海军可能就有机会壮大发展。事实是，这棵买回来的大树，二次种植后，需要资本主义的养分来培土浇灌，而中国当时的社会现实，就是延续了一千多年的封建体系。打个不好听的比方，买了一艘宇宙飞船，却用木浆帆船的系统去控制，北洋海军不覆灭都是不可能的。甲午海战，日本人打赢的不是中国的海军，而是制度。

19 世纪中国闭关自守自给自足封建经济的大门，最终被列强用坚船利炮轰开，换一个角度看，中国的社会政治体制，严重滞后于世界潮流。就像滚滚而下的洪水，资本主义的大潮席卷世界各地，成为世界性

的风潮，以中国的一国之躯，去抗衡全球大潮，要么顺势而为，将一股溪流融入大潮，要么就是被大潮所吞没。

日本这个蕞尔小邦，最能干的就是无论在什么时代，都会抓住机遇搭便车。明治维新时，搭上了西方资本主义大发展的便车，发展了本国经济，从明朝中国的藩属国一跃成为亚洲经济强国。到了二次大战后，日本虽然战败，但是日本这次搭上了美国这架战车，又从一个战败国，摇身一变成为美国在全球的头号盟国，成为美国在亚太地区地缘政治的延伸。由此，日本又有了新的机会，作为美国在全球利益的同盟国，借助美国的力量，日本突破了战败国的契约，突破了日本防守型国防向进攻性战略调整的法律依据。

历史再次证明，海权意识，是任何一个国家海军的灵魂，一支没有海权意识统领的舰队，就像失去土壤孕育的谷物，不可能结出丰硕的麦穗一样，即使拥有强大的装备，都无法真正履行国家使命。

在甲午战争中，北洋舰队与日本联合舰队三次交战，广大将士英勇搏敌，浴血奋战，然空怀杀敌保国壮志，终难挽回失败的命运。这支庞大的舰队还是全军覆没了。

从历史到现在，在世界海军视域下，中国海军装备最为强大的是北洋海军时期。这一时期，中国海军的装备成为亚洲第一，这在中国海军以后的历程中，也是从来没有过的荣耀。但是，世界上也从来没有哪一支海军部队，像北洋海军那样，就像一道辉煌和幻灭组成的彩虹，划过在波涛汹涌的海洋上空，那耀眼的光芒转瞬即逝，只给后人留下了永远无法抹平的伤痛。

大东沟海战、丰岛海战，以及黄海海战，这一曲曲历史的悲歌，并

没有随着中国北洋海军的覆灭而淡出历史的视野。相反，随着世界局势的变化，海上争霸不断出现新的格局，北洋海军，这个集悲壮、荣耀和羞辱于一体的中国海军，在世界海军厚重的历史上，不断被重新提及和演绎。

辽东半岛，威海卫海域，见证了北洋海军的兴盛荣辱和衰亡，同样见证了中国海权艰难困苦的复兴之路。

海权不是一种国家机器加意识形态，在一个国家，海权的确立需要强大的支撑体系，国家体制、政治制度、国民经济以及民族文化背景等等，对海权都有着深刻的影响和意义。同样，海权作用于国家民族的命运和复兴，也同样离不开这些支撑体系的质量和形态。换句话说，海权是国家民族复兴的利器，但是这个利器不可能脱离国家现有的政治、经济体系而自我发挥作用。因此，海权对于正行进在民族复兴之路上的国家来说，面临双重有限的局面：一方面，国家政治的现状，另一方面，国际社会海权现状。对于中国而言，海权建设正是在这样一个双重有限的海域上艰难行进。

北洋海军全军覆灭了。

无论丁汝昌是怎样一个外行的海军司令，无论北洋海军在军队内部存在多少瑕疵，也无论北洋海军在三次海战中败北，北洋海军作为一支国家的海军，从初建到覆灭的最后那一刻，都是值得整个民族敬仰和尊敬的。因为，北洋海军的命运，正是中国海权的实践之路、命运之路，也是事关中国海权未来的探索之路。

北洋海军和那些陪伴着海军成长的舰船，同样在中国海军发展的历史上留下了不容忽略的一页。

从 1868 年至 1911 年间，江南机器制造局下水的国造舰船一共有 12

艘，其中"操江"号木质兵轮在 1894 年 7 月 25 日的丰岛海战中被日军舰艇俘获；1873 年下水的木质兵轮"驭远"号，在 1885 年 2 月 15 日中法石浦之战中沉没。

从 1869 年至 1900 年，在福建船政局建造下水的国造舰船，一共有38 艘，其中，1869 年下水的"湄云"号木质兵轮，于 1894 年 11 月在旅顺被日军俘获；1870 年下水的"福星"号木质兵轮，1872 年下水的"扬武"号、"飞云"号、"振威"号和 1873 年下水的木质兵轮"济安"号、"永保"号以及"琛航"号运输船，于 1884 年 8 月 23 日在中法马江之战中集体沉没；1877 年下水的铁胁练习舰"威远"号，于1895 年 2 月 6 日在刘公岛被日舰击沉；1880 年下水的铁胁兵轮"澄庆"号，于 1885 年 2 月 15 日在中法石浦之战中沉没；1887 年下水的铁胁巡洋舰"广甲"号，于 1894 年 9 月 19 日在中日黄海之战后触礁炸沉；1888 年下水的钢制巡洋舰"平远"号，于 1895 年 2 月在刘公岛被日军俘获；1889 年下水的钢制巡洋舰"广乙"号，于 1894 年丰岛之战中搁浅沉没；1891 年下水的钢制巡洋舰"广丙"号，于 1895 年 2 月在刘公岛被日军俘获；1895 年下水的钢制练习舰"通济"号、1898 年下水的鱼雷快艇"建威"号，以及 1900 年下水的鱼雷快艇"建安"号，于1937 年 8 月在江阴自沉。

消失的舰船以及他们的名字，将和中国海军历史上曾经的北洋海军、南洋海军、福建海军以及广东海军一起，在中国海权发展历史上留下永不磨灭的印迹，照亮未来中国海权发展的前行之路。

中国海上船路悲怆命运的历史，源自于政府对船承载意义的认识缺失，源自于民族缺乏支撑海洋意识的文明依托，源自于经济制度对海商精神的禁锢和扼杀，源自于国家对国土疆域的封闭理念，源自于文化的

土壤缺乏促进海权意识生长开花所需的滋养。

在大沽口炮台，我用手机拍下了一组照片。

我想把这组照片作成电脑保护屏，用自己的方式，祭奠消失的历史。

离开大沽口炮台的途中，我和班长的话题还是没有离开船。

我说，从木帆船到铁甲舰，从巡洋舰到航母，中国舰船的现状，是不是也是中国海军实力的一个写照？

班长说，别绕弯子了，就直说吧，航母，是吧？

我说，是的，航母，是一个不能不涉及的话题。

我想，作为亚丁湾护航的每一位中国海军官兵，对航母的认识不仅仅是一个概念、一个愿景，他们已经领略了世界各国航母的风采。

三

A线 不落的风帆

这次护航，靠泊港口的各国航母，形成了一道不寻常的风景。

法国的"戴高乐"航空母舰就靠泊在吉布提港，和一同靠港的998舰近在迟尺。"戴高乐"号航母是法国第一艘核动力航空母舰，也是世界上唯一一艘采用核动力的中型航空母舰。这艘航母原计划1996年服役，但是由于技术和设计上的缺陷，下水后事故不断。先是发现飞行甲板短，导致E-2C预警机不能正常起降，而后海试时，螺旋桨竟然掉落在大西洋中。"戴高乐"号在法国舆论不断的批评声中，于2001年5月正式服役。

戴高乐航母上的E-2C鹰眼预警机（新 航 摄）

法国现役只有1艘3.6万吨级"戴高乐号"核动力航母。在"克莱蒙梭"级航母退役后，2001年5月18日正式入役的"戴高乐"号航空母舰，不仅是法国目前正在操作中的唯一一艘航空母舰，也是法国海军的旗舰。"戴高乐"号是法国历史上拥有的第十艘航空母舰，命名源自于法国著名的军事将领与政治家夏尔·戴高乐。"戴高乐"号不只是法国的第一艘核动力航空母舰，也是世界上唯一一艘不属于美国海军的在役核动力航空母舰。"戴高乐"号原想装备称雄世界的美国"战斧"巡航导弹，但美国不卖给法国。法国只好和英国联合开发"风暴阴影"

导弹。"戴高乐"号服役不久，"风暴阴影"巡航导弹研制成功。法国人欣喜若狂，很快把"风暴阴影"导弹装备到"戴高乐"号上。"风暴阴影"是世界上第一种隐形巡航导弹。

在印度洋游弋寻巡的航母，还有印度的"维拉特"号。舷号为R22的"维拉特"号航母，前生就是英国海军的"竞技神"号。1982年，在英阿马岛海战中，"竞技神"作为英国特混编队的旗舰参战。1986年，印度海军以2500万英镑的低价从英国购买了"竞技神"号，经过改装和大小修后改名为"维拉特"号。印度同时还购进了舰上配套使用的12架"海鹞"式垂直短距起降战斗机。

印度共有3艘常规动力航空母舰，"维克兰特"号、"维拉特"号和苏联建造的"戈尔什科夫海军元帅"号，目前第一艘印度国造航母"蓝天卫士"号正在建造中。

印度认为，要真正控制印度洋，变印度洋为"印度之洋"，必须拥有3艘航母：一艘控制印度东面的孟加拉湾，一艘控制印度西面的阿拉伯海，另一艘航母作为机动力量，以便快速支援或前往其他"利益攸关"的海域。航母成为印度实现"印度洋控制战略"这一宏伟目标的核心力量，被印度列为重中之重的发展目标。为实现拥有3艘航母的梦想，印度采取国外购买、改造和自主研制"三管齐下"的办法加快航母发展步伐。1957年，印度就从英国购买了一艘"尊严"级轻型航空母舰，并更名为"维克兰特"号，意为"彻底击败胆敢同我作战之人"，成为战后亚洲第一个拥有航母的国家。

作为印度的第一艘航母，"维克兰特"号为印度海军培养了一大批经验丰富的军官及士兵，使其积累了丰富的航母作战、使用和维护经验。由于该舰舰龄过大、舰况较差，1997年1月从印度海军退役，印

度将其改建成一个海上博物馆。

1986 年 5 月，印度又耗巨资 5000 万英镑购买了英国海军退役的"竞技神"号航母，并更名为"维兰特"号，意为"只有强者才能称霸海洋"。1987 年 5 月 20 日，"维兰特"号正式加入印度海军服役。

1997 年"维克兰特"号航母退役后，"维兰特"号成为印度海军唯一战略威慑力量。为了延长其使用寿命，1999 年 5 月印度对"维兰特"号开始了为期两年的现代化改造。更新了舰上陈旧设备，换装了印度自行研制的数字式声纳系统等先进电子设备，加装了从以色列引进的巴拉克垂直发射舰空导弹系统。2001 年 6 月，"维兰特"号完成改装后又重新服役。2004 年，印度海军再次对"维兰特"号航母进行了维修，目前"维兰特"号是印度海军正在服役的唯一航母。

2004 年 1 月 20 日，印度又与俄罗斯签署关于购买"戈尔什科夫海军上将"号航母以及 28 架米格-29K 舰载机等装备的协定。

"戈尔什科夫海军上将"号是苏联"基辅"级航母的第 4 艘舰，1978 年 12 月开始建造，1982 年下水，1987 年 1 月服役。

经过一系列的改装后，"戈尔什科夫海军上将"号原计划 2008 年交付印度海军，并将冠名"维克拉马迪雅"号，意为"时代创造者"。后受世界经济危机的影响，改装原材料价格不断上升，俄方将改装经费从原来 15 亿美元提高至 29 亿美元，交付日期也一拖再拖，从 2008 年延期到 2010 年。2010 年俄印双方最终达成协定，2012 年底前交付印度海军。"戈尔什科夫海军上将"号航母服役后，由于搭载有米格-29K等战斗机和先进的电子系统，单舰作战能力将明显优于现役英、法、意等西方国家轻型航母，使印度海军海上制空能力大幅提高。

印度从上世纪 80 年代就一直酝酿着自主设计和建造国产航母，

2003 年 10 月自建航母计划获得政府批准。

被冠名为"蓝天卫士"号的印度国产航空母舰,造价为 326 亿卢比,约合 6.6 亿美元,设计排水量 4 万吨,舰长 260 米,宽 60 米,高度相当于 14 层建筑,将安装 4 台印度斯坦航空公司仿制美国通用电气公司的 LM-2500 燃气轮机,驱动两只螺旋桨,总功率达 12 万马力,最高航速 28 节,航速 18 节时续航力为 7800 海里,后勤自给力 45 天,舰员编制 1560 人,其中水兵 1400 名,军官 160 名。

该舰最多可搭载 30 架舰载机,其中 17 架可存放在机库内。将配备的机型包括印度国产的 LCA 战斗机、俄制米格-29K 战斗机和卡-31 预警直升机。其中米格-29K 战斗机性能先进,最远可以打击 1600 公里左右的目标,其打击范围超过英国海军的"海鹞"舰载机,仅次于美国和法国的海军舰载机。此外,航母还将装备防空导弹垂直发射系统和 4 门意大利制造的 76 毫米舰炮。

印度海军对"蓝天卫士"号航母寄予厚望,"蓝天卫士"号在浪高超过 8-10 米的恶劣海情下仍然能够执行作战任务,将比俄制"戈尔什科夫海军上将"号航母更加出色,因为"戈尔什科夫海军上将"号只能搭载米格-29 战斗机,而"蓝天卫士"可搭载多种不同型号的战斗机,还将部署可携带核弹头的弹道导弹。

"蓝天卫士"号预计 2011 年下水,2014 年装备完毕交付海军服役。伴随"戈尔什科夫海军上将"号的成功引进和国产航母的建成,到 2015 年印度海军将同时拥有 3 艘航空母舰,印度航母数量将仅次于拥有 10 余艘现役航母的美国,与英国持平,继美俄法英之后,印度也加入了世界航母建造国俱乐部。届时,印度将以 3 艘航母为旗舰,打造 3 支具有强大远洋作战能力的航母战斗群,为真正把印度洋变成"印度

之洋"保驾护航。

目前，全世界拥有过航空母舰的国家有美国、法国、英国、意大利、俄罗斯、西班牙、巴西、印度、泰国以及阿根廷。中国在"辽宁"号航母下水后，成为第 11 个拥有航母的国家。

美国共拥有"小鹰"级、"尼米兹"级和"企业"级在内的 13 艘大型航母，其中现役有 11 艘，在建 2 艘。就在今年的 10 月 16 日，美国海军"企业"号核动力航母在完成第 25 次也是它最后的一次部署后，通过苏伊士运河返回诺福克美国海军基地的母港，等待退役。在建造费用超支 40% 的"福特"级航母服役前，估计要到 2015 年，美国将保持 10 艘在役航母。"企业"号是美国首艘退役的核动力航母。

英国拥有无敌级航空母舰系列共 3 艘，即"无敌"号、"卓越"号和退役的"皇家方舟"号。尤其值得一提的是，在全球兴起航母建造热的同时，英国却因为经济危机、财政紧缩、航母退役，将出现 10 年航母空窗期。1918 年 5 月，英国建成了世界上第一艘直通型平坦飞行甲板的"百眼巨人"号航空母舰。自 16 世纪击败西班牙"无敌舰队"以来，英国一直保持着一支强大的海军。今年年初，英国皇家海军原本应在 2014 年功成身退的旗舰"皇家方舟"号航空母舰，因政府削减国防预算而提前退役，所有航空母舰上的"鹞"式战斗机编队全部取消。在卡梅伦政府宣布的国防紧缩预算中，英国皇家海军被"降格"为有航母而无舰载战斗机的"海岸巡逻队"，在二战后首次不再拥有从海上投射空中战力的实力，英国海军已不具备航母作战力量。现阶段，英国正在修建"伊丽莎白女王"号和"威尔士亲王"号两艘航母，分别定于 2016 年和 2018 年服役。但由于英国皇家海军现役旗舰"皇家方舟"号航母已提前退役，72 架"鹞"式舰载战斗机也被悉数裁减，而新型

舰载战斗机 F-35 预计要在 2018 年才能填补"鹞"式战斗机的空缺。这期间，两艘新航母投入服役后无法配备舰载战斗机，只能靠舰载直升机执行任务。即使 F-35 服役，数量也将从 138 架大幅削减至 40 架。如此一来，英国已在实际上退出国际航母俱乐部。在"皇家方舟"号航空母舰退役后，英国海军的实力大减，将立刻落后于泰国、澳大利亚、西班牙与意大利等国。

俄罗斯唯一在役的航母"库兹涅佐夫海军元帅"号，是苏联建造的第一艘可搭载固定翼飞机的航空母舰。该舰曾四易舰名，于 1991 年正式服役。"库"级原计划造 3 艘，同时建造 1 艘核动力的"乌里扬诺夫斯克"号航母。可是这个宏伟计划刚实施，苏联就解体了，航母计划也伴随着解体灾难的蔓延而夭折。所以"库兹涅佐夫海军元帅"号被人称为俄海军航母的"独子"。该舰配备有滑跃式飞行甲板，舰上所装备的武器系统齐全，威力强大，满载排水量 58500 吨，舰长 304.5 米，宽 37 米，飞行甲板宽 70 米，吃水深度 10.5 米。目前，俄罗斯已经开始对海军进行大规模的换装，新建航母也被提上了日程，并开始筹集资金和进行前期设计，但新的航母最早也要在 2020 年才开始建造。

意大利唯一一艘在役航空母舰"加富尔"号，由意大利芬坎蒂尼船厂建造，是世界上动力最强的非核动力舰艇，排水量为 27100 吨。2009 年 6 月 10 日意大利海军日当天，意大利海军战旗在"加富尔"号航母上升起，该航母是意大利海军第一艘真正意义上的航母，也是意大利海军舰队的新旗舰。

这艘新航母被命名为"加富尔"，是为了纪念 19 世纪最著名的意大利国务活动家、总理加富尔。加富尔执政期间一直致力于意大利的统一运动，并在 1861 年下令组建了皇家海军。正是由于这一原因，意总

统钱皮才提议将这艘新航母命名为"加富尔"号。此外，加富尔在1861年还筹备创造了海运董事会。

西班牙现有1艘满载排水量1.69万吨的"阿斯图里亚斯亲王"号轻型航母，是西班牙海军目前唯一在役的航空母舰，也是西班牙历来拥有的第三艘航空母舰。该舰为现时舰队旗舰，舰名来自西班牙储君的封号，能搭舰载12架AV-8B/B+猎鹰式垂直/短距起降战斗机，12架直升机，通常是6架SH-3H海王式反潜直升机，4架AB-212通用直升机和2架SH-3 AEW海王式预警直升机。

"阿斯图里亚斯亲王"号由西班牙国营巴赞公司费罗尔船厂建造，以美国的"制海舰"计划为设计蓝本，1977年完成设计，1979年安放龙骨。1982年，在西班牙国王胡安·卡洛斯一世和王后的见证下，西班牙史上第一艘自行建造的航空母舰在费罗尔船厂下水。由于需要增加"特里坦"（Tritan）数码指挥控制系统，原来的系统设计需大幅更改，直至1988年5月30日才正式服役。

巴西现有一艘在役航母"圣保罗"号。巴西是世界上最早拥有航空母舰的发展中国家。早在1956年，巴西海军买下英国"巨人"级航母"复仇者"号，更名为"米纳斯吉拉斯"号，并于1960年服役。"米纳斯吉拉斯"号航母在巴西海军中服役40余年。2002年，"米纳斯吉拉斯"号以200万美元的价格被拍卖给了一家在香港注册的中国公司，后来转到印度拆解。目前作为巴西海军旗舰的"圣保罗"号航空母舰是2000年从法国购买的"福煦"号，这也是目前巴西海军唯一一艘航空母舰。

泰国现有1艘航母，即1997年8月从西班牙购买的满载排水量为11485吨的"加克里·纳吕贝特"号轻型航母。"加克里·纳吕贝特"

号全长 182.6 米，宽 22.5 米，吃水 6.25 米，标准排水量 7000 吨，满载排水量 11485 吨。"加克里·纳吕贝特"号作为航空母舰，在世界航母家族中是"小字辈"，但不可否认的是，它使泰国海军在东南亚的地位得以提高，成为该地区最强大的一支海上力量。泰国海军在战时具备了可以随时出动的前进基地，在平时的海上救援行动中也有了一个理想的指控、通讯中心。

中国购买了"瓦良格"号、"基辅"号、"明斯克"号等航空母舰，改装后的"瓦良格"号命名为"辽宁"号，2012 年正式服役，其他两艘购买的航母都未作军事用途。

另外，阿根廷也是曾经拥有过"五月二十五日"号航母的国家。

除了航空母舰外，各国海军还有一些"准航母"在服役。这些大型舰只有的被冠以"两栖舰"的名称，有的被叫做"直升机航母"，还有的干脆用"巡洋舰"或者"驱逐舰"来掩人耳目。这些舰只的共同特点就是，拥有平坦的甲板来确保战机的起降工作。

美军拥有 8 艘排水量 4.1 万吨的两栖突击舰。它们可携带垂直起降的"海鹞"式战机和"超级眼镜蛇"武装直升机，以及数量不等的大型运输直升机。法国、英国和西班牙也装备有类似的"多用途军舰"，可携带固定翼飞机、直升机和陆战队员开展军事行动。在亚洲，日本海上自卫队也拥有两艘配有大型飞行甲板的"驱逐舰"，稍加改装，它们就能变成一艘作战力惊人的小型航空母舰。

2007 年 7 月，韩国"独岛"号大型两栖登陆运输舰正式服役，满载排水量为 1.8 万吨。同年 8 月，日本标准排水量 1.35 万吨、满载排水量 1.8 万吨的"准航母""日向"号直升机护卫舰（16DDH）下水。该舰采用全通式甲板，其长宽明显超过英国"无敌"级和西班牙"阿

斯图里亚斯亲王"号航母，且装有多种武器系统及相当出色的电子通信设备。日本又放出风来，声称要在2015年前建造2艘4万吨级的新式中型航母，同时日本自称拥有3艘"大隅"级"输送舰"，其规模和作战能力接近航母。

今年随着日韩在独岛问题上龃龉不断，韩军决定提前建造号称"准航母"的第二艘"独岛"级登陆舰，以弥补与日本海上自卫队之间的差距。日本海上自卫队拥有两艘可搭载11架直升机的1.35万吨级直升机航母，而韩国与之相当的只有"独岛"号一艘。因此韩国海军决定，加速建造第二艘"独岛"级登陆舰，并以韩国南端一个小岛的名字命名为"马罗岛"号。

随着海上争端频发，多国海军都在不断增加航母数量，增幅创造了自第二次世界大战后的最高纪录。其中，美国拥有的航母数量已经超过其他国家总和，但仍在加快建造新型航母的步伐。

与此同时，英国、法国和俄罗斯也在全力扩充本国的海军航空兵力量。以巴西和印度为代表的发展中国家，更是努力打造本国的航空母舰编队。拥有航空母舰将让各国海军向远离本土的战区施加更多影响。

护航官兵对各国的航母也是津津乐道，官兵们一谈起这个话题，一个个神采飞扬，情绪高昂。

情报参谋林汉兴对美国正在建造的"福特"级航母——CVN-78的情况十分了解。

CVN-78，美国海军"杰拉尔德·R·福特"号核动力航空母舰的舷号，是继"尼米兹"级之后，美国海军"未来型航空母舰"（CVN 21项目）的首舰。

"福特"号航母排水量达10万吨，于2008年9月开工建造，建造

工期为7年，费用预计约110亿美元。按计划，"福特"号将于2012年下水，2015年开始服役。延续"尼米兹"级的传统，该级舰称为"福特"级。与"尼米兹"级航母相比，"福特"级航母的长达50年的服役时间中，其总体运营成本将节省50亿美元。

"福特"级航母与"尼米兹"级航母的船体造型保持一致，但装备了多套先进的技术系统，其中包括舰载机电磁起飞系统、先进阻拦装置、多波段雷达、重新设计的小型舰岛以及一套新型推进装置。"福特"级航母的首制舰"福特"号（CVN-78）目前还正在诺·格公司纽波特纽斯船厂建造当中，计划2015年9月交付美国海军。

确实，如果和美军现役的主力航母——"尼米兹"级相比的话，可以说新的"福特"级航母"从里到外都是新的"。

与前辈"尼米兹"级航母相比，"福特"级有多项创新。虽然舰体整体设计变化不大，但舰岛采用了全新设计，不仅融入了隐形化理念，还装备了原本为"朱沃尔特"级驱逐舰设计的AN/SPY-3型双频雷达。

在舰载机方面，"福特"级航母也有更多样化的选择。据"海军技术"网站分析，该级航母共可搭载90架舰载机。美军现役航母都装有蒸汽弹射器，该技术已拥有半个世纪的历史，不仅难以操作，而且影响舰载机使用寿命。未来的"福特"级航母将装备电磁弹射器，它将克服蒸汽弹射器的所有缺点，并可弹射无人机。此外是它的全面信息化。

军事专家尹卓曾经说过，如果说里程碑式意义主要指"福特"级航母是美国第一级数字化航母，数字化航母带来非常多的好处。首先一个就是电磁弹射，这次的弹射器已经从蒸气弹射器改成电磁弹射器，正因为采用了电磁弹射器，使弹射装置小型化了，因此舰内部的空间利用

率大大提高了，本来是要很大的蒸气管道，从整个核反应堆这个地方一直布设到甲板，都要占用非常大的内部空间。再一个它的控制不容易，弹射的范围比较小，一些太大或太小的飞机不能弹射，因此今后很多无人机就无法上舰弹射起飞。新型电磁弹射器的使用后，由于弹射是数字化控制的，整个装置主要是直线电机，因此控制起来非常容易，小飞机、大飞机都能够弹射，它使用的范围就大大扩大了。

数字化舰有个非常大的好处就是大量节省了人力，因为全舰数字化了，很多地方都可以无人值守或者是很少的人值守，这样舰员的人数大大减掉了，"福特"级本舰的舰员，不算航空连队的，大概能减掉50%左右，这省了巨大的资金，因为美国养人非常贵。

还有一个非常重要的，因为是数字化舰，因此全舰整个能源，特别是电源能够全舰调配，这样今后上新概念武器，比如说反导强激光武器、粒子束武器，还有一些需要大功率电能的武器装备就能够上舰使用，而其他的非数字化舰是不行的，因为它瞬间需要很高的能量，这种脉冲能量在短时间提供这么大能量，如果不是数字化来调配电力是做不到这一点的，只有数字化舰能够做到。

或许是对中国海军航母有太多的期盼，中国的广大军迷对各国海军的航母发展动向都十分关注，更何况是海军。班长也不例外，讲起各国海军的航母也是侃侃而谈。

"伊丽莎白女王"号，英国正在建造的新航母。

"伊丽莎白女王"号排水量达6.5万吨，长280米，宽74米，仅甲板面积就达1.3公顷，可搭载40架短距/垂直起降的F-35舰载机和直

升机，是英国历史上最庞大的战舰，仅次于美国航母。

还有"威尔士亲王"号。

2011年5月23日报道，英国国防大臣利亚姆·福克斯和国家最高军事长官将于本周在克莱德港参与英国第二艘航母"威尔士亲王"号的建造开工仪式。

这艘排水量65000吨的航母或许将永远不参加军事作战，甚至可能被封存起来。这归因于政府尚未确定英国是否有能力负担两艘航母的建造费用，项目总费用预计将超过70亿英镑（约112.82亿美元）。

目前，英国拥有3艘"无敌"级轻型航母。由于受甲板面积和机库限制，该级航母的舰载机出勤率偏低，而且与很多国家装备的第三代战机相比，老旧的"鹞"式舰载机已失去任何优势。于是英国政府才下决心，用两艘巨型航母——首舰"伊丽莎白女王"号和二号舰"威尔士亲王"号，来提升皇家海军的远洋打击能力。

英国新航母采用的全新设计，与美法航母格格不入，最大特点就在于其"双舰岛"设计：两个位于右舷的独立舰岛各司其职，前者专司航行操控，后者以舰载机起降控制为主。"双岛"设计提升了航母的抗打击能力，并减少了舰载机起降过程中的气流干扰，可谓是一举两得。

为了尽快形成战斗力，同时节约一定经费，"伊丽莎白女王"号的甲板曾采用滑跃式设计，超大的甲板面积和大型机库都为未来的改进计划提供了较大的选择空间。

和俄罗斯的"库兹涅佐夫"号航母的一体式滑跃甲板不同，英国航母的甲板更像是在常规甲板一侧加装了一段仰角为13°的滑跃平台。随着资金的逐步到位，该航母将取消滑越平台，加装弹射器，以便于常规型号的F-35舰载机、大型预警机和无人机起飞。

完成"常规化变身"后，英国将拥有欧洲最强大的航母，F-35 和预警机搭配使用，将使其远洋作战和制空能力远超法国的"戴高乐"号航母。

确实，这种灵活航母战略有借鉴的价值。

由于受 F-35 战机涨价等问题困扰，英国计划先在 2 号舰"威尔士亲王"上装备直升机，而暂不为之配备 F-35，这样 2 号舰艇就成了一艘超大号的两栖攻击舰。这样的配置，可以在短期提升英军的远洋投送能力，又能锻炼舰员，为将来"变身航母"打下基础。

英国耗巨资打造欧洲最强的航母编队，但却不急于求成，而是量力而行，以逐步改进和完善的方式完成"大航母之梦"。这种灵活适度的方式和做法，值得目前正在打造航母编队的国家借鉴和学习。

20 世纪 50 年代中期起，法国海军便自行建造了两艘满载排水量为 3 万多吨的"克莱蒙梭"级中型航母；2001 年又入役了满载排水量超过 4 万吨的核动力中型航母"戴高乐"号。

近些年来，法国通过和英国的反复磋商，最后达成了共识，决定 2012 年后打造满载排水量达 7.5 万吨的 PA-2 航母。综观法国航母的发展之路，应该说是独树一帜、循序渐进的典范，创造了世界航母发展史上的很多个第一。

但是，专家对 PA-2 航母发展思路，却没有给予肯定，而是提出思路过于"混沌"的评论。

虽然法国的航母之路充满了独辟蹊径的特点，但它在不少方面的发展思路却过于"混沌"，甚至一些领域的研发方向使人有点匪夷所思。

法国航母在动力装置方式的选择上大起大落：从最初的常规动力到核动力，最终又回归到常规动力，使人对于法国核动力装置弊端甚多、

新航母无法运用的说法得以证实。特别是 PA-2 航母上仍采用美国现役航母的 C13-2 蒸汽弹射器,将对该航母的先进性及作战能力的继续提高产生一定的制约。

三级航空母舰的吨位和甲板面积虽然在逐步加大,但是搭载的舰载机总数及其基本性能的提高并不大,尤其是 PA-2 航母和英国 CVF 航母相比恐怕将呈劣势,综合作战能力将无法企及。一句话,法国 PA-2 难敌英国"伊莉莎白女王"级航母,即使 PA-2 新航母如期服役,但也难以与同期的英国满排 6.5 万吨的"伊莉莎白女王"级航母相比,总体作战能力将相形见绌。因为"伊莉莎白女王"级航母共可搭载约 50 架左右的固定翼舰载机和直升机,包括至少 36 架第四代 F-35C 联合战斗/攻击机,4 架载有海上飞行监视与控制设备的飞机,外加 10 架左右直升机。

事实表明,在新一轮的英法航母 PK 中(尽管两者很大比例的部件是相同的),但由于两者的舰载机性能截然不同、起降方式迥异,所以总吨位比英国航母还大 1 万吨的法国 PA-2 航母,不仅单架"阵风"战斗机与单架 F-35C 战斗机之间存在着代差,而且在舰载固定翼飞机数量上也不占什么优势,所以在综合作战能力方面将存在着相当的差距。

2011 年 2 月 17 日,澳大利亚皇家海军最大军舰——"堪培拉"号两栖战略投送舰在西班牙的纳凡蒂亚造船厂正式下水。预计这艘军舰将在 2014 年正式服役。

当日,澳大利亚前国防部长、澳大利亚驻欧盟和北约大使布伦丹·纳尔逊出席了"堪培拉"号下水仪式。布伦丹代表澳大利亚讲话时称,"堪培拉"号将大大增强澳大利亚海军的作战和运输能力。

"堪培拉"号两栖战略投送舰是根据现有的航空母舰设计而来

的，不过在整体性能上却更加优良。该舰排水量为 25000 吨，是澳大利亚皇家海军史上最大的军舰。

"堪培拉"号最值得称道之处就在于其强大的兵力投送能力和作战灵活性，其额定载员为 1221 至 1403 人。战舰车库能容纳包括 M-1A2 主战坦克在内的 150 辆各型车辆。

灵活的模块组合和直通甲板设计，使得"堪培拉"号只要稍做改装就能充当小型航母使用，可搭载 25 至 30 架"海鹞"或 F-35B 垂直起落舰载机。

此外，"堪培拉"号舰艉的坞舱长 50 米、宽 15 米，可装载 4 艘中型登陆艇或 2 艘美制 LCAC 气垫登陆艇，实施超越登陆作战。

"堪培拉"号的建造工作仍未完成。此后，它将被拖船拖曳到澳大利亚的威廉姆斯港，由英国航空航天系统公司澳大利亚分公司完成后期建造工作。"堪培拉"号 2012 年 10 月抵达威廉姆斯港。根据澳大利亚国防部的安排，"堪培拉"号将于 2014 年服役。

2007 年 10 月，时任澳大利亚总理霍华德宣布，西班牙纳凡蒂亚造船厂将为皇家海军建造两艘两栖战略投送舰，合同金额高达 20 亿澳元（约合 15 亿美元）。该级舰被命名为"堪培拉"级。作为"堪培拉"级两栖战略投送舰中最重要的一艘，"堪培拉"号将担任旗舰。因此，澳大利亚媒体称"堪培拉"号下水具有里程碑式的重大意义，标志着澳大利亚国防力量的"新时代"已经来临。

事实上，澳海军正围绕"堪培拉"号和其姊妹舰"阿德莱德"号为核心，实施一项庞大的扩充计划，全力打造具备强大攻防能力、能快速部署的远洋舰队。

"堪培拉"级战略投送舰服役后，澳大利亚海军将成为西南太平洋

首屈一指的海上强国，其作战范围可以向北扩大到南海，向南延伸到南太平洋深处和南极，向西抵至印度洋。这势必会引起澳大利亚周边国家特别是东南亚国家的高度警觉，促使他们加大海军建设投入。

航空母舰诞生至今虽然不到百年，但是航空母舰已不是传统意义上的机械化作战平台，而成为信息化作战体系中的关键节点，成为各种高技术武器装备和大量信息技术的"集大成者"。目前，信息化的航空母舰已突破了传统航母物理极限的制约，在作战效能上出现了质的飞跃和提高，是传统机械化航母根本无法比拟的。信息化的航空母舰则可综合利用太空卫星、高空预警机、无人侦察机、水面战舰和水下潜艇的探测设备，以及海底水听基阵构成的全球信息网络，连接沟通其他远距离的网络节点信息，从而达到及早、全面探测综合汇总陆海空天电等多方向、多渠道、多层次的目标信息，并及时、准确、大范围地反馈给航母战斗群，因而能使目标探测能力呈现几何级数的增长，进而达成互联、互通、互操作。而且，随着双频监视雷达、舰载机电磁弹射器、全电推进系统及电磁轨道炮、高能激光炮等高技术武器装备陆续投入使用，未来航母的信息化作战能力较之当前将会更强。

各国发展航母必须要有一定的数量和质量，否则将难以完成相应的任务与使命。当今世界上11个正式拥有航母的国家中，除美、英、法外，其他国家都只拥有1艘航母。如果按照美国的"三三制"原则来衡量，即1/3在航，1/3处于训练，1/3在厂大修或改装，可以说，其他国家航母的在航率将会相当低，尤其是对于一些老旧的航母，需要维修保养的几率就会更大，故而在很多情况下不仅难以完成国家的战略威慑任务，甚至会耽误基本的海战任务。

发展航母的意义，不仅仅限于航母本身，更重要的是它能提升海军的整体装备水平和海上方向多维综合的作战能力，并全面增强国家工业技术水平。在多维较量的海空战场，目前尚未出现可替代航空母舰的新型武器平台。航母的建造与服役并不只是补齐短板的问题，在很大程度上，各国还可以通过发展航母带动海军整体装备和作战体系的发展配套，带动海军体制编制、作战指挥、战场建设、后勤保障等方方面面的全面发展。不仅如此，航母的设计建造，对于整个国家的船舶、电子、武器、动力、航空、航天等绝大多数工业部门的发展，也将带来前所未有的机遇。

另外，航母编队在非战争军事行动中的作用和影响，在海上抢险救灾、海上反恐反海盗、维护海上交通线等方面，有着不可替代的重要作用。

"辽宁"号下水后，中国虽然有了航母，但是对中国海军来说，形成航母编队战斗群，还将有待时日。无论如何，中国海军已经步入了航母国家的行列。

我和998舰的战士们一样，关于航母，内心有说不完的话题。巧合的是，在我结束和班长的海岸线自驾游后不久，我有机会去了一趟美国。

一到旧金山，我立刻让人着手安排驾车去圣迭哥。在那里，见到了传说中的航母——"中途岛"号。

我在"中途岛"号的上甲板上，用手机给班长打了一个国际长途。

我说，班长，我登上了航母，"中途岛"号航母现在已经成为一个主题性博物馆，我正在航母起降直升机的平台上给你

打电话。

柏子登上了美军"中途岛"号航母（Jack　摄）

班长说，航母，无论对于一个国家还是对于一支海军来说，都具有非同一般的意义。

我说，是的，班长，可是，我们刚刚才有一艘"瓦良格"改建的"辽宁"号，而且离航母形成战斗群还相去甚远。

班长说，2002 年环球航行的时候，到访过圣迭哥的美军军港，那时候我们甚至连 998 舰都还没有。

我当然理解班长这话背后的意思，毕竟我们现在有了两栖船坞登陆舰 998 舰，999 舰也已经服役。虽然"辽宁"号还没有形成航母战斗群，但是中国毕竟有了航母，这就是进步。

B 线　悲怆的船路

当我站在这艘 1945 年下水，于日本投降后一个月服役，1992 年退役的超级大国的航母上，我意识到中途岛海战以及"中途岛"号航母的意义，超越了一场具体的战役和一艘具体的航母，已经成为二战的一个符号，在世界海战史上永存。但是给我心灵带来最大冲击的并不是中途岛战事，而是在二战这个巨大历史符号背景下那时的中国以及现在的中国。

正如这艘舷号为 CV41 的"中途岛"号航母本身并没有出席中途岛海战一样，只是对中途岛战役的一种纪念，当中国第一艘航母出现在全世界关注的聚光灯下，"辽宁"号并没有为世界航母领域增加总的军事战斗力。也就是说，当下世界航母的盛宴中，并没有中国的座席，"辽宁"号最多也就是一种象征，表达中国国家实力以及维护海上权益决心的象征。

航母的出现，改变的不仅是海上舰船制式，更为主要的是改变了世界海战的方式，从过去的海上和陆地的平面进攻，改变为海陆空协同立体作战。

美日两国在中途岛决战中，航母已经作为一种重要的舰船，出现在海战战场上。

1942 年 6 月 4 日展开的中途岛战役，是第二次世界大战的一场重要战役，也是美国海军以少胜多的一个著名战例。美国海军不仅在此战役中成功击退了日本海军对中途岛环礁的攻击，还得到了太平洋战区的主动权，成为二战太平洋战区的转折点。这场在日本帝国海军和美国太平洋舰队之间展开的战役，美国最后取得了决定性胜利。整个战役中，美国损失 1 艘航空母舰"约克城"号，1 艘驱逐舰"哈曼"号，以及 147 架飞机，307 名海军阵亡。日本在中途岛战役中，"赤城"、"加贺"、"苍龙"、"飞龙" 4 艘航空母舰和重巡洋舰"三隈"号被击毁，332 架飞机被炸毁，其中约 280 架被炸毁于航母上，42 架被击落，3500 名日本海军阵亡。

整个二战期间，日本一共折损 16 艘航空母舰，6 艘改装的航空母舰。

回到中国反法西斯战争国内战场上，在日本全面侵华战争开始之前 1937 年的日本海军实力，已经接近美英海军，总吨位达到 115.3 万吨，还不包括炮艇、登陆舰和辅助船以及正在建造的舰艇；日本海军航空兵配有舰载飞机 182 架、陆基飞机 629 架，同年日本海军官兵总人数为 12.6 万人。

同期的中国海军，自甲午战争北洋海军全军覆没后，一直没有得到振兴。抗战爆发时，中国海军编制序列有第一、第二、第三舰队和练习舰队，以及广东省江防司令部。这些舰队合计总吨位为 6.8 万余吨，海军官兵总计 2.5 万人左右，并且中国舰艇普遍吨位小，质量老旧，其中拥有 4300 吨位也是最大吨位的巡洋舰"海圻"号，已经有 40 年的舰龄。

但是，就是这样一支装备简单落后的中国海军，在中华民族伟大的反法西斯战争中，成为担负着正面战场作战任务的中国军队中一支重要的军事力量。由于海军力量太弱，无力在海上和日本海军展开正面交锋，只能在沿海口岸和内陆江河采取守势抵御，海军舰艇丧失殆尽，虽然没有能够阻止日军在中国沿海港口登陆和进入长江向中国腹地进犯，但是对抗击日军，迟滞日军侵略速度，以致最后战胜日本帝国主义，发挥了重要的作用。

凝望二战背景下的中国海军，那条船路，何等悲怆。

在世界反法西斯战争胜利的第 67 年，中国购买的乌克兰的"瓦良

格"号航母改装成"辽宁"号，是中国自海军建立以来拥有的第一艘航母。同年，中国经济总量第一次取代日本，成为世界第二大经济体。

在世界舰船发展史上，中国舰船的发展之路，总是比世界速度迟缓。但是，无论有多少艰难曲折，无论有多少压力重围，中国的舰船之路，在告别郑和时代的辉煌后，始终追随着世界大潮，跌跌撞撞，走过风帆时代，走过铁甲舰时代，走过潜艇时代，走进了航母时代。

1949 年新中国成立后，毛泽东发出了"我们一定要建设一支强大的海军"的伟大号召，中国舰船工业走上振兴之路。60 多年来，从只有年产几万吨船的造舰能力，发展到年产 1000 万吨，并出口到世界 90 多个国家和地区，连续九年位居世界第三造船大国。这条新的舰船之路，也是新中国人民海军发展的一个缩影。船舶工业自主建造的核潜艇、常规潜艇、大型水面舰艇和各类舰船，壮大了我国的现代化海军队伍。

解放初期，中国海军的全部家底，就是从原国民党海军中起义的部分小型舰艇。20 世纪进入 50 年代，中国海军从苏联购买了部分装备，构成了海军力量的中坚，在这其中，四艘火炮驱逐舰被中国海军称为"四大金刚"，成为当时中国海军的标志性舰艇。

五六十年代，中国海军针对我国的具体情况，提出了发展"潜、飞、快"的方针，将潜水艇、陆基海军航空兵以及快艇部队作为发展的重点，实行"近岸防御"战略，但由于海军力量的薄弱，属于中国的几百万平方公里的海洋国土基本上处于弃守的状态。

进入 70 年代，为了配合中国战略导弹的发射实验，中国自行设计建造了"051"型导弹驱逐舰、"053"型导弹护卫舰等一批中型水面舰

艇，研制成功了第一艘核潜艇。这些国产装备的入役大大提高了中国海军的战斗力。

进入 80 年代后，中国海军战略核潜艇服役并成功地进行了潜地导弹的发射实验，使中国成为世界上第五个拥有海基战略核反击能力的国家。

在此时期，中国海军战略由"近岸防御"向"近海防御"的方向发展，海上控制能力大大提高。但同期的国外海军装备在技术上又实现更大飞跃，垂直发射、相控阵雷达、新型声纳、燃气轮机、电子计算机等一系列新技术开始在海军应用，舰艇的作战能力成倍提高。中国海军装备进步一小步，世界海军装备前进一大步，中国海军与世界先进海军的技术差距反而更加扩大了。

90 年代后，随着中国国力和海洋意识的增强，海军发展进入了快车道。90 年代初，第二代"052"型导弹驱逐舰、"053"改进型导弹护卫舰进入现役，这些新型装备在防空、反潜、反舰能力上有一个大的提高，真正具备了三维立体作战的能力。90 年代后期，第三代导弹驱逐舰"167"号进入现役，这种新型驱逐舰吨位更大、综合作战能力更强、航程更远，具备了海上编队指挥功能，具备了进行远海作战的能力。

但是，我们不能否认，在舰船工业发展的路途上，世界舰船工业经历几个发展阶段，中国因为国家社会动荡和工业生产力的落后，都缺席了世界舰船发展的洪流，直到新中国成立后，才又开始了舰船工业的发展之路。中国已经完全滞后于世界水平，当世界造潜水艇时，我们才造大轮船；当世界发展到核潜艇，我们才刚刚起步研究核动力；当世界舰

船已经发展到航空母舰，我们自行设计建造的大型船坞登陆舰才刚刚下水不久。

中国军舰制造业落后于世界的步伐，正是中国海权意识、海洋权益现状的写照。当全世界已经有 13 个国家拥有 20 多艘航空母舰的时候，中国的"辽宁"号刚刚下水，并且离形成航母战斗群相去甚远。

不久前，国防部新闻发言人在回答记者关于航母是不是会远航的问题时说，航母不是宅男，总是要走出去的。

中国舰船之路，一条充满悲怆的发展之路，写就了一部中国的海权发展史。

人类的海盗史在延续。

舰船却早已经走过了帆船时代。

从木舟到现代舰船，海盗在大海的汹涌波涛中几经沉浮，总是死而复生，生生不息。

风帆虽已降落，但是帆船时代人类初识大海时彰显的秉性，却没有随着风帆的消失而改变，没有随着科技的进步而更加文明。

只要有大海，只要有舰船，即使没有了风帆，船的传说依然在继续。

船，是一个度量，有什么样的舰船，就有什么样的海权意识，就有什么样的海洋权力。

中国海上船路悲怆命运的历史，源自于历朝皇帝对船承载意义的认识缺失，源自于民族缺乏支撑海洋意识的文明的依托，源自于经济制度对海商精神的禁锢和扼杀，源自于国家对

国土疆域的封闭理念，源自于文化的土壤缺乏促进海权意识生长开花所需的滋养。

无论是鸦片战争还是甲午海战，本质上是资本主义对封建主义的挑战，是两种国家制度的对决。

一部中国舰船工业发展史，就是一部中国海权发展史。

海权之路，在中国走得艰难困苦，走得悲怆凄凉，走得步步惊心。

这条路的未来，在这个被核武器控制的世界，在这个被大国主导的国际政治地缘战略下，依旧充满了未知。

第六章 有一艘航船叫中国

西方海军建设，肇始于对海上财富的贪婪欲望，落实于海上权益的掠取，扎根于世界范围海洋的控制权。

中国海军建设，肇始于被西方列强挨打的疼痛，落实于守在家门口看护内、外贼，扎根于一旦遭遇海战不敌，退守海岸线防守陆上疆域。

一

环渤海湾。

绵延的北洋防线。

我和班长在这段海岸线逗留的时间最长。

起于鸭绿江口，迄于胶州湾的北洋防线，包括青岛、烟台（芝罘）、威海卫、大连、旅顺、营口、山海关、北塘和大沽。

威海卫。

北洋海军锚地之一。

也是北洋海军最后折戟的血海沙场。

威海卫位于山东半岛北端，与大连、旅顺同扼渤海湾入口，有宽阔的港湾，有刘公岛及其附近的深水，是天然的良港。

我和班长登上了刘公岛。

李鸿章当年题写的"海军公所"匾额，依然在门楣上悬挂。苍劲中不乏灵秀之气的字体，虽然带着时间流逝的痕迹，却透露出不可掩饰的大家气派。

无论有多少苦难、几多辉煌，刘公岛以及这一片海，都是一个影响中国近代历史并且长久改变了国际政治地缘关系的地方。我和班长此刻站在通向"海军公所"的石阶上，仰望李鸿章笔墨饱满的字迹，不由得肃然起敬。

我说，班长，对于中国海军来说，李鸿章毫无疑问是一个大功臣。

班长没有回答我的话。

我说，北洋海军从 1875 年开始筹建，到 1888 年正式成军，再到后来甲午海战中全军覆没，北洋海军是真正意义上中国海军的滥觞。

班长还是没有回答我的话。

班长的沉默，唤起了我的执拗。

我说，没有北洋海军昙花一现的历史，就不可能有今天中国海军的深海远航。

班长终于开口了，他说，虽然中国海军和西方大国海军相比，还是一支年轻的海上劲旅，但是，通过亚丁湾护航，中国海军已经在世界各国商船中赢得了信任，赢得了尊敬，赢得了赞誉，成为这些商船心目中名副其实的守护神。

A 线 海上守护神

7 月 16 日，亚丁湾上肆虐了几天的西南季风终于有了一个小小的间隙，清晨的亚丁湾东部海域，露出了久违了的阳光，海面的波浪也比前些天平静了许多。

第六批护航编队会同第五批护航编队的舰艇，有条不紊地进行第二次联合护航。参加第 220 批护航的"集美贵"、"海伦"、"新滨海"、"马士基亚利桑那"等中外船舶已陆续到达指定的会合海域。

当地时间 8 时 46 分，"昆仑山"舰甚高频突然响起，传出急切的呼叫："我船轮机长小腿摔伤，治疗后一直没有好，现在已严重感染，请求

医疗支援！"这是从巴拿马籍散货船"集美贵"轮传来的紧急求救呼叫。

"集美贵"轮是中国"集美华"航运有限公司注册的巴拿马籍散货轮，该船排水量171300吨，船上有30名中国籍船员，目的港为乌克兰的尤兹尼港。

"昆仑山"舰值更员及时答复距离5海里之外的"集美贵"轮，舰指挥所一边向上级请示，一边让军医与商船通话详细了解船员伤情。

编队指挥所立即做出决策，派直升机送医疗组救治受伤船员。指挥员命令"昆仑山"舰调整航向航速，向"集美贵"轮靠近，同时准备小艇和舰载直升机。

9时30分，由普外科医生傅明、麻醉医生赵旸和护师冯博一组成的三人医护小组迅速奔赴飞行甲板。

很快，直升机从"昆仑山"舰起飞，搭载着医护小组，向"集美贵"轮驶去。

7分钟后，直升机稳稳地停落在商船上。船员们得知护航编队派直升机过来，早早地来到甲板上等候。

"集美贵"船长蒋士龙带领医疗小组来到轮机长林国东的住舱。

21天前，45岁的林国东在船上爬楼梯时不慎摔倒，造成左小腿划伤，伤口长约5厘米并深达肌肉，深至可见骨头。由于商船的医疗条件有限，伤口虽然被缝合，但是几天后又感染，导致伤口裂开并化脓，伴有发烧等症状。我们的医护人员察看他的伤情后，立刻对伤口周围的皮肤进行消毒和清洗，实施局部麻醉，用手术刀刮除坏死组织，并对创面反复冲洗消毒，用稀碘伏纱布湿敷。在20分钟的时间内，医护人员先后三次对受伤船员进行清洗消毒，使伤情基本得到控制。

"以前每次打开纱布看到这么大的伤口，我感到很害怕，现在海军派来了专业的医生为我医治，我心里觉得踏实多了！你们救了我的一条腿啊！"经过医疗小组的治疗，林国东如释重负。

医疗小组给他写下医嘱，又给其他船员进行巡诊，并留下了一些药品。

"我的伤情牵动着护航官兵的心，并且一下子用直升机派来三名医生，我非常感动，非常感谢护航官兵对我们远洋船员的关心！"

林国东拉着同是广西博白人的傅明医生的手，反复叮嘱一定要转达他的谢意。

船长蒋士龙告诉军医，"集美贵"轮到达了会合点后，在海上漂泊了2天，就是为了等待加入中国海军护航编队，成为第220批被护船舶之一。

在他们心里，有中国海军护航，不光沟通方便，而且伴随护航，让他们内心更有安全感。

11时14分，直升机降落在"昆仑山"舰宽大的飞行甲板上。走下直升机的麻醉医生赵旸长长地舒了一口气说："能在亚丁湾上给中国船员提供医疗救援，我更感觉到作为一名军医的神圣感！"

　　我能想象，海上航行不是在陆地，一旦发生意外，确实有种叫天天不应、叫地地不灵的感觉。

　　我问班长，这种意外情况是不是经常会发生？

　　班长说，是的，出海航行，免不了发生意外伤害和疾病，医疗救助也成为我们护航中一项不可或缺的任务。

7月22日下午，亚丁湾2号巡逻区的海面白浪翻滚，海面吹着六

七级的西南风，3 米多高的海浪不时地拍打着舰首，舰首抨击着海浪，发出沉闷的轰鸣，巨大的舰体在海浪里不停地颠簸。998 舰、170 舰护卫着第 222 批护航船队的 12 艘商船，在茫茫大洋上艰难地前行着。

"瑞克墨斯·多哈（RICKMERS DOHA）"轮，这艘塞浦路斯籍的货船有 20000 吨的排水量，可是在这样的海况下航行，只见其时而船首冲出水面，时而又深深地扎入海里，船首不时溅起巨大的浪花。

15 时，22 岁的菲律宾籍水手罗格（Rogue Hutch Jesus）受船长的指派，到上甲板舱面去查看甲板货物固定情况。此时，船体在风浪里上下颠簸，左右摇摆，人员在上甲板行走十分困难。甲板上固定货物的钢缆，由于船舶的摇摆，承受着巨大的张力。罗格小心地在甲板上行走着，查看货物的固定情况。突然，一根固定货物的细钢缆断裂，飞速地向他横扫过来，罗格来不及作出任何本能的反应，只觉得左腿膝盖上方一热，鲜血已经从他那破裂的裤腿里喷涌而出。船长接报后气喘吁吁地冲向驾驶室，操起甚高频电话用颤抖的语调向 998 舰发出了紧急求援信号。998 舰接报后，立即向"多哈"轮靠近，同时指挥所立即召集医务人员和直升机机组人员，紧急商议救援方案。当 998 舰接近到"多哈"轮右正横 5 链时，观察发现"多哈"轮是一艘前甲板装有 3 部吊机的散货船，其甲板中部的一部吊机吊臂比主桅杆还高，甲板上还堆满了各种货物，直升机根本无法在其甲板上降落。航行海区海况又如此恶劣，也无法吊放小艇实施救援。编指只能让外科医生通过甚高频电话，远程指导船员对罗格进行应急包扎处理，待编队航行到 B 点附近海域，海况好转后再作处理。

998 舰一边航行，一边将情况通报给了在 B 点待机的 887 舰，并让 887 舰做好了给伤员施行手术的一切准备。

23 日早晨 7 时，亚丁湾西部海域霾尘满天，本该是太阳高挂的时间了，可是这时却像是天刚亮。护航船队此时抵达了 B 点。"多哈"轮停船漂泊，等候已久的 887 舰立即放下小艇，带着医务人员飞速向"多哈"轮驶去。

医生上船后立即查看了罗格的伤情，发现罗格左膝盖上方被钢缆划开一道 14 厘米的口子，深度达到肌肉层造成部分肌腱断裂，必须立即进行手术。于是，医疗队员们立即在商船简陋的医务室里准备施行手术。麻醉、清创、缝合、包扎……2 个小时后手术完成了。一直等在医务室门外的"多哈"轮船长此时已经汗水湿透了衣背，当得知手术完成的消息时，他脸上露出了微笑。医疗队离开前还给罗格留下了后续治疗的必备药品。

"多哈"轮继续航行，驶向她的下一个目的港。998 编队的官兵们目送着"多哈"轮渐渐消失在水天线处，祝愿她一路平安！

"多哈"轮的船员被中国海军的行为感动了。船长帕纳吉奥蒂斯（Panagiotis Katsikis）通过 E-mail 给 998 编队指挥员发来了感谢信：

敬爱的先生：

我非常感谢你们护送我们通过亚丁湾。但是最感谢的是你们对我们的医疗救援，特别是对我们的受伤船员的救治。同时对你们的医疗队的医生对我们伤员的救治表达我们最真挚的谢意！

祝你们一切都好

船长 PANAGIOTIS KATSIKIS

之后，"多哈"轮船长向英国海上贸易组织值班官员报告了此事。英国海上贸易组织值班官员在"水星网"上发布了一个通报给了各国海军。

没想到的是，在亚丁湾，我这个医学门外汉竟然也救了一个病人。

7月19日，沙尘天气，灰蒙蒙的天。

海军第六批护航编队正在集结海域待机，准备执行第221批12艘船舶的护航任务。

"我船大管轮痛风不能走路，请求帮助！"当地时间7时55分，被护船舶"振华23号"通过甚高频向"昆仑山"舰求助。

编队指挥所得知情况后，立即命令后勤组医疗队寻找药品。但是，由于治疗痛风病的药是专用药，不属于常备药，药房里没有储备。

就在指挥所准备将情况通告对方时，我按照排班表来到驾驶室值班，了解事情经过后，我赶紧制止了通报。痛风病是我的老朋友了，跟随我多年，我走到哪里都带着治疗的对症药。我让文书去房间取来了我备用的药。

此时，"昆仑山"舰小艇正在海上组织训练。编队指挥所决定派小艇将药送至3海里之外的"振华23号"船。于是，小艇载着中国海军大校军官对一名普通船员的关心破浪前行，尽管海上涌浪较大，但最终还是将一盒"秋水仙碱"和一盒"英太菁"顺利送到商船，及时交到了病人手中。

"振华23号"从亚丁湾回到国内至少还要半个月，大管轮已经都痛得不能走路了，工作肯定也会受到影响。痛风发作的痛苦我深有体会，真的叫痛不欲生，所以这次护航前我特意准备了一些专用药，没想到竟然派上了用场。虽然我带的药也不多，但是，船员同胞比我更需要这种药。再说，他们也许是用了很大的勇气才向我们请求帮助的，总不能让他们失望吧！

当地时间 12 时，护航编队准时启航，"振华 23 号"作为商船编队的领头船，乘风破浪向东驶去。同时，他们发来了感谢电："尊敬的护航官兵，你们是我们最敬爱的人。我们从内心深处，深深感谢你们的帮助！"

其实，班长纪事中关于他自己的这段故事，我早就通过网络看到了报道，报道原标题是"大校捐药"。我说，班长，读到这则报道时，我心里很是为你自豪。

班长说，为什么？

我说，这种针对性很强的药在陆地上不是什么稀罕东西，但在亚丁湾就是珍宝了，你能把珍宝让出去，说明你能忍痛割爱，你把药给和你一样需要的人，说明你有把生的希望留给别人的气魄，这是一种境界。

班长笑了，说，这是嘲讽还是赞美？

我说，真的，从你捐药这个举动，我能看到一名中国海军军官的情怀。

班长说，这么说也行，是一个中国海军的情怀，更是中国军人的情怀。

班长说，你看到的这些情况，还不算严重，更危急的情况我们都遇见过。

黑夜里的海上航行，最担心两件事情，一是担心海盗偷袭，二是担

心有船员突发急病。

事情往往就是这样，越担心什么就越来什么。

8月26日，海军第六批护航编队"昆仑山"舰和"兰州"舰正护送第236批15艘船舶向亚丁湾西口海域航行。20时17分，"昆仑山"舰突然接到呼救："01、01，我是B1，我船一名船员突发急病，请求救援！"呼救是从被护船队中的B列领头船"天坛海"轮传来的。

闻讯赶来的傅明军医通过甚高频详细了解患者病情，根据患者出现呼吸急促、心律不齐、四肢无力等症状，随即指导商船船长先对其进行应急救治，以方便后续治疗。

当时的亚丁湾海区涌浪较大，直升机无法降落到商船上。只要有一点希望，就要想尽百分之百的办法救治伤病员。编队指挥员魏学义决定让"昆仑山"舰吊放小艇送傅明和唐海峰两名军医前往商船抢救。

"你先出列，减速停车，我们派军医过来！"当地时间20时40分，作为商船编队排头船的"天坛海"轮终于等到了这一好消息。此时，虽然是黑夜，而且海上涌浪较大，但是救人要紧，编指决定派军医到商船去医治。

"吊放小艇部署！"一阵广播打破了亚丁湾夜空的宁静。舰载小艇夜间在海上执行换乘任务，这对于"昆仑山"舰来说还是头一回，着实让舰艇指挥员和小艇操纵员捏了一把汗。"面对任务，再大的困难也要上，绝不能辜负首长和商船对我们的重托，保证完满完成任务！"在微暗的灯光下操舵手何启明脸上写满了坚毅。

3分钟后，2名医务人员和1名特战队员登艇完毕。随即，舰载小艇缓缓地被吊放到海中，海上一片漆黑，连绵不断的涌浪一个接着一个，小艇在舰艇强光灯的指引下，在波峰浪谷间向 3 海里处的商船艰难前行。11 分钟后，小艇报告已顺利抵达事先出列的"天坛海"轮船边。2 名军医在特战队员协助下，背起心电图仪、氧气瓶等急救器械和药物，沿着挂在商船干舷上近 10 米的软梯，摇摇晃晃地爬了上去。

据了解，患者叫姜正龙，是一名机舱机工长，今年 42 岁，山东人。经检查，姜正龙所患的是低钾低钠血症，主要是由于身体虚弱加之连续高强度工作，造成体内电解质大量丢失，致使呼吸肌受累，出现窒息症状。

傅明和唐海峰立即展开抢救，并为患者补充了电解质和能量。30 分钟后，患者生命体征趋于稳定。为防止出现意外，两名军医留在船上继续对患者进行 12 小时的观察治疗，直至第二天患者无生命危险时才离开商船，返回到"昆仑山"舰上。

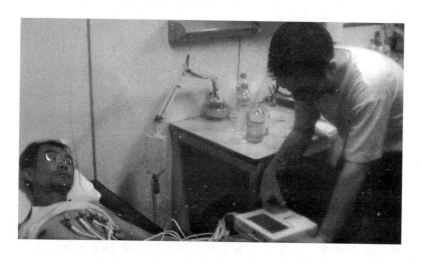

军医傅明在给"天坛海"轮船员姜正龙做心电图（冯博一　摄）

事后，"天坛海"轮船长黄伟华立即向中远公司报告了情况，并一再向编队指挥员表示要送一些蔬菜水果给 998 舰，以表示感谢。"保护

国家财产和船员的生命安全，这本来就是我们护航编队的责任，是我们应该做的。"编队指挥员婉言谢绝了船长的好意。

"天坛海"轮船长黄伟华、政委孟庆略联名给海军第六批护航编队写来感谢信，感谢海军护航将士对该轮的保护和救助。

信中说：海军护航将士，在黑夜中、涌浪大的情况下，乘小艇是很危险的。但将士们发扬了我军"一不怕苦，二不怕死"的革命精神，毅然派军医上船救治病员，我轮再次表示感谢！"天坛海"不会忘记，中远不会忘记，祖国不会忘记，人民不会忘记。

　　看来，在伴随护航中，中国海军不但给被护商船带去了航行安全，也成为各国商船的精神依靠。

　　班长说，是的，中国有句话，叫有问题找警察，在亚丁湾，商船有问题，更愿意找中国海军。

　　我和班长坐在台阶上，面向大海，凝望远方。

　　我猜，此刻班长的内心和我一样，充满了感慨。

　　中国海军一直背负民族苦难匍匐前行，到今天中国海军在深蓝海域赢得世界赞誉，这种历史巨变的发生，是多么地不容易。

　　那一片海上，舰船往来，笛声袅袅。

　　正是这片海域，100多年前那一场甲午海战，改变了中国近代社会历史，成军只有6年的中国北洋海军全军覆灭，只留下了海军将领们以死决战的不朽传说。

　　也是这一片海，中国有海军军队以来，见证了三次海军大校阅。

B 线　海军，海军！

1888 年，北洋海军提督署前辽阔的海域，举行了一场规模空前的北洋海军成军后的第一次大校阅，也是中国海军历史上的第一次大校阅。三年后的 1891 年，逢三年一届的北洋海军会操，李鸿章巡视大沽口炮台后，乘"定远"舰前往旅顺口，北洋海军全军随行。又三年后的 1894 年，再值海军大校阅。这一年的《北洋海军章程》中，对海军大阅行程看操大概日期做了详细排定，光绪廿四年四月初三启节，登"海晏"轮船，至咸水沽上岸，赴小站。从初四到廿六日，每一天的行程都做了详细安排。

李鸿章于农历四月十六日早晨抵达威海，十七日调集北洋海军、广东海军和南洋海军兵舰校阅。丁汝昌调集"定远"、"镇远"、"济远"、"致远"、"靖远"、"经远"、"来远"、"超勇"、"扬威"及"威远"、"康济"、"敏捷"练习船；余雄飞统率广东"广甲"、"广丙"、"广乙"；袁九皋、徐传隆分带南洋"南瑞"、"南琛"、"镜清"、"寰泰"、"保民"、"开济"各舰，接受李鸿章校阅。

整个校阅包括从大沽到旅顺口、大连湾、威海卫、胶州湾、烟台，以及山海关等地的舰艇部队、海岸炮台和海军学堂，还检阅了海军袭营阵法、施放鱼雷、演习打靶。校阅往返 24 天，行程 3000 多海里。这一次校阅，还邀请了各国公使使节参加。值得一提的是，日本军舰也前来"参观"，并且誉称北洋海军"节制精严"。

事实上，李鸿章每次校阅都要事先通知受阅部队，校阅内容和程序也是固定的。《北洋海军章程》规定，每逾三年，海军衙门请旨特派大

臣，会同北洋大臣出海校阅一次。光绪十七年系第一次校阅之期，光绪二十年，又届第二次校阅之期，所有大帅亲临阅操师船行阵各事宜以及仪节。章程分为迎接章程和行海操阵章程两个部分。参照《北洋海军章程》，旅顺海防、大连湾海防和烟台海防，都制定了大阅章程。

李鸿章在巡阅海军后，于同年农历四月二十五日，向朝廷上奏巡阅海口情形中写道：西洋各国船式日新月异，即日本蕞尔小邦，犹能节省经费，岁添巨舰，而中国自北洋海军开办以来，迄今未添一船，恐后难为续。李鸿章的言辞之间，流露出了对海军成军后停滞发展的现状深深担忧，也表现了对日本海军的隐忧。

几个月后，日本借助朝鲜东学党农民起义之际，将中国拖下水，从海上悍然入侵中国，中日甲午战争爆发。

曾经号称亚洲第一、世界第六的北洋海军，从此成了一段中国人难以忘却的悲歌。

1888年，北洋海军成军时，海军实力位居世界第六、亚洲第一。但是，就在日本加速扩充海军之际，中国的海军建设却陷于停滞状态。北洋海军成军后，仅在光绪十六年，也就是1890年，添置了国产巡洋舰"平远"号和从福建海军调入的"福龙"号鱼雷艇。一年后，清廷根据户部建议，下令停购外洋船炮军火2年。从此，北洋海军就再也没有增添一船一炮。北洋海军曾经计划为主要战舰添配18门120毫米速射炮和更换3门105毫米炮，却都因为经费难以筹措而搁置。

事实上，1891年的北洋海军就已经丧失了亚洲第一的交椅。

1891年，应日本邀请，丁汝昌率"定远"、"镇远"、"致远"、"靖远"、"经远"、"来远"各舰，赴日本马关转驶各地访问。日本所以向中国海军发出邀请，并不是出于纯粹的军事交流，而是有着战略图

谋的。

在中国还在为是不是要继续为北洋海军购买军舰时，日本已经在运用地缘战略来发展外交。当时在日本眼里，最大的敌人是俄罗斯。

1891年，22岁的俄罗斯沙皇太子尼古拉踌躇满志，为了加强与东方各国的关系出访远东，来到日本访问。5月11日，当尼古拉访问日本大津城时，坐在人力车上的尼古拉突然遭到攻击，头部被乱刀猛砍，受伤不轻。令人不可思议的是，凶手津田三藏，竟然是负责保护尼古拉安全的警卫。

津田三藏的这一顿乱刀，代表了当时整个日本的国民心态。这位对俄罗斯充满仇视的极端分子，认为沙皇太子此次来访，就是来打探日本的虚实，为下一步侵略日本做准备的。凶手的认识和日本政府的隐忧不谋而合，他们认为尼古拉对日本国情了解越多，对日本国家安全就越不利，俄罗斯沙皇一旦对日本出兵，恐怕本国实力难以抵御。为了斩除后患，津田三藏挥刀向尼古拉下了毒手。为了防止俄罗斯出兵，日本需要找到一个强大的同盟，日本政府把目光投向了中国。

在北洋海军成军之前的1881年，整个亚洲都知道，中国的北洋海军已有了"定远"、"镇远"2艘在德国定制的世界最先进的铁甲舰，1887年又从英、德两国接回了4艘巡洋舰。到了1888年，北洋海军的实力获得了世界第六、亚洲第一的排名。日本一方面把中国当成假想敌，另一方面又要借助中国的力量来制衡俄罗斯。于是，就有了日本向中国海军发出互访的邀请。

然而，当中国海军编队到达日本后，呈现在日本政府和海军面前的北洋舰队，出乎所有人的意料。时光已进入到1891年，但是北洋海军的装备却仍然维持在1888年"亚洲第一"的状态。

　　正是这次海军编队的出访，让日本对中国海军的真实军力有了最直接的了解。中国海军的实力已经被日本赶超，这个事实就像一剂强心剂，让对中国辽阔疆域垂涎已久的日本，把侵略中国摆上了议事日程。

　　同年农历七月十六日，日本舰队来到天津访问，拜谒李鸿章。

　　就在李鸿章最后一次校阅北洋海军后不久，一场由日本挑起的中日甲午战争突然爆发。这是一场海军制胜的战争，北洋舰队注定要搏战整个日本海军。

　　1894 年 7 月 25 日，中、日两国舰队在朝鲜半岛以西的丰岛海面爆发大规模军事冲突，这是一场日方不宣而战的战争，结果以中方失败，日方胜利告终。

　　历史上，日本一直觊觎东亚大陆，梦想着从一个弹丸岛国成为大陆国家。征服朝鲜半岛，以朝鲜半岛为跳板占领中国领土，一直就是日本的企图。而朝鲜半岛对中国来说，无异于东疆门户。自唐朝以来，以朝鲜半岛为导火索，中国和日本就曾进行过唐代的白江口海战和明代的万历朝鲜战争。这两场战争都以日本的失败而告终。

　　清末的甲午战争，起因竟还是朝鲜。朝鲜东学党起义，中国应朝鲜国王之邀，派兵协助镇压，而日本也借口保护侨民，军队也在仁川登陆。起事的朝鲜乱党被抛在一边，对峙的双方直接变成了中国和日本，而这一次，战争的结果出现了另一个局面，中国惨败。

　　日本于 7 月 25 日突袭中国北洋舰队，中日甲午战争打响后，两国军队进行了海战和陆战。

　　丰岛海战在日本海军出动的联合舰队第一游击队的巡洋舰"吉野"号、"浪速"号和"秋津洲"号和大清国北洋海军的巡洋舰"济远"

号、"广乙"号和炮舰"操江"号之间展开，北洋海军由于租用英国商船"高升"号用来运送清军官兵，英国由此被卷入这场战争。

丰岛海战的最后战况，中国方面，巡洋舰"广乙"号、租用商船"高升"号被击沉，船上陆军官兵有871人殉难。运送军饷的"操江"号被俘，船上搭载的军饷白银20万两及大量的火炮枪械弹药均落入敌手。护航舰"广乙"号遭敌重创，在驶离战场后搁浅，为免军舰落入敌手而纵火自焚，而另一艘护航舰"济远"号受重创逃脱，回到旅顺。

丰岛海战是甲午战争的第一战，日本联合舰队采用了海盗式的袭击不宣而战，以优势兵力伏击中国舰队从而获得了胜利。

紧接着29日，在朝鲜的中日陆军之间也开始交战。

陆上战斗从朝鲜打到奉天（今辽宁），日军占领大片中国领土。

两天后的8月1日，中日两国政府正式宣战，甲午战争正式爆发了。

8月17日，北洋水师和日本联合舰队在黄海大东沟展开了舰队主力决战，北洋海军损失了"超勇"、"扬威"、"经远"、"致远"、"广甲"5艘军舰，而日本竟然一舰未沉。大东沟一役后，北洋海军为保舰船，不再出海寻敌决战，把希望寄托在依靠陆上炮台要塞来保住军港和舰队。日本陆军在击败了驻朝鲜清军之后，势不可挡地杀入中国境内，从北洋海军的背后袭击了陆地要塞炮台，并且和已经驻守刘公岛外的联合舰队遥相呼应，对北洋水师形成了水陆夹击之势。北洋海军在日本海陆两方面夹击进攻下全军覆没。

黄海海战是甲午战争中的一次战略性决战。由于北洋海军海战中的全盘失利，导致中国近海制海权的丧失，使日军得以在中国北部沿海自由登陆，从背后攻陷旅顺和威海要塞，造成清政府在整个战争中的失

败，进而对中国近代史以至亚太国际关系史带来巨大而深远的影响。

1895年2月14日15时30分，牛昶昞与日本联合舰队司令官伊东祐亨中将共同签订了《威海降约》，中日甲午战争以清政府的失败而宣告结束。中国赔偿日本白银2亿两并割让台湾及其所属之澎湖列岛等给日本，以白银3000万两赎回被日本强占的辽东半岛。

甲午战争使朝鲜半岛和台湾沦为日本的殖民地，日本一跃成为东亚强国。战争胜利带来的领土利润，就像一剂强心剂，令日本的扩张野心急剧膨胀，不久持刀跃马杀向了老资格的霸权帝国沙俄，并且击败了这头北极熊。从此，东亚形成了以日本为主导的地区格局，这种局势一直维持到二战结束。

我一直以为，甲午战争的失败，仅仅归咎于北洋海军，并且只是从海军战术的层面来审视这场战事，是漠视历史的一种表现，让北洋海军背负一个国家主权沦丧的历史罪责，也是对北洋海军的不恭，更是对历史的不恭。

甲午战争的失败，是国家制度的失败，不是一支军队的失败。

国家制度不仅决定了国家命运，还左右了国家思维。

甲午战争开战伊始，清政府对局势做出了严重误判。在丰岛一战中，由于英国商船"高升"号的介入，李鸿章认为，"高升"号是中国租用的英国商船，上面挂有英国国旗，日本敢无故击沉，英国人必不答应。

"高升"号被击沉，英国社会舆论也一度公开表示，日舰无故击沉中国商船，粗暴地违背国际公法。英国驻日公使也向日本外务省提出严重抗议。但是，在国际关系上，真相从来都不是最重要的，决定国家立场的永远是本国利益。李鸿章只是从小小一艘"高升"号商船，判断英国的立场一定会站在中国一边，但是他却忘却了一只被击沉的商船，在整个英国国家利益这艘大船面前，是多么微乎其微的事实。当朝重臣决断国际事务的视域尚且如此狭隘，可想而知当时整个中国的保守与落后。

随着事件的进一步发展，英国外交部改变了态度，竟然认定日舰是在中日开战后将"高升"号作为地方运输船击沉。英国海军当局也认为"高升"号被击沉是有理由的，日本政府对此没有责任。英国社会舆论也改变声调。最后，上海英国海事裁判所对"高升"号事件的审理，也做出了有利于日本的裁决。

这个结果让清廷和李鸿章大感意外和吃惊。

这种对局势的误判，不是一种见解上的失误，而是清政府封建体系国家制度下外交政治的落后和失败造成的。

19世纪末，世界资本主义从自由竞争阶段进入了帝国主义阶段，为了维持垄断资本，各帝国主义国家疯狂地夺取海外市场，原料供应和资本输出的场所，掀起了瓜分世界领土的高潮。而当时各帝国主义国家对美洲、非洲的分割大多已经完成，于是分割世界领土的斗争便集中转移到了远东地区。甲午战争便是沙俄、英国、德国、法国和美国争夺远东领土，利用纵容日本挑起的战争。

资本主义的国家关系，唯一的驱动就是利益。在维护本国利益基础上制定的外交政治，决定了英国政府在处理"高升"号事件时的立场。

这是一种制衡术。

但是，执掌封建制度的清政府，独立于西方世界从资本主义向帝国主义迈进的血腥洪流之外，就不可能真正理解资本主义，不可能正确认识资本主义的国家关系。

当时，英国在东亚最大的对手，就是沙俄。沙俄同样也是日本最为担忧的敌手。英国为了和沙俄达成力量的制衡，必须借助日本的力量，拉拢日本；而日本为了早晚要和沙俄决一死战，也需要依靠的力量。这从一个侧面反映发生在中日之间这场战争的本质，不但是日本对中、朝两国的侵略战争，更是资本主义国家在世界范围内争夺殖民地斗争的重要组成部分。

甲午战争的爆发，是有历史铺垫的。

19世纪后期，英国已经在远东地区形成了强大的势力，当沙俄把扩张势力移到远东时，遭遇战在两个大国之间不可避免地发生了。

1885年，英政府在给清政府的照会中，明确提出英国的"大敌实在黑龙江之北"，强烈希望"抗拒俄之东下"。同时，沙俄对远东的扩张，也势必与日本发生矛盾。由于中、朝、英、日等国对沙俄在远东的扩张都持戒心，因此沙俄很担心会出现某种抵挡沙俄向远东扩张的联盟。因而沙俄需要掩饰自己的扩张野心，并力图加剧中日以及远东各国间的紧张关系，以造成可乘之机。所以，当日本随着战争力量的增强，加紧对朝鲜进行渗透扩张时，沙俄立即表示支持。由于英国是沙俄争夺远东霸权的主要敌手，所以沙俄也需拉拢日本，图谋和日本联手排挤清政府和英国在朝鲜的势力。

另一方面来看，第一次鸦片战争以来，英国一直是中国的最大既得利益者，它占有中国长江中下游的广大地区，设立众多工厂、商店，占有绝对优势地位，沙俄要实现对远东的扩张野心，英国无疑是最强有力的敌手。

随着沙俄西伯利亚铁路的兴建，英俄在远东的对立更加尖锐。而狡猾的日本早就看出了英俄之间的矛盾，于是日本方面就积极活动争取英国支持。1894 年 7 月 16 日，英国和日本缔结了新的《通商航海条约》，这一条约不但解除了英日关系中不平等的性质，重要的是给予日本实力上的一种承认与肯定，奠定了日后英日同盟的基础。正如英国外相在签约时所言，条约的性质对日本而言，比打败清国的大军还远为有利。而条约签订后的第三天，日本就发动了中日甲午战争。

日本军国主义倚仗军事上的优势，充分利用国际关系，有恃无恐地向中朝两国不宣而战，不论从日本的战争企图，还是当时的国际关系来看，这场不可避免的中日之战，从一开始就注定了中国被殖民、瓜分的命运。

在这种情况下，清政府内部被迫结束了要不要接受日本割地要求的争论，于 1895 年 3 月 4 日，授李鸿章以割让土地之权，前往日本马关，与日本全权代表、总理大臣伊藤博文和外务大臣陆奥宗光议和。

3 月 20 日，双方在春帆楼会见。李鸿章要求议和之前先行停战，日方提出包括占领天津等地在内的 4 项苛刻条件，迫使李鸿章撤回了停战要求。24 日会议后，李鸿章回使馆途中突然被日本极端民族主义分子刺伤。日本担心造成第三国干涉的借口，自动宣布承诺休战。30 日，双方签订休战条约，休战期 21 天，休战范围限于奉天、直隶、山东各地。此时，日军已占领澎湖，造成威胁台湾之势，停战把这个地区除外，保持了日本在这里的军事压力。4 月 1 日，日方提出十分苛刻的议和条款。李鸿章乞求降低条件。10 日，日方提出最后修正案，要中方明确表示是否接受，不许再讨论。在日本威逼下，清政府只得接受。4 月 17 日，已是 72 岁老人的李鸿章，带着脸上被日本人行刺血迹未干的伤痕，和日本签订丧权辱国的《马关条约》。

《马关条约》又称《春帆楼条约》，共 11 款，并附有"另约"和"议订专条"。主要内容有：1. 中国承认朝鲜的独立自主，废绝中朝宗藩关系。2. 中国割让辽东半岛、台湾及澎湖列岛给日本。3. 赔偿日本军费银 2 亿两。4. 开放重庆、沙市、苏州和杭州为商埠。5. 日本可以在中国通商口岸开设工厂。

《马关条约》是 1860 年中英、中法等《北京条约》以来，外国侵略者强加给中国的一个最为罪恶深重的不平等条约，它使日本得到巨大的利益，打开了帝国主义各国向中国输出资本的通道。条约签订后，由于俄、德、法三国的干涉，日本将辽东半岛退还给中国，中国付给日本"酬报"银 3000 千万两。

《马关条约》的签订，促使俄日争夺远东霸权的矛盾更加尖锐，对中国的瓜分更加变本加厉。最终，沙俄取得了在远东扩张的有利条件，诱迫清政府与其签订《中俄密约》、《旅大租地条约》等不平等条约。通过这些条约，沙俄不仅攫取中国东北地区的铁路权，使西伯利亚铁路穿越黑龙江、吉林抵达海参崴，而且将舰队开进旅顺湾，强租了旅顺、大连。

中日甲午战争是在世界主要资本主义国家向帝国主义过渡阶段，在世界范围内再次掀起争夺殖民地高潮这一背景下爆发的，日本得到了西方列强的支持，它是日本统治者推行扩张政策、蓄谋侵略中国的一个步骤；《马关条约》的签订不仅使列强获得了在华建厂权，而且，大额的战争赔款和"赎辽费"迫使清政府与列强签订具有很强政治奴役性的借款协定。由此，列强不仅实现了对华资本输出的愿望，还进一步加强了对清政府的控制。中日甲午战争中，中国的惨败，大大助长了列强争夺中国的野心。瓜分中国一事被列强提上日程，很快地，列强在中国掀起了强占租借地和划分"势力范围"的瓜分狂潮。

客观地说，两次鸦片战争就像扫盲班补习，帝国主义从海上用坚船利炮的霸权主义方式，告诉清廷海洋是什么，也真正让清廷对海洋有了全新的理解。说那时候的清廷漠视海洋和海军，是不客观的。那时候，关于海防大讨论，成为朝廷文武百官切实关心的话题，建立海军衙门，一时呼声甚高。

光绪五年（1879 年），日本吞并琉球国，改为冲绳县，引起清廷朝野震动，一时加重了清廷统一海防建设的紧迫感。总税务司英国人赫德，趁机向总理衙门提出一份《海防章程》，提出设"总海防司"统一南北洋海军的建议。这个章程的内容，侵犯了南北洋大臣的权力，使南北洋大臣的地位屈居于赫德之下，暴露出英国再次妄图控制中国海军的阴谋，因而遭到南北洋大臣的一致反对，由赫德总司海防为核心内容的《海防章程》计划成为罢论。

光绪七年（1881 年），中国驻日本长崎领事余乾耀上书总理衙门，建议设立海军衙门。

光绪八年十二月十五日，山西道监察御史陈启泰奏，"总理衙门宜特简大员专理海军事务"，虽然没有明确提出成立海军领导机构，统一规划全国的海军建设，但却指出打破畛域之分，派大员专理海军事务，统一事权，统一规章制度，加强海防建设已是刻不容缓。

光绪九年（1883 年），统一海防之事在都察院左副都御史张佩纶建议下，清廷在总理衙门内添设了一个"海防股"。"海防股"的设立，为成立海军衙门奠定了基础。

中法战争结束后，清廷发动了第二次海防大讨论，成立海军衙门成为一个重要议题。光绪十一年（1885 年），李鸿章被召入京，就成立海

军衙门事宜和醇亲王、军机大臣和总署大臣等多次交换意见，经过多方反复研究，农历九月初五，慈禧太后发布懿旨，设立海军衙门。12 天之后，海军衙门正式挂牌办公。经过 10 多年的努力，统一海防的大计终于开始实施。虽然海军衙门的建立比英国、法国、美国和俄国等晚了数百年，比德国、日本晚了 10 多年，但是，海军衙门的成立，却标志着我国近代海防建设发展到了一个新阶段，海军已经成为一个独立的军种，在中国海军发展史上有着非同一般的重要意义。

虽然发展海军的重要性在清廷获得了认同，也在编制上得以落实，但是闭关自守以及封建统治体系，使得清政府不可能对世界资本主义扩张向帝国主义过渡的全球局势有清醒的认识，也不可能对丛林法则统治下的国家安全有全面认知，更不可能意识到在帝国主义的觊觎下，中国广袤的领土和丰饶的物产，成为帝国主义鲸吞中国的巨大推动力，国家和民族已经处于沦亡的危机之中。

甲午战争背后的整个国际局势，围绕着英国、沙俄以及日本，构成了复杂的国际政治背景。一个缺乏国际局势宏观视域、缺乏战争态势把控能力、缺乏海军战略军事指挥理论体系的政府作出的国家决策，绝不可能赢得任何一场战争的胜利。北洋海军作为国家机器，首当其冲在海上和对手决战，胜算的几率微乎其微。北洋海军的失败，不是海军的失败，不是海战的失败，而是国家政府的失败，是国家制度的失败。

中国最先进舰队的失败，一是海军军种和封建社会经济体制的不相适应，没有商业市场的经济模式、没有自由贸易的经济体制、没有金融资本的国民经济，无法哺育一支强大的海军，但是，最为根本的，是海军军种和封建社会的政治体制不相适应。

如果我们把海军军力和中国国力，分别看做坐标的两条轴线，那么在北洋海军时期，形成的是一幅非常奇特的峰值图。

在一个宽广的历史视域下，北洋海军是中国海军从古到今，在整个西太平洋地区都算得上军力非常强大的时期，恰恰就是在这个星光闪耀的强大时期，中国国家主权从海上沦丧，从封建社会沦落为半封建半殖民地国家。

按照马汉的论点，海军强则国力强，国力强则民族强。但是，中国历史却给马汉的理论提供了完全相悖的历史论据。

一场甲午海战，这支一度号称全亚洲装备最强大的北洋海军全军覆灭，输掉了军队、军心输掉了国家主权，这就是中国历史上海军军力最强大时期一场海战交给历史的答卷。

是马汉的理论出偏差了吗？还是中国海军在世界范围内，根本就是一个基因独特，不在海军图谱范畴之内的军队？

1890 年，马汉《海权论》出版的时候，西方世界已经通过海上扩张，大量掠夺世界财富，从而完成了第一次工业革命取得巨大经济利益，经济的迅速扩张成为推动社会变革的潜在力量，导致资本主义成为全球政治的主流浪潮。1890 年的中国，在经历过两次鸦片战争之后，经历过两次海防大讨论，从长久的闭关自守中，觉悟到海上安全对于国家安全的重要性，并且一些有识之士如魏源、林则徐、沈葆桢等，都提出了加强海军和海防建设的历史性见地，朝廷开始重视海防建设。

由此不难看出，中国加强海军建设的路径，和西方海军建设的路径截然不同。

西方海军建设，肇始于对海上财富的贪婪欲望，落实于海上权益的

掠取，扎根于世界范围海洋的控制权。而中国海军建设，肇始于被西方列强挨打的疼痛，落实于守在家门口看护内、外贼，扎根于一旦遭遇海战不敌，可以退守海岸线防守陆上疆域。

同样是海军，即使具备完全同样的海军装备，中国海军也根本不可能创造出西方海军那样的历史辉煌，虽然那种辉煌充满了血腥。中国北洋海军的苦难命运，不在于北洋舰队本身存在的种种弊端，也不在于海军军队管理体制上的种种贻误，这些浮皮潦草的因素，都不至于让北洋舰队覆灭。根本的原因，在于清廷当朝对于国家安全的偏狭理解，对于海疆重要意义的混沌觉悟，在于清廷知道要建立一支海军队伍，但不知道没有政治制度的改革，海军舰队即使有强大的装备，却没有发育强大体格必需的养分。海军不强大，就不可能真正抵御外来势力的侵入，不可能从根本上解决国家民族矛盾，不可能改变国家积贫积弱的国情。北洋海军买来的昂贵舰队，装备再强大，不过就像高价进口的装潢华丽的殿堂，却没有实施通水通电的配套设施，再华贵的殿堂终究也只能是一个摆设，发挥不了本来具有的功能。假借时日，殿堂终将衰败，但凡有一个触动点，轰然坍塌是必然的结局。

甲午一战北洋海军覆灭后不久，清廷就发布上谕，批准撤销海军衙门，又根据北洋大臣王文韶奏，令海军将领一并先行革职，听候查办，北洋海军编制被正式取消。

　　　　班长坐在台阶上，点燃了一支烟。

　　　　有一些游客喧哗着从面前走过。

　　　　我知道班长是有烟瘾的，但是这一路走来班长却很少当我面抽烟。

班长深深地吸一口烟。

班长说，我一直在想，甲午战争失败的真正原因。

我说，说到甲午战争，总是要把北洋海军推到历史的最前沿，我以为这很有失公允。

班长看着我，期待下文。

我说，当一个国家，颓败成一台破败不堪的机器，就算这台机器拧上了一颗最新最先进的螺丝，依然无法启动机器正常运转。北洋海军就是中国清朝封建统治制度上一颗先进的螺丝钉，只要机器的主机不更改，破机器能损毁螺丝钉，而螺丝钉永远不可能承载起挽救机器被淘汰的命运。

班长说，无论如何，作为一名中国海军，我对北洋海军从来都是心存敬意的。

我说，我也是。

一群中学生在我们不远处说笑着走来。

一会儿，一个女学生冲着我和班长跑来。

女学生在班长跟前停下，请求班长为他们照相。

班长把掐灭的烟头放进随身带的掌上烟盒里，接过女学生的相机，朝这群青春烂漫的孩子走去。

我站在原处，看着班长和学生们，心里有了一丝莫名的感动。于是，我走到学生们中间，不假思索地说，知道给你们拍照的叔叔是什么人吗？

学生们七嘴八舌说开了，有说班长是老板的，有说班长是官员的，有说班长是教师的，就是没人说他是军人。

我说，这个叔叔是海军。

学生们惊讶地叫了起来，海军啊！

我说，是的，他还是才从亚丁湾护航回来的海军军官。

学生们这一下叫得更欢了。

于是，本来帮孩子们照相的班长，成了他们争相拍照合影的对象。

班长像是大明星似的被学生们围拥着，我的内心感触良多。

中国海军，无论在亚丁湾的商船中间，还是在国人的心目中，甚至在国外侨民中间，他们的形象都是高大伟岸的。

这点，班长的纪事中，也提供了充分的依据。

二

A线 海上守护神

10月15日晚，舰上举行甲板招待会。吉布提总理迪莱塔及军政要员和驻吉美军司令、法军司令及靠泊吉布提港的外军舰艇长等应邀出席。

晚上19时30分，小提琴协奏曲《梁祝》正式拉开招待会的帷幕。海军第六批护航编队指挥员魏学义少将代表编队，向参加招待会来宾表示热烈的欢迎，对吉布提政府和军队为编队提供的便利和服务表示诚挚的谢意，同时感谢各国海军在护航期间的合作与支持，并希望与各国海军持续合作，为世界和地区的和平与稳定做出积极贡献。

中国驻吉布提大使张国庆代表中国政府向吉布提政府为护航编队提供的协作与支持表示诚挚的谢意。就在这次甲板招待会上，张国庆大使给大家带来了一个好消息，9月22日"和平方舟"号医院船将对吉布提进行友好访问并提供人道主义医疗服务，相信此次访问必将有力地促进中吉之间的传统友谊，深化和发展中吉友好合作。

对于长久在海上漂泊的人来说，尤其是在异国他乡，有家乡的战友要来到遥远的亚丁湾的消息，让护航官兵们好不兴奋，就像小时候期盼过节一样盼望"和平方舟"号的到来。

一直等到10月2日，来到亚丁湾执行"和谐使命-2010"任务的"和平方舟"号医院船，结束对吉布提共和国提供医疗服务的任务后，终于来到了B点附近海域，为我们第六批护航编队的官兵提供医疗服务。

"和平方舟"号医院船是我国自行设计制造的首艘万吨级医院船，是我国新一代海上医疗救护平台，该船的正式服役标志着我军海上医疗救护能力建设进入了一个新的发展时期。

"和平方舟"是目前唯一一艘专门设计的万吨级大型专业医疗船，医院船医疗设备的配置相当于国内三级甲等医院的水平。享有"现代化海上流动医院"美誉的"和平方舟"号医院船，2008年10月服役以来，已出色完成了满负荷保障力检验性演练、新型医疗装备保障能力检验演示、联合搜救演习、人民海军成立60周年多国海军活动和医疗服务万里海疆行等重大任务，已经具备提供远海卫勤保障的能力。

这次"和平方舟"来到亚丁湾还有一个重要的任务，就是为我亚丁湾护航官兵开展体检、疾病诊治、心理疏导；为外军护航舰艇人员提

供相应的医疗服务。这在中国海军的远航历史上也是第一次。过去舰艇编队远航，卫勤保障主要依托舰艇自身配备的医生，或是适当予以加强，增配几名专科医生组成医疗保障队。但是由于单舰艇医疗条件有限，设备简单，远航舰员的医疗还是未能得到充分保障。这次专门派出专业级的医院船为护航官兵实施卫勤保障，让我们着实兴奋。

编队指挥所前一天就发出通知，安排"和平方舟"的医护人员来编队各舰进行巡诊。同时安排空勤、特战等人员上"和平方舟"进行体检。对于有特殊需求的舰员，如需要会诊做进一步检查的舰员也可以安排上"和平方舟"进行诊治。

上午 8 时，带着"红十字"的"直-8J"救护直升机在蒙副团长的亲自驾驶下降落在 998 舰飞行甲板，带来了海军总医院为主建立的海上医疗队为官兵服务。998 舰医疗区内顿时忙碌起来，有官兵前来做检查的，B 超、X 光、血液生化样样齐全，也有舰员来进行心理咨询的，医疗服务有序开展。

我和部分空勤人员搭载直升机飞赴"和平方舟"。

在"和平方舟"见到了这次任务的海上指挥员、海军东海舰队某保障基地司令员包裕平少将。多次共同的演习、集训使我早已熟识包司令员，这次在亚丁湾再次见面，我们的话题自然就集中到了印度洋航行的感受。包司令员说，亚丁湾虽然常常风高浪急，但是"和平方舟"航行性能非常好，由于医院船的特殊要求，船体安装了"减摇鳍"，任凭印度洋风浪再大，舰体摇摆幅度也在规定范围内，使得医护人员在有风浪的航行时也能安然进行各种手术。

这话我深有感触。是的，海军远洋航行的步伐不断向深蓝挺进，海军远海保障力量的建设也在同步跟进，我亲身感受到了海军远海力量发展建设的成就。

回想 20 年前，海军的第一艘医院船是"南康"号，这是一艘由"琼沙型"客货轮改装成的医院船。当时我正好在机关负责训练工作，配合后勤卫生部门领导组织出海训练。为使医院船尽快形成保障能力，建制医院船医疗队的医护人员随船出海训练，其中就有成为中国海军第一批女舰员的 17 名女医护人员。在风浪中进行手术，这是医院船训练中一个绕不过的难题。那时舰艇由于没有减摇装置，风浪中舰艇上下左右摇摆不停，如何使人稳定进行手术、手术中晕船呕吐了怎么办，一个个难题在一次又一次的反复实践中得以解决。就这样，第一代的医院船使中国海军初步具备了海上卫勤保障能力。今天海军专业化的、大型的制式装备，已经跟上了国际水平的步伐。

包司令员带领我们见识了"和平方舟"的现代化装备后，来到指挥员住舱，就执行"和谐使命-2010"任务的目的意义作了介绍。

"和谐使命-2010"任务，是中国海军医院船首次赴国外开展医疗服务的一次开创性实践。中国作为一个负责任的大国，长期以来通过多种形式向发展中国家提供支援和帮助，多次派出官兵参加联合国维和行动，并为印度洋海啸、缅甸特强热带风暴、海地和智利地震等提供人道主义救援，为构建和谐世界发挥了重要作用。2008 年以来，中国海军又先后派出 6 批舰艇编队赴亚丁湾和索马里海域护航。此次赴亚丁湾和吉布提、肯尼亚、坦桑尼亚、塞舌尔和孟加拉国执行医疗服务任务，是我国对外人道主义援助的重要组成部分，必将进一步展现我国积极履行国际义务的负责任大国形象，展现我军维护和平、关爱生命的积极态度；必将进一步增进同亚非五国人民的感情交流和传统友谊；必将进一步开创建设"和谐世界"、构建"和谐海洋"的新篇章。

"和平方舟"此行将大力弘扬人道主义精神和南丁格尔精神，用博爱之心呵护亚非人民的身心健康，用精湛医术打造传递友谊的生命之舟。履行和谐使命，传播和谐理念，是此行的主要目的。

包司令员还介绍：近日，"和平方舟"将组织医务人员在亚丁湾海域与我护航舰艇编队联合展开远海医疗救护演练。

半天的时间很快过去，在亚丁湾和战友们的相聚是短暂的，但"和平方舟"带给我们的不仅是良好的医疗服务，更是海军首长对亚丁湾护航官兵的关怀之情，这必将给每一名护航官兵提供强大的精神动力，激励官兵更加努力地去完成好今后的护航任务。

很快，我们结束了在"和平方舟"上的体检。直升机的引擎在轰鸣，透过圆圆的舷窗看见，战友们不停挥手的身影在不断远离。

"和平方舟"在离开亚丁湾后，还要前往肯尼亚、坦桑尼亚、塞舌尔和孟加拉国进行医疗服务，继续他们的和谐使命。

我们驾驶的战舰在大海远航，成为各国商船的守护神，今天，"和平方舟"的到来，让我们这些日夜守护商船的守护人，也享受了一次被人呵护、被人照顾的经历，心中涌动着无限温暖。

　　班长说得对，如果说中国海军护航编队是亚丁湾商船的守护神，随着军队职能的多样化运用，中国海军同时也是居住在世界各国侨民的守护神。

　　中国海军军舰在利比亚大撤侨行动中的参与介入，这片流动的国土，为那些在异国他乡生活的侨民们，带去了祖国亲人的温暖，带去了来自祖国海军的呵护，带去了远离纷飞战火的安全保障。

进入 2011 年,北非地区国家政局突变引世界舆论关注。突尼斯、埃及的政局变动波及整个中东,受到最直接冲击的是地处这两个国家之间的利比亚。埃及反政府力量用基本和平的方式,迫使执政长达 30 年的穆巴拉克总统下台,使利比亚境内外的反政府力量深受鼓舞。他们用各种手段以图推翻执政长达 40 余年的总统卡扎菲。从 2 月 15 日开始,在国外干涉势力参透帮助下,利比亚第二大城市班加西等地出现武装冲突,国家局势出现严重骚乱和内战。

中国和利比亚 1978 年 8 月 9 日建立大使级外交关系以来,两国关系迅速发展,在经济贸易、大型工程上的合作不断加深扩大。中国公司屡屡在基础设施建设、能源、通讯等大型项目上获得合同。到 2010 年底为止,中国在利比亚开展投资合作企业共 75 家,项目 50 个,侨民 3.6 万人,他们中有合同侨民,少量中国留学生以及投资性和生意性侨民。

2011 年 2 月 22 日,利比亚总统卡扎菲发表全国电视讲话,表明利比亚内战不可避免。在持续一周的动乱中,中国在当地的企业和公司负责的工厂、项目、设备财产,受到不同程度的哄抢破坏,在投资的油田、铁路和电信工程工作的中国人遭到持枪歹徒的袭击。为了保护在利华侨的生命和财产安全,中国政府决定尽全力紧急撤出在利比亚的全部侨民。

时任中国国家主席胡锦涛要求有关部门"全力保障中国驻利人员生命财产安全"。胡锦涛主席和时任国务院总理温家宝立即要求成立应急指挥部。国务院迅速成立由时任副总理张德江担任总指挥的应急指挥部,负责处理从利比亚撤离侨民行动。

在中国国务院应急指挥部的全面部署下，首先启动撤侨安全保障工作应急机制，制定了海、陆、空、多国多点立体协同撤离方案，并立即实施。2月23日深夜，中国派出的首架包机从北京首都机场起飞，并于24日早上抵达利比亚首都的黎波里，包机上载有中国外交部官员及食品、药品等应急物资。此后，中国各航空公司派出大型飞机从北京、上海、广州等多个机场前往利比亚、开罗等机场接回中国侨民。

众多的中国侨民，仅靠空中方式短时间内完成撤离困难很大。在中国应急指挥部的部署下，中国驻利比亚大使馆指挥在利中国公民从陆路撤向的黎波里和班加西，在这两个城市的港口等待中国政府组织租用的海轮。24日，从希腊开出的三艘船中两艘已抵达班加西港，每艘可运送2000多侨民。这样先撤出的中国侨民驶到希腊和马耳他避险，再飞回中国。24日晚，最早开出的开艘船已返抵希腊克里特岛。

与此同时，其他距离的黎波里和班加西较远的侨民，按照中国政府的指示，从陆路紧急向利比亚和埃及、突尼斯边境靠拢。23日起，中国政府驻埃及和突尼斯的大使紧急租用近百辆大客车提前在边境待命接护。

为确保在利比亚侨民大撤离安全无误，中国政府首次调派中国军舰前往地中海警戒护航。25日，中国国防部宣布，调派在亚丁湾护航的中国海军军舰"徐州"号导弹护卫舰通过苏伊士运动，进入地中海为运送中国侨民的船只护航。

正在亚丁湾索马里海域执行护航任务的中国海军第七批护航编队"徐州"号导弹护卫舰，接到命令启程赶赴利比亚附近海域，为撤离中国在利比亚被困人员的船舶提供支持和保护。

千里走单骑的"徐州"舰于当地时间2011年3月1日下午与搭载

中国从利比亚撤离人员的"卫尼泽洛斯"号客轮会合，并立即对其实施伴随护航。这是中国海军舰艇首次参与人道主义危机中的撤离平民行动，书写了海军遂行多样化军事任务的新篇章。

军舰撤侨，对中国海军来说是一个新课题。

面对沿途周边国家的复杂环境，在没有补给舰伴随保障的情况下，中国海军"徐州"号导弹护卫舰独自前往利比亚附近海域，首先在协调方面存在困难。"徐州"号主要是在海上接应，它跟被护航的船舶之间首先要达成通信联系。整个航程的安全，采取什么护卫队形，在这方面大家要进行协调。这些撤侨船只没有被护航的经验，跟舰艇在编队护航的时候，要听从指挥，要服从引导。其次，撤侨舰舶从港口进出，也需要协调，军用舰艇进入到希腊领海，要有一个和希腊政府协调同意的程序。另外，在这条航线上，我们对这个海域的情况不是特别了解，特别是这次利比亚事件是一个突发事件，没有足够的人力情报掌握整个利比亚的动乱情况，对沿海城市及渔民动态，只有靠舰载雷达和直升海面上进行搜寻，防止一些不良分子对撤侨船只采取行动。在密切掌握情报过程中，跟利比亚、驻利比业的使馆、驻利比亚其他仍然留守的一些机构，以及希腊、突尼斯等国的相关部门都要协调，了解具体情况，使撤侨护卫行动更加有针对性。

2011年3月10日左右，在利比亚的中国侨民全部安全撤离，中国从利比亚大撤侨行动基本结束。其中15000人用船撤到希腊然后乘机回国，其余20000多人或从利比亚乘机回国，或从陆路撤到突尼斯、埃及再乘机回国，或从海路撤到马耳他再乘机回国。

随着非传统安全领域的军事斗争不断加强，军队负有执行海外保护海外人民利益的任务，国家首次采用军事行动进行撤侨（撤员），是军

队义不容辞的责任，也展现了人民军队对国家建设和人民利益的保护。

中国海军的护航开始，到这次参与护侨、撤侨，成为海军和平时期完成非战争军事行动，应对非传统安全威胁一个很重要的范例。虽然中国到目前在撤侨和护侨问题上，还没有明确的一整套条令，但是通过这次利比亚大撤侨行动，海军紧密配合国家外交政策，在整个国家的决策下，在中央军委指挥下，参与到国家的护侨、撤侨应急机制中，这种军事行动也将会常规化、常态化。

中国海军"徐州"舰参与撤侨，引起国际舆论的关注。国外媒体称，中国此次采取了"史无前例"的措施，派遣军舰保护从利比亚撤离的中国同胞，突显了中国对保护其海外民众的重视和海军力量的壮大。

美国海军战争学院的中国问题专家安德鲁·埃里克森地对中国军舰参与撤侨行动指出，这是中国国力和影响力提升的表现。不应该引起外界的惊讶。中国需要在关键地区和局势下投入力量，以表达自己的声音。

海外护侨，是一个大国的必修课。中国虽然只走了第一步，但却是一个良好的开端，尽管后面的路还很长。

这次中国从利比亚大撤侨行动，创造了新中国成立至今撤侨史上的多项第一，有媒体对此作了总结。

第一，撤侨规模最大、时间最短。自中华人民共和国成立以后，中国政府已多次实施撤侨行动，其中有的规模也较大，如20世纪60年代中期，中国因印度尼亚国内排华活动，用船在几个月至一年时间里将3万余名华侨接回。1991年底，第一次海湾战争发生前，中国派大型飞机通过约旦、伊朗等国，将中国在伊拉克的5000名劳工接运回国。这两次所用时间远远超过这次撤侨，都没有这次撤侨时间这么短，规模这么大。

第二，撤运距离最远。利比亚地处北部非洲，距中国本土 10195 公里（5400 英里），其中跨越了非洲北部，欧洲南部，亚洲西部、中部、南部，最后到达东亚的中国。以前的撤侨最远的是地处西亚的伊拉克。在这之前半个月从埃及撤回中国游客行动，都没有这次远。这次最远是从突尼斯、马耳他机场起飞。

第三，撤运交通工具最多、最全面。这次中国从利比亚撤侨动用各种交通工具，共动用了飞机、大型旅行车、轮船、大型渔船和军舰、军用飞机。过去的撤侨，都没有像这次动用这么多种类的交通工具。如 1965 年从印度尼西亚撤侨主要动用的是轮船，1991 年从伊拉克撤侨主要是汽车和飞机的组合。而这次利比亚大撤侨是海、陆、空立体结合，其中，动用的飞机、轮船数量也是最多的。

第四，撤离行动涉及的国家和地区最多。这次中国从利比亚撤侨并不是单国直线撤离，而是多国多地区多点直线、曲线撤离。涉及的地区主要是北非、南欧。国家主要涉及利比亚、突尼斯、埃及、苏丹、阿联酋、希腊、马耳他等七国。机场涉及八九个。其中有的从的黎波里、班加西、塞卜哈三个机场起飞直线点对点撤离，其余都是曲线分站连结式撤离。

第五，中国海军首派军舰护航、军机接侨。中国海军军舰"徐州"号导弹护卫舰前往地中海为中国撤侨船只护航是一次历史性事件。这是中国海军第一次派军舰参与侨民撤离活动，中国海军第一次派军舰到达地中海，中国空军大型运输机第一次去国外参与接运侨民。这都引起国际舆论的广泛关注。美国《华尔街日报》认为，"徐州"号导弹卫舰的

部署还表明，中国海军在本国海域以外的地区采取行动以保护本国的利益，包括本国企业和公民安全的能力日益增强。

第六，外交业务最多、组织安全有序。这次撤侨从决策部署到行动执行的过程，时间很短甚至在几小时之内。其中外交部起到了重要的协调组织作用。整个过程组织协调得井然有序。由于利比亚境内秩序混乱，中国侨民财产损失较大，很多人的护照证件丢失。外交部各使领馆工作人员创造了短时间（1—2 星期）内补办护照签证等法律证书最多（6000 余份）的纪录。而且这次大撤离不论是直线点对点撤离，还是曲线分站连结式撤离，未发生一起伤亡事件，安全纪录最好，实现"零死亡"撤离。

综观中华人民共和国撤侨史，特别是冷战结束后发生的多次撤侨行动，第一次海湾战争、东帝汶骚乱、黎以冲突、汤加骚乱、乍得内战、海地地震、吉尔吉斯斯坦骚乱、埃及动乱，都可以感受到中国政府关心国外公民安危，尽最大可能给予救援的负责任态度。从这次利比亚撤侨行动的成功，可以看到中国的国家形象的几个鲜明特征。

第一，中国的综合国力稳步提高。进行 21 世纪之后，中国的综合国力稳步提高。2010 年 GDP 总量超过日本，居世界第二位。在这次利比亚撤侨行动的各国中，中国需撤出侨民最多、最复杂，但中国的撤侨行动最快、最安全。在这次撤侨中，很多国家给予大力支持和中国综合国力的稳步提高有很大的关系。如希腊这次派出 7 艘客轮（每艘可运2000 人）接运了 40%（1.5 万人）的中国侨民去希腊，然后再转机回中国。希腊给予中国大力帮助，直接原因是中国在 2010 年希腊财务危机时给予其巨大财政支持。

第二，中国的国际地位和形象进一步提升。通过这次撤侨，中国的国际地位和影响进一步提升。撤侨行动直接和 7 个国家发生转运联系，途经 10 多个国家。撤侨行动途经的国家都给予中国十分便利的帮助。中国"徐州"号导弹护卫舰从亚丁湾前往地中海途经埃及苏伊士运河，从提出申请到通过是 4 天时间。而在这之前，两艘伊朗军舰前往叙利亚访问，通过苏伊士运河用了十几天。在几万中国侨民撤离的两个星期时间中，他们受到利比亚民众的保护和帮助，即使遇暴徒也只劫财而未害命，这也是这次突发事件中，中国侨民无一人遇害的原因之一。如果没有中国享有的崇高国际地位和良好的国际形象，这些都是不可想象的。

第三，中国外交动员能力增强。中国外交在面对如此重大复杂的紧急突发事件时，整个机制运转顺畅，外交官坚守一线，沟通协调。在争取诸多国家的众多部门支持合作时都取得成功，显示了中国外交动员能力比过去又有增强。

第四，中国大型重装设备增加。这次大规模撤侨所用的运输工具都是中国的大型飞机，另外还动用了军舰护航、客轮转运等。没有相当数量的大型重装设备是不可能在短时间内完成撤侨任务的。这说明中国拥有的大型重装设备继续增加，国家的物质力量增强。

第五，中国侨民素质进一步改善。在面对利比亚国内局势突变，个人面临生命财产安全威胁时，在辗转等待回国途中，中国在利侨民表现了较好的素质。首先是听从指挥，中央下令撤出就服从命令撤出。其次是有组织。在利中国公司有国有企业也有民营企业，所有企业在动乱中都有组织有管理有人负责。这次撤侨都是成建制撤出。侨民由中国外交人员统一编组，每组 50 人，从开始至完成撤侨都很有序。再次是吃苦耐劳。中国侨民中有相当一部分经历了苦难的撤离过程，有几千人甚至

跋涉十几个小时徒步走过沙漠到达撤运地点，其中无一人掉队。侨民素质的改善反映了国家的进步及国家的真实具体形象。

在这次利比亚撤侨行动中，中国向世界展示了良好的国家形象，这其中也凝聚了护航官兵的心血和付出，作为在亚丁湾护航中国海军中的一员，我为海军而骄傲，为我们的国家而自豪。

大连湾。

海军大连舰艇学院就在离大连湾不远的老虎滩，这是班长的母校。

从一名普通军校学生，成长为一个中国海军军官，大连舰艇学院是班长走向军旅生涯的第一个台阶。

大连舰艇学院为中国海军培养和输送了许多军官，成为名符其实的中国海军军官摇篮。

班长马不停蹄和老同学见面后，我们终于有时间来到了大连湾。

舰船往来的汽笛，给宁静的港湾增添了几分动感。

北洋海军的舰艇，仿佛还在这片海域游弋。

B线　海军，海军！

北洋海军大阅操年代，大连湾是一个主要的受阅点，海军们在这里表演铭军操。

中国有句古话：观兵以威诸侯。

大阅操，既是向国际社会展示军队实力，又是提振将士军心的一个

重要形式。

1894 年甲午一战，随着北洋海军的覆没，海军大阅操也划上了句号。

停滞的大阅操，这一停，就是 100 年。

1911 辛亥年，停滞了多年的大阅操，没有能在中国海疆重现，却在遥远的英国，中国军舰"海圻"号参加了一次盛大的海军阅兵。

可以说，没有甲午战争后重建海军的多年努力，没有海军高级将领的奔走呼吁，"海圻"号的远航也就不可能实现。而清政府统一海军，重建海军部，更是中国自 1885 年 10 月海军衙门成立，大举推动北洋海军建设，到 1888 年 8 月，清政府颁发《北洋海军章程》，标志着北洋海军成军，以血的代价积累经验教训换来的成效。

甲午战争之后，列强势力在中国划分势力范围，海岸线上已没有一处属于自己的军港。

北洋海军全军覆没之后，海军衙门又遭到裁撤。在国家主权沦丧，领土疆域被占这样一幅破碎情形下，光绪皇帝推出了维新变法，重振海军又推上了当朝议程。在购买军舰、整顿船厂和自造舰船、恢复海军教育和继续派遣留学生等一系列举措促进下，海军的复兴计划逐步走向明朗。

光绪三十三年四月二十七日，即 1907 年的 6 月 7 日，清廷批准陆军部核议管制兵酌拟办法的奏折，依议暂时不设海军部，而是在陆军部内设海军处。1908 年（宣统元年），3 岁的溥仪入承皇位，以摄政王载沣为首的年轻皇族试图振兴祖业，其中包括重振海军。1909 年 7 月 15 日，清廷谕派载沣六弟，郡王衔贝勒载洵和海军提督萨镇冰筹办海军大臣，设立筹办海军事务处。7 月 28 日，钦命筹办海军事务处以木质关

防的启用为标志，正式宣告成立，为下一步成立海军部奠定了基础。筹办海军事物处成立后，即会同陆军部奏定筹办海军人手办法，拟定出 7 年规划，着手重订各司职掌奏准，拟定了海军军衔、海军长官旗和各级军官章服标志，奏请拨地建造衙署，同时制定了《海军部暂时官制大纲》。宣统二年十一月初三，即 1910 年 12 月 4 日，清廷诏谕，筹办海军处改为海军部，授载洵为海军大臣，命萨镇冰统制巡洋、长江舰队。重建后的清海军，共有巡洋、长江两支舰队，34 艘舰艇。

自陆军部内设立海军处开始，不到两年时间，清政府统一了全国海军，建立了海军领导机关。至此，中国海军开始步入近代化的建设轨道。

在中国社会面临未来发展方向抉择的关键时期，中国资产阶级军事思想逐步形成，孙中山参仿西方形成的海权意识和海军建设思想，在一定程度上为中国利用海洋和建设海军提出了新的方向。

孙中山的海军建设思想，建立在海权意识觉醒之上，包涵了反对列强侵略，收回中国海权；建立强大海军，保卫中国海权；加强精神教育，建设革命海军；全面开发海洋，造福中华民族的核心精髓。在他的《国防计划纲目》中，对海军建设提出了具体的步骤，包括"海军的一般建设"、"建造舰械"、"训练人才"、"建筑军港"等具体内容。

1928 年 8 月，南京召开的国民党二届五中全会上，通过了《整理军事案》。会议提出，根据海军总司令的意见，作出"10 年之中要扩充海军军舰达到 60 万吨位"的决议。蒋介石在会议结束的第二天"咸宁"军舰下水典礼上的讲话中，公布了这一计划。然而海军建设在南京国民政府国防建设中始终没有摆上重要位置，经费无着落，蒋介石期许下的造舰 60 万吨、建立海军一等强国的诺言，都成为了泡影。1943

年，蒋介石在国防研究院的训话中无奈地表示："我们中国的海军要想建立起来，在目前毫无基础的情况下，非等到 10 年乃至 15 年以后，不能真正开始。"

　　翻开中国历史，郑和之后，无论是清朝还是民国，海军建设始终不能迈出坚实的步伐，结局都是出师未捷身先死，长使英雄泪满襟。

　　我说，班长，抗战期间，海军虽然没有实力和日本海军展开正面海战，但是中国海军在江阴保卫战中，却是展开了一场血战，以最为悲壮的方式，用沉船阻击日本海军南下的铁蹄，可歌可泣。

　　班长没说话，看得出来，他的心绪是不平静的。

　　从大清王朝到国民政府，中国海军似乎总是一支只能以化蝶成蛹似的悲壮去履行海军使命的军队。甲午海战如此，抗日战争也是如此。甲午海战，北洋海军全军覆没；抗日战争，国民政府海军的舰船也几乎在阻击战中消耗殆尽。

　　1937 年 7 月 7 日，日本帝国主义策划卢沟桥事变，借此发动对中国的全面侵略。中国由此拉开了 8 年抗战的序幕。

　　在抗日战争中，国民政府海军主要承担正面战场作战任务，在整个对日作战中，国民政府海军作为一支重要的军事力量，参加了抵抗日军的战斗。

　　抗战期间，中日海军力量相差悬殊。

　　中日甲午战争后，日本海军不断壮大。1905 年，日本海军战胜俄

国海军，成为太平洋海军强国。第一次世界大战后，日本海军实力迅速发展，成为世界第三海军强国。1936年，日本因在伦敦会议上提出要打破1922年通过的华盛顿限制海军军备会议上规定的美、英、日、法、意发展海军的比例限额未被通过后，便退出华盛顿条约，放手扩充海军。至1937年日本全面侵华战争爆发，日本海军实力已经和美英海军接近。在全面侵华战争开始后，日本政府派往中国方面的海军战斗序列为第一、二、三、四舰队和上海特别陆战队。其中，仅第三舰队就有军舰37艘，总排水量70140吨，在华日本海军中国方面舰队有6.3万余人。

中国海军在甲午战争北洋海军全军覆没后，一直没有得到真正的振兴。抗日战争爆发时，中国海军编制序列有第一、二、三舰队和练习舰队以及广东省江防司令部，合计舰船为6.8万吨，海军官兵总人数2.5万人左右。而且中国的舰船普遍吨位小，质量差，其中吨位最大的巡洋舰"海圻"号，已经有40年舰龄。

1937年7月29日，日本驻华使馆副武官本田忠维会见国民政府海军部部长陈绍宽等，无礼要求中国政府对日本侵略中国的军事行动不进行抵抗，如果中国海军不按照此执行，就要用武力予以歼灭。国民政府考虑到中日海军力量差距太大，不利于海上决战，下令海军退入港口。第一、二舰队退入长江，第三舰队退至青岛、刘公岛，广东江防司令部舰艇退入虎门。海军同时下令全体海军进入一级战备。

8月上旬，日本海军舰艇在吴淞口外马鞍群岛一带海面集结，有侵入长江攻打上海、南京的企图。国民政府下令海军连夜执行最高国防会议作出的封锁长江、保卫南京的决定，将日本海军在长江中下游的数十艘大小舰船、300多名日本海军陆战队队员等锁在一段水域中。不料，封锁长江计划被充当日本奸细的国民政府行政院秘书黄浚父子报告日本特务机关，导致重庆以下各口岸日舰逃脱，聚集在长江口和黄浦江水域上，反而对上海造成更大威胁。

江阴地处长江中下游咽喉要地，江阴要塞是国民政府海军在长江下游的一个重要军事基地。8月11日，蒋介石下达了阻塞江阴水道的命令。当天午夜，陈绍宽亲率"平海"、"宁海"、"海容"、"海筹"、"应瑞"、"逸仙"6艘主力舰，驶抵江阴，调集"通济"、"大同"、"自强"、"德胜"、"威胜"、"武胜"以及"辰"字、"宿"字等8艘老旧舰艇，连同从招商局和轮船公司征用的"嘉禾"等20艘商船到达江阴。这些舰船同时打开舱底阀门，灌水自沉，一夜之间完成了封江任务。江阴水道，总计自沉大小舰船43艘，约6.4万余吨，加上另沉的民船、盐船以及石料，形成了一条坚固的江防阻塞线。

这场战争，中国海军作出了重大牺牲。由于海军力量过于薄弱，无力在海上和日军展开正面交锋，只能在沿海口岸和内陆江河湖泊采取守势，节节抵御，海军舰船也丧失殆尽，为赢得中国反法西斯战争的全面胜利，付出了惨痛的代价。

正是中国海军的发展存在一个巨大的断裂带，造成了抗日战争中的国民政府，有海军而无正面作战海军军事实力的事实。这条断裂带的两端，一端是经济，一端是制度。

甲午战争后，北洋海军的全军覆没，将清政府几经努力积攒的海军实力消耗殆尽，列强瓜分中国版图，攫取中国经济利益，使得中国国民经济衰落脆弱，难以承受重振海军所需的经济偿付能力；清末到民初，中国社会长期进入政治动荡、军阀割据、疆域分裂、民不聊生的局面，各派政治力量倾心于统治权力的角逐，虽然重振海军的心愿迫

切，但是最终还是不能得以了却。历史再次证明，没有强大的国家经济、没有完善的政治制度，没有稳定的社会局势，发展海军将是一句空话。

每一次回望中国海军的历史，心中总有一种隐隐的痛。

我说，班长你能理解我这种感受吗？

班长说，或许我们的感受是相似的。

我说，因为工作关系，经常有机会接触到陆军。陆军的每一支军队，几乎都有悠久的历史和传统，几乎都可以追溯到红军时期，陆军的红色文化得到了很完整的传承。

班长说，你想说，海军的历史，既没有陆军那样根正苗红，也没有陆军那样的辉煌战绩？

我说，是的。但是，我以为，用这种观念来看待中国海军，是不公允的。事实上，无论是北洋海军，还是民国海军，直到新中国成立后的人民海军，都是推进中国社会进步身先士卒的一支重要力量。

班长说，让我以海军军人的身份，向你表示感谢。感谢你能有宽阔的历史视野，去看待海军和海军的历史。

听了班长的话，我的眼睛竟然有些湿润。

班长说，在亚丁湾，中国海军为过往商船筑起了一道安全保障生命线，很多为了加入我们的伴随护航，宁愿多日在海上漂泊等待。

三

A线　海上守护神

9月2日，当地时间16时，中国海军护航编队护卫着第239批护航船队，从亚丁湾西部海域出发了。这是中国海军护航编队创造的一个奇迹，这一刻，航行在亚丁湾西部海域的所有商船都加入了中国海军的护航编队。

由于中国海军护航编队事先通过各种渠道公布护航编队在亚丁湾海域的护航行程安排，方便各国商船计算各自船期，以便用最少的等待时间通过亚丁湾。加上中国海军护航编队组织严密，护航行动安全可靠，在世界各国船东公司中有着极好的口碑，各国商船愿意参加中国海军护航编队。中国海军的第239批预先申请的护航船舶就已达21艘了。当护航编队在B点海域集合商船时，仍有5艘船舶迫切要求加入。编队指挥员及指挥所经过慎重研究，在充分评估被护商船数量增加以后，可能对被护商船带来的安全风险，以及护航军舰有效管控海域范围，应对突发事件的能力等因素后，依然决定接受临时申请商船的请求，同意其加入中国海军护航编队。同时，编队立即采取措施调整了兵力部署。

针对商船在B点海域集结时，大多数商船处于停车漂泊状态，商船分布的海域面积较大的特点，998舰派出其坞舱携载的气垫艇，进行海区巡逻警戒。上午10时，998舰尾门徐徐开启，伴随着燃气轮机的

轰鸣，尾门处气雾缭绕，气垫艇像是一头挣脱锁链的藏獒奔腾而出，直奔巡逻警戒区。气垫艇具有航速高，航程远，通信导航设备齐全的特点，最适合在商船集结海域和时段担负巡逻警戒任务。这是在亚丁湾上护航的各国海军中独一无二的。运用气垫艇担负护航期间的海区巡逻警戒任务，是中国海军对于拓展护航模式，运用多种装备、多种方法实施护航的有益探索。

气垫艇巡逻（靳　航　摄）

为了使整个编队在航行过程中能够应对和处置各种突发事件，编队指挥所还精心编排了护航队形，使护航军舰能够对被护商船首尾兼顾，左右照应，对位置处于边缘的商船，加派了特战队员随船护卫，确保商船安全万无一失。

15时，在办完所有临时申请商船的护航手续后，编队开始组队，准备出发了。此时，在护航编队附近航行的德国商船"Beluga Constitution"的俄罗斯籍船长在甚高频16频道急切地呼叫中国海军护航编队，询问能否收留它加入中国海军护航编队。此时，编队指挥所考虑到，目前编队船舶数量已经不少了，于是建议其走国际推荐航运走廊。不料俄罗斯籍船长坚持说："你们编队船舶数量太多，不能收留我们，我们能理解。但是能否让我们跟着你们的编队航行，就是跟着中国海军军舰航行，我们也有安全感！"船长对中国海军充满着信任，面对这种情况，编队指挥所再也无法拒绝了，于是立即又重新调整了编队队形，给德国商船"Beluga Constitution"腾出了一个位置。此时998舰的雷达搜索了一下周围海域，在雷达视距范围内，除了护航编队的船舶外，再无其他商船了，也就是说，此时亚丁湾西部的船舶全都加入了中国海军的东行护航编队。

一小时后，编队启航了，浩浩荡荡，整齐列队，共有商船27艘。

特战队员警惕地看护商船（靳 航 摄）

亚丁湾海域，不仅是护航官兵执行任务的阵地，同时也是他们生活的空间。

日复一日在茫茫无垠的大海上航行，尽管护航任务紧张繁重，对年

轻的战士们来说，生活是单调的。998 舰的官兵们，在护航执行任务之余，总是有办法让单调的舰艇气氛活跃起来。

坞舱里，一场篮球比赛正在紧张进行。

一般人即便是不会打篮球，也会看过篮球比赛。可今天的这场篮球比赛着实有点让人看了忍俊不禁。你看，场上两队篮球高手不停奔跑，可跑的都是"之"字线路，忽左忽右，难道用的相同的战术？再看，跳起，投篮，重了，篮球离球框太远了，抢篮板，再投，这回又轻了，难道是投篮技术太差？

夜幕下的 998 舰正在执行着护航任务。海面刮着强劲的西南风，舰艇不时地在左右摇摆。晚饭后的时间，照例是不当更的舰员进行体育锻炼的时间。休更的舰员相约来到设在坞舱的篮球场，赛上一场。

舰艇长时间在远海执行任务，需要舰员具有健康的身体和充沛的体力。这次 998 舰执行亚丁湾护航任务，为了满足舰员体育锻炼的需求，增配了不少体育健身器材。将暂时不用的车辆库开辟成了"舰员健身中心"。那里安放着 10 张乒乓球台，还配备了综合健身器、跑步机、划船器等一系列健身器材。宽敞的坞舱被暂时用来布置成篮球场、羽毛球场。再加上 998 舰宽敞的飞行甲板，可以当作田径场。舰上已经具备了满足 200 余人同时进行健身锻炼的设施和场地。这在中国海军水面舰艇里是绝无仅有的了。

海军舰艇远航是对舰艇装备和舰员的双重考验。远航时，舰艇上各种装备长时间的不间断地使用，要求舰艇装备具有极强的稳定性和可靠性，这是舰艇远洋航行的物质基础，是影响舰艇远洋航行能力的重要因素。而舰艇上的舰员是操纵使用这些装备的主体，舰员能否在远洋航行的恶劣环境中，长时间地保持充沛的体力和精力去正确地操纵和使用这些装备，做到人与武器装备的完美结合，充分发挥武器装备的效能，成为决定舰艇远洋航行能力的决定因素。

中国海军是一支年轻的海军，随着国家利益的不断拓展，要求海军逐渐从近海走向远海。中国海军从"黄水"走向"蓝水"的道路，应该说是刚刚迈开了第一步，随之而来的是摆在中国海军面前的许多新问题、新课题。制定和远航舰艇特点相适应的法规条令体系、内部管理机制、后装保障模式，成为当代中国海军的当务之急。这就需要我们进行不断的实践、不断的探索。亚丁湾索马里海域护航，为我们掌握了解舰艇远洋航行的特点规律提供了一个很好的实践、探索的机会。

可以想象，在茫茫大海上，6个月的连续航行，护航官兵们的生活是何等枯燥。正是海军官兵们为了国家利益，放弃个人利益，以崇高的军人品质，为中国海军赢得了国际声誉。的确，中国海军在亚丁湾护航中，向世界展示了大国海军的优良形象。

我和班长在回程中，再次来到青岛港。

军舰在海上游弋。我知道，当年班长参加的中国海军首次环球远航，正是从这里启航。

班长说，你能相信吗？我曾经是舰队仪仗队队员。就是在这里，我参加了环球远航，2009年的海军大阅兵，我也参加了。

B线 海军，海军！

2009年4月23日，时值中国人民海军建军60周年，在青岛附近海

域举行的中国有史以来最大规模的海上阅兵活动，吸引了全世界的目光，中国海军正是通过这次大阅兵，向世界展示与以往不同的一面。

这次阅兵，仿佛是向世界宣告，中国海军正在由"黄水"走向"蓝水"，这是一个国家海军力量不断强大的标志，也是一个国家国防力量日益强大的标志。

这次海上大阅兵包括多国海军交流活动和海上阅兵式，14 个国家的 21 艘军舰前来参加，另外还有包括俄罗斯海军总司令、美国海军作战部长等在内的来自 5 大洲 29 个国家军方首脑组成的高级海军代表团观礼，堪称一场"海上军事奥运会"。此次接受检阅的中国海军共有舰艇 25 艘，飞机 31 架，全部武器装备均为中国自行制造。

本次海上大阅兵是新中国成立后人民海军举行的第一次真正意义上的国际性大规模海上阅兵，创造了三个历史"第一"：中国领导人第一次检阅多国部队，包括美国、俄罗斯、法国、印度等在内的 14 国海军参加阅兵式，规模之大乃中国海军史之最；中国第一次向世界较全面地展示了"海上长城"——中国自行制造的海上武器装备，展现了中国海军装备的现代化、信息化水准，曾引起外界猜测的核潜艇也已公开亮相；中国突破了以往近海防御的思路，第一次向世界宣示将走向深蓝色海洋，中国军队将成为维护世界和平、促进共同发展的重要力量。

在参加海上阅兵的中国海军兵力当中，最让周边国家关注的可能就是 998"昆仑山"号船坞登陆舰。998 登陆舰的高调亮相，预示着海军转型的某种特征，即中国传统登陆作战理念由此而更新，使中国的中远程两栖兵力投射变得可行，投射范围涵盖第一岛链之内以及整个南海，若有必要，中国将有能力执行持续性的军事威慑乃至打击。

随着"非战争军事行动"逐渐成为中国的安全议题，打击恐怖分子、海盗与跨国犯罪，维护海上运输线及海上贸易，落实海洋开发，以及护渔护航并参与国际救援，维护世界和平等等，都需要快速投射兵力，因此先进的船坞登陆舰是必要装备，中国海军近年着力发展新型登陆舰，即是这一思路下的产物。

中国海军邀约世界宾朋，当然不是逞强示威的"霸道"，而是一个热爱和平、与邻为善的民族的"成年礼"。虽然中国在本次海上阅兵有些保留，最先进的093型核攻击潜舰和094型导弹核潜艇并未现身，但也展现出相当的实力，目的是要告诉外界，中国海军既不足惧，又不容侵犯，它只想和各国海军和睦相处，共同维系海上权益。

中国周边的海洋国家，如日本、韩国、印度，甚至新加坡、马来西亚和巴基斯坦，都已先后举行过海上国际阅兵，作为拥有漫长海岸线、众多岛屿、辽阔领海与海上专属经济区，以及越来越长的国际航线、越来越多全球利益的新兴大国，在海军成立60周年之际举办这样一次海上阅兵盛典，可谓向蔚蓝色的大洋递上了中国名片。

中国举办海上阅兵，更是让海军这个最国际化的军种真正与国际接轨的象征。中国海军开始习惯在这种国际交流场合与其他海洋国家交流、对话、促进、竞争，海洋大国的海军们也势必将通过这类活动，逐渐习惯中国，习惯中国海军的"海洋存在"。

4月23日阅兵式上，中国海军核动力潜艇"长征6号"和"长征3号"在海上阅兵中以打头阵的方式公开亮相，将青岛海上阅兵推向高潮，这可以说是本次阅兵的最大亮点。

"长征6号"、"长征3号"属于中国第一代核动力潜艇，是海军现代化进程中的骄人成果，这是它们服役20多年来的第一次公开亮相。目前世界上只有联合国安理会5个常任理事国拥有核潜艇。核潜艇一向被称

为"水下先锋艇",与常规动力潜艇相比,核动力潜艇在续航能力、速度等方面都有明显优势。作为战略打击力量,核潜艇可以装备带核弹头的弹道导弹或飞航式导弹。在军事战争中,因为其强大的续航性备受关注。所以,一些国家认为,核潜艇是应对核动力航空母舰的最有力武器。

国外媒体称,这场海上大阅兵,向世界展示了中国的实力和军力,表明过去100多年来中国"有海无防"的历史基本结束。有海外媒体指出,这次海上阅兵是中国海军乃至中国军队思维重大变化的象征,革命性地突破了以往"近海防御的思路",意味着中国重返"海权时代",长期以来重视陆疆守卫,且以陆上力量见长的中国军队正式将战略发展重点转向海洋。

中国经济的发展和国家利益的诉求,决定着中国海军的战略发展必须随之调整。中国有1.8万多公里的海岸线,1万多个大大小小的岛屿,近300万平方公里的海洋国土,拥有强大海权是必然选择。随着中国与世界联系得日趋紧密,中国的商业利益正渐渐遍及全球,中国对海上运输航线通道日益感到担忧,已将海上战略提上重要日程。目前,中国海军维护国家利益的半径,正由"黄水"、"绿水"向"蓝水"拓展。

壮观的海上阅兵式表明,人民海军的现代作战能力可以说已经初步达到了预期的战略目标。海军虽然是中国三大军种里近年来发展最快的,但是中国在试图跻身于世界第一流海军的努力中仍然面临诸多问题。比如中国海军近年来技术更新虽快,但装备整合和兵种协同作战方面还有待提高;另外中国海军同其他海军强国如美、俄、日、英相比,明显缺乏实战经验;再者,虽然此次展示武器全为"中国制造",但无论半机械化、机械化、还是信息化,海军武器装备目前走的基本还是对外引进加仿制研发的路子。

　　就在海上阅兵的前一天，中国海军司令吴胜利在多国海军高层研讨会上，就建立"和谐海洋"提出五点倡议，提出建设公正合理、自由有序、和平安宁、和谐共处与天人合一的海洋。这是青岛海上阅兵的基调。中国以"和谐海洋"为阅兵主题，以多国海军交流的方式举行人民海军成立60周年庆典显然有着重要意义。2009年4月23日，时任国家主席胡锦涛登上"石家庄"号阅兵舰前的讲话郑重声明，"不论现在还是将来，不论发展到什么程度，中国都永远不称霸，不搞军事扩张和军备竞赛，不会对任何国家构成军事威胁"。在重申本次海上阅兵"和谐"主题之余，胡锦涛主席又说，中国将本着"更加开放、务实、合作"的精神，"积极参与"国际海上安全合作，传递了中国海军以和平、合作的姿态成为国际海军群体的积极成员的意愿。

　　其实，青岛海上大阅兵已经突出了合作的思维。中国没有孤立地闭门搞阅兵式，也没有刻意拉一些与自己同声同气的国家，而是愿者都来，都欢迎。于此，中国表达了愿意在军事领域与其他国家更多合作的意图。合作的思维在于：第一，公开的合作；第二，多元的合作。第三，和平的合作。

　　无论是2008年12月中国海军首次远航印度洋，赴万里之外的亚丁湾护航，还是此前多次编队出访欧美、环球远航，以及与不同国家海军举行联合军演，这表明中国的军事发展思路已经在发生转变，作为维护和平的一支重要力量，中国海军能够担负保卫国家海上安全、领海主权和维护世界海洋和平的重任。

　　在海上阅兵中，中国首次展示核潜艇，不怕让外界了解海军的"家底"，引起了国际媒体的高度关注。有专家表示，此次阅兵，一方面要宣示其军事现代化的公开和透明，表明对"和平崛起"、"和谐

海洋"的诚意,消除外界的种种疑虑和担忧;另一方面更要告诉外部世界不能继续小视中国的海军力量。中国此次史无前例的海上阅兵式,其目的不仅是集中展示自身海军实力,更是试图通过此种高透明的军事展示与各国缔结友好,树立中国和平崛起的全新姿态。

近年来,中国强调军事外交,这是"增信释疑"的重要方式。无论是积极参与索马里护航,还是此次力邀各国参与阅兵都证明一个结论:树立中国海军新形象不能单纯依靠武器装备的硬实力,还需要内容更丰富的软实力。不依仗已有实力而盲目骄傲,不刻意掩盖弱点,海上阅兵旨在让世界了解一个真实的中国,同时也使所谓的"中国威胁论"不攻自破。

海军是最国际化的军种,战舰是和平年代唯一可以经常跨出国门的武装力量,有"流动大使馆"的美誉。而俗称"阅舰式"的国际海上阅兵庆典,一直是海军大国展现海洋观与海上实力的一种惯例,更是各国海军进行友好交流、和平展示和无声同台竞技的最佳平台。

2009年青岛海军大阅兵,是中国海军历史上第一次国际性大阅兵,但在新中国海军阅兵史上,却不是国家领导人第一次海军大阅兵。从海军阅兵式走过的历程以及展示的装备,清晰印证中国人民海军在新中国成立后的发展成长之路。

新中国成立后,人民海军第一次阅兵是在1957年8月4日。周恩来总理受毛泽东主席委托,检阅了北海舰队前身青岛基地官兵。在海上阅兵中担当主角的是第一驱逐舰大队的"四大金刚"——"鞍山"号、"抚顺"号、"长春"号和"太原"号。当时这四艘驱逐舰是人民海军吨位最大、战斗力最强的主力舰只。

第二次海军阅兵是在1995年10月19日,人民海军北海舰队在黄海某海域，举行了新中国成立以来规模最大的海上联合军事演习和盛大的海上阅兵式。其中尤以旗舰"哈尔滨"号的出场意义最为深远。"哈尔滨"号是人民海军第一代具备远洋作战能力的大型水面战舰，它的出现标志着中国有意愿也有能力建立一支与大国地位、大国形象相称的海上军事力量，而不仅仅满足于依靠潜艇形成的局部领域的非对称优势。

第三次海上阅兵是在 2005 年 8 月 18 日，中俄两军首次在青岛、山东半岛东南海域等地区举行"和平使命——2005"中俄联合军事演习。2005 年 8 月 23 日下午，海上分列式在山东半岛东南海域开始。

2009 年青岛海军阅兵式，是一次盛大的国际观舰礼，是一次由许多国海军舰艇和海军代表团共同参加的海上盛会；海上阅兵不仅参加舰艇数量多，而且规模和影响大。

此次青岛阅兵式参加的舰种之多和数量之大，超过中国海军史上以往任何一次。这次参加海上阅兵的各国海军高官较多，包括了美国海军作战部长拉夫黑德海军上将和美国海军第七舰队司令约翰·伯德海军中将等，所以使海上阅兵的规模档次和交流层面明显提高。

60 多年的风雨历程，中国海军从几条小舢板，发展到今天拥有的现代化装备，中国海军仍然任重道远。

1949 年 4 月 23 日，中国人民解放军第一支海军部队——华东军区海军在江苏省泰州白马庙乡宣告成立。一年后的 4 月 14 日，海军领导机关正式在北京成立。

人民海军先后建立了东海舰队、南海舰队、北海舰队，并建立和完善了水面舰艇部队、潜艇部队、海军航空兵部队、岸防兵部队和海军陆战队五大兵种，实现了人民海军从无到有、从小到大、从弱到强的历史变革。

1949 年 4 月 23 日，华东军区海军在白马庙乡成立。

号称"陆上猛虎、海上蛟龙"的中国海军陆战队，具有机动性、快速反应和独立作战能力强的特点，是独立或协同陆军部队实施登陆作战的特殊部队。1988 年海军陆战队在保卫南沙群岛领土主权和维护国家海洋权益的斗争中，初露锋芒，受到中央军委的表彰。

新时期中国海防战略，根据胡锦涛主席的重要指示，中国海防战略的性质仍然是区域性防御，是在维护国家海洋领土安全基础上的发展，这是中国海防发展的根本。

综观新中国成立以来几代中央领导集体海防战略构想，正是以正确判断世界和平发展形势为前提，根据新军事变革的要求，坚持从实际出发，在这个基本立足点上，制定并逐步调整适合中国发展道路的海防战略。伴随着海防战略的调整，作为海防力量核心主体的人民海军，也逐步发展壮大。

虽然中国海军能够远洋航行、和平访问、联合演习、反恐打击海盗以及出席非战争军事行动，但是作为海军本身来说，与能够担负远洋作战的海军实力还相距甚远，距离"海洋世纪我国应在大洋上占有一席之地"的这个目标，还有很长的路要走。

对于中国海军来说，能否筑起一道保护国家利益的海上长城，能否守卫中国 300 万平方公里海洋国土安全，能否在国家利益延伸之处履行好海军职能，仍然面临许多需要攻克的课题。

在绵长的中国海军发展历史脉络中，新中国的成立是中国海军最为重要的历史机遇。新中国人民海军的建立，中国海军结束了几百年来的苦难历程，开始了建设中国和民族复兴的新里程，也取得了举世瞩目的成就。但是，在世界海权争夺越演越烈的今天，刚刚开始向大洋深处蹒蹒迈步的中国海军，在通往大洋深处的航路上，人民海军依然处于仰望辉煌、励志前行的历程之中。

在西方，海军是贵族阶层。贵族血统最大的特征就是传承性。今天的国际局势，让我们依稀还能看到西方海军的血液中依然流淌着维京海盗抑或私掠船船长的温度和精神。但是，中国海军是一支没有家底的队伍，既没有祖上传下来的舰艇装备，也没有可以传承的海军精神。如果说中国抵御外族入侵的万里长城，是用中国的秦砖周瓦经年铸成的屏障，那么中国维护海权的海上万里长城，则连建筑的基础材料都不曾存在。封建制度和海军发展的不相适应、大河文明和海洋文明的相互冲突、黄土文化和海洋文化的彼此割裂，使得旧中国海军始终没有能得到生长发育所需的良好营养。

甲午战败，打垮的不仅仅是中国海军队伍，而是将中国维护海上权益的历史砸出了一个无法弥补的巨大豁口，并且这个豁口随着清政府的退出历史舞台，随着民国的乱世风云，随着抗日战争的纷飞战火，一直在慢性渗血，直到 1949 年中华人民共和国成立，这个豁口的创伤才得以止血。

如果真要说老祖宗给中国海军遗留下了什么，那么昙花一现的北洋海军，就是唯一最珍贵的遗产。无论北洋海军在中国历史上曾经有过多么短暂的存活期，但是在那样的社会现实下，中国北洋海军毕竟存在过，毕竟经历过海战，毕竟最后战死海疆。这也是北洋海军留给现代海军的唯一一份精神遗产。这份遗产，不是海军胜利荣耀的遗产，而是北洋海军打了败仗的遗产。但是我要说，在历史的视域下，北洋海军这份遗产不能以胜败论英雄，它的价值远远超越对甲午海战胜负本身的掂量。最为重要的是，这份虽败犹荣的遗产，能让后人在抚恤历史的同

时，反省一个民族、一个国家的命运，如何才能避免沦落，避免走向衰亡，从而迈向民族的复兴之路。

新中国人民海军从白马庙建军开始，建制上是从陆军沿袭过来的，装备上接收了国民党海军遗留的舰船，也不过是一小堆老旧的军舰，战略思维上"重陆轻海"的观念根深蒂固，中国海军就是在这样贫穷落后的状态下自立门户。脱贫，装备上的脱贫，是中国海军建军以来一直致力于的事业。从毛泽东时代开始，经历了几代国家领导人，中国海军的发展虽然已经取得举世瞩目的成就，但是随着世界海军力量的不断发展，水涨船高，中国海军目前在世界海军的领域中，仍然处于脱贫的阶段。除了装备上的脱贫，能够将中国海军真正锻造成为维护中国海洋利益的海上长城，这一次所需要的脱贫，是观念的脱贫，制度的脱贫。中国海军无论从建制还是从战略地位，都必须从"重陆轻海"的桎梏中彻底解放出来，真正开启"海陆并举"的新历程。唯有这样，才能使得中国海军的发展如虎添翼，真正成长为具有担当国家利益出现在哪里海军职能延伸到哪里使命的国家军队。

在今天这样的世界格局下，中国海军如同在被一个铁蒺藜包围的空间寻求突围，禁锢和拘囿都达到了前所未有的程度。中国海军的一举一动，牵动的外部神经越多，发展的过程就越不平坦。但是，发展是必须的，发展是国家利益的需要，民族利益的需要，也是维护世界和平的需要。中国海军的发展，面临当下世界格局主导势力的压制、世界地缘政治的考量、国际经济贸易的制约、能源和核力量的钳制等等，每一根神经都牵扯着中国海军的动态，在这样的国际局势和国际政治环境中，中国海军的发展之路任重而道远。

军舰是流动的国土，这一片流动的国土从大陆流向远方，中国海军经历了太多的苦难和曲折。

今天，中国的军舰参与国际事务，维护世界和平，履行大国职责，展现负责任大国形象。无论离流动的国土上一次飘向远方间隔了多久，但是，毕竟流动的国土中有一艘航船的名字叫中国。

第七章 深蓝在呼唤

对西方大国海军来说，占领马六甲开启的亚洲殖民时代至今过去6个世纪，面对深蓝，交出的是满纸霸权的答卷。

对中国海军来说，远洋航行是一个全新的世纪课题，面对深蓝，是一张刚刚铺展开来的关乎民族未来的崭新考卷。

一

旅顺口。

1880 年李鸿章在大沽建造船坞设立临时海军基地，又在旅顺基地、大连湾炮台和威海卫苦心经营十年，构筑了当时远东一流的军港、船坞和炮台。

"一夫当关，万夫莫开"的天然地理位置，让旅顺口有了"东方直布罗陀"的称号。

班长说，旅顺港口小腹大，不淤不冻，地势险要，易守难攻，是难得的天然良港。

难怪，明代水师营就已经驻防在这里。中日甲午战争后，一直被日俄分别侵占，1955 年 4 月 15 日，中苏举行旅顺军港交接仪式，从 4 月 16 日起旅顺军港的防务由中华人民共和国掌管。

班长说，旅顺口有一句老话，说的是一个旅顺港，半部近代史。

我说，是的，从旅顺口的命运中，中国目前的海权现状就可窥一斑而见全豹。我国沿海海域，除了渤海、黄海、东海、南海都存在岛礁之争。

班长说，中国海军从 1985 年开启停滞的远航之梦，到现在的亚丁湾护航，也是海权意识发展的轨迹。

　　班长在他的护航纪事中，充满深情地对中国海军新时期开启的环球航行的圆梦之旅，作了全面回顾。

A 线　大洋深处的航迹

　　998 舰在确保完成繁重的护航任务之余，各种科目的演习也是一项重要内容。

　　8 月 8 日，亚丁湾西部海域。

　　刚刚完成了一批护航任务的 998 舰，目送着最后一艘商船离开编队，安全地驶入了曼德海峡，返回东行护航的集结点 B 点，准备组织下一批的护航船舶。

　　亚丁湾西部的天空中依然漂浮着一层薄薄的霾尘，能见度不太好。早晨初升的太阳，好像是透过磨砂玻璃照射过来，把淡灰色的舰体抹上了一层淡淡的橘黄色。

　　中国远洋公司香港分公司的散货船"康弘"号，早早来到了集结点，等候加入护航编队。今天的"康弘"号另有重任在身。前一天，护航编队已经和中远公司取得联系，请"康弘"轮在亚丁湾集结期间，配合护航编队进行反海盗联合演练。

　　按照惯例，编队在组织这次训练之前，在"水星网"上向在周围海域活动的各国海军舰艇通报情况。各国海军都被中国海军具备这种立体护航的综合能力所震惊。

　　亚丁湾暗流涌动，各国海军在协作、互助，共同应对索马里海盗威胁的大前提下，各自还在不失时机地展示各自的海军实力，试探着对方的各种作战能力，彼此间有合作，有竞争，有着各自不能公开的秘密。

但愿在亚丁湾上，各国海军在维护人类共同利益的工作中，多一点合作与交流，少一点"冷战思维"和分歧。

特战队员进行从直-8直升机滑降训练（新　航　摄）

看到这段记述，我的脑海里出现了好莱坞电影中，海豹突击队执行任务时的情形。

我说，班长，演练的目的，就是熟悉业务技能吗？

班长说，这是一个方面，更为主要的，演练就是要让官兵们意识到，作为军人，只有两种状态，战争和准备战争。

班长是个军人，但是从他的文字中，也能感受到作为军人感性的一面。

晚上，对白天的演练进行讲评。

讲评后讨论的热烈气氛，完全出乎我的意料。

998舰上的护航官兵，年纪层次分明，老、中、青三代齐全。但是他们身上有一个共同的特质，对工作充满了激情和热爱。

不知道谁起了一个头，话题说到了中国海军从近海走向深蓝的艰难。

确实，今天我们能作为一名护航官兵，驾驶着中国海军的军舰，出现在亚丁湾海域，是中国海军发展历程中多么不容易的一次历史性突破。

事实上，人民海军在初创时期，就曾遇到过编队出访的邀请。当时苏联等国海军曾多次邀请人民海军舰艇编队出访，但限于当时的海军装备，无法满足跨海越洋和较恶劣海况的要求，出访只能是海军官兵的梦想。直到20世纪80年代初，人民海军装备的第一代导弹驱逐舰形成了战斗力，舰载补给设施的研制也有了突破性的进展，人民海军舰艇才开始逐渐驶出国门，踏上出访他国的海上征程。

1985年11月16日，是一个值得载入人民海军史册的日子。当天，上海吴淞军港彩旗猎猎、军乐声声，呈现一派节日的景象。人民海军132导弹驱逐舰和另一艘补给舰X615组成一支编队，开始中国海军史上的首次编队远航。按照国际惯例，由于执行本国外交政策的需要，海军可以组织编队出国进行友好访问。

首次出访的国家被确定为南亚的巴基斯坦、斯里兰卡和孟加拉等三国。时任海军司令员刘华清、政治委员李耀文和副司令员张序三等亲自检查所有准备工作，下令配齐相应的设备，及时解决各种问题。

尽管人民海军编队从来没有过出访经验，但此前的1983年，人民

海军曾组织过首次远航实习。编队从湛江启航，经西沙、南沙，出巴士海峡，进入西太平洋，在海上历时 30 天，航程近 7000 海里。这次远航训练的经验成果给了这次编队人员很大的借鉴与启示。出航前，除了进行各项航海保障准备外，还针对受访的巴基斯坦和孟加拉国信奉伊斯兰教，专门采购了多种清真食品，培训了会做清真菜的炊事员。

巴基斯坦的卡拉奇港是本次海军编队出访的第一站。12 月 8 日清晨，当我海军编队刚驶抵距卡拉奇港还有 20 海里处时，巴海军两艘驱逐舰、两艘猎潜艇乘风破浪，迎面驶来，热烈欢迎中海军编队进港。

在 21 响礼炮声中，中国海军编队徐徐驶入卡拉奇港。巴海军基地司令等海军官兵在码头列队迎接，一派友好欢乐的气氛。巴基斯坦海军代理参谋长马立克中将，在首都伊斯兰堡接见我海军东海舰队司令员聂奎聚中将时，深情说道："中国海军把巴基斯坦作为首次出访的第一个国家，这是巴中友谊的最好证明。"

中国海军编队出访的第二站是斯里兰卡的科伦坡。科伦坡既是斯里兰卡的首都，也是斯里兰卡的第一大港。该港所处的位置虽温度高，却无酷暑，且港口设施完善，是亚非欧海上航线的必经之地，素有"东方十字路口"的美誉。

在斯里兰卡 3 天的访问时间里，中国海军编队官兵观看了斯海军文艺演出，双方还进行了篮球、乒乓球等友谊赛。

在一次招待会上，73 岁的老华侨王积贵激动不已，他说："我 1938 年从山东来到科伦坡，和祖国一别就是 50 年。我从小没见过祖国自己建造的军舰。解放前，国民党'重庆'号军舰从英国开回中国，路过科伦坡，我认识了邓兆祥舰长，但那艘军舰是英国制造的。今天我能亲眼看到祖国自己制造的军舰，真幸福啊！我没有看够，明天我还要带着

老伴、朋友再来参观。"

12 月 26 日，我海军舰艇编队拔锚起航，前往此次出访的最后一站——孟加拉国的吉大港。吉大港位于孟加拉国的东南部，是孟加拉国最大的海港。

我海军 132 号导弹驱逐舰在孟海军 5 艘猎潜艇的引导护航下，款款驶入吉大港，受到了孟加拉国海军舰队司令的热烈欢迎。港内孟海军所有舰船都悬挂满旗，舰上的官兵一律在舷边站坡，并把手中的帽子举过头顶画圆圈致敬。

孟加拉国总统艾尔沙德在首都达卡亲自接见了聂奎聚将军，称中国海军这次访问"是一个值得纪念的历史性事件"。

1986 年 1 月 19 日，中国海军舰艇编队圆满地结束对南亚三国的友好访问，抵达上海。历时 65 天，途经 5 个海区、穿越 7 个海峡，往返1.2 万海里，参加各种外事活动 208 项，圆满完成了上级交付的任务。

从此，人民海军舰艇编队出访犹如雨后春笋，接连不断。其中，1997 年的美洲四国五港之行，又一次在海军编队出访史上写下了辉煌的一笔。这是我有幸亲历的第一次远航。

1997 年 2 月 20 日，经党中央、国务院、中央军委批准，由 112、166 导弹驱逐舰、953 综合补给船组成的编队，历时 98 天，总航程 2.4万多海里，先后访问了美国的夏威夷、圣选戈，墨西哥的阿卡普尔科，秘鲁的卡亚俄，智利的瓦尔帕莱索。

班长问我，1997 年中国海军出访，当时你有关注吗？

那时我还是一名记者，对国际国内重大事件比较关注，对那次时机特别、背景特殊的出访，记忆深刻。当时中美关系历

经曲折，刚刚有新的缓和，出现新的转机，采取重大军事外交行动，对稳定和发展中美关系有积极的促进作用，而且又值香港百年回归前夕。

班长说，是的，起航当天凌晨，传来邓小平同志与世长辞的噩耗。举国悲痛之际，编队仍按计划踏上远航征程，这一行动向世界表明，中国国家政局稳定，军队听党指挥，尤其是改革开放的道路决不会改变。

2月20日，由112导弹驱逐舰"哈尔滨"号、166导弹驱逐舰"珠海"号、南运953"南仓"号补给船组成的编队解缆启航，在海军南海舰队司令员王永国中将的率领下，开始了跨越太平洋，首次对美国本土进行访问的航程。编队穿越巴士海峡进入太平洋航行。此前，为了选择最佳航线，编队航海业务长带领相关人员，认真研究了北太平洋近40年的航海气象资料，确定了航程短，气象条件相对较好的航线。可是编队刚刚穿越巴士海峡进入太平洋，8级大风将海面掀起6米多高的巨浪，向编队席卷而来，太平洋上并不"太平"。

这对编队航行是个严峻的考验。起航不久，就遭遇大风大浪，舰船顶着4-6米的大浪航行，纵倾达10-12度，横摇20-30度，90%以上的人都晕船呕吐，体力消耗很大。对此，编队临时党委发出"吃饭就是政治"的动员令。112舰在风浪最大的时候，把部门长、教导员集中到驾驶室，舰长亲自指挥大家唱《团结就是力量》，然后分头到各舱室，把不想吃饭的人叫起来，一个盯一个，看着他们把饭吃下去。编队各级领导带着罐头、水果，深入机电、航海、观通等勤务量大的部门，给予慰问鼓励。各舰开展了"送温暖"活动，干部给晕船患病的战士喂水、喂饭，喂了吐、吐了再喂，官兵一致、团结互助的场景十分

感人。由于风浪太大，加之953舰上层建筑受风面大，主机虽超负荷运转，但速度仍上不去。

更为困难的是作为编队补给舰的"南仓"号在这种恶劣的海况下，还要对编队其他舰艇实施补给作业。我作为南仓号的副舰长，虽然在启航前的预先训练中也组织过海上航行补给训练，可是从来没有在如此恶劣的海况下进行过实际作业。面对着已经接近装备使用上限的海况，能否顺利给编队其他舰艇实施补给，心里着实没底。

编队启航后的第4天，编队组织第一次海上航行补给。太平洋上风浪依旧不减。3万7千多吨的"南仓"号在波浪中起伏颠簸着，它的巨大球鼻首时而冲出水面，时而又扎入水中，巨浪撞击着舰首，发出低沉的轰鸣。在太平洋上顶着大风大浪实施补给，紧张气氛不亚于一场战斗。先是采取横向补，166舰摇晃着从953舰的左侧后方缓慢接近，占领补给阵位。当两舰并齐，横距只有50米时，砰的一声，953舰帆缆兵射出的引缆准确地落到了166舰的甲板上。牵索、架索、架设油管……，一连串的动作在两舰不停地摇摆、颠簸中进行着。海浪涌进齐头并行的两舰之间，激起的巨浪打上了166舰的主甲板。953舰与驱逐舰并排航行，受风浪影响，驱逐舰摇摆度很大，造成受油管脱落，无法进行补给。接着改为纵向补给。166舰上几十名舰员位于舰艏，风浪中根本无法站稳，舰员们只好身穿救生衣，腰间帮着绳子固定，齐心协力把250米长的油管一点一点拉上舰，稍不留神就有被掀到大洋里的危险。好不容易把油管接好，由于风浪中舰艇颠簸剧烈，油管拉力太大，造成油管破裂，重油喷得甲板上到处都是，舰员浑身是海水和油污混合物。经过多次反反复复实验，终于成功，时间一秒一秒地过去，燃油源源不断地输向166舰。

此时，日本海上自卫队的 P-3C 巡逻机也飞临编队上空进行侦察，尾随编队航行的日本驱逐舰也靠近观察着编队的一举一动。中国海军的远航行动显然惊动了日本海上自卫队。日本为了维护其"1000 海里海上交通线的安全"，对周边海域航行的各国军舰都会派出海上自卫队军舰进行跟踪监视。这次或许是要窥探一下中国海军海上航行补给的能力到底有多少。

再大的舰艇，其海上的自持力总是有限的。一个国家的海军舰艇能否具备远洋航行能力，很大程度上取决于是否具备在各种条件下的海上航行补给能力。

我从班长那里得知，新中国海军的首次远航是为了执行某型洲际导弹的发射试验测量、打捞回收和护航任务。

班长说，这次由 18 艘舰船进行的远航是新中国海军迄今为止最大规模的远洋航行，不仅标志着中国地地战略导弹技术达到了新的水平，也意味着中国海军从此将逐渐走向远海。

洲际导弹全程飞行试验的特点之一是射程远、弹头末端落区新。导弹从酒泉导弹试验基地发射场区起飞到达太平洋预定海域，要飞越地球经度超过 70 度，斜穿地球纬度 48 度，试验射程 9000 多千米。落区远离中国大陆，附近无海岛海岸可供利用，测量船队要在复杂的海况下，完成弹头再入段弹道和落点测量、打捞回收数据舱以及各种试验保障任务。

新中国海军自成立以来，海军兵力都是在近岸近海活动。如何使舰艇编队远涉重洋到达南太平洋完成远洋测控、打捞、护航任务，是摆在

当时海军面前的迫切任务。

海上编队所配备的各型舰船在20世纪60年代末都开始了紧张的研制，尽管受到"文革"的冲击和影响，但是因为这次任务的高度重要性，18艘舰只均在1980年前完工形成了作战能力。海军在20世纪70年代早期就开始考察选择合适的舰载直升机，由于当时国内无合适的飞机，海军把目光投向了刚刚对中国打开大门的西方国家，经过数年的考察学习，在20世纪70年代中期向法国订购了一批"超黄蜂"大型舰载直升机，这也是新中国海军的第一种舰载飞机，并在1979年前全部交付，至此，测量护航编队的建设基本完成。

由于编队舰艇数量多，航程远，因此编队携带了2艘补给舰伴随保障。在编队中，X615、X950是当时中国海军最先进的远洋综合补给舰。但是初次远航，无论对舰艇装备性能，还是对人员训练水平都是一个严峻的考验。

这次任务作为中国海上力量最为庞大的一次行动，至今都有着深远的影响。首先，试验的成功标志着我国的战略核反击能力更为全面，能够对世界任何地区的敌人进行自卫核反击作战，有力地回击了潜在敌人的核讹诈和核威慑。其次，中国尽管经过"文革"十年的动荡，仍能够独立完成如此规模的复杂军事行动，证明了中国的科技水平和综合国力。第三，海上编队是洲际导弹试验中的一个重要环节，通过拉动发展，实现了海军大中型水面作战舰和多种辅助舰船的国产化，大大提高了海军的整体作战实力，为之后30年海军的发展奠定了基础。第四，这次远航让世界对中国海军有了一个新的认识，世界都对中国舰队突然出现在太平洋感到无比惊讶和震撼，如此规模和水平的舰队行动只有几个海军强国可以实施。

诚然，在当时的国家实力和科技水平下，这次行动无疑是一个奇迹，我们也应该看到，十年浩劫给国家和军队建设造成了巨大的损失，18 艘舰艇都是在 70 年代初期到中期加速建成的，包括洲际导弹在内，这些装备本应在"文革"前就上马建造，临时的赶工导致很多舰只上的装备还都未能达到应有的水平。另一方面，海军也只是拥有了非常有限的远航能力，很多舰艇还不能完全适合远洋作战，补给舰不具备弹药和大型干货补给能力，远洋补给手段落后、适用于海上补给的品种单一，大多数中国海军舰艇的活动范围仍在沿岸和近海。

　　班长说，这次任务已经整整过去 30 年。30 年前的远航经历为中国海军的发展作了有益的尝试，也积累了很多经验，中国海军也已渐渐开始由"黄水海军"向"蓝水海军"转变。全世界各国都注视着中国海军的发展变化。

　　我说，看来这次海军舰队的远航，无论如何在中国海军发展历史上，都该被记下浓墨重彩的一笔。

在大风浪里搏斗了 17 天，海面终于出现了少许平静。

1997 年 3 月 10 日上午，在《舰队进行曲》的军乐声中，编队 3 艘战舰徐徐驶入美丽如画的珍珠港。珍珠港所在的夏威夷群岛，扼太平洋交通要冲，作为美国太平洋战区的指挥中心和后勤补给中心，是美国太平洋地区最大的海军基地。

在夏威夷 4 天的访问中，我海军 112 导弹驱逐舰、166 导弹驱逐舰和"南仓"号补给船迎来了一批又一批的参观者。

在参观的人群中至今仍让我难忘的是一位华裔老太太。我甚至不记得她叫什么名字，只知道她姓王。王女士祖籍山东，16 岁那年恰逢抗日战争胜利，由于家境贫困，跑到青岛要求当兵，当时的国民党军队接收了她，由于年龄小，又是个女的，就被安排到医护队工作。1949 年国民党军队战败，她又随着国民党军队撤退到台湾。之后移民美国，在美国空军驻夏威夷瓦胡岛福特航空基地的一个为航空兵提供餐饮服务的公司工作。王女士的经历可谓是坎坷，可是离开中国大陆这么多年，让她一直放不下的是她那思乡的情结。这次当她得知中国海军舰艇编队到夏威夷访问时，她早早的在夏威夷军港门外排队等候参观，并且买了800 张明信片，每一张都贴上了邮票，邮资是夏威夷寄往中国大陆的。她要把明信片发给编队每一个官兵，让他们给家乡的亲人寄回一张明信片，报个平安。68 岁的王女士在故乡山东已经没有亲人了，她想通过这种方式让每一个离开家乡的人不要忘记自己的故乡和故乡的亲人。开放日参观的华人华侨和外国朋友络绎不绝，原定的半天参观时间变成一天，而且一直延续到傍晚 7 点才结束。王女士得知"哈尔滨"舰是来自她的家乡青岛时，久久不愿离去，她说踏上"哈尔滨"舰的甲板就像回到了故乡的感觉。参观结束了，到了舰员吃晚饭的时间了，王女士还是不愿离去，她来到"哈尔滨"舰的炊事班，小心翼翼地向炊事班的战士们提出，能否给她一个馒头吃，她要尝尝久违了的家乡馒头的滋味。在场的战士们被王女士的举动感动得热泪盈眶，也深深地理解和懂得了一个远离家乡多年的华人那种对故乡的眷恋之情。

中国海军舰艇编队出访美洲大陆，广大海外华人无不为中华民族的强大而扬眉吐气。我们后续到达的墨西哥、秘鲁、智利的每一个港口，华人社团组织的欢迎队伍都早早地等在码头，手持五星红旗，伴随舞龙、舞狮的锣鼓前来迎接。到处都可以看到催人泪下的场景，感受到

海外华人对祖国的一片热情。"踏上中国自己的军舰，就像站在祖国的领土上；祖国强盛了，我们的腰杆子也硬了"，这句话道出了许许多多海外华人的共同心声。在欢迎和参观的人群中，有上至90多岁的老人，下至襁褓中的婴儿；有怀胎数月的妇女，也有坐着轮椅的残疾人；有留学海外的学生，也有来自台湾、香港的同胞。在美国洛杉矶南加州49个华人社团联合举办欢迎宴会，编队100名官兵参加。千人大厅，一席难求。当大家齐声合唱《歌唱祖国》时，许多人流下了热泪。一位老华侨拉着战士的手激动地说："在美国有两件事提高了华人的地位，第一件是原子弹爆炸成功，第二件就是中国军舰访问圣迭戈。你们给中华民族长了志气，给华侨撑了腰。"在秘鲁，许多年逾古稀的华侨举家来到卡亚俄，一遍又一遍地触摸战舰，让儿孙们从中获得"寻根"的感觉。中国海军军乐队在秘鲁利马通惠总局礼堂演出时，随编队出访，时任舰队宣传处长的郑亨斌大校的一段话，打动了在场的每一个人："中国人有个习惯，在省内一个地区是老乡，在国内一个省是老乡，在海外中国人都是老乡，我们看望老乡来了。"全场欢呼，演出中掌声不断。一个老人说，太高兴了，这是通惠总局从未有过的盛事。当编队离开秘鲁卡亚俄时，欢送的场面更是令人难忘。狭长的码头上，1000多张华夏同胞的面孔掩映在五星红旗的海洋中，一个侨领手持半导体话筒，带领欢送人群高呼"祖国万岁"、"中国海军万岁"、"再见了亲人们"，"欢迎你们再来"，口号声此起彼伏。军舰远去，仍可看到挥舞的红旗。列队甲板的官兵们，目睹如此盛况，视线模糊，心情久久不能平静。

告别夏威夷，我海军舰艇编队经过11个昼夜的航行，当地时间21

日上午 10 时，在美国海军"乔治·菲利普"号战舰的引导下，编队顺利地驶入素有"海军城"之称的圣迭戈军港。

圣迭戈在美国海军中除担任作战的后方基地任务外，还是许多美国海军军人的第二故乡。该基地拥有较为完备的驻泊体系、训练设施、补给和维修保障能力，是仅次于美国东海岸的诺福克海军基地的第二大海军基地，也是美国太平洋舰队最大的海军基地。港内平时驻泊有大型舰船 100 多艘，舰员 3 万多人，其中包括 3 艘航空母舰。还驻有太平洋舰队水面舰艇司令部、航空兵司令部、训练司令部、海军补给中心、圣迭戈造船厂等机构。

圣迭戈动物园是美国著名动物园之一，在那里生活着中国赠送的大熊猫。作为和平友好使者的大熊猫深受美国民众的喜爱。中国海军的到访，自然也要去动物园，看看生活在异国他乡的大熊猫。当编队官兵来到动物园时，发现前来参观的美国民众在大熊猫馆前排着长队，等待参观。大熊猫受欢迎的程度可想而知。当参观人群得知中国海军官兵也是来看大熊猫时，便主动提出中国海军官兵不用排队，可以优先参观。此时，领队的 953 舰副政委彭为淦对大家说，大熊猫是中美两国人民都喜爱的动物，我们海军官兵来参观同样应该遵守公众秩序，我们同样应该排队等待，谢谢大家的好意！于是他带领官兵排到了等待参观队伍的后面。人群中爆发出热烈的掌声。

作为国家行为的海军舰艇编队访问，其使命主要是代表国家发展与访问国的友谊。出访期间，我们始终以平等、友好的态度反复阐明我们是为和平而来的，相互学习、增进了解、发展友谊是访问的宗旨。在与美国这样世界强大的海军交往中，我们不自卑、不示弱，既表示虚心学习，又反复强调中美是太平洋沿岸的两个伟大国家，发展中美关系有利

于世界和平，有利于太平洋地区的安全与稳定。美国军方尤其是太平洋舰队对我们很尊重，太平洋舰队司令克莱明斯上将亲自到珍珠港码头迎接。克莱明斯和太平洋舰队航空兵司令班尼特中将还邀请编队指挥员到家中做客。8天中，先后有32名美将领、议员、州长、市长出席会见或宴请。

在中美两国海军官兵的交往中，编队官兵表现出良好的素质和应有的自信。当时正是中美两军关系的"蜜月期"，双方开展了广泛深入的交流。美海军为我方高级将领安排了从太平洋舰队司令部、海军打击与空战中心到核动力航母、战略核潜艇等32个项目的参观活动。我作为中方中高级军官参观组在舰长的亲自陪同下参观了美军"星座"号航空母舰（CV64）和"伯克级"驱逐舰等一批新型装备。

我作为本舰的外事联络官，和同是外事联络官的"伯克级"驱逐舰"乔治·菲利普"号的副舰长毕曲少校（Lt com. Beach）有过工作交往。让我又一次感受到美国人的办事"死板"和认真。

"乔治·菲利普"号作为陪访舰，毕曲少校进港那天就上舰联系后续外事活动事宜。工作结束时，我拿出了一条中国丝绸围巾，说：送给你的小礼物，留着给夫人用吧。同时还送了一些小纪念章给毕曲少校。没想到这件事，毕曲少校一直记在心里。访问结束前的一天，他非让我到他的舰上去一趟。见面后他很郑重地告诉我，你送给我太太的礼品我已经打电话告诉她了，她很喜欢，我替她表示感谢。原来他的夫人在别的城市工作，不在圣迭戈，为这事他特意打电话向他夫人详细说明了经过。毕曲少校还拿出一件礼品对我说，这是我太太托我购买的礼品，想通过你送给你的夫人。哈哈，这么复杂，绕来绕去，我当场觉得有点晕。这一切都源自我不经意的一句话。不过我还是挺佩服美国人办事认

真的那股劲的。于是，我也只好入乡随俗，代表我太太通过毕曲少校向他的夫人表示感谢了。

编队远涉重洋，官兵们非常疲劳。为了展示我军文明之师形象，保证以崭新的舰容、良好的军容出现在四国五港，航渡中各舰船都很重视维护保养。在前往夏威夷航行中，舷号被风浪打得模糊不清，上层建筑黄斑锈点增加。抵港前两天气象稍好些，全舰人员掀起了维护保养的热潮，甲板全部冲洗、除锈、上漆，用吊篮把人吊到舷外涂描舷号。经过努力奋战，舰容很快整洁如新。军人的仪表也很重要。每到一个港口的前一天，大家就忙着熨衣服、擦皮鞋、刮胡子，收拾得干干净净。编队进港，舰员着装统一，戴白手套，在甲板上列队，一站一两个小时。访问期间，海军官兵扶老携幼、拾金不昧、拒收钱物等事例屡见不鲜。美太平洋舰队参谋长助理拉提将军的岳母已80多岁，她怀着极高的兴致上953舰参加招待会。离舰时，更位长罗军看到舷梯太陡，老人下船不便，主动将她背上码头。第二天，老人执意要拉提转达谢意，说中国海军是好样的。4月9日，在秘鲁卡亚俄港，欢迎队伍中有个50多岁的秘鲁人不慎落入海中，166舰副政委林文珍立即组织营救，使他很快化险为夷，中国水兵的"英雄壮举"立即广为流传。

随后我海军舰艇编队还访问了墨西哥、秘鲁、智利。

在与墨西哥、秘鲁、智利等第三世界国家的海军交往中，我们处处尊重他们，表示国家不论大小都应取长补短。墨、秘、智三国海军将领很受感动。墨西哥太平洋舰队司令萨尔梅罗恩中将亲自为两国足球赛开球。秘鲁海军司令伊巴尔塞纳上将在告别时动情地说："祝你们一路顺风，不要忘了在秘鲁还有一个你们的好朋友"。智利海军第一海区司令戈达德风趣地说："智利和中国正好处在南北半球相对应的位置上，假

如从智利开凿一条隧道穿过大洋，走出去就到了中国。中国古代伟大航海家郑和七下西洋的壮举，向世界传播了一个古老大国的文明，今天中国海军舰艇编队抵达美洲大陆，则向世界展示了改革开放后中国的新成就。"

这次出访，历时 98 天，航程 24000 多海里。1997 年 5 月 28 日，编队返回湛江港，首次实现了横渡太平洋、抵达美国本土和南美大陆远航的历史性突破。按照访问行程，编队完成环太平洋航行，要跨越 178 个经度、66 个纬度、12 个时区，经历春夏秋冬 4 季转换。特别是航渡时间长，海区生疏复杂，访问国国情差异大，编队官兵和装备面临前所未有的考验，积累了远洋航行的经验。

通过访问使我们对外国社会和军队有了进一步了解，增加了许多感性认识，开阔了视野。尽管美洲四国与我国社会制度、价值观念和军队的体制编制、管理方式有很大差异，但有许多先进的经验值得学习借鉴。在美国，每天早、晚升降国旗时，不仅军人面向国旗敬礼，街道上车辆、行人全部停下，立正行注目礼，天天如此，非常自觉。在夏威夷访问期间，我亲历的场景，至今令我难忘。

靠港的第二天早晨 8 点，照例编队全体官兵要在各自的舰艇上进行隆重升旗。7 点 55 分之前，编队各舰官兵已经在甲板上列队完毕。此时，军港内的喇叭中军号响起，提醒人们，距升旗还有 5 分钟。夏威夷军港占地面积大，港内停靠着美军的驱逐舰、护卫舰、核潜艇、大型补给舰，有航空基地，后勤、装备保障基地。军港内车辆、行人络绎不绝。7 点 59 分，军港内的军号再次响起，提示人们离升旗还有 1 分钟。

8 点钟，军港内响起《中华人民共和国国歌》，由于中国海军军舰的到访，今天军港的升旗仪式，先奏到访国国歌。当国歌响起的那一

刻，军港内的一切凝固了。行驶中的车辆停车了，穿越马路的行人，哪怕是刚出商店手里还提着购物袋的行人都停止了匆忙的脚步。无论军人还是普通民众，无论成人还是孩童、学生，都面向最近的建筑物上国旗敬礼。直至奏完中美两国国歌，升旗仪式结束。

令我感到震撼的是，从美国民众这么一个细小的动作中，我看到了美国人民爱国主义精神的体现，看到了国家在其人民心目中的地位，看到了美国人民作为其国家公民的由衷自豪和自信。

诚然，美国人不会进行那么多的"爱国主义"教育，也不会把"爱国"作为一种口号天天挂在嘴边。但是"爱国"的的确确植根于每一个美国公民的心中。类似的场景，在洛杉矶的迪斯尼游乐场公众场合的降旗仪式上让我再一次亲历，让我联想起在众多的大型体育比赛的开闭幕仪式的电视直播上看到的场景一样，这的确是美国公民的一种自觉行为。

我作为一名军人，当我们身着礼服，在《中华人民共和国国歌》声中升起我们的国旗和军旗时，我同样为我们的国家和军队感到自豪。我也同样期待每一个中国公民和我有一样的感受，心中同样充满自豪感。

珍珠港和圣迭戈港非常干净，见不到一点杂物，海水碧绿清澈，岸上一片绿色，就像美丽的花园。军舰一靠码头，就用浮标连绳围了一圈，以防漂浮物漂进港池，环保意识已经深入人心。美军甚至立法规定美军的舰长要为舰艇造成的污染承担法律责任。

美国海军崇尚荣誉，并且把每个军人对荣誉的追求以不同的形式表现出来。各国海军军舰都有舰徽，舰徽上有舰训，有能表达舰艇特征和精神的标志。舰艇历任舰长照片挂在舰艇显著位置，每一名舰员以他们

为榜样，以他们为自豪。舰员的休息室或内走道悬挂着各种勋章和奖章，标示该舰的经历和功勋。每个官兵的胸前都有色彩各异的标志，表示在服役期间的经历和贡献。

对为国家利益作出贡献的军人，处处予以照顾、纪念。美国家公墓104个，建得同公园一样，军人死亡可免费安葬。军人服役期间可免费上大学。服役满21年，退役后终生领70%薪金。军港内军人服务商场的商品卖给军人及家属，免收消费税。并且，如果对商品不满意，可以在全球美国军人服务商场任意退换。

墨西哥、秘鲁和智利，他们对民族英雄非常崇敬，城市的十字路口到处是民族英雄的雕像，他们把英雄融入民众的日常生活，潜移默化地教育民众。

我问班长，1997年的远航，是中国海军真正意义上的走向深蓝吗？

班长说，还不能算是，但是这次美洲四国五港远航，实现了海军舰艇编队首次横渡太平洋，首抵美国本土和南美大陆的重大突破，创造了当时我海军航程最远、航时最长、访问国家和港口最多、出访规模最大等新纪录。而真正开启圆梦之旅的，是2002年环球航行。

2002年5月15日，青岛码头风雨交加，彩旗猎猎。由"青岛"号导弹驱逐舰和"太仓"号综合补给舰所组成的人民海军编队，随着一声汽笛鸣响，开始了海军史上第一次真正意义上的环球航行。

这是中国海军开天辟地第一回，它使我人民海军军舰在过去访问

25 个国家的基础上，一下子又新增加了 9 个国家。将要出访的主要港口有：新加坡樟宜港、埃及亚历山大港、土耳其戈尔居克港、乌克兰塞瓦斯托波尔港、希腊雅典比雷埃夫斯港、葡萄牙里斯本港、巴西福塔莱萨港、厄瓜多尔瓜亚基尔港、秘鲁卡亚俄港、波利尼西亚（法属）帕皮提港。这些国家（地区）和港口，除秘鲁卡亚俄港外，均为人民海军舰艇编队第一次访问。

针对这次前所未有的环球航行访问，编队对各种情况进行了充分的估计，做了各项准备，着力解决了两大矛盾：一是装备高强度使用与维护保养时间少的矛盾；二是平时的维护保养方法与海上恶劣情况的矛盾。

在全编队广大官兵努力下，编队很好地把握住了各国沿海海区的特点，制定出最佳航行路线和方案；编写了装备维修保养手册。他们还专门研究了航渡中的检修保养方案，充分利用好抛锚、机动等进行维修保养。编队自离开青岛港之后，一路乘风破浪，经过无数急流险涌，遭遇各种恶劣气象，先后途经 15 个海和海湾，14 个主要海峡和苏伊士运河、巴拿马运河，整个航程 3 万余海里，在世界各大洋沿岸港口都成功地进行了补给。

其中，大部分地方对于中国海军来说都是陌生的，而且时常有险况发生。例如，编队在经过马六甲海峡时，曾三次接到海盗活动的通报，编队随即进行了反海盗准备，并进行了反海盗演习。

通过这次环球远航和实地考察，随舰官兵都得到了真正的考验，对一些以往只能在书本上才能看到的海域、水道等有了实地经验；对于海军人才的培养和对装备的检验都起到了非常重要的作用。

从硬件建设上看，也有许多可学的，如美国军舰各甲板以上均铺上

由油漆、塑胶、沙子混合而成的地板层，舒适而且防滑，水密门把手及配件、外露舷梯扶手均使用不锈钢材料，无需涂漆擦拭保养；码头的油、水、电供应齐全，排污设施配套，垃圾分类堆放，还设有自动书报亭、电话亭等。出访美洲四国取得圆满成功，实现了"发展友谊、增进了解、开阔眼界、锻炼部队"的预期目的，向党和人民交上一份合格的答卷。

班长的护航纪事，把我带到了中国海军从近海走向深蓝的历史航线中，我真切地看到，从出访到亚丁湾护航，中国海军的航迹正在向蔚蓝色海洋延伸，班长作为亲身经历新中国首次环球航行的一名中国海军，这一次又亲历了中国海军在亚丁湾开启和谐海洋的新航程。

难忘在亚丁湾海域和官兵们一起在亚丁湾 A、B 两个解护点的来回穿梭的 192 个日日夜夜，第六批护航编队航程 108682 海里，在圆满完成亚丁湾、索马里海域护航任务，以及访问沙特阿拉伯等 4 国后，护航编队于 2011 年 1 月 7 日终于凯旋。

编队舰机（新 航 摄）

上午 9 时许，海军第六批护航编队"昆仑山"舰、"兰州"舰、"微山湖"舰依次靠泊码头，965 名官兵身着洁白军装，在军舰右舷整齐列队，向前来迎接的战友和家人挥手致意。

第六批护航编队是中国海军

454

首次以船坞登陆舰和驱逐舰联合组成编队，实施舰、机、艇一体护航。在执行护航任务期间，编队安全护送49批615艘船舶，其中我国船舶306艘、外国船舶309艘，实施解救行动3次，解救被海盗劫持船舶1艘、被海盗追击船舶3艘，创造了我海军护航编队执行护航任务以来护送船舶数量最多的纪录。

执行护航任务期间，第六批护航编队针对海盗活动猖獗、行踪诡异、手段残忍等特点，在组织指挥上，着眼快捷顺畅，优化指挥编组，突出现场指挥，增强了快速处置能力；在护航方式上，着眼精兵活用，突出坞载艇护航、直升机巡逻和随船护卫，提高了护航效益；在兵力使用上，着眼快速反应，充分发挥"昆仑山"舰立体作战能力强、"兰州"舰机动性能好的优势，保持了高强度戒备状态；在战法运用上，着眼灵活应变，采取警戒示形、慑阻结合的方式，有效震慑了海盗。编队还创造了我海军执行护航任务以来首次指挥护航兵力登船解救被海盗劫持商船、首次实施舰艇机兵力一体护航、首次进入波斯湾访问中东国家和美国海军第5舰队基地等多项第一，护航官兵成为构筑和谐海洋的主要力量。

2008年12月27日，在中国海军首批护航编队起航的第二天，英国《泰晤士报》发表文章称，中国军舰离开三亚军港驶向亚丁湾，对北京和其他一些关注全球的政府来说，是世界海军史上的新纪元！这是5个多世纪以来中国海军首次驶出领海保护国家利益，这是中国政策的一次重大、历史性突破！

随着改革开放的深入，我国对外贸易依存度越来越高，海洋安全已成为国家安全的重要领域。而猖獗的索马里海盗，对我国过往船舶和人员生命财产安全造成严重威胁。国家利益拓展到哪里，我军的使命就要

延伸到哪里。时任中央军委委员、海军司令员吴胜利在首批护航编队的出征仪式上指出，海军舰艇编队执行此次护航任务，是我国首次使用军事力量赴海外维护国家战略利益，是我军首次组织海上作战力量赴海外履行国际人道主义义务，是我海军首次在远海保护重要运输线安全。这次远洋护航，是在国际法、联合国决议的框架内，合理合法运用军事力量保护我国安全利益和经济利益的正当行动，标志着我军职能使命由维护国家陆地安全向维护国家海洋权益的历史性转变。

盘点护航实践，我们第六批护航编队官兵用实际行动，忠诚履行着党中央、中央军委和胡主席赋予海军的历史使命。护航将士战狂风、斗恶浪，克服了复杂的地理环境和艰苦的海上条件，不断挑战生理、心理极限。面对可疑快艇的随时袭扰，他们高度警惕、灵活机动，一次次兵不血刃地化解危机，展示了和平、正义、文明之师的风采。

维护国家利益，是任何一支军队永恒的使命。

30年前，浩瀚的大洋上看不到中国海军的片帆只影。30年来，以驱逐舰为代表的人民海军现代化战舰，频频划开蔚蓝的海面，驶向大洋，挺进深蓝。海军政委刘晓江在首批护航编队出征动员中说，这次护航是中国海军首次走出国门执行非战争军事任务。"

护航途中，998护航编队灵活采取护航方式，科学组织兵力行动，果断处置突发事件。对数百艘可疑船只进行了驱离、警告，逼退了百余起可疑船只的袭击，成功解救被海盗追击的中外船舶，确保了被护船舶100%安全，军舰自身100%安全。

一次又一次的超越，使中国海军挺进深蓝的步履更加稳健，信心更加坚定，应对多种安全威胁、完成多样化军事任务的能力不断提升。

护航期间，无论是白天还是深夜，无论是波澜不兴还是恶浪滔天，亚丁湾上，只要有外国商船发出呼救，我们中国海军第六批护航编队便会以最快速度前去救援。中国海军护航编队已成为维护亚丁湾、索马里海域安全的一支不可或缺的重要力量。

护航期间，舰艇编队以和平、开放、合作、和谐为基本理念，积极开展与外军护航编队的交流与合作，相继与新加坡、韩国等国海军以及日本自卫队等开展了登舰互访交流，同时还进行联合护航、联合军演等，向世界展示了一个重道义、负责任的大国形象。

山下，有军舰进港，鸣响了汽笛。

还是这个旅顺港，曾经是北洋海军的锚地，今天是中国海军北海舰队的锚地之一。

那时，北洋海军在日本帝国主义的炮舰下全军覆没。

今天，人民海军在保卫国家安全的征途中，向国家利益延伸的地方启航。

我感慨，今日的中国海军，和甲午海战中覆没的北洋海军有着天壤之别。

1880 年至 1890 年 10 年间，清政府命北洋大臣李鸿章筹建北洋水师，经营旅顺港，旅顺口成为当时世界闻名的军事要塞和五大军港之一。

我对班长说，《北洋海军章程》有一项规定，提督每年应有 6 个月在这个基地驻扎，旅顺口的重要性由此可见。

班长说，是的，北洋防线在旅顺、威海卫和大沽的铁三角中，旅顺口是最为重要的基地。

我说，站在这个写满了屈辱的海洋历史的山上，蔚蓝色对

中国和中国海军来说，仍然充满了挑战和未知。

B 线　世纪拷问

距离驰骋在蔚蓝色海洋的郑和舰队消失 600 多年之后，距离中国海军"海圻"号在蔚蓝色海洋上巡游又将近 100 年之后，中国人民海军飘扬着"八一"军旗的战舰，再次在蔚蓝色的海洋上出现。

时任胡锦涛主席 2007 年在《高举中国特色社会主义伟大旗帜为夺取全面建设小康社会新胜利而奋斗》讲话中提出，当代中国同世界的关系，发生了历史性变化，中国的前途命运日益紧密地同世界的前途命运联系在一起。

从 1998 年亚洲金融危机一直到 2008 至 2009 年间美国经济发生次贷危机，雷曼兄弟银行的破产，紧随而来的欧洲经济近乎崩盘，希腊因为国际债务深陷国家破产危机等等一系列国际经济大事件，宣告了这一波国际经济高速发展周期的结束。而从亚洲金融危机中中国经济的逆势上扬，到受美国次贷危机影响下中国经济的快速自我修复，中国经济的发展一度对阻止亚洲金融危机和全球经济下探的局势起到了中流砥柱的作用，为改善世界经济形势进一步恶化做出了积极的贡献。

正是中国在国际事务日益发挥的大国作用，也让在蔚蓝色海洋深处出现的中国海军成为国际社会格外关注的焦点。由于国际社会每个国家所处的位置、区域不同，看待中国海军的视角也大不相同。

正如布热津斯基所言，自从世界各大洲在大约 500 年前开始在政治上互相影响以来，欧亚大陆一直是世界力量的中心。欧亚大陆的一些民族，在不同的时候以不同的方式渗入和控制了世界其他地区。但是，随着苏联的解体，国际事务发生了结构性改变，非欧亚大陆国家的美国，作为欧亚大陆大国关系的仲裁者出现在国际政治舞台上，成为全球目前为止唯一的超级大国。控制和主导国际事务，维护全球首要地位，控制国际政治话语权，直到今天都是美国追寻的最为重要的政治抱负。

这就是当下国际政治的现状和事实，除了美国，任何一个国家所谓的地缘政治，都将被笼罩在美国布局的大棋局之下。

在维护世界首要地位的大战略支撑下，美国高调唱起了"中国威胁论"，并且随着国际政治经济局势的不断变化，产生了"威胁"系列的各种衍伸论，刚刚开始走向蔚蓝色的中国海军，面临国际社会的各种质疑和拷问。

2009年中国海军成立60周年，在青岛附近海域举行建国后第一次最大规模的海军阅兵，展现了中国海军不断壮大的实力，也同时展露了中国海上防御战略的转型。国际社会对此高度关注。

瑞士"国际关系与安全网络"在2009年3月15日刊登简氏信息集团总编辑格雷厄姆·韦伯题目为《中国海军将走多远?》的评论性文章。文章称，中国不断提升海军威力并不是一种好战的演习，而是为了摆脱长期以来战略延伸所受的枷锁。然而，完全有理由认为：任何与中国相关的军事冲突很可能都与海洋有关。文章说，中国的军事现代化也并不是什么新的议题。然而，仅仅在过去几年中，中国海军便获得了极其重要的经费。文章引用了《华盛顿邮报》刊登的一篇社论中提出的观点，中国打算挑战美国在西太平洋的地位；而在东海和南海问题上，中国也做出了一系列举措。文章强调，华盛顿必须"小心而坚定"地予以回应。

文章说，中国海军依然是值得关注的，原因在于，将来与中国相关的军事冲突很有可能因为海洋而触发，并且战场也将在海上。文章称，必须阐明的是，中国海军力量的增强并不只是军舰的扩充；所有致力于装备更先进武器的国家都谋求将海、空、陆和天整合到一起，以提高综合杀伤力和打击效力。海军只是中国军事"九头蛇"的一只头而已。从广义上说，海军应该被看作是中国海空陆天打击能力的"占位者"。

文章最后提出：现在的问题是，究竟多少海洋安全对北京来说才是足够的？答案只有一个，这取决于北京要求其海军走多远。

这篇发表在中国海军成立 60 周年大阅兵之前的文章发出的质疑声，代表了国际舆论相当大部分的声音。

毫无疑问，这种质疑实际上是"中国威胁论"的心理投射，也是"中国威胁论"的另一种表达。

冷战结束后的很长时期内，"中国威胁论"一直主导着西方尤其是美国的对华思维，并深刻影响着美国的对华战略。事实上，"中国威胁论"绝不是在冷战结束，一国主导世界格局形成才出现的论调，而是从 19 世纪就已经开始，只是不同历史时期有不同的内涵。

19 世纪末，欧美帝国主义者炮制了所谓"黄祸论"，也就是"中国威胁论"。

俄国人巴古宁在 1873 年出版的《国家制度和无政府状态》和英国人皮尔逊的《民族生活与民族性》一书，奠定了"黄祸论"的基本理论。这个理论一经问世，在西方世界引起反响，西方同一时期涌现了一批有关"黄祸论"的文章和专著。

中国人种族繁衍的强大生命力、民族的智慧以及优秀的特质，在"黄祸论"的理论范畴内，成为可怕的"黄祸"依据。巴古宁认为，一是中国可怕的人口和日益增长的移民，二是中国人具有掌握最先进武器的能力。三是中国人具有和欧洲人相同的纪律，对西方构成了强大的威胁。巴古宁在文章中指出："把这种纪律和对新武器、新战术的熟悉掌握同中国人原始的野蛮、没有人道观念、没有爱好自由的本能、奴隶般服从的习惯等特点结合起来，再考虑到中国的庞大人口不得不寻找一条出路，你就可以了解来自东方威胁着我们的危险是多么巨大！"

1877年美国参众两院公布的《调查中国移民问题的联合特别委员会报告书》，和巴古宁的论调如一辙，报告书指出，美国人是世界上最优秀的种族，而中国人、日本人、马来人和蒙古人是"劣等"民族，200年以后，他们就将"如同加利福尼亚州猖獗的蝗虫为害于农夫的田地一样"进入美国，改变美国人种，使美国整个国家退化。

按照"社会达尔文主义"理论，弱肉强食，既是自然界的规律，也是人类社会无法规避的生存规律。英国牧师托马斯·马尔萨斯在《人口论》一书中提出，人口是按几何级数增加的，生活资料只能按算术级增加。这一观点，让人们对人口增长必将导致物质匮乏的可怕前景产生极度恐慌。中国地大物博，人口众多，但是国力虚弱，在丛林法则关照下，被强大民族所吞噬是无法逃避的命运归宿。

事实上，正如德国学者海因茨·哥尔维策尔所揭示的"黄祸论"的本质，就是帝国主义鼓噪的一个口号，以便鼓动人心，激起人们对中国人的忧虑和恐惧，最终达到掩盖西方帝国主义对中国粗暴侵略行径的罪恶目的。

随着时代的发展，"黄祸论"出现了变体。

发展到20世纪50年代，新中国成立之初，美国抛出的"中国威胁论"，核心指中国革命的胜利有可能在东南亚引起多米诺骨牌效应，从

而对美国形成"红色威胁"。1950 年朝鲜战争爆发后，美国提出"遏制共产主义在亚洲蔓延"的口号，美国在联合国宣传"中国对邻国的威胁"，麦克阿瑟公开辱骂新中国是"共产主义黄祸"。接着在中苏关系紧张时期，苏联也兜售过"中国威胁论"，这一时期的"中国威胁论"，主要体现在意识形态领域。

新时期的"中国威胁论"出现在冷战结束后，苏联解体，世界二元统治体系的瓦解，美国成为全球一国主导国际政治格局形成后，随着中国经济、军事逐渐强大，"中国威胁论"开始在美国、日本、菲律宾等国再次沉渣泛起。

1992 到 1993 年间，鼓吹者们从意识形态、社会制度乃至文明角度展开了对"中国威胁论"的具体论证。美国费城外交政策研究所亚洲项目主任芒罗首先发难，发表了《正在觉醒的巨龙：亚洲真正的威胁来自中国》。哈佛大学教授亨廷顿《文明的冲突与世界秩序的重建》也在这个大背景下问世，论述从军事和文化两个方面，渲染中国对西方世界和文明的威胁，提出中美军事冲突的不可避免，具有极强的意识形态色彩。美国学者哈克特更是危言耸听，毫无遮掩地抛出"在苏联解体后，一个新的邪恶帝国正在出现，它的名字叫中国"的谬论。此后，随着国际局势的不断变化，"中国威胁论"总是会在一个适宜的时机成为国际舆论的主要话题。

1995 至 1996 年，当时的中美关系，与李登辉访问美国后两岸关系紧张，中美围绕台湾问题发生军事对峙有关。"中国威胁论"也再次鼓噪起来。1998 至 1999 年，在亚洲经济危机中，中国经济逆势崛起，经济影响力迅速扩大，"中国威胁论"又开始全面围堵中国。2010 年 8 月 16 日，美国国防部发表《与中国相关的安全发展年度报告》，对中国军事现代化迅速发展表示担忧，从另一个方面证明了中国的力量提升给世界带来的威胁。2011 年，中国国内生产总值第一次超越日本，成为世界第二，加上中国在国际维和、打击索马里海盗等国际事务参与度的提高，"中国威胁论"以前所未有的喧嚣，形成了对中国的国际舆论重压。中国海军赴亚丁湾护航，中国海军军事防御的战略转型，似乎在成为国际舆论高度关注焦点的同时，也成为"中国威胁论"的一个依据。

"中国威胁论"就像阳光下的影子，始终跟随着中国成长、发展的脚步。但是，正如时任中国国家主席胡锦涛 2005 年在雅加达亚非峰会上的讲话所言，发展是增进人民福祉、促进社会进步的根本途径，是巩固政治独立、维护国家稳定的重要保障。发展中的中国，无论国际社会有怎样看法和揣测，维护国家利益、国家利益出现在哪里中国海军的职能就要延伸到哪里，已经是不容改变的事实。中国一贯以来坚持的"和平共处五项原则"，过去是，现在是，将来仍将长期是国家的一项基本国策。

2005 年 4 月 22 日，胡锦涛在亚非峰会上题为《与时俱进，继往开来，构筑亚非新型战略伙伴关系》的讲话指出，综观当今世界，和平、发展、合作已成为时代潮流。经济全球化趋势深入发展，科技进步突飞猛进，生产要素流动和产业转移加快，各国相互依存日益加深。另一方面，霸权主义、恐怖主义、局部战争、跨国犯罪等问题仍然影响着世界的和平与稳定，环境恶化、自然灾害、传染性疾病等因素依然威胁着人类的生存和发展。胡锦涛指出，新的形势，新的机遇，新的挑战，新的要求，赋予我们共同的历史责任和历史任务。我们共同面临着加快经济社会发展、提高人民生活水平的艰巨任务。我们共同面临着应对传统安全威胁和非传统安全威胁、维护世界和平与稳定的重大使命。我们共同面临着维护发展中国家权益、建立公正合理的国际政治经济新秩序的重

要课题。

胡锦涛在讲话中说："我愿郑重重申：中国将坚定不移地走和平发展的道路。中国外交政策的宗旨是维护世界和平、促进共同发展，中国永远是发展中国家的一员，加强同发展中国家的团结合作是中国外交的基石，在维护世界和平、促进共同发展的进程中，中国将始终同广大发展中国家风雨同舟、和衷共济。"

2009年4月23日，时任国家主席、中央军委主席胡锦涛，在青岛会见应邀前来参加中国人民解放军海军成立60周年庆典活动的巴西等29国海军代表团团长时，发表重要讲话。胡锦涛说，这次多国海军活动以"和谐海洋"为主题，推动建设和谐海洋，是建设持久和平、共同繁荣的和谐世界的重要组成部分，是世界各国人民的美好愿望和共同追求。加强各国海军之间的交流，开展国际海上安全合作，对建设和谐海洋具有重要意义。改革开放以来，中国人民解放军海军积极开展与世界各国海军之间各种形式的交流与合作，增进了与各国海军之间的相互了解和友谊。今后，中国人民解放军海军将本着更加开放、务实、合作的精神，积极参与国际海上安全合作，为实现"和谐海洋"这一崇高目标而不懈努力。我们开展国际海上安全合作，始终坚持遵循《联合国宪章》、《联合国海洋法公约》以及其他公认的国际关系准则，坚持谋求共同安全和共同发展，坚持尊重沿海国的主权和权益，坚持共同应对海上传统安全威胁和非传统安全威胁，努力寻求基于和平的多种途径和手段，维护海上安全。胡锦涛表示，中国将坚定不移地走和平发展道路，这是中国政府和人民秉承中华民族优秀文化传统和一贯的以和为贵的和平理念，根据时代发展潮流和自身根本利益作出的战略抉择。这条发展道路决定了中国必然坚持防御性的国防政策。不论现在还是将来，不论发展到什么程度，中国都永远不称霸，不搞军事扩张和军备竞赛，不会对任何国家构成军事威胁。包括中国人民解放军海军在内的中国军队，永远是维护世界和平、促进共同发展的重要力量。2012 年元旦，时任国家主席胡锦涛在新年贺词中说，2011 年是中国"十二五"时期开局之年。面对复杂多变的国际形势和艰巨繁重的国内改革发展稳定任务，中国人民同心协力、锐意进取，继续推进改革开放和社会主义现代化建设，经济保持平稳较快发展，全面建设小康社会取得新进展。中国加强同各国的交流合作，积极参与促进世界经济增长和金融稳定、完善全球经济治理、解决国际和地区热点问题等国际合作，为促进人类和平与发展作出了新的贡献。

胡锦涛说，和平、发展、合作是时代的呼唤，是各国人民共同利益之所在。当前，世界多极化、经济全球化深入发展，各国相互依存日益加深，但世界经济复苏的不稳定性、不确定性上升，国际和地区热点此起彼伏，世界和平与发展面临新的机遇和挑战。中国将继续恪守维护世界和平、促进共同发展的外交政策宗旨，坚持独立自主的和平外交政策，始终不渝走和平发展道路，始终不渝奉行互利共赢的开放战略，在"和平共处五项原则"的基础上发展同各国的友好交往和互利合作，积极参与应对全球性问题的国际合作。

国家主席习近平，在 2013 年博鳌亚洲论坛上讲话指出，博鳌亚洲论坛日益成为具有全球影响的重要论坛，本届年会以"革新、责任、合作：亚洲寻求共同发展"为主题，很有现实意义。相信大家能够充分发表远见卓识，共商亚洲和世界发展大计，为促进本地区乃至全球和平、稳定、繁荣贡献智慧和力量。

当前，国际形势继续发生深刻复杂变化。世界各国相互联系日益紧

密、相互依存日益加深，遍布全球的众多发展中国家、几十亿人口，正在努力走向现代化，和平、发展、合作、共赢的时代潮流更加强劲。同时，天下仍很不太平，发展问题依然突出，世界经济进入深度调整期，整体复苏艰难曲折，国际金融领域仍然存在较多风险，各种形式的保护主义上升，各国调整经济结构面临不少困难，全球治理机制有待进一步完善。实现各国共同发展，依然任重而道远。

亚洲是当今世界最具发展活力和潜力的地区之一，亚洲发展同其他各大洲发展息息相关。亚洲国家积极探索适合本国情况的发展道路，在实现自身发展的同时有力促进了世界发展。亚洲与世界其他地区共克时艰，合作应对国际金融危机，成为拉动世界经济复苏和增长的重要引擎，近年来对世界经济增长的贡献率已超过50%，给世界带来了信心。亚洲同世界其他地区的区域次区域合作展现出勃勃生机和美好前景。当然，我们也清醒地看到，亚洲要谋求更大发展、更好推动本地区和世界其他地区共同发展，依然面临不少困难和挑战，还需要爬一道道的坡、过一道道的坎。

习近平说，人类只有一个地球，各国共处一个世界。共同发展是持续发展的重要基础，符合各国人民长远利益和根本利益。我们生活在同一个地球村，应该牢固树立命运共同体意识，顺应时代潮流，把握正确方向，坚持同舟共济，推动亚洲和世界发展不断迈上新台阶。

确实，中国的国家发展需要和平稳定的战略机遇期，中国的国家发展战略始终坚持走和平发展的道路和原则。因此，有中国海军出现的蔚蓝色海洋，永远不会因为有中国海军的加入而再现海上掳掠，也不会因为中国海军的加入而平添硝烟战火，更不会因为中国海军的加入导致世界和平局势的倾覆。

466

　　中国海军在蔚蓝色海洋上发挥的作用，将是致力于创造和谐海洋的海上军队，致力于维护区域稳定的海上军队，致力于维护世界和平的海上军队。维护世界和平，需要有维护和平所具有的资格和实力，中国海军的发展壮大，经历的历史阶段，跨越了致力于保护边防海疆不受侵犯的初级阶段，朝着维护国家海上利益，国家利益拓展到哪里，海军力量就要在哪里延伸的阶段。面对"中国威胁论"的尘嚣四起，面对国际社会对中国发展海军的众多质疑，面对中国海军在远海到底要走多远是个够的担忧，中国以历史和现在的军事实践告诉世界，答案永远只有一个：中国海军在大洋深处走得多远的距离，只有一个标准，那就是有利于保护国家安全，有利于维护国家利益，有利于维护区域稳定，有利于维护世界和平局势的海上距离，就是中国海军在大洋深处能到达的距离，也是中国海军能走多远的极限距离。这是中国海军的目标距离，是中国海军的神圣职责，同时也是中国海军的崇高理想。

　　班长在护航纪事中，回顾了从军以来参加的在中国海军历史上具有划时代意义的几次远航，让我清晰地看到，班长正是和改革开放以来，快速发展壮大的中国海军同步成长的海军军官。

　　班长说，新时期标志着海军发展的几次重要出访远海航行，我都有机会亲历执行任务，这对于一名中国海军来说，是一种荣耀。因为，只有真正走向远海的海军舰队，才是一支真正意义上的舰队，只有到远海驾舰航行的海军，才是一名真正经历过海洋考验的合格的海军。班长说，我不但有幸成为中国海军首次环球航行的亲历者，亚丁湾护航的亲历者，同时也是

人民海军 60 华诞大阅兵的亲历者。这些经历，让我对自己是一名中国海军充满自豪，为中国海军充满骄傲。

二

A 线　大洋深处的航迹

亚丁湾护航的经历是难忘的。

作为一名中国海军，中国海军 60 周年大阅兵是中国海军发展史上的一件大事，作为一名大阅兵亲历者，同样是我海军生涯又一段难忘的经历。

2009 年 4 月 23 日，在人民海军迎来 60 华诞之际，时任中共中央总书记、国家主席、中央军委主席胡锦涛来到海滨城市青岛，出席庆祝人民海军成立 60 周年海上阅兵活动。

我和 998 舰官兵一起，作为受阅军舰之一，接受了胡锦涛主席等国家领导的检阅，亲历了这一伟大而又庄严的历史时刻。

港城花团锦簇，黄海波飞浪卷。中国人民解放军海军一艘艘战舰整齐列阵，官兵雄姿英发，迎候军委主席检阅。来自五大洲 29 个国家的海军代表团、14 国海军 21 艘舰艇汇聚黄海，共贺中国海军华诞。

1949 年 4 月 23 日，伴随着百万雄师横渡长江的胜利凯歌，中国人民解放军海军宣告诞生。60 年来，人民海军在党的指引下，从小到大，由弱变强，初步发展成为一支多兵种合成的现代海上防御力量，在

捍卫国家主权和安全、维护海洋权益、完成多样化军事任务中发挥着重要的作用。

12 时许，胡锦涛主席在时任中共中央政治局委员、中央军委副主席郭伯雄，中央军委委员、国务委员兼国防部长梁光烈，中央军委委员、总参谋长陈炳德等陪同下，来到青岛奥帆中心码头。

停靠在码头的"石家庄"号阅兵舰，按照海军最高礼仪悬挂满旗，国旗、军旗迎风飘扬，身着洁白礼服的全舰官兵在甲板整齐列队。12 时 10 分，胡锦涛主席检阅海军仪仗队后登上阅兵舰。

12 时 15 分，阅兵舰犁开银白色的航迹，驶向大海……

此刻，接受检阅的 25 艘中国海军舰艇在阅兵海域编队完毕，31 架中国海军各型战机在跑道上振翅欲飞……

14 时 20 分，胡锦涛主席等在中央军委委员、海军司令员吴胜利，海军政治委员刘晓江的陪同下登上检阅台。海上阅兵总指挥吴胜利报告："主席同志，受阅部队准备完毕，请您检阅！"

"开始——"胡锦涛主席一声令下，整装待发的受阅舰艇在激昂的《分列式进行曲》中，破浪驶来。

首先接受检阅的是"长征 6 号"核动力潜艇，在它的带领下，"水下先锋艇"等其他 3 艘潜艇逐一通过阅兵舰。

"同志们好——"

"首长好！"

"同志们辛苦了——"

"为人民服务！"

胡锦涛主席的问候声和受阅官兵的口号声，汇成一股股声浪，在海天间回响。庄严的检阅，殷切的期望，化成巨大的力量，在水兵胸中

激荡。

耕波犁浪，气势如虹。由"沈阳"号导弹驱逐舰等 5 艘舰艇组成的驱逐舰兵力群，由"舟山"号导弹护卫舰等 7 艘舰艇组成的护卫舰兵力群，先后通过阅兵舰。这次海上阅兵展示的中国海军舰艇和武器，全部为国产装备。

海上的精彩还在继续，空中的乐章已经奏响。警戒机、侦察机、歼击机、歼击轰炸机、舰载直升机编队依次临空。各型战机和水面舰艇的轰鸣声交汇成一曲雄浑的海天交响。歼击轰炸机发射出 72 枚红外干扰弹，如同节日的礼花在海空绽放；救护直升机拉出红、黄、蓝三色彩带凌空飞舞，把海上分列式推向高潮。

搭载着 260 名海军陆战队员和两架直升机的"昆仑山"号船坞登陆舰，宛如一座移动的海上城堡劈波前行。身披海洋迷彩的 8 艘导弹快艇犁开朵朵浪花。天空战鹰呼啸，海上战舰驰骋，水中蓝鲸蹈海……波澜壮阔的海上分列式，充分展示了人民海军和平之师、威武之师、文明之师的时代风采和致力于建设和谐海洋的坚强决心。

14 时 45 分，海上阅兵式开始。

远涉重洋前来参加庆典的俄罗斯、美国、印度、韩国、巴基斯坦、新西兰、新加坡、泰国、法国、孟加拉国、澳大利亚、巴西、加拿大、墨西哥等 14 国 21 艘军舰悬挂满旗，以作战舰艇、登陆舰艇、辅助船、训练舰的先后顺序，按吨位大小，以中国海军"西宁"号导弹驱逐舰为基准锚泊成一列，在蔚蓝色的大海上构成一道壮美的风景，不同肤色的各国海军官兵在各自舰艇左舷列队，接受胡锦涛主席的检阅。

国际舰队检阅，是海军这一国际性军种特有的海上礼仪活动。参加此次海上检阅的外国舰艇中，有将近一半曾访问过中国。它们见证了中

国海军致力推动建设和谐海洋的不懈努力。

阅兵舰驶过，值更官的哨声响起，各国海军军官整齐地向阅兵舰举手敬礼，水兵同时向阅兵舰行注目礼。

阅兵舰鸣笛还礼，胡锦涛主席热情地向受阅各国舰艇官兵挥手致意。

军舰是流动的国土。作为和平的使者，人民海军先后派出40多艘次军舰访问了30多个国家，与10多个国家海军举行过双边或多边演习，接待了30多个国家的200余艘次舰艇访华。

15时10分，阅兵舰缓缓驶过墨西哥海军"夸乌特莫克"号风帆训练舰……在《友谊地久天长》的悠扬乐曲中，气势宏大的海上阅兵圆满结束。

这次庆祝新中国海军60华诞之际，海军司令员吴胜利在青岛举行的"和谐海洋"多国海军高层研讨会上向各国海军发出倡议，人民海军愿与世界同行携手合作，共同维护海洋持久和平与安全。

吴胜利司令员在研讨会主旨发言中说，21世纪是海洋世纪，海洋和谐是世界各国人民共同的价值理念和美好追求。当前，海洋形势总体趋于和平，但也面临严峻挑战，新的安全威胁因素不断出现。构建和谐海洋，离不开各国海军的共同参与。为此，吴胜利司令员向各国海军提出五点倡议：

第一，坚持联合国主导，建设公正合理的海洋。吴胜利说，海军是国际性军种，在参与处理国际海洋事务和组织开展海上军事行动中，我们应遵循《联合国宪章》的宗旨和原则，恪守互相尊重国家主权和领土完整、在国际关系中不使用武力或威胁使用武力、平等互利、公海自由等国际关系准则，维护联合国权威，支持联合国在处理国际海洋事务

中发挥更大的作用，在联合国框架下积极履行海上义务。

第二，坚持平等协商，建设自由有序的海洋。吴胜利表示，和平安全是构建和谐海洋的首要条件。不论小国弱国，还是大国强国，都应当按照《联合国海洋法公约》和有关的国际法，通过平等协商和谈判，和平解决海上争端，相互信任而不无端猜疑，相互借鉴而不刻意排斥，相互尊重而无高下之别，防止和避免海上军备竞争甚至冲突，维护海上自由平等和安全有序。

第三，坚持标本兼治，建设和平安宁的海洋。吴胜利说，当前，恐怖主义、分裂主义、极端主义势力猖獗，海盗、海上武装抢劫、走私等跨国犯罪严重，非传统安全威胁成为海洋和平安全面临的巨大挑战。各国海军应当把维护海洋的和平安宁，作为义不容辞的使命和责任，团结一致，加强交流，务实合作，风雨同舟，共同应对全球海上安全威胁，还海洋以和平，还海洋以安宁。

第四，坚持交流合作，建设和谐共处的海洋。吴胜利表示，中国倡导"互信、互利、平等、协作"的新安全观，把建设符合时代发展的海上安全合作机制作为构建和谐海洋的重要支撑，通过开展更加广泛积极的军事交流和海上安全合作，积极寻求共同利益交汇点，照顾各方利益，实现互惠互利，在对话中形成新的共识，在交流中增进了解信任，在合作中谋求共同发展。

第五，坚持敬海爱海，建设天人合一的海洋。吴胜利说，良好的海洋生态环境是和谐海洋的基础，也是人类赖以生存和发展的重要条件。各国海军应按照国际海洋环保公约的要求，采取防治结合的方式，运用先进的环保技术，保护海洋资源环境、海洋生态环境和海洋人文环境，逐步实现各国海军舰船对海洋环境的无害化，使海洋始终成为人类

472

生存发展进步的和谐家园。

　　我和班长在旅顺港逗留了一整天。

　　在这个承载着不容忘却的历史的地方，我和班长交流了很多想法。

　　我忽然觉得，吴胜利司令员的讲话，就是为我们描绘了一个中国梦，中国的海军梦，中国的海洋梦。

　　班长说，是的，这个关乎海军和海洋的中国梦，也是中国海军践行的准则。

　　我说，是的，虽然中华民族的历史就是一部崇尚和平、推进和平的历史，但是，在中国走向强大的复兴之路上，并没有消除国际社会对我们的疑虑，而作为守卫海疆、维护国家利益的中国海军，在当今复杂严峻的国际海洋政治面前，都面临着世纪拷问。

B线　世纪拷问

一个国家对海权的诉求，地理因素和经济利益的需要，是两大推动力。中国目前的海洋安全形势和国家经济发展，对发展中国海权提出了新的要求。海军作为海权建设的主体力量，发展海权首要的就是要发展海军。这似乎是一种宿命，中国海军总是在国家民族利益最关键时刻，被推上刀锋剑刃。

　　如果说鸦片战争是中华民族命运发生逆转的一个关键节点，而甲午战争又是中华民族陷入沦亡、贫穷羸弱的重要时间节点，那么，今天的

中国，则是经历了 60 多年新中国建设发展，从恢复国家主权，摆脱贫困，发展到富国强民，走向大国复兴的又一个历史性节点。这个牵动着未来民族命运和国家命运历史时期，离不开海权建设和海军的保驾护航。

发展中国海权，首先要发展中国海军，而发展中国海军，除了受国家综合国力的制约，还面临着国际政治格局的牵制。

黑格尔说，海洋乃是联合世界各国的东西。当中国走向蔚蓝色大洋，中国的国家利益深刻地卷入了世界，卷入了世界地缘政治之中。地缘政治具有的天赋性、致命性和可变性特征，对中国发展海权、发展海军，提出了严峻的挑战。

中国位于亚欧大陆东部，北靠蒙古高原和西伯利亚，南邻印度支那半岛，西接中亚和南亚，东临太平洋与日本隔海相望。在一个封闭的大中国时代，游牧民族对中原腹地争斗和冲突，构成了民族发展的主要历史。今天，中国成为世界的中国，中国经济成为世界经济的重要组成，中国处于东亚中心地缘环境的天赋性，使得建构在国家战略基础上的海权诉求和发展，成为这个历史性节点的重要内容。

正如中国政策科学研究会副会长、原中国人民武装警察部队司令员、武警中将巴忠倓所说，当前我们国家正处于快速发展期，快速发展期也是矛盾多发期。目前中国地缘安全环境总的特征是，中国与外部世界相互依存与相互摩擦同时加深，战略合作与战略防范并行不悖，战略机遇与战略挑战相伴而生。值得关注的是，中国安全环境的消极面上升，低频震荡增加。比较而言，南部相对动荡，北部相对稳定；海域相对动荡，陆地相对稳定；安全领域相对动荡，经贸领域相对稳定；近周边相对动荡，远周边相对稳定。

　　我以为，当下中国地缘环境安全，不是因为今天中国发展了，才孤立地凸显出来的地缘政治困境，而是从 1624 年荷兰击败明军攻占台湾，1626 年西班牙又入侵中国台湾北部开始，直到 1874 年日本侵略台湾爆发的牡丹社事件，中国政府和日本签订《中日北京专条》就已经形成的地缘政治状态的一种延续。

　　地缘政治，是从国家生存空间书写的一部民族历史，也是一部国家的海权史。

　　如果说鸦片战争是帝国主义用坚船利炮轰开闭关自守中国国门的开端，台湾岛从明末开始不断被入侵，就是中国地缘政治安全陷于险恶之中的历史开端，并且这种险恶情形从来没有因为时代的发展而终结，反而伴随着中国的发展壮大不断发酵，就像季节性流行病般，随着气候、季节、国际形势的变化而不断新增险恶的变种。

　　综观历史，我们不得不承认，中国的地缘政治环境从明末以来走向险恶，之后在险恶之中越陷越深。中国的国家生存空间不断被挤压，中国疆域版图缩小变化，就是中国地缘政治处境险恶最好的历史明证。

　　从 1842 年英国强迫中国签定第一个不平等的《南京条约》起，西方列强在 1842 年到 1919 年间共迫使中国签定了 709 个不平等条约，其中英国 163 个，日本 153 个，沙俄 104 个，法国 73 个，德国 47 个，美国 41 个，比利时 26 个，葡萄牙 13 个，意大利 7 个，荷兰 5 个，奥匈帝国 5 个，西班牙 4 个，其他国家 68 个。其中除正式的条约、和约、界约和协定外，还有所谓的"专条"，如中日关于台湾"生番"的《中日北京专条》；"合同"，大多数是为解决铁路借款、合办铁路及其他经济事务的，如 1898 年中美订立的《粤汉铁路借款合同》等；"章程"，如 1843 年中英签定的《中英五口通商章程》；"附约"（附件），如中日

1905 年签署的《中日会议东三省事宜条约及附约》等；"证明书"，如中国秘鲁废除苛例证明书等；"租约"，如 1898 年的《中俄旅大租地条约》、《中德胶澳租借条约》等。

通过这些不平等条约，帝国主义列强在中国攫取了种种特权和利益：第一，驻军权。根据 1901 年《辛丑条约》第 9 款的规定，帝国主义国家在华享有驻兵的特权。第二，内河航行权。帝国主义国家的船只不仅可以在中国领海任意往来，而且可以在中国内河自由航行。如 1858 年的《中英天津条约》第 10 款规定："长江一带各口，英商船具可通商"，并"准将自汉口溯流至海，选择不逾三口，准为英船通商之区"。第三，领事裁判权。领事裁判权是指一国领事依照本国法律对居住在驻在国领土上的本国公民行使司法管辖权的制度。这种制度是西方列强侵犯弱小国家主权、掠夺弱小国家利益的重要手段。中国是受领事裁判制度危害最深、时间最长的国家。1843 年《中英五口通商章程》规定，英国在华享受领事裁判权，此后约有 20 多个西方国家在中国取得了这种特权。第四，自由传教权。1844 年，中法《黄埔条约》规定，法国取得在五口通商口岸建造礼拜堂、医院、学堂的权利。第五，海关管理权。1853 年，英、美、法三国以上海小刀会起义使"海关行政陷于停顿"为借口，迫使上海道台在次年 6 月订立了《上海海关征税规则》，并于同年公布英、美、法"三国领事通告"，攫取了上海海关管理大权。第六，设立租界权。1843 年，中英《虎门条约》规定，英国人可以在通商口岸租赁土地、房屋，永久居住。这一规定后来成为西方列强在中国各口岸建立"租界"的根据。1853 年，英国在上海设立了租界。不久，美国和法国也在上海建立了租界。1849 年，英、美在上海的租界合并为公共租界，最大时面积达到 8 万亩以上。1854

年，公共租界设立"工部局"。最多时在中国的外国租界多达几十处，分布于上海、天津、广州、重庆、福州、厦门、汉口、九江、长沙、沙市和烟台等城市。第七，片面最惠国待遇。1843 年，中英《虎门条约》特别规定，英国对中国享有片面的最惠国待遇。该条约称："设将来大皇帝有新恩施及各国，亦应英人一体均沾，用示平允。"后来其他列强也群起效法。第八，勒索巨额赔款。帝国主义强迫中国签定无数不平等条约，也勒索了巨额的战争赔款。据统计，全部赔款约在 19.53 亿银元，相当于清政府 1901 年财政收入的 16 倍，1901 年全国工矿总资额的 82 倍。

这些不平等条约的签订，侵吞和蚕食了大面积中国陆地和海疆。

1842 年 8 月 29 日，中英《南京条约》签订，中国把香港割让给英国。

1850 年，俄国单方面宣布库页岛为俄国领土。

1858 年，沙俄逼清地方官员在瑷珲城签订了《瑷珲条约》。条约中规定黑龙江以北、外兴安岭以南 60 多万平方公里的中国领土划归俄国。

1860 年中俄《北京条约》，俄国获得了《瑷珲条约》规定为"共管"的乌苏里江以东地区包括库页岛在内的约 40 万平方公里中国领土。并且规定库页岛上的"土人"不能再过海向清朝纳贡，实际上承认了俄国对该岛的占领。

同年，中英签订《北京条约》，割让九龙半岛界限街以南的中国领土给英国。

1864 年签订《中俄勘分西北界约记》，将巴尔喀什湖以东、以南和斋桑卓尔南北 44 万多平方公里的中国领土割给俄国。

1868 年，俄国吞并了中亚的浩（霍）罕和布鲁特。

1870 年，又趁阿古柏叛乱之际，占据了中国的伊犁。

1877 年，清朝出兵平定新疆，要求俄国退出伊犁。俄国以改订《北京条约》的有关条款为撤退的条件，逼清朝签订了《伊犁条约》，使中国丧失了更多的领土。根据这两个条约而进行的勘界产生了 11 个具体的界约，到 1884 年，确定了从沙必乃达巴汉到乌孜别里山中的中俄边界线，大致就是今天的中俄边界。这条界线以西至巴尔喀什湖、阿亚古斯河之间的数十万平方公里土地从此不再为中国所有了。

1884 年后，俄国继续向南扩张，英国也通过其保护国阿富汗侵入帕米尔。

1895 年，英、俄两国在伦敦订约，瓜分了属于中国的帕米尔大部，中国只剩下一帕，今天的新疆塔什库尔干县。

同年，甲午战争失败后，根据中日《马关条约》，台湾和澎湖被日本占据。

1898 年，《中英展拓香港界址专条》，把深圳河以南、九龙半岛界限街以北及附近岛屿的中国领土，即所谓"新界"，租借给英国，为期 99 年。

直到 1945 年世界反法西斯战争取得全面胜利，中国抗日战争结束，中国近代历史上签署的不平等条约才被废除，但是随着这些丧权辱国条约丢失的国土海疆，除了小部分归还外，还有相当部分仍然被他国侵占，还有一些领土，成为遗留到今天的重大领土争议。

一百多年前，因为国家制度的腐朽落后，中国的地缘政治处境险恶。今天，因为繁荣强大，中国的地缘政治同样陷于群狼环伺的险恶处境，同样面临国家空间可能被恶邻侵占和蚕食的局面。

时代变了，世界政治格局变了，中国的国家综合国力变了，中国在

区域的经济地位变了，但是，为什么中国地缘政治的困境却没有根本改变？

一方面，地缘政治是国际政治的一种派生，国际政治的属性决定了地缘政治的特性。正如美国的小约瑟夫·奈所说，修昔底德所描述的斯巴达和雅典之间的伯罗奔尼撒战争，至今已有 2500 多年，但是它同 1947 年开始的阿拉伯-以色列冲突有着惊人的相似之处。他说，自修昔底德迄今，国际政治中的某些方面并没有发生变化。毫无疑问，国际政治中存在着一个冲突的逻辑，一个与国家间政治相随相伴的安全困境。

按照国际政治中存在的冲突逻辑，冲突具有延续性，在独立国家存在的历史阶段冲突是不可避免的，那么如何解决冲突，同样具有延续性。当今世界，解决冲突的方式只有两种：武力和经济。武力和经济又像是双生花，经济决定了武力，武力反过来又保护促进经济。

当下的中国，相对于历史的中国，毫无疑问，中国变得强大了，富裕了，有实力了；当下的中国，相对于目前世界的中国，不可否认，中国仍然是发展中国家，仍然是第三世界国家，仍然是背负着百年民族屈辱历史遗患正在向现代化迈进的国家。在国际政治自助体系中，无论是武力还是经济，当下的中国都不具有主导性。事实上，中国要终结地缘政治险恶处境的历史，本质上是要改变国际政治与生俱来的延续性特征，这就像要把冰山融化成雪水，没有足够高的温度是不可能改变的。改变事物的形体，这样的改变，何其艰难。从某种角度来说，创造一段历史，甚至要比结束一段历史更容易。

另一方面，从人类社会进入工业文明以来，财富模式至今也没有改变。在《马克思恩格斯选集第二卷》中写到，从近代西班牙、英国到现代美国崛起并成为世界霸权国家的历史变动中，人们发现：与中世纪

不同，全球化时代的国家财富增长与国家海权并非陆权的扩张是同步上升的。这是因为，海洋是地球体的"血脉"。因而也是将国家力量投送到世界各地并将世界财富送返资本母国的最快捷的载体。于是，控制大海就成了控制世界财富的关键。诚如马克思恩格斯所言，直到今天，海权争斗的实质依然是世界经济争夺的焦点。

从15世纪末以来，随着地理大发现，葡萄牙、西班牙以及后来的荷兰、英国、法国、德国和美国，用坚船利炮，在人类历史上写下了海洋争霸的血腥殖民历史。而中国，早在地理大发现之前，实际上已经达到掌控全球重要海洋资源的海权优势。但是，中国却放弃了海洋，从而走向了丢失海权以至于国家主权沦丧的历史倒退之路。中国在这条远离大海灯塔照耀的陆地上，一走就走了600年。

还有一个因素，人类社会已经从工业文明进入到信息化时代和太空时代，但是，人类在科技和经济高度发达的同时，却没有创造出一种新的秩序文明，那种足以覆盖和替代主宰当今国际社会"丛林法则"的文明模式。

如果把世界看成一个原生态的森林，那么中国在这个森林中，绝对不是森林之王的狮子，也不会是老虎之后的猴子。事实上，中国从任人宰割、为人鱼肉的墩头上挣扎出来才整整半个多世纪。对于一个有着7000年文明史的民族来说，这样的历史阶段，比白驹过隙还要短暂。在如此历史瞬间，即使闪耀的光芒再强烈，但是要达到翻云覆雨的历史巨变，时日将是一个自主行为之外最为重要最为不可或缺的客观条件。中国在地缘政治上的作为，将借助更为长久的时段方能初见成效。

今天，面对依然险恶和严峻的地缘政治处境，我们不能不说，中国的海权建设落后于国家经济建设，中国的海军发展速度落后于国家的经

济发展速度，中国的海洋战略落后于国家发展战略。

　　班长对我的观点高度赞同，他说，从一个军人的角度来看，放眼四海，当下中国的地缘政治，用危机四伏、群狼环伺来描述，一点都不为过。

　　以第五次中东战争结束为标志，世界冲突的中心正式从中东转移至亚洲东部地区，而亚洲东部地区的中心正是中国。随着太平洋时代的终结，印度洋时代的开启，亚洲东部地区成为当今世界经济最活跃地区，同时也是国际冲突最为集中的地区。中国目前的地缘环境，陆上有棋手对峙，海上有岛链封锁的态势，多邻国、多强手、多纠纷，在地缘位置上处于中心，加上中国经济在区域内的地位和作用，使得中国地缘政治越来越显现出复杂性。

　　东北方面，有令人揪心的朝核问题和朝鲜半岛统一问题，更有近代以来屡次侵略我国的日本问题。朝鲜直到今天为止，还被大多数国家视为非正常国家，朝鲜借核问题迫使国际社会给予关注，以解决其国际国内问题，摆脱外交困境。朝鲜这一冒险做法，已经表现得越来越夸张。

　　日本，不仅是世界历史上9个全球性大国之一，而且一直处心积虑谋求政治大国地位。打着自卫队的旗号，但行的是军队的职能，装备精良，军人素质极高。中国综合国力第一次攀上世界第二把交椅，日本极其不情愿看到中国成为区域经济的新领头羊。同时作为美日联盟的组成国，日本不断挑战领土问题，干涉中国台湾问题。

　　北面，有横跨亚欧大陆、面积达1707万平方公里的巨无霸邻国俄

罗斯。在苏联解体前，在历史的长河中，除了二战时苏联给予中国一定帮助和新中国成立后 1949 年至 1959 年两国短暂的 10 年蜜月期外，北方始终是中国的头等威胁，即使在 1965 年至 1991 年的苏联时期也不例外，在这个时期双方在两国边境陈兵百万，大小冲突发生 2000 多次。冷战结束使得中国长期以来面临的地缘政治处境得到了改观，特别是苏联解体后，中俄战略协作伙伴关系的建立和持续发展，尤其是中国和俄罗斯、中亚国家建立的上海合作组织，在打击国际恐怖主义、民族分裂主义和宗教极端主义三种极端势力方面进行的有效合作，使得我国北部边疆的安全环境处在历史上最好时期，并出现了和平、稳定、友好、相互信任的局面。但是，地缘政治中多变性的天性，难以回答这种局面能维持多久。

西北方面，与我们相邻的是中亚国家。"中亚"不是范围界定很明确的概念。中国传统说法把围绕里海北部和西部的俄罗斯一部，南部的伊朗和阿富汗及现在的乌兹别克斯坦、吉尔吉斯斯坦、塔吉克斯坦、土库曼斯坦、哈萨克斯坦及高加索地区联系在一起，习惯上称为"中亚"。基于中亚重要的地理位置和拥有大量的战略能源，有学者以为，中亚很可能会成为 21 世纪的中东。这句话有两层含义：一是说中亚在 21 世纪很可能会成为第二个世界能源中心；二是说中亚在 21 世纪有可能像今天的中东一样纷乱不已。可以说这句话有一定的道理。假如中亚地区发生了大规模的冲突甚至战争，作为邻居的中国能独善其身吗？再加上新疆存在的"东突"分裂势力，我国必会受其影响。如何化解矛盾、应对冲突将是我们必须面对的问题。

西南方向，南亚有与我们"全天候朋友"的巴基斯坦，但也有一个世界第七大国土面积、人口世界第二的南亚次大陆大国印度。印度自

20世纪90年代以来，经济一直保持高速增长，科技文化发展很快，特别是软件业发展迅速。印度地缘政治环境良好，人力资源丰富，军事国防实力特别是海军发展迅速。印度与我国也存在领土争端，特别是1962年中印边界战争之后，印军不断改革、发展、扩张实力。而且在印度崛起之路上，一些政客认为印度要想真正成为世界大国、世界强国，首先要制服其北面的强劲对手中国，至少在印中两国间搞一个独立或自治的西藏以缓冲压力、解除后顾之忧。当前，中印边境又发生了"帐篷对峙事件"，历史积怨加上新的矛盾，中印关系也不能心存侥幸。

南面，是一些国家组成的东南亚。东南亚中不少国家与我国有领土争端，如越南、菲律宾、马来西亚、印度尼西亚，甚至是文莱，都声称对南海诸岛拥有主权，特别是这些国家已经占领并开发了部分岛屿。中国的快速发展，加上领土问题，使得这些国家和中国的关系变得从来没有的模糊：一方面，他们想和中国搞好关系，寻求中国在区域经济上的利益；另一方面，又竭力排斥中国，尤其在领土问题上，时不时挑战中国。东南亚和中亚破碎地带，是能源争夺和大国势力涌入重点区域，各种不确定因素都可能上升为政治经济热点，甚至会发生冲突，身处其中的中国，随时都面临着时局变化的可能。

东南方向，就是最让我们痛心疾首的台湾问题。台湾，被美国人称为是"永不沉没的航空母舰"，它的经济实力及地缘环境对中国崛起有着突出的影响。台湾问题本来是中国的内政问题，但客观上存在美国因素、日本因素，使本来就很复杂的台湾问题解决起来有相当的难度。

东面，与我们遥遥相望的是目前世界上唯一的超级大国美国，它拥有世界上最强的经济实力、政治实力和军事实力。美国对中国发展的态度，简单概括起来，不是要遏制中国发展，而是要中国按照美国设计的

棋局、按照美国规划的模子去发展，一旦中国的发展超出了美国的可控范围，那是美国不愿意看到和绝对不能容忍的。美国的着力点放在伊拉克战争后遗症问题、伊朗问题、朝鲜核问题及这两年日益恶化的美俄关系上的同时，已经用行动演绎了"重返亚太"的战略，美国一段时期以来和日本、韩国等东亚国家的频繁军演，明确显示了美国在中国问题上的姿态。美国最近在亚太动作频频，架空已经存在了20年的APEC（亚太经济合作组织）机制，借壳上市，把原本默默无闻的"TPP"（跨太平洋战略经济伙伴协定）变成美国主导、主宰亚太经济的新平台，为亚太经济重新定规则、立规矩，这对中国的地缘安全和经济安全都构成了双重的威胁。我国著名军事评论家、空军指挥学院战略教授、空军少将乔良把这一前景称作是"中国面临的双重冬天"。

　　关于海权，关于地缘政治，可以说是我和班长这一路走来，交流得最透彻的一个话题。古今中外，旁征博引，思绪在历史和现实中无限穿越。
　　这是一次很淋漓畅快的交谈。
　　我说，事实上，中国地缘政治的复杂性，文化因素，也是一个不容忽视的重要原因。

中国地缘政治的复杂性，还体现在对大陆国家和海洋国家双重文明自我认知上的混沌，造成历史遗留问题的困境上。

中国除了是欧亚大陆上一个重要的陆上大国外，还是一个海洋大国。中国有18000公里的海岸线，海岸线总长度位居世界第四位，自南向北，跨越寒带、温带、亚热带三个自然地理区域。根据国际法和

《联合国海洋法公约》，中国主张的海域面积达 300 万平方公里，大陆架面积居世界第五。从地理上说，中国是世界上最大的海洋国家之一。但是，长期以来，中国被认为是一个大陆国家。在中国的自我感知里，也认为自己是一个大陆国家。中华文明因为发源于内陆大河，因此被认为是大河文明，与西方的海洋文明相区别。海洋对于中国的地缘政治意义，长期处在隐晦不明的被忽视状态。虽然也有一些强调海洋的言论，但是，对于海洋的地缘意义，一直没有系统化为国家意识。这种情况一直持续到近代。从中国 1840 年以来的近代史来看，地缘政治中的海洋方面，构成了中国近代史的"地理枢纽"。中国近现代历史的进程、形态都取决于海洋，未来中国的历史枢纽，也主要取决于海洋。把海洋因素纳入中国的地缘政治考量中，使中国的地缘形势显得更为复杂。在中国周围分布着美国、日本以及东南亚诸国。如果说在中国的西部，由于"欧亚大陆巴尔干"的存在而凸现了中国地缘形势的严峻，那么，由于台湾问题的存在，由于海域划分上与其他国家的分歧，中国在东部、南部海域上的形势就更加严峻。

无论如何，从贫穷走向富裕的中国，在通向大国崛起的途径中，显现了强大的国力变量，对全球地缘政治带来了直接或者间接的影响。一个国家在新的历史时期，总是要去完成一些新的历史任务。对中国而言，中国海军还担负着一个重要的历史使命，那就是终结明代以来，中国地缘政治的险恶处境，开启一个充满光明、和谐进步的中国地缘政治新纪元。这是历史的重任，民族的重任，上对历史给予一个令先人宽慰的了结，下关乎中华民族千秋万代的未来命运，这样的重任，只有建设一支强大的、精锐的、先进的海军，才能不枉重负，才能扭转乾坤。

　　说到文化的话题，在班长那里也得到了共鸣。

　　班长说，世界上很多国家海军有自己的海军节，我们中国海军走过 60 个春秋后，才有了属于自己的海军节。或多或少，从这里可以看出一种文化的缺位。

　　我说，确实，文化的功能是不容小觑的。文化就像一个校音器，决定了一个民族、一支军队、一个国家发出的声音。

　　班长说，护航不仅仅是护航，通过护航，我们还有很多亟待思考和解决的课题。

三

A 线　走向大洋深处的航迹

　　中国海军 60 周年华诞，是海军史上的大事，在这个历史时刻，中国海军有了自己节日——海军节。

　　时任中国海军副参谋长张德顺少将宣布，4 月 23 日，在中国东部的青岛举行以"和谐海洋"为主题的首个海军节。从此，中国海军有了自己的节日。张德顺少将说，举办海军节将有利于振奋民族精神，鼓舞海军士气，展示负责任大国形象。

　　举办中国海军节，呈现出中华民族蒸蒸日上崛起的精神状态，也是这 100 多年来无数的仁人志士追求现代化和工业化，所取得的一些成果的展现。

中国海军舰艇正在亚丁湾、索马里海域执行护航任务，保护各国往来商船和联合国运送人道主义物资的船只，体现了中国承担国际责任的勇气和决心。中国举办海军节的核心，是倡导建立和谐的世界秩序。海军节的设立和国际化的海上阅兵活动，将成为中国海军发展过程中一个里程碑式的事件，不但能展示中国海军的实力，更将激发国民精神，让海军的发展更受重视。

关于中国海军未来的发展，作为一名长期在海军基层部队工作的我来说，也有着自己想法。我国应该如何调整海洋战略？我国的海军建设究竟何去何从？

第一，国家发展战略决定了我未来海军发展建设的方向。

21世纪是海洋的世纪，21世纪更是中华民族全面振兴的世纪。到21世纪中叶，中国将成为国家繁荣富强，领土主权完整，经济社会中等发达的国家。

当今"和平"与"发展"仍是世界的主旋律，能否抓住当前的战略发展机遇期，在加速我国经济社会建设的同时，加快国防与军队建设，是关系到能否实现我国国家发展战略的关键。海军建设作为国防和军队建设的重要组成部分，必将随着国家的发展建设的稳步推进而日益强大。海军作为一支战略性、国际性、综合性军种，在维护国家发展战略机遇期，实现国家发展战略目标起着十分重要的作用。国家发展战略决定了我未来海军发展建设的方向。

我国不仅是一个陆地大国，更是一个海洋大国。随着人类大规模开发利用海洋活动的深入，21世纪必将是一个海洋的世纪，能不能抓住这一历史性机遇，能不能确保中国海洋经济利益和海上军事安全，将直接关系到21世纪中国发展战略目标能否实现。历史已经反复证明，一

个海洋大国或濒海大国要想成为海洋强国，必须拥有一支强大的海军。

着眼 21 世纪中叶的盛世宏图，中国海军建设必须根据未来国家发展目标和发展战略进行全面筹划，经过几代人的努力，把中国海军真正建设成为一支具有远海防卫作战能力的强大海军，成为维护国家利益、维护地区安全稳定、维护世界和平的重要力量。概括而言，涵盖以下几层意思：海军的力量建设要能为国家的经济建设提供一个安全稳定的海洋战略环境；能够有效维护我国国家海洋权益；能够有效维护我国领土完整和祖国统一；能够在国际上有效履行和我国国际地位相称的责任和义务。

20 世纪 80 年代以来，随着世界各国对海洋的开发利用竞争日益激烈，特别是第三次《联合国海洋法公约》的通过，使濒海各国除传统领海、毗连区之外，都拥有一定的管辖海域。因此各国海军根据各国的海洋利益展开了新一轮的发展建设。老牌的全球性海军美国海军、俄罗斯海军也出现了新的调整发展。因此，大多数中小濒海国家的海军都根据新的海上利益需求加强了海军建设，显现出近海型海军将逐渐向远海发展、地区性海军更多地参与国际事务的趋势。原先的全球型的海军仍然是美国海军和俄罗斯海军。中国海军，既不同于美俄海军具有全球作战的能力，也不同于大部分欠发达国家的近海型海军。因为我国的海洋权益不仅围绕在领海领土周边海域，而且远远超出近海范围延伸至远海，国家利益出现在哪里，中国海军的能力建设就要延伸到哪里！因而要求海军兵拥有部分机动力强的中远程海上作战平台和中远距离打击能力的海上武器装备，海军战略运用空间也需要覆盖这些国家海洋利益所及的远海海域。虽然中国海军目前已有部分兵力具有一定的远距离作战能力，但总体上仍属于近海型海军，要想使中国海军成为一支真正具有

远洋作战能力的海军力量，需要经过几代人坚持不懈的努力。

第二，与时俱进、拓展视野、认清差距，是确保我海军发展建设得以迅速、高效、成功转型的重要途径。从目前我海军发展现状来看，我认为还存在一些差距。

第三，面对海军转型发展的大好时期，我们作为海军建设的一分子，应该有所作为。

首先，我觉得应该与时俱进，更新观念，确立科学的海军建设发展理念。科学的海军建设发展理念，是指导我海军建设的纲领，是推动我海军战略建设的思想武器。一要确立与"维护国家海权"和"维护国家地位"相统一的海军战略价值观。时任国家主席胡锦涛站在民族复兴的历史高度，作出了"建设一支与国家地位相称、与履行新世纪新阶段我军历史使命要求相适应的强大海军"的重要指示，为海军从"维护国家地位"的高度拓展海军战略价值的内涵，提供了明确的思维指南，坚定了我们建设与"维护国家海权"和"维护国家地位"相统一的战略价值观。

其次，海军建设应贯彻有重点、按比例、均衡发展的方针。海军是一个技术密集型军种，融各种先进技术于一体，需要先进科技和工业技术的支撑。国家的经济能力、科学技术发展水平，决定了一个国家海军的发展水平，任何超越客观条件发展建设海军是不现实的。海军建设应该实行有重点、按比例、均衡发展的方针。所谓有重点，就是武器装备的发展，要针对作战对象的具体情况，看它能否在执行远洋任务中有效地与当面之敌和潜在对手的主要武器装备相抗衡，集中力量完善和发展几种克敌致胜的新式武器装备，并在数量和质量上确保遂行远洋作战任务能力的形成。所谓按比例、均衡发展，就是对海军兵力的发展进行系

统规划，确定科学的总体兵力结构，辅以完备的配套设施，以最科学的组成、最小的代价，最大限度地形成战斗力，充分发挥体系制胜的作战威力。

三是要大力加强信息技术条件下遂行作战任务理论研究。战争历史告诉我们，军事理论的落后，往往比武器装备的落后更可怕。因此，我们要充分发挥军事理的先导作用。首先，要针对未来可能爆发的信息技术条件下的海上局部战争，研究其起因、时机、作战模式、作战特点，以及它给传统的作战形态和作战模式带来的变化，以便准确把握海军建设的发展方向和建设目标。要强化以劣胜优的信心。用辩证的、发展的观点研究问题，扎实解决重难点问题，着力在转化敌我优劣态势方面做文章，为海军的作战、训练和装备建设提供精神和智慧的力量支持。再者，要把战法研究和训法研究结合起来，做到未来信息化条件下的战争怎么打，我们人员的训练就要怎么训。引进基地化训练、模拟仿真训练、复杂电磁环境训练、自由对抗训练等新的训练理念和方式。完善训练内容体系，健全训练考核标准、方法体系。并注重把心理训练作为重要训练内容纳入实战化训练。探索、实践加快战斗力形成的新模式，扎实提升部队遂行远洋作战任务的能力。

四是要以军事训练为抓手提高部队遂行海上作战任务能力。信息技术条件下的海上局部战争，不仅仅是信息技术武器装备的对抗，更重要的是人的素质的较量，高素质的人仍然是打赢信息技术条件下局部战争的决定因素。严格的军事训练和管理工作是提高人的素质，实现人与武器的最佳结合，生成和巩固部队战斗力的基本途径。首先，要把军事训练的立足点从应付一般战争、全面战争，迅速地、坚定不移地转到适应信息化条件下的现代海上局部战争上来，在训练内容、训练方法、训练体制、训练保障上都必须进行适时调整和充实。其次，必须真正把军事训练摆到部队工作中心位置。工作计划安排要突出这个中心，经费和物资要保证这个中心，首长和机关要自觉地抓好这个中心。各级领导要把部队遂行任务的能力作为考核部队工作成绩的重要指标。其三，要提高训练起点，瞄准信息化条件下的海上局部战争中可能出现的情况，大胆摒弃那些不适应和不合理的部分，增强对信息化条件下海上局部战争所需要的新知识、新技术和新战法的学习和训练。其四，要提高训练的针对性，以作战需求为牵引，弄懂弄清信息化条件下局部战争的规律特点。要通过严格、正规、系统的训练，总结出一套与信息化条件下局部战争相适应的战法和训法，练就一支"强大的具有现代战斗能力的海军"。

> 班长身为基层部队首长，却能对中国海军未来发展和建设，从宏观到具体，进行全方位的思考，折射了当代海军军官的眼界和军事素养，不由让我心生敬意。
>
> 这样的思考，面对当下中国的海洋形势，非常有针对性和重要现实意义。

B线 世纪考问

中国海洋方向的安全形势，面临着不可回避的"岛链"和台湾岛"两岛"问题，以及岛礁问题、划界问题、经济专属区问题。

无论是在国际政治层面、地缘战略范围、国家安全战略框架，还是海军实力配置上，走向蔚蓝色的中国海军，能不能安全突破这些问题的

钳制，关系到中国海军能不能遂行海军职能，能不能完成维护海上国家利益的使命。

翻开地图，可以很直观地看到在中国向太平洋方向有两条弧形岛屿带，它如同岛屿锁链环绕在中国海区的外侧。按距离中国大陆远近，分别称为"第一岛链"和"第二岛链"。第一岛链北起日本列岛、琉球群岛，中接台湾岛，南至菲律宾、大巽他群岛的链形岛屿带，涵盖了中国的黄海、东海和南海海域。而第二岛链北起日本的南方群岛（包括小笠原群岛、硫磺列岛），中接马里亚纳群岛（含美国关岛），南至加罗林群岛。这两条岛屿带上的各岛屿遥相呼应，环环相扣，成为控制岛链内海域和大陆的天然屏障。"第三岛链"相对于"第一岛链"、"第二岛链"来讲的，一般认为是以夏威夷为中心，北起阿留申群岛，南到大洋州一些岛屿的一道防线。

所谓"岛链"，既有地理上的含义，又有政治军事上的内容，其用途是围堵亚洲大陆，对亚洲大陆各国形成威慑之势。

"岛链"，在冷战时期是为了遏制社会主义国家，并且对苏联核潜艇进行围堵的防线，冷战结束后，三条"岛链"成为美国遏制中国崛起的三道防线。

"岛链"作为美军在远东军事力量的战略后方，担负着重要使命。由于美国太平洋舰队司令部驻扎在夏威夷群岛，所以第三岛链在美国海军力量中起着不可替代的作用，它也是防御美国本土的最后一道防线。第一岛链的主要目的是封锁中国，第二岛链防御对象则包括俄罗斯和日本，而第三岛链则防御包括西太平洋的绝大多数国家。当第三岛链发挥作用时，美国就面临着像珍珠港事件时的本土防御告急。

"第三岛链"基地群是美国的战略基地，也是美国前沿部署兵力的

"大后方"，对航母更是有着强大的支持能力。

目前，美海军第三舰队的 5 个航母战斗群驻扎于此。

"岛链"，是由美国前国务卿杜勒斯在 1951 年首次明确提出的一个特定概念，随着苏联解体，世界二元格局的结束，岛链不再具有意识形态的意义，更多的具有遏制中国海军向大洋发展的两条战略阵线的意义。

从地缘角度看，中国海区呈半封闭状，外有岛链环抱，通往大洋的通道多数为岛链所遮断，中国进出大洋在一定程度上受制于人，在战时很有可能被敌拦腰堵截。

毫无疑问，"岛链"是美日同盟体制下围堵中国的一种战略谋划，第一岛链就是希望阻止中国走向深水。但是，这只是一种传统安全下的考虑，日本更多是借这种安排为自己增加一些信心。事实上，中国有很合理的理由突破岛链，中国完全可以按照国际惯例、海洋法公约中的相关规定"无害通过"。

近年来，日本和东南亚国家的"主权造势"活动有增无减。2002年在金边举行的第 8 届东盟"10＋3"会议，中国与东盟各国签署了《南海各方行为宣言》，规定维持南海问题现状，但事实上东南亚国家仍然继续在南海问题上向中国展开政治和外交攻势，加快了对南海资源的掠夺和开发。他们还采取频繁进行军事侦察巡逻、加强对无人岛礁的管控、加紧实施海洋勘测、积极提高在南海作战能力、与域外大国联合进行军事演习等措施，加强了在南中国海的"战略管理"能力。美国、日本等国的介入和干预，以及东南亚国家的有意逢迎，使南海问题国际化的程度不断加深。在钓鱼岛问题上，国际法理和历史依据都可以证明它属于中国，但是实际控制权则操控在日本手中，在中日关系中制造了相当的麻烦。

从西太平洋区域地缘政治的角度看，"中国是一个海洋地理相对不利国家"，这种不利突出体现在中国处于西太平洋岛链的包围之中。冷战时期，美国曾经围绕西太平洋岛链对苏联和中国进行战略遏制和封锁，对中国的海洋战略空间构成了强劲的挤压态势。在美国未来的战略中，"岛链"战略仍将是对俄罗斯和中国进行挤压的战略手段。从太平洋西北部的海上力量看，不仅有世界一流的美国太平洋舰队，而且有实力不凡的俄罗斯太平洋舰队，更有将海上防卫范围扩展到中国台湾海峡和南海海域的日本海上自卫队，还有不断发展的韩国海军、东盟国家海军、台湾当局海军等。

台湾，位于"第一岛链"中间，具有极特殊的战略地位，掌握了台湾岛就能有效遏止东海与南海的咽喉战略通道，拥有与"第二岛链"内海域的有利航道及走向远洋的便捷通道。

台湾问题，不仅关系到祖国统一，而且还关系到未来中国海权的生存和发展空间。台湾作为中国东南沿海最重要的天然屏障和中国海防之关键所在，直接关系到中国海防线是否完整，构成了中国制海权不可或缺的战略要塞，也是中国海军走向远洋的唯一出海口和海上生命线，同时还是中国兴衰的晴雨表。更为重要的是，由于台湾特殊的地缘政治位置以及现实态势，台湾问题还会直接影响到钓鱼岛问题和南中国海问题的发展态势，以及中国的发言权的大小。

以南海为例，台湾不仅对最大的岛屿太平岛拥有控制权，而且于1993年制定了《南海政策纲领》，谋求与东南亚国家的"合作开发"，并建立南海合作机制。如果台湾能够与祖国实现统一或者保持与大陆在南海问题上的合作，其在南海问题上的影响能力无疑有助于增强中国解决南海问题的能力。相反，一旦台湾独立，不仅会使中国在地缘战略空间上处于十分不利的境地，同时更会给东南亚国家以可利用的机会，使中国提出的"搁置争议，共同开发"政策的实施变得更加困难。

目前，中国海洋方向安全态势已经表明，现有的海权力量难以应对所面临的现实与潜在危机和压力。从捍卫领土完整的基本主权需求来看，来自海洋方面的挑战，包括台湾问题、钓鱼岛问题、南中国海问题，构成了中国所面临的最为棘手的几个问题，发展海权力量亟不可待，提高海军战备能力刻不容缓。

在世界地缘政治这个体系中，海洋是连接这个体系的关键，海洋也是走向民族复兴国家战略的核心和枢纽。目前中国的海洋安全，还存在着岛屿主权争议、海域划界问题、海洋资源开发三大问题。

我国是一个海洋大国，拥有 1.8 万公里的海岸线和 6500 多个 500 平方米以上的岛屿。根据《联合国海洋法公约》的规定，我国主张拥有的管辖海域近 300 万平方公里。当前，我国与周边 8 个国家存在着海域划界问题，与 5 个国家之间有着岛礁归属争议。

根据《联合国海洋法公约》的规定，一个海岛的主权归属可以决定这个岛周围以 200 海里为半径的海域的主权和主权权益的归属。一个很小的岛礁，从法理上讲，可以主张 43 万平方公里的管辖海域。因此，在海上划界中，海岛是最直接、最基本的划界基础，岛礁是海洋上最重要的领土标志和主权归属象征。

也正因此，有些处于关键地理位置的岛屿往往引发争议，甚至在无人岛上发展"地盘"试图实现"先占"，或甚至将礁石说成岛屿。

钓鱼岛就是这样一个关键的无人岛。自 20 世纪 60 年代末报道钓鱼

岛海域有石油蕴藏后，钓鱼岛争端由此激化。联合国亚洲和远东经济委员会于 1969 年 5 月发表的报告中得出结论，钓鱼岛周围海域可能是世界上蕴藏有丰富石油和天然气的海域之一。此后钓鱼岛问题一直成为中日两国间的敏感问题。1982 年《联合国海洋法公约》有关岛屿权力和大陆架的条文，由于意义不够明确，进一步加剧了双方的争端。一旦拥有钓鱼岛，将获得 11700 平方海里的朝陆 200 米等深线的大陆架的所有权。

钓鱼岛争端一直是中日两国关系的症结问题之一。野田政府推出钓鱼岛国有化的企图，将中日友好关系推到了剑拔弩张的危险边缘。

南海群岛争议已经成为目前世界上涉及国家最多、情况最为复杂的争端之一。目前已形成了"六国七方"的复杂格局，包括中国、越南、菲律宾、马来西亚、印度尼西亚、文莱和中国台湾。南沙海域共有 230 余个岛屿，在各国实际控制的 50 个岛、礁、滩中，我国仅占 8 个。周边国家已将我主张的 80 多万平方公里海域划入其势力范围，且非法钻井几千口、石油开采量达 4000 万吨以上。从区域上来看，越南基本上控制了南沙西部和中部海域的 31 个岛屿，从占据的南子岛到安婆沙洲，已构成一个约 230 海里长的岛链。菲律宾基本上控制了南沙东北部 9 个岛屿。马来西亚基本上控制了南沙西南部 5 个岛屿。近期以来，由于美国等西方国家的插手，南海问题国际化的倾向日益凸显。根据中国海洋行政执法公报显示，近年来美海军电子情报侦察船频繁出现在我东海和南海海域。同时，日本在南沙海域安全问题上与美国遥相呼应，积极配合，南沙海上安全形势依然不容乐观。中国虽然对南沙群岛拥有无可争辩的主权，但是直到 1988 年才在南沙永暑礁建立永久的军事存在。

黄岩岛问题上，谁拥有黄岩岛，谁就可以对其周围要求 12 海里的领海、12 海里的毗连区和 200 海里的专属经济区和大陆架。如果菲律宾占有了黄岩岛，菲律宾就可以把其专属经济区大大向南中国海中部扩展，直抵南中国海东西中央线地区。如果中国巩固了对黄岩岛的主权，即可要求 200 海里专属经济区，这样势必和菲律宾基于吕宋岛海岸线要求的专属经济区重叠。

在和邻国大陆架范围划界争议，也增加了海洋安全压力。

中国和韩国之间的黄海海域大陆架争议。黄海归属中国管辖海域面积约 25 万平方公里，由于周边国家在划界原则上与中国持不同立场，约 7.3 万平方公里的海域存在争议。

东海的岛礁数量占全国的 60% 以上，在东海应归中国管辖的约 56 万平方公里的海域中，日本与中国重叠海域面积约 21 万平方公里。20 世纪 60 年代末以来，由于在东海海域发现了巨大的海底石油蕴藏，东海海洋权益问题突现出来。尽管 2000 年中日"东海大陆架渔业协定"生效，双方在有序管理渔业资源方面达成了初步共识，但东海岛屿归属和海域划界问题尚未得到解决。中国主张的根据自然延伸的原则来划分东海大陆架是符合《联合国海洋法公约》有关规定的。而日本方面则主张采用所谓"中间线"来划分。由于两国原则立场上存在重大分歧，划分东海海域疆界成为一个在短时间内难以解决的、复杂棘手的问题。

南海介于中国大陆、菲律宾群岛、加里曼丹岛、苏门答腊岛和中南半岛之间，四周被中国、越南、印尼、文莱、菲律宾和泰国环绕，这些周边国家的大陆架要求和我国在南海的断续海疆线形成重叠区，成为南海问题的一个重要原因。

中国与周边国家的岛屿或划界争端，根本原因在于争议海域的主权和资源问题。仅以南海为例，南海诸岛是东亚与大洋洲的"海上通道"和"空中走廊"，除渔业资源外，还拥有丰富的矿产资源，特别是油气资源。据有关专家推测，在南海中国传统海疆线内的油气总储量约为420亿吨。

近年来，尽管南海周边邻国虽一再表示"不采取使问题复杂化"的行动，但从未停止对中国南海诸岛领土主权和南沙海洋权益的侵犯。比如，一些邻国在南沙群岛扩建各种军用、民用设施，吸引俄、英、日、澳、法、美等国合作勘探、开发南海油气资源，并瞄准了其人文资源，以优惠政策鼓励南沙群岛的开发、旅游或移民等。日本更是牢牢盯着东海资源，并加速发展海洋资源勘探开采等技术。

这些障碍、困难和历史难题，错综复杂，就像缠绕不清的铁蒺藜，盘根错节在中国通往蔚蓝色的航行之路上。

我说，班长，在海权问题上，有些国家也是有不同教训的。比如德国，就是过度追求海权失败的一个典型例子。

班长说，但是对中国而言，无论是加强海军建设，还是中国海军走向远海，都不是追求过度海权的问题，而是在应有的海权建设好把握好的范畴。

海权的发展，维系着一个国家民族的未来命运。但是海权又是一把双刃剑，适度的海权，促进大国崛起，相反，对海权的过度追求，反而削弱了大国实力，这样的例子贯穿着整个人类的历史。

法国著名海军上校达里厄认为：海军的每项规则，如不考虑同大国的关系，又不考虑本国资源所能提供的物资限度，就会立足于一个虚弱不稳的基础之上，外交政策得到战略是被一条不可割裂的链条紧密地连结在一起的，海军战略是一部民族战略、一部民族战术。这一论述充分体现了战略运筹尤其是国家在海权崛起进程中如何处理复杂的国际关系的重要性，其中一个非常复杂的问题就是新兴海权在其崛起过程中如何处理与既有海洋霸权的关系问题。在世界海权兴衰交替的历史中，海权构成了许多国家的战略诉求，但是盛衰成败的结局却大相径庭，一个重要的原因在于新兴海权处理具有海洋霸权关系的模式不同。

从中国目前的地缘政治、海洋政治处境，以及国家利益的需要来看，毫无疑问，中国海军的建设发展刻不容缓，但是如何发展、以什么样速度发展，都是世纪新课题。

无论是岛链问题、台湾问题，还是岛礁问题、大陆架划界问题，从本质上来说，都是一个大国兴起之路上和现有霸权关系的平衡问题，同时也是一个国家处理海权和综合国力的平衡问题。

美国保罗·肯尼迪在《大国的兴衰》中说，"在世界事务中，领先国家的相对力量从来不是一成不变的，主要是各国的增长速度不平衡，以及技术和组织上的突破可以使一国比另一国具有更大的优势"，并对国际体系力量格局、秩序、行为准则产生重大影响。这一过程就是人们通常所言的大国崛起。伴随而来的往往是国际体系的动荡和战争。

纵观历史，从2500多年前的伯罗奔尼撒战争到20世纪德国的崛起，几乎每一个新兴大国，都会引起全球的动荡和战争。

有综合观点认为，大国崛起有其特征。

第一，崛起国家有扩张的本性。英国学者马丁·怀特认为："强国的本性就是扩张，除非有强大阻力，否则这一倾向发展的结果就是领土

扩张。"第二，崛起大国挑战现有霸权造成国际体系的动荡。第三，新兴大国挑战既有领导者的霸权导致全球战争，并具有周期性的特点。美国学者乔治·莫德尔斯基提出并创立的国际政治长周期理论具有重大影响。根据他对历史的总结分析，1494年意大利战争爆发以来的国际政治体系可分为五个周期，每一个周期大约为100至200年，它们分别为葡萄牙周期（1494年—1580年）、荷兰周期（1580—1688年）、英国周期1（1688—1792年）、英国周期2（1792—1914年）和美国周期（1914—2009年）。各个世界领导国的盛衰更替基于海上（空中）实力的全球伸展能力，以及特定时期内领导国兴衰的不可避免。全球战争周期性爆发的动因是全球政治体系的结构性危机，通常表现为新兴国家对领导国的挑战和领导权的争夺，其结果是全球政治体系新领导结构的产生。总之，霸权的兴衰引发的不可避免的周期性全球战争导致国际政治体系的变迁。第四，大陆霸权更容易因追求海权在内的世界霸权而扮演挑战海洋霸权的角色。

碰巧的是，自从美国次贷危机以来引发的新一轮全球经济危机，使得美国在全球的实力和影响力带来负面影响和下降，又恰逢一个新霸权产生的周期带，中国超越日本成为第二大经济体，加上中国又是一个传统意义上的大陆国家，很容易就把中国的复兴往新霸主的角色产生联想。

中国要向世界表明，中国海权力量发展的目的在于主权诉求，无意于挑战霸权，更不会争夺霸权。中国海权发展之路上，避免和美国的冲突，是中国和平崛起的一个必要条件。中美之间，构成了有限冲突和有限合作并存的基本特征。台湾问题，是未来中美冲突存在的唯一最大可能。而这种冲突的产生，至少基于一个前提条件，就是台湾宣布独立，迫使中国大陆以武力加以解决，而美国此时选择军事干涉，由此和中国发生冲突。这种冲突的性质，并不是在中美关系框架结构基点上产生的。这表明了中国海权力量的发展，在于主权诉求，在于为实现国家和平统一和维护海洋权益增加的砝码，在于致力于西太平洋地区适度的军事力量存在。这样的海权力量发展，是难以构成对美国的威胁的，更不可能达到挑战美国霸权地位的程度。

和平发展是中国的持久之路，为了维护这条发展之路，中国海权力量的有限发展，也不可能在主观上将美国作为挑战对象，从而选择全球性海权战略，而仅仅是为了寻求满足主权需求和一定海洋空间的有限海权。

历史上，新兴国家和既有海洋霸权关系失败的教训，是有先例的。

19世纪70年代，俾斯麦完成德国统一后，于1864年发动对丹麦的战争，吞并丹麦国土，控制了日德兰半岛南部的战略要地，在1887年到1895年间，开凿了基尔运河。到了1914年，对运河进行扩建，又沟通了北海和波罗的海出入大西洋的航路，试图摆脱英国对北海的封锁。

那一时期，英国已经在全球建立了强大的海权。德国认为，英国主要是仰仗强大的海上力量，才成为统治海上的强国。德国也因此建立一支强大的海军，来和英国决一雌雄。

但是在第一次世界大战中，英国基本上摧毁了德国海军，夺取了德国在非洲的殖民地，虽然英国的海洋霸权遭到了削弱，但仍然保持霸主的地位。而德国，却遭到了毁灭性打击。

这是世界历史上，过度追求海权而导致国力衰退的一个典型例子。

另一方面，发展海权处理好和综合国力相关因素的关系，事关重要。

当前，中国综合国力已经今非昔比，实现了翻天覆地的变化，为中国海权发展提供了坚实后盾。但是，和西方发达国家相比，中国综合国力仍然存在巨大差距。从中国综合国力发展战略来看，能否保持持续发展，进而在2050年左右实现达到中等发达国家的战略预期，决定了中国海权发展和民族复兴的进程。海权发展尤其是发展海军，对经济的需要和投入是巨大的。海权和综合国力存在互动关联，海权的发展需要综合国力的支撑，未来中国国力的持续攀升离不开海权力量的保障，同时综合国力也制约和决定了海权力量的水准。

中国海权的发展，是在综合国力允许范围内有关主权诉求的海权建设。这就要求我们，在海权发展之路上把握好海权力量和综合国力的平衡，中国海权发展成为有限性投入。历史告诉我们，任何超越国力全面争夺霸权的海权发展，只会导致国家走上综合国力衰微的歧途。

诚然，对中国而言，一个尚且在奔小康的路上奔走的第三世界的发展中国家，过度追求海权一说的担忧显然是多余的。

中国海军在蔚蓝色的大洋中能否走到理想的目标距离，能不能走好、能不能走远、能不能走长久，面临着诸多挑战和考验。

护航特战队员警惕的目光（钟魁润　摄）

马汉在《海权论》中说："以战争为其表现天地的海军则是国际事务中有着最大意义的政治因素，它更多的是起着威慑作用而不是引发事端，正是在这种背景下，根据时代和国家所处的环境，美国应给予其海军应有的关注，大力发展它以使之足以应付未来政治中的种种可能。"

马汉这番理论，有四重含义。第一，海军终极职能是军队，是在战争中发挥作用的军事力量；第二，海军的政治因素大于战争因素；第三，海军更多的职能是起威慑作用不是挑起事端；第四，海军的发展必须达到能够应付政治变局的种种可能。

马汉的理论，在今天对中国海军来说，同样具有重要的现实意义。揭示了海军力量对国际政治决定性意义的本质，就具体的军队而言，海军的力量决定了一个国家在国际社会的地位和意义，从另一角度佐证了海权对一个国家民族的重要作用。

中国海洋国土安全，面临着前所未有的威胁，中国经济的高速发展，国家经济利益遍及全球海洋，又对海军职能的延伸提出了新的历史要求。时不我待，走向深蓝的航迹中，中国海军，任重道远。

中国海军还担负着一个重要的历史使命，那就是终结明代以来，中国地缘政治的险恶处境，开启一个充满光明、和谐进步的中国地缘政治新纪元。这是历史的重任，民族的重任，上对历史给予一个令先人宽慰的了结，下关乎中华民族千秋万代的未来命运，这样的重任，只有建设一支强大的、精锐的、先进的海军，才能不枉重负，才能扭转乾坤。

护航亚丁湾

后记

A线 靳 航

中国海军远赴亚丁湾护航，打开了人民海军通向深蓝的航道，在这蓝色的航道上，凝聚的是人民海军官兵对祖国和人民的无限忠诚，凝聚着多少代海军人的蓝色梦想。中国海军远赴亚丁湾护航，为人民海军打开了一个崭新的战略空间，这是人民海军发展的历史机遇，更是中华民族振兴的战略机遇。

事实上，这部关于亚丁湾的护航纪事，不是我的第一本航海纪录，只是我加入中国海军以来，历次重大航海纪事中的一个部分。从大连舰艇学院第一次实习出海，到出访美洲四国五港，到 2002 年中国海军首次环球航行，再到亚丁湾护航，每一次我亲历的中国军舰驶向远海的航程，都是我纪录的母题。

这部护航纪事，与其说是关于亚丁湾护航的纪事，不如说是关于中国海军在新的历史时期，维护国家利益和行使负责任大国义务所担负起新的历史使命启航典礼的见证和礼赞。

那些在遥远非洲漂浮着海腥味的烈日下，在黑夜笼罩、无边无垠的印度洋上，在与他国军舰跟踪与反跟踪的利剑刀刃口上诞生的文字，记录的不仅仅是中国海军一次深海远航，不仅仅是一次次打击海盗的严峻对峙，而且记录了当下这个时代，在人的作用下，世界海洋的冲动和脉搏。

作为一名军人，我矢志不移，守卫和平的神圣职责；作为一名中国海军，我深知，强大的海上力量，才是维护世界和平和国家利益的护

卫航。

用文字记录今天——中国海军远赴亚丁湾护航的今天，源自我一生对海洋无法割舍的眷恋，源自作为一名中国海军的无限自豪，源自一个中华子孙家园情怀承载的永不磨灭的民族伤痛，更为重要的是因为，今天是一条长廊，一条通向历史、连接未来的长廊。

从某种意义上来说，我的亚丁湾护航纪事记录的不仅仅是亚丁湾打击海盗的海上风云，记录的更是中国海军成长的踪迹，纪录的是一个民族的托付和军人的责任。

用文字记录今天——记录中国海军从"黄水"走向"蓝水"的今天，从另一侧面，记录了中国海疆安全的危机和困厄；记录了中华民族复兴之路的艰辛和豪迈；记录了中华民族和平发展之路的执着和坚定。更为重要的是，面对海洋，需要每一个国民的介入和参与，来丰富和完善中华民族关于海洋的国家记忆。

用文字记录今天——中国海军从近海防御向维护国家利益职能的拓展，从另一个角度，记录了中国海军坚决维护国家利益的决心和勇气；记录了中国海军在世界政治经济格局瞬息万变的局势下，维护国家利益责任的艰巨和挑战，记录了中国海军在重塑中华海洋文明历史中凝心聚智、积厚鼎新的文化传承。

对我来说，每次远航的纪录，是插上翅膀的心愿，凝聚了一名中国海军对世界和平、国家康宁的美好祈愿；每一次远航的纪录，又是一次在回顾中总结经验、在回顾中前瞻未来的过程；每一次远航的纪录，本身也是雕刻历史的笔画，肃穆严谨。

B线　柏　子

中国历朝历代以来，国家和海洋的交互模式，从古至今以"近"为底线的海防战略，明、清两朝以"禁"为戒令的海洋政策以及孪生的联手外夷对海盗赶尽杀绝的政策，以郑和为首七下西洋的自慰式远航，北洋舰队全军覆没的悲剧海军，以及中国当下海疆群狼环伺的凶险地缘政治，所有这一切，无疑都是华夏文化黄土文明集体无意识的结晶。

然而，地球混沌初开之时，大海和陆地就像手掌的两面，互为依存。世界最高峰的喜马拉雅山脉曾经是海底，而当今世界的大陆，本身就是海洋舒展的身躯。

如果说，地理决定一个民族的生存模式，哺育出千姿百态的文化奇葩，是那些因为凭借海洋而走向崛起的国家，创造人类海洋文明新历史的依据的话，那么我以为这是关于人类文明最荒诞的谎言之一。

或者，一块遮羞布而已。

陆地和海洋，不分民族和国家，都是上古人类灵魂深处幽远的集体记忆。换一句话说，人类的集体无意识，包括了陆地和海洋。

何以，中华民族，以在我的故乡杭州出土的 8000 年前修葺的"跨湖桥"小木舟为证，在如此苍古就已向海开犁的民族，忘却海洋，却成为这个民族的集体无意识？

一个民族的文化，创造一个民族的文明。

而这个"海上中国"和"陆地中国"曾经同生共存的民族，到如今黄土文明覆盖海洋文明的久远传承，恰恰是这个民族文化强权的

遗存。

今天，当我站在残留着中国近代以来列强炮火斑驳锈迹的栈桥或者炮台上，阅读班长的亚丁湾护航纪事，我忽然明白，当阅读嵌入历史，阅读是有向度的，阅读是有温度的，阅读是有情怀的，阅读是有当量的。

如果把班长的亚丁护航纪事——一名中国人民解放军海军亚丁湾护航军官笔下的那些真切的经历、生动的文字，单纯作为一个纪事文本来阅读，那么这个文本最大的价值在于史料和文学性。但是，将这个纪实文本，放在世界历史的视域下，尤其是在镌刻着民族创伤上伤心地来阅读，带给我们的启迪，却几乎涵盖当今世界政治、经济、军事和文化等所有重要领域，并且涉及未来。

我和班长的自驾游，与其说走过的是海岸线，不如说是用忠诚于国家燃烧着炽热之情的眼睛，再次真切抚摸了民族伤痛经久不愈的疤痕。

这条疤痕，至今炎症未消。

因为，横亘在霍布斯"丛林原则"下人类的贪婪、利己、永不满足和康德"永久和平"中和谐、美好、永远满足之间的距离如若灿烂星河，而去往彼岸的渡船，至今人类无处寻觅。

或许，这就是催生这本书的原动力所在。

A 线　B 线　靳　航　柏　子

感谢上苍的安排，让我们在童年时代结下同学之缘，纯真年代的友谊，使得今天我们彼此之间能有深刻的信任，从而才有了这次军人和作家、作家和军人之间关于海洋的对话。感谢在亚丁湾同舟共济的第六批

护航亚丁湾沉思录

护航官兵们，在海上的朝夕相处的 192 天，为护航纪事留下了无数生动的素材；感谢中共浙江省委宣传部、浙江省作家协会、浙江文学院、中共杭州市委宣传部、杭州市文联以及杭州文广集团的领导对本书创作的关心支持；尤其感谢杭州文联创作室主任王连生先生对书稿进行全面审读并给予宝贵意见；更要感谢杭州市作家协会主席嵇亦工先生，在家庭遭受巨大变故的悲痛中，一直关心、支持本书的创作。